W0313886

SCIENCE FICTION

Herausgegeben
von Wolfgang Jeschke

Heyne Science Fiction Jahresband 1984

zusammengestellt und herausgegeben
von
Wolfgang Jeschke

WILHELM HEYNE VERLAG
MÜNCHEN

HEYNE-BUCH Nr. 06/4060
im Wilhelm Heyne Verlag, München

Aus dem Amerikanischen übersetzt von Edda Petri, Sylvia Pukallus, Walter Brumm und Horst Pukallus, aus dem Englischen von Eva Malsch und aus dem Russischen von Annemarie Kienpointner

Das Umschlagbild schuf John Harries

Redaktion: Wolfgang Jeschke
Copyright © 1984 by Wolfgang Jeschke
(Einzelrechte siehe am Schluß der Texte)
Copyright © 1984 der deutschen Übersetzungen
(sofern nicht anders angegeben) by
Wilhelm Heyne Verlag GmbH & Co. KG, München
Printed in Germany 1984
Umschlaggestaltung: Atelier Ingrid Schütz, München
Satz: Schaber, Wels/Österreich
Druck und Bindung: Presse-Druck, Augsburg

ISBN 3-453-31007-1

INHALT

Inhalt

Vorbemerkungen

Als wir 1980 den ersten Science Fiction-Jahresband auf den Markt brachten, sollte dies eigentlich eine einmalige Sache sein, ein besonders preiswertes Buch – sozusagen als »Treueprämie« – für unsere langjährigen SF-Leser. Wir stießen jedoch unverhofft in eine Marktlücke, die sich als weit größer erwies, als irgend jemand angenommen hatte. Es gibt offensichtlich eine Menge Käufer – und, wie ich hoffe, auch Leser –, die nach einem Band mit Science Fiction greifen, wenn er preiswert angeboten wird, auch wenn sie normalerweise diese Art Literatur selten oder nie zur Hand nehmen.

Diese Erkenntnis bedeutete zweierlei: Erstens konnte man aus dem als einmaligen Jubiläumsband gedachten Projekt eine ständige Einrichtung machen, die sichtlich dankbar akzeptiert wurde, denn der Markt erwies sich als erstaunlich aufnahmefähig. Dies ist nun schon der fünfte Science Fiction-Jahresband, den Sie in Händen halten, und die Vorbestellzahlen sind enorm, obwohl andere Verlage mit SF-Reihen die Idee begierig aufgegriffen haben und es inzwischen eine ganze Reihe SF-Jahresbände, -Sonderbände und -Almanache gibt, die sich gegenseitig um die Käufergunst den Rang ablaufen.

Das andere Erfordernis war eine geänderte Konzeption: Als »Prämie« für treue SF-Leser muß ich als Herausgeber dafür sorgen, in dem Band Texte zu versammeln, die für den Sammler und Leser eine Rarität darstellen, d. h. die bislang unveröffentlicht oder sehr lange nicht mehr lieferbar waren. Wird der Jahresband indes von Lesern gekauft, die nur sehr selten zu Science Fiction greifen, dann ist es meine Aufgabe, Texte auszuwählen, die nicht nur Eingeweihten verstehbar sind, nicht allzu viele naturwissenschaftliche Kenntnisse voraussetzen und vor allem gut lesbar sind. Nicht Rarität und Innovation – auch der Ideen – sind als oberstes Kriterium anzusetzen, sondern die gediegene Kunst des Erzählens.

Natürlich bin ich bemüht, als besonderen Leckerbissen den einen oder anderen Autor einzubringen, der nicht eben auf dem Gebiet der Science Fiction seine Meriten erworben hat, aber – und das finde ich besonders wichtig – sich ohne Scheu dieses Genres bedient, um bestimmte Ideen darzustellen. Das gilt für Mark Twain ebenso wie für Jewgeni Jewtuschenko – und natürlich für William Golding, mit dem wir (unverhofft) den Nobel-Preisträger für Literatur des Jahres 1983 rechtzeitig (!) im Science Fiction-Jahresband 1983 hatten. (Was mich natürlich besonders stolz machte.) Und ich bin sicher, auch die diesjährige Auswahl sagt Ihnen zu.

Viel Spaß!
Ihr
Wolfgang Jeschke

Liebe Leser,

um Rückfragen zu vermeiden und Ihnen Enttäuschungen zu ersparen: Bei dieser Titelliste handelt es sich um eine Bibliographie und NICHT UM EIN VERZEICHNIS LIEFERBARER BÜCHER. Es ist leider unmöglich, alle Titel ständig lieferbar zu halten. Bitte fordern Sie bei Ihrer Buchhandlung oder beim Verlag ein Verzeichnis der lieferbaren Heyne-Bücher an. Wir bitten Sie um Verständnis.

Wilhelm Heyne Verlag GmbH & Co. KG, Türkenstr. 5–7, Postfach 201204, 8000 München 2, Abteilung Vertrieb

Mark Twain

Samuel Longhorn Clemens (30. 11. 1835 Florida/Missouri - 21. 4. 1910 Redding/Connecticut), der als Autor unter dem Pseudonym Mark Twain bekannt und berühmt wurde, wuchs in Hannibal/Missouri auf. Nach dem Tod seines Vaters (1847) begann er eine Setzer- und Druckerlehre sowie erste journalistische Versuche. Von 1857 bis 1860 fuhr er als Lotse auf dem Mississippi; während des amerikanischen Bürgerkriegs (1861-1865) ging er als Silbergräber und Reporter nach Nevada und Kalifornien. 1865 veröffentlichte er seine erste Kurzgeschichte: »The Celebrated Jumping Frog of Calaveras County«. Eine Mittelmeerreise (1867) schlug sich nieder in seinem satirischen Reisebericht »The Innocents Abroad«, mit dem er auf einen Schlag berühmt wurde. Weltweiten Erfolg erlangte er mit seinen Romanen »The Adventures of Tom Sawyer« (1876), »Life on the Mississippi« (1883) und »Adventures of Huckleberry Finn«, die in ungezählten Ausgaben, vor allem als Jugendbücher, erschienen und wiederholt verfilmt wurden.

Mark Twain benutzte wiederholt Elemente der Phantastik resp. der Science Fiction. Nicht nur in dieser Erzählung, »From the ›London

Times‹ of 1904«, die 1898 erschien (und in der u. a. Mark Twains lebhaftes Interesse an technischen Neuerungen zum Ausdruck kommt, verlor er doch einen Großteil seines Vermögens durch die Investition in die Konstruktion neuartiger Setzmaschinen), sondern auch in seinem Roman »A Connecticut Yankee in King Arthur's Court«, einer farbenprächtigen Satire auf das Rittertum des Mittelalters, das von einem ebenso gewitzten wie geschäftstüchtigen Zeitreisenden aus den USA besucht wird, um die ›finsteren‹ Jahrhunderte mit dem Licht der Aufklärung zu erleuchten und sie mit den technischen Errungenschaften der Neuzeit zu beglücken.

Von Mark Twains Romanen liegen zahlreiche Einzelbuchausgaben vor; eine Gesamtausgabe seiner Werke ist zuletzt im Carl Hanser Verlag, München, erschienen.

Mark Twain

Aus der Londoner Times von 1904

Chicago, 1. April 1904

Ich fahre über Kabeltelefon fort, wo ich gestern aufhörte. Seit vielen Stunden jetzt spricht diese riesige Stadt – und mit ihr natürlich der Rest der Welt – von nichts anderem als der außergewöhnlichen Episode, die ich in meinem letzten Bericht erwähnte. Gemäß Ihren Instruktionen werde ich nun die Geschehnisse von ihren Anfängen bis zum gestrigen – oder heutigen; nennen Sie es, wie Sie wollen – Höhepunkt nachzeichnen. Wie ein seltsamer Zufall es wollte, war ich selbst Schauspieler in einem Teil dieses Dramas. Die Eröffnungsszene spielt in Wien. Datum: 31. März 1898, ein Uhr früh. Ich hatte den Abend in geselliger Unterhaltung verbracht. Etwa um Mitternacht ging ich fort, begleitet von den Militärattachés der britischen, italienischen und amerikanischen Botschaften, um den Abend mit einer späten Zigarre zu beschließen. Dies sollte im Haus von Leutnant Hillyer stattfinden, dem dritten der oben erwähnten Attachés. Als wir dort ankamen, trafen wir in der Wohnung mehrere Besucher an: den jungen Szczepanik, Herrn K., seinen Finanzier; Herrn W. den Sekretär des letzteren; Leutnant Clayton von der Armee der Vereinigten Staaten. Damals drohte zwischen Spanien und den Vereinigten Staaten Krieg auszubrechen, und Leutnant Clayton war in militärischen Angelegenheiten nach Europa entsandt worden. Ich war mit dem jungen Szczepanik und seinen zwei Freunden gut bekannt, und ich kannte auch Leutnant Clayton flüchtig. Ich hatte ihn vor Jahren in West Point kennengelernt, als er dort Kadett gewesen war. Zu der Zeit hatte General Merritt die Leitung der Militärakademie. Clayton galt als ein fähiger Offizier, aber auch als ein Mann von hitzigem Temperament und unumwundener Rede.

Dieses Tabakskollegium hatte sich zum Teil aus geschäftlichen Gründen versammelt. Es galt die Verwendbarkeit des Telelektroskops für militärische Zwecke in Betracht zu ziehen. Heute hört es sich einigermaßen seltsam an, doch ist es nichtsdestoweniger wahr, daß die Erfindung damals von niemandem als dem Erfinder selbst ernstgenommen wurde. Selbst sein Finanzier betrachtete sie mehr als ein merkwürdiges und interessantes Spielzeug. Tatsächlich war er so sehr davon überzeugt, daß er den Gebrauch der Erfindung durch die Öffentlichkeit auf das Ende des dahinscheidenden Jahrhunderts verschoben hatte, indem er ihn für die Dauer von zwei Jahren exklusiv an ein Syndikat vergeben hatte, das die Neuheit bei der Pariser Weltausstellung einsetzen wollte.

Als wir den Rauchsalon betraten, fanden wir Leutnant Clayton und Szczepanik in eine auf Deutsch geführte Diskussion über das Telelektroskop verstrickt. Clayton sagte gerade:

»Nun, wenigstens wissen Sie jetzt, wie ich darüber denke!« Und er schlug bekräftigend mit der Faust auf den Tisch.

»Und ich lege keinen Wert auf Ihre Meinung«, versetzte der junge Erfinder mit provozierender Gelassenheit des Tonfalls und der Haltung.

Clayton wandte sich zu Herrn K. und sagte:

»Ich verstehe nicht, warum Sie für dieses Spielzeug Geld verschwenden. Meiner Ansicht nach wird der Tag niemals kommen, da es irgendeinem Menschen auch nur für den Wert eines Kreuzers von wirklichem Nutzen sein kann.«

»Das mag sein; ja, das mag sein; gleichviel, ich habe das Geld hineingesteckt und bin zufrieden. Ich denke selbst, daß es nur ein Spielzeug ist; aber Szczepanik beansprucht mehr dafür, und ich kenne ihn gut genug, um zu glauben, daß er weiter sehen kann als ich – mit oder ohne Telelektroskop.«

Die freundliche Antwort vermochte Claytons erhitztes Gemüt nicht zu beruhigen; sie schien ihn nur noch mehr zu irritieren; und er wiederholte und betonte seine Überzeugung, daß die Erfindung keinem Menschen jemals für den Wert eines Kreuzers von Nutzen sein könne. Diesmal machte er sogar einen ›kupfernen‹ Kreuzer daraus. Dann legte er einen Kreuzer auf den Tisch und fügte hinzu:

»Nehmen Sie den, Herr K. und legen Sie ihn weg; und sollte das Telelektroskop jemals irgendeinem Menschen von wirklichem Nutzen sein – wohlgemerkt, von wirklichem Nutzen – dann schicken Sie mir diesen Kreuzer bitte als Erinnerung, und ich werde zurücknehmen, was ich gesagt habe. Wollen Sie das tun?«

»Ich werde es tun.« Und Herr K. steckte die Münze in die Tasche.

Clayton wandte sich nun wieder zu Szczepanik und begann mit einer Stichelei – eine Stichelei, die unvollendet blieb; Szczepanik unterbrach sie mit einer kühnen Entgegnung und bekräftigte diese mit einem Faustschlag. Es entspann sich ein kurzes, aber heftiges Handgemenge, dann trennten die Attachés die zwei Kämpfer.

Die Szene wechselt nun nach Chicago, Herbst 1901. Sogleich nach Auslaufen des Vertrags wurde das Telelektroskop für den allgemeinen Gebrauch hergestellt und war schon bald mit den Fernsprechsystemen mit der ganzen Erde verbunden. Bald darauf wurde der verbesserte Fernsprecher für unbegrenzte Distanz eingeführt und das tägliche Geschehen auf der Welt für jedermann sichtbar, hörbar und diskutierbar gemacht, mochten die Teilnehmer auch durch jede beliebige Distanz voneinander getrennt sein.

In dieser Zeit kam auch Szczepanik nach Chicago. Clayton, der es inzwischen zum Hauptmann gebracht hatte, diente dort in der Militärverwaltung. Die beiden Männer nahmen ihren Wiener Streit von 1898 wieder auf. Bei drei verschiedenen Anlässen gerieten sie aneinander und wurden von Zeugen getrennt. Danach verschwand Szczepanik aus dem Gesichtskreis seiner Freunde und Bekannten und ließ nichts mehr von sich hören. Zuerst wurde vermutet, er habe eine Besichtigungsrundreise angetreten und werde bald von sich hören lassen. Aber es kam keine Nachricht von ihm. Darauf wurde angenommen, er sei nach Europa zurückgekehrt. Doch die Zeit verstrich, und niemand hörte von ihm.

Freilich war auch niemand beunruhigt, denn er war wie die meisten Erfinder und schöpferischen Menschen und kam und ging, wie es ihm gerade einfiel, und häufig ohne jemanden zu verständigen.

Nun kommt die Tragödie. Am 29. Dezember wurde von einem Dienstmädchen in einem dunklen und ungenutzten Kellerabteil unter Hauptmann Claytons Haus ein Leichnam entdeckt. Er konnte ohne Schwierigkeit als derjenige Szczepaniks identifiziert werden. Der Mann war durch Gewalteinwirkung ums Leben gekommen. Clayton wurde verhaftet, unter Mordanklage gestellt und vor Gericht gebracht. Die Indizienbeweise gegen ihn waren in jedem Detail vollkommen und absolut unangreifbar. Clayton gab es selbst zu. Er sagte, ein vernünftiger Mensch könne diese Anklageschrift nicht lesen, ohne davon überzeugt zu werden; dennoch würde er sich im Irrtum befinden. Clayton schwor, daß er den Mord nicht begangen und nichts damit zu schaffen habe.

Wie Ihre Leser sich erinnern werden, wurde er zum Tode verurteilt. Er hatte zahlreiche und einflußreiche Freunde, die sich für seine Rettung einsetzten, denn keiner von ihnen zweifelte an der Wahrheit seiner Beteuerungen. Ich tat, was in meinen schwachen Kräften stand, um ihm zu helfen, denn ich war längst zu seinem vertrauten Freund geworden und glaubte zu wissen, daß es nicht in ihm war, einen Feind in einen Winkel zu locken und zu ermorden. Auf Grund der erdrückenden Beweislage wurde er dennoch zum Tode verurteilt. In den Jahren 1902 und 1903 gewährte der Gouverneur mehrmals Vollstreckungsaufschub; Anfang dieses Jahres erfolgte ein weiterer Vollstreckungsaufschub, und der Tag der Hinrichtung wurde auf den 31. März verschoben.

Der Gouverneur geriet vom Tag der Urteilsverkündung an in eine zunehmend schwierige und peinliche Situation, weil Claytons Ehefrau seine Nichte ist. Die Hochzeit fand 1899 statt, als Clayton vierunddreißig und das Mädchen dreiundzwanzig war, und die Ehe galt als glücklich. Es gibt ein Kind, ein kleines Mädchen von drei Jahren. Mitleid für die arme Mutter und das Kind hielt die Münder der Nörgler und politischen Gegner zunächst verschlossen, aber dabei konnte es nicht lange bleiben, und nach und nach formierte sich die Front der Opposition. Die Gegner des Gouverneurs begannen die öffentliche Aufmerksamkeit auf seine Manöver zu lenken, die nach ihrer Meinung eine Behinderung des Rechts bedeuteten. Diese Anschuldigungen sind in letzter Zeit immer häufiger und nachdrücklicher erhoben worden, mit dem folgerichtigen Ergebnis, daß seine eigene Partei nervös wurde. Die Parteiführung hielt in Springfield unter Ausschluß von Presse und Öffentlichkeit lange Konferenzen mit ihm ab. Er war nun zwischen zwei Feuern. Auf der einen Seite flehte seine Nichte ihn an, ihren Mann zu begnadigen oder zumindest vor dem Galgen zu bewahren; auf der anderen Seite standen die Öffentlichkeit, die politische Opposition und seine eigenen Parteifreunde, die darauf bestanden, daß er zu seiner Pflicht als Oberhaupt der staatlichen Exekutive stehe, dem Recht genüge zu tun und Claytons Hinrichtung keine weiteren Hindernisse entgegenzustellen. Das Pflichtgefühl siegte in diesem Ringen, und der Gouverneur gab sein Wort, daß er den Verurteilten nicht noch einmal Vollstreckungsaufschub gewähren würde. Dies war vor zwei Wochen. Mrs. Clayton zeigte sich einsichtig und sagte nun:

»Da du jetzt dein Wort gegeben hast, ist meine letzte Hoffnung dahin, denn ich weiß, daß du es niemals brechen wirst. Aber du hast dein möglichstes für John getan, und ich mache dir keine Vorwürfe. Du liebst ihn, und du liebst mich, und wir beide wissen, daß du, könntest du ihn in Ehren retten, es tun würdest. Ich werde jetzt zu ihm gehen und ihm beistehen und den wenigen Tagen, die uns noch bleiben, an Trost abgewinnen, was möglich ist, bevor die Nacht anbricht, die für mich in diesem Leben kein Ende haben wird. Du wirst an dem Tag bei mir sein? Du wirst es mich nicht allein tragen lassen?«

»Ich werde dich selbst zu ihm begleiten, armes Kind, und ich werde dir bis zuletzt nahe sein.«

Auf Anweisung des Gouverneurs wurde nun Clayton jede Hafterleichterung gewährt. Seine Frau und seine Tochter durften die Tage mit ihm verbringen, und an den Abenden war ich sein Gefährte. Er wurde aus der engen Zelle, die er so lange bewohnt hatte, in eine eigens für ihn möblierte, geräumige Wachstube der Gefängnisaufseher verlegt. Sein ganzes Denken war noch immer beherrscht von der Katastrophe seines Lebens, und der Gedanke an den ermordeten Erfinder gab ihm die Idee ein, daß er gern ein Telelektroskop hätte, um sich damit abzulenken. Der Wunsch wurde ihm erfüllt, die Verbindung mit der internationalen Telefonvermittlung hergestellt, und Tag für Tag und Nacht um Nacht rief er einen Erdenwinkel nach dem anderen, betrachtete das Leben und die fremdartigen Ansichten und sprach mit den Bewohnern. Und er erkannte, daß er dank diesem wunderbaren Instrument beinahe so frei war wie die Vögel des Himmels, obwohl er als Gefangener hinter Schloß und Riegel saß. Er sprach selten, und niemals unterbrach ich ihn, wenn er in diese Ablenkung vertieft war. Ich saß bei ihm im Zimmer und las und rauchte und die Abende waren sehr still und von einer zwanglosen, ruhigen Geselligkeit, die ich als angenehm empfand. Dann und wann hörte ich ihn sagen: »Geben Sie mir Yedo«; und dann: »Geben Sie mir Hongkong«; und dann: »Geben Sie mir Melbourne.« Und ich rauchte weiter und las mit Behagen, während er unter den Antipoden weilte, wo die Sonne vom Himmel strahlte und die Leute ihrer Tagesarbeit nachgingen. Manchmal interessierten mich die Gespräche, die von fernen Weltgegenden aus dem Lautsprecher drangen, und ich lauschte.

Gestern – ich sage fortwährend gestern, was aus bestimmten Gründen ganz natürlich ist – blieb das Instrument ausgeschaltet, und auch das war natürlich, denn es war der Vorabend des Tages der Hinrichtung. Er wurde in Tränen und mit Klagen und Abschiednehmen verbracht. Der Gouverneur, die Frau und das Kind blieben am Abend bis viertel nach elf, und die Szenen, deren Zeuge ich sein mußte, waren herzzerreißend anzusehen. Die Hinrichtung sollte um vier Uhr früh stattfinden. Kurz nach elf Uhr brach draußen in der Nachtstille ein Gehämmere los, blendendes Licht tauchte den Hof in hellen Schein, und das Kind rief: »Was ist das, Papa?« und rannte zum Fenster, bevor jemand es zurückhalten konnte. Dann klatschte es in die kleinen Hände und sagte: »Oh, komm her und schau, Mama – solch ein hübsches Ding machen sie da!« Die Mutter begriff – und wurde ohnmächtig. Es war der Galgen!

Die arme Frau wurde nach Haus gebracht, und Clayton und ich blieben allein zurück, sinnend, brütend, träumend. So reglos und still saßen wir da, daß wir hätten Statuen gewesen sein können. Es war eine kalte Nacht, denn für kurze Zeit war der Winter zurückgekehrt, wie es in dieser Gegend im Frühling häufig vorkommt. Der Himmel war schwarz und sternenlos, und ein schneidender Wind blies vom See herein. Die Stille im Zimmer war so tief, daß alle von draußen hereindringenden Geräusche durch den Kontrast übertrieben laut schienen. Es waren passende Geräusche; sie waren im Einklang mit der Lage und den äußeren Bedingungen: ein Dröhnen und Tosen jäher Windböen um Dächer und Kamine, dann ein Ersterben in hohlem Stöhnen und Seufzen; hin und wieder ein Prasseln windgepeitschter Graupeln gegen die Fensterscheiben; und immer das gedämpfte und unheimliche Hämmern der Galgenbauer im Hof. Nach einer Ewigkeit ein anderes Geräusch – weit entfernt, vom Sturm verweht und schwach durch den Aufruhr der Elemente tönend: eine Glocke, die zwölf schlug!

Eine weitere Ewigkeit, und sie läutete wieder. Und schließlich ein weiteres Mal. Eine traurige, elende Nacht, in schier endlosen Intervallen zerschnitten von den geisterhaft verwehten Glockenklängen aus der Ferne – eins, zwei, drei; und diesmal hielten wir unwillkürlich den Atem an: noch sechzig Minuten zu leben!

Clayton stand auf und trat zum Fenster und blickte in den schwarzen Himmel auf und lauschte dem Tosen des Sturmes; dann sagte er: »Daß das Letzte, was ein Todgeweihter von der Erde hat, dies sein muß!« Nach einer kleinen Weile sagte er: »Ich muß noch einmal die Sonne sehen – die Sonne!« Und im nächsten Augenblick saß er vor dem Telelektroskop und rief: »China! Geben Sie mir China – Peking!«

Ich war seltsam bewegt und dachte bei mir: Wie erstaunlich, daß es bloßes Menschenwerk ist, was dieses Wunder bewirkt – Winter in Sommer verwandelt, Nacht in Tag, Sturm in Ruhe; das einem Gefangenen die Freiheit der weiten Welt in seine Zelle bringt, und die Sonne in ihrem strahlenden Glanz zu einem Mann, der in ägyptischer Dunkelheit stirbt!

Ich lauschte.

»Welches Licht! Welcher Glanz! Welch strahlender Tag ... Ist dort Peking?«

»Ja.«

»Die Zeit?«

»Früher Nachmittag.«

»Wozu ist die große Menge versammelt, und in solch prachtvollen Gewändern? Welche Menschenmengen, welche bunten Farben, welch glänzende Prachtentfaltung! Und wie das alles im Sonnenschein leuchtet! Welches ist der Anlaß von alledem?«

»Die Krönung unseres neuen Herrschers, des Kaisers.«

»Aber ich dachte, daß diese schon gestern stattfinden sollte.«

»Dies ist gestern – für Sie.«

»Richtig. Meine Gedanken sind ein wenig verwirrt; es gibt Gründe dafür ... Ist dies der Beginn der Prozession?«

»O nein; sie setzte sich vor einer Stunde in Bewegung.«

»Wird sie noch lang dauern?«

»Noch zwei Stunden ... Warum seufzen Sie?«

»Weil ich sie gern ganz gesehen hätte.«

»Und was hindert Sie daran?«

»Ich muß gehen – schon bald.«

»Sie haben eine Verpflichtung?«

»Ja«, sagte Clayton leise und zögernd. Nach einer Pause fragte er: »Wer sind die Leute in dem prächtigen Pavillon?«

»Die kaiserliche Familie, hohe Würdenträger und königliche Gäste aus allen Teilen der Welt.«

»Und wer sind die Leute in den benachbarten Pavillons zur Rechten und zur Linken?«

»Botschafter mit ihren Familien und ihrem Gefolge zur Rechten, nichtoffizielle ausländische Gäste zur Linken.«

»Wenn Sie so gut sein wollen, möchte ich ...«

Wieder schlug die ferne Glocke die halbe Stunde, übertönt vom Heulen des Windes und dem Prasseln eines Graupelschauers. Die Tür ging auf, und der Gouverneur, die Frau und das Kind kamen herein – die Frau in schwarzer Witwenkleidung! Schluchzend sank sie ihrem Mann an die Brust, und ich – ich konnte nicht bleiben; ich ertrug es nicht. Ich ging in den Nebenraum und schloß die Tür. Dort saß ich und wartete und lauschte dem Klappern der Läden und dem Fauchen des Windes. Nach scheinbar unendlich langer Zeit hörte ich Schritte und Geräusche nebenan und wußte, daß der Geistliche und die Wärter und der Bezirksrichter gekommen waren. Es wurde mit halblauten Stimmen gesprochen, dann trat Stille ein, gefolgt von einem Gebet, begleitet von Schluchzen; darauf Schritte – der Marsch zum Galgen; schließlich die Kinderstimme: »Warum weinst du, Mama, wir haben den Papa doch wieder!«

Die Tür fiel ins Schloß; sie waren fort. Ich schämte mich: Sollte ich als einziger unter denen, die dem Verurteilten nahestanden, nicht den Mut aufbringen, ihn auf diesem seinem schwersten Gang zu begleiten? Ich betrat das Zimmer und sagte mir, ich würde ein Mann sein und ihnen nachgehen. Aber wir sind, wie wir sind, und wir können es nicht ändern. Ich ging nicht.

Ich drückte mich nervös im Raum herum, ging dann zum Fenster und öffnete es leise, geleitet von jener furchtbaren Faszination die das Grauenhafte ausübt, und blickte hinunter in den Hof. Im blendenden Schein der elektrischen Lampen sah ich die kleine Gruppe der amtlichen Zeugen, die an der Brust ihres Onkels weinende Frau, den Verurteilten, der unter dem Galgen stand, die Schlinge um den Hals gelegt, die Arme an den Körper geschnallt, die schwarze Haube auf dem Kopf, neben ihm den Scharfrichter, der die Hand am Fallbrett hatte, und vor ihm schließlich den Geistlichen mit entblößtem Haupt und das Buch in der Hand.

»Ich bin die Auferstehung und das Leben ...«

Ich wandte mich weg. Ich konnte nicht zuhören; ich konnte nicht hinsehen. Ich wußte nicht, ob ich fortlaufen oder was ich sonst tun sollte. Mein hilflos wandernder Blick fiel auf das Telelektroskop, und da war Peking und der Umzug aus Anlaß der Kaiserkrönung! ... Augenblicke später hing ich weit vorgebeugt aus dem Fenster, keuchend, mit halberstickter Stimme zu sprechen versuchend, aber benommen und wie gelähmt von der überwältigenden Notwendigkeit, mir Gehör zu verschaffen. Der Priester konnte sprechen, aber mir, der ich die Notwendigkeit viel drängender verspürte, blieben die Worte in der Kehle stecken ...

»Möge Gott deiner armen Seele gnädig sein. Amen.«

Der Scharfrichter zog die schwarze Kapuze mit einem Ruck ganz über den Kopf herunter. Im gleichen Augenblick fand ich meine Stimme wieder.

»Halt, um Gottes willen! Der Mann ist unschuldig! Szczepanik lebt! Kommt her und seht ihn selbst!«

Kaum drei Minuten später hatte der Gouverneur meinen Platz am Fenster eingenommen und rief hinunter:

»Nehmen Sie ihm die Fesseln ab und setzen Sie ihn auf freien Fuß!«

Weitere drei Minuten später waren wir alle wieder im Zimmer versammelt. Der Leser wird sich die Szene vorstellen können; ich brauche sie nicht zu schildern. Es war eine Art von verrücktem Freudentaumel.

Ein Bote trug die Nachricht zu Szczepanik in den Pavillon, und man konnte das Erstaunen und die Bestürzung in seinen Zügen aufdämmern sehen, als er der Meldung lauschte. Dann kam er ans andere Ende der Leitung und sprach mit Clayton und dem Gouverneur und den anderen; und aus der Frau brach die Dankbarkeit, daß er ihrem Mann das Leben gerettet, ungehemmt hervor, und in ihrem Überschwang küßte sie ihn über zwölftausend Meilen hinweg.

Wie ein Lauffeuer verbreitete sich die Nachricht über die ganze Welt, und tagelang sah sich Szczepanik von gekrönten Häuptern und bedeutenden Persönlichkeiten (und dann und wann einem Reporter) über das Netz der Telelektroskope beglückwünscht und gepriesen; und die wenigen wissenschaftlichen Gesellschaften, die ihn noch nicht zum Ehrenmitglied gemacht hatten, holten dies jetzt schleunigst nach.

Wie war es zu seinem Verschwinden aus unserer Mitte gekommen? Das war leicht erklärt. Er hatte sich nicht daran gewöhnen können, eine weltberühmte Person zu sein und war schließlich gezwungen gewesen, sich aus dem gesellschaftlichen Leben zurückzuziehen, das ihn aller Ruhe und Zurückgezogenheit beraubte. So hatte er sich einen Bart wachsen lassen, eine dunkle Brille aufgesetzt und sein Aussehen durch eine neue Haartracht und andere Kleidung verändert, um unter einem angenommenen Namen in Frieden zu leben.

Von dieser Art ist das Drama, das im Frühling 1898 in Wien mit einem unbedeutenden Streit begann und im Frühling 1904 beinahe als Tragödie endete. MARK TWAIN

Chicago, 5. April 1904

Heute traf, übermittelt durch Schnelldampfer und elektrische Eisenbahn ein Briefumschlag aus Wien ein, der einen Kreuzer für Hauptmann Clayton enthielt. Der Empfänger war sehr bewegt. Er rief Wien an, stand Herrn K. von Angesicht zu Angesicht gegenüber, und sagte:

»Ich brauche Ihnen nichts zu erklären; Sie können mir alles vom Gesicht ablesen. Meine Frau hat den Kreuzer. Seien Sie unbesorgt – sie wird ihn nicht wegwerfen.« M. T.

Chicago, 23. April 1904

Nachdem nun die Entwicklung im Fall Clayton ihren Lauf genommen hat und zum Abschluß gekommen ist, will ich sie zusammenfassen. Claytons romantisches Entrinnen aus der Schlinge des Henkers bezauberte das ganze Land und versetzte es in einen Zustand freudigen Staunens – während der sprichwörtlichen neun Tage. Dann folgte der Ernüchterungsprozeß, und die Leute begannen nachdenklich zu werden und zu sagen: »Aber es wurde einer umgebracht, und Clayton ermordete ihn.« Andere stimmten ein: »Das ist richtig; wir haben dieses wichtige Detail übersehen; wir haben uns von der Aufregung irreführen lassen.«

Bald setzte sich die allgemeine Ansicht durch, daß Clayton noch einmal vor Gericht gestellt werden sollte. Entsprechende Maßnahmen wurden ergriffen und das Aktenmaterial des Prozesses nach Washington gesandt; denn nach dem neuen, im Jahre 1899 der Verfassung hinzugefügten Paragraphen sind Wiederaufnahmen von Gerichtsverfahren in Amerika nicht Angelegenheit der Bundesstaaten, sondern des Bundes selbst und müssen von der erhabensten Körperschaft des Landes verhandelt werden – dem Bundesgerichtshof der Vereinigten Staaten. Die Verhandlung fand vorgestern statt und wurde mit den üblichen eindrucksvollen Formalitäten eröffnet: die neun Richter erschienen in ihren schwarzen Roben und der neue Oberste Bundesrichter

(Lemaitre) übernahm den Vorsitz. Bei der Eröffnung der Verhandlung sagte er:

»Ich bin der Meinung, daß dieser Fall ganz einfach ist. Der Angeklagte wurde der Ermordung des Szczepanik beschuldigt; er wurde wegen der Ermordung Szczepaniks vor Gericht gestellt; er wurde für schuldig befunden und unter Würdigung des vorgelegten Beweismaterials zum Tode durch den Strang verurteilt. Es stellt sich heraus, daß Szczepanik überhaupt nicht ermordet wurde. Durch die Entscheidung der französischen Gerichtshöfe im Fall Dreyfus wurde jenseits aller Spitzfindigkeiten und Zweifel festgestellt, daß die Entscheidungen von Gerichtshöfen unumstößlich sind und nicht revidiert werden können. Wir sind verpflichtet, dieses Präzedenzurteil zu respektieren und zur Richtschnur unserer Überlegungen zu machen. Das dauerhafte Gebäude der Rechtsprechung – ja, des gesamten Rechtsstaates ruht auf den sicheren Fundamenten von Präzedenzurteilen. Der Angeklagte ist in einem ordentlichen Gerichtsverfahren zu Recht wegen der Ermordung des Szczepanik zum Tode verurteilt worden, und meiner Ansicht nach gibt es in diesem Fall nur einen vom Recht vorgezeichneten Weg: das Urteil muß vollstreckt werden.«

Bundesrichter Crawford sagte:

»Aber Euer Exzellenz, er wurde unmittelbar vor der Hinrichtung begnadigt, weil sich erwiesen hatte, daß Szczepanik noch lebt.«

»Die Begnadigung ist ungültig und kann nicht bestehen bleiben, weil er für die Ermordung eines Mannes begnadigt wurde, den er nicht ermordet hatte. Ein Mann kann nicht für ein Verbrechen begnadigt werden, das er nicht begangen hat; es wäre eine Absurdität.«

»Aber Euer Exzellenz, er ermordete einen Menschen.«

»Das ist ein nicht zur Sache gehöriges Detail; wir haben damit nichts zu tun. Der Gerichtshof kann sich nicht mit diesem Verbrechen befassen, bis der Angeklagte das andere, dessentwegen er verurteilt wurde, gesühnt hat.«

Bundesrichter Halleck sagte:

»Wenn wir seine Hinrichtung anordnen, Euer Exzellenz, werden wir eine Rechtsbeugung herausfordern, denn der Gouverneur wird ihn wieder begnadigen.«

»Er wird dazu nicht die Macht haben. Er kann einen Mann nicht für ein Verbrechen begnadigen, das er nicht begangen hat. Wie ich zuvor bemerkte, würde es eine Absurdität sein.«

Nach einer Konsultation mit seinen Kollegen sagte Bundesrichter Wadsworth:

»Mehrere von uns sind zu dem Schluß gelangt, Euer Exzellenz, daß es ein Irrtum sein würde, den Angeklagten für die Ermordung des Szczepanik zu hängen, und daß er nur für die Ermordung des anderen Mannes hingerichtet werden kann, da erwiesen ist, daß er Szczepanik nicht tötete.«

»Im Gegenteil, es ist bewiesen, daß er Szczepanik tötete. Nach dem französischen Präzedenzurteil liegt es auf der Hand, daß wir uns dem Urteilsspruch der Vorinstanz anschließen müssen.«

»Aber Szczepanik ist noch am Leben.«

»Auch Dreyfus ist am Leben.«

Am Ende stellte sich heraus, daß es unmöglich war, das französische Präzedenzurteil zu ignorieren oder zu umgehen. Es konnte nur ein Resultat geben: Clayton wurde dem Scharfrichter übergeben. Es gab ein ungeheures Aufsehen; die Bevölkerung erhob sich wie ein Mann und verlangte Claytons Begnadigung und die Eröffnung eines neuen Verfahrens. Der Gouverneur ordnete die Begnadigung an, aber das Oberste Gericht war verpflichtet, die Begnadigung zu annullieren und tat es auch, und gestern wurde der arme Clayton gehängt. Die Stadt ist schwarz drapiert, und das gleiche läßt sich vom ganzen Staat sagen. Ganz Amerika ist voll des Zornes über die ›Französische Justiz‹ und über die bösartigen kleinen Soldaten, die sie erfanden und den anderen christlichen Ländern auferlegten.

Originaltitel: »From the ›London Times‹ of 1904«
Aus dem Amerikanischen übersetzt von Walter Brumm

Edgar Pangborn

Edgar Pangborn wurde 1909 in New York geboren. Er studierte an der renommierten Harvard University Literatur und am New England Conservatoire Musik und Komposition. Da das Komponieren ihm zu wenig einbrachte, wandte er sich Ende der zwanziger Jahre dem Schreiben zu und lebte fortan als freiberuflicher Schriftsteller. 1930 erschien seine erste Erzählung »A-100«; er publizierte sie unter dem Pseudonym Bruce Harrison. Weitere Stories folgten; er blieb jedoch weitgehend unbeachtet, bis 1951 die hier vorliegende Novelle »Angel's Egg« im SF-Magazin »Galaxy« erschien; sie wurde von der Kritik enthusiastisch gefeiert. Sein erster Roman, »West of the Sun«, erschien 1953; im Jahr darauf wurde »A Mirror for Observers« veröffentlicht, für den der Autor mit dem INTERNATIONAL FANTASY AWARD geehrt wurde. In der Folgezeit entstand eine Reihe historischer Romane; 1964 kehrte Pangborn mit »Davy« zur Science Fiction zurück, einem farbenprächtigen Roman, der in einem Amerika lange nach einem Atomkrieg angesiedelt ist; mit »The Company of Glory« entstand 1975 eine Fortsetzung zu »Davy«, in der er die Entdeckung eines vom Atomkrieg verwüsteten Europa von Amerika aus schildert. In demselben Nachkriegsamerika ist »The Judgement of Eve« angesiedelt, eine bezaubernde Parabel über Liebe und Mannestugend - Idealen, denen in einer zerstörten und zivilisatorisch abgesunkenen Welt auch oder wieder ganz besondere Gültigkeit zukommt. 1978, zwei Jahre nach seinem Tod, erschienen die im Nachlaß Pangborns aufgefundenen Erzählungen unter dem Titel »Still I Persist in Woundering«: »Ich bestehe immer noch darauf, mich zu wundern«. Dies könnte als Motto über Pangborns gesamtem Werk stehen, einem schmalen Werk, aber sowohl stilistisch als auch moralisch von eminentem Gewicht.

Von Edgar Pangborn erschienen in der Reihe
HEYNE SCIENCE FICTION & FANTASY:

Der Beobachter (06/3588)
Davy (06/3593)
Die Prüfung (06/3637)
Ein glorreicher Haufen (in Vorb.)
Westlich der Sonne (in Vorb.)
Nachtwind (in Vorb.)

EDGAR PANGBORN

Das Elfenei

BRIEF AUS DEM ARCHIV, BLAINE AN McCARRAN, DATIERT 10. AUGUST 1951

Mr. Cleveland McCarran
Federal Bureau of Investigation
Washington D.C.

Geehrter Herr:
In Erledigung Ihres Ersuchens lege ich eine Kopie der einschlägigen Abschnitte aus dem Tagebuch des verstorbenen Dr. David Bannerman bei. Das Originaldokument wird hier verwahrt, bis über den endgültigen Verbleib entschieden werden kann.

Unsere Ermittlungen haben keine Verbindung zwischen Dr. Bannerman und irgendeiner Organisation, subversiv oder andersgeartet, zu Tage gebracht. Soweit wir in Erfahrung bringen konnten, war er genau das, was er zu sein schien: ein unauffälliger Sommergast, Ruheständler, mit einem kleinen unabhängigen Einkommen. Er lebte zurückgezogen, erfreute sich bei örtlichen Geschäftsleuten und anderen Nachbarn jedoch einiger Beliebtheit. Eine Verbindung zwischen Dr. Bannerman und der Art von Aktivität, die Ihre Behörde beschäftigt, erscheint höchst unwahrscheinlich.

Die folgenden Informationen sind eine Zusammenfassung aus den früheren Teilen von Dr. Bannermans Tagebuch und stehen im Einklang mit den Ergebnissen unserer begrenzten Nachforschungen. Er wurde 1898 in Springfield, Massachusetts, geboren, besuchte dort die Schule und graduierte 1922 an der Harvard-Universität, nachdem sein Studium zuvor von einer zweijährigen Militärdienstzeit unterbrochen worden war. Während der Kämpfe um den Argonner Wald wurde er verwundet (Verletzung der Wirbelsäule). Im Jahre 1926 promovierte er in Biologie. Spätfolgen seiner Kriegsverletzung machten in den Jahren 1927/28 einen längeren Krankenhausaufenthalt notwendig. Von 1929 bis 1948 lehrte er naturwissenschaftliche Fächer an einer Privatschule in Boston. 1929 und 1937 veröffentlichte er Biologiebücher für die Elementarstufe. 1948 trat er in den Ruhestand; eine Pension und ein bescheidenes Einkommen aus Schulbuchtantiemen machten dies offenbar möglich. Abgesehen von der Rückgratverletzung, die eine gebeugte Haltung zur Folge hatte, soll seine Gesundheit gut gewesen sein. Die Ergebnisse der Autopsie lassen vermuten, daß die niemals ganz ausgeheilte Rückgratverletzung ihm beträchtliche Schmerzen verursacht haben mußte; es ist nicht bekannt, daß er zu anderen darüber sprach, nicht einmal zu seinem Hausarzt, Dr. Lester Morse. Für Drogenabhängigkeit oder Alkoholismus gibt es keinerlei Anhaltspunkte.

In einer seiner frühen Tagebucheintragungen beschreibt Dr. Bannerman sich selbst als einen ›Naturforscher des Tüftlertyps – ich würde lieber auf einem Holzklotz sitzen als Monographien schreiben: es zahlt sich besser aus‹. Dr. Morse und andere, die Dr. Bannerman persönlich kannten, sagten mir, daß diese Bemerkung eine bezeichnende Aussage über seine Persönlichkeit enthalte.

Ich bin nicht qualifiziert, ein Urteil über das in diesem Tagebuch enthaltene Material abzugeben und kann nur sagen, daß mir kein Beweismaterial vorliegt, welches Dr. Bannermans Erklärungen stützen oder ihnen widersprechen würde. Das Tagebuch ist nur von meinen unmittelbaren Vorgesetzten, von Dr. Morse und von mir selbst gelesen worden. Ich gehe selbstverständlich davon aus, daß Sie die Angelegenheit streng vertraulich behandeln werden.

Mit dem Tagebuch füge ich auch eine Erklärung von Dr. Morse bei, die auf mein Ersuchen hin für unsere Akte und Ihre Information geschrieben wurde. Sie werden feststellen, daß er mit einigen Einschränkungen sagt, die ›Todesursache sei mit einer Embolie nicht unvereinbar‹. Er hat auf dieser Basis die Sterbeurkunde unterzeichnet. Sie werden sich aus meinem Brief vom 5. August erinnern, daß es Dr. Morse war, der Dr. Bannermans Leichnam entdeckte. Weil er ein enger persönlicher Freund des Verstorbenen war, fühlte Dr. Morse sich nicht in der Lage, die Autopsie selbst vorzunehmen. Sie wurde daraufhin von dem ortsansässigen Dr. Stephen Clyde ausgeführt und war im Hinblick auf die Todesursache praktisch negativ, weil sie Dr. Morses vorläufige Diagnose weder bestätigte noch ihr widersprach. Wenn Sie den ausführlichen Autopsiebericht zu lesen wünschen, werde ich Ihnen gern eine Kopie zusenden.

Dr. Morse unterrichtete mich, daß Dr. Bannerman seiner Kenntnis nach keine nahen Verwandten hatte. Er heiratete nie. Während der letzten zwölf Sommer bewohnte er ein kleines Häuschen an einer Nebenstraße, ungefähr fünfundzwanzig Meilen von dieser Stadt entfernt, und hatte wenige Besucher. Der im Tagebuch erwähnte Nachbar, Steele, ist ein Landwirt, achtundsechzig Jahre alt und von gutem Charakter, der mir gegenüber erklärte, er sei ›mit Dr. Bannerman nie wirklich bekannt geworden‹.

Nach eingehender Prüfung des vorliegenden Materials sind wir der Auffassung, daß weitere aktive Ermittlungen kaum gerechtfertigt sind, sofern nicht neue Informationen ans Licht kommen.

Mit freundlichem Gruß,
GARRISON BLAINE
Captain, Staatspolizei
Augusta, Maine

Anlage: Auszug aus Tagebuch David Bannerman.
Erklärung Dr. Lester Morse.

Anmerkung des Bibliothekars: Das folgende Dokument, ursprünglich als inoffizielle Beilage dem obigen Brief beigefügt, wurde dieser Institution von Mrs. Helen McCarran, der Witwe des Adressaten, aus seinem Nachlaß zur Verfügung gestellt.

PERSÖNLICHE NACHRICHT BLAINE AN McCARRAN, DATIERT 10. AUGUST 1951

Lieber Cleve:
Ich glaube, aus dem amtlichen Schreiben geht nicht ganz klar hervor, daß dieser Bastard Clyde dafür verantwortlich war, daß ich Sie in diese Sache hineinziehen mußte. Man muß ihn mit Glacéhandschuhen anfassen. Der Hergang war folgender: Als er mit dem Autopsiebericht zu mir kam, hatte er schon Junge gekriegt, nur weil die Autopsie so völlig negativ ausgefallen war (er ist von einer übertriebenen Gewissenhaftigkeit). Dann sah er ein paar Seiten des Tagebuchs auf meinem Schreibtisch. Dr. Morse war auch gerade bei mir, und ich fürchte, wir behandelten ihn ein wenig kühl (Dr. Clyde hat diese Wirkung, und wir waren beide schon so in der passenden Stimmung), und sofort denkt dieser mißtrauische Kerl, er sei auf etwas gekommen. Er pustete sich mächtig auf und sagte, er werde sich an eine höhere Stelle wenden, und ich wußte, daß er damit Ihren Verein meinte, also wollte ich seinem Brief zuvorkommen. Ich nehme an, man wird seine literarische Anstrengung nicht einfach in der Ablage verschwinden lassen können, oder?

Er kann über meinen Charakter sagen, was er will, aber selbst ich hätte nicht gedacht, daß er seinem Berufskollegen einen Seitenhieb versetzen würde. Dr. Morse ist der beste Mensch, den es gibt, und würde nicht im Traum daran denken, irgendwelche Hinweise zu unterdrücken, die für uns von Bedeutung sind, wie Sie Dr. Clydes Schreiben entnommen haben. Doc Morse sagte ihm lediglich mit aller Freundlichkeit in der Zurückgezogenheit meines Büros, er solle sich nicht so haben und nach Hause gehen. Und was macht Clyde? Er rennt los, um es dem Lehrer zu sagen. Da sehen Sie, was es mit den Glacéhandschuhen auf sich hat. Ich glaube jedoch nicht (klopfen wir an Holz), daß er genug vom Tagebuch gesehen hat, um eine Vorstellung zu gewinnen, worum es darin geht.

Also, was dieses Tagebuch angeht, Cleve, ich weiß nicht. Wenn Sie irgendwelche Ideen haben, würde ich sie natürlich gern hören. Ich fürchte, ich glaube selbst an Engel. Aber wenn ich an die Wirkung auf die öffentliche Meinung denke, sollte die Geschichte jemals unter die Leute kommen – lieber Himmel! Da war dieser alte Bannerman und lebte allein mit einer Elfe, und sie waren nicht mal standesamtlich getraut ... Nicht auszudenken! Und die Flut von Anrufen anderer Knallköpfe, die nicht erwarten können, mir alles zu erklären! Fachleute in der Pflege und Ernährung von Elfen, Methoden der Echtheitsprüfung. Elfen draußen vor dem Fenster, gerade erst vor einer Minute. Nutzen Sie Ihre Freizeit, machen Sie Elfen zu einem gewinnbringenden Unternehmen!!!

Wann sehe ich Sie? Sie sagten, Sie könnten im Oktober vielleicht eine Woche freinehmen. Wenn wir uns zusammensetzen könnten, würde es uns vielleicht gelingen, einen Sinn zu finden, wo keiner zu sehen ist. Ich höre, der Apfelmost verspricht heuer gut zu werden. Versuchen Sie es zu schaffen. Meine besten Grüße an Ginny und das andere junge Gemüse, und natürlich an Helen.

Beste Grüße, Ihr
Garry

P. S. Sollten Sie dort unten Elfen sehen, und sie sind nicht bereit, auf eine republikanische Regierung zu warten, veranlassen Sie auf jeden Fall eine Untersuchung durch den zuständigen Senatsausschuß – dann werden wir wissen, daß wir alle verrückt sind.

G.

AUSZUG AUS TAGEBUCH DAVID BANNERMAN, 1.–29. JUNI 1951

1. Juni
Es muß mindestens drei Wochen her sein, daß wir diese Aufregung um die fliegende Untertasse hatten. Beobachter auf der anderen Seite des Mount Katahdin sahen sie von dieser Seite kommen; Beobachter auf dieser Seite sahen sie von der anderen kommen. Jede Größe zwischen fünfzehn Zentimetern und fünfzehn Metern Durchmesser (oder war sie zigarrenförmig?), und jede

Geschwindigkeit, die man sich denken kann. Glaube mich zu erinnern, daß manche Augenzeugen behaupteten, ein rosafarbenes Licht gesehen zu haben. In der Lokalpresse gab es die üblichen Interviews mit Meteorologen und anderen Wissenschaftlern, sowie offizielle Erklärungen mit dem Ziel, die Bevölkerung zu beeindrucken und zu beruhigen. Ich schenkte der ganzen Aufregung und den Erklärungen wenig Beachtung – natürlich hielt ich es für Humbug, eine von phantasievollen Gemütern mißdeutete Luftspiegelung oder ein sonstiges atmosphärisches Phänomen. Aber nun hat Camilla eine Elfe ausgebrütet.

Es mußte Camilla sein. Vielleicht habe ich meine Hühner in diesem Tagebuch nicht hinreichend gewürdigt. In den letzten Tagen ist mir aufgegangen, daß dieses Tagebuch für andere Augen als meine eigenen von Bedeutung und nicht nur das Spielzeug eines einsamen Mannes sein mag, um die scharfe Schneide der Sterblichkeit abzustumpfen; eine Elfe im Haus macht einen Unterschied. Ich sollte auf mögliche Leser Rücksicht nehmen.

Ich habe acht Hühner, alles einjährige Tiere bis auf Camilla, die jetzt ihren dritten Frühling erlebt. Die letzten zwei Winter, als ich diese Hütte zumachte und meine fröstelnden Gebeine nach Florida schaffte, gab ich sie meinem Nachbarn, dem Landwirt Steele, in Pension, denn schon als Hühnchen hatte sie eine Art, die mich überwältigte. Ich hätte Camilla niemals essen können; hätte sie das Beil mit dem gleichen Ausdruck unnachsichtiger Mißbilligung angesehen, der ihr eigen ist (und sie hätte es bestimmt getan), wäre mir zumute gewesen, als sei ich im Begriff, meine Lieblingstante zu köpfen. Ihr einziges Zugeständnis an die Welt der Gefühle ist der alljährliche Andrang mütterlicher Instinkte im Gehirn – normal, für eine abgehärtete weiße Leghorn-Henne.

Dieses Jahr versteckte sie ein Nest erfolgreich in einem Brombeergestrüpp. Als ich es ausfindig machte, kam ich nach meiner Schätzung ungefähr zwei Wochen zu spät. Ich mußte sie überlisten, indem ich sie aus einem Fenster beobachtete – sie ist viel zu wachsam, als daß sie sich offen vom Futterplatz zum Nest verfolgen ließe. Als ich mich mit einer Gartenschere und nicht wenigen blutigen Kratzern zu ihrem Versteck durchgearbeitet hatte, saß sie auf einem Gelege von neun Eiern und haßte mich. Die Eier konnten nicht fruchtbar sein, weil ich keinen Hahn halte, und ich war im Begriff, sie zu berauben, als ich sah, daß das neunte Ei nicht von ihr sein konnte. Es war bläulich, mit hellen Tupfen, die den Anschein erweckten, es sei von einem inneren Licht erfüllt. Es hatte die gleiche Größe wie Camillas eigene Eier. Ich fragte mich, ob es einen Embryo enthalten könnte, vermochte mir aber sonst keinen Vers darauf zu machen. Schließlich schob ich das Ei Camilla wieder unter das wenig ansehnliche Gefieder und ging zu einem langen, kühlen Trunk ins Haus zurück.

Das war vor zehn Tagen. Ich weiß, daß ich von Tag zu Tag sorgfältig hätte Buch führen müssen; immerhin inspizierte ich das seltsame blaue Ei jeden Tag und stellte mir vor, welches Leben darin heranwachsen könnte. Vor drei Tagen schon ist die Elfe ausgeschlüpft, doch erst heute fühle ich mich imstande, zu Tinte und Feder zu greifen.

Ich bin von einer Art geistiger Mattigkeit befallen – aber das ist das falsche Wort: nicht so sehr Mattigkeit, als vielmehr Zerstreutheit, eine Unfähigkeit zu konzentrierter Arbeit. Durch Neigung und Ausbildung bin ich so etwas wie ein Wissenschaftler, doch fehlt mir zur Zeit einfach der innere Auftrieb, um nach Daten Ausschau zu halten und Beobachtungen zu fixieren. Viel lieber sitze ich ruhig da und lasse die Wahrheit zu einem entspannten Verstand kommen, wenn sie es will. Vielleicht ist das nur ein Aspekt des Älterwerdens, aber ich bezweifle es. Die zerbrochenen Stücke der wundervollen blauen Eierschale liegen auf meinem Schreibtisch. Ich habe sie während der letzten zehn oder fünfzehn Minuten betrachtet, habe die Schale gegen das Licht gehalten und die Oberfläche unter einem Vergrößerungsglas studiert. Aber Studium kann ich es nicht nennen; meine Gedanken verlieren sich, lernen nichts, was ich in Worte fassen könnte. Es besagt nicht viel, wenn ich schreibe, daß ich eine Vision von offenem Himmel hatte, und von Frieden, wenn es so etwas gibt.

Die Elfe zerbrach die Eierschale geschickt in zwei Teile. Dies geschah offenbar mit Hilfe kleiner horniger Auswüchse an den Ellbogen; diese Auswüchse wurden am zweiten Tag abgeworfen.

Ich wünschte, ich hätte das Ausschlüpfen beobachten können, doch als ich vor drei Tagen das Brombeerdickicht aufsuchte, war die Elfe schon draußen. Sie steckte ihr feines Köpfchen durch Camillas Flügelfedern, lächelte schläfrig und kuschelte sich wieder in die warme, weiche Dunkelheit, um zu trocknen. Was konnte ich tun? Ich sammelte die Bruchstücke der Eierschale auf und zog mein ungeschicktes Selbst mit plumpen Körperwindungen aus dem Versteck zurück. Camillas eigene Eier hatte ich am Vortag entfernt – was von ihr mit nur mäßiger Empörung quittiert worden war. Obwohl es offensichtlich normale Hühnereier waren, brachte ich es nicht über mich, sie einfach wegzuwerfen, und schlug eines nach dem andern vorsichtig auf, um mich zu vergewissern. Es waren einfach verdorbene, faulig stinkende Hühnereier und nichts sonst.

Am Abend jenes Tages dachte ich an Ratten und Wiesel, wie ich es schon eher hätte tun sollen. Ich bereitete in der Küche eine Kiste und brachte die beiden herein. Die Elfe hielt sich still in meiner geschlossenen Hand. Da sind sie nun. Ich glaube, sie haben es bequem.

Drei Tage nach dem Schlüpfen hat die Elfe die Länge meines Zeigefingers und weist die Proportionen eines etwa sechsjährigen Mädchens auf. Mit Ausnahme des Kopfes, der Hände und wahrscheinlich der Fußsohlen ist sie in weiche, elfenbeinfarbene Daunen gekleidet; was von der Haut sichtbar ist, scheint von einem schimmernden Rosa zu sein, wie der Perlmuttglanz gewisser Seemuscheln. Ungefähr in der Mitte des Rückens sind zwei stummelartige Auswüchse zu sehen, die ich für infantile Flügelstummel halte. Jedenfalls scheinen sie nicht ein zusätzliches Paar von spezialisierten Armen zu sein. Ich denke, daß es sich um völlig differenzierte Organe handelt, die vielleicht wie die Flügel eines Insekts sein werden. Irgendwie hatte ich mir Elfen niemals summend vorgestellt, aber ich weiß sehr wenig über Elfen, von Engeln ganz zu schweigen. Gegenwärtig sind die Flügelstummel mit einem stumpffarbenen Hautgewebe bedeckt, zweifellos einer Schutzhülle, die abgestreift wird, sobald die Flügelmembranen (sollten es Membranen sein) sich zu entwickeln beginnen. Zwischen den Stummeln ist ein nicht sehr ausgeprägter Kamm – spezielle Muskulatur, nehme ich an. Davon abgesehen ist die kleine Gestalt ganz menschlich, und unter den Daunen glaubte ich sogar ein paar winziger Brustwarzen auszumachen; wie das bei einem eierlegenden Organismus einen Sinn ergeben kann, geht über mein Begreifen. Aber läßt sich Ähnliches nicht auch von anderen Wundern der Natur und der Kunst sagen? Ob man den Flug der Hummel betrachtet, oder sich von der Welt der Eisblumen an einer Fensterscheibe bezaubern läßt, ob man eine Landschaft von Corot studiert oder Schuberts Unvollendeter lauscht – stets bleibt etwas, das sich von der Banalität des Rationalen nicht erfassen läßt.

Die Kopfdaunen sind in drei Tagen erkennbar gewachsen und scheinen von anderer Qualität als die Körperdaunen. Vielleicht werden sie einmal menschlichem Haar ähneln – wie ein Rohdiamant einem Granitbrocken ähnelt ...

Ich machte eine seltsame Beobachtung. Nachdem ich den letzten Absatz geschrieben hatte, ging ich zu Camillas Kiste in die Küche. Judy* lag bereits vor der Kiste, ganz unaufgeregt. Das Elfenkind hatte das Köpfchen aus dem Hühnergefieder gesteckt, und ich dachte – mit klarerer verbaler Deutlichkeit als es bei solchen Gedanken meistens der Fall ist: Da also bin ich, ein gelernter Naturwissenschaftler in mittleren Jahren und stocknüchtern, und beobachte ein fingerlanges eierlegendes Säugetier mit Daunengefieder und Flügeln. Aber die Sache ist die: Die Elfe kicherte. Nun, vielleicht war es nur Heiterkeit über meine Erscheinung, die für dieses winzige Wesen ungemein plump und komisch sein mußte. Aber ein anderer, unausgesprochener Gedanke kam hinzu: Ich bin nicht länger allein. Und ihr Gesicht (kaum größer als eine Kupfermünze), nahm sogleich einen Ausdruck freundlicher Nachdenklichkeit an.

Judy und Camilla sind alte Freundinnen. Die kleine Elfe scheint Judy nicht zu beunruhigen. Ich trage keine Bedenken, sie miteinander allein zu lassen. Ich muß schlafen.

---

* Dr. Bannermans Hündin, die in früheren Abschnitten des Tagebuchs häufig erwähnt wird. Eine neunjährige Setter-Hündin, die nach einer Tagebucheintragung vom 15. Mai 1951 um diese Zeit zu erblinden begann. – BLAINE

3. Juni
Gestern abend machte ich keine Eintragung. Die Elfe sprach zu mir, und danach schlief ich gleich auf der Couch ein, die ich in die Küche gestellt habe, um ihnen nahe zu sein.

Beweise für das Vorkommen außersinnlicher Wahrnehmungen haben mich niemals sonderlich beeindruckt, da ich nie an der Möglichkeit telepathischer Verbindungen zweifelte. Es ist ein Glück, daß mein Verstand fähig war, die Neuheit zu akzeptieren, da sie für die Elfe offensichtlich eine Selbstverständlichkeit ist. Ihr winziger Mund ist höchst ausdrucksvoll, bewegt sich aber nur im Mienenspiel und zum Essen, nicht für die Rede. Wahrscheinlich könnte sie zu ihresgleichen sprechen, wenn sie es wünschte, aber ich fürchte, der Klang dieser Stimme würde außerhalb meines Hörbereichs wie auch meines Verstehens sein.

Nachdem ich die Couch aufgestellt hatte und die letzten Bissen meines bescheidenen Junggesellenabendessens kaute, kletterte sie zum Rand der Kiste und zeigte zuerst auf sich selbst und dann zur Platte des Küchentisches. Da ich fürchtete, sie mit dem Zugriff meiner derben Hand zu verletzen, streckte ich sie flach aus, und das Elfenkind setzte sich auf die Handfläche. Camilla war geneigt, ein Getue zu machen, aber die Elfe blickte nur über die Schulter zu ihr hin, und Camilla gab sich zufrieden – wachsam, aber nicht länger alarmiert.

Die Tischplatte ist aus Marmor und die Elfe fröstelte. Ich legte ein Handtuch zusammen und breitete ein seidenes Taschentuch darüber; darauf ließ die Kleine sich mit sichtlichem Behagen nieder, unweit von meinem Gesicht. Ich war nicht einmal verwundert. Vielleicht hatte sie mich bereits instruiert, meine Gedanken von allen störenden Elementen zu befreien. Wenn ich das tat, so geschah es ohne eine bewußte Anstrengung.

Zuerst erreichte sie mich mit bildhaften Vorstellungen. Wie kann ich deutlich machen, daß dies mit den Träumen eines Schlafenden nichts gemein hatte? Es gab keinen Symbolismus aus meiner bewegten Vergangenheit, keinen erkennbaren Zusammenhang mit den Geschehnissen der vorausgegangenen Tage; tatsächlich keine Beteiligung meiner Persönlichkeit. Ich sah nur. Es war wie eine Filmvorführung, doch spielte sich alles in meinem

Kopf ab. Und während meine Phantasie zu Bildern angeregt wurde, wußte ich zu jeder Zeit, wo ich war: am Küchentisch sitzend, den Kopf in die Hände gestützt. Wäre jemand hereingekommen oder hätte es draußen im Hühnerstall Lärm gegeben, ich hätte es bemerkt.

Vor meinem inneren Auge breitete sich ein liebliches Tal, wie ich es nie zuvor gesehen. Ich kenne viele schöne Landschaften auf der Erde – einige von ihnen waren sogar still. Einmal fuhr ich mit einem Dampfer nach Neuseeland und hatte viele Tage lang den Pazifik für mich. Ich vermag kaum zu sagen, worin das Außerweltliche, Unwirkliche dieses Tales lag. Die lieblichen Wiesen waren bedeckt mit blühenden Blumen, ein kleiner Fluß wand sich zwischen baumbestandenen Ufern, blinkend im Sonnenschein. Tannen und Fichten, Buchen und Ahornbäume überzogen die Hänge zu beiden Seiten mit tiefem Wald, da und dort unterbrochen von malerischen Lichtungen und vorspringenden Felskanzeln. Darüber erhoben sich mächtige Gebirgsstöcke mit prallen Felswänden und Schneefeldern unter den rötlich und gelblich getönten Gipfelaufbauten.

Nun kamen zwei feenhafte Bewohner dieses märchenhaften Tales geflogen, um auf der besonnten Wiese zu landen, wo meine körperlose Vision ihren Ausgangspunkt hatte. Es waren ausgewachsene Gestalten von der Art, wie sie ohne Zweifel auch mein Elfenkind annehmen würde, wenn es erwachsen wäre, nur waren diese beiden männlich, und einer von ihnen hatte ein dunkelhäutiges Gesicht. Er war auch alt, mit einem von tausend feinen Runzeln durchzogenen Gesicht, wissend und voll Ruhe; der andere war rosig und jung und lebhaft; beide waren schön. Der Flaum des dunkelgesichtigen Alten war rötlichgelb, die des anderen elfenbeinfarben mit bräunlichen Tönen. Ihre Flügel waren echte Membranen, wie von Insekten, doch zeigten sie ein irisierendes Farbenspiel, wie man es allenfalls in den Flügeln einer Libelle sehen kann. Ich könnte nicht sagen, daß irgendeine Farbe vorherrschte, denn jede Bewegung brachte Veränderung in das Spiel der Regenbogentöne. Die beiden machten es sich im Gras bequem. Ich begriff, daß sie miteinander sprachen, obwohl ihre Münder nur ein oder zweimal eine Bewegung zeigten. Sie nickten, lächelten, und hin und wieder veranschaulichten sie einen Gedankengang mit schnellen Handbewegungen.

Ein riesiger Hase hoppelte vorüber. Ich kenne den Feldhasen und wußte gleich (vielleicht dank den Bemühungen meines Elfenkindes), daß dieses Tier von ganz normaler Größe war. Später wand sich eine bläulichschwarze Schlange durch das Gras, auch sie in der Proportion vergleichsweise riesenhaft, als käme eine Anakonda vom Umfang eines ausgewachsenen Krokodils auf sie zu. Der Alte streckte die Hand aus und strich dem vorbeigleitenden Tier damit über den Kopf, und ich glaube, er tat es, ohne sein Gespräch zu unterbrechen.

Nicht lange, und ein seltsames Fabelwesen näherte sich in gemessenen Sprüngen. Auch dieses war, verglichen mit den Elfen, von monströser Größe, aber ich verspürte keine Furcht, weder für die zwei im Gras noch für mich selbst. Dieses Wesen glich einem grünlichbraun gefärbten Känguruh, besaß aber einen kentaurenartigen Oberkörper mit menschlichen Armen und Händen. Auch der Kopf war rund und menschenähnlich, doch war die Nasenöffnung ungeteilt und der Mund ein Hochoval. Es hatte große, sanfte Augen, und ich gewann einen Eindruck von hoher Intelligenz und natürlicher Sanftmut. Graugrünes, verfilztes Haar wie aus Moosen und Flechten bedeckte den Kopf wie eine struppige Kappe. In einer Hand hielt dieser seltsame Waldschrat einen Spaten und einen Rechen. Der Anblick dieser alltäglichen Gegenstände in der Hand einer solch skurrilen Erscheinung war so verblüffend, daß mein Körper am Küchentisch lachen mußte.

Dieser Gärtner blieb bei den Elfen stehen, und die drei unterhielten sich eine Weile. Der große Kopf nickte freundlich. Ich glaube, der junge Elf machte einen Scherz, denn die Zuckungen in dem großen knolligen Gesicht konnten nur Lachen bedeuten. Dann hüpfte dieser liebenswürdige Waldschrat weiter, um drunten am Flußufer in einem kleinen Gemüsegarten zu jäten, umzugraben und die Erde glatt zu harken, wie es sich für einen tüchtigen Gärtner geziemte. Nur bewegte er sich mit der entspannten Geschmeidigkeit eines Arbeiters, dessen Kräfte bei weitem die Anforderungen seiner Arbeit übersteigen ...

Dann war ich wieder in der Küche, mit meinen Alltagsaugen.

Meine Elfe spazierte auf dem Tisch umher. Ich hatte dort einen Laib Brot liegen, und eine Nachspeise aus Erdbeeren mit Schlagsahne. Sie kostete einen Brotkrumen, der ihr zu munden schien. Ich bot ihr die Erdbeeren an; sie löste eines der Samenkörner heraus und knabberte es, schien vom Fruchtfleisch aber nichts zu halten. Ich fuhr mit einem Kaffeelöffel in die gezuckerte Schlagsahne und hielt ihn ihr hin. Um davon zu kosten, umfaßte sie den Löffelrand mit beiden Händen. Ich glaube, sie mochte den Geschmack. Es war sehr einfältig von mir gewesen, nicht daran zu denken, daß sie hungrig sein würde. Ich holte eine Flasche Sherry aus dem Buffet. Sie schaute forschend her, also schöpfte ich, nachdem mein Glas gefüllt war, ein paar Tropfen mit dem Löffelstiel. Das gefiel der kleinen Elfe; sie gluckste und klopfte sich auf das winzige Bäuchlein, obwohl der Sherry nicht von der besten Sorte war. Darauf schaffte ich einige Kuchenkrümel herbei, doch gab sie mir zu verstehen, daß sie satt sei, kam nahe an mein Gesicht heran und bedeutete mir, den Kopf zu senken.

Sie reckte die Arme, bis sie beide Hände gegen meine Stirn legen konnte, und so blieb sie lange stehen. Offenbar versuchte sie, mir etwas zu sagen.

Es war schwierig. Bilder kommen relativ klar durch, aber nun versuchte sie eine Abstraktion komplizierter Art auf mein Bewußtsein zu übertragen, und mein unbeholfenes Gehirn hatte es schwer, zu empfangen, was sie sagen wollte. Wie auch immer, etwas kam durch, wenn ich es auch nur unvollkommen wiedergeben kann. Man stelle sich ein gleichseitiges Dreieck vor und setze die Wörter ›anwerben‹, ›sammeln‹ und ›retten‹ in die drei Winkel. Die Bedeutung, die sie mitteilen wollte, sollte nahe dem Mittelpunkt des Dreiecks liegen.

Ich glaubte auch zu verstehen, daß ihre Botschaft eine teilweise Erklärung für ihren Aufenthalt in dieser Welt der Menschen liefern sollte. Sie sah müde aus, als sie endlich zurücktrat. Ich hielt ihr die Handfläche hin und sie stieg darauf und ließ sich zu der Kiste zurücktragen.

Heute abend sprach sie nicht zu mir, aß auch nichts, aber sie gab mir eine Erklärung dafür, indem sie lange genug aus Camillas Federn hervorkam, um mir den Rücken zuzukehren und die Flügelstummeln zu zeigen. Die schützenden Hauthüllen sind abgefallen, die Flügel wachsen rasch. Wahrscheinlich sind sie noch feucht und faltig. Sie schien sehr erschöpft und kehrte gleich wieder in die warme Dunkelheit von Camillas Gefieder zurück.

Auch Camilla muß erschöpft sein. Ich glaube nicht, daß sie das Nest in der Kiste mehr als zweimal verlassen hat, seit ich sie ins Haus brachte.

4. Juni
Nun kann sie fliegen. Ich erfuhr es heute nachmittag, als ich mich im Garten beschäftigte, und Judy im warmen Sonnenschein lag. Etwas anderes als Gesicht und Gehör riefen mich, ins Haus zu eilen. Schon bevor ich die äußere, mit Fliegengaze bespannte Tür öffnete, sah ich mein Elfenkind. Es hatte sich mit einem Fuß in einer lose hängenden Drahtschleife an einem Loch in der Fliegengaze verfangen, und ihr erschrockenes Zurückweichen mußte die Schlinge so zugezogen haben, daß ihre Hände nicht kräftig genug waren, sie wieder zu öffnen.

Glücklicherweise dachte ich daran, den Draht mit einer Zange zu zerschneiden, statt mit meinen ungeschickten groben Fingern zu Werke zu gehen; so konnte sie ihren Fuß ohne Verletzung befreien. Während all das geschah, rannte Camilla in aufgeplusterter Erregung herum, aber – und das ist seltsam – ohne das übliche aufgeregte Gegacker. Sie blieb bei allem aufgeregten Hin und Her völlig still.

Die Elfe flog zu mir und hielt sich schwebend in der Luft, während sie mit beiden Händen meine Stirn berührte. Die Botschaft war sofort klar: ›Nichts passiert.‹ Dann flog sie hinunter zu Camilla, um ihr das gleiche zu sagen.

Ja, und in derselben Art und Weise. Ich sah Camilla mit aufgeregt emporgerecktem Hals dastehen, und die Elfe legte ihre zierlichen Hände zu beiden Seiten des fleischigen roten Kammes an den Hühnerkopf. Camilla wurde sofort ruhig, gluckte in ihrer mütterlichen Weise und lüftete die Flügel, um der Elfe Unterschlupf zu gewähren. Diese verschwand im Gefieder, aber nur, um Camilla gefällig zu sein, denke ich – jedenfalls steckte sie den Kopf durch die Flügelfedern und schien mir zuzuzwinkern.

Eine Weile später mußte sie etwas anderes gesehen haben, denn sie kam wieder zum Vorschein, flog zu mir, berührte meine Wange mit der Hand, betrachtete die Finger, sah, daß sie naß waren, steckte sie in den Mund, schnitt ein Gesicht und lachte.

Danach gingen wir hinaus in den Sonnenschein (Camilla auch), und die Elfe zeigte mir ihre Flugkünste. Niemand vermag so von Freude zu sprechen, wie ihr erster freier Flug es tat. Einmal schwirrte sie gleich einer großen Libelle vor meinen Augen, funkelnd in den Regenbogenfarben des Lichts auf ihren durchscheinenden Flügeln; im nächsten Augenblick schoß sie davon, bis sie nur noch als ein winziger Punkt am Himmel zu sehen war. Ich sah, daß ihr Flug es in Schnelligkeit und Gewandtheit mit dem einer Libelle aufnehmen konnte. Ihr Flug war ein raschelndes, tiefes Schwirren, lauter als das einer Libelle und ähnlich dem Geräusch des pfeilschnell fliegenden Schwärmers, den ich Hummelfalter zu nennen pflegte, als ich Kind war.

Anfangs war ich natürlich besorgt, daß ihr etwas zustoßen könnte, aber das war unnötig; ich glaube nicht, daß ihr von irgendeinem Tier Gefahr drohen würde, ausgenommen vielleicht vom Menschen. Ich sah einen Neuntöter von der alten Hecke oben am Hang auf das schillernde Farbenspiel zustoßen, wo sie für sich in der Luft tanzte; im nächsten Augenblick umkreiste sie ihn in übermütig schillernden Figuren, während er nach einem Bogen zu seinem Ansitz zurückflog. Danach sah ich sie nicht mehr, doch fühlte sie vielleicht meine Sorge, denn auf einmal war sie wieder vor mir und legte die Hände in der nun schon vertrauten Weise an meine Stirn. Ich verstand, daß sie belustigt war, und empfing die Vorstellung, daß der Neuntöter ein ›träger Geselle‹ sei. Das ist nicht ganz, wie ich ihn beschreiben würde, doch kommt es eben auf den Standpunkt an. Ich glaube, sie hatte sich im Flug auf seinem Rücken niedergelassen, wahrscheinlich um ihre sprechenden Hände an seinen scharfsichtigen Raubvogelkopf zu halten.

Und später sorgte ich mich, daß sie nicht würde zu mir zurückkehren wollen. Kann ich mit Sonnenschein und der Freiheit des offenen Himmels in Wettbewerb treten? Diese Furcht brachte sie rasch zu mir zurück, und ihre Hände sagten mit großer

Klarheit: ›Sei niemals in Sorge um etwas – es ist nicht nötig für dich!‹

Einmal an diesem Nachmittag bekümmerte mich der Gedanke, daß die alte Judy an dem, was jetzt vorgeht, nur noch wenig teilnehmen kann. Ich erinnere mich gut, daß Judy wie der Wind laufen konnte. Die Elfe mußte den Gedanken in mir vernommen haben, denn sie stand lange neben Judys schläfrig am Boden ruhenden Kopf, während Judys Schwanz erfreut das warme Gras klopfte ...

Am Abend nahm die Elfe eine üppige Mahlzeit aus Kuchenkrumen und einem weiteren Tropfen Sherry zu sich, und wir hatten einen Gedankenaustausch, der beinahe einem Gespräch gleichkam. Ich will ihn diesmal in solch einer Form wiedergeben, statt nach exakteren Möglichkeiten der Beschreibung zu suchen.

Ich fragte sie: ›Ist deine Heimat weit von hier?‹

›Meine Heimat ist hier.‹

›Das freut mich! Aber ich meinte die Gegend, von wo ihr kommt.‹

Sie schaute mich an. ›Oh, das ist weit.‹

›Die Bilder, die du mir zeigtest, dieses stille Tal – ist es dort?‹

›Ja. Aber das war mein Vater, der durch mich zu dir sprach. Er ist alt, zweihundertvierzig Jahre. Ein hohes Alter.‹

Ich war sehr erleichtert; geschult in der Biologie unserer Alltagswelt, hatte ich befürchtet, daß ihr ungemein schnelles Wachstum nach dem Ausschlüpfen eine kurze Lebensspanne prophezeite. Aber das scheint nicht zu stimmen – sie kann mich um einige hundert Jahre überleben, wie es scheint. ›Dein Vater ist jetzt hier – werde ich ihn sehen?‹

Sie nahm die Hände von meiner Stirn – lauschte, glaube ich. Die Antwort war: ›Nein, das ist nicht möglich. Er ist krank und kann nicht mehr lange leben. Ich werde ihn in einigen Tagen aufsuchen, wenn ich ein wenig besser fliege. Nach meiner Geburt war er zwanzig Jahre lang mein Lehrer.‹

›Ich verstehe nicht. Ich dachte ...‹

›Später, Freund. Mein Vater ist dankbar für deine Güte zu mir.‹

Ich weiß nicht, was ich darüber denken sollte. In der Botschaft war nicht die leiseste Spur von Herablassung auszumachen. ›Und er zeigte mir Gegenden, die er mit eigenen Augen gesehen hat, durch deine Vermittlung?‹

›Ja.‹ Dann wollte sie, daß ich eine Weile ausruhe; wahrscheinlich hat sie bemerkt, welch gewaltige Anstrengung es für mein primitives Gehirn ist, in dieser Art und Weise zu arbeiten. Aber ehe sie das Gespräch beendete und zu ihrem Nest hinuntersummte, empfing ich eine letzte Auskunft von ihr, und sie kam mit solcher Klarheit durch, daß ein Irrtum ausgeschlossen ist: ›Er sagt, daß es uns schon vor fünfzig Millionen Jahren gab, als dort wie hier noch alles ein Urwald war.‹

8. Juni
Als ich vor vier Tagen aufwachte, war Camilla tot. Die Elfe frühstückte und sah dabei zu, wie ich mir die Augen rieb, aufstand und Camilla entdeckte. Dann flog sie zu mir. Ich empfing dies: ›Macht es dich unglücklich?‹

›Ich weiß nicht genau.‹ Man kann ein Huhn liebgewinnen, besonders ein zänkisches und unansehnliches altes Huhn, dessen Persönlichkeit mit der eigenen vieles gemein hat.

›Sie war alt. Sie wollte eine Schar Küken, und ich konnte nicht bei ihr bleiben. So ...‹ Hier war etwas dunkel; vielleicht versuchte ich zu angestrengt, es zu durchdringen, aber wenn ich sie recht verstand, sagte sie: ›So rettete ich ihr Leben.‹ Etwas anderes konnte ich daraus nicht entnehmen. Sie sagte ›rettete‹.

Camilla sah aus, als sei sie eines natürlichen Todes gestorben, nur hätte ich erwartet, daß sie in den Todeszuckungen das Stroh zerwühlt haben würde, und das war nicht geschehen. Vielleicht hatte die Elfe den Körper der alten Henne aus Gründen des Anstands ein wenig hergerichtet, aber ich sehe nicht, wie sie das mit ihrer Muskelkraft hätte bewerkstelligen können – Camilla wog ungefähr sieben Pfund.

Als ich sie am Rand des Gartens begrub und die Elfe über meinem Kopf summend ihre Kreise zog, erinnerte ich mich an etwas, das ich, als es geschehen war, als einen Traum abgetan hatte. Ein Traumbild, worin die Elfe bei Camillas Kopf in der Kiste gestanden und dem Huhn die Hände aufgelegt hatte. Danach hatte sie den Mund sanft an Camillas Kehle gedrückt, worauf der Kopf der Henne niedergesunken war. Vielleicht war ich tatsächlich wach gewesen und hatte es geschehen sehen. Ich bin irgendwie gleichgültig – sogar erleichtert, wenn ich mehr darüber nachdenke.

Nach dem Begräbnis sagten die Hände der Elfe: ›Setz dich ins Gras, dann können wir sprechen ... Frag mich; ich werde dir sagen, was ich kann. Mein Vater bittet dich, es niederzuschreiben.‹

Das haben wir nun die letzten vier Tage getan. Ich bin zur Schule gegangen, ein langsam begreifender, aber williger Schüler. Statt etwas davon in dieses Tagebuch einzutragen, machte ich an Ort und Stelle Notizen, so gut ich konnte, denn an den Abenden war ich zu erschöpft, um zu schreiben. Die Elfe ist zu ihrem Vater davongeflogen und wird erst am Morgen zurückkehren. Ich werde unterdessen versuchen, meine Aufzeichnungen in lesbare Form zu bringen.

Sie hatte mich aufgefordert, Fragen zu stellen, also begann ich mit einer, die mich als Biologen intensiv beschäftigt hatte. Ich konnte nicht verstehen, wie Geschöpfe von der Winzigkeit der Elfen hühnereigroße Eier legen konnten. Noch konnte ich verstehen, wozu sie diese lächerlich winzigen, doch offenbar funktionellen Brüste hatte, wenn sie erst als nahezu Erwachsene ausgeschlüpft war und sofort verschiedene Nahrungsmittel hatte essen können. Als die Elfe meine Schwierigkeit begriff, zersprang sie beinahe vor Gelächter – ihrer Art, das sie in Kapriolen über den ganzen Garten schwirren ließ und ihr Anlaß gab, im Vorbeischießen mein Haar zu zausen und mich ins Ohrläppchen zu zwicken. Dann landete sie auf einem Rhabarberblatt und gab eine köstlich freche Darbietung von sich selbst als einem Huhn, das ein Ei legt, einschließlich des Gegackers. Sie brachte mich so weit, daß ich mich hilflos schüttelte – meine Art von Gelächter –, und es dauerte einige Zeit, bis wir uns beruhigen konnten. Dann tat sie ihr möglichstes, mir zu erklären, wie es sich damit verhielt.

Die Elfen sind echte Säuger, und ihre Kinder – nicht mehr als zwei oder höchstens drei in einer Lebenszeit von durchschnittlich zweihundertfünfzig Jahren – werden ganz ähnlich wie die Menschenkinder zur Welt gebracht. Die Säuglinge werden gestillt, bis das Gehirn ein wenig auf die telepathische Sprache zu reagieren beginnt; das dauert drei bis vier Wochen. Dann wird der Säugling in ein völlig verschiedenes Medium versetzt. Sie konnte es nicht klar beschreiben, weil es in dem Lagerhaus meiner Bildung sehr wenig gab, was mir zum Verständnis hätte verhelfen können. Es scheint ein gasförmiges Medium zu sein, welches das körperliche Wachstum für beinahe unbegrenzte Zeit aufhalten kann, während das geistige Wachstum andauert. Es habe sie, sagte die Elfe, ungefähr achtundzwanzig Generationen gekostet, um diese Methode zu vervollkommnen, nachdem sie erstmals darauf gekommen waren; sie haben es nie eilig. Das Kind bleibt fünfzehn bis dreißig Jahre in diesem Zustand, wobei die Dauer nicht nur von seiner geistigen Aufnahmefähigkeit abhängt, sondern auch von der Lebensaufgabe, die es sich erwählt, sobald sein Gehirn über genügend Kenntnisse verfügt, um eine Wahl zu treffen. Während dieser Periode wird der Geist von den Lehrern mit beharrlicher Geduld ausgebildet und vervollkommnet.

Es scheint, daß diese Lehrer sich auf ihr Geschäft verstehen. Dieser Teil war für mich besonders schwierig zu begreifen, obgleich die Fakten klar genug durchkamen. In ihrer Elfenwelt ist der Beruf des Lehrers höher geehrt als jeder andere – ist so etwas möglich? – und so mühsam zu erreichen, daß nur die besten Köpfe es wagen können, sich diesem Ziel zu verschreiben. (Nachdem ich das aufgenommen hatte, mußte ich eine Weile ausruhen.) Ein Kandidat muß fünfzig Jahre (ohne die Periode der Kindheitserziehung) allein mit der Vorbereitung auf das Studium zubringen, und die Aneignung des Tatsachenwissens beansprucht nur einen geringen Teil dieser fünfzig Jahre. Dann, wenn der Kandidat gut genug ist, kann er an der elementaren Belehrung von Säuglingen teilnehmen, und wenn er sich darin während weiterer dreißig oder vierzig Jahre bewährt hat, wird er als ein vielversprechender Anfänger betrachtet … Es gab einmal eine Zeit, da schlurfte ich in muffigen, überfüllten Klassenzimmern herum und versuchte ein paar vorverdaute Tatsachen (Ich frage mich, wie viele von ihnen Tatsachen waren?) in die Köpfe gelangweilter und geistesabwesender Halbwüchsiger hineinzubringen, von denen einige mich erträglich gefunden haben mochten. Ich war sogar imstande, Hände zu schütteln und nett zu sein, während ihre schrecklich wohlmeinenden Eltern mir erklärten, wie ihre Sprößlinge erzogen werden sollten. Soviel von unseren menschlichen Bemühungen fällt der Vergeblichkeit anheim, daß ich mich bisweilen frage, wie wir es bis zur Bronzezeit gebracht haben. Irgendwie aber gelang es uns, und noch ein kurzes Stück darüber hinaus.

Nach diesem vorläufigen Stadium der Elfenerziehung wird das Kind in eine gewöhnliche Umgebung überführt, und sein körperliches Wachstum vollendet sich in sehr kurzer Zeit. Rasch wachsen die Flügel (wie ich gesehen habe), und es erreicht eine maximale Körpergröße von ungefähr fünfzehn Zentimetern. Dann erst beginnt für die Elfe oder den Elf das eigentliche Leben, von nun an beginnt auch der Körper zu altern. Meine Elfe ist seit vielen Jahren ein lebendiges Wesen, wird aber erst in Monaten ihren ersten Geburtstag feiern. Darüber denke ich gern nach.

Sie wurde von ihrem Vater und vielen anderen in der Weisheit von bald dreitausend Elfengenerationen unterwiesen (das, sagt sie, sei die ungefähre Dauer ihrer aufgezeichneten Geschichte), während sie in der Abgeschlossenheit dessen lebte, was mein unterentwickeltes Gehirn für ein blaues Ei gehalten hatte. Als Camillas Temperatur ihr Wachstum wieder in Gang brachte, erinnerte sie sich sogleich, was sie mit den kleinen hornigen Verdickungen ihrer Ellbogen zu tun hatte – und kam heraus in diese Menschenwelt, Gott sei ihr gnädig.

Ich wunderte mich, warum ihr Vater eine derart unzuverlässige Kombination wie ein altes Huhn und einen eigenbrötlerischen Menschen gewählt haben sollte, um dies zu bewerkstelligen. Sicherlich mußte er über andere und bessere Methoden verfügen, um die Schale auf die richtige Temperatur zu bringen. Die Antwort meiner Elfe sollte mich mehr als zufriedenstellen, doch mache ich mir noch immer meine Gedanken darüber. ›Camilla war ein schönes Huhn, und mein Vater untersuchte deinen Geist, während du schliefst. Wir wurden aus unserer Heimat hierher verschlagen, und vieles ging auf der langen Reise entzwei. Nur vier andere Erwachsene kamen mit meinem Vater. Drei von ihnen starben unterwegs, und er ist sehr krank. Und es gab neun andere Kinder, für die zu sorgen war.‹

Ja, vielleicht sollte ich mir etwas darauf einbilden, daß ein Elf mich für gut genug hielt, um mir seine Tochter anzuvertrauen. Sollte es mir zu Kopf steigen, so brauche ich nur sie anzuschauen und dann in den Spiegel zu sehen. Was die Erklärung angeht, so kann ich nur daraus schließen, daß es noch vieles gibt, was ich nicht weiß und nicht verstehe. Ich machte mir Gedanken um diese neun anderen, aber sie versicherte mir, daß sie alle wohlauf seien, und ich spürte, daß ich vorläufig keine weiteren Fragen nach ihnen stellen sollte ...

Ihre Heimat, sagte sie, sei dieser Gegend ganz ähnlich. Aber sie spricht von zwei Monden, die obendrein magische Kräfte besäßen, und sie will ihren Vater bitten, mir eine Nacht zu zeigen, wenn diese zwei magischen Monde am Himmel stehen. Das Elfenland erstreckt sich über große Landmassen und viele Inseln, aber die Bevölkerungszahl der Elfen beträgt nur fünf Millionen.

Ob ihre Heimat auf einem anderen Himmelskörper liegt?

Aber die meisten Lebensformen, die wir kennen, kommen auch im Elfenland vor – Hasen, Hirsche, Mäuse, Katzen. Den Katzen spricht meine Elfe eine hohe Intelligenz zu; es sei möglich, sagt sie, intelligente Gespräche mit ihren Katzen zu führen, denen sie beigebracht hätten, ihre Beute rasch und ohne Quälerei zu töten. Die Katzen hätten Schwierigkeiten, die Möglichkeit von Schmerz in anderen Organismen zu begreifen, doch nach Überwindung dieser Hürde sei es leicht, ihr Gewissen anzusprechen. Heutzutage seien viele Katzen als Geschichtenerzähler beliebt, während man sie in früheren Zeitaltern gelegentlich als Polizeistreitmacht benötigt habe, und damals hätten sie den Elfen mit wirklichem Heldenmut gedient.

Es scheint, daß meine Elfe sich dem Studium der Tier- und Pflanzenwelt widmen möchte, eine einleuchtende Berufswahl für eine Elfe, die sich allen Lebewesen in schwesterlicher Liebe verbunden fühlt. Ob ich sie belehren könne! Ihr Vertrauen rührte mich. So saßen wir gestern abend ein paar Stunden beisammen und sprachen über Tiere. Ich fand es erholsam, nach den Bemühungen, schwierigere Zusammenhänge zu begreifen. Ich glaube, sie machte sich einen Spaß daraus, mir etwas vorzuflunkern, aber ich ging darauf ein und ließ mir nichts anmerken. So erzählte sie mir treuherzig von einer zwanzig Meter langen blauen Seeschlange, die wie eine Kuh bellt und schwarze Eier legt; ich konterte mit einem Einhorn. Darauf berichtete sie von einer kopfgroßen gefiederten Fledermaus, die am Tag unterwegs sei und weniger als ein Sperling wiege; ich tat es ihr mit der gefiederten Schlange der Azteken gleich. Schließlich suchte sie mich mit einem zwergenhaften Brontosaurus zu beeindrucken, der sehr selten sei, aber ich stand mit dem Schnabeltier bereit, und das führte uns zu schlauen Bemerkungen über Säugetiereier; wir lachten über unsere Aufschneiderei ... Alles trivial, in gewisser Weise; aber auch der glücklichste Abend in meinen dreiundfünfzig verwirrten Lebensjahren.

Es widerstrebte ihr ein wenig, über diese wie Känguruhs hüpfenden Waldschrate zu sprechen, bis sie sich überzeugt hatte, daß ich wirklich interessiert war. Es scheint, daß sie in der Elfenwelt eine Parallele zum menschlichen Leben darstellen. Gering an Zahl und zu einsiedlerischer Lebensweise in abgelegenen Gegenden neigend, waren sie, wie die Elfe meinte, liebenswürdige und stets freundliche Seelen (in diesem Punkt hatte ich meine Zweifel). Ihre Intelligenz sei der unsrigen um einiges überlegen, meinte sie unbefangen, doch lebten sie heutzutage hauptsächlich von ihrer Hände Arbeit, weil sie es so vorzögen, obwohl viele unter ihnen hervorragende Mathematiker seien.

Schwierigkeiten gibt es mit den Namen. Wegen der Natur der Elfensprache, haben sie kaum Bedarf für Namen, außer zum Zweck der Geschichtsschreibung, während die Schrift sonst kaum eine Rolle in ihrem Alltagsleben spielt – es gibt keinen Anlaß, Briefe zu schreiben, wenn tausend Kilometer kein Hindernis für die Sprache des Geistes ist. Der Name einer Elfe ist ihr ungefähr so wichtig wie mir meine Sozialversicherungsnummer. Sie hat mir ihren Namen nicht gesagt, weil die Phonetik, auf der ihre Schriftsprache beruhe, keine Parallele in meinem Denken habe. Wie wir den Namen eines Freundes aussprechen, so projiziert die Elfe das Bild zum empfangenden Geist des Gesprächspartners. Erfreulicher und intimer, denke ich – obgleich es ein Schock für mich war, als ich vor meinem inneren Auge zum ersten Mal meine eigene häßliche Visage erblickte. Geschichten werden bisweilen niedergeschrieben, wenn etwas darin steht, was genau in der Form bewahrt werden sollte, die es in der ersten Wiedergabe hatte; aber in der Welt der Elfen ist der Geschichtenerzähler eine viel bedeutendere Person als der Schreiber oder Drucker – er bietet den Elfen eine ihrer stilleren Freuden, und ein guter Geschichtenerzähler vermag seine Zuhörer eine Woche lang um sich zu scharen, ohne sie zu ermüden.

›Was ist diese ‚Elfe' in deinem Geist, wenn du an mich denkst?‹

›Eine Lichtgestalt, ein Mittelwesen zwischen Menschen und Göttern. Die Elfen erscheinen den Menschen auch als Totenseelen, Hausgeister, Wassernixen und Fruchtbarkeitsmächte.‹

Die Vorstellung schien ihr zu gefallen. Als ich sie fragte, mit welchen Mitteln sie aus der Elfenwelt hergereist sei, verwirrte sie mich mit einer Erklärung, in welcher der Begriff Phototropismus die Hauptrolle spielte. Ich vermochte keinen Sinn darin zu sehen. Soweit mir bekannt, ist Phototropismus – die Bewegung der Pflanzen zum Licht – ein organisches Phänomen. Man denkt sie sich als eine Krümmungsbewegung ortsfester Lebewesen oder deren Organe, als Zuwendung zur Lichtquelle; jedenfalls nicht als eine Kraft, die imstande sein würde, größere Entfernungen zu überwinden. Von welcher Art das Prinzip auch sein mag, das sie beschrieb, das Wort ›Phototropismus‹ war lediglich die nächste Annäherung in meinem Wortschatz. Nicht einmal die Elfen können aus völliger Unwissenheit Verstehen schaffen. Wenigstens habe ich gelernt, dem Möglichen keine festen Grenzen zu setzen.

Und wenn ich wüßte, woher die Elfen kommen, von einem fremden Himmelskörper oder aus einem Zwischenreich, oder gar aus dieser unserer Welt, wo sie es verstanden, unseren plumpen Sinnesorganen verborgen zu bleiben, ich würde es nicht verraten. Selbst wenn ich die physikalischen Prinzipien kennte, die diesen kleinen und zerbrechlichen Wesen einen Flug durch den Weltraum ermöglichten, und sie in Begriffen darstellen könnte, die den Wissenschaftlern und Ingenieuren zugänglich sind, ich würde es nicht tun.

Ihr Volk, so sagt mir meine Elfe, wisse seit Tausenden von Generationen zwischen den Welten zu reisen. Es gebe viele Welten, sagt sie etwas rätselhaft, und keine äußere Kraft hindere sie daran, hinauszuziehen und sich auszubreiten und Besitz zu ergreifen, aber sie machten keinen Gebrauch davon, und aus diesem Grund: Sie glauben, sie seien nicht bereit. Genauer ausgedrückt, nicht gut genug.

Vor langer, langer Zeit lernten sie, was wir noch nicht einmal als Notwendigkeit erkannt haben: daß Intelligenz ohne Güte schlimmer ist als hochexplosiver Sprengstoff in den Händen eines Pavians. Für Lebewesen, die sich über das Niveau des Pithecanthropus hinausentwickelt haben, ist Intelligenz ein billiger Artikel – nicht allzu schwierig zu entwickeln und verteufelt einfach zu gebrauchen, vor allem für unbedachte Zwecke. Während Güte nicht ohne niemals endende Anstrengungen der mühseligsten Art zu erreichen ist, Anstrengungen innerhalb des Selbst, sei es Mensch oder Elfe.

Selbst mir ist es klar, daß die Bezwingung des Bösen nur ein Schritt ist, und nicht der wichtigste. Denn Güte, so versuchte sie mir klarzumachen, ist eine durch und durch positive Eigenschaft; der Teil der lebendigen Natur, der von Monstrositäten wie Grausamkeit, Bosheit, Eigennutz, Neid und Habgier wimmelt, soll nicht durch ein Vakuum ausgefüllt werden, sobald diese Schrekken eliminiert sein werden. Hat man ein giftiges Gas abgesaugt oder auf andere Weise entfernt, so versucht man den Raum mit reiner Luft zu füllen. Mit Freundlichkeit, um nur ein Beispiel zu nennen; doch wer Freundlichkeit nur als das Fehlen von Neid und Haß und Böswilligkeit definieren kann, hat noch nicht angefangen, dies zu verstehen.

Sie erstreben keine Vollkommenheit, diese Elfen – nur das Erreichbare ... Jene frühe Zeit vor fünftausend oder mehr Generationen war offenbar eine Periode großen Leidens und lang anhaltender Verwirrung, voll von Kriegen und ihren unheilvollen Begleiterscheinungen. Sie durchlebten viele Jahrhunderte, in denen Fortschritte in Wissenschaft und Technologie ihren Zustand nur verschlimmerten und die Gefahr der Selbstauslöschung vermehrten. Im Laufe der Zeit überwanden sie dieses Stadium. Dem Krieg waren sie schließlich soweit entwachsen, daß sein Wiedervorkommen unmöglich war, und die Entwicklung völlig rationaler Wesen konnte beginnen. Dann waren sie bereit, mit dem Erwachsenwerden zu beginnen, durch Jahrtausende der Selbstprüfung und Selbstdisziplin, während sie das Einfache, Allgemeingültige aus dem Komplexen, Unübersichtlichen abzuleiten suchten und entdeckten, wie man Wissen gebraucht, ohne von ihm gebraucht zu werden. Selbst dann kam es oft genug zu Rückfällen. Es gab, was meine Elfe ›Zeiten der Erschöpfung‹ nennt.

Aber die Periode tiefster Ungewißheit und strengster Selbsteinschätzung brach vor ungefähr dreitausend Generationen an, als sie erkannten, daß ihnen andere Welten offenstanden, und einsahen, daß sie noch nicht gut genug waren.

Sie haben es nicht eilig. Obgleich sie den Äther durchstreiften, lange bevor der Mensch auf den Plan trat, umherschweiften und lauschten, beobachteten und aufzeichneten, blieben sie im Verborgenen, drangen niemals in fremde Lebenssphären ein und nahmen an keinem fremden Leben teil. Tausende von Generationen lang versagten sie es sich, über ihre eigene Welt hinaus in andere Bereiche vorzudringen, obwohl es ihnen ein Leichtes gewesen wäre. Und wenn sie in der Folgezeit auch weite Entfernungen zurücklegten und andere Welten besuchten, blieb doch dieselbe strenge Zurückhaltung in Kraft. Sie hatte nichts mit dem zu tun, was wir Furcht nennen würden – diese ist, glaube ich, in ihnen so ausgestorben wie der Haß. Es gab zu Hause soviel zu tun, soviel an der Selbstvervollkommnung zu arbeiten! Ich wünschte, ich könnte es mir vorstellen. Die Himmel standen ihnen offen, und sie tanzten über den heimatlichen Wiesen in der Sonne.

Natürlich vermag ich nicht zu sagen, was wahre Güte ist. Ich weiß nur, was sie uns als Menschenwesen zu bedeuten scheint. Es scheint, daß die Besten unter uns mit enormer Schwierigkeit und unter beständigen Mühen eine Lebensweise erreichen können, in der Güte während der überwiegenden Zeit ein nicht allzu gefährdetes Übergewicht hat. Weise Männer haben häufig angedeutet, daß sie in unserer gegenwärtigen Lage auf nichts Besseres als das zu hoffen wagen. Wir sind, um es anders auszudrücken, zu einem Bruchteil lebendig; der Rest ist im Dunkeln. Dante war ein bitterer Masochist, Beethoven ein besessener Eigenbrötler, Shakespeare schrieb überstürzt und nur des Gelderwerbs wegen. Und Christus sagte: »Vater, willst du, so nimm diesen Kelch von mir.«

Aber wenn man mir fünfzig Millionen Jahre gibt – ich bin kein Pessimist. Schließlich habe ich einzellige Lebewesen unter dem Mikroskop beobachtet und Brahms' Vierter Sinfonie gelauscht. Vorgestern abend sagte ich zu der Elfe: ›Trotz allem sind wir verwandt.‹

Sie stimmte mir zu.

9. Juni
Heute früh lag sie auf meinem Kopfkissen, damit ich sie sehe, sobald ich erwachte.

Ihr Vater ist gestorben, und sie war in seiner letzten Stunde bei ihm. Wieder gewann ich diesen Gedankeneindruck, den ich nur so interpretieren kann, daß er bedeutet, sein Leben sei ›gerettet‹. Ich war noch schlaftrunken, als mein Geist fragte: ›Was wirst du tun?‹

›Bei dir bleiben, wenn du es wünschst, so lange du lebst.‹

Der letzte Teil der Botschaft war unklar, aber ich bin damit vertraut; es scheint zu bedeuten, daß es ein weiteres Element gibt, wovon ich nichts weiß. Immerhin, über den Teil, den ich empfing, ist ein Irrtum nicht möglich. Er ist mir Anlaß zu erstaunlichen Spekulationen. Schließlich bin ich erst dreiundfünfzig; ich könnte weitere dreißig oder gar vierzig Jahre leben ...

Heute früh war sie geistesabwesend, doch was immer sie über den Tod ihres Vaters empfinden mochte, das sich in einem Menschen durch Traurigkeit ausgedrückt haben würde, blieb mir verborgen. Sie sagte allerdings, ihr Vater bedaure, daß es ihm nicht möglich gewesen sei, mir die magische Nacht der zwei Monde zu zeigen.

Also bleibt noch ein erwachsener Elf in dieser Welt. Abgesehen davon, daß er zweihundert Jahre alt und voll von Wissen sei, und daß er die weite Reise ohne ernste Schäden überstanden habe, hat sie mir wenig über ihn gesagt. Und es gibt zehn Elfenkinder, sie selbst mit eingeschlossen.

Etwas blitzte an ihrem Hals. Als sie mein Interesse daran bemerkte, nahm sie es ab, und ich holte ein Vergrößerungsglas. Eine Halskette; unter dem Vergrößerungsglas glich sie einer kostbaren Kette aus geschliffenen Edelsteinen, wie sie sich hierzulande nur die Reichsten leisten können: Brillanten, dazwischen in gleichmäßigen Abständen feine Rubine und Smaragde. Sie waren aufgezogen an einem Faden, der feiner als ein Haar gewesen sein mußte, und der Verschluß war so winzig und so zierlich gearbeitet, daß ich selbst mit dem Glas keine Details erkennen konnte. Sie sagte mir, die Halskette habe ihrer Mutter gehört, und als sie das Schmuckstück wieder anlegte, glaubte ich in ihren Zügen den gleichen scheuen Stolz zu sehen, den ein Mädchen bei uns zeigen würde.

Sie wollte mir andere Dinge zeigen, die sie gebracht hatte, und flog zum Tisch, wo sie eine Art Reisetasche abgestellt hatte, vielleicht vier Zentimeter lang und eine schwere Last für eine Elfe, die sie im Flug mit sich tragen mußte, aber das Material war so leicht, daß ich kaum ein Gewicht fühlte, als sie die Tasche auf meine Handfläche legte. Glücklich breitete sie einige Artikel aus, daß ich sie bewundere, und ich nahm wieder das Vergrößerungsglas zu Hilfe. Eines war ein juwelenbesetzter Kamm; sie zog ihn durch die Daunen ihres Körpers und der Beine, um mir seinen Gebrauch zu zeigen. Dann gab es einige Intrumente, die zu winzig waren, als daß ich Genaueres hätte erkennen können; ich erfuhr, daß es sich um Nähzeug handle. Schließlich hatte sie noch ein Buch und ein Schreibwerkzeug wie ein Drehbleistift aus Metall, beide so klein, daß sie bequem von Händen gehandhabt werden konnten, die kaum größer als Mauspfoten waren. Das Buch, so sagte sie, sei leer und für ihre Aufzeichnungen bestimmt.

Und zuletzt, als ich angezogen war und wir das Frühstück beendet hatten, griff sie tief in die Reisetasche und brachte ein Paket zum Vorschein, das schwer für sie zu sein schien. Sie gab mir zu verstehen, es enthalte ein Geschenk für mich. ›Mein Vater machte es für dich, aber den Stein habe ich gestern eingesetzt.‹ Sie öffnete das Paket, und darin war ein Ring, genau die rechte Größe für meinen kleinen Finger.

Ich fürchte, ich verlor die Fassung. Sie verstand das und setzte sich auf meine Schulter und tätschelte mein Ohrläppchen, bis ich die Selbstbeherrschung wiedergefunden hatte.

Ich habe keine Ahnung, von welcher Art der Stein ist. Er verändert die Farbe mit dem Licht von Purpurrot zu Jadegrün und

Bernstein. Das Metall scheint Platin zu sein, doch wenn das Licht in einem bestimmten Winkel darauf fällt, scheint es wie von einem feinen rosa Hauch überzogen. Wenn ich in den Stein blicke, glaube ich Dinge zu sehen ... Aber ich bin noch nicht bereit, es niederzuschreiben, und werde es vielleicht niemals sein; auf alle Fälle muß ich Gewißheit erlangen.

Am Vormittag verbesserten wir unseren Haushalt. Ich zeigte ihr alles. Es ist nicht viel – ein altes Holzhaus, zwei Zimmer oben und zwei unten. Jeder Winkel interessierte sie, und als sie im Kleiderschrank einen Schuhkarton fand, wollte sie ihn. Auf ihre Anweisung habe ich ihn auf eine Kiste nahe meinem Bett und unter dem Fenster gestellt, welches immer offen sein wird; sie sagt, die Stechmücken werden mich nicht belästigen, und ich zweifle nicht daran. Als Unterlage für ihr Bett grub ich einen weißen Seidenschal aus; nachdem sie um meine Erlaubnis gefragt hatte (als ob ich ihr etwas abschlagen könnte!), brachte sie ihr Nähzeug zum Vorschein und schnitt ein Stück vom Schal ab, faltete es mehrere Male und nähte es zu einem schmalen, wohl zwei Zentimeter langen Kissen. Nun hat sie also ein richtiges Bett und ein eigenes Zimmer, wenn man so will. Ich wünschte, ich hätte etwas weniger Grobes als Seide, aber sie beharrt darauf, daß es weich und angenehm sei.

Wir haben heute nicht sehr viel gesprochen. Am Nachmittag flog sie für eine Stunde fort; bei ihrer Rückkehr ließ sie mich wissen, daß sie lange schlafen müsse. Sie schläft noch immer, glaube ich; ich schreibe dies im Erdgeschoß, da ich fürchte, das Licht könnte sie stören.

Ist es möglich, daß ich dreißig Jahre in ihrer Gesellschaft haben kann? Ich frage mich, wie aufnahmefähig mein Verstand noch ist. Es scheint, daß ich neue Tatsachen genausogut aufnehmen kann wie in früherer Zeit; dieser ungeschlachte Körper sollte dauerhaft sein, vernünftige Behandlung vorausgesetzt. Natürlich sind Tatsachen ohne den Zusammenhang einer verbindenden Vorstellungskraft nicht besser als verstreute Ziegelsteine; aber vielleicht läßt sich die Phantasie wiederbeleben ...

Ich weiß nicht.

Judy will hinaus. Ich werde mich schlafen legen, wenn sie zurückkommt. Ich überlege, ob das Leben der armen Judy – ich sträube mich das Wort niederzuschreiben, aber es ist zweifellos dieses und kein anderes – ›gerettet‹ werden kann. Ich muß fragen.

10. Juni
Als ich gestern abend meine Eintragung beendet hatte, legte ich mich schlafen, fand aber keine Ruhe. Irgendwann in den Stunden nach Mitternacht kam sie zu mir geflogen. Die Spannungen lösten sich wie eine Krankheit auf, und mein Geist war fähig, mit einer gewissen Ruhe zu antworten.

Ich machte deutlich (was sie sicherlich bereits wußte), daß ich mich niemals aus freien Stücken von ihr trennen würde, und dann gab sie mir zu verstehen, daß es für den Rest meines Lebens zwei Alternativen gebe. Die Wahl, sagt sie, liege ganz bei mir, und ich müsse mir Zeit nehmen, um meiner Entscheidung sicher zu sein.

Ich kann meine natürliche Lebensspanne zu Ende bringen, wie lang sie auch sein mag, und sie wird mich während dieser Zeit nicht verlassen. Sie wird bleiben, um mich zu beraten, zu lehren und mir in allem Guten zu helfen, das ich unternehmen möchte. Sie sagt, das würde ihr Freude machen; aus irgendeinem Grund hat sie, wie wir in unserer Sprache sagen würden, eine Zuneigung zu mir gefaßt.

Mein Gott, die Bücher, die ich schreiben könnte! Schon jetzt suche ich nach Worten; was immer ich zu Papier bringen werde, kann aber nur ein elendes Bruchteil dessen sein, was ich als Potential erkenne; selbst diese Worte sind kaum die richtigen. Aber unter ihrer Leitung ...

Ich könnte die Welt aufrütteln. Mit Worten allein. Ich könnte den Menschen predigen. Über kurz oder lang würde ich mir Gehör verschaffen.

Ich könnte studieren und forschen. Wie gering ist die Summe unseres Wissens! Angenommen, ich brächte ein Blatt aus dem Garten ins Haus herein, oder einen gewöhnlichen kleinen Käfer: Nach ein paar Stunden gemeinsamen Studiums mit ihr würde ich mehr über mein eigenes Fach wissen, als die besten wissenschaftlichen Arbeiten mir verraten könnten.

Auch hat sie mich wissen lassen, daß, wenn sie und die anderen, die mit ihr kamen, ein wenig mehr über unsere Natur gelernt haben werden, es möglich sein sollte, meine Gesundheit und wahrscheinlich meine Lebenserwartung beträchtlich zu verbessern. Ich kann mir nicht vorstellen, daß mein Rücken jemals gerade gerichtet werden könnte, aber sie meint, der Schmerz könne beseitigt werden, vielleicht ohne Drogen. In einem Körper, der mich weder quält noch im Stich läßt, könnte ich einen klareren Verstand haben.

Dann gibt es die andere Alternative.

Es scheint, sie haben eine Technik entwickelt, mit deren Hilfe jedes sich darein ergebende Lebewesen, dessen Gehirn überhaupt dazu fähig ist, eine totale Erinnerung erfahren kann. Es scheint ein Nebenprodukt ihrer telepathischen Sprache zu sein. Sie kennen es erst seit einigen tausend Jahren, und da ihr eigenes Verständnis des Phänomens noch unvollständig ist, rechnen sie es den experimentellen Techniken zu. In einer verallgemeinernden Art und Weise mag es ein wenig jenem Wiedererleben der Vergangenheit ähneln, wie die Psychoanalyse es zu therapeutischen Zwecken bisweilen in begrenzter Weise zustande bringen kann; aber man muß sich diese Fähigkeit enorm verstärkt und sehr viel bildhafter vorstellen, fähig, jede Einzelheit zu erinnern, die jemals vom Gehirn registriert wurde; und das Endergebnis ist sehr verschieden. Der Zweck ist nicht therapeutisch, wie wir es verstehen würden; ganz im Gegenteil. Das Endergebnis ist der Tod. Was immer durch diesen Prozeß erinnert wird, geht in den empfangenden Geist ein, der es festhalten und aufzeichnen kann, wenn eine solche Aufzeichnung gewünscht wird; aber für die Person, die den Erinnerungsprozeß in Gang setzt, ist es ein Davonströmen ohne Rückkehr. Infolgedessen ist es auch kein wahres ›Erinnern‹, sondern ein Geben. Der Geist wird leergefegt, seiner gesamten Vergangenheit entkleidet, und mit der Erinnerung zieht sich auch das Leben zurück. Ganz still. Am Ende muß es wie ein widerstandsloses Stehen in einer steigenden Flut sein, die einen schließlich überspült.

So, scheint es, wurde Camillas Leben ›gerettet‹. Als ich das endlich begriffen hatte, mußte ich lachen, und die Elfe verstand den Grund. Ich mußte an meinen Nachbarn Steele denken, der die alte Dame ein paar Winter für mich in seinem Hühnerstall aufgenommen hatte. Irgendwo in den elfenhaften Aufzeichnungen muß es ein Bild von Steeles geflicktem Hosenboden geben, gesehen mit den Augen eines Huhns. Nun – gut. Und natürlich auch Camillas Eindruck von mir: nicht zu unfreundlich, hoffe ich. Sie konnte nichts für den Ausdruck ihres starren kleinen Gesichts, und ich glaube nicht, daß er je etwas zu bedeuten hatte.

Am anderen Ende der Skala ist das gerettete Leben des Vaters meiner Elfe. Der Rückruf des Erinnerten kann ein langer Prozeß sein, sagt sie, je nach der Reichhaltigkeit und dem Erinnerungsbesitz des jeweiligen Bewußtseins; und in allen bis auf die letzten Stadien kann er nach Belieben angehalten werden. Für ihren Vater hatte der Prozeß bereits während der Reise begonnen, da er gewußt hatte, daß er sie nicht lang überleben werde. Am Ende der Reise war der Rückruf so weit fortgeschritten, daß ihm sehr wenig Erinnerung an sein Leben in der Heimat geblieben war. Er hatte jedoch eine ›deduktive Erinnerung‹ aus dem Material der Jahre, das noch nicht verlorengegangen war. Aus diesem konnte er rekonstruieren, was gewesen sein mußte; und ich nehme an, daß der andere erwachsene Elf, der den Flug überlebte, in der Lage gewesen sein mußte, ihn vor Irrtümern zu bewahren, die mit dem Gedächtnisverlust einhergehen können. Dies ist vermutlich auch der Grund, warum er mir die Nacht mit den zwei Monden nicht zeigen konnte. Ich vergaß, sie zu fragen, ob die Vorstellungsbilder, die er mir sandte, aus der tatsächlichen oder einer deduktiven Erinnerung stammten. Deduktiv, meine ich, denn es war ihnen eine gewisse Unschärfe eigen, die nicht vorhanden ist, wenn meine Elfe mir ein Bild von etwas gibt, das sie mit eigenen Augen gesehen hat.

In gleicher Weise könnte mein Leben gerettet werden. Jeder Aspekt der Existenz, den ich jemals berührte, der mich jemals berührte, könnte in eine vollkommene Aufzeichnung überführt werden. Die Natur der Aufzeichnung ist mir unbekannt, doch zweifle ich nicht an ihrer relativen Vollkommenheit. Nichts Wichtiges, ob gut oder schlecht, würde verloren sein. Und das Wissen kann ihnen helfen, auszuführen, was immer sie sich vorgenommen haben.

Es würde schwierig sein, sagt sie mir, und manchmal schmerzlich. Sie und ich müßten uns in die Anstrengung teilen. In ihrer Ausbildung habe sie sich intensiv mit der Theorie dieser Technik beschäftigt. Wahrscheinlich weiß sie mehr als sonst jemand darüber, was ein Huhn bewegt und wie es ist, ein Huhn zu sein. Obschon eine Anfängerin, ist sie in allen wesentlichen Dingen bereits versiert. Sie meint, falls ich diese Alternative wähle, könne sie mir jedenfalls helfen, über die schwierigsten Punkte hinwegzukommen, den Widerstand zu überwinden und meinen Mut zu stärken.

Denn es scheint, daß dieser Prozeß des Rückrufs von Erinnertem einem entwickelten Intellekt schmerzlich ist, weil alle Selbsttäuschung und aller leere Schein abgestreift werden, während das Gewissen bleibt und nach den Normen von Gut und Böse arbeitet, die das Individuum in seiner Lebenszeit entwickelt hat. Unsere gegenwärtige Kenntnis unserer eigenen Motive ist ein solch armseliger, mitleiderregender Anfang – kaum stärker als die ersten Anstrengungen eines Säuglings, die Augen scharf einzustellen. Ich frage mich nur, wieviel von meinem Leben mir ganz und gar widerwärtig erscheinen wird – sollte ich mich für diesen Weg entscheiden. Sicherlich werden nicht wenige der ›guten Taten‹, die ich in meinem Gedächtnis hege wie eine Schar wohlgesitteter Cherubim, die Fratze von Gier oder nichtiger Eitelkeit oder Schlimmerem tragen.

Nicht, daß ich bei vernünftiger Einschätzung des Begriffs ein schlechter Mensch wäre; nicht im geringsten. Ich respektiere mich; es gibt keinen Anlaß für mich, auf den Knien herumzurutschen und mir an die Brust zu schlagen; ich fürchte keinen Vergleich mit irgendeinem anderen Durchschnittsexemplar der Spezies Mensch. Aber da haben wir es: Ich bin ein Mensch – und unter dem Aspekt der Ewigkeit und in Ansehung der neuesten Zeitungsmeldungen ist das eine ziemlich ernste Sache.

Ohne es wirklich zu wissen, denke ich mir diesen totalen Rückruf des Erinnerten wie das Durchwandern eines Korridors aus Myriaden von bildhaften Vorstellungen, dunklen und hellen, angenehmen und schrecklichen, geleitet von keiner Gewißheit außer dem Bewußtsein der offenen leeren Tür am anderen Ende.

Ein solcher Weg könnte seine erfreulichen Augenblicke und seine Tröstungen haben. Ich sehe nicht, wie er jemals an die Freude und Befriedigung heranreichen könnte, noch einige Jahre in dieser Welt zu leben, umgeben von meiner Elfe, die sich auf meiner Schulter niederläßt, wann es ihr gefällt, und zu mir spricht.

Ich mußte sie fragen, von welchem Wert eine solche Aufzeichnung für sie sein würde. Von sehr großem Wert. Nun, das leuchtet ein – sie können uns kaum von Nutzen sein, jedenfalls nicht nach ihren Begriffen, bis sie uns verstehen; und schließlich sind sie gekommen, um uns wie auch sich selbst weiterzuhelfen. Und uns verstehen bedeutet für sie die Kenntnis des Menschen von innen und außen, mit einer Vollständigkeit, wie unsere fleißigsten und hingebungsvollsten Gelehrten sie sich niemals vorstellen könnten. Ich denke an jene Tausende von Generationen, und ich denke an die ungezählten Geschichten in der Überlieferung der Völker, worin Elfen eine Rolle spielen, ohne daß aus all diesen möglichen früheren Begegnungen Folgen entstanden wären, und ich bin überzeugt, daß sie uns nicht berühren werden, bevor sie sich Gewißheit verschafft haben, daß kein Schaden daraus entstehen wird. Auf unserer zerrissenen, gequälten Welt gibt es jedoch den Zeitfaktor, aber das wissen sie gut genug.

Der Rückruf kann nicht beginnen, es sei denn, die betreffende Person ist bereit oder widerstrebt jedenfalls nicht; für sie muß das die Bereitschaft jedes Lebewesens bedeuten, das für eine überlegte Entscheidung intelligent genug ist. Nun, ich frage mich, wie viele sie finden könnten, die aufrichtig bereit wären, diese unbehagliche Reise in den Tod anzutreten, für keine andere Belohnung als die Zusicherung, daß sie ihren Mitmenschen und den Elfen einen Dienst erweisen?

Genauer gesagt, ich frage mich, ob ich imstande sein könnte, selbst eine solche Bereitwilligkeit zu erreichen, womöglich mit ihrer Hilfe?

Als ich ihr diese Gedanken auseinandersetzte, drängte sie mich wieder, keinen übereilten Entschluß zu fassen. Und sie erklärte mir, was meine Gedanken bereits zu ertasten suchten – warum nicht beide Alternativen innerhalb eines vernünftigen Zeitablaufs? Warum sollte ich nicht zehn oder fünfzehn weitere Jahre verbringen und den totalen Rückruf dann unternehmen – vielleicht erst dann, wenn meine Körperkräfte verfielen? Ich dachte darüber nach.

Heute morgen hätte ich mich beinahe für diese willkommene und tröstliche Lösung entschieden. Dann brachte der Postbote die Tageszeitung. Nicht, daß ich einer solchen Erinnerung bedurft hätte.

Am Nachmittag fragte ich sie, ob sie auf der Basis dessen, was sie gelernt und in Erfahrung gebracht hatte, beurteilen könne, ob es der menschlichen Torheit möglich sein würde, diese Welt tatsächlich auf die eine oder andere Weise zu zerstören. Sie wußte es nicht genau. Die anderen Kinder seien in verschiedenen Weltgegenden, um sich dort umzusehen und die Verhältnisse kennenzulernen. Nun, bei Licht besehen, bedarf es kaum noch einer Bestätigung. Jeder nachdenkliche Mensch weiß, was die Stunde geschlagen hat, auch ohne daß eine Elfe es ihm zuflüstert.

Und das ist nicht alles, was ich in Betracht ziehen muß. Ich könnte durch einen Unfall oder eine plötzliche Erkrankung zu Tode kommen, ehe ich Gelegenheit hätte, mein Leben zu geben.

Erst jetzt, in diesem sehr späten Augenblick, da ich mir die schwitzende Stirn reibe und in die funkelnden Lichter dieses wundervollen Ringes blicke, ist es mir gelungen, einige offensichtliche Tatsachen in den Zusammenhang der benötigten Synthese zu bringen.

Natürlich weiß ich nicht, welche Formen ihre Hilfe an uns annehmen wird. Ich vermute, die Menschen werden noch lange Zeit nicht viel von den Elfen sehen oder hören. Dann und wann mögen verhängnisvolle Entscheidungen geändert werden, und diejenigen, welche sich verantwortlich wähnen, werden sich verwirrt fragen, warum ihr Verstand sie auf einen Weg führte, den sie nicht hatten einschlagen wollen. Hier und dort wird eine einflußreiche Persönlichkeit sich vielleicht auf ziemlich seltsame Weise zu besseren Worten und Taten gedrängt sehen. So etwa stelle ich es mir vor. Es mag unerwartet neue Entdeckungen und Erfindungen von dieser oder jener Art geben, die geeignet sein werden, die Bedrohung durch unser schlimmes Spielzeug zu neutralisieren. Aber was immer die Elfen zu tun beschließen, die Aufzeichnungen und die Analyse meines nicht allzu untypischen Lebens werden ihnen eine Hilfe sein; womöglich sogar das kleine Gewicht, das über die Balance zwischen Triumph und Fehlschlag entscheidet. Das ist die eine Tatsache.

Die andere: Meine Elfe und ihre Brüder und Schwestern sind bei allem, was sie uns Menschen voraushaben, auch nur aus vergänglichem Protoplasma. Verbrennt dieser Erdball im atomaren Feuer, so werden auch sie zerstört. Auch sie würden die Gefahr nicht rechtzeitig erkennen, um zu entkommen. Und wer kann wissen, wann es geschieht? Es könnte morgen sein. Oder heute nacht.

Also kann es, was meine Wahl betrifft, keinen Zweifel mehr geben, und ich werde es ihr sagen, wenn sie erwacht.

9. Juli

Heute abend* gibt es keinen Rückruf – ich soll eine Weile ausruhen. Wie ich sehe, ist fast ein Monat vergangen, seit ich zuletzt in dieses Tagebuch schrieb. Mein totaler Rückruf begann vor drei Wochen, und ich bin bereits in der Lage gewesen, die ersten achtundzwanzig Jahre meines Lebens wegzugeben.

Weil ich normalen Schlaf nicht länger benötige, beginnt der Rückruf am späten Abend, sobald drüben im Dorf die Lichter ausgehen und wenig Gefahr besteht, daß wir unterbrochen werden. Tagsüber beschäftige ich mich in der gewohnten Art. Ich habe Steele meine Hühner verkauft, und Judys Leben wurde vor einer Woche gerettet; damit sind meine Angelegenheiten praktisch geregelt, nur möchte ich zu meiner letztwilligen Verfügung eine Ergänzung schreiben. Ich denke, ich kann es genausogut jetzt tun, hier in dieses Tagebuch, statt meinen Anwalt zu behelligen. Es sollte juristisch gültig sein.

---

* Von hier an erfährt Dr. Bannermans Handschrift eine seltsame Veränderung. Nicht nur benutzte er für die folgenden Eintragungen einen weichen Bleistift an Stelle eines Füllfederhalters, die Schrift selbst verrät Zeichen von Hast. Trotzdem ist sie tatsächlich viel klarer, ruhiger und leichter lesbar als die früheren Eintragungen in seiner normalen Handschrift. – BLAINE

Zusatz zu meinem Testament: Hiermit hinterlasse ich meinem Freund Lester Morse, Arzt in Augusta, Maine, den Ring, der bei meinem Tode am fünften Finger meiner linken Hand gefunden werden wird; und ich möchte Dr. Morse bitten, diesen Ring immer in seinem Privatbesitz zu behalten und Vorkehrungen zu treffen, daß er im Falle seines eigenen Todes in den Besitz einer Person gelangt, in deren Charakter er unbedingtes Vertrauen hat.

David Bannerman*

Meine Elfe ist für eine Weile fortgegangen, und ich soll ausruhen und tun, was mir gefällt, bis sie zurückkehrt. Ich will die Zeit mit der Vervollständigung meiner Eintragungen verbringen, fürchte aber, daß es ein lückenhaftes Dokument bleiben wird, unbefriedigend für Leser, die es nach harten Fakten verlangt. Es mag damit zu tun haben, daß es so vieles gibt, was mir gleichgültig geworden ist. Es ist lästig, Entscheidungen im Hinblick darauf zu treffen, was interessierte Fremde als wichtig betrachten würden.

Bis auf das fehlende Schlafbedürfnis und eine körperliche Müdigkeit, die ganz und gar nicht unangenehm ist, bemerke ich bisher keine physiologischen Wirkungen. Ich habe nicht die leiseste Erinnerung an irgend etwas, was vor meinem achtundzwanzigsten Geburtstag geschehen ist. Mein deduktives Gedächtnis scheint hingegen recht wirkungsvoll, und ich bin überzeugt, daß ich den größten Teil der Geschichte rekonstruieren könnte, wäre es der Mühe wert: Heute nachmittag kramte ich zwischen alten Briefen aus jener Zeit, aber sie waren nicht sehr interessant. Meine Kenntnisse des Englischen sind unbeeinträchtigt; ich kann noch immer Deutsch und etwas Französisch, weil ich häufig Gelegenheit hatte, diese Sprachen nach meinem achtundzwanzigsten Jahr zu gebrauchen. Die lateinischen Brocken, die mir aus der Schulzeit geblieben waren, sind völlig vergessen. Gleiches gilt für Algebra und alle bis auf die elementarsten Kenntnisse der Geometrie: Ich benötigte sie nie. Ich erinnere mich, daß ich nach

---

* Trotz oberflächlicher Veränderungen der Handschrift ist diese Unterschrift von einem beglaubigten Graphologen als echt und eigenhändig anerkannt worden. – BLAINE

meinem achtundzwanzigsten Geburtstag an meine Mutter dachte, weiß aber nicht, ob das begleitende Vorstellungsbild ihr wirklich ähnelt; mein Vater starb, als ich einunddreißig war, also erinnere ich ihn als einen kranken, alten Mann. Ich glaube, ich hatte einen jüngeren Bruder, aber er muß in der Kindheit gestorben sein.*

Judys Dahinscheiden war ruhig – angenehm für sie, denke ich. Es nahm den größten Teil eines Tages in Anspruch. Wir gingen hinaus zu einem brachliegenden Feld, das ich kenne, und sie lag in der Sonne, und die Elfe saß bei ihr, während ich ein Grab aushob und mich dann auf die Suche nach Himbeeren machte. Gegen Abend kam die Elfe geflogen und sagte mir, es sei zu Ende. Und höchst interessant, sagte sie. Ich sehe nicht, wie für Judy etwas Quälendes oder Beunruhigendes an ihrem Sterben gewesen sein könnte; was uns am meisten schmerzt, ist der Verlust unserer bevorzugten Selbsttäuschungen, und von solchen war die treue Seele frei.

Wie die Elfe mir erklärte, sind Katzen die einzigen ihr bekannten Tiere, die hinreichend in sich gekehrt sind, um Selbsttäuschungen und ähnliches zu entwickeln. Ich erwiderte, sie möchte etwas von der Art unter den Primaten finden. Das interessierte sie sehr, und sie wünschte alles zu erfahren, was ich ihr über Affen und Menschenaffen sagen konnte. Es scheint, daß die Elfen sich mit fast allen höheren Tieren verständigen können, und sie erzählte mir, daß es vor langer, langer Zeit unbeholfene geflügelte Geschöpfe gegeben habe, die den Elfen etwa in der Weise ähnelten, wie die großen Anthropoiden uns. Trotz mancherlei aufgeklärter Versuche, ihre Art am Leben zu erhalten, starben sie aus. Ihre Geburtenrate sank ab, bis sie für die Arterhaltung nicht mehr ausreichte, als wäre ein notwendiger Lebensfunke einfach erloschen; als hätte die Natur sie mit sanfter Endgültigkeit abgeschrieben ...

Ich habe den Rückruf des Erinnerten nicht schmerzlich empfunden, zumindest nicht im Rückblick. Es muß bittere Augen-

---

* Dr. Bannermans Mutter starb 1918 an Influenza. Sein Bruder (drei Jahre älter, nicht jünger) starb 1906 an Lungenentzündung. – BLAINE

blicke gegeben haben, die glücklicherweise in Vergessenheit gerieten, zusammen mit ihren Ursachen, als wäre der Prozeß unter Anästhesie vor sich gegangen. Sicherlich gab es in meinen ersten achtundzwanzig Jahren zahlreiche Vorfälle, die ich niemandem außer den Elfen anvertrauen möchte. Gemessen an dem Protokoll seit meinem achtundzwanzigsten Jahr, muß ich vorher sehr oft in unterschiedlichster Weise erbärmlich, egoistisch und niederträchtig gewesen sein. Die alten Briefe berühren einige dieser Dinge. Für mich sind sie jetzt nur noch als Material für eine Aufzeichnung von Bedeutung, die mir aus den Händen genommen und gut aufgehoben ist.

All denen, die ich verletzt haben mag, möchte ich jedoch dies sagen: Ihr wurdet von Aspekten meiner Menschlichkeit verletzt, die in ein paar hunderttausend Jahren hoffentlich unter uns allen nicht mehr ganz so verbreitet sein mögen. Gegen diese dunkleren Elemente kämpfte ich auf meine Art, wie ein jeder von uns es tut. Die Mühe ist nicht umsonst.

Ich muß zurückgreifen: Es war eine Woche, nachdem ich der Elfe meine Entscheidung mitgeteilt, aber noch ehe sie den Rückruf eingeleitet hatte. Während dieser Woche erforschte sie mein gegenwärtiges Bewußtsein gründlicher, als ich es für möglich gehalten hätte; sie mußte sich vergewissern. In dieser Woche genauer Befragung erfuhr sie wohl mehr über meinesgleichen, als jemals im Sprechzimmer eines Arztes zu Protokoll gegeben wurde. Ich hoffe es. Jedem Psychiater, der das in Frage stellen möchte, halte ich den Ausspruch eines Naturwissenschaftlers entgegen: Es ist einfach, sich nach einer Zeit sorgfältiger Untersuchungen zu sagen, man habe alles beobachtet, was ein gegebener Fleck Erde uns zeigen könne; verändert man aber den Gesichtspunkt nur ein wenig – etwa, indem man die Deckschicht mit dem Spaten abhebt, dann ein Vergrößerungsglas herbeiholt, oder den Flekken Erde aus einiger Entfernung betrachtet, wie er, eingebettet in seine nähere Umgebung und die Landschaft, daliegt –, ist es eine ganz neue Welt.

Wenn die Elfe mich nicht in dieser Weise erforschte, machte sie sich die Mühe, mir die Befriedigungen und lohnenden Erfahrungen vor Augen zu führen, die ich genießen könnte, wenn ich den anderen Weg wählte. Ich sehe, wie notwendig das war; zu dem Zeitpunkt schien es freilich fast grausam. Sie mußte es um meinetwillen tun, und ich bin froh, daß ich es irgendwie fertig brachte, treu zu meiner ursprünglichen Entscheidung zu stehen. Auch sie teilte schließlich meine Freude darüber; sie sagte sogar, sie liebe mich dafür. Was dieses schillernde Wort ihr bedeutet, ist mir nicht klar; ich gebe mich damit zufrieden, es im herkömmlichen Sinne zu verstehen.

Während dieser Woche – ich glaube, es war am 12. Juni – kam eines Abends Lester, um Schach zu spielen und ein Glas Sherry mit mir zu trinken. Ich hatte ihn eine ganze Weile nicht gesehen, und habe ihn seitdem nicht gesehen. In diesem Sommer hat es in unserem Bezirk einige Fälle von Kinderlähmung gegeben, und das hält ihn auf dem Sprung. Die Elfe verbarg sich hinter den Büchern auf dem Regal – ich fürchte, es war ziemlich staubig dort – und hatte ihren Spaß mit unserem Schachspiel. Sie hatte einen guten Blick auf deinen kahlen Scheitel, Lester; später meinte sie, daß du ihr gefielst, und ob du nicht etwas gegen das Gewicht tun könntest? Sie schlug eine eigenartige Abhilfe vor, die deinem medizinischen Selbst wohl schon von Zeit zu Zeit in den Sinn gekommen ist – weniger essen.

Vielleicht hätte sie nicht in das Schachspiel eingreifen sollen. Während der ersten zehn Züge war es nichts als mein übliches ungeschicktes Umhertappen; dann mußte sie die Prinzipien begriffen haben und übernahm die Partie für mich. Ich war mir dessen nicht recht bewußt, bis ich merkte, daß Lester wie ein begossener Pudel dasaß; ich hatte mir eingebildet, meine erstaunlichen Züge wären das Ergebnis meiner eigenen Schlauheit.

Doch im Ernst, Lester, denk an jenen Abend zurück! Du hast an schwierigen Turnieren der Schachamateure teilgenommen; du kennst deine Fähigkeiten, und du kennst meine. Frage dich, ob ich ohne Hilfe etwas dergleichen hätte tun können. Ich sage dir noch einmal, ich habe das Spiel nicht in der Zwischenzeit studiert, als du nicht hier warst. Ich habe in meiner Bibliothek niemals ein Schachbuch gehabt, und selbst wenn ich eins gehabt hätte, so wäre kein noch so angestrengtes Studium geeignet gewesen, mich zu deiner Klasse emporzuheben. Mir fehlt diese

Mentalität – bin bloß dein bescheidener Sparringspartner und auf dieser Basis hat es mir Freude gemacht, wie es dir Freude machen mag, einem berühmten Chirurgen bei einem Kunststück zuzusehen, das selbst zu versuchen dir nicht im Traum einfallen würde. Selbst wenn dein Spiel an jenem Abend unterdurchschnittlich gewesen sein sollte (ich glaube nicht, daß es das war), hätte ich dich ohne Hilfe nie dreimal hintereinander schlagen können. An dem bewußten Abend spieltest du außerhalb deiner Klasse, das war alles.

Ich konnte dir damals nichts davon sagen – sie war in diesem Punkt unmißverständlich –, also konnte ich mich nur in die Brust werfen und dich täuschen. Aber die Elfe sagt, ich solle in dieses Tagebuch schreiben, was ich für richtig halte, und ich denke, Lester, irgendwie möchtest du die nächsten paar Jahrzehnte ziemlich interessant finden. Du bist noch jung – einige zehn Jahre jünger als ich. Ich denke, du wirst noch vieles erleben, was ich selbst gern würde eintreten sehen, wäre ich nicht überzeugt, daß meine Entscheidung die richtige war.

Die meisten dieser neuen Ereignisse werden nicht spektakulär sein, meine ich. Viele Wendungen zum Besseren werden zunächst kaum als das erkannt werden, was sie sind, nicht von dir und nicht von anderen. Da unsere Natur einmal ist, was sie ist, werden wir nicht mit einem Sprung zu paradiesischen Verhältnissen gelangen. Darauf zu hoffen, wäre so absurd wie die Vorstellung, daß irgendein Patentrezept, eine Ideologie oder eine Theorie sozialer Umschichtung uns ein Utopia bescheren werde. Wie ich es sehe, Lester – und ich glaube, deine ärztliche Praxis würde dir dasselbe gesagt haben, selbst wenn deine eigene Intuition nicht ausgereicht hätte – gibt es nur eine Schlacht von Bedeutung: Armageddon. Und die Gefilde von Armageddon sind im Inneren eines jeden von uns, eine Welt ohne Ende.

Im Augenblick glaube ich, daß ich der glücklichste Mann bin, der je gelebt hat.

20. Juli

Bis auf die letzten zehn Jahre ist nun alles weggegeben. Die körperliche Müdigkeit (noch immer angenehm) ist überwältigend.

Das Unkraut in meinem kleinen Garten stört mich nicht – bloß eine andere Art von Blumen als die, welche ich zu pflanzen geplant hatte. Vor einer Stunde brachte sie mir einen Löwenzahnsamen, um mir seine Schönheit zu zeigen – ich glaube nicht, daß es mir aufgefallen war. Wer auch immer dieses Haus und seinen Grund übernehmen wird, ich hoffe, er (oder sie) wird wieder mit der Landwirtschaft anfangen; es heißt, die zehn Morgen unterhalb des Hauses seien einmal ein guter Kartoffelacker gewesen – fruchtbarer, noch nicht ausgelaugter Boden.

Es ist hübsch, in der Sonne zu sitzen, als ob ich alt wäre.

Beim Durchblättern früherer Eintragungen in diesem Tagebuch sehe ich, daß mich oft Bitterkeit gegenüber meinesgleichen erfüllt hat. Ich schließe daraus, daß ich ein einsamer Mensch gewesen sein muß – und vieles von der Einsamkeit war selbstauferlegt. Ein großer Teil meiner Bitterkeit wird nicht mehr als ein häßliches Nebenprodukt eines Lebens sein, das allzu weit abseits verbracht wurde. Manches rührte ohne Zweifel von objektiven Ursachen her, doch glaube ich nicht, daß ich mehr Ursache zur Bitterkeit hatte, als jeder halbwegs intelligente Mensch, der gern in Frieden leben und in seiner Umwelt einen erfreulicheren Ort als den sehen möchte, welchen man ihm vor die Nase gesetzt hat. Und der Schmerz in meinem Rücken mag seinen Teil dazu beigetragen haben. Es ist schon gut – alles ist aufgezeichnet.

Sie saust mit einer Hummel um die Wette, hält sich zurück, glaube ich, um dem gemütlichen, flauschigen Insekt eine Chance zu geben.

Eine weitere Nachricht für dich, Lester. Ich habe bereits verfügt, daß mein Ring dir gehören soll. Ich will dir nicht verraten, was ich über seine Eigenschaften entdeckt habe, denn ich fürchte, es möchte dir nicht das gleiche Vergnügen und Interesse wie mir bereiten. Natürlich ist der Stein eine Hilfe zur Selbsthypnose, nicht anders als jeder Punkt, wo Licht und Farbe wechseln. Aber der Ring ist viel, viel mehr als das. Du wirst selbst darauf kommen, wenn du einmal frei von den Ablenkungen des Alltags bist. Ich weiß, daß er dir nicht schaden kann, weil ich seinen Ursprung kenne.

Übrigens wäre ich dir verbunden, wenn du meinem Verleger

die Bitte übermitteln würdest, daß er die Veröffentlichung meines Buches *Einführung in die Biologie* entweder einstelle oder aber eine Neuauflage herausbringe, die nach den Anmerkungen in der oberen linken Schublade meines Schreibtisches zu revidieren ist. Ich las dieses Buch durch, nachdem meine Elfe mir versicherte, daß ich es geschrieben habe, und ich war bestürzt. Ich fürchte jedoch, daß meine Anmerkungen und Notizen ziemlich unordentlich sind, vielleicht auch zu fortgeschritten für die Gegenwart – obgleich die Revision hauptsächlich eine Frage der Weglassung gewisser allgemeiner Feststellungen ist, die unzutreffend sind. Handle nach deinem Urteil: es ist kein bedeutendes Lehrbuch, und die Sache ist nicht allzu wichtig. Eine letzte Zuckung meiner persönlichen Eitelkeit.

27. Juli
Ich habe eine Nacht mit zwei Monden gesehen.

Sie wurde mir von dem anderen erwachsenen Elf geschenkt, am Ende eines wundervollen Besuches, den er und sechs von den neun anderen Jungelfen mir abstatteten. Es war gestern nacht, glaube ich – ja, das muß es gewesen sein. Zuerst hörte ich ein Schwirren und Rascheln von Flügeln ums Haus; dann kam meine Elfe lachend hereingeflogen, und hinter ihr die anderen, alle um mich herum. Voller Fröhlichkeit und buntschillernder Flügel, tanzten sie in der Luft einen Reigen um mich, bestrebt, mir eine Freude zu machen. Alle wußten mir freundliche Artigkeiten zu sagen, und eine brachte mir ein bewegtes Bild vom St. Lorenz-Strom, wie er sich dem Auge am frühen Morgen aus fünfhundert Metern Höhe darbietet – im Dunst schwimmende Wolkenbänke, kreisende Raubvögel; wie konnte sie wissen, daß sie mir damit soviel Freude machen würde? Und alle dankten mir für das, was ich getan.

Dabei ist es so leicht gewesen!

Und am Ende gab mir der Alte – seine Haut ist ganz schwarz, sein Daunenkleid weiß und grau – das erinnerte Bild von einer magischen Nacht mit zwei Monden. Er sah es vor mehr als sechzig Jahren.

Ich habe nicht einmal erwogen, die Anstrengung auf mich zu

nehmen und es zu beschreiben – meine Finger werden diesen Bleistift heute abend nicht mehr lange halten können. Nun – eine unberührte nächtliche Landschaft, ein silbriger Wasserlauf, in der Ferne der mattglänzende Spiegel eines Sees, am Ufer vereinzelt weiße Häuser. Ein klarer und hell strahlender Mond, offenbar im Aufsteigen begriffen; ihm gegenüber, wie in einer merkwürdigen, übernatürlichen Spiegelung, ein anderer, der trüb hinter Wolkenschleiern zu sinken scheint. Und hier und dort in der Luft umhergeisternde Elfen, nach fünfzig Millionen Jahren würdig, in einer solchen Nacht zu leben. Nein, ich kann dergleichen nicht beschreiben. Aber, ihr Mitmenschen, ich kann etwas Besseres tun. Ich kann euch sagen, daß diese magische Nacht der zwei Monde, so zauberhaft sie sein mochte, nicht schöner war, als eine Mondnacht auf unserer altvertrauten Erde sein kann – wenn ihr euch dabei vorstellt, daß der Unrat menschlicher Habgier und Niedertracht weggeräumt ist und wir mit der größten von allen Aufgaben angefangen haben – unserer eigenen Vervollkommnung.

29. Juli
Nun bleibt nichts mehr wegzugeben als die Erinnerung an die Zeit, die vergangen ist, seit die Elfe kam. Ich kann ruhen, so lange es mir gefällt, schreiben was ich will. Dann werde ich mich zum Bett hinüberbegeben und niederlegen, als wollte ich schlafen. Sie sagt mir, daß ich die Augen offen lassen könne; sie werde sie für mich schließen, wenn ich sie nicht mehr sehe.

Ich bleibe überzeugt, daß unsere Sache – die Sache der Menschheit – noch nicht verloren ist. Ich glaube bestimmt, daß wir in nur wenigen tausend Jahren imstande sein werden, einige der einfacheren vorbereitenden Aufgaben zu erledigen, wie etwa die Vertreibung der Bosheit und die Liebe zu unseren Mitmenschen. Und wenn sich das so erweisen sollte, wer könnte dann noch zweifeln, daß wir in weiteren fünfzig Millionen Jahren nur noch ein wenig tiefer als diese heiteren und weisen Lichtelfen stehen werden?

Anmerkung des Bibliothekars: Wie allgemein bekannt ist, soll das Original des Bannerman-Tagebuches im Besitz von Dr. Lester Morse gewesen sein, als dieser im Jahr 1964 verschwand. Dieses Verschwinden ist bis zum heutigen Tag ein ungelöstes Rätsel geblieben. McCarran hat Captain Garrison Blaine im Oktober des Jahres 1951 besucht, doch gibt es von diesem Besuch keine Aufzeichnungen. Captain Blaine scheint ein Junggeselle gewesen zu sein, der allein lebte. Er kam bereits im Dezember 1951 auf einer Dienstfahrt durch Verkehrsunfall ums Leben. Es ist nicht bekannt, daß McCarran über die Bannerman-Affäre mit jemand anderem gesprochen oder deswegen in Briefwechsel gestanden hat. Dagegen gilt als sicher, daß er selbst den Tagebuchauszug und die zugehörigen Papiere aus den Akten entfernte (unerlaubt, wie es scheint!), als er 1957 das F.B.I. verließ; jedenfalls wurden diese Unterlagen nach seinem Tode im persönlichen Nachlaß gefunden und sehr viel später von Mrs. McCarran zur Veröffentlichung freigegeben.

Das folgende Memorandum war ursprünglich dem Auszug aus dem Bannerman-Tagebuch beigeheftet; es trägt McCarrans Initialen.

11. August 1951

Der im beiliegenden Brief von Captain Blaine erwähnte Beschwerdebrief des Dr. Stephen Clyde ist unglücklicherweise verlorengegangen, möglicherweise durch einen Irrtum in der Ablage.

C. McC.

EIDESSTATTLICHE ERKLÄRUNG, ABGEGEBEN AM 9. AUGUST 1951 VON DR. LESTER MORSE

Am Nachmittag des 30. Juli 1951 fuhr ich aufs Land hinaus, um meinen Freund Dr. David Bannerman zu besuchen. Ich bin gezwungen, den Grund meiner Fahrt als einen unerwarteten Impuls zu beschreiben. Ich hatte Bannerman zuletzt am Abend des 12. Juni gesehen und seitdem nichts von ihm gehört.

Ich betrat sein Haus, wie es meine Gewohnheit war, ohne anzuklopfen. Nachdem ich ihn gerufen und keine Antwort gehört hatte, ging ich hinauf zu seinem Schlafzimmer und fand ihn tot in seinem Bett. Aus oberflächlichen Anzeichen schloß ich, daß der Tod schon in der vorausgegangenen Nacht eingetreten sein mußte. Er lag auf der linken Seite, bequem ausgestreckt wie für den Schlaf, aber bekleidet mit einem frischen Oberhemd und einer sauberen leichten Sommerhose. Augen und Mund waren geschlossen, und es gab keine Spur von der Unordnung, die selbst den leichtesten natürlichen Tod begleitet. Diesen Indizien entnahm ich, sobald ich das Fehlen von Atmung und Herzschlag sowie die völlige Erkaltung des Körpers festgestellt hatte, daß bereits ein Nachbar dagewesen sein mußte, der ihn gefunden, ihm die Augen zugedrückt und wahrscheinlich einen örtlichen Arzt oder die nächste Polizeistation verständigt hatte. Darum wartete ich (Dr. Bannerman hatte kein Telefon) und erwartete, daß bald jemand kommen werde.

Dr. Bannermans Tagebuch lag auf einem Tisch nahe dem Bett, aufgeschlagen an der Stelle, wo er einen Zusatz zu seiner letztwilligen Verfügung eingetragen hatte. Ich las diesen Teil. Später, während ich auf andere wartete, las ich den Rest des Tagebuches, wie es offensichtlich der Wunsch des Verstorbenen war. Der erwähnte Ring steckte am fünften Finger seiner linken Hand und befindet sich jetzt in meinem Besitz. Als er den bewußten Anhang verfaßte, mußte Dr. Bannerman übersehen oder vergessen haben, daß er mich in seinem einige Monate früher aufgesetzten Testament zu seinem Testamentsvollstrecker ernannt hatte. Sollten in diesem Punkt rechtliche Formalitäten zu berücksichtigen sein, bin ich gern bereit, in vollem Umfang mit der zuständigen Behörde zusammenzuarbeiten.

Der Ring wird jedoch in meinem Besitz bleiben, weil das Dr. Bannermans ausdrücklicher Wunsch war, und ich bin nicht bereit, ihn unter welchen Umständen auch immer zur Untersuchung oder Begutachtung herauszugeben.

Die Anmerkungen für eine Revision eines seiner Lehrbücher waren im Schreibtisch, wie im Tagebuch erwähnt. Sie sind keineswegs ungeordnet, noch sind sie sonderlich revolutionär. Dr. Bannerman wünschte lediglich bestimmte Feststellungen, die meiner Ansicht nach als unumstößlich und anerkannt galten, so umzuformulieren, daß ihr theoretischer oder hypothetischer Charakter hervorgehoben wird. Das ist nicht mein Gebiet, und ich kann mir ein Urteil darüber nicht anmaßen. Ich werde die Angelegenheit so bald als möglich mit seinem Verleger besprechen.*

Soweit ich feststellen konnte, und eingedenk des Befundes der Autopsie, die von Dr. Stephen Clyde vorgenommen wurde, war eine bei der Leichenöffnung nicht erkennbare Embolie als Todesursache nicht auszuschließen. Ich habe das in der Sterbeurkunde festgestellt. Es scheint mir nicht im öffentlichen Interesse zu liegen, solche Fragen im Zweifel zu lassen. Aus diesem Grunde auch fühle ich mich verpflichtet, meine Meinung als Mediziner und guter Bekannter des Verstorbenen abzugeben:

Ich bin kein Psychiater, doch habe ich es in Anbetracht der Anforderungen meiner Allgemeinpraxis ratsam gefunden, mich nach Möglichkeit über die Forschungsergebnisse und Meinungen auf diesem Teilgebiet der Medizin auf dem laufenden zu halten. Dr. Bannerman besaß meiner Ansicht nach eine bessere emotionale und intellektuelle Stabilität als jeder andere Mann von vergleichbarer Intelligenz in meinem gesamten persönlichen und beruflichen Bekanntenkreis. Wenn die Meinung geäußert wird, daß er unter einer halluzinatorischen Psychose gelitten habe, kann ich nur sagen, daß sie von einem Typ gewesen sein muß, der gänzlich außerhalb meiner Erfahrung und meines Wissens liegt und nirgendwo in der psychopathologischen Literatur beschrieben ist.

Dr. Bannermans Haus befand sich am Nachmittag des 30. Juli in aufgeräumtem, ordentlichem Zustand. Nahe dem offenen Fenster seines Schlafzimmers stand ein offener Schuhkarton, dessen Boden mit einem zusammengelegten Seidenschal ausgelegt war. Ich fand kein Kissen von der Art, wie Dr. Bannerman es im Tagebuch beschreibt, stellte aber fest, daß ein kleines Stück Stoff aus dem Schal herausgeschnitten worden war. In diesem Schuhkar-

---

* *Anmerkung des Bibliothekars:* Diesen Vorsatz scheint Dr. Morse niemals ausgeführt zu haben. Es kam nie zu einer revidierten Neuausgabe der *Einführung in die Biologie*, und das Lehrbuch ist seit 1952 vergriffen.

ton und in seinem nächsten Umkreis nahm ich einen eigentümlichen Duft wahr, schwach, aromatisch und sehr süß, den ich bis dahin niemals wahrgenommen hatte und darum nicht beschreiben kann.

Es mag für den Fall von Belang sein oder nicht, daß ich, solange ich mich an jenem Nachmittag in seinem Haus aufhielt, kein Empfinden von Kummer oder einem persönlichen Verlust verspürte, obgleich Dr. Bannerman ein langjähriger Freund von mir gewesen war. Ich fühlte lediglich eine Überzeugung – die ich noch heute habe –, daß er nach der Vollendung einer sehr großen und bedeutsamen Unternehmung seinen Frieden gefunden hatte.

Originaltitel: »Angel's Egg«
Copyright © 1951 by World Editions, Inc.;
mit freundlicher Genehmigung der Witwe des Autors
und der Agentur Robert P. Mills
Aus dem Amerikanischen übersetzt von Walter Brumm

Arthur C. Clarke

1917 in Minehead/Somerset geboren, wuchs Arthur C. Clarke auf einem Bauernhof auf. Im Krieg war er technischer Offizier der RAF und mitbeteiligt an der Entwicklung und Erprobung des Radar. Nach 1945 studierte er Physik und Mathematik am King's College in London, bestand mit Auszeichnung und wurde stellvertretender Chefredakteur der Zeitschrift »Science Abstracts«. 1950 entschloß er sich, es als freiberuflicher Schriftsteller zu versuchen, verfaßte Artikel für Zeitschriften, Sachbücher und widmete sich der Unterwasserfotografie und Unterwasserforschung, vor allem an der Südwestküste von Ceylon, wo er heute ein touristisches Tauchunternehmen betreibt und seinen Wohnsitz hat.

Schon in den vierziger Jahren schrieb Clarke nebenbei SF-Stories, die in dem englischen Magazin »Fantasy« und ab 1946 in dem amerikanischen Magazin »Astounding« erschienen, darunter auch die Erzählung »The Sentinel«, nach der Stanley Kubrick seinen Film »2001 – A Space Odyssey« drehte. Durch diesen Film und den Roman, der wiederum nach dem Drehbuch entstand, wurde Arthur C. Clarke weltberühmt und gehört heute neben Frank Herbert, Robert A. Heinlein und Isaac Asimov zu den bestbezahlten Science Fiction-Autoren der Welt. Inzwischen liegt auch die Fortsetzung zu »2001« vor: »2010 - Odyssey Two«, die noch 1984 verfilmt werden soll.

»Begegnung mit Medusa« ist eine typische Clarke-Geschichte: eine solide technisch-naturwissenschaftliche Basis, eine vorsichtige Extrapolation in die nahe Zukunft, eine spannende Handlung.

Von Arthur C. Clarke erschienen in der Reihe
HEYNE SCIENCE FICTION & FANTASY:

Komet der Blindheit (06/3239)
2001 - Odyssee im Weltraum (06/3259)
Makenzie kehrt zur Erde heim (06/3645)
Geschichten aus dem Weißen Hirschen (06/4055)

In der ALLGEMEINEN REIHE:

Rendezvous mit 31/439 (01/5370)
2010 - Odyssee Zwei (in Vorb.)

In der Reihe SACHBUCH:

Profile der Zukunft (01/7240)

Arthur C. Clarke

Begegnung mit Medusa

1

Ein denkenswerter Tag

Die *Queen Elizabeth* bummelte in bequemem Tempo von hundertachtzig drei Meilen über dem Grand Canyon dahin, als Howard Falcon die Kameraplattform von rechts herangleiten sah. Damit hatte er gerechnet – in dieser Höhe durfte nichts anderes fliegen, aber er war nicht allzu glücklich über die Gesellschaft. Wenn er auch alle Anzeichen öffentlichen Interesses begrüßte, wollte er anderseits so viel freien Himmel haben wie nur möglich. Immerhin war er der erste in der Menschheitsgeschichte, der ein Schiff steuerte, das fünfhundert Meter lang war ...

Bisher war dieser erste Testflug perfekt verlaufen. Ironischerweise hatte der hundert Jahre alte Flugzeugträger *Vorsitzender Mao*, den man für die Transportoperationen vom San-Diego-Luftschiffahrtsmuseum entliehen hatte, das einzige Problem dargestellt. Nur ein einziger der vier Nuklearreaktoren der *Mao* funktionierte noch, und das Spitzentempo des alten Schlachtschiffs betrug knappe dreißig Knoten. Glücklicherweise war die Windgeschwindigkeit auf dem Meeresspiegel um weniger als die Hälfte geringer gewesen, und so war es nicht allzu schwierig gewesen, auf dem Startdeck eine Flaute zu erzeugen. Trotzdem hatte es während einzelner Windstöße ein paar unheilvolle Augenblicke gegeben, als man die Haltetaue gelöst hatte, als sich das große, lenkbare Luftschiff geradewegs in den Himmel erhoben hatte, wie in einem unsichtbaren Lift. Wenn alles gutging, würde die *Queen Elizabeth IV.* erst wieder in einer Woche mit der *Vorsitzenden Mao* zusammentreffen.

Alles war unter Kontrolle. Alle Testinstrumente gaben normale Messungen an. Commander Falcon beschloß nach oben zu gehen und das Rendezvous zu beobachten. Er übertrug das Kommando seinem Zweiten Offizier und betrat die transparente Röhre, die durch das Herz des Schiffes führte. Hier wurde er wie immer von der spektakulären Wirkung des größten Raums überwältigt, der je einen Menschen umgeben hatte.

Die zehn kugelförmigen Gaszellen, die im Durchmesser jeweils über dreißig Meter hatten, reihten sich aneinander wie eine Kette aus gigantischen Seifenblasen. Das widerstandsfähige Plastikmaterial war so klar, daß man bis ans Ende der Reihe sehen und alle Einzelheiten des Liftmechanismus ausmachen konnte, der über fünfhundert Meter von Falcons Standpunkt entfernt war. Rings um ihn befand sich, wie ein dreidimensionaler Irrgarten, das strukturelle Gerippe des Schiffs – die langen Tragbalken, die sich von der Nase bis zum Schwanz zogen, die fünfzehn Reifen, die sich als kreisförmige Rippen um den Leib dieses triumphalen Kolosses wanden und deren verschiedene Größen das anmutige, stromlinienförmige Profil bewirkten.

Bei dieser niederen Geschwindigkeit war kaum ein Geräusch zu hören – nur das leise Rauschen des Windes an der Außenhülle und ein gelegentliches metallisches Knirschen, wenn sich das System unter Druckbelastung veränderte. Das schattenlose Licht, das eine Lampenreihe hoch über Falcons Kopf verströmte, verlieh der ganzen Szene eine merkwürdige Unterwasser-Aura, und er fand, daß dieser Eindruck durch die durchsichtigen Gaszellen noch verstärkt wurde. Er war einmal einer Schwadron großer, aber harmloser Quallen begegnet, die bebend und ziellos über einem niederen tropischen Riff dahingeglitten waren, und die Plastikblasen, die seine *Queen Elizabeth* hochtrugen, erinnerten ihn oft an diese Tiere – besonders, wenn sie unter einer veränderten Druckbelastung Falten warfen und neue Lichtmuster reflektierten.

Er ging die Schiffsachse hinab, bis er den vorderen Lift zwischen der ersten und der zweiten Gaszelle erreichte. Als er zum Peildeck hinauffuhr, stellte er fest, daß es unangenehm heiß war, und diktierte seinem Taschenrecorder eine kurze Notiz. Die

Queen bezog fast ein Viertel ihres Auftriebs aus den unbegrenzten Hitzemengen, die von ihrem Fusionskraftwerk erzeugt wurden. Bei diesem Flug, wo nur geringe Fracht befördert wurde, enthielten nur sechs der zehn Gaszellen Helium, die restlichen vier waren mit Luft gefüllt. Trotzdem trug sie zweihundert Tonnen Wasser als Ballast mit sich. Und wenn man die Zellen hohen Temperaturen aussetzte, war es schwierig, die Zugangswege zu kühlen. Es war offensichtlich, daß hier noch einiges getan werden mußte.

Ein erfrischender kalter Windstoß schlug ihm ins Gesicht, als er auf das Peildeck trat, hinaus ins blendende Sonnenlicht, das durch das Plexiglasdach hereindrang. Ein halbes Dutzend Arbeiter und die gleiche Anzahl von Superschimpansenassistenten machten sich eifrig an dem halbfertigen Tanzboden zu schaffen, während andere elektrische Leitungen verlegten und die Möbel aufstellten. In dem großen Raum herrschte ein kontrolliertes Chaos, und Falcon bezweifelte, daß alles rechtzeitig fertig sein würde, wenn der Jungfernflug in vier Wochen stattfand. Aber das war zum Glück nicht sein Problem. Er war nur der Captain, nicht der Flugleiter.

Die menschlichen Arbeiter winkten ihm zu, und die ›Schimps‹ fletschten grinsend die Zähne, als er durch den Wirrwarr in den bereits fertigen Himmelssalon ging. Dies war sein Lieblingsplatz, und er wußte, daß er ihn nie wieder für sich allein haben würde, wenn das Schiff erst einmal in Betrieb war. Deshalb wollte er sich für fünf Minuten ein rein privates Vergnügen gönnen und hierbleiben.

Er rief den Kontrollraum an, vergewisserte sich, daß alles in Ordnung war, und sank in einen der bequemen Drehstühle. Unter ihm verlief in einer Kurve, die das Auge entzückte, die ungebrochene Silberlinie der Schiffshülle. Er saß jetzt auf dem höchsten Punkt und überblickte den ganzen Umfang des größten Transportmittels, das je gebaut worden war. Und als er dieses Anblicks müde war, schaute er zum Horizont, zur phantastischen Wildnis, die der Colorado River in einer halben Milliarde von Jahren geprägt hatte.

Abgesehen von der Kameraplattform (sie war nun zurückgefallen und filmte mittschiffs), hatte er den Himmel ganz für sich allein – einen Himmel, der blau und leer und klar war, bis hinab zum Horizont. Falcon wußte, daß das Firmament in den Tagen seines Großvaters mit Dunststreifen und Rauchwolken übersät gewesen war. Beides war längst verschwunden. Der Luftmüll war mit der primitiven Technologie, die ihn erzeugt hatte, untergegangen, und der Langstreckentransport dieses Zeitalters reichte in so weite Fernen jenseits der Stratosphäre hinein, daß nichts davon bis zur Erde drang, keine Geräusche, keine visuellen Eindrücke. Die untere Atmosphäre gehörte wieder einmal den Vögeln und den Wolken – und jetzt auch noch der *Queen Elizabeth*.

Es stimmte, was die alten Pioniere zu Beginn des zwanzigsten Jahrhunderts gesagt hatten: dies war die einzige erstrebenswerte Art zu reisen – lautlos und luxuriös, wobei man die Luft ringsum einatmen konnte und nicht von ihr abgeschnitten war, nahe genug an der Erdoberfläche, so daß man die ständig wechselnde Schönheit der Länder und Meere beobachten konnte. Die Unterschall-Jets der achtziger Jahre, vollgepackt mit Hunderten von Passagieren, die zu zehnt in einer Reihe saßen, konnten nicht annähernd einen solchen Komfort und so viel Platz bieten.

Natürlich würde die *Queen* niemals wirtschaftlich operieren, und auch später, wenn ihre geplanten Schwesternschiffe gebaut waren, würde nur ein kleiner Teil der Erdenbevölkerung, die eine Viertelmilliarde betrug, diesen lautlosen Flug durch die Lüfte genießen können. Aber eine gesicherte, wohlhabende Globalgesellschaft konnte sich solche Launen leisten und brauchte sie auch, weil sie neu und unterhaltsam waren. Auf der Erde lebten mindestens eine Million Menschen, deren geschätztes Einkommen tausend neue Dollars pro Jahr betrug, also würde es der *Queen* nicht an Passagieren mangeln.

Falcons Taschenkommunikator piepste. Der Kopilot rief aus dem Kontrollraum an. »Geben Sie uns das Okay für das Rendezvous, Captain? Wir haben alle Daten, die wir brauchen, und die Fernsehleute werden langsam ungeduldig.«

»Okay«, erwiderte Falcon. »Machen Sie weiter wie geplant. Ich werde von hier aus zuschauen.«

Er ging zurück durch das hektische Leben und Treiben auf

dem Peildeck, da er mittschiffs einen besseren Überblick hatte. Dabei spürte er, wie sich die Vibration unter seinen Füßen veränderte. Und als er den hinteren Teil des Salons erreichte, war das Schiff zum Stillstand gekommen. Er benutzte seinen Commander-Schlüssel und trat auf die kleine Außenplattform, die am Ende des Decks hinausragte. Ein halbes Dutzend Menschen waren hier versammelt, nur durch ein niederes Geländer von der ungeheuren Kurve der Schiffshülle getrennt – und von der Erde, tausend Meter tief unter ihnen. Es war ein grandioses Erlebnis, hier zu stehen, und völlig ungefährlich, auch wenn das Schiff in hohem Tempo dahinfuhr, denn die Plattform befand sich in der windstillen Luft hinter dem großen Wulst des Peildecks. Trotzdem war es nicht geplant, die Passagiere hier herauszulassen, denn der Ausblick war schwindelerregend.

Die Abdeckung der vorderen Ladeluke hatte sich bereits geöffnet wie eine gigantische Falltür, und die Kameraplattform schwebte darüber, begann langsam hinabzugleiten. In den nächsten Jahren würden Tausende von Passagieren und zahllose Tonnen von Vorräten diesen Weg nehmen. Nur selten würde die *Queen* zum Meer hinabsinken und auf ihrer schwimmenden Basis landen.

Ein plötzlicher seitlicher Windstoß traf Falcons Wange, und er umklammerte das Geländer noch fester. Über dem Grand Canyon tobten heftige Stürme, wenn Falcon auch nicht annahm, daß man in dieser Höhe viel davon spüren würde. Er wußte, daß der hervorragend ausgebildete Techniker, der das ferngesteuerte Schiff lenkte, dieses simple Manöver schon ein paar Dutzend Male durchgeführt hatte. Und es war unvorstellbar, daß sich Probleme ergeben könnten.

Trotzdem schien der Mann zögernd zu reagieren. Diese letzte Bö hatte die Plattform beinahe an den Rand der offenen Luke gestoßen. Der Pilot hätte das doch sicher rechtzeitig korrigieren können. Waren im Kontrollraum irgendwelche Probleme entstanden? Das war unwahrscheinlich. Die Fernsteuerung hatte mehrere absolut fehlerfrei arbeitende Übernahmegeräte und alle nur erdenklichen Unterstützungssysteme. Bisher hatte es fast keine Unfälle gegeben.

Aber da bewegte er sich schon wieder zur Seite – nach links. War der Pilot betrunken? So unwahrscheinlich das auch war, Falcon zog diese Möglichkeit ernsthaft in Betracht. Dann griff er nach seinem Mikrofonschalter.

Wieder schlug ihm ein Windstoß ins Gesicht, heftig und ohne Vorwarnung. Er spürte es kaum, denn er starrte entsetzt auf die Kameraplattform. Der Mann an der Fernsteuerung bemühte sich, die Kontrolle über das Flugobjekt zu behalten und es auf den Düsen zu balancieren – aber damit machte er alles nur noch schlimmer. Die Oszillationen steigerten sich – zwanzig Grad, vierzig, sechzig, neunzig ...

»Schalten Sie auf Automatik um, Sie Narr!« schrie Falcon völlig überflüssigerweise in das Mikrofon. »Ihre Manualkontrolle funktioniert nicht mehr!«

Die Plattform drehte sich, die Düsen trugen sie nicht mehr, sondern trieben sie rasch nach unten. Plötzlich waren sie Verbündete der Schwerkraft geworden, die sie bis zu diesem Augenblick bekämpft hatten.

Falcon hörte den Aufprall nicht, wenn er ihn auch fühlte. Er war bereits auf das Peildeck zurückgekehrt, lief zum Lift, der ihn zum Kontrollraum hinabbringen würde. Die Arbeiter erkundigten sich ängstlich, was denn geschehen sei. Aber es würde monatelang dauern, bis er die Antwort auf diese Frage wußte.

Als er in die Liftkabine treten wollte, besann er sich anders. Obwohl er länger brauchen würde und die Zeit kostbar war, lief er über die Wendeltreppe hinab, durch den Schacht.

Auf halbem Weg hielt er kurz an, um den Schaden zu inspizieren. Die verdammte Plattform war ins Schiff gedrungen und hatte zwei Gaszellen aufgerissen. Sie sanken immer noch langsam in sich zusammen, in großen Plastikschleiern. Der Verlust des Auftriebs machte ihm keine Sorgen. Der Ballast konnte das leicht wettmachen, solange die restlichen acht Zellen intakt blieben. Die Gefahr eines strukturellen Schadens war viel größer. Er konnte bereits hören, wie das große Gerippe ringsum stöhnte und unter seiner abnormen Belastung protestierte. Es genügte nicht, über einen ausreichenden Auftrieb zu verfügen. Wenn er nicht richtig verteilt war, würde das Schiff zerbrechen.

Er wollte gerade weiter hinabsteigen, als ein Superschimp den Liftschacht herabkam, kreischend vor Angst. Er bewegte sich unglaublich schnell, kletterte an der Außenseite der Struktur herab. In seinem Schrecken hatte das arme Biest seine Kompanieuniform zerfetzt, vielleicht in dem unbewußten Versuch, die Freiheit seiner Ahnen zurückzugewinnen.

Falcon, der immer noch hinabstieg, so schnell er konnte, beobachtete mit einiger Besorgnis, wie sich die Kreatur näherte. Ein verwirrter Schimp war ein kräftiges und potentiell gefährliches Tier, besonders, wenn seine Konditionierung von Furcht überlagert wurde. Als der Schimp ihn einholte, schrie er ihm einen Wortschwall entgegen. Aber alles, was Falcon verstehen konnte, war das mehrmals geäußerte, klagende Wort ›Boß‹. Sogar jetzt wendet er sich an einen Menschen um Hilfe, dachte Falcon. Er empfand tiefes Mitleid mit diesem Geschöpf, das in eine von Menschenhand geschaffene Katastrophe verwickelt war, die es nicht begriff und für die es keine Verantwortung trug.

Der Schimp hielt ihm gegenüber an, auf der anderen Seite der Schachtstruktur. Nichts konnte ihn daran hindern, durch das Gerippe zu brechen, wenn er das wollte. Jetzt war das Gesicht des Tiers nur wenige Handbreit von dem des Commanders entfernt, und er blickte geradewegs in die angstvollen Augen. Noch nie war er einem Schimp so nahe gewesen, noch nie hatte er die Züge einer solchen Kreatur so genau und bis in alle Einzelheiten studieren können. Er verspürte jene seltsame Mischung von Verwandtschaft und Unbehagen, die alle Menschen erfaßt, wenn sie auf diese Weise in einen Spiegel der Zeiten blicken.

Seine Anwesenheit schien die Kreatur zu beruhigen. Falcon zeigte durch den Schacht hinauf zum Peildeck, wobei er klar und deutlich sagte: »Boß – Boß – *geh!*« Zu seiner Erleichterung verstand ihn der Schimp. Er schnitt eine Grimasse, die man als Grinsen interpretieren konnte, und raste den Weg zurück, den er gekommen war. Falcon hatte ihm den besten Rat gegeben. Wenn man irgendwo an Bord der *Queen* sicher sein konnte, dann dort oben. Aber die Pflicht rief ihn in die andere Richtung.

Er hatte den Abstieg schon fast beendet, als plötzlich Metall barst, die Schiffsnase drehte sich nach unten, die Lichter gingen aus. Aber er konnte immer noch sehen, denn durch die offene Luke und den großen Riß in der Schiffshülle drangen die Sonnenstrahlen ein. Vor vielen Jahren hatte er in einem großen Kirchenschiff gestanden und beobachtet, wie das Licht durch die bunten Fenster hereingefallen war und strahlende Tümpel in allen Regenbogenfarben auf den alten Steinboden ausgegossen hatte. Das blendende Strahlenbündel, das jetzt durch das Loch in der Schiffswand hoch oben hereinleuchtete, erinnerte ihn an jenen Augenblick. Er stand in einer Kathedrale aus Metall, die vom Himmel stürzte.

Als er den Kontrollraum erreicht hatte und zum erstenmal hinausblicken konnte, stellte er erschrocken fest, wie bedenklich nah das Schiff an die Erde herangekommen war. Höchstens achthundert Meter tiefer erhoben sich die schönen, tödlichen Felszinnen, wanden sich die roten Schlammflüsse, die sich immer noch einen Weg hinab in die Vergangenheit suchten. Nirgends war eine Fläche zu sehen, auf der ein so großes Schiff wie die *Queen* mit geradem Kiel hätte landen können.

Ein Blick auf die Instrumententafel verriet ihm, daß der gesamte Ballast verschwunden war. Trotzdem war die Fallgeschwindigkeit auf ein paar Meter pro Sekunde reduziert worden. Sie hatten also immer noch eine geringe Chance.

Wortlos warf sich Falcon in den Pilotensitz und übernahm die Kontrolle, soweit dies noch möglich war. Die Instrumententafel teilte ihm alles mit, was er wissen wollte. Worte waren überflüssig. Im Hintergrund hörte er den Kommunikationsoffizier per Funk Bericht erstatten. Mittlerweile würde man alle Nachrichtenkanäle der Erde mit Beschlag belegt haben, und er konnte sich die Frustration der Programmleiter lebhaft vorstellen. Die *Queen* würde eine der spektakulärsten Bruchlandungen der Geschichte vollführen, und keine einzige Kamera würde das Ereignis aufzeichnen. Die letzten Augenblicke der *Queen* würde die Millionen nicht mit Furcht und Schrecken erfüllen – so wie das Ende der *Hindenburg* eineinhalb Jahrhunderte zuvor.

Jetzt war der Erdboden nur noch etwa fünfhundert Meter entfernt und kam immer noch langsam näher. Obwohl Falcon die volle Schubkraft zur Verfügung hatte, wagte er es nicht, sie einzusetzen, denn sonst würde die gesamte Schiffsstruktur zusammenbrechen. Doch er mußte bald erkennen, daß er keine Wahl hatte. Der Wind trieb die *Queen* zu einer Gabelung im Canyon, wo der Fluß durch einen Felsenkeil gespalten wurde, der wie der Bug eines gigantischen, steinernen, fossilen Schiffs aussah. Wenn die *Queen* ihren gegenwärtigen Kurs beibehielt, würde sie auf diesem dreieckigen Plateau aufschlagen, und mindestens ein Drittel ihrer Länge würde ins Nichts hinausragen. Sie würde zerbrechen wie ein morscher Ast.

In weiter Ferne, über dem Lärm des ächzenden Metalls und der entweichenden Gase, erklang das vertraute Pfeifen der Düsen, als Falcon die seitlichen Schubkraftventile öffnete. Das Schiff taumelte, begann sich nach Backbord zu drehen. Das Kreischen des berstenden Metalls war nun fast pausenlos zu hören, und die Fallgeschwindigkeit stieg in beängstigendem Maß. Ein Blick auf die Schadenkontrolltafel sagte Falcon, daß soeben die Gaszelle Nummer fünf gerissen war.

Der Erdboden war nur noch wenige Meter entfernt. Und Falcon wußte noch immer nicht, ob sein Manöver erfolgreich verlaufen würde oder nicht. Er schaltete die Schubkraftvektoren auf vertikal, um dem Schiff maximalen Auftrieb zu geben und die Gewalt des Aufpralls zu reduzieren.

Der Aufschlag schien ewig zu dauern. Er war nicht heftig – nur seltsam lange und unwiderstehlich. Das ganze Universum schien auf die *Queen* herabzustürzen.

Das Geräusch des knirschenden Metalls kam näher, als würde sich ein riesiges Biest mit Zähnen und Klauen einen Weg durch das sterbende Schiff bahnen.

Dann schlossen sich der Boden und die Decke des Kontrollraums über Falcons Kopf wie eine Falle.

2

Weil er da ist

»Warum wollen Sie zum Jupiter fliegen.«

»Wie Springer sagte, als er zum Pluto aufbrach – weil er da ist.«

»Danke. Und nachdem wir *das* aus dem Weg geräumt haben, könnten Sie uns vielleicht den wahren Grund nennen.«

Howard Falcon lächelte, obwohl nur die Leute, die ihn gut kannten, diese kaum wahrnehmbare Grimasse seines Ledergesichts richtig zu deuten wußten. Webster gehörte zu diesen Leuten. Seit über zwanzig Jahren war der eine in die Projekte des anderen verwickelt. Sie hatten triumphale Erfolge und Katastrophen geteilt – auch die größte aller Katastrophen.

»Nun, wir sind auf allen terrestrischen Planeten gelandet, aber auf keinem einzigen Gasgiganten. Das ist die einzige echte Herausforderung, die im Sonnensystem noch übriggeblieben ist.«

»Eine teuere Herausforderung. Haben Sie schon die Kosten berechnet?«

»So gut es möglich war. Hier sind die geschätzten Summen. Sie müssen aber bedenken, daß man hier nicht mit einem Abschuß auskommt, sondern ein Transportsystem braucht. Wenn es erprobt und für gut befunden wurde, kann man es immer wieder benützen. Und es wird uns nicht nur den Flug zum Jupiter, sondern auch zu allen anderen Giganten ermöglichen.«

Webster blickte auf die Zahlen und pfiff leise vor sich hin. »Warum fangen wir nicht mit einem simpleren Planeten an – zum Beispiel mit dem Uranus? Die halbe Schwerkraft – und die Ausströmungsgeschwindigkeit ist um mehr als die Hälfte geringer. Außerdem ist das Wetter ein bißchen besser – wenn man dieses Wort überhaupt verwenden kann.«

Webster hatte seine Hausaufgaben wirklich gut gemacht. Aber deshalb war er ja auch der Leiter der Planungsstelle für die Langstreckenflüge.

»Eigentlich spricht nichts dagegen – wenn man die zusätzliche Entfernung und die Versorgungsprobleme in Kauf nimmt. Für den Jupiter können wir die Ganymed-Basis verwenden. Aber jenseits des Saturns müssen wir eine neue Versorgungsbasis errichten.«

Logisch, dachte Webster. Aber er war sicher, daß dies nicht der wichtigste Grund war. Der Jupiter war der Herr des Sonnensystems. An einer geringeren Herausforderung wäre Falcon nicht interessiert gewesen.

»Außerdem«, fuhr Falcon fort, »ist der Jupiter ein wissenschaftlicher Skandal. Schon vor über hundert Jahren wurden seine Strahlengewitter entdeckt, aber wir kennen ihre Ursache noch immer nicht. Und der Große Rote Fleck ist ein Geheimnis wie eh und je. Deshalb würde mich das Astronautische Ministerium finanziell unterstützen. Wissen Sie, wie viele Sonden sie schon in diese Atmosphäre abgeschossen haben?«

»Ich glaube, zweihundert.«

»Dreihundertsechsundzwanzig – während der letzten fünfzig Jahre. Und über fünfundzwanzig Prozent haben sich als totale Fehlschläge erwiesen. Natürlich haben sie verdammt viel dabei gelernt, aber sie haben den Planeten kaum gekratzt. Wissen Sie überhaupt, wie groß er ist?«

»Mehr als zehnmal so groß wie die Erde.«

»Ja, ja – aber wissen Sie auch, was das bedeutet?« Falcon zeigte auf den großen Globus, der in einer Ecke von Websters Büro stand. »Schauen Sie sich mal Indien an – wie klein es aussieht! Wenn man die Haut der Erde abziehen und auf der Oberfläche des Jupiters ausbreiten würde, wäre sie, in der richtigen Relation betrachtet, etwa so groß wie Indien.«

Ein langes Schweigen entstand, während Webster über diesen Vergleich nachdachte. Der Jupiter steht zur Erde im gleichen Verhältnis wie die Erde zu Indien. Falcon hatte, natürlich mit Absicht, ein sehr überzeugendes Beispiel gewählt ...

War es wirklich schon zehn Jahre her? Ja, das stimmte. Der Absturz lag sieben Jahre zurück (*dieses* Datum hatte sich seinem Gedächtnis unauslöschlich eingeprägt), und jene Anfangstests hatten drei Jahre vor dem ersten und letzten Flug der *Queen Elizabeth* stattgefunden. Also hatte ihn Commander (nein, Lieutenant) Falcon vor zehn Jahren zu einem Testflug über die nordindischen Ebenen eingeladen, wo das Himalajagebirge in Sichtweite aufragte. »Sie haben nichts zu befürchten«, hatte er versichert. »Sie können Ihrem Büro für ein paar Tage entkommen – und außerdem werden Sie sehen, was das Ganze zu bedeuten hat.«

Webster war nicht enttäuscht worden. Abgesehen von seinem ersten Mondflug, war dies das denkwürdigste Ereignis seines Lebens gewesen. Obwohl die Reise, wie Falcon versprochen hatte, völlig ungefährlich und ziemlich ereignislos gewesen war.

Sie waren kurz vor Tagesanbruch von Srinagar aus gestartet, die große Silberblase des Ballons hatte bereits die ersten Sonnenstrahlen reflektiert. In absoluter Stille hatten sie den Aufstieg absolviert. Es gab keine röhrenden Propangasbrenner, die in einem früheren Zeitalter die Heißluftballons hochgehoben hatten. Die gesamte erforderliche Hitze stammte von dem kleinen Impuls-Fusionsreaktor, der nur hundertzwanzig Pfund wog und in der Öffnung der Hülle hing. Während sie nach oben stiegen, gab er pro Sekunde zehn Laserblitze von sich, die ein winziges Quantum von schwerem Wasserstoff zu Helium verschmolzen. Wenn die gewünschte Höhe erreicht war, würde er nur noch ein paarmal pro Minute Strahlen abfeuern, um genug Hitze zu erzeugen.

Und weil es so still war, konnten sie in fünfzehnhundert Metern Höhe über dem Erdboden Hunde bellen, Leute schreien und Glocken läuten hören. Langsam breitete sich die weite, sonnenüberflutete Landschaft aus. Zwei Stunden später waren sie auf fünftausend Meter Höhe gestiegen und mußten sich häufig mit Sauerstoff versorgen. Sie konnten sich entspannen und die Landschaft bewundern. Die Bordinstrumente erledigten die gesamte Arbeit – sammelten alle Informationen, die man in der Planungszentrale brauchte, die den immer noch ungetauften Flugkörper entworfen hatte.

Es war ein wunderbarer Tag. Die Südwestmonsune würden erst in einem Monat losbrechen. Kaum eine Wolke hing am Himmel. Sie ärgerten sich über die stündlichen Funkberichte, die ihre Träume störten. Und ringsum, bis zum Horizont und noch darüber hinaus, erstreckte sich jene uralte Landschaft, getränkt von Geschichte, ein Flickwerk aus Dörfern, Feldern, Tempeln, Seen, Bewässerungskanälen ...

Mühsam riß sich Webster vom hypnotischen Zauber dieser zehn Jahre alten Erinnerung los. Sie hatte ihn für den Leichter-als-Luft-Flug begeistert – und ihm vor Augen geführt, wie ungeheuer groß Indien war, sogar auf einer Welt, die man in neunzig Minuten umkreisen konnte. Und doch steht der Jupiter im gleichen Verhältnis zur Erde wie die Erde zu Indien, dachte er.

»Nehmen wir einmal an, Sie haben recht«, sagte er, »und die Finanzierung ist gesichert. Doch dann müßten Sie noch eine andere Frage beantworten: Warum sollten Sie bessere Erfolge erzielen als die – wie viele waren es? – als die dreihundertsechsundzwanzig Robotersonden, die den Trip bereits gemacht haben?«

»Ich bin besser qualifiziert als die Roboter – als Pilot und als Beobachter. Vor allem als Pilot. Vergessen Sie nicht, daß ich im Leichter-als-Luft-Flug mehr Erfahrungen besitze als sonst jemand auf der Welt.«

»Sie könnten als Kontrolleur fungieren und ungefährdet auf Ganymed sitzen.«

»Aber das ist es ja! Das haben sie doch schon versucht. Wissen Sie nicht mehr, wie die *Queen* zerstört wurde?«

Webster wußte es sehr gut. Aber er erwiderte nur: »Sprechen Sie weiter!«

»Es geht um die Zeitverzögerung. Dieser Idiot von Plattformkontrolleur dachte, daß er einen lokalen Funkstromkreis benutzte. Aber er wurde zufällig über einen Satelliten geschaltet – oh, vielleicht war das nicht seine Schuld, aber er hätte es merken müssen. Bei einer Schaltung über einen stationären Satelliten muß man mit einer Zeitverzögerung von einer halben Sekunde rechnen. Während eines Flugs in windstiller Luft hätte das keine Rolle gespielt. Aber es waren die Stürme über dem Grand Canyon, die zur Katastrophe führten. Als die Plattform umkippte – um den Betrag, den er korrigiert hatte, war sie inzwischen bereits nach der anderen Seite gekippt. Haben Sie schon mal versucht, in einem Auto auf einer holprigen Straße zu fahren und jedesmal, bevor Sie das Lenkrad bewegen, eine halbe Sekunde zu warten?«

»Nein, und ich habe es auch nicht vor. Aber ich kann mir denken, was dann passiert.«

»Nun, der Ganymed ist eine Million Kilometer vom Jupiter

entfernt. Das bedeutet fürs Hin und Her eine Verzögerung von sechs Sekunden. Nein, Sie brauchen einen Kontrolleur an Ort und Stelle – der bei Notfällen zum richtigen Zeitpunkt eingreifen kann. Ich möchte Ihnen was zeigen. Darf ich das mal benutzen?«

»Bitte.«

Falcon griff nach einer Postkarte, die auf Websters Schreibtisch lag. Solche Karten galten auf der Erde als veraltet, aber diese zeigte eine 3-D-Ansicht von einer Marslandschaft und war mit exotischen teuren Marken geschmückt. Falcon hielt sie hoch, so daß sie senkrecht herabhing. »Das ist ein alter Trick, aber damit kann ich Ihnen meinen Standpunkt klarmachen. Legen Sie Ihren Daumen und den Zeigefinger an beide Seiten – aber so, daß Sie die Karte nicht berühren.«

Webster streckte die Hand nach der Karte aus, so daß er sie fast, aber nicht ganz berührte.

»Und fangen Sie die Karte ...« Falcon wartete ein paar Sekunden, dann ließ er die Karte ohne Vorwarnung los. Websters Daumen und Zeigefinger schlossen sich in der leeren Luft. »Machen wir's noch einmal, damit Sie mir glauben, daß das kein Schwindel ist.«

Wieder schlüpfte die herabfallende Karte zwischen Websters Fingern hindurch.

»So, und jetzt versuchen Sie's mit mir.«

Webster nahm die Karte und ließ sie plötzlich fallen. Sie hatte sich kaum bewegt, als Falcon sie auch schon festhielt. Webster glaubte beinahe ein Klicken zu hören – so schnell hatte er reagiert.

»Als mich die Chirurgen wieder zusammensetzten, nahmen sie mehrere Korrekturen vor«, erklärte Falcon mit ausdrucksloser Stimme. »Dies ist eine davon – und es gibt noch andere. Ich will das Beste daraus machen. Und der Jupiter ist genau der richtige Ort, wo mir das gelingen wird.«

Webster starrte mehrere Sekunden lang auf die Karte, die Falcon wieder auf den Schreibtisch gelegt hatte, und nahm die unwahrscheinlichen Farben des Trivium-Charontis-Steilhangs in sich auf. Dann sagte er leise: »Ich verstehe. Wie lange wird es dauern?«

»Mit Ihrer Hilfe – plus der Hilfe des Ministeriums – plus aller Hilfe sämtlicher wissenschaftlichen Stiftungen, die wir nur auftreiben können – etwa drei Jahre. Dazu kommt ein Jahr für die Testflüge – wir müssen mindestens zwei Testmodelle losschikken. Wenn wir Glück haben – fünf Jahre.«

»Das habe ich mir gedacht. Hoffentlich haben Sie Glück – Sie hätten es verdient. Aber eines werde ich nicht tun.«

»Und das wäre?«

»Wenn Sie Ihren nächsten Ballonflug unternehmen, erwarten Sie bitte nicht, daß ich als Passagier mitkomme.«

3

Die Welt der Götter

Der Fall vom Jupiter V zum Jupiter selbst dauert nur dreieinhalb Stunden. Nur wenige Männer hätten auf einer so ehrfurchtgebietenden Reise schlafen können. Schlaf war eine Schwäche, die Falcon Howard haßte. Und der wenige Schlaf, den er brauchte, quälte ihn mit Träumen, die er im Lauf der langen Zeit nicht hatte bannen können. Aber in den drei Tagen, die vor ihm lagen, würde er kaum noch Muße finden, um sich auszuruhen, und so mußte er während des langen Falls in den Wolkenozean, der etwa hunderttausend Kilometer unter ihm lag, neue Kräfte sammeln.

Sobald die *Kon-Tiki* in ihren Transfer-Orbit eingetreten war und alle Computer-Checks zufriedenstellende Ergebnisse erzielt hatten, bereitete er sich auf den vielleicht letzten Schlaf vor, den er jemals erleben würde. Es erschien ihm wie ein passendes Omen, daß der Jupiter fast im gleichen Moment die helle, winzige Sonne verfinsterte, während das Schiff in den monströsen Schatten des Planeten glitt. Für wenige Minuten wurde es von einer seltsamen goldenen Dämmerung umhüllt, dann verwandelte sich ein Viertel des Himmels in ein pechschwarzes Loch, das im All klaffte, während der Rest in gleißendes Sternenlicht getaucht war. Gleichgültig, wie weit man durch das Sonnensystem reist, die Sterne veränderten sich niemals. Dieselben Konstellationen waren jetzt auch von der Erde aus zu sehen, die viele Millionen Kilometer entfernt war. Die einzigen neuen Sterne waren die kleinen, bleichen Sicheln von Callisto und Ganymed. Zweifellos gab es noch ein Dutzend anderer Monde oben im Himmel, aber sie waren so winzig und so weit entfernt, daß man sie mit bloßem Auge nicht ausmachen konnte.

»Ich schlafe jetzt zwei Stunden«, berichtete er dem Mutterschiff, das fünfhunderttausend Kilometer entfernt über den einsamen Felsen des Jupiters V schwebte, im Strahlenschatten des kleinen Satelliten. Wenn er auch niemals irgendwelchen anderen nützlichen Zwecken gedient hatte, so war der Jupiter V wenigstens ein kosmischer Bulldozer, der unablässig die geladenen Partikel nach oben fegte, die der Gesundheit schadeten, wenn man sich in der Nähe des Jupiters aufhielt. Die dem Planeten abgewandte Seite des Satelliten war fast strahlenfrei. Dort konnte ein Schiff völlig gefahrlos anhalten, während ringsum der unsichtbare Tod lauerte.

Falcon schaltete den Schlafinitiator an, und sein Bewußtsein schwand in Sekundenschnelle, während die elektrischen Impulse sanft durch sein Gehirn drangen. Während die *Kon-Tiki* zum Jupiter hinabfiel und ihre Geschwindigkeit in diesem enormen Gravitationsfeld von Sekunde zu Sekunde wuchs, schlief er traumlos. Die Träume kamen erst, wenn er erwachte, und er hatte seine Alpträume von der Erde mitgebracht.

Er träumte nie vom Absturz selbst, obwohl er oft an den verängstigten Superschimp dachte, der ihm beim Abstieg über die Wendeltreppe zwischen den zusammensinkenden Gasbeuteln begegnet war. Keiner der Schimps hatte die Katastrophe überlebt. Die Tiere, die nicht sofort den Tod gefunden hatten, waren so schwer verletzt worden, daß man sie euthanasiert hatte. Manchmal fragte er sich, warum er nur von dieser zum Sterben verurteilten Kreatur träumte, die er vor den letzten Minuten ihres Lebens nicht gekannt hatte, und nicht von seinen Freunden und Kollegen, die er an Bord der sterbenden *Queen* verloren hatte.

Die Träume, die er am meisten fürchtete, begannen immer mit der Rückkehr ins Bewußtsein, nach dem Absturz. Er hatte keine körperlichen Schmerzen verspürt – eigentlich hatte er überhaupt nichts gespürt. Er lag in dunkler Stille und schien nicht einmal zu atmen. Und – was am allerseltsamsten war – er konnte seine Glieder nicht finden. Er konnte weder die Hände bewegen noch die Füße, weil er nicht wußte, wo sie waren.

Die Stille war zuerst verschwunden. Nach Stunden oder Tagen hatte er ein leises Pochen wahrgenommen, und nach langer Überlegung zog er den Schluß, daß dies sein Herzschlag sein mußte. Dies war der erste seiner vielen Fehler gewesen.

Dann hatte er schwache Nadelstiche gespürt, Lichtpunkte funkeln sehen, einen ganz leichten Druck auf seinen immer noch reaktionslosen Gliedmaßen wahrgenommen. Langsam waren seine Sinne zurückgekehrt, einer nach dem anderen, begleitet von Schmerzen. Er hatte alles neu lernen, die Kindheit rekapitulieren müssen. Obwohl sein Gedächtnis funktionierte und er die Worte verstand, die ringsum gesprochen wurden, dauerte es mehrere Monate, bis er darauf antworten konnte, ohne sich wie in all der langen Zeit zuvor mit einem Wimpernzucken begnügen zu müssen. Er erinnerte sich noch gut an die triumphalen Augenblicke, als er das erste Wort gesprochen, zum erstenmal wieder eine Buchseite umgeblättert und von neuem gelernt hatte, sich aus eigenem Antrieb zu bewegen. Dies war tatsächlich ein Sieg, und er hatte zwei Jahre gebraucht, um sich darauf vorzubereiten. Wie oft hatte er den toten Superschimp beneidet ... Aber man hatte ihm keine Wahl gelassen. Die Ärzte hatten ihre Entscheidung getroffen, und jetzt, zwölf Monate später, befand er sich an einem Ort, wo noch kein Mensch zuvor gewesen war, und bewegte sich so schnell, wie es vor ihm noch niemandem gelungen war.

Die *Kon-Tiki* tauchte gerade aus dem Schatten auf, und die Jupiter-Dämmerung färbte den Himmel in einem titanischen Lichtbogen, als Falcon durch das hartnäckige Summen der Weckanlage aus dem Schlaf gerissen wurde. Die unausweichlichen Alpträume – er hatte versucht, eine Krankenschwester herbeizurufen, war aber zu schwach gewesen, um auf den Knopf zu drücken – schwanden rasch aus seinem Bewußtsein. Das größte – und vielleicht letzte – Abenteuer seines Lebens stand bevor.

Er rief die Einsatzkontrolle, die jetzt fast hunderttausend Kilometer entfernt war und sich unterhalb der Jupiterkrümmung noch weiter entfernte, um zu melden, daß alles in Ordnung war. Seine Geschwindigkeit betrug mittlerweile fünfzig Kilometer pro Sekunde (das mußte registriert werden), und in einer halben Stunde würde die *Kon-Tiki* den äußeren Rand der Atmosphäre erreichen. Dies war der Zeitpunkt, wo er die problematische Rückkehr vorbereiten mußte. Auch wenn schon zahlreiche Sonden diese flammende Tortur überstanden hatten, mußte man bedenken, daß dies feste, solide verpackte Instrumentenmassen gewesen waren, die einen Luftwiderstand von mehreren Hundert Gravitationseinheiten aushalten konnten. Die *Kon-Tiki* würde die Höchstbelastung von dreißig g und einen Durchschnittswiderstand von zehn g ertragen müssen, bevor sie in den oberen Regionen der Jupiter-Atmosphäre anhalten würde. Sorgfältig und gründlich begann Falcon das komplizierte Sicherungssystem anzulegen, das ihn an die Kabinenwand fesseln würde. Als er alle erforderlichen Handgriffe erledigt hatte, war er praktisch ein Teil der Schiffsstruktur geworden.

Die Uhr zählte rückwärts. Noch hundert Sekunden bis zum Eintritt. Jetzt war er dem Planeten ausgeliefert, auf Gedeih und Verderben. In eineinhalb Minuten würde er die Jupiteratmosphäre berühren und unwiderruflich von der gewaltigen Hand des Giganten festgehalten werden.

Der Countdown kam drei Sekunden zu spät – das war gar nicht so schlecht, wenn man die vielen unbekannten Faktoren berücksichtigte, die diese Operation mitbestimmten. Durch die Wände der Kapsel drang ein geisterhaftes Seufzen, das zu einem schrillen Kreischen anschwoll. Der Lärm unterschied sich von dem Rauschen, das zu hören war, wenn man in die Erd- oder Marsatmosphäre stürzte. In dieser Atmosphäre aus Wasserstoff und Helium wurden alle Geräusche um ein paar Oktaven nach oben transponiert. Auf dem Jupiter würde sogar ein Donnerschlag von Falsett-Obertönen begleitet werden.

Mit dem ansteigenden Lärm wuchs die Schwerkraft. Innerhalb von Sekunden wurde er völlig gelähmt. Sein Blickfeld zog sich zusammen, bis es nur noch die Uhr und den Beschleunigungsmesser umfaßte. Fünfzehn g, und noch vierhundertachtzig Sekunden ...

Er verlor die Besinnung nicht, aber das hatte er auch nicht erwartet. Die Spur, die das Schiff durch die Jupiteratmosphäre zog, mußte wahrlich spektakulär sein – und mittlerweile viele tausend Kilometer lang. Fünfhundert Sekunden nach dem Eintritt begann der Luftwiderstand nachzulassen – zehn g, fünf g, zwei ... Dann verschwand er fast völlig. Die *Kon-Tiki* fiel frei hinab. Ihre enorme orbitale Schwungkraft war verlorengegangen.

Ein plötzlicher Ruck ging durch das Schiff, als die weißglühenden Reste des Hitzeschilds abgesprengt wurden. Er hatte seine Aufgabe erfüllt und wurde nicht mehr gebraucht. Der Jupiter konnte ihn haben. Falcon öffnete alle Schnallen des Sicherheitssystems bis auf zwei, dann wartete er, bis der Sequencer die nächste und kritischste Reihe von Ereignissen startete.

Er sah nicht, wie der erste Bremsfallschirm hinausschnellte, aber er spürte den leichten Ruck, und die Fallgeschwindigkeit verringerte sich sofort. Die *Kon-Tiki* hatte ihr gesamtes Horizontaltempo eingebüßt und stürzte jetzt schnurgerade hinab, mit einer Geschwindigkeit von fast fünfzehnhundert Stundenkilometern. Nun hing alles davon ab, was in den nächsten sechzig Sekunden geschehen würde.

Der zweite Bremsfallschirm entfaltete sich. Falcon blickte durch die Oberluke und sah zu seiner ungeheuren Erleichterung, daß Wolken aus glitzernder Folie hinter dem fallenden Schiff auseinanderquollen. Wie eine große, aufblühende Blume breiteten sich die vielen tausend Kubikmeter des Ballons am Himmel aus und sogen das Gas ein, bis er völlig aufgebläht war. Die Fallgeschwindigkeit der *Kon-Tiki* sank auf wenige Stundenkilometer und blieb dann konstant. Nun hatte Falcon genug Zeit. Es würde Tage dauern, bis er die Oberfläche des Jupiter erreichte.

Aber er würde dort ankommen, wenn er nichts dagegen unternahm. Der Ballon über seinem Kopf fungierte nur als effektvoller Fallschirm, er würde das Schiff nicht nach oben tragen. Das konnte er auch gar nicht, solange das Gas innen und außen von gleicher Beschaffenheit war.

Mit seinem charakteristischen und beunruhigenden Knistern

schaltete sich der Fusionsreaktor ein und goß Hitzewellen in den Ballon. Nach fünf Minuten kam das Schiff zum Stillstand, nach sechs begann es nach oben zu steigen. Dem Radar-Höhenmesser war zu entnehmen, daß es etwa vierhundertachtundzwanzig Kilometer über der Jupiteroberfläche angehalten hatte – oder über dem Etwas, das als Jupiteroberfläche galt.

Nur eine ganz bestimmte Ballonart konnte in einer Wasserstoffatmosphäre, dem leichtesten aller Gase, funktionieren, und zwar ein Heißwasserstoffballon. Solange der Reaktor tickte, konnte Falcon seelenruhig über einer Welt dahintreiben, die hundert pazifische Ozeane aufnehmen könnte. Nachdem sie über fünfhundert Millionen Kilometer zurückgelegt hatte, wurde die *Kon-Tiki* endlich ihrem Namen gerecht. Sie war ein Luftschiff, das über den Strömungen der Jupiteratmosphäre dahinglitt.

Obwohl eine ganz neue Welt unter ihm lag, dauerte es über eine Stunde, bis Falcon die Aussicht genießen konnte. Zuerst mußte er alle Kapselsysteme kontrollieren und ihre Reaktion auf die Schalthebel testen. Er mußte herausfinden, wieviel Hitze er benötigte, um die gewünschte Aufstiegsgeschwindigkeit zu erreichen, und wieviel Gas er entweichen lassen mußte, um hinabzusinken. Am wichtigsten war das Problem der Stabilität. Er mußte die Länge der Kabel regulieren, die seine Kapsel mit dem riesigen, birnenförmigen Ballon verbanden, mußte Vibrationen eliminieren, um einen möglichst glatten Flug zu bewirken. Bisher hatte er Glück gehabt. Auf dieser Höhe wehte ein gleichmäßiger Wind, und der Doppler-Messer, der die Wind- und somit die Schiffsgeschwindigkeit an der unsichtbaren Oberfläche ablas, verriet ihm, daß es sich um dreihundertachtundvierzig Stundenkilometer handelte. Für den Jupiter war das nicht viel. Man hatte hier bereits Windstärken von tausendfünfhundert Stundenkilometern gemessen. Aber das Tempo war bedeutungslos. Es kam nur auf die Turbulenzen an. Wenn er in eine Tubulenz geriet, konnten ihn nur sein Geschick, seine Erfahrungen und seine Reaktionsschnelligkeit retten – solche Dinge konnte man noch nicht in einem Computer speichern.

Erst als Falcon ganz sicher sein konnte, daß er sein seltsames

Luftschiff in der Gewalt hatte, lenkte er seine Aufmerksamkeit auf die flehentlichen Bitten der Einsatzkontrolle. Er fuhr die Galgen aus, an denen die Meßinstrumente und die Behälter für Atmosphärenproben befestigt waren. Nun glich die Kapsel einem asymmetrischen Christbaum, schwebte aber immer noch in gleichmäßigem Flug durch die Jupiterwinde, während sie ihre Informationen zu dem weit entfernten Schiff sandte. Und jetzt konnte er sich endlich umblicken ...

Sein erster Eindruck war unerwartet und sogar ein bißchen enttäuschend. Genausogut hätte er über einer gewöhnlichen Erdwolkenschicht dahinfliegen können. Der Horizont schien in einer normalen Entfernung zu liegen. Falcon hatte keineswegs das Gefühl, daß er über einer Welt dahinflog, deren Durchmesser elfmal so groß war wie der seines Heimatplaneten. Dann blickte er auf das Infrarot-Radargerät, das die atmosphärischen Schichten unter ihm auslotete – und da wußte er, wie sehr ihn seine Augen getäuscht hatten.

Die Wolkenschicht, die scheinbar nur fünf Kilometer entfernt war, lag in Wirklichkeit über sechzig Kilometer unter ihm. Und der Horizont, dessen Entfernung er auf hundertachtzig Kilometer geschätzt hatte, war durch dreitausend Kilometer von der *Kon-Tiki* getrennt.

Die kristallische Klarheit der Wasserstoff-Helium-Atmosphäre und die ungeheure Planetenkrümmung hatten ihn zum Narren gehalten. Hier war es noch viel schwieriger, Entfernungen abzuschätzen, als auf dem Mond. Alles, was er sah, mußte mit mindestens zehn multipliziert werden.

Das war simpel genug, und er hätte eigentlich damit rechnen müssen. Trotzdem beunruhigte es ihn. Er hatte nicht das Gefühl, daß der Jupiter riesig war, sondern daß er selbst auf ein Zehntel seiner Größe zusammengeschrumpft war. Vielleicht würde er sich mit der Zeit an die unmenschlichen Maßstäbe dieser Welt gewöhnen. Aber als er auf den unglaublich fernen Horizont starrte, war ihm, als wehte ein Wind, kälter als die Atmosphäre ringsum, durch seine Seele. Trotz all seiner Argumente würden die Menschen hier niemals leben können. Vermutlich würde er der erste und letzte sein, der durch die Wolken des Jupiter hinabglitt.

Der Himmel über ihm war fast schwarz, abgesehen von ein paar Ammoniakzirren, die etwa zwanzigtausend Meter weiter oben schwebten. Der Luftdruck und die Temperatur stiegen rasch an, wenn man sich der Jupiteroberfläche näherte. Auf der Höhe, in der die *Kon-Tiki* jetzt dahintrieb, betrug die Temperatur fünfzig unter Null, und der Luftdruck maß fünf Atmosphären. Hundert Kilometer tiefer würde es so warm sein wie in der Äquatorialzone auf der Erde, und der Druck würde so stark sein wie auf dem Grund eines seichten Meeres. Ideale Lebensbedingungen ...

Ein Viertel des kurzen Jupitertages war bereits verstrichen. Die Sonne hatte die Hälfte des Weges bis zum Zenit zurückgelegt, aber das Licht, das die ungebrochene Wolkenlandschaft färbte, schimmerte seltsam schwach. Die zusätzlichen fünfhundert Millionen Kilometer, die hatten die Sonne all ihrer Kraft beraubt. Obwohl der Himmel klar war, gewann Falcon den Eindruck, als ob er von schwerem Dunst verschleiert würde. Und obwohl es noch Vormittag war, lag eine sonderbare Aura herbstlichen Dämmerlichts in der Luft. Aber der Jupiter würde natürlich niemals einen Herbst erleben. Hier gab es keine Jahreszeiten.

Die *Kon-Tiki* war genau im Zentrum der Äquatorialzone herabgekommen – über dem unscheinbarsten Teil des Planeten. Das Wolkenmeer, das sich bis zum Horizont erstreckte, glänzte lachsrosa. Hier war nichts von den Gelb-, Rosa- und Rotnuancen zu sehen, die sich durch die höheren atmosphärischen Schichten des Jupiters zogen. Der Große Rote Fleck, das spektakulärste Merkmal des Planeten, lag viele tausend Kilometer weiter südlich. Natürlich wäre es verlockend gewesen, dort hinabzusinken, aber die tropischen Südwinde waren ungewöhnlich aktiv, und ihre Strömungen erreichten Geschwindigkeiten von über fünfzehnhundert Stundenkilometern. Es wäre zu riskant gewesen, sich diesen unbekannten Gewalten auszusetzen. Der Große Rote Fleck und seine Rätsel würden auf weitere Expeditionen warten müssen.

Die Sonne, die sich doppelt so schnell über den Himmel bewegte wie auf der Erde, näherte sich nun dem Zenit und wurde vom großen Silbergewölbe des Ballons verfinstert. Die *Kon-Tiki* trieb noch immer schnell und gleichmäßig nach Westen, mit dreihundertachtundvierzig Stundenkilometern, was jedoch nur mit Hilfe des Radargeräts zu erkennen war. Falcon fragte sich, ob die Winde hier immer so schwach waren. Die Wissenschaftler, die ihm gelehrte Vorträge über den Jupiter-Kalmengürtel gehalten und vorausgesagt hatten, daß es über dem Äquator am ruhigsten sein würde, schienen also doch zu wissen, wovon sie redeten. Er hatte solche Prognosen angezweifelt und einem ungewöhnlich bescheidenen Forscher zugestimmt, der ihm in schöner Offenheit erklärt hatte: »Es gibt keine Jupiter-Experten.« Nun, am Ende dieses Tages würde es wenigstens einen geben.

Wenn er bis dahin am Leben blieb.

4

Die Stimme aus der Tiefe

An jenem ersten Tag war ihm der Göttervater huldvoll. Es war still und friedlich auf dem Jupiter, genauso wie vor vielen Jahren, als er mit Webster über den nordindischen Ebenen dahingeschwebt war. Falcon hatte genug Zeit, seine neuen Fähigkeiten zu vervollkommnen, bis die *Kon-Tiki* ein Teil seines Körpers zu werden schien. Dieses Glück war mehr, als er zu erhoffen gewagt hatte, und er begann zu überlegen, welchen Preis er dafür würde zahlen müssen.

Die fünf Stunden Tageslicht waren fast vorbei, die Wolken unter dem Schiff voller Schatten, wodurch sie eine massive Festigkeit gewannen, die nicht erkennbar gewesen war, als die Sonne noch höher gestanden hatte. Die Himmelsfarben verblaßten, nur im Westen zog sich ein purpurroter Streifen am Horizont entlang. Darüber hing die dünne Sichel eines nahen Mondes, der sich bleich und glanzlos vor dem pechschwarzen Nichts abzeichnete.

Mit einer Geschwindigkeit, die mit bloßem Auge wahrzunehmen war, sank die Sonne zum Rand des Jupiters hinab, dreitausend Kilometer weit entfernt. Die Sternenlegionen kamen zum Vorschein – und da war auch der schöne Abendstern Erde, am äußersten Rand der Dämmerung, und erinnerte Falcon daran, wie weit er von zu Hause entfernt war. Die Erde folgte der Sonne hinab in den Westen. Die erste Jupiternacht der Menschheit hatte begonnen.

Als die Dunkelheit hereinbrach, begann die *Kon-Tiki* zu sinken. Der Ballon wurde nicht mehr vom schwachen Sonnenlicht erwärmt und verlor einen geringen Teil seines Auftriebs. Falcon unternahm nichts, um den Ballon wieder nach oben zu lenken. Er hatte mit diesem Effekt gerechnet und geplant, tiefer hinabzugleiten.

Die unsichtbare Wolkendecke lag immer noch über fünfzig Kilometer unter ihm, und er würde sie etwa um Mitternacht erreichen. Sie war deutlich zu sehen auf dem Infrarot-Radarschirm, der Falcon ebenso mitteilte, daß sie eine große Vielfalt komplexer Kohlenstoffverbindungen enthielt, und natürlich Wasserstoff, Helium und Ammoniak. Die Chemiker konnten es kaum erwarten, ein paar Proben von diesem flaumigen rosa Zeug zwischen die Finger zu bekommen. Die Atmosphäresonden hatten zwar ein paar Gramm gesammelt, doch das hatte den Leuten den Mund nur noch wäßriger gemacht. Hier war die Hälfte der basischen Lebensmoleküle zu finden; sie trieben hoch über der Jupiteroberfläche dahin. Und wo es Nahrung gab, mußte doch auch Leben existieren, nicht wahr? Dies war die Frage, auf die man nach über einem Jahrhundert noch immer keine Antwort wußte.

Der Infrarot-Radar wurde von den Wolken blockiert, aber der Mikrowellen-Radar drang hindurch und erforschte eine Schicht nach der anderen, bis hinab zur verborgenen Oberfläche, fast vierhundert Kilometer tief unten. Der Zugang zu dieser Oberfläche wurde ihm durch einen enorm starken Luftdruck und hohe Temperaturen versperrt. Nicht einmal die Robot-Sonden hatten sie unversehrt erreicht. Sie lag in verlockender Unerreichbarkeit am Boden des Radarschirms, nebelhaft, von einer merkwürdigen körnigen Struktur, deren Rätsel Falcons Instrumente nicht lösen konnten.

Eine Stunde nach Sonnenuntergang warf er seine erste Sonde hinab. Sie fiel schnell nach unten, etwa hundert Kilometer tief, dann begann sie in der dichteren Atmosphäre zu schweben und schickte einen ganzen Schwall von Radiosignalen zurück, die er an die Einsatzkontrolle weiterleitete. Danach konnte er nichts weiter tun, als auf den Sonnenaufgang zu warten, die Abstiegsgeschwindigkeit im Auge zu behalten, die Instrumente zu bedienen und gelegentliche Anfragen zu beantworten. Während sie stetig hinabglitt, konnte die *Kon-Tiki* für sich selber sorgen.

Kurz vor Mitternacht trat eine Frau ihren Dienst in der Kontrollstelle an und stellte sich mit den üblichen Höflichkeitsfloskeln vor. Zehn Minuten später rief sie wieder an, und ihre Stimme klang sehr ernst und aufgeregt. »Howard! Achten Sie auf den Kanal sechsundvierzig – hohe Verstärkung!«

Kanal sechsundvierzig? Es gab so viele Telemeter-Koppelungen, daß er nur die Nummern der wichtigsten kannte. Aber sobald er auf den Schalter drückte, erkannte er den Kanal. Er wurde mit dem Mikrofon der Sonde verbunden, die über hundertdreißig Kilometer unter ihm in einer seltsamen Atmosphäre trieb, die so dicht wie Wasser war.

Zuerst war nur das Zischen irgendwelcher fremdartigen Winde zu hören, die da unten das Dunkel dieser unvorstellbaren Welt bewegten. Und dann tauchte aus dem Hintergrundgeräusch langsam eine dröhnende Vibration auf, die immer lauter wurde und wie Schläge einer gigantischen Trommel anmutete. Das Geräusch klang so tief, daß man es mehr fühlen als hören konnte, und das Tempo der Schläge beschleunigte sich, wenn auch die Tonhöhe unverändert blieb. Nun hatte es sich zu einem schnellen, fast ultraschallgeschwinden Pochen gesteigert und war plötzlich abgebrochen – so abrupt, daß das Bewußtsein die Stille nicht akzeptieren konnte. Die Erinnerung erzeugte immer noch ein geisterhaftes Echo in den tiefsten Gehirnwindungen.

Es war der ungewöhnlichste Laut, den Falcon je gehört hatte, trotz der Vielfalt von Geräuschen, die es auf der Erde gab. Er war unfähig, sich vorzustellen, welches natürliche Phänomen ein solches Geräusch hervorbringen könnte. Es klang nicht wie der Schrei eines Tieres, nicht einmal wie der Ruf eines großen Wals ...

Wieder war es zu hören, folgte dem gleichen Schema. Jetzt, wo er darauf vorbereitet war, schätzte er die Länge der Sequenz ab.

Vom ersten schwachen Pochen bis zum abschließenden Crescendo verstrichen über zehn Sekunden.

Und diesmal nahm er ein richtiges Echo wahr, ganz leise und in weiter Ferne. Vielleicht prallte es von den vielen reflektierenden Schichten ab, die tief unten in dieser stratosphärischen Atmosphäre lagen. Oder vielleicht war es eine andere, noch fernere Geräuschquelle. Falcon wartete auf ein zweites Echo – vergebens. Die Einsatzkontrolle reagierte sehr schnell und bat ihn, sofort eine weitere Sonde abzusetzen. Mit Hilfe von zwei Mikrofonen müßte es möglich sein, die Geräuschquellen in etwa zu lokalisieren. Seltsamerweise konnten die Außenmikrofone der *Kon-Tiki* nichts weiter aufspüren als Windgeräusche. Die dröhnenden Laute, was immer sie auch waren, mußten von einer atmosphärischen reflektierenden Schicht, die viel tiefer unten lag, aufgefangen und weitergeleitet worden sein.

Wie man bald herausfand, stammten sie von mehreren Geräuschquellen, etwa zweitausend Kilometer weit entfernt. Diese Entfernung gab keinerlei Hinweise auf ihre Stärke. In den Erdenmeeren konnten leise Geräusche ebenso lange Wege zurücklegen. Und die naheliegende Vermutung, daß lebende Kreaturen für das Dröhnen verantwortlich waren, schloß der Chef-Exobiologe sofort aus.

»Ich wäre sehr enttäuscht, wenn es dort keine Mikroorganismen oder Pflanzen gäbe«, sagte Dr. Brenner. »Aber auf dem Jupiter können keine Tiere existieren, da er keinen freien Sauerstoff besitzt. Alle biochemischen Reaktionen auf diesem Planeten müssen von schwachen Energien stammen. Es ist undenkbar, daß ein aktives Geschöpf genug Lebenskraft entwickeln könnte.«

Falcon fragte sich, ob das auch stimmte. Er hatte dieses Argument schon mehrmals gehört und hegte gewisse Vorbehalte.

»Jedenfalls sind einige dieser Klangwellen hundert Meter lang«, fuhr Brenner fort. »Nicht einmal ein Tier, das so groß wie ein Wal wäre, könnte sie produzieren. Sie müssen natürlichen Ursprungs sein.«

Ja, das war plausibel. Wahrscheinlich würden die Physiker eine Erklärung für das Phänomen finden. Falcon fragte sich, was ein blinder Außerirdischer von diesen Geräuschen halten würde, wenn er sie hören würde, während er an einem stürmischen Meer, neben einem Geiser, einem Vulkan oder einem Wasserfall stand? Er würde sie vermutlich irgendeinem riesigen Tier zuschreiben.

Etwa eine Stunde vor Sonnenaufgang verstummten die Stimmen aus der Tiefe, und Falcon bereitete sich auf das Morgengrauen des zweiten Tages vor. Die *Kon-Tiki* befand sich jetzt nur noch fünf Kilometer über der höchsten Wolkenschicht. Der Außendruck war auf zehn Atmosphären angestiegen und die Temperatur auf tropische dreißig Grad. Auf diesem Planeten könnte ein Mensch bequem leben, und er würde nichts weiter brauchen als eine Atemmaske und die richtige Helioxmischung.

»Wir haben gute Neuigkeiten für Sie«, verkündete die Einsatzkontrolle kurz nach Tagesanbruch. »Die Wolkenschichten reißen auf. In etwa einer Stunde werden Sie klare Sicht haben. Aber geben Sie acht auf die Turbulenzen!«

»Ja, ein paar sind mir schon aufgefallen«, antwortete Falcon. »Wie tief werde ich hinunterschauen können?«

»Mindestens zwanzig Kilometer, bis zur zweiten Thermalzone. *Diese* Wolkendecke ist fest. Sie reißt niemals auf.«

Und sie liegt außerhalb meiner Reichweite, sagte sich Falcon. Die Temperatur da unten muß über hundert Grad betragen. Dies war das erste Mal, daß sich ein Ballonfahrer über die Zone, die unter ihm lag, Sorgen machen mußte – nicht über jene, die sich über ihm ausbreitete.

Zehn Minuten später konnte er sehen, was die Einsatzkontrolle bereits von ihrem günstigeren Standort aus beobachtet hatte. In der Nähe des Horizonts veränderten sich die Farben, die Wolkenschicht war klumpig und fetzenartig geworden, als wäre sie aufgerissen worden. Er stellte seinen kleinen Fusionsreaktor an, und die *Kon-Tiki* stieg fünf Kilometer nach oben, so daß er einen besseren Überblick hatte.

Der Himmel unter ihm klarte schnell und vollständig auf, als wäre die dichte Wolkenschicht von irgend etwas aufgelöst worden. Ein Abgrund öffnete sich vor seinen Augen. Einen Moment später segelte er über den Rand einer Wolkenschlucht hinweg, die etwa zwanzig Kilomter tief und zehn Kilometer breit war.

Eine neue Welt lag unter ihm. Der Jupiter hatte einen seiner vielen Schleier abgeworfen. Die zweite Wolkenschicht, unerreichbar tief unten, war dunkler gefärbt als die erste. Sie war lachsrosa, gefleckt mit seltsamen kleinen ziegelroten Inseln. Alle waren oval, ihre Längsachsen waren ost-westlich ausgerichtet, in die Richtung des vorherrschenden Windes. Es waren Hunderte von Inseln, alle etwa gleich groß, und sie erinnerten Falcon an flaumige kleine Haufenwolken am Erdenhimmel.

Er reduzierte den Auftrieb, und die *Kon-Tiki* sank zu den Klippen der Schlucht hinab, die sich allmählich auflösten. In diesem Augenblick bemerkte er den Schnee.

Weiße Flocken bildeten sich in der Luft, schwebten langsam nach unten. Aber es war so warm, daß es eigentlich nicht hätte schneien dürfen. Außerdem gab es in dieser Höhe kaum Wasser. Und diese Flocken, die in die Tiefe sanken, glitzerten und funkelten nicht. Als ein paar auf dem Instrumentengalgen vor der Hauptsichtluke landeten, sah Falcon, daß ihre weiße Farbe trübe und undurchsichtig war, keineswegs kristallisch. Und sie waren ziemlich groß. Ihr Durchmesser betrug mehrere Zentimeter. Sie sahen aus, als ob sie aus Wachs wären, und er nahm an, daß das auch zutraf. In der Atmosphäre ringsum fand irgendeine chemische Reaktion statt, durch die alle Kohlenwasserstoffe, die in der Jupiterluft umhertrieben, herauskondensiert wurden.

Etwa hundert Kilometer weiter vorn geriet die Wolkenschicht in heftige Bewegung. Die kleinen roten Ovale wurden umhergeschleudert und begannen eine Spirale zu bilden – das vertraute zyklonische Schema, das in der Erdenmeteorologie so häufig vorkam. Der Wirbel zog sich erstaunlich schnell nach oben. Wenn das ein Sturm ist, werde ich große Probleme haben, sagte sich Falcon.

Dann ging seine Besorgnis in Verwunderung über – und schließlich in Angst. Was sich da in seiner Fluglinie entwickelte, war keineswegs ein Sturm. Irgend etwas Ungeheures – etwas, das viele Kilometer breit war – erhob sich aus den Wolken.

Der Gedanke, daß es ebenfalls eine Wolke sein könnte, eine Gewitterwolke, die aus den unteren Atmosphäreschichten heraufstieg, beunruhigte ihn nur für wenige Sekunden. Nein – dies war etwas *Festes.* Es zwängte sich zwischen hellrosa und lachsroten Wolken empor, wie ein Eisberg, der aus den Meerestiefen hochstieg.

Ein *Eisberg*, der auf Wasserstoff schwamm? Das war natürlich unmöglich, aber vielleicht war der Vergleich gar nicht so weit hergeholt. Sobald Falcon sein Teleskop auf das Rätsel eingestellt hatte, sah er, daß es eine weiße, trübe Masse war, von roten und braunen Streifen durchzogen. Es mußte aus demselben Stoff bestehen wie die Flocken ringsum – ein Wachsgebirge. Und wie er bald erkannte, war es nicht so fest, wie er gedacht hatte. An den Rändern zerbröckelte es immer wieder, um sich neu zu gestalten ...

»Ich weiß, was das ist«, teilte er der Einsatzkontrolle mit, die während der letzten paar Minuten ängstliche Fragen gestellt hatte. »Eine Masse aus Bläschen – irgendein Schaum. Kohlenwasserstoffschaum. Schickt mal eure Chemiker an die Arbeit ... Moment mal!«

»Was ist los?« rief die Einsatzkontrolle.

Er ignorierte das verzweifelte Flehen aus dem All und konzentrierte sich ganz auf das Bild im Blickfeld seines Teleskops. Er mußte völlig sichergehen. Wenn er jetzt einen Fehler machte, würde ihn das ganze Sonnensystem auslachen.

Dann entspannte er sich, blickte auf die Uhr und schaltete die drängende Stimme von Jupiter V aus. »Hallo, Einsatzkontrolle!« sagte er sehr förmlich. »Hier ist Howard Falcon an Bord der *Kon-Tiki*. Ephemeridenzeit – neunzehn Stunden, einundzwanzig Minuten, fünfzehn Sekunden. Breite – null Grad, fünf Minuten Nord. Länge – hundertfünf Grad, zweiundvierzig Minuten, System Eins. Sagen Sie Dr. Brenner, daß es auf dem Jupiter Leben gibt. Und es ist sehr groß ...«

5

Die Räder des Poseidon

»Ich bin sehr glücklich, daß ich mich geirrt habe«, meldete sich Dr. Brenners fröhliche Stimme. »Die Natur hat doch immer irgendwas im Ärmel. Machen Sie Fotos mit der Fernkamera und sehen Sie zu, daß Sie möglichst scharfe Bilder zustande bringen.«

Die Dinge, die sich an den Wachshängen auf und ab bewegten, waren noch so weit entfernt, daß Falcon keine Einzelheiten erkennen konnte. Er wußte nur, daß sie sehr groß sein mußten, wenn er sie aus einer solchen Distanz wahrnehmen konnte. Fast schwarz und wie Pfeilspitzen geformt, glitten sie hinauf und hinunter, indem sich ihre Körper wellenförmig schlängelten, so daß sie wie riesige Flügelrochen aussahen, die über einem tropischen Riff schwammen.

Vielleicht waren das göttliche Rinder, die auf den Wolkenweiden des Jupiters grasten, denn sie schienen sich von den dunklen roten und braunen Streifen zu ernähren, die sich wie ausgetrocknete Flußläufe über die Flanken der schwebenden Klippen wanden. Hin und wieder tauchte eines der seltsamen Wesen kopfüber in den Schaumbergen unter und verschwand aus Falcons Blickfeld.

Die *Kon-Tiki* bewegte sich nur langsam voran, was auf die Wolkenschicht zurückzuführen war, die unter ihr lag. Es würde mindestens drei Stunden dauern, bis sie sich über jenen schwebenden Bergen befand. Sie lief mit der Sonne um die Wette. Falcon hoffte, daß die Dunkelheit nicht hereinbrechen würde, bevor er die ›Flügelrochen‹ genauer betrachten konnte, wie er sie getauft hatte, ebenso wie die fragile Landschaft, über die sie sich bewegten.

Es waren lange drei Stunden. Während der ganzen Zeit hatte er die Außenmikrofone auf volle Stärke geschaltet, da er sich fragte, ob er sich jetzt der Quelle des nächtlichen Dröhnens näherte. Die Kraken waren jedenfalls groß genug, um einen solchen Lärm zu produzieren. Als er genaue Messungen vornehmen konnte, stellte er fest, daß die Spannweite ihrer Flügel fast hundert Meter betrug. Das entsprach der dreifachen Länge eines großen Wals – wenn er auch bezweifelte, daß sie mehr als ein paar Tonnen wogen.

Eine halbe Stunde vor Sonnenuntergang schwebte die *Kon-Tiki* fast über den »Bergen«.

»Nein«, sagte Falcon, um die wiederholte Frage der Einsatzkontrolle nach den Flügelrochen zu beantworten, »sie reagieren immer noch nicht auf mich. Ich glaube nicht, daß sie intelligent sind – sie sehen wie harmlose Pflanzenfresser aus. Und selbst wenn sie versuchen würden, mir zu folgen, so bin ich sicher, daß sie meine Höhe nicht erreichen könnten.«

Er war sogar ein bißchen enttäuscht, weil die Flügelrochen nicht das geringste Interesse an ihm zeigten, als er hoch über ihren Weidegründen dahinfuhr. Vielleicht waren sie unfähig, seine Gegenwart wahrzunehmen. Als er sie durch das Teleskop studierte und fotografierte, konnte er keine Sinnesorgane entdekken. Sie waren schlicht und einfach große schwarze Deltas, die sich über Bergen und Tälern dahinschlängelten, über einer Landschaft, die nicht viel substantieller war als die Wolken in der irdischen Atmosphäre. Wenn sie auch solide aussahen, so wußte Falcon, daß jeder, der diese weißen Berge zu betreten versuchte, hindurchbrechen würde, als wären sie aus Seidenpapier.

Aus der Nähe konnte er die Myriaden von Zellen oder Bläschen erkennen, aus denen sie bestanden. Manche waren ziemlich groß, maßen etwa einen Meter im Durchmesser, und Falcon fragte sich, in was für einem Hexenkessel sie aus Kohlenwasserstoffpartikeln gebraut worden waren. Tief unten in der Jupiteratmosphäre mußte es genügend Petro-Chemikalien geben, um die Erde für eine Million Jahre zu versorgen.

Der kurze Tag war fast zu Ende, als er den Gipfel des Wachsgebirges passierte, und das Licht verblaßte rasch an den unteren Hängen. An der westlichen Seite waren keine Flügelrochen zu sehen, und aus irgendeinem Grund war die Topographie hier anders beschaffen. Der Schaum war zu langen, glatten Terrassen geformt, wie das Innere eines Mondkraters. Es wäre fast denkbar, daß dies gigantische Stufen waren, die zur verborgenen Oberfläche des Planeten hinabführten.

Und auf der tiefsten Stufe, dicht über den wirbelnden Wolken, die das Gebirge zur Seite gedrängt hatte, als es himmelwärts gestiegen war, befand sich eine annähernd ovale Masse, zwei oder drei Kilometer breit. Falcon konnte sie nicht genau ausmachen, da sie nur ein bißchen dunkler war als der grauweiße Schaum, auf dem sie lag. Sein erster Gedanke war, daß er einen Wald aus bleichen Bäumen betrachtete – pilzartige Pflanzen, die niemals die Sonne gesehen hatten.

Ja, es mußte ein Wald sein – jetzt konnte er Hunderte von dünnen Stämmen erkennen, die sich aus dem weißen Wachsschaum erhoben, in dem sie verwurzelt waren. Doch die Bäume standen erstaunlich eng beisammen. Vielleicht war es gar kein Wald, sondern ein einziger ungeheurer Baum, so wie einer dieser riesigen, vielstämmigen Banyans im Osten. Er hatte in Java einmal einen Banyan gesehen, der über sechshundertfünfzig Meter breit war. Und dieses Monstrum war mindestens zehnmal so breit.

Das Licht war fast erloschen. Die gebrochenen Sonnenstrahlen färbten die Wolkenlandschaft purpurrot, und in wenigen Sekunden würde auch dieser Schimmer verblassen. Im letzten Licht seines zweiten Tages auf dem Jupiter sah Howard Falcon etwas – oder er glaubte etwas zu sehen, das ernsthafte Zweifel an seiner Interpretation des grauweißen Ovals aufkommen ließ.

Wenn ihn das schwache Licht nicht zum Narren gehalten hatte, dann bewegten sich diese vielen hundert dünnen Stämme vor und zurück, völlig synchron, wie Seetangwedel in der Brandung.

Und der Baum stand nicht mehr an der Stelle, wo er ihn zuerst gesehen hatte.

»Es tut uns leid«, sagte die Einsatzkontrolle kurz nach Sonnenuntergang, »aber wir glauben, daß Herd Beta innerhalb der nächsten Stunde explodieren wird – mit einer Wahrscheinlichkeit von siebzig Prozent.«

Falcon blickte rasch auf die Karte. Beta – Jupiterbreite hundertvierzig Grad – lag fast dreißigtausend Kilometer weit entfernt, unterhalb seines Horizonts. Obwohl größere Eruptionen hier einen Druck bis zu zehn Megatonnen erzeugten, war er so weit von Beta entfernt, daß ihm die Erschütterungswellen keinen ernsthaften Schaden zufügen konnten. Der Strahlensturm, den die Explosion auslösen könnte, stellte allerdings eine große Gefahr dar.

Die Dekameter-Ausbrüche, die den Jupiter manchmal zur gewaltigsten Strahlungsquelle am ganzen Himmel machten, waren schon kurz nach 1950 entdeckt worden, zur größten Überraschung der Astronomen. Jetzt, über ein Jahrhundert später, war ihre Ursache noch immer ein Rätsel. Man kannte nur die Symptome, hatte jedoch keine Erklärung dafür.

Die ›Vulkan‹-Theorie hatte den Test der Zeit bestanden, wenn auch niemand annahm, daß dieses Wort auf dem Jupiter die gleiche Bedeutung hatte wie auf der Erde. In geringen Abständen, oft mehrmals am Tag, kam es in den unteren Schichten der Atmosphäre zu titanischen Eruptionen, wahrscheinlich auf der verborgenen Oberfläche des Planeten. Gewaltige Gassäulen, über tausend Kilometer hoch, schossen empor, als wollten sie ins All fliehen.

Doch gegen das stärkste Gravitationsfeld aller Planeten hatten sie keine Chance. Trotzdem erreichten ein paar Spuren – nur wenige Millionen Tonnen – die Jupiterionosphäre. Und dann brach die Hölle los.

Im Vergleich zu den Strahlungsgürteln rings um den Jupiter sind die schwachen Van-Allen-Gürtel, die sich um die Erde ziehen, armselige Zwerge. Wenn sie durch aufsteigende Gassäulen kurzgeschlossen werden, führt dies zu einer elektrischen Entladung, die millionenmal stärker ist als alle Erdenblitze. Diese Entladung schickt einen kolossalen Donnerschlag aus Strahlenlärm durch das ganze Sonnensystem und hinaus zu den Sternen.

Man hatte festgestellt, daß diese Strahlungsausbrüche in den vier Hauptgebieten des Planeten stattfinden. Vielleicht gab es dort gewisse Schwachstellen in der Oberflächenschicht, die es den inneren Flammen erlaubten, von Zeit zu Zeit hervorzubrechen. Die Wissenschaftler auf dem Ganymed, dem größten der vielen Jupitermonde, glaubten nun, daß sie die Dekameterstürme vorhersagen konnten. Aber ihre Prognosen waren ebenso zutreffend wie die Wettervorhersage am Anfang des zwanzigsten Jahrhunderts.

Falcon wußte nicht, ob er ein Strahlengewitter begrüßen oder fürchten sollte. Der Wert seines Unternehmens würde sicher steigen – falls er das Gewitter überlebte. Sein Kurs war so geplant worden, daß er sich von den Hauptstörungszentren möglichst fernhielt – besonders vom aktivsten, dem Herd Alpha. Wie es das Pech wollte, war Beta der Herd, dem Falcon am nächsten kam. Er hoffte, daß ihn die Distanz, fast drei Viertel des Erdumfangs, vor dem Schlimmsten bewahren würde.

»Wahrscheinlichkeit – neunzig Prozent«, verkündete die Einsatzkontrolle mit deutlich erkennbarer Besorgnis. »Und vergessen Sie, was wir Ihnen vorhin von einer Stunde gesagt haben. Ganymed meint, daß es jeden Moment losgehen kann.«

Das Funkgerät war kaum verstummt, als die Nadel des Magnetfeldmessers auch schon nach oben schnellte. Bevor sie von der Skala springen konnte, fiel sie ebensoschnell hinab, wie sie nach oben gestiegen war. Weit entfernt und viele tausend Kilometer tief unter ihm war ein titanischer Ruck durch das geschmolzene Herz des Planeten gegangen.

»Jetzt explodiert sie!« rief die Einsatzkontrolle.

»Danke, das weiß ich schon. Wann wird mich das Gewitter treffen?«

»In fünf Minuten werden die ersten schwachen Erschütterungen auftreten – und in zehn Minuten wird es mit voller Kraft losbrechen.«

Unterhalb der Planetenkrümmung raste ein Gastrichter, so groß wie der Pazifik, ins All, mit einer Geschwindigkeit von vielen tausend Stundenkilometern. Die Gewitterstürme tobten bereits in der unteren Atmosphäre – doch sie waren nichts im Vergleich zu der wilden Wut, die explodieren würde, wenn der Stahlungsgürtel erreicht war und wenn der Elektronenüberschuß auf den Planeten geschleudert wurde. Falcon begann alle Instrumentengalgen einzuziehen, die aus der Kapsel ragten. Andere Vorsichtsmaßnahmen konnte er nicht ergreifen. Es würde vier Stunden dauern, bis sich die atmosphärische Erschütterungswelle bis zu ihm fortgesetzt hatte, aber die Strahlungsexplosion, die mit

Lichtgeschwindigkeit dahinraste, würde ihn in einer Zehntelsekunde treffen, sobald die Entladung stattgefunden hatte.

Der Radio-Monitor, der das Spektrum abtastete, ließ noch immer nichts Außergewöhnliches erkennen, nur den normalen Brei der Hintergrundstatik. Dann stellte Falcon fest, daß der Rauschpegel langsam stieg. Die Explosion sammelte ihre Kräfte.

Bei dieser Distanz hätte er nicht erwartet, etwas zu sehen. Aber nun tanzte plötzlich das Flackern eines fernen Blitzes über den östlichen Horizont. Gleichzeitig sprang die Hälfte der Überspannungsschützen aus der Hauptkontrolltafel, die Lichter gingen aus, alle Kommunikationsleitungen waren tot.

Er versuchte sich zu bewegen, aber dazu war er nicht fähig. Die Lähmung, die ihn ergriffen hatte, war nicht psychologisch bedingt. Er schien alle Kontrolle über seine Glieder verloren zu haben und fühlte ein schmerzhaftes Prickeln am ganzen Körper. Es war unmöglich, daß das elektrische Feld in die abgeschirmte Kabine eingedrungen war. Und doch sah er einen flackernden Schimmer über der Instrumententafel und hörte das unverkennbare Knistern einer Büschelglimmentladung.

Mit mehreren scharfen Knallgeräuschen begannen die Notsysteme zu funktionieren, und die Überbelastung wurde behoben. Die Lampen leuchteten wieder auf. Und Falcons Lähmung schwand so schnell, wie sie aufgetreten war.

Nachdem er sich mit einem Blick auf die Kontrolltafel überzeugt hatte, daß alle Stromkreise wieder normal arbeiteten, lief er zu einer der Sichtluken. Es war nicht nötig, die Scheinwerfer einzuschalten. Die Kabel, die seine Kapsel trugen, schienen in hellen Flammen zu stehen. Lichtlinien, die in elektrischem Blau glühten, zeichneten sich vor dem Dunkel ab, das sich vom Hauptthebering bis zum Äquator des riesigen Ballons erstreckte. Und an einigen dieser Linien rollten blendende Feuerbälle langsam herab.

Der Anblick war so fremdartig – und so schön, daß er kaum bedrohlich wirkte. Falcon wußte, daß nur wenige Menschen solche Kugelblitze aus nächster Nähe beobachtet hatten – und niemand, der mit einem Wasserstoffballon durch die Erdatmosphäre gefahren und ihnen begegnet war, hatte sie überlebt. Er erinnerte sich an den Flammentod der *Hindenburg*, die von einem

Streufunken zerstört worden war, als sie 1937 bei Lakehurst gelandet war. Wie so oft in den vergangenen Jahren tauchte auch jetzt der alte, schreckliche Wochenschaufilm vor seinem geistigen Auge auf. Zumindest das konnte ihm hier nicht passieren, denn über seinem Kopf schwebte bedeutend mehr Wasserstoff, als der letzte der Zeppeline enthalten hatte. Und es würde noch ein paar Milliarden Jahre dauern, bis irgend jemand ein Feuer in der Jupiteratmosphäre entzünden konnte.

Mit einem Geräusch, das wie brutzelnder Speck klang, erwachte der Kommunikationsstromkreis wieder zum Leben. »Hallo, *Kon-Tiki!* Hören Sie uns? Hören Sie uns?« Die Worte klangen abgehackt und stark verzerrt, waren aber verständlich. Falcons Lebensgeister hoben sich. Er hatte den Kontakt mit der Menschenwelt wieder aufgenommen.

»Ich höre Sie«, sagte er. »Das war ein tolles elektrisches Schauspiel. Aber bisher habe ich keinen Schaden erlitten.«

»Gott sei Dank – wir dachten schon, wir hätten Sie verloren. Bitte, checken Sie die Telemetriekanäle drei, sieben und sechsundzwanzig. Verstärken Sie die Kamera zwei. An die Messungen der externen Ionisationssonden können wir nicht so recht glauben ...«

Widerstrebend wandte sich Falcon von dem faszinierenden pyrotechnischen Spektakel rings um die *Kon-Tiki* ab, warf aber immer wieder einen Blick durch die Luken. Der Kugelblitz verschwand zuerst, die Feuerkugeln dehnten sich langsam aus, bis sie eine kritische Größe erreicht hatten, worauf sie sich in sanften Explosionen auflösten. Aber eine Stunde später war immer noch ein schwacher Schimmer auf den metallenen Außenwänden der Kapsel zu sehen. Und die Radiosonden lärmten bis nach Mitternacht.

Die restlichen Nachtstunden verliefen ereignislos – bis kurz vor Tagesanbruch. Weil es von Osten kam, nahm Falcon an, daß er den ersten matten Schein des Sonnenaufgangs beobachtete. Dann wurde ihm bewußt, daß es dafür zwanzig Minuten zu früh war. Und das Glühen, das entlang des Horizonts aufgetaucht war, bewegte sich auf ihn zu. Rasch löste es sich von dem Sternenbogen, der den unsichtbaren Planetenrand markierte, und er sah, daß es ein relativ schmales, aber scharf gezeichnetes Band war. Ein ungeheurer Scheinwerfer schien sich unter den Wolken zu drehen.

Vielleicht hundert Kilometer hinter dem ersten heranrasenden Lichtstreifen folgte ein zweiter, parallel und im selben Tempo. Und dann noch einer – und noch einer – bis der ganze Himmel in alternierenden Bändern aus Hell und Dunkel flackerte.

Falcon hatte geglaubt, daß er sich mittlerweile über nichts mehr wundern würde, und es erschien ihm unmöglich, daß ihm dieses lautlose Lichtschauspiel gefährlich werden könnte. Aber es war so verblüffend, so unerklärlich, daß kalte, nackte Angst an seiner Selbstbeherrschung zu nagen begann. Kein Mensch konnte einen solchen Anblick ertragen, ohne sich wie ein hilfloser Zwerg angesichts unbegreiflicher Kräfte zu fühlen. War es denkbar, daß auf dem Jupiter nicht nur Leben, sondern auch Intelligenz existierte? War dies eine Intelligenz, die erst jetzt auf die Anwesenheit einer fremden Kreatur zu reagieren begann?

»Ja, wir sehen es«, sagte die Einsatzkontrolle mit einer Stimme, die seine eigene Ehrfurcht ausdrückte. »Wir haben keine Ahnung, was das ist. Warten Sie – wir rufen Ganymed.«

Langsam verblaßte das Spektakel. Die Bänder, die vom fernen Horizont heranglitten, leuchteten schwächer, als hätten die Energien, die sie erzeugten, ihre Kräfte erschöpft. Nach fünf Minuten war alles vorbei. Das letzte matte Licht flackerte am Westhimmel – und erlosch. Falcon atmete auf, fast überwältigt von Erleichterung. Der Anblick war so hypnotisch und so verwirrend gewesen, daß es dem Seelenfrieden eines Menschen nur schaden konnte, ihm allzu lange ausgesetzt zu sein.

Er war tiefer erschüttert, als er sich eingestehen wollte. Das elektrische Gewitter hatte er wenigstens noch verstanden. Aber *dies* war völlig unfaßbar.

Die Einsatzkontrolle schwieg noch immer. Er wußte, daß nun die Informationsdatenbanken auf Ganymed durchstöbert wurden, während sich Menschen und Computer gemeinsam auf das Problem konzentrierten. Wenn man auf dem Ganymed keine Lösung fand, würde man die Erde zu Hilfe rufen müssen. Das würde eine Verzögerung von fast einer Stunde bedeuten. Die Möglichkeit, daß auch die Erde keine Erklärung finden könnte, wollte Falcon lieber nicht in Betracht ziehen.

Nie zuvor war er so froh gewesen, die Stimme der Einsatzkontrolle zu hören, als sich Dr. Brenner endlich meldete. Der Biologe schien erleichtert, aber erschöpft zu sein – als hätte er soeben eine schwere intellektuelle Krise durchgestanden. »Hallo, *Kon-Tiki!* Wir haben Ihr Problem gelöst, aber wir können es immer noch kaum glauben. Was Sie gesehen haben, war eine Biolumineszenz, ähnlich jener, die von Mikroorganismen in den tropischen Erdenmeeren erzeugt wird. Hier leben diese Organismen in der Atmosphäre, nicht in Meeren, doch das Prinzip ist dasselbe.«

»Aber das Streifenmuster!« protestierte Falcon. »Es war so regelmäßig – so künstlich. Und es erstreckte sich über viele hundert Kilometer!«

»Es war sogar noch größer, als Sie annehmen. Sie konnten nur einen kleinen Teil beobachten. Das ganze Muster war über fünftausend Kilometer breit und sah aus wie ein kreisendes Rad. Sie haben nur die Speichen gesehen, die mit einer Geschwindigkeit von drei Zehntel Sekundenkilometern an Ihnen vorbeirasten ...«

»Sekundenkilometern!« Falcon konnte nicht anders, er mußte Brenner ins Wort fallen. »Kein Tier würde sich so schnell bewegen!«

»Natürlich nicht. Lassen Sie mich erklären. Was Sie gesehen haben, wurde durch eine Erschütterungswelle vom Herd Beta ausgelöst, die sich mit Schallgeschwindigkeit bewegte.«

»Aber das Muster!« beharrte Falcon.

»Das ist ja so erstaunlich ... Es ist ein sehr seltenes Phänomen, aber identische Lichträder, wenn auch tausendmal kleiner, wurden bereits im Persischen Golf und im Indischen Ozean beobachtet. Hören Sie sich das mal an. Die *Patna* von der Britisch-Indischen Company, Persischer Golf, 11. Mai 1880: ›Ungeheure Lichträder wirbelten herum, die Speichen schienen das Schiff längsseits zu streifen. Sie waren 200 bis 300 Meter lang. Jedes Rad enthielt etwa sechzehn Speichen ...‹ Und hier habe ich eine Meldung aus dem Golf von Omar, datiert am 23. Mai 1906: ›Das blendend helle Licht kam rasch auf uns zu, schoß scharf geschnittene Lichtstrahlen in schneller Folge nach Westen, wie der Suchscheinwerfer eines Kriegsschiffs ... Zu unserer Linken bildete sich ein gigantisches Feuerrad, mit Speichen, die sich hinauszogen, so weit das Auge reichte. Das ganze Rad drehte sich zwei oder drei Minuten lang ...‹ Der Archivcomputer auf Ganymed hat etwa fünfhundert solche Fälle ausgegraben. Er hätte das ganze Zeug auf Papierstreifen gedruckt, wenn wir ihn nicht rechtzeitig gestoppt hätten.«

»Ich bin überzeugt – aber immer noch verwirrt.«

»Das kann ich Ihnen nachfühlen. Man hat erst Ende des zwanzigsten Jahrhunderts eine umfassende Erklärung gefunden. Anscheinend entstehen diese leuchtenden Räder durch submarine Erdbeben, und zwar nur in seichten Gewässern, wo die Erschütterungswellen reflektiert werden können und konstante Wellenmuster verursachen. Manchmal Streifen, manchmal rotierende Räder. Man nannte sie die ›Räder des Poseidon‹. Diese Theorie wurde schließlich erprobt, indem man künstliche submarine Explosionen von Satelliten aus fotografierte. Kein Wunder, daß die Seeleute so abergläubisch waren. Wer hätte sich denn so etwas vorstellen können?«

Das ist es also, sagte sich Falcon. Als der Herd Beta explodiert war, mußte er Schockwellen in alle Richtungen gesandt haben – durch das komprimierte Gas der unteren Atmosphäre, durch den festen Körper des Jupiter. Und wenn sie sich getroffen und gekreuzt hatten, mußten sich die Wellen an manchen Stellen aufgelöst und an anderen verstärkt haben. Vermutlich hatte der ganze Planet wie eine Glocke geklirrt.

Doch diese Erklärung konnte das Gefühl der Verwunderung und Ehrfurcht nicht verdrängen. Niemals würde er diese flakkernden Lichtbänder vergessen, die durch die unerreichbaren Tiefen der Jupiteratmosphäre gerast waren. Er spürte, daß er sich nicht nur auf einem fremdartigen Planeten befand, sondern in einem magischen Reich zwischen Mythos und Realität.

Dies war eine Welt, wo absolut *alles* möglich war, und kein Mensch konnte erraten, was die Zukunft bringen würde.

Und er hatte immer noch einen ganzen Tag vor sich.

6

Medusa

Als endlich der echte Tag anbrach, änderte sich plötzlich das Wetter. Die *Kon-Tiki* glitt durch einen Blizzard. Wächserne Schneeflocken fielen so dicht herab, daß Falcon nichts mehr sehen konnte. Er begann sich Sorgen wegen des Gewichtes zu machen, das sich vielleicht auf der Ballonhülle ansammelte. Dann stellte er fest, daß die Flocken, die sich außen an den Luken niederließen, schnell wieder verschwanden. Die Hitze, die von der *Kon-Tiki* ausströmte, verwandelte sie sofort in Dunst.

Wenn er mit seinem Ballon über der Erde fahren würde, müßte er Bedenken wegen einer Kollision haben. Zumindest in dieser Hinsicht herrschte hier keine Gefahr. Die Berge des Jupiter lagen mehrere hundert Kilometer unter ihm. Und wenn die *Kon-Tiki* mit den schwebenden Schauminseln zusammenstieß, würde wahrscheinlich nicht mehr passieren, als wenn sie leicht erhärtete Seifenblasen durchpflügte.

Trotzdem schaltete er den horizontalen Radar ein, den er bis zu diesem Moment nicht gebraucht hatte. Nur der vertikale Strahl, der die Entfernung zwischen der *Kon-Tiki* und der unsichtbaren Planetenoberfläche maß, hatte ihm bisher wertvolle Dienste erwiesen. Und dann erlebte er eine neue Überraschung.

Dutzende von lauten, schrillen Radio-Echos hatten sich über den ganzen Himmel verstreut. Sie waren völlig voneinander isoliert und hingen scheinbar ungestützt im Raum. Falcon erinnerte sich an einen Ausdruck, den einer der ersten Piloten gebraucht hatte, um die Gefahren seines Berufs zu erläutern – ›Wolken, mit Steinen vollgestopft‹. Dies war eine perfekte Beschreibung des Phänomens, das nun in der Flugbahn der *Kon-Tiki* lag.

Es war ein beunruhigender Anblick. Und dann rief sich Falcon ins Gedächtnis zurück, daß es in dieser Atmosphäre keine feste Materie geben konnte. Vielleicht handelte es sich um eine merkwürdige meteorologische Erscheinung. Jedenfalls war das nächste Echo etwa hundertachtzig Kilometer entfernt.

Er erstattete Bericht an die Einsatzkontrolle, die keine Erklärung für das Phänomen fand. Dafür übermittelte sie ihm die willkommene Nachricht, daß er den Blizzard in dreißig Minuten passiert haben würde.

Aber sie warnte ihn nicht vor dem heftigen Seitenwind, der die *Kon-Tiki* plötzlich erfaßte und fast im rechten Winkel aus der Bahn warf. Falcon mußte sein ganzes Geschick aufbieten und den maximalen Gebrauch von der geringen Kontrolle machen, die er über sein plumpes Luftschiff hatte, um zu vermeiden, daß es kenterte. Innerhalb weniger Minuten war er in einem Tempo von über fünfhundert Stundenkilometern nach Norden gerast. Dann war die Turbulenz vorbei, ebenso abrupt, wie sie begonnen hatte. Er glitt immer noch in hoher Geschwindigkeit dahin, aber durch glatte Luft, und fragte sich, ob er in das Jupiteräquivalent einer Strahlenströmung geraten war.

Der Schneesturm ließ nach, und Falcon sah, was der Jupiter für ihn vorbereitet hatte. Die *Kon-Tiki* war in den Trichter eines gigantischen Wirbelwinds gesaust, der etwa tausend Kilometer Durchmesser hatte. Der Ballon war an einer geschwungenen Wolkenwand entlanggezogen worden. Darüber schien die Sonne an einem klaren Himmel, aber darunter bohrte sich das große Loch in die Atmosphäre, hinab in unbekannte Tiefen, bis zu einem nebelhaften Boden, wo es unablässig blitzte.

Obwohl das Schiff so langsam nach unten gezogen wurde, daß keine unmittelbare Gefahr bestand, verstärkte Falcon den Hitzestrom, der sich in den Ballon ergoß, bis die *Kon-Tiki* in einer konstanten Höhe hängenblieb. Erst dann wandte er sich dem phantastischen Schauspiel zu, das sich unter ihm abspielte, und dachte erneut über das Problem der Radio-Echos nach.

Das nächste Echo war jetzt nur noch etwa vierzig Kilometer entfernt. Er fand rasch heraus, daß sie alle über die Wände des Trichters verteilt waren und sich darin bewegten, ebenso im Wirbelwind gefangen wie die *Kon-Tiki.* Als er sich seines Teleskops bediente, wobei er sich an der Radar-Peilung orientierte, blickte er auf eine seltsam gefleckte Wolke, die beinahe sein ganzes Blickfeld ausfüllte. Er konnte sie nur mühsam erkennen, da sie kaum dunkler war als die wirbelnden Nebelwände, die den Hintergrund bildeten. Erst nachdem er mehrere Minuten lang darauf gestarrt hatte, wurde ihm bewußt, daß er dieser Wolke schon einmal begegnet war.

Beim erstenmal war sie über die bewegten Hänge des Schaumgebirges gekrochen, und er hatte sie fälschlich für einen riesigen, vielstämmigen Baum gehalten. Nun konnte er ihre richtige Größe und Komplexität erahnen und ihr einen besseren Namen geben, um ihr Bild in seinem Gedächtnis zu fixieren. Sie sah nicht aus wie ein Baum, aber wie eine Qualle, eine der Medusen, die mit schlängelnden Armen in den warmen Wasserstrudeln des Golfstroms umherschwammen.

Diese Meduse war mehr als zwei Kilometer breit, und jeder der unzähligen Arme war einige hundert Meter lang. Langsam schwangen sie vor und zurück, in vollkommener Harmonie, als würde die plumpe Kreatur durch den Himmel rudern.

Die anderen Echos waren Medusen, die in weiteren Fernen schwebten. Falcon studierte ein halbes Dutzend durch sein Teleskop und konnte keine Unterschiede in Größe oder Form feststellen. Sie schienen alle der gleichen Spezies anzugehören, und er fragte sich, warum sie so träge in diesem Tausend-Kilometer-Orbit dahintrieben. Vielleicht ernährten sie sich von dem Luftplankton, das vom Wirbelwind eingesogen worden war, ebenso wie die *Kon-Tiki*.

»Ist Ihnen klar, Howard«, sagte Dr. Brenner, nachdem er sich von seiner ersten Überraschung erholt hatte, »daß dieses Ding etwa hunderttausendmal so groß ist wie unser größter Wal? Auch wenn es nur ein Gasbeutel ist – es muß trotzdem eine Million Tonnen wiegen. Was seinen Stoffwechsel angeht, kann ich nur Vermutungen anstellen. Jedenfalls muß es Megawatts an Hitze erzeugen, um seinen Auftrieb zu behalten.«

»Aber wenn es nur ein Gasbeutel ist – warum ist es dann ein so verdammt guter Radarreflektor?«

»Ich habe nicht die leiseste Ahnung. Können Sie näher rangehen?«

Brenners Frage war keineswegs überflüssig. Wenn Falcon die Flughöhe veränderte, um die verschiedenen Windgeschwindigkeiten auszunutzen, konnte er so nah an die Meduse herangleiten, wie er wollte. Aber im Augenblick bevorzugte er seine derzeitige Entfernung von vierzig Kilometern, und das sagte er auch klar und deutlich.

»Ich weiß, was Sie meinen«, antwortete Brenner leicht widerstrebend. »Bleiben wir erst mal, wo wir sind.« Das ›wir‹ erfüllte Falcon mit wehmütiger Belustigung. Hunderttausend Kilometer machten einen beträchtlichen Unterschied, wenn es um diesen oder jenen Standpunkt ging.

In den nächsten beiden Stunden trieb die *Kon-Tiki* im Kreis des großen Wirbelwinds umher, ohne daß etwas Außergewöhnliches geschah. Falcon experimentierte mit Filtern und Kamera-Kontrasten und bemühte sich, ein möglichst klares Bild von der Meduse zu bekommen. Er überlegte, ob die undefinierbare Farbe eine Art Tarnung war. Vielleicht versuchte die Meduse wie so viele Erdentiere mit ihrer Umgebung zu verschmelzen. Dieser Trick wurde sowohl von Jägern als auch von Gejagten angewandt.

Zu welcher Kategorie gehörte die Meduse? Diese Frage würde er in der kurzen Zeit, die ihm noch blieb, kaum beantworten können. Und dennoch sah er sich kurz vor Mittag, ohne die geringste Vorwarnung, mit der Lösung des Problems konfrontiert ...

Wie eine Schwadron antiker Düsenkampfflieger durchstießen fünf Flügelrochen die Nebelwand, die den Trichter des Wirbelwinds bildete. Sie flogen in V-Formation direkt auf die blaßgraue Wolke der Meduse zu, und Falcon bezweifelte nicht, daß sie einen Angriff vortrugen. Er hatte sich also geirrt, als er angenommen hatte, diese Kreaturen wären harmlose Pflanzenfresser.

Aber das alles spielte sich so langsam und träge ab, daß er das Gefühl hatte, einen Film im Zeitlupentempo zu betrachten. Die Flügelrochen schwebten in einer Geschwindigkeit von etwa fünfzig Stundenkilometern dahin, und es schien Ewigkeiten zu dauern, bis sie die Meduse erreichten, die unbeirrt und sogar noch langsamer umherpaddelte. So riesig sie auch waren, im Vergleich zu dem Monstrum, auf das sie zuglitten, wirkten die Flügelrochen winzig. Als sie sich auf seinem Rücken niederließen, sahen sie wie Vögel aus, die auf einem Wal landeten.

Falcon überlegte, ob sich die Meduse verteidigen konnte. Er

nahm nicht an, daß die attackierenden Flügelrochen in Gefahr waren, solange sie den gigantischen, ungelenken Fangarmen auswichen. Und vielleicht merkte das Wirtstier gar nichts von ihrer Anwesenheit. Sie könnten unbedeutende Parasiten sein, die eben so toleriert wurden wie Fliegen, die auf einem Hund sitzen.

Aber nun wurde es offensichtlich, daß die Meduse in Bedrängnis war. Mit entnervender Langsamkeit begann sie umzukippen wie ein kenterndes Schiff. Nach zehn Minuten hatte sie sich um fünfundvierzig Grad zur Seite geneigt. Gleichzeitig hatte sie rapide an Höhe verloren. Es war unmöglich, kein Mitleid mit dem belagerten Ungeheuer zu empfinden. Auf groteske Weise wirkte der Fall der Meduse wie eine Parodie auf die letzten Augenblicke der sterbenden *Queen*.

Trotzdem wußte er, daß er der falschen Seite seine Sympathie schenkte. Hohe Intelligenz konnte sich nur zwischen Raubtieren entwickeln, nicht zwischen den dahintreibenden Pflanzenfressern der Lüfte und Meere. Die Flügelrochen standen ihm näher als dieser monströse Gasbeutel. Außerdem – wer konnte *wirklich* Sympathie für eine Kreatur empfinden, die hunderttausendmal größer war als ein Wal?

Dann bemerkte er, daß die Taktik der Meduse einen gewissen Effekt erzielte. Durch die langsame Drehbewegung waren die Flügelrochen aufgeschreckt worden und flatterten nun vom Rücken der Meduse, wie Geier, die bei einer Mahlzeit gestört werden. Aber sie entfernten sich nicht allzuweit, warteten in einem Umkreis von wenigen Metern, rings um das Monstrum, das sein Kentermanöver noch immer nicht beendet hatte.

Plötzlich flammte ein blendendes Licht auf, synchron mit lauten Störgeräuschen im Funkgerät. Einer der Flügelrochen schwebte langsam und schnurgerade nach unten, verfolgt von einer schwarzen Rauchwolke. Die Ähnlichkeit mit einem Flugzeug, das brennend abstürzte, war fast unheimlich.

Auch die übrigen Flügelrochen verließen die Meduse, tauchten steil nach unten, und ihr Tempo beschleunigte sich, je tiefer sie hinabglitten. Nach wenigen Minuten verschwanden sie in der Wolkenwand, aus der sie gekommen waren. Und die Meduse, die jetzt nicht mehr hinunterfiel, begann sich in die Horizontale zurückzuwälzen. Bald segelte sie wieder mit geradem Kiel dahin, als ob nichts geschehen wäre.

»Großartig!« rief Dr. Brenner, der eine Zeitlang verblüfft geschwiegen hatte. »Das Tier hat elektrische Verteidigungswaffen entwickelt, wie manche unserer Aale und Zitterrochen. Aber das muß etwa eine Million Volt gewesen sein. Erkennen Sie irgendwelche Organe, die diese Entladung produzieren könnten? Irgend etwas, das wie Elektroden ausschaut?«

»Nein«, antwortete Falcon, nachdem er das Teleskop auf die höchste Stärke geschaltet hatte. »Aber da ist etwas Merkwürdiges ... Sehen Sie dieses Muster? Vergleichen Sie das mal mit den früheren Aufnahmen. Damals ist mir das nicht aufgefallen.«

Ein breites Band hatte sich an der Seite der Meduse gebildet, in einem verwirrend gleichmäßigen Schachbrettmuster. Jedes Feld war von kurzen horizontalen Linien durchzogen, parallel und im gleichen Abstand.

»Sie haben recht«, sagte Dr. Brenner mit unsicherer Stimme. »Es ist jetzt erst aufgetaucht. Und ich wage gar nicht, Ihnen zu erzählen, wofür ich das halte.«

»Nun, ich habe keinen guten Ruf zu verlieren – zumindest nicht als Biologe. Soll ich Ihnen sagen, was ich glaube?«

»Nur zu!«

»Das ist ein großer Breitbandradiosender – so was ähnliches hat man zu Beginn des zwanzigsten Jahrhunderts benutzt.«

»Ich habe befürchtet, daß Sie meine Gedanken aussprechen würden. Jetzt wissen wir, woher dieses massive Echo stammt.«

»Aber warum ist es eben erst zum Vorschein gekommen?«

»Vermutlich ist das eine Nachwirkung der Entladung.«

»Gerade ist mir noch etwas anderes eingefallen«, sagte Falcon langsam. »Glauben Sie, daß uns dieses Geschöpf belauscht?«

»Auf dieser Frequenz? Das bezweifle ich. Vermutlich sind das Meter – nein, Dekameter-Antennen, nach der Größe zu schließen. Hm ... Das wäre eine Idee!« Dr. Brenner schwieg eine Zeitlang und schien angestrengt nachzudenken. Dann fuhr er fort: »Ich wette, daß sie auf die Eruptionen eingestellt sind. So etwas würde die Natur auf der Erde niemals zustandebringen. Wir haben Tiere mit sonaren und sogar elektrischen Sinnesorganen, aber kein einziges hat jemals ein Radio-Organ entwickelt. Warum auch – wo wir so viel Licht haben? Aber hier ist es anders. Der Jupiter ist durchtränkt von Radio-Energie. Es würde sich lohnen, sie zu nutzen – vielleicht sogar anzuzapfen. Dieses Ding da unten könnte als schwebendes Energiekraftwerk eingesetzt werden.«

Eine neue Stimme mischte sich in das Gespräch. »Hier ist der Einsatz-Commander. Das ist zwar alles sehr interessant, aber wir müssen wichtigere Probleme lösen. Ist dieses Wesen intelligent? Wenn ja, müssen wir uns an die Direktiven bezüglich der ersten Kontaktaufnahme halten.«

»Bevor ich hier ankam, hätte ich schwören können, daß alles, was ein Kurzwellenantennensystem erzeugen kann, intelligent sein muß«, meinte Dr. Brenner wehmütig. »Jetzt bin ich nicht mehr so sicher. Es wäre möglich, daß sich das alles auf natürliche Weise entwickelt hat. Ich glaube, es ist nicht phantastischer als das menschliche Auge.«

»Jedenfalls müssen wir auf Nummer sicher gehen und annehmen, daß wir es mit intelligenten Geschöpfen zu tun haben. Deshalb gelten von jetzt an die Gesetze der Primärdirektive.«

Ein langes Schweigen entstand, während alle, die im Komsystem zugeschaltet waren, über die Konsequenzen dieser Anordnung nachdachten. Zum erstenmal in der Geschichte des Raumflugs sollten die Regeln, die man im Lauf von über hundert Jahre langen Debatten aufgestellt hatte, angewandt werden. Man hoffte, daß der Mensch aus seinen Fehlern auf Erden gelernt hatte. Nicht nur moralische Erwägungen, auch seine ureigensten Interessen verboten es ihm, diese Fehler auf anderen Planeten zu wiederholen. Es könnte zu einer Katastrophe führen, wenn er ein Wesen von höherer Intelligenz ebenso behandelte wie seinerzeit die amerikanischen Siedler die Indianer – oder so, wie fast jeder die Afrikaner behandelt hatte ...

Die erste Regel lautete: Man muß Distanz wahren. Man darf keinen Annäherungsversuch, nicht einmal einen Kommunikationsversuch wagen, bis ›sie‹ genügend Zeit gefunden haben, den Fremdling zu studieren. Was unter dem Begriff ›genügend Zeit‹ zu verstehen war, hatte bisher niemand entscheiden können. Das wollte man dem Feingefühl des Menschen überlassen, der sich in einer solchen Situation befand.

Und nun hatte man Howard Falcon eine Verantwortung übertragen, die er sich niemals hätte träumen lassen. In den wenigen Stunden, die er noch auf dem Jupiter bleiben würde, mußte er als erster Botschafter der menschlichen Rasse fungieren.

Und das war eine so köstliche Ironie, daß er fast wünschte, die Chirurgen hätten seine Fähigkeit, in Gelächter auszubrechen, wiederhergestellt.

7

Die Primärdirektive

Es wurde allmählich dunkler, aber Falcon bemerkte es kaum, während er die lebende Wolke im Blickfeld seines Teleskops studierte. Der Wind, der die *Kon-Tiki* im Trichter des großen Wirbels spiralenförmig nach unten trieb, hatte ihn nun bis auf zwanzig Kilometer an die Kreatur herangetragen. Wenn er näher als zehn Kilometer herankam, würde er ein Ausweichmanöver starten müssen. Wenn er auch annahm, daß die elektrische Rüstung der Meduse aus Kurzstreckenwaffen bestand, wollte er diese Vermutung keinem Test unterziehen. Mit diesem Problem sollten sich künftige Forscher herumschlagen, und dazu wünschte er ihnen viel Glück.

Jetzt war es völlig dunkel in der Kapsel, und das war seltsam, denn die Sonne würde erst in mehreren Stunden untergehen. Automatisch blickte er auf den Horizontalradar, wie er es alle paar Minuten tat. Abgesehen von der Meduse war im Umkreis von hundert Kilometern kein weiteres Objekt zu sehen.

Plötzlich hörte er das Geräusch, das in den Jupiternächten zu dröhnen begann. Die Trommelschläge klangen immer lauter – dann verstummten sie mitten im Crescendo. Die ganze Kapsel vibrierte wie eine Erbse in einer Kesselpauke.

Während dieser entnervenden Stille, die so abrupt eingetreten war, gewann Falcon fast gleichzeitig zwei Erkenntnisse. Diesmal war das Geräusch nicht aus einer Entfernung von vielen tausend Kilometern über Funk von einer Sonde gekommen, sondern aus der Atmosphäre, die ihn umgab. Der zweite Gedanke war noch verwirrender. Er hatte nicht bedacht (es war unentschuldbar, aber er hatte sich mit offenkundig wichtigeren Dingen befassen müssen), daß der Großteil des Himmels über ihm vom Ballon der *Kon-Tiki* verdeckt wurde. Da der Gasbehälter mit einer dünnen Silberschicht bedampft war, um die Hitze zu konservieren, diente er als Schild gegen Strahlungen und Licht.

Natürlich hatte er das gewußt. Dies war ein geringfügiger Planungsfehler, den man toleriert hatte, weil er nicht wichtig erschienen war. Jetzt fand Falcon, daß es ein folgenschwerer Fehler war – denn er sah, wie sich ein Zaun aus gigantischen Tentakeln, dicker als Baumstämme, emporhob und die Kapsel umfaßte.

Er hörte Brenner schreien: »Denken Sie an die Primärdirektive! Erschrecken Sie es nicht!« Bevor er antworten konnte, setzten die überwältigenden Trommelschläge wieder ein und verschluckten alle anderen Geräusche.

Um einen wirklich guten Testpiloten zu erkennen, braucht man nicht zu beobachten, wie er auf vorhersehbare Notfälle reagiert, sondern auf solche, mit denen niemand gerechnet hatte. Es dauerte nur eine Sekunde, bis Falcon die Lage sondiert hatte. Blitzschnell zog er an der Reißleine.

Dieses Wort war ein archaisches Überbleibsel aus den Tagen der ersten Wasserstoffballons. Bei der *Kon-Tiki* öffnete die Reißleine nicht den Gasbehälter, sondern nur ein paar Ventilationsschlitze in der oberen Rundung des Ballons. Sofort entwich das heiße Gas. Die *Kon-Tiki* stürzte in ein Gravitationsfeld hinab, das zweieinhalb mal so stark war wie die Erdenschwerkraft.

Falcon sah für wenige Sekunden, wie große Tentakel nach oben schnellten und verschwanden. Er hatte gerade noch Zeit, um festzustellen, daß sie mit großen Blasen oder Säcken bestückt waren, wodurch sie vermutlich ihre Auftriebskraft erhielten, und daß sie in eine Vielfalt dünner Fasern mündeten, wie die Wurzeln einer Pflanze. Halb erwartete er, daß ihn ein Blitzschlag treffen würde – aber nichts geschah.

Seine Fallgeschwindigkeit verringerte sich, als die Atmosphäre dichter wurde, und der geschrumpfte Ballon diente als Fallschirm. Nachdem die *Kon-Tiki* etwa dreitausend Meter hinabgestürzt war, glaubte er, daß er es riskieren konnte, die Schlitze wieder zu schließen. Als der Auftrieb und das Gleichgewicht wiederhergestellt waren, hatte er sich um fünfzehnhundert weitere Meter hinabbewegt und war seinem Sicherheitslimit gefährlich nahe gekommen.

Ängstlich spähte er durch die Oberluken, wenn er auch nicht erwartete, irgend etwas anderes zu erblicken als die Wölbung des Ballons, der alles verdeckte. Aber er war während seines Falls zur Seite gerutscht, und dreitausend Meter über ihm war ein Teil der Meduse zu sehen. Sie war näher herangekommen als er gedacht hatte – und sie sank immer noch herab, schneller als er es für möglich gehalten hätte.

Die Einsatzkontrolle stellte besorgte Fragen. »Ich bin okay!« rief er. »Aber das Biest kommt mir nach. Und ich kann nicht tiefer hinuntergehen.«

Das stimmte nicht ganz. Er konnte sich noch viel tiefer hinunterwagen – etwa dreihundert Kilometer. Aber das wäre eine Reise ohne Wiederkehr – noch dazu eine Reise, die ihn kaum interessieren würde.

Dann sah er zu seiner großen Erleichterung, daß die Meduse etwa tausend Meter über ihm anhielt. Vielleicht hatte sie beschlossen, sich diesem fremden Eindringling mit Vorsicht zu nähern. Oder vielleicht fand auch sie, daß es in dieser tieferen Schicht unangenehm heiß war. Hier herrschte eine Temperatur von über fünfzig Grad, und Falcon fragte sich, wie lange sein Lebenserhaltungssystem dieser Belastung trotzen mochte.

Dr. Brenner meldete sich wieder. Er machte sich immer noch Sorgen bezüglich der Primärdirektive. »Bedenken Sie, daß es Sie vielleicht nur erforschen will!« schrie er ohne Überzeugungskraft. »Erschrecken Sie es nicht!«

Falcon fand diesen Ratschlag allmählich ermüdend und erinnerte sich an eine TV-Diskussion zwischen einem Raumanwalt und einem Astronauten, die er einmal gesehen hatte. Nachdem die Regeln der Primärdirektive verlesen worden waren, hatte der Raumfahrer ungläubig gerufen: »Und wenn es keine Alternative gibt, muß ich einfach still dasitzen und mich fressen lassen?« Der Anwalt hatte ohne die Andeutung eines Lächelns erwidert: »Sie haben's erfaßt.«

Damals hatte er das komisch gefunden.

Und dann sah Falcon etwas, das ihn noch unglücklicher machte. Die Meduse schwebte immer noch tausend Meter über ihm – aber eines ihrer Tentakel wurde immer länger und dünner und streckte sich nach der *Kon-Tiki* aus. Als kleiner Junge hatte er einmal den Trichter eines Tornados beobachtet, der von einer Sturmwolke über den Ebenen von Kansas herabgestiegen war. Das Ding, das jetzt auf ihn zukam, weckte lebhafte Erinnerungen an jene schwarze, gewundene Himmelsschlange.

»Jetzt habe ich nur noch zwei Möglichkeiten«, berichtete er der Einsatzkontrolle. »Entweder ich erschrecke es – oder ich riskiere, daß es Bauchschmerzen bekommt. Ich glaube nicht, daß es die *Kon-Tiki* so ohne weiteres verdauen kann – falls es das vorhat.«

Er wartete auf einen Kommentar von Brenner, aber der Biologe schwieg.

»Also gut. Es ist zwar siebenundzwanzig Minuten zu früh, aber ich werde jetzt die Zündung einleiten. Ich hoffe, ich habe genug Reserven, um später meinen Orbit zu korrigieren.«

Er konnte die Meduse nicht mehr sehen. Sie schwebte wieder direkt über ihm. Aber er wußte, daß der herabgreifende Tentakel den Ballon fast erreicht haben mußte. Und es würde noch fast fünf Minuten dauern, bis der Reaktor auf vollen Touren lief …

Die Zündung wurde eingeleitet. Der Bahncomputer hatte die Situation nicht als völlig unmöglich zurückgewiesen. Die Luftschalen waren geöffnet, bereit, auf Wunsch viele Tonnen Helium und Wasserstoff zu schlucken. Auch unter optimalen Bedingungen wäre dies der Augenblick der Wahrheit gewesen, denn bisher hatte man keine Gelegenheit gefunden, zu testen, wie ein nuklearer Düsenmotor auf die seltsame Atmosphäre des Jupiter reagieren würde.

Irgend etwas schaukelte die *Kon-Tiki* hin und her – ganz sanft. Falcon versuchte es zu ignorieren.

Man hatte den Mechanismus der Zündung so konstruiert, daß

sie eigentlich hätte zehn Kilometer höher stattfinden müssen, in einer Atmosphäre, die um dreißig Grad kühler und deren Dichte um über ein Viertel geringer war. Zu schade ...

In welchem möglichst flachen Neigungswinkel mußte er seinen Sturzflug planen, um davonzukommen? Wenn die Düsen gezündet waren, würde er mit zweieinhalb g auf den Jupiter zurasen. Würde er den Steigflug rechtzeitig einleiten können?

Eine große, schwere Hand tätschelte den Ballon. Das ganze Schiff hüpfte auf und ab, wie eines der Jo-Jos, die auf der Erde gerade als letzter Modeschrei galten.

Natürlich könnte Brenner völlig recht haben. Vielleicht versuchte die Meduse nur, freundlich zu sein. Vielleicht sollte er versuchen, über Funk mit ihr zu reden. Was sollte er denn sagen? »Mein hübsches Kätzchen«? »Platz, Bello«? Oder: »Bringen Sie mich bitte zu Ihrem Anführer«?

Das Tritium-Deuterium-Verhältnis war genau richtig. Er war bereit, die Kerze zu entzünden, mit einem Streichholz, das eine Hitze von hundert Millionen Grad entwickeln würde.

Die dünne Spitze des Tentakels glitt am Rand des Ballons herab, etwa sechzig Meter entfernt. Sie war etwa so dick wie ein Elefantenfuß, und da sie sich so gezielt bewegte, mußte sie sehr sensitiv sein. An ihrem Ende öffneten sich kleine, trichterförmige Fühler, wie fragende Münder. Falcon war überzeugt, daß Dr. Brenner fasziniert sein würde.

Dieser Zeitpunkt war genauso geeignet wie irgendein anderer. Er überprüfte rasch die Kontrolltafel, begann mit dem letzten, vier Sekunden langen Zündungs-Countdown, erbrach das Sicherungssiegel und drückte auf den Knopf, der den Treibstoff freisetzte.

Eine ungeheure Explosion ertönte, worauf ein sofortiger Gewichtsverlust folgte. Die *Kon-Tiki* sauste im freien Fall hinab, mit der Nase nach unten. Der abgetrennte Ballon raste nach oben und zerrte den neugierigen Tentakel mit sich. Falcon hatte keine Zeit, um nachzusehen, ob der Gasbehälter gegen die Meduse prallte, denn in dem Augenblick, wo der Düsenmotor zu funktionieren begann, hatte er an andere Dinge zu denken.

Eine dröhnende Säule aus heißem Wasserstoff und Helium ergoß sich aus den Röhren des Reaktors, entwickelte blitzschnell einen ungeheuren Schub, der das Schiff jedoch nicht vom Jupiter entfernte, sondern ihm entgegenschleuderte. Falcon konnte noch nicht in den Steigflug übergehen, da die Vektor-Kontrolle zu langsam funktionierte. Wenn er innerhalb der nächsten fünf Sekunden keine vollständige Kontrolle über die *Kon-Tiki* gewinnen und sie in eine horizontale Fluglage bringen konnte, würde sie zu tief in die Atmosphäre eintauchen und zerstört werden.

Mit schmerzhafter Langsamkeit – jene fünf Sekunden erschienen ihm wie fünfzig – schaffte er es, das Schiff in eine horizontale Lage zu lenken und dann die Nase nach oben zu ziehen. Er blickte nur ein einziges Mal zurück zu der Meduse, die viele Kilometer entfernt war. Der Gasbehälter, den die *Kon-Tiki* abgeworfen hatte, war den Tentakeln offenbar entkommen, denn er konnte ihn nirgends entdecken.

Jetzt war er wieder Herr seiner selbst, war den Winden des Jupiters nicht mehr hilflos ausgeliefert, reiste auf seiner eigenen Atomfeuersäule zu den Sternen zurück. Er war sicher, daß der Düsenmotor für eine ausreichende Schnelligkeit und Flughöhe sorgen würde, bis er das fast orbitale Tempo am Rand der Atmosphäre erreicht hatte. Dann würde ihn ein kurzer Schub Raketenkraft in die Freiheit des Alls tragen.

Auf halbem Weg zum Orbit blickte er nach Süden und sah, wie das ungeheure Rätsel des Großen Roten Flecks, eine schwimmende Insel, doppelt so groß wie die Erde, über den Horizont glitt. Er starrte auf diese mysteriöse Schönheit, bis ihn der Computer warnte, daß in sechzig Sekunden die Umschaltung auf Raketenschub bevorstand. Widerstrebend riß er sich von dem faszinierenden Anblick los. »Ein andermal«, murmelte er.

»Was?« fragte die Einsatzkontrolle. »Was haben Sie gesagt?«

»Oh, das war nicht so wichtig«, entgegnete er.

8

Zwischen zwei Welten

»Sie sind jetzt ein Held, Howard«, sagte Webster, »nicht nur eine Berühmtheit. Sie haben ihnen Stoff zum Nachdenken gegeben, ihr Leben um eine Sensation bereichert. Nicht einmal einer unter Millionen wird zu den äußeren Riesenplaneten reisen, aber die ganze menschliche Rasse wird von neuer Phantasie beflügelt werden, und das allein zählt.«

»Ich bin froh, daß ich Ihnen die Arbeit etwas erleichtert habe.«

Webster war zu lange mit Howard befreundet, um diese ironische Bemerkung übelzunehmen. Aber sie überraschte ihn. Und das war nicht die erste Veränderung, die ihm an seinem alten Mitarbeiter auffiel, seit dieser vom Jupiter zurückgekehrt war.

Der Administrator zeigte auf ein antikes Schild, das auf seinem Schreibtisch stand und von einem Impresario aus einer früheren Ära stammte. Es trug die Aufschrift. *Überraschen Sie mich!*

»Ich schäme mich meiner Arbeit nicht. Neues Wissen – neue Energiequellen – das ist alles gut und schön. Aber die Menschen brauchen auch aufregende neue Entdeckungen. Die Raumfahrt ist zur Routine geworden – und Sie haben wieder ein großes Abenteuer daraus gemacht. Es wird lange dauern, bis wir den Jupiter erforscht haben – und vielleicht noch länger, bis wir das Wesen dieser Medusen verstehen können. Ich glaube immer noch, daß diese eine wußte, wo Ihr wunder Punkt lag. Aber wie dem auch sei – haben Sie schon entschieden, wohin Ihre nächste Reise gehen soll? Zum Saturn? Zum Uranus? Zum Neptun? Sie brauchen es nur zu sagen.«

»Ich weiß es nicht. Eigentlich habe ich an den Saturn gedacht. Aber dort werde ich nicht wirklich gebraucht. Dort ist die Gravitation genauso stark wie auf der Erde, nicht zweieinhalbmal so stark wie auf dem Jupiter. Damit können die Menschen selber fertigwerden.«

Menschen, dachte Webster. Er hat ›Menschen‹ gesagt. Das hat er nie zuvor getan. Und wann hat er zum letztenmal das Wort »wir« gebraucht? Er verändert sich – entgleitet uns ...

»Nun«, sagte er und erhob sich aus seinem Sessel, um sein Unbehagen zu überspielen, »dann wollen wir die Konferenz abhalten. Die Kameras sind schon aufgebaut, die Leute warten auf Sie, Howard. Sie werden viele alte Freunde wiedersehen.«

Er betonte das Wort ›Freunde‹, aber Falcon zeigte keine Reaktion. Es wurde immer schwieriger, in der ledernen Maske seines Gesichts zu lesen. Statt dessen rollte er vom Schreibtisch des Administrators zurück, schaltete sein Untergestell um, so daß es keinen Stuhl mehr bildete, und betätigte seine hydraulische Vorrichtung, so daß er zu seiner vollen Größe von zweizehn emporwuchs. Es war ein guter psychologischer Trick der Chirurgen gewesen, ihm jene zusätzlichen dreißig Zentimeter zu schenken, um alles wettzumachen, was er verloren hatte, als die *Queen* abgestürzt war.

Falcon wartete, bis Webster die Tür geöffnet hatte, dann rollte er auf seinen Ballonrädern geschmeidig und lautlos darauf zu, in einem Tempo von dreißig Stundenkilometern. Diese technische Vollendung und Schnelligkeit wurde keineswegs auf arrogante Weise präsentiert. Dies alles war zu einer Selbstverständlichkeit geworden, die ihm kaum noch bewußt war.

Howard Falcon, der einst ein Mensch gewesen war und dessen Stimme immer noch menschlich klang, wenn man sie über Funk vernahm, hatte das Gefühl, eine Leistung vollbracht zu haben – und zum erstenmal seit Jahren verspürte er so etwas Ähnliches wie inneren Frieden. Die Alpträume quälten ihn nicht mehr. Endlich wußte er, welche Rolle ihm zukam.

Und er hatte auch erkannt, warum er so oft von jenem Superschimp an Bord der sterbenden *Queen Elizabeth* träumte. Der Schimp war weder Mensch noch Tier gewesen, hatte zwischen zwei Welten gestanden – genauso wie er selbst.

Er allein konnte ungeschützt zur Mondoberfläche fliegen. Das Lebensunterstützungssystem in dem Metallzylinder, das seinen verwundbaren Menschenkörper ersetzte, funktionierte im All ebenso gut wie unter Wasser. Gravitationsfelder, zehnmal stärker als die Erdenschwerkraft, waren unangenehm – sonst nichts. Und keine Gravitation war am allerbesten ...

Die Menschenrasse entfernte sich immer weiter von ihm, die

verwandtschaftlichen Bande wurden schwächer. Vielleicht hatten diese luftatmenden, strahlenempfindlichen Bündel aus instabilen Kohlenstoffverbindungen gar nicht das Recht dazu, jenseits ihrer Atmosphäre zu existieren. Sie sollten in ihrer natürlichen Heimat bleiben – auf der Erde, dem Mond, dem Mars.

Eines Tages würden die Maschinen die wahren Herren des Universums sein – nicht die Menschen – und er war weder das eine noch das andere. Und im Bewußtsein des Schicksals, das ihm bevorstand, empfand er einen feierlichen Stolz auf seine einzigartige Einsamkeit. Er war das erste unsterbliche Mittelding zwischen zwei Produkten der Schöpfung.

Immerhin würde er ein Botschafter sein – zwischen dem Alten und dem Neuen – zwischen den Kreaturen aus Kohlenstoff und den Kreaturen aus Metall, die eines Tages die Oberhand gewinnen würden.

Beide würden ihn brauchen in den schwierigen Jahrhunderten, die der Welt bevorstanden.

Originaltitel: »A Meeting with Medusa«
Copyright © 1971 by »Playboy«;
mit freundlicher Genehmigung des Autors
Aus dem Englischen übersetzt von Eva Malsch
Copyright © 1982 der deutschen Übersetzung
by Arthur Moewig Verlag, Rastatt;
mit freundlicher Genehmigung des Arthur Moewig Verlags

Frank Herbert

Frank Herbert wurde 1920 in Tacoma/Washington geboren, studierte an der University of Washington Journalismus und arbeitete jahrelang als Reporter für Tageszeitungen und später als Kameramann fürs Fernsehen und als Rundfunksprecher. 1952 veröffentlichte er seine erste Kurzgeschichte, der etwa 20 weitere im folgenden Jahrzehnt folgten, die aber unbemerkt blieben; ebenso sein Roman »The Dragon in the Sea« (1955/56), der einen mit allen hochentwickelten technischen und psychologischen Mitteln erbittert geführten U-Boot-Krieg der Zukunft zum Thema hat. Den Durchbruch in seiner schriftstellerischen Karriere schaffte er 1965 mit dem Roman »Dune« (»Der Wüstenplanet«), der 1963 als Zeitschriftenvorabdruck in »Analog« erschienen war. Dieses Epos, dem vier Fortsetzungen folgten (ein sechster Band ist im Entstehen begriffen), machte Frank Herbert weltberühmt und zum erfolgreichsten SF-Autor aller Zeiten. (Allein seine »Dune«-Romane sind in etwa 20 Millionen Exemplaren verbreitet; ein »Dune«-Film läuft im Frühjahr 1984 in den USA an,* für den sechsten

* Näheres dazu siehe »HEYNE SCIENCE FICTION MAGAZIN« Nr. 9, S. 147 ff. Der Film wird um den 6. Dezember 1984 auch in deutschen Kinos zu sehen sein.

»Dune«-Roman erhielt der Autor einen Vorschuß von 2 Millionen US-Dollar!)

Nicht nur die Romane vom Wüstenplaneten Dune, noch mehr seine Trilogie »Destination Void«, »The Jesus Incident« und »The Lazarus Effect«, die zum Teil in Zusammenarbeit mit Bill Ransom entstand, zeigen, daß Herbert neben C.S. Lewis und James Blish einer der wenigen SF-Autoren ist, die religiöse Probleme zum Gegenstand ihres Schaffens machen und es verstehen, sie einem breiteren Publikum in Form einer spannenden Unterhaltung nahezubringen.

Von Frank Herbert erschienen in der Reihe
HEYNE SCIENCE FICTION & FANTASY:

Atom-U-Boot S 1881 (06/3091)
Revolte gegen die Unsterblichen (06/3125);
erneut als: *Die Augen Heisenbergs* (06/3926)
Die Leute von Santaroga (06/3156)
Gefangen in der Ewigkeit (06/3298);
auch in ↗ *Drei SF-Romane in einem Band* (06/3930)
Die Riten der Götter (06/3460)
Hellstrøms Brut (06/3536)
Die weiße Pest (06/4120)

DER DOSADI-ZYKLUS:

Der letzte Caleban (06/3317)
Das Dosadi-Experiment (06/3699)

DER SCHIFF-ZYKLUS (zus. mit Bill Ransom):

Ein Cyborg fällt aus (06/3384)
Der Jesus-Zwischenfall (06/3834)
Der Lazarus-Effekt (in Vorb.)

DER DUNE-ZYKLUS:

Der Wüstenplanet (06/3108)
Der Herr des Wüstenplaneten (06/3266)
Die Kinder des Wüstenplaneten (06/3615)
Der Gottkaiser des Wüstenplaneten (06/3916)
Die Ketzer des Wüstenplaneten (06/4141)
Band 6 (in Vorb.)

Die Dune-Enzyklopädie:

in der BIBLIOTHEK DER SCIENCE FICTION LITERATUR:

Hellstrøms Brut (06/14)

FRANK HERBERT

Feuerpause

Ein Schneesturm fegte mit heftigen Böen über den gefrorenen Sumpf. Er trieb vor der hölzernen Schutzwand des Observierungs-Postens einen niedrigen Schneehaufen zusammen. Die Antenne des Lebensdetektors über dem O.P. fegte in einem regelmäßigen Halbkreis hin und her, von Rauhreif überzogen wie die anderen frosterstarrten Zweige auch.

Der Schnee hob jede Entfernung auf, verwandelte alle Gegenstände in graue Schatten ohne erkennbare Schärfe. Nach Norden zu deutete ein Schimmer von Helligkeit die Sonne an, die zu dieser Jahreszeit selbst um Mitternacht tief am Horizont stand.

Von allen möglichen Orten für eine weltbewegende Erfindung schien dieser nicht gerade der wahrscheinlichste zu sein.

Eine Gewehrkugel peitschte gegen einen verlassenen Panzer nordöstlich vom O.P.; der Klang verlief sich in der Entfernung. Der Schuß betonte noch die Einsamkeit und Verlassenheit des O.P., der weit vor den vordersten Linien des arktischen Schlachtfelds von 1972 aufgestellt worden war. Im Süden des Beobachtungsstandes lagen die ungeheuren Weiten der kanadischen Einöde. Im Norden verhüllte der frühe Schneesturm den Ausläufer des Polarmeeres, unterhalb der Banksinsel.

Ein Mann – künstlich wachgehalten – stand fröstelnd in diesem O.P. Wache. Sein Bewegungsraum maß weniger als zwei Meter im Durchmesser und war vollgestopft mit technischem Gerät; auf den von Gitternetzen überzogenen Schirmen leuchteten hellgrüne Punkte auf, die ›lebendiges Fleisch‹ anzeigten: ein Schwarm Schneehühner oder auch einen Eisfuchs. Jedes Quadrat auf dem Bildschirm trug einen Zielcode für die Granatwerfer.

Das Alliierte Kommando hatte dieser Stellung die Bezeichnung O.P. 114 gegeben. Es war kein Ort für einen sensiblen Mann, der in diese schreckliche Position geschoben, gestoßen und getreten worden war. Die Tatsache, daß einer wie er auf O.P. 114 Wache schob, bezeugte die unbeschreibliche Personalnot, die in diesem Krieg herrschte.

Wieder sondierte eine Gewehrkugel den verlassenen Panzer. Corporal Larry Hulser hockte tief über seinen Bildschirmen und versuchte, die Spur des Geschosses zu verfolgen. Es schien von dem hellen Lebewesenpunkt herzustammen, den er als möglichen Eisfuchs identifiziert hatte.

Viel zu klein für einen Menschen, dachte er. Oder nicht?

Der grüne Lichtschein der Bildschirme strahlte Hulsers dunkles Gesicht von unten an und warf tiefe Schatten darauf, die nach oben in sein dunkles Haar übergingen. Er kaute an der Unterlippe, seine Augen zuckten vor Angst, die er jetzt nicht mehr unterdrücken konnte, hin und her; die Angst, die ihn schon in den Unterkünften zur Zielscheibe jedes Scherzes gemacht hatte.

Hulser sah wirklich nicht aus wie der Mann, der seine Mitwelt vollkommen verändern konnte. Er sah mehr aus wie ein armseliges Häufchen Mensch, das in einem Lebensdetektor-Schild eingeschlossen dahockte und von unheimlichen, grünen Schatten umhüllt war.

In den weit zurückliegenden Tagen seiner Jugend hatte einer von Hulsers Chemieprofessoren ihn während eines Fakultätstees einmal als ›einen Mystiker – mit Sicherheit ohne Erfolg in dieser modernen Welt‹ bezeichnet.

Der Leuchtpunkt, den Hulser als Fuchs identifiziert hatte, veränderte seine Position.

Sollte er die Artillerie verständigen? Hulser überlegte. Nein. Womöglich würden sie diesen Punkt durch einen Detektor aus der Luft aufklären wollen; und wenn der Pilot den Leuchtschein als Fuchs identifizierte ... Hulsers Magen drehte sich um, wenn er an die Hänseleien dachte, die er wegen des Wolfes, den er vor zwei Monaten gemeldet hatte, erdulden mußte.

›Wölfchen Hulser!‹

Für solche Spiele bin ich zu alt, dachte er. Achtunddreißig ist zu alt. Wenn es doch nur eine Möglichkeit gäbe, ein Ende ...

Wieder peitschte eine Gewehrkugel gegen den kaputten Panzer. Hulser versuchte in dem winzigen, hölzernen O.P. sich noch kleiner zu machen. Die Kugeln waren wie suchende Finger, die sich nach verborgenem Metall ausstreckten – um einen O.P. zu finden. Sobald die Kugeln ihr Ziel erreicht hatten, folgte eine einzige 200-mm-Granate, durch Echophone genau ins Ziel geführt. Es konnte natürlich auch so gehen wie mit Breck Wingate, einem anderen Beobachter.

Hulser lief es bei der Erinnerung kalt über den Rücken.

Man hatte Wingate über seinen Instrumenten nach vorne zusammengesunken gefunden, mit einem ansehnlichen Loch durch die Brust, genau unterhalb der Achselhöhlen, von einer Seite zur anderen. Der Wind hatte durch ein einziges Einschußloch neben Wingate durch die Wand des O.P. gepfiffen. Der Feind hatte ihn erwischt und nie gekannt.

Nervös schaute Hulser die Sperrholzwände hinauf, die ihn von den suchenden Kugeln trennten – eine hölzerne Schale, die dazu dienen sollte, die Metallsucher aufzufangen und dabei nur das Geräusch eines Geschosses, das in einen Schneehaufen eindringt, wiederzugeben. Ein Stöpsel aus zusammengerolltem Zeichenpapier verschloß ein Einschußloch, das bei einer anderen Wache nahe dem Deckel entstanden war.

Wieder erschauerte Hulser.

Und wieder platschte eine Kugel gegen den verlassenen Panzer. Dann rollte und bebte die Erde, als eine Granate präzise den Panzer traf.

Damit hindern sie uns, den Panzer als O.P. zu benutzen, dachte Hulser.

Er drückte auf das Relais, um festzustellen, woher die Granate gekommen war. Er hatte aber wenig Hoffnung, daß er die Position des Granatwerfers seiner eigenen Artillerie würde mitteilen können. Der Feind verwendete immer häufiger die neuen ›Streu‹-Geschoße, die ein Zurückverfolgen unmöglich machten.

Neben seinen L.D.-Schirmen leuchtete das Telefon rot auf. Hulser beugte sich vor und meldete sich: »O.P. einsvierzehn. Hulser.«

Die Stimme gehörte Sergeant Chamberlain. »Worauf hat der Granatwerfer geschossen, Wölfchen?«

Hulser biß die Zähne zusammen und erklärte die Sache mit dem Panzer.

Chamberlain bellte durch das Telefon: »Eigentlich sollten wir wegen solcher Vorgänge nicht von uns aus eine Erklärung anfordern müssen! Sind Sie sicher, daß Sie wach und alarmbereit sind?«

»Doch, Searge.«

»OK. Halten Sie die Augen offen, Wölfchen!«

Das rote Leuchten des Telefons verglomm.

Hulser zitterte vor Wut. *Wölfchen!*

Er dachte an Sergeant Mike Chamberlain: groß, arrogant, mit einem irritierenden Näseln in der Stimme. Und er stellte sich vor, was er liebend gern mit Chamberlains schmalem Gesicht mit den kleinen Augen und der großen Nase machen würde. Es kam ihm der Gedanke, zurückzurufen und ›Schnäuzchen‹ Chamberlain zu verlangen.

Hulser grinste verbissen. Damit würde er ihn wirklich treffen! Und er müßte noch vier Stunden warten, bis er irgend etwas unternehmen könnte.

Der Gedanke an gewisse Konsequenzen, die sich für ihn ergeben würden, wenn er Chamberlains Unwillen erregte, ließ das Grinsen in Hulsers Gesicht schlagartig verschwinden.

Irgend etwas bewegte sich auf seinem mittleren Schirm. Der Fuchs. Aber war es ein Fuchs? Es bewegte sich über das gefrorene Terrain auf den gesprengten Panzer zu und hielt auf halbem Weg inne.

War es ein Fuchs, der die merkwürdigen Gerüche von Kordit und verbranntem Benzin untersuchte? grübelte Hulser. Oder ist es der Feind?

Bei diesem Gedanken überfiel ihn Panik. Wenn irgendein lebendiges Wesen über einer bestimmten Größe – etwa fünfzig Kilo – zu nahe an einen O.P. herankam und die richtige Identifikation nicht hatte, flog die ganze Bude mitsamt der Ausrüstung in einem grellen Blitzstrahl von Thermit in die Luft. Alles wurde sekundenschnell zu Asche, damit der Feind auf keinen Fall in den Besitz des Lebensschilds des Beobachters gelangen konnte.

Hulser starrte auf das Netz seines mittleren Schirms. Es erinnerte ihn an ein Spiel, das er als Junge gespielt hatte: Zwei Kinder saßen einander gegenüber; auf dem Schoß hinter einem Buch versteckt hielten sie einen Bogen mit kariertem Papier. Jeder Spieler hatte auf seinem Blatt bestimmte Karos umrandet: vier in einer Reihe – ein Schlachtschiff; drei in einer Reihe – ein Zerstörer; zwei in einer ...

Wieder bewegte sich der Lichtpunkt auf seinem Schirm auf die Panzerruine zu.

Er starrte auf das Quadrat, in dem sich der Punkt bewegte; ganz hinten in seinem Kopf lockte ihn der komische Gedanke: Ruf an und melde, du hast ein Schlachtschiff auf deinem Schirm, auf 0-6-C. Damit würde er wegen Unzurechnungsfähigkeit, laut Absatz acht, aus der Armee entlassen werden!

Raus aus der Armee!

Seine Gedanken schwenkten jäh nach New Oakland zu Carol Jean. Wenn er daran dachte, daß sie ihr Kind bald kriegen würde und ...

Wieder bewegte der (Fuchs?) sich auf den Panzer zu.

Aber seine Gedanken waren jetzt ganz in New Oakland. Er dachte an all die einsamen Jahre vor Carol: fünf Tage in der Woche arbeiten für Planetary Chemicals ... die Bibliothek und die endlosen Buchseiten (aus einem anderen Kanal seines Gehirns kam die Bemerkung: Du hast deine Interessen viel zu weit gestreut!) ... die winzigen Kabuffs seines Apartments ... die geschmacklosen ...

Jetzt! Der (Fuchs?) rannte zum Kraterrand um den Panzer und umrundete ihn.

Hulser nahm zwar verstandesmäßig die Bewegung wahr, hing aber weiter seinen Träumereien nach: Dann Carol! Warum konnten wir uns nicht schon früher begegnen? Nur ein Monat zusammen und ...

Ein zweites, kleines, leuchtendes Objekt erschien auf dem Schirm und näherte sich dem Punkt, wo er das erste gesehen hatte. Es eilte auch auf den Krater, in dem der Panzer stand, zu.

Hulser war wieder voll zurück in der eisigen Gegenwart; eine bedrohliche Vermutung stieg in ihm auf: Der Feind hatte einen neuen Typ Schild; nicht so gut wie unserer; es verkleinerte lediglich die Größe des abgebildeten Objekts!

Oder waren es doch nur zwei Füchse?

Die Unsicherheit riß ihn hin und her.

Sie könnten einen neuen Schild haben, dachte er. Schließlich haben wir nicht das Monopol auf wissenschaftliche Gehirne.

Ein Teil seiner Gedanken schlugen ihren eigenen Weg ein – der Krieg innerhalb eines Krieges: der Kampf um die Überlegenheit in der Ausrüstung. Eine neue Waffe, ein neuer Schild; eine bessere Waffe, ein besserer Schild. Es war wie eine schreckliche Leiter, bei der von jeder Sprosse zerfetztes Fleisch herabhing.

Sie könnten einen neuen Schild haben, wiederholte sein Verstand. Ein anderer Teil seines Verstandes fing an, sich mit dem Problem der Schilde zu beschäftigen – das komplizierte Flimmergeflecht, das organisches Leben sichtbar machte für ...

Auf einen Schlag erstarrte er. Glasklar, jeder Strich deutlich, jede Gleichung, jede Formel gelöst – alles vor seinem geistigen Auge, stand das Instrument, von dem er wußte, daß es den Krieg beenden könnte. Unwillkürlich fing er an, am ganzen Körper zu zittern. Seine Kehle war wie ausgetrocknet.

Sein Blick hing wie gebannt an dem Schirm vor sich. Die beiden Leuchtpunkte verbanden sich und betraten den Krater mit dem gesprengten Panzer. Hulser beugte sich wieder zu dem Trichter des Schweigens vor sich und sprach ins Telefon. »Hier ist O.P. einsvierzehn. Ich habe zwei Grüne auf den Koordinaten Nullsechs-C unter T-R. Ich glaube, sie bauen einen O.P. auf!«

»Sind Sie sicher?« Das war Chamberlains näselndes Organ.

»Natürlich bin ich sicher!«

»Werden wir ja sehen!«

Das Telefon verstummte.

Hulser richtete sich auf und leckte sich die trockenen Lippen mit der Zunge. Ob sie wohl ein Flugzeug schicken würden für einen Blick von oben? Sie trauen mir nicht ganz.

Eine ohrenbetäubende Explosion aus dem Krater antwortete ihm.

Sofort ratterten die Maschinengewehre der gegnerischen Linien los. Ein Kugelhagel fetzte durch den grauen Schnee.

Es war ein feindlicher O.P.! Jetzt wissen sie, daß wir hier draußen einen Beobachter haben!

Ein Geschoß schlug in den Deckel des O.P.

Hulser starrte voll Grauen auf das Loch. Was wird, wenn sie mich jetzt umbringen? Meine Erfindung wird mit mir sterben! Der Krieg wird immer weitergehen, immer weiter ... Er machte einen Ruck zum Telefon und schrie hinein: »Holt mich hier raus! Holt mich hier raus! Holt mich hier raus!«

Als sie ihn fanden, murmelte Hulser immer noch die gleichen vier Worte vor sich hin.

Chamberlains schlaksige Gestalt kniete vor dem Eingangsloch zum O.P. Die drei verhüllten Figuren hinter ihm schenkten dem O.P. keinerlei Beachtung, sondern hatten die Köpfe abgewandt und starrten in die weite Schneelandschaft, die Gewehre im Anschlag. Das Maschinengewehrfeuer des Feindes war verstummt.

Wieder einer durchgedreht, dachte Chamberlain. Ich dachte, er würde schon aus Scham ein bißchen länger durchhalten!

Er zerrte Hulser hinaus in den Schnee und zischte ihn an: »Was ist denn los, Mann? Warum hast du uns hier hergeschleppt?«

Hulser schluckte und sagte: »Sergeant, bitte, glauben Sie mir. Ich weiß einen Weg, die feindlichen Sprengladungen zur Explosion zu bringen, aus der Entfernung und ohne zu wissen, wo die explosiven Stoffe lagern. Ich kann ...«

»Sprengladungen aus der Ferne hochjagen?« Chamberlains Augen verengten sich, bis sie aussahen wie zwei Feuersteine. Wieder einer für die Klapsmühle, wenn wir ihn nicht durch Schock herausholen können, dachte er. Laut sagte er: »Du bist ja völlig übergeschnappt. Mensch verzieh dich da runter zu deinen Instrumenten und ...«

Hulser wurde blaß. »Nein, Sergeant! Ich muß zurück, wo ich dann ...«

Furcht, Frustration, Wut – alle unter Druck erzeugten Gefühle – zwangen Hulser weiterzusprechen: »Du rübennasiger, dämlicher Sack. Ich kann diesen Krieg beenden! Kapierst du?« Seine Stimme wurde schrill. »Bringen Sie mich zurück zum Lieutenant! Ich werde Leute wie Sie zurück auf die Bäume und in die Höhlen jagen, Sie ...«

Chamberlains Faust erwischte Hulser an der Schläfe und

schickte ihn kopfüber in den Schnee. Und noch während er hinfiel, sagte Hulsers Verstand: Aber du hast es ihm doch gesagt, Menschenskind! Du hast es ihm endlich gesagt!

Der Sergeant warf einen kurzen Blick auf seine Kameraden und dachte: Wenn der Feind mitgehört hat, sind wir erledigt! Er winkte einem der Männer näher zu kommen. »Mitch, übernehmen Sie hier die Wache auf dem O.P. Wir müssen Hulser zurückschaffen.«

Der andere nickte, bückte sich und kroch durch den Eingang.

Chamberlain beugte sich über Hulser. »Du stinkendes feiges Schwein!« zischte er ihm zu. »Am liebsten würde ich dich gleich hier erledigen, wo du sitzt! Aber ich werde dich mitschleifen, damit ich das persönliche Vergnügen haben kann, dich auf allen vieren kriechen zu sehen, wenn sie dir das Wasser im Arsch kochen! Auf die Füße, Mann! Und schwing die Hufe!«

Major Tony Lipari – ›Tony, die Lippe‹ für seine Leute – lehnte an der Leinwandbespannung seines Unterstandes und hielt die Hände hinter dem Kopf verschränkt. Er war ein magerer, öliger Typ mit schwarzen Haaren, die er in der Mitte gescheitelt trug und so an den Kopf geschleckt gebürstet hatte, daß sie wie die Deckflügel eines Käfers aussahen. Als Zivilist hatte er Sportzubehör in einem großen Warenhaus verkauft. Zu einer Büroparty hatte er einmal einen Turban getragen; es war, als habe er damit eine Tür zu seiner Erscheinung geöffnet. Irgendwann mußte unter seinen Vorfahren ein Maure gewesen sein.

Der Major war müde (Verlustberichte! Niemals endende Verlustberichte!), reizbar und leicht nervös.

Jetzt haben wir nicht einmal mehr genug Männer, die O.P.s zu besetzen! dachte er. Müssen wir wieder einen an die Psychokerle abgeben?

Er sagte: »Der Lieuten ...« seine Stimme schnappte vor Nervosität über, und er mußte sich erst einmal räuspern. »Der Lieutenant hat mir die ganze Geschichte vorgetragen, Corporal. Offengesagt, kommt mir das Ganze höchst unwahrscheinlich und phantastisch vor.«

Corporal Hulser hatte vor dem Major Haltung angenommen. »Habe ich die Erlaubnis des Herrn Major zu sprechen?«

Lipari nickte. »Ja, bitte!«

»Sir, ich war Chemiker – ich meine als Zivilist. Ich bin in diese Truppengattung gekommen, weil ich mich auch ein bißchen mit Elektronik befaßt habe und sie gerade L.D.-Beobachter mehr als Chemiker brauchten. Also, mit unseren Schilden von ...« Er brach ab; es war ihm plötzlich gekommen, wie groß das Problem war, Major Lipari zu überzeugen.

Der braucht gerade mir zu erzählen, daß wir L.D.-Beobachter brauchen! dachte Lipari. Laut sagte er: »Also, machen Sie weiter, Hulser!«

»Sir, verstehen Sie etwas von Chemie?«

»Etwas.«

»Was ich meine, ist, verstehen Sie Redox-Gleichungen und Substitutionsreaktionen von ...«

»Ja, ja. Machen Sie weiter!«

Hulser schluckte und dachte: Der hat keinen blassen Schimmer. Warum schickt er mich nicht zurück zu jemand, der davon etwas versteht? Er sprach weiter: »Sir, Sie wissen sicher, daß die Isolierschicht unserer L.D.-Schilde einen besonderen Schutz gegen ...«

»Natürlich! Isoliert den Benutzer von der elektrischen Ladung des Anzugs!«

Hulser stierte den Major nur an. »Isoliert ... Aber, nein, Sir! Ich bitte um Herrn Majors Entschuldigung, aber ...«

»Ist das wirklich notwendig, Corporal?« fragte Lipari. Dabei dachte er: Wenn er bloß mit diesem Theater aufhören und wieder auf seinen Posten gehen würde! Er simuliert so offensichtlich! Wenn ...

»Sir, haben Sie nicht die ...«

»Ich habe sämtliche Orientierungslehrgänge über L.D.-Schilde mitgemacht, als man mich zurück in die Armee gerufen hat«, sagte Lipari. »Natürlich bin ich eigentlich Infanterist. Korea, Sie verstehen. Aber ich weiß, wie man einen Schild bedient. Fahren Sie fort, Corporal!« Er stieß seinen Stuhl von der Wand ab.

»Sir, die Isolierschicht schützt den Benutzer vor einer Art

Pseudo-Ersatz-Reaktion in der Haut. Das Feld des Anzugs kann den Körper irritieren und ihn dazu bringen, Stickstoff-Bläschen zu produzieren, die ...«

»Ja, Hulser! Das weiß ich alles! Was hat denn das mit Ihrer großartigen Erfindung zu tun?«

Hulser holte tief Luft. »Sir, ich kann einen Projektor auf dem Prinzip des L.D.-Anzugs bauen, der eine künstliche Substitutions-Reaktion in jedem beliebigen explosiven Material hervorbringen kann. Ich bin mir ganz sicher!«

»Sind Sie sicher?«

»Ja, Sir! Zum Beispiel, ich könnte eine solche Reaktion bei Trinox bewirken, die Fluor und ionisierten Wasserstoff produzieren würde – in kleinsten Mengen, natürlich, aber ausreichend, um jede Quelle eines Kraftfeldes in der Nähe in die Luft zu jagen ...«

»Wie können Sie aber herausfinden, ob ein solches Feld in den feindlichen Depots vorhanden ist?«

»Sir! Jeder trägt ein L.D.-Schild irgendeiner Art. Sie sind Feldgeneratoren, oder funktionieren wie ein interner Verbrennungsmotor ... oder ... oder ... irgend etwas Ähnliches! Wenn eine explosive Mischung aus einem System in ein anderes zerfällt und Fluor und Wasserstoff hinzukommen ...« – er zuckte die Achseln –, »fliegt das Ganze in die Luft, wenn man es nur schief ansieht.«

Lipari räusperte sich. »Verstehe.« Wieder lehnte er sich zurück gegen die Wand. In den Schläfen spürte er, wie eine Migräne heraufzog und sich in die linke Körperhälfte verlagerte. Mitspielen oder Rausschmeißen, dachte er. Dann sagte er: »Wie können wir diesen wundervollen Projektor bauen, Corporal?«

»Sir, ich muß mich mit ein paar Mechanikern und E-Technikern zusammensetzen und ...«

»Corporal, ich entscheide, wer sich mit wem von meinen Leuten zusammensetzt. Also, jetzt werde ich Ihnen mal sagen, was Sie machen werden. Sie bringen die gesamte technische Beschreibung Ihres Projektors zu Papier und lassen Sie mir hier. Ich werde dafür sorgen, daß sie durch die geeigneten Kanäle in die richtigen Hände gelangt.«

»Sir, so einfach ist das nicht. Ich habe zwar alles in meinem

Kopf, wirklich, aber bei einer solchen Sache treten auch Mucken auf, die man erst während der Arbeit ...«

»Wir haben genügend technische Experten, die das erledigen können«, unterbrach ihn Lipari und dachte: Warum gibt er nicht auf? Ich habe ihm doch die Chance gegeben, sich glimpflich aus der Affäre zu ziehen! Male irgend etwas auf ein Stück Papier und gib es mir. Das wäre dann alles gewesen!

»Aber, Sir ...«

»Corporal! Meine Ordonnanz wird Ihnen Papier und Bleistift geben. Sie ...«

»Sir! So geht das aber nicht!«

Lipari rieb sich die Stirn. »Corporal Hulser, ich gebe Ihnen einen dienstlichen Befehl. Sie werden sich hinsetzen und die Pläne und Baubeschreibung für Ihren Projektor aufzeichnen. Sie werden das sofort tun!«

Hulser hatte einen bitteren Geschmack im Mund. Er schluckte. Und das ist dann das Letzte, was wir je von Corporal Larry Hulser hören werden, dachte er. Tony, die Lippe, würde den ganzen Ruhm ernten. Er sagte: »Sir, nachdem Sie meine Pläne eingereicht haben, was würden Sie antworten, wenn jemand Sie zum Beispiel fragen würde, wie die polaren Moleküle von ...«

»Diese Sachen werden Sie ja alle in Ihren Ausführungen darlegen. Habe ich mich klar ausgedrückt, Corporal?«

»Sir, ich würde wenigstens sechs Monate brauchen, um auf alle Eventualitäten in meinen Plänen einzugehen, die ...«

»Sie wollen Zeit schinden, Corporal!« Major Lipari stieß sich von der Wand ab und stand auf. Er dämpfte seine Stimme. »Mann, nun mal im Klartext: Sie simulieren! Das wissen Sie und das weiß ich. Sie hatten die Schnauze voll vom Krieg und wollen raus.«

Hulser schüttelte nur den Kopf.

»Aber so einfach geht das nicht, Corporal! Mann, ich habe Ihnen doch auf jede mögliche Weise gezeigt, daß ich Sie verstehen kann, daß ich auch bereit bin ...«

»Sir, ich bitte um Entschuldigung, aber ...«

»Sie haben nur zwei Möglichkeiten, Corporal Hulser: Entweder Sie legen diese Zeichnungen, Entwürfe, oder was es auch ist, auf den Tisch und beweisen, *daß* Sie eine sinnvolle Idee haben, oder Sie begeben sich zurück zu Ihrer Einheit. Meine Geduld ist jetzt zu Ende.«

»Sir, aber verste ...«

»Ich könnte Sie nach Kriegsrecht erschießen lassen.«

Lipari dachte sich: Das ist es, was er braucht – einen kräftigen Schock!

Tiefste Frustration überwältigte Hulser beinahe. Er fühlte die gleiche Wut, die ihn auch dazu gebracht hatte, Sergeant Chamberlain anzugreifen. »Major, es wissen bereits so viele Leute von meiner Idee, daß man sich vielleicht wundern dürfte, ob Sie nicht die Gans erschossen haben, die goldene Eier legt.«

Liparis Kopfschmerzen waren inzwischen fast unerträglich. Er schob sein Gesicht ganz nahe an Hulsers heran. »Ich habe auch noch andere Möglichkeiten als das Erschießungskommando, Corporal!«

Hulser starrte Lipari ebenso wütend an. »Es ist mir eingefallen, *Sir*, daß dieses Projekt dann erst ›unser‹ dann ›Ihr‹ Projekt werden würde und daß ein kleiner Corporal irgendwo auf der Strecke bleiben würde!«

Lipari schnappte nach Luft, dann stieß er hervor: »Jetzt reicht's, Hulser! Ich bringe Sie vors Kriegsgericht! Die werden Sie fertigmachen, ohne daß ich mir dabei die Hände schmutzig machen muß!«

Und damit dürfte die Sache für mich ausgestanden sein, dachte Lipari. Was für ein Tag!

Er wandte sich zur Tür des Unterstandes. »Sergeant!«

Die Tür öffnete sich und ließ die Bohnenstange Chamberlain sichtbar werden. Er betrat den Raum, nahm vor Lipari Aufstellung und grüßte. »Sir?«

»Dieser Mann ist unter Arrest, Sergeant«, sagte Lipari. »Bringen Sie ihn zurück ins Hauptquartier unter Bewachung! Dort wird er vor ein Kriegsgericht gestellt werden. Schicken Sie mir doch meine Ordonnanz beim Rausgehen!«

Chamberlain grüße. »Ja, Sir.« Er drehte sich um und nahm Hulser am Arm. »Kommen Sie, Hulser!«

Lipari wandte sich ab und holte sich von einem Regal ein Aspirin. Er hörte, wie die Tür geöffnet und geschlossen wurde. Und erst in diesem Augenblick fragte er sich, ob es möglich sei, daß dieser Schwachkopf wirklich eine brauchbare Idee haben könnte. Dann schluckte er sein Aspirin und verscheuchte diesen Gedanken. Phantastereien!

Hulser saß auf seinem eisernen Feldbett und hatte den Kopf in den Händen vergraben. Die Zellenwände waren glatte, vernietete Stahlplatten. Die Größe des Raumes betrug die Länge des Feldbettes auf der einen Seite mal der doppelten Breite der Schmalseite des Bettes. Links von ihm am Fußende des Bettes befand sich eine verriegelte Tür. Zu seiner Rechten, am anderen Ende der Zelle, stand ein tragbares Waschbecken mit einem Toilettenkübel darunter. Trotz des starken Desinfektionsmittels stank es.

Warum bringen sie es denn nicht endlich hinter sich? fragte er sich. Drei Tage in diesem Irrenhaus! Wie lange wollen die denn ...

Die Zellentüre klapperte.

Hulser blickte auf. Ein Hutzelmännlein in der Uniform eines Colonels stand auf der anderen Seite der Gitterstäbe. Er war ein kleiner Mann mit grauen Haaren, Augen wie ein neugieriger Vogel, Haut wie vertrocknetes Pergament. Im richtigen Kostüm wäre er das Abbild eines mittelalterlichen Zauberers gewesen.

Ein jugendlicher M.P.-Sergeant erschien, schloß die Tür auf und trat zur Seite. Der Colonel betrat die Zelle.

»Nun denn«, sagte er.

Hulser stand auf und grüßte.

»Brauchen Sie mich, Sir?« fragte der M.P.-Sergeant.

»Eh?« Der Colonel drehte sich um. »Ach, nein, Sergeant! Lassen Sie nur die Tür offen und ...«

»Aber, Sir ...«

»Es kann doch wohl niemand diesen Zellenblock verlassen, oder, Sergeant?«

»Natürlich nicht, Sir. Aber ...«

»Also, lassen Sie die Tür offen! Sie können gehen.«

»Ja, Sir.« Der Sergeant grüßte, schaute mißmutig und verschwand. Seine Schritte hallten auf dem Metallboden des Korridors wider.

Der Colonel wandte sich wieder Hulser zu. »Also Sie sind der junge Mann mit der brillanten Idee.«

Hulser schluckte. »Ja, Sir.«

Der Colonel sah sich in der Zelle um. »Ich bin Colonel Page aus dem Stab von General Savage. Chemische Kriegsführung.«

Hulser nickte.

»Der Adjutant des Generals schlug vor, daß ich mal herüberkomme und mich mit Ihnen unterhalte«, sagte Page. »Er dachte, daß vielleicht ein Chemiker ...«

»Page!« sagte Hulser. »Aber Sie sind doch nicht Dr. Edmond Page, der über Pseudo-Lithium gearbeitet hat?«

Auf dem Gesicht des Colonels erschien ein freudig überraschtes Lächeln. »Doch, derselbe.«

»Ich habe alles über Ihre Forschungen gelesen, was ich nur finden konnte«, sagte Hulser. »Mir ist der Gedanke gekommen, wenn Sie nur ...« Seine Stimme ließ nach.

»Sprechen Sie nur weiter!« sagte Page.

Hulser schluckte. »Also, wenn Sie von der organischen zur anorganischen Chemie weitergegangen wären ...« Er zuckte die Achseln.

»Dann hätte ich direkte chemische statt organische Reaktionen ableiten können?« fragte Page.

»Ja, Sir.«

»Dieser Gedanke ist mir leider erst gekommen, als ich schon auf dem Weg hierher war«, sagte Page. Er deutete auf das Feldbett. »Bitte, setzen Sie sich!«

Hulser ließ sich wieder auf sein Bett fallen.

Page sah sich um, quetschte sich an Hulsers Knien vorbei und setzte sich auf den Deckel des Toiletteneimers. »Nun, lassen Sie mal hören, was Ihre Idee eigentlich ist!«

Hulser starrte auf seine Handflächen.

»Ich habe mit dem General darüber gesprochen«, sagte Page. »Wir sind der Meinung, daß Sie vielleicht wissen, wovon Sie reden. Wir würden sehr dankbar sein, wenn Sie uns die Sache vollständig erklären würden.«

»Ich habe doch sowieso nichts mehr zu verlieren«, antwortete Hulser.

»Sie haben Grund, verbittert zu sein«, sagte Page. »Aber nachdem ich die Anklage gegen Sie gelesen habe, muß ich doch sagen, daß Sie zum Teil auch selbst schuld an Ihrer gegenwärtigen Lage sind.« Er schaute auf seine Armbanduhr. »Also erzählen Sie mir genau, wie Sie vorhaben, eine Munitionsladung aus der Entfernung zu sprengen – dieser Projektor, von dem Sie gesprochen haben!«

Hulser holte tief Luft. Er ist Chemiker, dachte er. Vielleicht kann ich ihn überzeugen. Er schaute Page an und begann mit seinen Ausführungen.

Der Colonel unterbrach ihn gleich zu Anfang. »Aber es sind ungeheure Energiemengen nötig um die Umwandlung der Atom ...«

»Ich spreche nicht von der Umwandlung der Atomstruktur im eigentlichen Sinn, Sir. Verstehen Sie nicht? Ich schaffe nur die künstlichen Bedingungen, *als ob* ein Katalysator vorhanden wäre. Ein Pseudo-Katalysator. Dieser holt aus den statischen Mischungen Substanzen heraus, die bereits vorhanden sind: ionisierten Wasserstoff aus der Feuchtigkeit – Fluor aus den gegebenen Komponenten im Fall von Trinox, weißen Phosphor aus Ditrat, Stickstoffoxide und rhombischen Schwefel aus ganz gewöhnlichem Schießpulver.«

Page leckte sich die Lippen. »Aber warum glauben Sie, daß in einem anorganischen System das Vorhandensein eines Pseudo-Katalysators ...« Er schüttelte den Kopf. »Natürlich! Wie blöd von mir! Als erstes erhält man eine polare Reaktion – genau wie ich es beim Pseudo-Lithium gemacht habe. Und das wäre der erste Schritt zu ...« Seine Augen wurden groß und fixierten Hulser. »Mein lieber Junge, ich glaube, Sie haben ein völlig neues Feld in der Anorganischen Chemie erschlossen!«

»Können Sie mir folgen, Sir?«

»Aber natürlich!« Page sprang auf. »Sie würden ein künstliches Radikal mit unstabilem Perimeter hervorbringen. Die Anwesenheit der kleinsten Feuchtigkeit in diesem Perimeter ergibt ionisierten Wasserstoff und ...« – er klatschte wie ein kleiner Junge vor Freude in die Hände – »zisch-bum-ah!«

Hulser lächelte.

Page schaute auf ihn herab. »Corporal, ich glaube, Ihr Projektor könnte funktionieren. Ich muß zugeben, daß ich von Feldgitternetzen und dem elektronischen Kram nicht viel verstehe; aber davon haben Sie ja offensichtlich Ahnung.«

»Ja, Sir.«

»Wie sind Sie bloß darauf gekommen?« fragte Page.

»Ich habe über den Gittereffekt in unseren Lebens-Detektor-Systemen nachgedacht, und da stand alles plötzlich vor mir: die vollständige Idee!«

Page nickte. »Es war eine dieser Sachen, die unter der Oberfläche schlummern, bis alle Umstände genau passen.« Page quetschte sich wieder an Hulsers Knien vorbei. »Nein, nein. Bleiben Sie ruhig sitzen! Ich werde sofort eine Besprechung mit Colonel Allenby von der L.D.-Abteilung einberufen und noch jemand mit mehr Ahnung von der technischen Seite hinzuziehen – wahrscheinlich Captain Stevens.« Er nickte. »Also, Corporal, bleiben Sie ruhig hier, bis ...« Er schaute sich in der Zelle um und brach in ein verlegenes Lachen aus. »Keine Angst, junger Mann. Wir haben Sie in ein paar Stunden hier raus.«

Im Rückblick erschienen Hulser die ersten fünf Wochen der Anfangsphase des Projektes »Operation Großer Knall« als eine Zeit größter Hektik und ziemlich unwirklich. Das Corps hatte den Befehl erteilt, daß das Projekt in General Savages Sperrgebiet entwickelt werden sollte, nachdem es ein paar vorläufige Entwürfe geprüft hatte. Die Überlegungen gingen dahin, daß so nahe an der Front das Sicherheitsrisiko kleiner sein würde und daß die riesigen Weiten des Sperrbezirks besonders geeignet erschienen für ein Erprobungsfeld, da hier keine Gegenstände vorhanden waren, die auf mysteriöse Weise in die Luft fliegen konnten und damit eine Reihe unnötiger Fragen heraufbeschwören würden.

Aber Corps traf noch einige zusätzliche Sicherheitsmaßnahmen und ließ das ganze Gebiet mit Spezialeinheiten der Militärpolizei absperren. Es wurden Aufnahmespezialisten hinzugezogen, die alles bei diesem Projekt kopierten, damit es in die Staaten geschickt werden konnte.

Sie wählten eine weite Ebene, weit entfernt von den eigenen

Munitionsdepots, für den entscheidenden Test. Es war ein öder, windiger Ort: graue Felsen ragten aus dem gefrorenen Boden hervor. Die lange, schwarze Kabelschlange führte von dem Testbunker hinaus in die Ferne.

Ein ›Wiesel‹ brachte Hulser und Page zur Erprobungsstätte. Die Kiste mit dem Projektor stand auf dem Sitz des kleinen Amphibienfahrzeugs zwischen ihnen. Sie war ein grauer Behälter, sechzig mal einhundertzwanzig Zentimeter, aus dessen einem Ende eine Glasröhre herausragte. In der Mitte des anderen Endes befand sich die elektrische Verbindung, versiegelt und mit einem roten ›Nicht einstecken‹-Aufkleber versehen. Auf dem Schwebepunkt sah man an der Längsseite ein Gewinde für ein Stativ.

Der Morgen war kalt und klar, die Luft beißend. Der Himmel leuchtete kobaltblau, als ob er glasiert wäre.

Zu dem Test waren etwa fünfzig Leute zusammengekommen. Sie hatten sich nebeneinander im Bunker aufgereiht. Dieser hatte an der Längsseite einen großen Schlitz. Fast genau in der Mitte stand vor der Öffnung ein leeres Stativ. Auf jeder Seite saßen Techniker mit Aufnahmegeräten. Dünne, schwarze Drähte führten von ihnen hinaus zu einem ebenholzschwarzen Hügel, der sich etwa eine Meile weit von dem Bunker entfernt befand.

General Savage war bereits an Ort und Stelle und sprach mit einem Fremden, der an diesem Morgen unter eindrucksvollem Geleitschutz eingeflogen war. Er hatte Zivilkleidung getragen. Jetzt war er mit einer Armeeparka und Überhosen bekleidet. Er sah weder wie ein Zivilist aus, noch benahm er sich so. Außerdem fiel auf, daß General Savage ihn mit ›Sir‹ ansprach.

Der General war ein barscher, untersetzter Mann mit der arroganten Zuversicht eines Menschen, der sich seiner eigenen Fähigkeiten voll bewußt ist. Sein Gesicht ähnelte mit der breiten Nase und dem viereckigen Unterkiefer dem einer Bulldogge. In der Arbeitsuniform ohne Abzeichen hätte man ihn jederzeit für einen Sergeant gehalten. Er hatte genau das Aussehen, das man von einem rauhbeinigen, langjährigen Sergeant erwartete. General Savages Leute nannten ihn ›Tarzan‹; er pflegte auch splitterfasernackt im Schnee bei Temperaturen unter Null Grad zu baden.

Sicherheitsleute mit weißen Helmen bewachten das Innere des Bunkers. Hulser bemerkte, daß keiner von ihnen Seitenwaffen oder andere Waffen außer Bajonettklingen, die sie aber in der Hand hielten, trug. Hulser kam der Gedanke, daß es ihn überhaupt nicht gewundert hätte, wären sie nur mit Armbrüsten bewaffnet gewesen.

General Savage winkte Page zu, als der Colonel und Hulser den Raum betraten. Colonel Page erwiderte die Handbewegung und blieb vor einem bartlosen Lieutenant in der Nähe des Stativs stehen.

»Lieutenant«, fragte Page, »sind alle explosiven Materialien mit Ausnahme des Testhaufens aus diesem Gebiet entfernt worden?«

Der Lieutenant wurde so steif wie ein Ladestock, grüßte und meldete: »Ja, Sir, Colonel!«

Page nahm eine Zigarette aus seiner Tasche. »Würden Sie mir, bitte, Ihr Feuerzeug einen Augenblick überlassen, Lieutenant?«

»Natürlich, Sir.« Der Lieutenant fummelte in einer Tasche und holte ein Chromfeuerzeug heraus, das er Page reichte.

Colonel Page nahm das Feuerzeug in die Hand, sah es einen Augenblick lang an und warf Feuerzeug samt Zigarette hinaus in den Schnee. Das Feuerzeug landete in einer Entfernung von etwa achtzehn Metern.

Der Lieutenant wurde erst blaß dann rot.

Der Colonel sagte: »Jedes Feuerzeug, jedes Streichholz. Und überprüfen Sie jeden Mann, ob er die Spezialtabletten vor wenigstens vier Stunden eingenommen hat. Wir können wirklich keine *innere* Verbrennung brauchen, wenn es sich nicht um einen Motor handelt.«

Der Lieutenant schaute ganz verzweifelt aus. »Ja, Sir.«

»Und, Lieutenant, sagen Sie dem Fahrer des letzten Wiesels, er soll warten, um das Zeug, das Sie einsammeln, aus dem Gebiet wegzuschaffen.«

»Ja, Sir.« Der Lieutenant machte, daß er wegkam.

Page wandte sich wieder Hulser zu, der den Projektor auf das Stativ geschraubt hatte und nun danebenstand.

»Es ist alles bereit, Sir«, sagte Hulser. »Soll ich jetzt das Kabel anschließen?«

»Was meinen Sie?« fragte Page.

»Es gibt nichts, was wir noch besser machen könnten.«

»Okay. Dann schließen Sie an und halten Sie sich in Bereitschaft, mit dem Drücker in der Hand.«

Hulser machte kehrt, um den Befehl auszuführen. Jetzt, als der entscheidende Augenblick des Tests da war, fühlte er wie seine Knie anfingen zu zittern. Er war sich sicher, daß jeder seine Nervosität bemerkte.

Eine gespannte Stille legte sich auf die Männer im Bunker.

General Savage und sein Besucher traten heran. Der General erklärte die Theorie des Projektors. Sein Besucher nickte.

Bei näherem Hinsehen erweckte der Mann den gleichen Eindruck von Fähigkeit, den der General ausstrahlte – nur noch stärker. Seine Backenknochen waren wie zwei Bergrücken aus gebräuntem Fels unter den tiefliegenden Augenhöhlen mit den dunklen, durchdringenden Augen.

General Savage zeigte auf den dunklen Berg explosiven Materials in der Ferne. »Wir haben dort zusammen mit den Explosivstoffen Instrumente eingebaut, Sir. Die Drähte verbinden sie mit unseren Aufnahmegeräten hier im Bunker. Wir haben verschiedene Arten von explosiven Stoffen für den Test ausgewählt, darunter Kerosin, Benzin und Maschinenöl. Alles, was wir finden konnten, außer Atomwaffen. Aber wenn diese Dinger hochgehen, wissen wir, daß der Projektor auch bei Atomwaffen funktioniert.«

Der Besucher sprach; seine Stimme klang wie ein Stock, den man über Kieselsteine schleift. »Man hat mir erklärt, daß der Projektor – wenn die Theorie stimmt – auch bei Petroleum und Kohle wirkt.«

»Stimmt, Sir«, antwortete Savage. »Er müßte auch Kohle entzünden. Wir haben ein paar Stück in einem Sack auf der Seite. Sie können ihn jetzt wegen des Schnees nicht sehen. Aber unsere Instrumente werden anzeigen, welche Stoffe beeinflußt werden...« – er warf Hulser einen Blick zu – »wenn überhaupt.«

Colonel Page hatte seine Inspektion der Aufnahmegeräte beendet.

Savage wandte sich an den Colonel. »Sind wir soweit, Ed?«

»Ja, General.« Er schaute Hulser an und nickte. »Also los, Larry. Saft!«

Hulser drückte auf den Schalter in seiner Hand, schloß unwillkürlich die Augen, riß sie wieder auf und starrte auf die Sprengladung in der Ferne.

Aus dem Projektor kam ein tiefes Summen.

Page sagte zum General: »Es dauert einen Moment bis der Effekt ...«

Gerade als er sagen wollte ›eintritt‹, ging der Berg aus explosiven Stoffen *hoch* mit einem ungeheuren Donnern und Dröhnen. Colonel Page starrte mit offenem Mund auf die Explosion; seine Lippen formten gerade das ›ei‹.

Dampf und Staub verhüllten die Stelle, wo vorher der Berg gewesen war.

Hinter Hulser erklang die Kieselstimme des Besuchers: »Muß schon sagen, General, das war eine Schießübung; und ich meine *Schieß*übung!«

»Das haben wir befürchtet, Sir«, antwortete Savage. »Aber da können wir jetzt nichts mehr ändern.« Er klang bitter.

Hulser war über die Bitterkeit in den Stimmen der beiden Männer sehr betroffen. Er drehte sich um und bemerkte, daß der Lieutenant, den Page wegen des Feuerzeugs angepfiffen hatte, blaß vor Schrecken, eine brennende Brusttasche zu löschen versuchte. Die Männer in seiner Umgebung lachten und kamen ihm zu Hilfe.

Page war die Reihe der Aufnahmegeräte eilig entlanggelaufen und kontrollierte jedes einzelne.

Plötzlich ging Hulser die Bedeutung des Verhaltens des Lieutenants auf. *Streichhölzer! Der Mann hatte nach dem Verlust seines Feuerzeugs die Streichhölzer in seiner Brusttasche vergessen.* Hulser sah zu der Stelle hin, wo der Colonel das Feuerzeug hingeworfen hatte. Im Schnee war nur ein schwarzer Fleck.

Page kam von seiner Kontrolle der Geräte zurück. »Wir können wegen der Kohle nicht ganz sicher sein; aber soweit wir feststellen können, ist alles andere in dem Haufen entzündet worden.« Er legte einen Arm um Hulsers Schulter. »Dieses junge Genie hat den Krieg für uns gewonnen.«

Der (Zivilist?) schnaubte verächtlich.

Savage drehte sich um und warf Hulser einen grollenden Blick zu.

Aber Hulser starrte hinaus auf den Krater, den die Explosion aufgerissen hatte; sein Gesicht leuchtete vor Freude.

Die Techniker verteilten sich jetzt über das Gelände und suchten vorsichtig nach nichtgezündeten Teilen.

Der General und sein Besucher wechselten einen Blick, der alles und nichts bedeuten konnte.

Savage gab seinem Funker das Zeichen, die Transportfahrzeuge zu rufen.

Kurz darauf donnerte eine Abteilung ›Wiesel‹ auf das Testgelände.

Savage nahm Hulser mit festem Griff am Arm. »Sie kommen wohl besser mit uns! Sie sind nun ein äußerst wertvolles Stück Regierungseigentum.«

Hulser mußte wieder an die merkwürdige Unterhaltung zwischen Savage und dem Besucher nach der Explosion denken; ferner berührte ihn die merkwürdige Traurigkeit in der Stimme des Generals. Hing er denn so am Krieg? Tat es ihm so leid, daß er zu Ende war? Aber, wenn er den General betrachtete, schien diese Annahme nicht zu stimmen.

Sie rasten über die Eiswüste auf den Fliegerhorst zu. Hulser fühlte sich zwischen dem General und dem Besucher nicht sehr gemütlich. Offensichtlich wollte niemand über das, was eben passiert war, sprechen. Hulser bedrückte es, daß in seiner Umgebung nichts von gehobener Stimmung zu spüren war. Er betrachtete das Genick des Fahrers; aber das gab ihm auch keinen Aufschluß.

Sie gingen in das Büro des Generals, einen ovalen Raum ohne Fenster. Die Wände waren von Landkarten bedeckt. Eine niedrige Holzwand trennte zwei leere Tische von einem anderen Teil des Raums, in dem drei Schreibtische standen, von denen einer etwas gesondert stand. Sie gingen zu dem separaten Schreibtisch.

Savage zeigte auf seinen Besucher. »Dies ist Mr. Sladen.« Vor dem ›Mr.‹ zögerte er einen Augenblick lang.

Hulser unterdrückte das Verlangen, die Hand an die Mütze zu legen, und gab die Hand. Der andere Mann hatte einen harten Griff für seine schwielenlose Hand.

Sladens schnarrender Bariton klang barsch und befehlend. »Weisen Sie ihn ein, General! Ich werde inzwischen meine Leute und einige Sachen zusammenholen. Wir müssen gleich aufbrechen.«

Savage nickte. »Danke, Sir. Ich werde sofort anfangen.«

Sladen warf Hulser einen forschenden Blick zu. »Stellen Sie sicher, daß er die volle Tragweite von dem erfaßt, was eben passiert ist. Ich glaube kaum, daß er darüber nachgedacht hat.«

»Ja, Sir.«

Sladen ging hinaus.

Hulser fühlte, wie ihm das Herz merkwürdig schwer wurde.

Savage sagte: »Ich bin nicht rangwütig, Hulser, außerdem haben wir nicht viel Zeit. Lassen wir die militärischen Formalitäten für ein paar Minuten.«

Hulser nickte, ohne ein Wort zu sagen.

»Ist Ihnen klar, was vorhin geschehen ist?« fragte Savage.

»Ja, Sir. Aber, was ich nicht kapiere, ist, keiner von Ihnen scheint darüber froh zu sein, daß wir jetzt die Oberhand gewonnen haben und diesen Krieg gewinnen können. Es ist ...«

»Es ist keineswegs sicher, daß wir die Oberhand haben.« Savage setzte sich hinter seinen Schreibtisch und ergriff ein kleines Buch, das in rotes Leder gebunden war.

»Sie meinen, der Feind ...«

»Kluge Ideen wie Ihre scheinen in der Luft zu liegen, Hulser. Vielleicht haben die anderen sie auch schon gehabt oder arbeiten zumindest daran. Wenn es nicht so wäre, hätte ich dafür gesorgt, daß Ihr Geistesblitz nie das Tageslicht erblickt hätte. Es scheint so zu sein, daß die Menschen, sobald ihnen klargeworden ist, daß etwas machbar ist, nicht eher zufrieden sind, bis es auch ausgeführt ist.«

»Gibt es irgendwelche Anzeichen, daß der Feind ...«

»Nein. Aber *er* hat schließlich auch keinerlei Hinweis auf *unsere* neuen Waffen – hoffe ich. Der Punkt ist: Wir haben sie und werden sie auch einsetzen. Wahrscheinlich werden wir den Feind überwältigt haben, ehe er irgend etwas dagegen tun kann. Das wäre dann das Ende *dieses* Krieges.«

»Aber wenn Sprengstoffe überflüssig sind, bedeutet das doch ein Ende aller Kriege«, protestierte Hulser. »Das ist doch mein eigentliches Anliegen.«

Der General lächelte. »Nichts, mein gescheiter, junger Freund, hat bisher Kriege verhindern können! Wenn dieser vorbei ist, ist es bis zum nächsten lediglich eine Frage der Zeit. In dem werden dann beide Seiten Ihren Projektor einsetzen.«

»Aber, Sir ...«

»Also schön, dann wird der nächste Krieg eben mit Kavallerie, Schwertern, Armbrüsten und Lanzen ausgetragen«, sagte Savage. »Und es wird andere kleinere *Verbesserungen* geben!« Er knallte das rote Buch auf seinen Schreibtisch und stand auf. »Ausschaltung von Explosionswaffen macht Spionage, Gifte, Giftgas, bakteriologische Kriegsführung – all das – um so notwendiger.«

»Wie können Sie ...«

»Verstehen Sie denn nicht, Hulser? Sie haben den militärischen Gebrauch von Sprengsätzen unmöglich gemacht. Das bezieht sich auch auf Benzin. Der Verbrennungsmotor ist vorbei. Das gilt auch für Jet-Treibstoff. Flugzeuge kann man vergessen. Das heißt auch Schießpulver. Alles, von der kleinsten Handfeuerwaffe bis zur größten Kanone kann man wegwerfen!«

»Ja, sicher, aber ...«

»Aber wir haben Alternativen, Hulser. Wir haben die Waffen, die schon König Arthur verwendete, und wir haben ein paar *moderne* Zusätze: Giftgase, Armbrustpfeile in Curare getaucht, Viren und Bakterien ganz besonderer Art ...«

»Aber die Genfer Konvention ...«

»Über die Genfer Konvention können Sie ein Ei hauen! Und genau das wird mit ihr passieren, sobald sich eine genügend große Anzahl von Leuten findet, die sich dafür entscheidet, die Konvention zu ignorieren!« General Savage schlug mit der Faust auf den Tisch. »Kapieren Sie doch endlich! Gewalt ist ein Teil des menschlichen Lebens! Die Machtgier ist ein Teil menschlichen Lebens! Solange Menschen nach der Macht streben, werden sie alle Mittel einsetzen, sie zu erlangen – faire oder unfaire! Friedlich oder anders!«

»Ich glaube, Sie sind ein Pessimist, Sir.«

»Vielleicht bin ich einer. *Hoffentlich!* Aber ich komme aus einer Familie mit einer langen Ahnenreihe von Militärs. Wir haben Dinge gesehen, die uns zu Pessimisten gemacht haben.«

»Aber der Druck der Friedensbewegungen ...«

»Ist bis jetzt nicht stark genug gewesen, um Kriege zu verhindern, Hulser.« Der General schüttelte den Kopf. »Ich werde Ihnen etwas erzählen, mein junger Freund: Als ich zum ersten Mal den Hinweis auf Ihr Projekt in Ihrer Anklageschrift las, hatte ich das scheußliche Gefühl, das man hat, wenn man zum dritten Mal zu Boden geht. Ich hoffte wider besseres Wissen, daß Sie sich irrten; aber ich konnte es mir nicht leisten, der Sache *nicht* auf den Grund zu gehen. Ich hoffte, daß Major Lipari und Sergeant Chamberlain Sie bereits bestimmt hatten für ...«

Der General hielt inne und schaute Hulser an. »Das ist ein anderes Hühnchen, das ich noch mit Ihnen zu rupfen habe! Ihr Verhalten diesen beiden hervorragenden Soldaten gegenüber war einfach kindisch! Wenn wir nicht Leute wie die Liparis und Chamberlains hätten, würden Sie jeden Morgen von Ihrem örtlichen Sklavenaufseher dreißig Peitschenhiebe einstecken!«

»Aber, Sir ...«

»Lassen Sie das alberne ›Aber, Sir‹, Hulser! Wenn wir Zeit hätten, würde ich darauf bestehen, daß Sie sich bei beiden persönlich entschuldigen!«

Hulser errötete und schüttelte den Kopf. »Das verstehe ich nicht. Ich weiß nur, daß ich mir ganz sicher war, meine Erfindung würde funktionieren, und daß Lipari und Chamberlain sie nicht kapierten. Und ich wußte, daß, wenn ich getötet werde oder meine Erfindung nicht entwickelt würde, der Feind sie zuerst haben könnte.«

Savage lehnte sich auf seinem Stuhl zurück und bedeckte die Augen mit der Hand. »Sie hatten natürlich recht. Es ist ja nur, weil Sie das System unterlaufen haben und Sie nicht der richtige Typ sind, das System zu unterlaufen. Jemand wie Sie fällt dabei gewöhnlich auf die Schnauze.«

Hulser seufzte.

»Sie sind jetzt ein wertvolles Stück, mein Junge. Also haben Sie nicht mit sich selbst Mitleid. Sie werden nach Hause geschickt und können dabei sein, wenn Ihre Frau das Kind bekommt.«

Hulser schaute überrascht auf.

»Ja, ja! Wir wissen über Sie Bescheid«, sagte Savage. »Wir glaubten zuerst, Sie wollten sich bloß drücken, um zu ihr nach Hause zu kommen.« Er zuckte die Achseln. »Sie werden es wahrscheinlich ziemlich leicht haben ab jetzt. Man wird Sie bewachen und in Watte packen. Man wird von Ihnen einen neuen *Geniestreich* erwarten! Der Himmel allein weiß es, vielleicht *sind* Sie ein Genie.«

»Warten Sie nur ab, Sir. Ich glaube immer noch, daß es ein Ende aller Kriege bedeutet.«

Der General schaute plötzlich sehr nachdenklich. »Hulser, ein vollkommen unterschätzter und höchst verachteter Schriftsteller – jedenfalls in einigen Kreisen – hat einmal gesagt: ›Nichts ist schwieriger zu beginnen, nichts gefährlicher durchzuführen und nichts unsicherer, Erfolg zu haben, als die Führung zu übernehmen bei der Einführung einer neuen Ordnung.‹ Das ist eine sehr tiefgehende Aussage, Hulser. Und Sie stehen da, weit vorne vor allen anderen mit ›einer neuen Ordnung‹. Ich hoffe um des Kindes willen, das Sie haben werden – um aller Kinder willen –, daß wir nie wieder Krieg haben werden.« Er zuckte die Achseln. »Aber ich glaube nicht, daß ...«

Sladen kam zurück ins Büro. »Unsere Luftsicherung ist in Bereitschaft, General. Wir müssen ihn so mitnehmen, wie er ist. Schicken Sie doch seine Sachen nach!«

»Sicher, Sir.« Savage richtete sich auf, streckte seine rechte Hand aus und schüttelte die von Hulser. »Viel Glück, Hulser! Nehmen Sie sich das, was ich Ihnen gesagt habe, zu Herzen! Es ist die bittere Wahrheit, mit der wir Krieger leben müssen. Sie haben mit Ihrer brillanten Idee den Kern des Problems nicht vernichtet. Sie haben lediglich eines der Symptome bekämpft.«

Mit der linken Hand holte Savage aus seinem Schreibtisch das rote Buch. »Hier ist ein Geschenk für das Kind, das Sie haben werden.« Er drückte das Buch Hulser in die Hand. »Die nächste Generation wird dieses Buch verstehen müssen.«

Hulser hatte gerade noch Zeit »Danke, Sir« zu sagen, ehe ihn Sladen durch die Tür geschoben hatte.

Erst als das Flugzeug in Richtung Süden schwebte, hatte Hulser die Gelegenheit, das Buch näher anzusehen. Dann hielt er es mit beiden Händen fest umklammert und starrte hinaus auf das Wolkenmeer. Das Buch war eine unbereinigte, nur in begrenzter Auflage erschienene Ausgabe der Werke Niccolò Machiavellis, dem Meister von Verrat und Tücke.

Originaltitel: »Cease Fire«
Copyright © 1958 by Street & Smith Publications, Inc.;
mit freundlicher Genehmigung des Autors
Aus dem Amerikanischen übersetzt von Edda Petri

Karl Michael Armer

Geboren 1950 in Aschbusch im Landkreis Eichstätt in Bayern. Studium der Betriebswirtschaftslehre, Psychologie und Soziologie in Würzburg; Abschluß als Diplom-Kaufmann. Danach einige Jahre in großen Werbeagenturen in München tätig. Seit 1980 freiberuflicher Werbetexter. Lebt in einem kleinen Dorf bei Landsberg am Lech.

Armer schreibt seit 1977 SF-Erzählungen, allerdings - da vom Hauptberuf zeitlich sehr vereinnahmt - nur sehr selten. Bisher sechs Stories, aber fast alle wurden in andere Sprachen übersetzt, bisher ins Französische, Schwedische und Englische. Zwei der Geschichten wurden im Rundfunk gesendet. Die vorliegende Erzählung gewann einen Literaturwettbewerb des Luchterhand Verlags zum Thema »Wie werden wir leben?« (Wobei das Schönste daran nicht der Preis war, sondern der Beweis, daß die oft als trivial abgetane Science Fiction auch bei Anlegung kritischer, allgemein-literarischer Maßstäbe durchaus mithalten kann.) Eine in Deutschland bisher unveröffentlichte Story erschien in den USA in einer Anthologie bei DAW Books; vor kurzem die erste Anthologie in Zusammenarbeit mit Wolfgang Jeschke:

»Die Fußangeln der Zeit. Die schönsten Zeitreise-Geschichten. Erster Teil«. Darüber hinaus verfaßte er journalistische Beiträge für verschiedene Publikums- und Fachzeitschriften. Sein besonderes Interesse gilt der Literatur, der Musik, dem Kino, der Architektur, dem Design und allem Visuellen. Einige Foto-Veröffentlichungen erschienen in Zeitschriften und auf Schallplatten-Covers. Ausgedehnte Reisen bis nach Neuseeland. Weitere Wünsche für irgendwann: einen Bildband machen, ein Drehbuch schreiben, eine Reise durch die Wüste und eine Reise nach Japan.

Veröffentlichungen:

Mit beiden Beinen fest auf der Erde
in: »Die große Uhr«, hrsg. von Wolfgang Jeschke, Heyne, München 1977;
in: »Demain l'Allemagne«, hrsg. von Jörg Weigand, Opta, Paris 1980;
in: »Piloten durch Zeit und Raum«, hrsg. von Roland Hahn, Ensslin, Reutlingen 1983.

Wissenswertes über BCO Geräte. Eine kleine Informations-Broschüre für Interessenten und qualifizierte Meinungsbildner, mit freundlicher Empfehlung überreicht von der Biotec Corporation
in: »Vorgriff auf morgen«, hrsg. von Jörg Weigand, dtv, München 1981;
in: »Science Fiction Nytt«, hrsg. von Sam Lundwall, Bromma 1981;
gesendet von RIAS Berlin 1982 (40 Minuten).

Es ist kein Erdbeben, Ihnen zittern nur die Knie
in: »Gemischte Gefühle«, hrsg. von Ronald M. Hahn, Moewig, München 1981.

Die Eingeborenen des Betondschungels
in: »Der Aufstand der Radfahrer«, hrsg. von Ann Anders, Luchterhand, Darmstadt 1982;
in »No Future«, hrsg. von M. Nagula/M. Riepe, Sphinx, Basel 1982;
gesendet von RIAS Berlin 1984 (1 Stunde).

It's all over now, Baby Blue
in: »Die Träume des Saturn«, hrsg. von Jörg Weigand, Arena, Würzburg 1982.

Across The Universe, Shoobeedoowah!
in: »Terra SF II«, hrsg. von Richard D. Nolane, DAW, New York 1983;
in: »Jules Verne Magasinet«, hrsg. von Sam Lundwall, Bromma 1984.

KARL MICHAEL ARMER

Die Eingeborenen des Betondschungels

Neon

Die Plaza liegt wie ausgestorben im Mondschein. In den Regenpfützen auf den Betonplatten spiegelt sich die Neonreklame des Supermarktes. Es ist naß und kalt. Das Licht hat die kalkige Unwirklichkeit einer nächtlichen Fata Morgana. Tiefe Schatten hocken in den Arkaden des Einkaufszentrums, das die Plaza auf allen Seiten umschließt.

Foxx steht in der Mitte des Platzes und wartet. Er bewegt sich nicht. Auf seinem feuchten Ledermantel blinkt das Neonlicht. Blau, rot. Blau, rot. Unter der kohlschwarzen Sonnenbrille wirkt sein Gesicht bleich und entrückt. Im hellen Licht des Vollmonds wirft er einen harten Schatten.

Ein de Chirico-Tableau aus Beton, Neon-Nacht und Schweigen. Kalt und gemein. Es gefällt mir. Es ist unsere Bühne.

Ah, es hätte einen hervorragenden Film gegeben. Take one: Die Hochhäuser von Neu-Perching aus der Luft. 60 000 schlafende Menschenameisen in ihrer Betonsiedlung. In wenigen Fenstern sieht man noch fernsehblaues Licht. Zoom auf die Plaza. Ertrunkene Neonflashs in den Pfützen. Klinisches, kaltes Röhrenlicht flutet aus den Schaufenstern des Supermarktes. Drinnen sind Waschmitteltrommeln aufeinandergetürmt wie Opfergaben für einen unbegreiflichen Gott. Schwenk auf die stille Gestalt im Blau-rot-Blau-rot-Mantel. Foxx, mein Vize. Heute nacht sieht er älter aus als siebzehn.

Und dann in der Stille das GERÄUSCH. Sie kommen aus den Schatten und kreisen Foxx ein. Die Zombies. Weißgeschminkte Gesichter, gespreizte Finger, rituelles Grunzen. Die Nacht der lebenden Toten. Aber ihr Opfer ist nicht wehrlos.

Ich schnippe mit den Fingern. Unsere Kampfgruppe löst sich aus der Deckung.

»Die Neon Gang«, sagt der Oberzombie mit fast einem Anflug von Emotion.

Wir begrüßen sie, indem wir unsere asiatischen Kampfhölzer schwenken. Foxx zieht langsam eine chemische Keule aus dem Mantel.

Wir verschwenden keine Zeit.

»Action«, sage ich.

Der Bandenkrieg beginnt. Schnelle Schritte vorwärts. Die Kampfhölzer sausen herab, mit gnadenloser Präzision, wie 1000-mal durchexerziert. Ketten klirren auf den Beton, Gestalten taumeln zurück, die Zombies schreien. Nieder saust das Kampfholz. Unter dem Aufprall sieht ein Gesicht aus wie eine zerspringende Glasscheibe.

Crash! Der Adrenalinstoß! Oh die Schönheit der Gewalt. Wir mähen sie nieder. Tritt in die Magengrube, Schlag ins Genick, der Nächste. Wunderbar, präzis, elegant. Das blau-rote Kampfballett der Peking-Oper. Aber mit echtem Blut. Crash! Ein schlaffes Gesicht in der Pfütze. Wir sind gut. Wir sind unbesiegbar. Ja, Ja. Da! Crash! Hahaha. Die Neon Gang schlägt zu. Im Farbenspiel der Leuchtreklame vernichten wir die Zombies.

Als das weiße Wabern im Gehirn vorbei ist, liegen sie da. 10 lausige Zombies, die glaubten, sie könnten den glorreichen Fünf von der Neon Gang an die Jacke gehen. Diese hirnlosen Witzfiguren. Jeder weiß, daß wir unter den Gangs in Neu-Perching die Nr. 1 sind.

Plastic Spastic tritt noch ein bißchen auf ihnen herum, dann bringen wir unsere ledernen Kampfanzüge wieder in Ordnung. Das ist das Wichtigste.

»Wir waren gut.« Foxx setzt seine Sonnenbrille wieder auf. »Ein glasklarer DZ.«

»Megavolt!« stimmt Siegfried mit einem amüsierten Lächeln zu. »Der Denkzettel des Jahres.« Er zupft seine Handschuhe zurecht und ordnet sorgfältig sein blondes Haar. »Und jetzt, David?«

Er versucht es immer wieder. Ich reagiere nicht darauf. Mit

einem Taschenspiegel überprüfe ich mein Make-up, ziehe mit einem *Unisex dark blue metallic* die Konturen nach.

»Und jetzt, 1?« fragt Siegfried wieder. Schon besser.

»Strafaktion gegen den Zombie-Anführer«, sage ich.

Godzilla leckt sich die Lippen. Er ist wirklich der totale Gewalt-Freak. Mir liegt nicht viel an der Bestrafung. Aber es gehört zum Ritual.

Wir holen uns die Nr. 1 der Zombies und schlagen ihn systematisch kaputt. Genau nach dem Anatomiebuch. Ganz wissenschaftlich. Er wird ein Jahr brauchen, bis er wieder laufen kann.

Dann werfen wir ihn in den Zierbrunnen im Zentrum der Plaza. Morgen früh wird er die Clementinen beim Einkaufen erschrecken. Aber heute nacht sieht ihn nur noch der Mond, wie er reglos in einem Tümpel voll Neonblut liegt.

Bunker

Zum 2880. Mal schiebe ich an diesem Tag das Plastikelement unter die Formpresse. Das tonnenschwere Ding saust runter wie die Faust von King Kong, macht ein schmatzendes Geräusch und spuckt ein komisch geformtes Ding mit Löchern und Buckeln aus.

Ich nehme das Plastikding und werfe es auf eine Plastikrutsche, über die es in einen Plastikkorb rutscht. Wieder einmal denke ich: Godzilla, du Idiot, über eine Million von diesen Dingern hast du jetzt schon gemacht, und du weißt immer noch nicht, wozu man sie eigentlich braucht. Wahrscheinlich werden sie in einem Plastikkaufhaus an Plastikmenschen verkauft.

8 Stunden lang habe ich diesen Quatsch produziert. Alle 10 Sekunden wumm/schmatz. Macht 6 pro Minute, 360 pro Stunde, 2880 pro Tag. 2880mal Wummschmatzplastik. Manchmal meine ich, mein Hirn ist auch aus Plastik.

Die Schicht ist vorbei. Die Neonbeleuchtung wird zurückgeschaltet. Im Umkleideraum flackert eine der Leuchtstoffröhren. Ich nehme die firmeneigene Rolltreppe in den U-Bahnhof. Blecherne Lautsprecherstimmen. Verspätung. Störung im Energienetz. Bitten um Geduld. Endlich ist der Zug da. Die Tür fällt zu, wumm/schmatz. Es ist voll und stickig. Titelseiten posaunen die neuesten Krisen aus. *Kein Strom im nächsten Winter? Koreakonflikt spitzt sich zu.* BANDENKRIEG IM STADION: VIELE TOTE!

O Mann.

Die Hitze bringt mich noch um. Und die Langeweile. Jeder glotzt vor sich hin. Ausgelutschte, abgeschlaffte Typen. 30 Seiten Verkaufsstrategie getippt. 150 Meter Regalreihen aufgefüllt. 2880mal wumm/schmatz gemacht. Ich schau mir die Werbung an. *Warum kommen Sie nicht zur Polizei? Unser Staat braucht Männer wie Sie!* Ein uniformierter Strahlemann sitzt auf 'ner 1200er BMW, ganz lässiges Grinsen und mir gehört die Welt. Militarian Gigolo. Ein Mann für gewisse Stunden, hehe.

Wär eigentlich auch was für mich. GODZILLA IM EINSATZ. Mal so richtig durchgreifen, zack bumm! Eine Respektsperson mit 'nem sicheren Gehalt. Vielleicht würden die mich sogar nehmen. Ich bin zwar nicht der Hellste, aber ich bin auch nicht doof, nur weil mich meine Alten aus der Schule genommen haben, damit ich Knete ranschaffe.

Wumm/schmatz. Neu-Perching, alles raus! Großes Geschiebe und Gedränge. Widerlich, wie man sich hier auf den Pelz rückt. Einer haut mir den Ellbogen vor die Brust, ich tret ihm in die Kniekehle. Er fällt hin. Die anderen trampeln über ihn hinweg, und ich fühle mich gleich ein bißchen besser.

Aber das vergeht schnell wieder. Der Lift zum Wohnblock B ist im Eimer. *Bitte die Treppe benützen!* Das gibt natürlich Stunk. »Wofür zahle ich eigentlich Steuern?« keift ein ausgemergelter Giftzwerg mit Krawatte. Bald ist ein Geschrei wie in der Ostkurve im Stadion. Die Überwachungskamera beginnt zu kreisen, die Sheriffs lockern ihre Colts im Halfter. »Wir machen Sie darauf aufmerksam«, kracht es aus dem Lautsprecher, »... Sachbeschädigung ... zur Rechenschaft ziehen ... Soforthaft bis zur Klärung des Falles ...«

Das kühlt die Gemüter natürlich erheblich ab. Wir quetschen uns gereizt die Treppen hoch. Als wir oben rauskommen, trifft mich fast der Schlag.

Die Sonne scheint!

Da wird mir klar, daß ich seit drei oder vier Tagen zum ersten Mal die Sonne sehe. Morgens rein in den Lift: Neonlicht. Mit der U-Bahn zur Arbeit: Neonlicht. In der Fabrikhalle: Neonlicht. Abends zurück, U-Bahn, Lift: Neon. Zwei Stunden aufs Ohr hauen, dann in die Disco: Neon. Ich bin ein richtiger Maulwurf geworden.

Der Himmel ist knallblau wie bei einem übersteuerten Farbfernseher. Die übliche Stink- und Dunstschicht ist weggepustet. Es muß Föhn sein. Die Sonnenstrahlen kommen ziemlich schräg, ganz golden, alles sieht richtig frisch und knackig aus. Wie im Kino. Ein Werbefilm für unsere Schöne Neue Heimat.

Ich kann diese herbstliche Hochglanz-Show nicht verkraften. Es ist, als hält einem jemand ein tolles Geschenk hin, von dem man weiß, daß man's doch nie kriegt. Leere Versprechungen. Ich fühle mich auch nicht wohl hier draußen, so schutzlos, als könnte ich jeden Augenblick weggepustet werden. Außerdem bin ich soviel Frischluft nicht mehr gewohnt. Es zieht, und die Luft ist ziemlich kalt.

Ich bin richtig froh, als ich Sonne, blauen Himmel und all diesen Mist hinter mir lasse und wieder in unserem Wohnblock untertauche. Hier fühle ich mich geborgen. Im Lift flackert das gute alte Neonlicht.

Beton

NEU-PERCHING steht auf der Marmortafel.

Mahnmal des unbekannten Meisters hat jemand daruntergekritzelt.

EIN ZUKUNFTSWEISENDES MODELL FÜR NEUE URBANITÄT UND MENSCHENGERECHTES WOHNEN. ERBAUT IN DEN JAHREN 1987–1989 NACH PLÄNEN VON PROF. DR. WALTER HEUERMANN.

Warum wohnt der Wichser nicht selbst hier? fragt eine knallrote Schrift unter dem Namen des Professors.

»Weil er sich 'n Haus an der Côte d'Azur gekauft hat, du Blödmann«, sage ich leise.

Plastic Spastic hebt leicht den Kopf. »Selbstgespräche, Godzilla?«

»Ach nichts.«

Wir lungern auf der Treppe vor dem Kultur- und Kommunikationszentrum (KuKoz) herum und langweilen uns. Natürlich könnten wir in die Biblio gehen, aber das ist nichts für uns. Da sitzt so 'ne verkalkte Klassik-Tante rum – »Minna von Stahlhelm«, sagt Siegfried immer – und zwei 40jährige Späthippie-Greise, die noch von Woodstock träumen und *Blowin' in the wind* für was Progressives halten. Die haben wirklich keine Ahnung, was läuft. Und geheizt ist auch nicht mehr da drin, seit die Arabs sich mal wieder wichtig machen und wir nur noch sündteures Öl aus Venezuela kriegen.

»Mann, mir ist kalt«, sagt Siegfried. »Diese verdammten Hochhäuser machen jetzt schon Schatten.«

Kein Wunder, die Kästen sind 40 Stockwerke hoch. Eine Zeitlang waren Hochhäuser ja nicht sehr in Mode, aber seit die Grundstückspreise so gestiegen sind, sieht man sie wieder überall.

1 bewundert den grauen Overall, den er gerade gekauft hat. »Sieht gut aus«, sagt er verliebt. Foxx, die Nr. 2 der Neon Gang, schaut ein wenig verkniffen. Er findet 1 zu unpolitisch und zu eitel.

»Das Ding war ganz schön teuer«, sagt 1. »Jetzt bin ich blank.« Er steht auf. »Ich hol mir mal 'n paar Credits.«

Er schnappt sich den Erstbesten, der vorbeigeht. »Gib mir mal 50 Mark«, sagt er zu dem Typen, einem Büro-Kaputtnik mit Brille und Aktentasche.

»Wie komm ich denn dazu?« plustert sich der Naivling auf. Auch so einer, der nicht weiß, was läuft.

»Weil ich dir sonst ein paar Zähne einschlage«, erklärt ihm 1 freundlich. 1 ist immer freundlich zu den Eingeborenen. »Dafür verlangt der gute Dr. med. dent. so an die 8000 Märker, und die Versicherung wird auch noch teuerer. Da machst du doch mit den 50 Mark noch 'n gutes Geschäft, oder?«

Das leuchtet dem Kreditgeber ein, und er kramt in seinem Geldbeutel rum. »Ich habe aber nur einen Hunderter.«

»Macht nichts«, sagt 1 großzügig. »Ich nehme auch größeres Kleingeld. Und jetzt verschwinde.«

Nach dieser kleinen Abwechslung kommt wieder die große Langeweile. Nichts los heute. Absolut nichts. Aus den Hochhäusern ringsum plärren ungefähr 20 verschiedene Fernsehprogramme. Die Eingeborenen hängen an den Fenstern und glotzen raus, als warten sie auf was.

»Die haben wohl alle nichts zu tun«, sage ich, damit einer was sagt.

»Was sollen sie schon groß tun«, sagt Foxx, »die haben ja alle kein Geld. Neue Armut, verstehst du? 40 % Steuern, 40 % Miete, 15 % Versicherung, da bleibt ja nichts mehr übrig. Auch wenn du gut verdienst.«

Siegfried hebt den Arm. »Schaut mal.«

Ein Besoffener demoliert gerade das Karussell auf dem Spielplatz. Wir und circa 300 Zuschauer an den Fenstern beobachten ihn, wie er danach die Kinderschaukeln auseinandernimmt. Schöne Abwechslung. Um den Spielplatz ist es sowieso nicht schade, tummeln sich bloß die Köter drin.

»Wißt ihr noch«, sagt Plastic Spastic, »wie die sich früher aufgeregt haben, wenn wir Vandale gemacht haben? Jetzt schlagen sie selber alles kurz und klein.«

1 lacht. »Beton schafft Aggression, sagt mein Alter immer. Und dann geht er raus und klaut die Glühbirnen im Treppenhaus.«

»Macht auch nichts«, sagt Foxx. »Das verrottet sowieso alles. So wie wir hier wohnen, haben früher höchstens die Asozialen gehaust. Aber seit die Energie und die Rohstoffe und die Exporte ausbleiben, kracht dieses ganze System in sich zusammen. Aus den aufgemotzten Wohlstands-Appartements werden abgewohnte Punk-Bunker. Aber manchmal find' ich das ganz gut, das gibt so eine degenerierte, morbide Stimmung.«

»Du spinnst ja«, sagt Siegfried.

Aber Foxx ist jetzt wieder voll bei seinem Lieblingsthema. »Man muß eben das Häßliche nicht als unnormal ansehen«, doziert er, »sondern als normal hinnehmen. Und plötzlich siehst du die brutale, perverse Schönheit in unserer Umgebung. Beton ist schön, Plastik ist schön, Metall ist schön. Eine schlecht erleuchtete Tiefgarage, ein leerer Großparkplatz mit seiner Parkreihengeometrie, eine blankgescheuerte Imbißkneipe nachts um halb vier, mit Licht aus pinkfarbenen Leuchtstoffröhren – das ist Schönheit, Mann. Das ist die Neue Ästhetik. Kreative Anpassung an die Struktur der Umwelt, das ist doch der Trend!«

Das wird mir 'n bißchen zu hoch, was Foxx da von sich gibt. Darum bin ich ganz froh, als es plötzlich Action gibt. Eine junge Frau ist irgendwo im 25. Stock über das Balkongeländer geklettert. Jetzt steht sie da oben in ihrer geblümten Kittelschürze, hält sich mit einer Hand fest und schaut runter auf die Betonplatten.

»Hey, da wird 'ne Wohnung frei«, grinst Plastic Spastic.

»Warum die wohl ihren Paß abgibt?« frage ich.

»Wahrscheinlich hat sie das falsche Waschmittel genommen und die Flecken nicht aus dem Hemd von ihrem Alten gekriegt«, sagt 1 belustigt. »Und der hat sie gekränkt angeschaut, und da ist ihre ganze kleine Welt zusammengebrochen.«

»So endet das Leben einer braven Hausfrau«, seufzt Plastic Spastic. »Ergreifend. Ich könnte in meine Schürze weinen.«

Inzwischen hat sich eine Menge Volk unten versammelt. Auch die Balkone und die Fenster sind dicht besetzt. Gelächter wird laut. Die Stimmung ist gut. Endlich ist was los.

»Die hat 'ne ganz schöne Sehbeteiligung«, sagt Foxx.

Fast wie aufs Stichwort taucht das Fernsehen auf. Ich schaue auf die Uhr. 3 Minuten, nicht schlecht. Allerdings sind es die Jungs von Kanal 16, die mußten praktisch nur um die Ecke kommen.

»Du nimmst sie in der Totalen«, schreit der Regisseur seinem 1. Kameramann hektisch zu. »Als winzige Ameise im Betondschungel. Das gibt Impact. Und die Zeitlupenkamera kommt ganz von unten, aus der Froschperspektive. Geh direkt unter den Balkon! Es muß aussehen, als fällt sie direkt in die Kamera. Wann springt die blöde Kuh denn endlich?«

»Ja, spring schon!« schreit einer von den Zuschauern. »Zeig uns, was du kannst!«

»Los, wir wollen was sehen!« brüllt ein anderer, der mit einer schußbereiten Instamatic auf dem Nachbarbalkon steht.

Die Frau schaut sich verwirrt um. In der Wohnung hinter ihr sieht man hastige Bewegungen. Da scheinen ein paar besonders Fixe schon die Reichtümer rauszuräumen.

Plötzlich hört man ein paar Häuser weiter das Tatütata der Feuerwehr. Was wollen die denn hier? Verdammt, wir wollen keine Rettungsaktion sehen, sondern einen guten Sprung mit viel Matsch und Blut! Schnell werden ein paar geparkte Autos in den Zufahrtsweg gerollt, aber diese brutalen Irren boxen sie mit ihrem dicken Löschzug einfach zur Seite.

Aber damit kommen sie bei uns noch lange nicht durch. Flaschen fliegen auf den Weg, zersplittern vor den Reifen des roten Trucks. Plopp, plopp, ein Platten nach dem anderen, und die Feuerwehrkarre bleibt auf den Felgen liegen. Die Besatzung springt raus, völlig genervt. Trotzdem versuchen sie, ihr Sprungtuch aufzuspannen. Aber daß aus einem der Fenster sofort ein Molotow-Cocktail in ihr Trampolin fliegt, gibt ihnen den Rest.

»Verdammt noch mal, seid ihr hier alle verrückt geworden?« tobt ihr Häuptling.

Er kapiert einfach nicht, daß sie die Show stören. Daß sie Spielverderber sind. Schließlich hat jeder das Recht auf ein bißchen Unterhaltung, oder?

Als die Frau dann tatsächlich springt, schaut in dem Durcheinander kaum einer hin. Aber zum Glück kommt es ja heute abend im Fernsehen. In Zeitlupe.

Mauern

Ich schaue mich noch einmal in meinem Zimmer um: die typischen großzügigen Dimensionen des asozialen Wohnungsbaus. Sieben Quadratmeter, um sich so richtig zu entfalten. Der Architekt muß einen geheimen Killerinstinkt gehabt haben.

Da ich meine wertvollen Kunst- und Filmbücher sichern muß, aktiviere ich das Zeitschloß an der Tür und gehe an den beiden Fremden in ihrem 30-m^2-Wohnzimmer vorbei.

»David«, sagt der weibliche Fremde. »Junge.«

»Laß ihn doch sausen«, sagt der männliche Fremde.

Ich kümmere mich nicht um ihre Geräusche. Der Mann im Lift hat Angst vor mir. Gut so. Ich betrachte mich im Spiegel. Tadellos. Dezent geschminkt, grauer Blazeranzug, blaugraues Hemd, dunkelgraue Wollkrawatte, darüber ein Trenchcoat aus grauem Antikleder. Das nenne ich zeitgemäße Eleganz. Eine reiche Palette von Grautönen. Grau ist eine wunderbare Farbe. Die schönste, die ich kenne.

Manche laufen ja rum wie die Proleten. Womöglich gar noch in Jeans oder mit langen Haaren. Diese 30jährigen Frührentner. Ich persönlich fühle mich einfach nicht gut, wenn ich nicht gut angezogen bin. Das kostet zwar 'ne schöne Stange Geld, aber das muß eben sein. Schließlich muß man zeigen, daß man vorne mitmischt. Und die Neon Gang ist ja die absolute Elite hier. Wir sind die intelligentesten Guys, sogar Godzilla, obwohl er in der Fabrik arbeitet.

Als ich zur Lifttür gehe, sagt der Alte ganz leise: »Faschistenbande.«

Er hat eben keine Ahnung, wie durchtrainiert wir sind. Ich zeige ihm schnell, mehr spielerisch, wie man einen sauberen Handkantenschlag ansetzt. Er klappt zusammen und haut sich die Nase auf. Hätte mich beinahe voll Blut gespritzt, das Schwein.

In der 4. Tiefgaragenebene steige ich aus. Sie ist ziemlich leer in diesen Tagen. Mit einem schnellen Blick sehe ich, daß die Überwachungskamera demoliert ist. Eine Falle? Ich presse mich an die kühle Betonmauer und lasse den Blick durch das graue Gewölbe schweifen. Nichts zu sehen, nichts zu hören. Scheint kein Überfall zu sein.

Ich gehe zu unserem Einsatzmobil. Der feldgraue Metallic-Lack des Kübelwagens glänzt matt im Schummerlicht des Parkdecks. Ein prachtvolles Stück Technik, satzungsgemäß im Besitz der Nr. 1 der Neon Gang. Wenn wir damit zu einem Kommandounternehmen gegen feindliche Gangs fahren, in voller Kampfmontur, von hymnisch wallenden Synthesizer-Klängen aus 8 Lautsprechern eingehüllt – das hat schon fast was Religiöses. Ein Eliteorden, wie damals die SS. Da drehen sich die Leute um. Manche schauen auch weg. Ein gutes Gefühl.

Als der Wagen durch die engen Kurven nach oben röhrt, taucht im Scheinwerferlicht für Sekundenbruchteile eine Gestalt auf, die mit einem Plastikschlauch Benzin aus dem Tank eines Toyota abzapft. Kein schlechtes Geschäft. 2 Mark fünfzig pro Liter, steuerfrei.

Das Fallgitter an der Ausfahrt ist auch wieder offen. Hartmann, der Garagen-Portier, ist nirgends zu sehen. Wahrscheinlich geschmiert worden, mal ein Stündchen wegzubleiben.

Über die Monitore in seiner leeren Kontrollkabine zucken Bildstörungen.

Ob sie ihn vielleicht umgelegt haben? Egal, geht mich nichts an. Mit Full Speed zische ich durch Neu-Perching, Richtung City. In den feinen Villenvierteln am Stadtrand ist es wie ausgestorben. Sie sitzen in ihren alarmanlagengesicherten Pseudo-Landhäusern und trauen sich nicht raus. Zuwenig Polizei und zuviel kleine Halsabschneider, die den großen Halsabschneidern an die Sachwerte wollen.

Die ersten Wohnblocks tauchen auf. *Nieder mit dem Ausbeuterstaat!* ist mit Leuchtfarbe an eine Mauer gepinselt. *Vom Behördenparlament verkauft* steht daneben. *Wir leben in einem Steuer-KZ, aber die Beamten werden dick und fett!* Da ist die BNW ja wieder ganz schön aktiv gewesen.

Und die Parolen waren ihnen wohl noch nicht genug. Im Vorbeifahren sehe ich, daß die Mauer rund um die Beamtensiedlung mit Stacheldraht und Sandsäcken gesichert worden ist. Vor dem Tor stehen bis an die Zähne bewaffnete Sheriffs, die Maschinenpistole im Anschlag.

Scheint wieder einen Knall gegeben zu haben. Klar, seit die Arbeitslosenzahlen immer mehr steigen und ein Postobersekretär netto so viel verdient wie ein Abteilungsleiter in der Industrie, sind die Beamten natürlich nicht sehr beliebt. Die *Bürgernotwehr* und die *Militante Organisation für Steuergerechtigkeit* (MOST) machen ziemlich viel Stunk gegen sie. Die öffentliche Meinung ist auch nicht sehr positiv. Der ÖTV wurde sogar aus dem DGB ausgeschlossen.

Aber was geht's mich an. Ich hab' genug Kohle in der Tasche und will jetzt erst mal in der Disco meinen großen Auftritt haben. Die Disco ist wenigstens eine Insel der Pracht in dieser schäbigen, zerbröckelnden Welt. Und das ist alles, was mich jetzt interessiert.

I want to see the bright lights tonight, klar?

Lärm

»... Statistischen Bundesamtes in Wiesbaden hat sich die Preissteigerungsrate im Monat August bei 14,5 % stabilisiert. *Tel Aviv.* Israelische Regierungskreise äußerten sich erbittert darüber, daß die USA unter dem Eindruck des arabischen Öl-Boykotts zunehmend Druck auf Israel ausübten. Der israelische Standpunkt sei jedoch unabänderlich und werde notfalls auch durch Anwendung äußerster Mittel verteidigt. *Seoul.* Angesichts der sich häufenden militärischen Zusammenstöße an der koreanischen Demarkationslinie am 38. Breitengrad wertet Ministerpräsident General Kim den Rückzug der amerikanischen Truppen aus Südkorea als Bündnisbruch und Endpunkt einer neo-isolationistischen Politik. Ein Sprecher des Verteidigungsministeriums in Washington wies diese Darstellung entschieden zurück und sprach von routinemäßigen Truppenverdünnungen. *Pretoria.* Bei der gestrigen Bombenexplosion im südafrikanischen Innenministerium kamen nach neuesten Angaben 18 Weiße und eine nicht genannte Zahl von Schwarzen ums Leben. Im Zuge des von Ministerpräsident van der Wilm verhängten Kriegsrechts greifen Spezialtruppen bei der Fahndung nach den Tätern außergewöhnlich hart durch. *Düsseldorf.* Zu dem in den heutigen Morgenstunden verübten Brandanschlag auf das japanische Handelszentrum bekannte sich ein anonymer Anrufer, der das Attentat als Protest gegen die Hochpreispolitik der marktbeherrschenden japanischen Unternehmen bezeichnete. Eine bisher unbekannte ›Schutzgemeinschaft Importgeschädigter Mittelstand‹ übernahm ebenfalls die Verantwortung für den Anschlag. *Yokohama.* Beim Zusammenstoß eines Beobachtungsschiffes der Umweltschutzorganisation ›Blue Planet‹ mit dem japanischen Walfangmutterschiff ›Nagasaki Maru‹ kamen alle Besatzungsmitglieder des ›Blue Planet‹-Schiffes ums Leben. Nach Augenzeugenberichten handelte es sich um einen Unfall. *Los Angeles*. Eine neue, gigantische Bevölkerungsexplosion vor allem in der 3. Welt wird durch die Entwicklung des spanischen Krebsserums ›Esperanza 90‹ befürchtet. Wie Zukunftsforscher der Universität von Kalifornien dazu mitteilten, ist mit einer ...«

Ich schalte den Quasselkasten aus.

Mein Alter, der auf dem Sofa eingepennt ist (um acht Uhr abends!), schreckt hoch, als das Gequatsche aufhört.

»War was, Siegfried?« fragt er undeutlich.

»Nein«, sage ich. »Nichts, was uns angeht.«

Betäubung

Ich taste mich durch den dunklen, feuchten Schützengraben und den Stacheldrahtverhau nach vorne. Ein Bomber heult mit ohrenbetäubendem Lärm über mich hinweg, von links kommt Maschinengewehrknattern. Dann bin ich auf der Tanzfläche.

Das STAHLBAD ist wie üblich gerammelt voll. Es ist die neueste und aufwendigste Discothek in der Stadt. Die Besucher sitzen mit ihren Drinks in Maschinengewehrnestern. Über die Rundumprojektion an den Wänden tobt der Krieg in allen Spielarten. Periodisch erschüttern dumpfe Einschläge den Boden. Irgendwo aus dem Hintergrund kommen Marschtritte und heisere Kommandos. Sirenengeheul gellt. Es ist infernalisch.

Siegfried kommt auf mich zu. Wie meistens trägt er eine Uniform mit Koppel und blankpolierten Paradestiefeln.

»Heißer Laden, PS«, schreit er mir ins Ohr. »Der putscht einen ganz schön auf!«

Ich nicke nur und schaue mich um. Der Militär-Trip ist gerade der große Renner. Vor allem Weltkrieg II. Im Fernsehen und auf den Covers vieler Schallplatten sieht man elegante SS-Schurken in perfekt sitzenden Uniformen, die in Ruinenfeldern lässig an ihrem Panzer lehnen und aussehen, als hätten sie gerade 20 Gefangene gefoltert und dabei eine Menge Spaß gehabt. Das ist schon was, das einem unter die Haut geht, diese Macht, diese verwegene Morgen-kann-ich-tot-sein-Ausstrahlung.

Aber mein Geschmack ist es nicht. Es ist mir zu aufdringlich. Zuviel *macho*, nicht cool genug. Ich winke Siegfried zu und verlasse den Kriegsshowplatz.

Jetzt bietet mir das Disco-Center immer noch 3 Alternativen zur Auswahl. Auf's STUDIO kann ich wohl verzichten; da spielt eine obskure Gruppe namens *Vinyla Fadsch*, die keiner kennt und die deshalb auch nicht gut sein kann.

Oder ich kann ins FLIESSBAND gehen. Das war vor 2 Jahren ein bahnbrechender Schuppen, sehr konsequent: Eine Disco, in der man nicht mehr tanzt und sich nicht mehr unterhält, sondern nur mehr für sich allein Musik hört, aus Kopfhörern, die von der Decke hängen. 210 Kopfhörer in 7 Reihen. Und jeder, der da zuhört, muß schön gleichmäßig die Füße bewegen, weil unter ihm ein Förderband läuft, das ihn sonst forttragen würde. Am besten sieht es aus, wenn das FLIESSBAND voll ist: Totenstille drin, und dazu 210 Figuren, die schweigsam an ihren Kopfhörern hängen und wie eine Schar von Zwangsarbeitern vor sich hinschlurfen.

Die intellektuellen Schreiberlinge, wie immer mit ihren Wertvorstellungen ein wenig hinter dem Mond, fielen sofort mit geballter Haßliebe über das FLIESSBAND und seine Kopien her, zeterten was von Pervertierung der Freizeit usw. Inzwischen hängen sie selber hier an den Kopfhörern, weil dies der beste Platz ist, um abzuschalten und zu vergessen.

Na ja, was soll's. Ich gehe durch die riesige, von Menschen wimmelnde Vorhalle des Disco-Centers. Sie haben wirklich an nichts gespart. Überall Lichter, Musik, Springbrunnen, Nischen, Arkaden, Innenbalkone. Beste Atlanta-Architektur. Komisch, daß die Amüsierschuppen immer aufwendiger werden, während ringsum alles immer mehr zerfällt. Und daß die Leute trotz Neuer Armut ihre letzten Märker hier auf den Kopf hauen. Kein Wunder, daß man schon von den Roaring Nineties spricht.

Als ich hochschaue, merke ich, daß ich am Boden liege und grinsende Figuren um mich herumstehen. Ich habe wieder mal einen Anfall gehabt. Da fange ich dann mit dem Kopf zu wackeln an, lalle blöd und falle um. Hinterher weiß ich nichts davon. Das und meine Vorliebe für kühles, glattes Plastik hat mir den liebevollen Spitznamen Plastic Spastic eingetragen. Alles nur, weil irgendein Doktor Ehrgeiz meine Mutter während der Schwangerschaft als das geeignete Krankengut ansah, um ein paar neue Pillen auszuprobieren.

Ich springe auf, weiß lodert die Wut in mir, ritze den nächstbesten Grinser mit meinem Skalpell leicht an der Kehle und taumle durch die zurückweichenden Gaffer hindurch. Im SCHLACHTHOF komme ich langsam wieder zu mir.

Der SCHLACHTHOF ist die Disco, in der ich mich am wohlsten fühle. Es ist fast eine Kultstätte. Nur weiße Kacheln und chromglitzerndes Metall. Das Licht ist sehr hell und schattenlos. Die Musik ist nicht sehr laut, aber allgegenwärtig. Schwebende Elektronikklänge, endlos wiederholt. Schweigsame Gestalten tanzen mit cooler, mechanischer Präzision. Sie wirken fremd, wie von einem anderen Planeten. Frauen sehen aus wie Männer, die wie Frauen geschminkt sind. Nichts ist sicher in diesem gekachelten Jenseits.

Ich liebe diesen Ort. Er gleicht einem Operationssaal für Seelen. Es gibt nichts Schöneres als einen OP-Saal. Weiße Masken und gleißendes Licht. Gigantisch verstärktes Pochen des Herzens. Zischender Sauerstoff aus glitzernden Flaschen, schnaufender Mund hhhhh-haahh hhhhh-haahh. Oszillogrammbotschaften aus der Ewigkeit, steriler Todesprunk.

Der richtige Ort, um mit dem Messer zu hantieren.

Meine Hand schließt sich zärtlich um das Skalpell, als ich mich zurücklehne, Neu-Perching vergesse, die Schule vergesse, alles vergesse. Das Krankengut auf meinem OP-Tisch wirft mir einen entsetzten Blick zu, bevor es in der Narkose versinkt. Ich mache mich an die Arbeit.

Dossiers

Als sich die Lifttür öffnet und ich die Motorkamera auslöse, zuckt das Mädchen erschreckt zurück, wirft die Hände vors Gesicht und kauert sich heulend in die hinterste Ecke der Liftkabine.

Ratschratschratschratschratsch macht die Kamera, bis sich die Tür wieder schließt.

Einige Fotos mehr für unsere Eingeborenenkartei, denke ich befriedigt. Ich mache diesen Überwachungs-Job sehr gern. Er gibt mir ein Gefühl von Macht.

Es war eine Idee von Foxx. Eines Tages hat er gesagt: »Wir sollten mal kontrollieren, was die Eingeborenen so treiben. Wir sind schließlich hier so eine Art Elite, und dazu gehört, daß wir den Prolos ein wenig auf die Finger schauen. Was haltet ihr davon, wenn wir eine kleine Kartei anlegen? Das macht schließlich jeder.«

Wir fanden das alle eine Megavolt-Idee, und 1 sagte: »Das ist ein Job für Siegfried. Dem gefällt sowas.« Und seitdem mache ich das. Ich suche mir irgend jemand aus, ganz beliebig, und überwache ihn. Der oder die Betreffende kann das ruhig merken, das macht sie so schön furchtsam, weil sie glauben, daß sie auf einer schwarzen Liste stehen, und sie wissen nicht warum. Schwarze Listen gibt's ja heutzutage eine Menge.

Das Mädchen, das ich gerade observiere, trägt die Karteinummer 38. Ich überwache sie unregelmäßig seit 3 Monaten und habe ein wirklich recht umfassendes Dossier zusammenbekommen.

Sie heißt Caroline Müller, ist 19 Jahre alt. Offensichtlich unterdurchschnittlich intelligent, da nur Grundschule besucht. Arbeitet als Hemdenbüglerin in einem Waschsalon. Sehr schlecht bezahlt, trotzdem kleines Sparkonto. Absolut durchschnittliches Gesicht. Absolut durchschnittliche Figur. Hobbies: keine. Hat einen Tanzkurs absolviert, geht aber nie tanzen. Abendbeschäftigung: Fernsehen. Liest gelegentlich Liebesromane, die in Schlössern oder exotischen Ländern spielen. 2× wöchentlich Geschlechtsverkehr, zu 90 % mit demselben Partner. Wird von diesem häufig geschlagen. Restliche 10 % gegen kleinere Geldbeträge, die sie ebenfalls spart. Passive Wesensart. Sonstiges: besitzt eine braungetigerte Katze.

Foxx ist ganz begeistert von dem Material. Wenn wir 100 solcher Fälle haben, sagt er, will er ein Buch davon machen. *Die Eingeborenen des Betondschungels. Ein anthropologisch-ästhetisches Dossier*. Er findet meine Fotos dazu ungeheuer gut, weil sie so cool sind. Als hätte sie ein Außerirdischer aufgenommen, sagt er, oder als würde ein Wissenschaftler unterm Mikroskop eine Amöbe studieren.

Am besten gefällt ihm das Foto, wo Nr. 38 nach der Nachtschicht auf die U-Bahn wartet. Zusammengesunken sitzt sie auf einer Bank am Bahnsteig. Der Bahnsteig ist leer. Sie ist ganz allein. Neonlicht schimmert grünlich auf ihrem Gesicht. An der gekachelten Wand hinter ihr reitet ein Werbecowboy der großen Freiheit entgegen.

»Sehr romantisch«, sagt Foxx.

Auch die Infrarot-Blitzlichtaufnahmen findet er sehr gut, die zeigen, wie Nr. 38 von den Motorrad-Cowboys in der Tiefgarage vergewaltigt wird. Wie sie im grellen Gegenlicht der Motorradscheinwerfer mit weitaufgerissenen Augen auf die Kamera zuläuft, ein nackter, überbelichteter Körper, und hinter ihr im schwarzen Leder die Cowboys, von denen gerade einer ein Lasso über sie wirft. »Tolle Action-Choreographie«, sagt Foxx, »wie ein Ballett. Sehr gut dokumentiert.«

Foxx' Lob freut mich. Ich brauche jemanden, der mir sagt, was ich tun soll. Das macht die Welt einfacher. Sie ist sowieso schon kompliziert genug. Manchmal würde ich natürlich selber gern Befehle erteilen. So ein Lagerkommandant, wie man's jetzt öfter im Fernsehen sieht, das wär schon was. Ich würde sie alle einbuchten, alle Perversen, Prolos, Penner und Politiker und all diese Bimbos in Afrika, die unsere Kredite kassiert haben und uns jetzt hängenlassen. Bei Sonnenaufgang würde ich sie alle zum Morgenappell raustreten lassen, mit ihren gestreiften Schlabberklamotten und den geschorenen Köpfen, und während das übliche Hinrichtungskontingent ausgemustert wird, gibt es Musik. Etwas Großes und Erhabenes – Götterdämmerung, Wagner, Mahler, Remote Control oder Syntho & the Holocausts.

Wir würden ganz schön aufräumen mit dem Schmutz und dem Chaos und den Liberalen, die immer alles so kompliziert machen. Die Welt wäre wieder einfacher und übersichtlicher. Aber dazu bräuchte man eben einen starken Mann. Vielleicht, wenn Malte Wilkendorff mit seiner Nationalethischen Partei die Wahl nächstes Jahr gewinnt ...

Aber jetzt muß ich mich erst mal auftragsgemäß um Nr. 38

kümmern. Noch ein paar psychologische Reaktionsmuster eruieren. Ich denke, ich werde ihre Katze umbringen. Mal sehen, wie sich unser Beobachtungsobjekt verhält.

Gewalt

»Ich möchte sein wie Beton«, sagt Foxx. »Kalt, stark, unerbittlich. Gleichgültig. Mächtig.« Er schaut sich in der grauen Halle um, in der die Müllcontainer stehen. »Wir leben in einer Beton-Welt, PS, also müssen wir werden wie Beton, um zu überleben. Das ist ein Naturgesetz. Psychische Assimilation.«

»Richtig«, sage ich. »Und genauso ist es mit der Gewalt. Das ist auch so eine Sicherung, um geistig gesund zu bleiben. Wie ein Blitzableiter. Druck von außen erst gar nicht verinnerlichen, sondern sofort wieder nach außen ableiten. Nimm diese Wanze zum Beispiel.« Ich trete den wimmernden Schwächling, der vor uns liegt, ein paarmal in die Seite. »Meint, weil er Hausmeister ist, könnte er uns unter Druck setzen. Wir haben ihm seinen Druck gleich in den Hals zurückgestopft, und das war das Vernünftigste, was wir tun konnten.«

»Klar.« Foxx hat Spaß an der intellektuellen Diskussion. »Gewalt ist ein Akt emotionaler Hygiene in einer stressigen Zeit. Sie macht einen innerlich wieder sauber. Viel schneller und viel besser, als zur Psychorehabilitation zu gehen. In ein paar Jahren werden sogar die Psychs merken, daß Gewalt in der heutigen Zeit die beste Therapie ist.« Er grinst. »Sie werden ein *Journal of Violence Therapy* herausgeben.«

Wir kicken den Hausmeister noch ein bißchen herum, erinnern ihn daran, daß es seiner Familie genauso geht, wenn er uns was anhängen will, und trollen uns dann frischgestärkt.

Es hat wie immer richtig gutgetan.

»Was ist los, Foxx? Hast du was?«

»Nein, nichts«, sage ich geistesabwesend zu Plastic Spastic. Er schaut mich zweifelnd an und murmelt irgendwas.

Was soll ich ihm auch antworten? Hätte ich ihm sagen sollen, daß mich die Schönheit dieses Raums überwältigt? Die Proportionen, die Stimmung? Er hätte es nicht verstanden. Aber ich glaube, es gibt kaum einen schöneren Ort. Man muß ihn nur auf sich wirken lassen.

Unsere Tiefgarage. Die kalte Intensität dieses geometrischen Gewölbes macht mich immer wieder high. Würde man unser Parkdeck 3 in ein Museum stellen, sähen alle, was für ein Kunstwerk das ist. Die Weite, die Stille, die Gewalt des Betons. Die kahlen Neonröhren, die Schatten und Halbschatten. Bewegungen und Geräusche an der Grenze der Wahrnehmung. Das flimmernde Ahnen geheimer Beobachter. Die Subtilität der Furcht. Und dann das Geräusch unsichtbarer Schritte.

»Sie kommen«, flüstert Godzilla.

1 nickt. »Kamera ab«, sagt er knapp.

Das rote Auge über dem Objektiv der Videokamera beginnt zu glühen. Die Halogen-Filmleuchten flammen auf, tauchen alles in grelles Licht.

Eine rötlich schimmernde Nebelwand wallt auf uns zu. Unförmige Gestalten treten aus dem Nebel, in weißen Seuchenschutz-Overalls, die Gesichter hinter olivgrünen Gasmasken verborgen. Mit Rasierklingen besetzte Totschläger wippen in ihren Händen.

Die Aliens. Die mörderischste Schlägerbande von Neu-Perching.

»Kein schlechter Auftritt.« Siegfried nickt anerkennend.

»Wir werden euch eliminieren.« Durch die Gasmaske klingt die Stimme des vordersten Aliens verzerrt und unmenschlich.

Damit haben uns die Aliens den Krieg erklärt. Die Schlacht kann beginnen.

»Soundtrack«, sagt 1 ruhig.

Ein tieffrequentes Wummern kommt aus den Lautsprechern, gewaltige Schwingungen, die die Knochen ins Vibrieren bringen.

Und dann bricht ein elektronisches Gewitter los, gigantisches Donnern, Regenrauschen, Sintflut, ferne, kreischende Stimmen, Hallgeräusche. Ein Weltuntergang.

Und das ist es auch für die Aliens. Unsere vorher installierten Löschkanonen überschütten sie mit dickem Schaum, hüllen sie ein, nehmen ihnen die Sicht, machen sie hilflos.

Wir kommen über sie wie ein Atomschlag, schnell und effizient. Wir schlagen zu und schlagen zu und schlagen zu.

Zwei Minuten später sind die Aliens nur noch ein wirrer Haufen stiller Gestalten in einem Schaumsarkophag, der sich langsam rot färbt. Ein schönes, surrealistisches Bild. Wunderbar klinisch.

1 nimmt es mit langen Schwenks und Zooms auf, macht Close-ups von der zerborstenen Augenhöhle einer Gasmaske, von verkrümmten, gebrochenen Fingern. Das sind die Nahaufnahmen, bei denen die Zuschauer auf ihre Kosten kommen. Noch ein bißchen Stöhnen und Kotzgeräusche drunterlegen, und das wird eine runde Sache.

»Wir werden eine Menge Kies damit machen«, sagt Plastic Spastic. Er scheint auch zufrieden zu sein.

»Wie viele Cassetten wir wohl davon verkaufen können?« fragt Godzilla.

1 zuckt mit den Schultern. »100 000, wenn wir einen guten Video-Vertrieb finden.«

»Kann gut sein«, nicke ich. »Violence ist gefragt in den Movies.«

Gewalt ist wirklich der große Hit. Im Kino, im Kabelfernsehen und auf bespielten Video-Cassetten. Pornographie hat sich im Moment ein wenig totgelaufen. Jetzt floriert die Gewalt-Industrie. Die Leute sind aber auch wirklich dankbar dafür. Kommen abends abgefuckt und voller Frust nach Hause und können vorm Abendessen noch schnell ein paar Opfer treten, prügeln, foltern, massakrieren, in Farbe und auf dem Großbildschirm. Das gibt so einem Hilfssachbearbeiter doch das innere Gleichgewicht wieder.

Damit man sich so richtig reinversetzen kann, ist natürlich alles mit subjektiver Kamera gedreht, also aus der Sicht des Lagerkommandanten, des Triebmörders oder des Verhörspezialisten.

Natürlich alles rein pädagogisch, als schockierende Dokumente menschlicher Verirrungen. Hahaha.

Well, und in diesem Business mischen wir jetzt mit. Sollen sich die anderen Gangs doch um Ruhm oder Ehre oder um gar nichts prügeln – wir verdienen jedenfalls auch noch Geld damit. Das ist cool. Professionell. Und wir können uns dadurch wieder eine Menge Klamotten, Schallplatten und Equipment leisten.

»Wir brauchen noch ’n bißchen Blut«, sage ich. »Das bringt mehr Zuschauer.«

»Haben wir gleich«, grinst Plastic Spastic und zieht sein Skalpell raus. »Ein guter Schnitt ist das wichtigste im Kino.«

Power

Der ehrenwerte Herr Dr. Werner Osterwald, seines Zeichens Bürgermeister von Neu-Perching, lächelt mich strahlend an und schüttelt mir die Hand.

»Meine herzlichen Glückwünsche und alles Gute, Herr ... äh, Foxx«, sagt er.

Eisern umklammert er meine Rechte, bis auch der letzte Fotograf sein Foto im Kasten hat. Die anderen Mitglieder der Neon Gang stehen neben mir, alle sehr elegant in ihren grauen Anzügen, und machen Cheese und Smiley Smile. Unsere Alten sind auch da im plastikholzgetäfelten Sitzungszimmer des Rathauses und kapieren die Welt nicht mehr.

Wir begreifen es ja selbst kaum.

Wir sind eine Ordnungsmacht geworden. Der ehrenwerte Herr Dr. Werner Osterwald hat uns nämlich soeben in den Status einer städtischen Polizeihilfstruppe erhoben.

Wie hat er doch so schön gesagt: »Mit Initiative, Beharrlichkeit und einer gehörigen Portion Zivilcourage haben diese jungen Mitbürger sich gegen den Bandenterror in Neu-Perching eingesetzt und unter diesen nihilistischen Schlägertruppen – man darf wohl sagen – aufgeräumt. Der kleine Film von der Unschädlichmachung der gefürchteten Aliens, den wohl jeder von uns mit Genugtuung gesehen hat, ist der sichtbare Beweis für viele ähnliche Aktionen zum Wohle unseres Gemeinwesens. Es ist daher nur recht und billig, wenn wir dieser privaten Aktion jetzt auch den Segen der Obrigkeit geben und diese jungen Menschen als ehrenamtliche Bürgerschutztruppe in städtischen Diensten einsetzen – quasi als ›Ordnungs-Feuerwehr vor Ort‹.«

Ich frage mich, ob er wirklich so naiv ist, wie er da redet. Natürlich haben wir alle Gangs in Neu-Perching kurz und klein geschlagen, aber nur um zu zeigen, daß wir die Besten sind. Und nun sind wir plötzlich die strahlenden Ritter aus der Betonburg. Aber das ist eben Politik: Alles Interpretationssache. Und wahrscheinlich quatscht der Bürgermeister nur nach, was ihm Kaminke ins Ohr geflüstert hat.

Alfred Kaminke sieht mit seinem Stiernacken, seiner Ringerfigur und seinen übertrieben eleganten Maßanzügen aus wie ein Bilderbuchschurke. Er ist auch einer. Unser werter Polizeipräsident. Ein Haudegen alter Berliner Schule, zielstrebig auf dem Weg nach oben in die Zentren der Macht. Er hat uns diesen Hilfssheriff-Job besorgt, denn er braucht uns.

Jetzt, als der offizielle Teil vorbei ist, kommt er zu uns rüber.

»Hallo, Jungs«, sagt er, »ich nehme an, ihr wißt, wem ihr das hier zu verdanken habt. Aber das war erst der Anfang. Wir können noch viel mehr für euch tun.«

Mit *wir* meint er die Nationalethische Partei, eine vor Jahren mit viel Getöse vom etablierten Parteiensystem abgesplitterte Rechtsfraktion, die sich zu einem Sammelbecken für Desorientierte entwickelt hat – und das ist ja heute fast jeder. Mit griffigen Sprüchen von innerer Sicherheit, hartem Durchgreifen, radikalem Abbau der Überfremdung, Sperren jeglicher Auslandshilfen, Steuersenkungen und Ausbau des Kernfusionsprogramms haben sie so viele Anhänger gewonnen, daß sie die Wahl im Herbst '92 wahrscheinlich gewinnen werden. Kaminke wird dann Innenminister, hört man. Aber bis dahin gibt es wohl noch einige kleinere Widerstandsnester auszuheben.

»Sie brauchen eine Schlägertruppe für die NEP«, sage ich unverblümt. Er soll wissen, daß wir wissen, wie der Hase läuft.

»Na, na«, sagt Kaminke schmunzelnd. »Welch harte Worte. Sagen wir lieber: Was wir brauchen, sind clevere Jungs mit einem

Blick für die Realitäten, mit Initiative, Durchsetzungsvermögen und«, er schmunzelt noch stärker, »Tatkraft.«

»Werden Sie – wir – wirklich an die Macht kommen?« fragt Plastic Spastic.

»Keine Angst, PS.« Kaminkes Augen verschleiern sich. »Die Zeit ist reif für uns. Die Leute haben genug vom Umweltschock, den Krisen der nördlichen Hemisphäre, von der Energieerpressung durch geldgierige Kameltreiber, von der Rezession, von dem ganzen Durcheinander. Sie sehnen sich gerade heute nach einer starken Hand und klaren, einfachen Standpunkten. Das haben wir. Wir haben vielleicht noch kein Programm für die Sachfragen, aber das ist nicht das Wichtigste. Was wir vor allem erst mal wieder brauchen, sind gesunde Emotionen statt Technokratie.«

»Bravo!« sagt Siegfried begeistert. Er ist nahe daran, die Hakken zusammenzuschlagen.

Kaminke nickt ihm freundlich zu und wird plötzlich offiziell. »Sie werden einen guten Posten bei den Sicherheitsorganen bekommen. Sie auch, Herr Sedelmaier.« Godzilla zuckt zusammen. »Und Sie«, damit wendet er sich an 1, PS und mich, »Sie werden in unserer Partei-Organisation bald wichtige Funktionen einnehmen. Zunächst auf unterer Ebene, aber Sie werden bald aufsteigen. Sie haben genau die Mentalität, die wir brauchen. Sie werden es weit bringen.«

Wir schauen uns an, in unseren grauen Anzügen, und wissen, daß wir es geschafft haben. Weil wir am besten an die neue Zeit angepaßt sind. Denn in einer Welt, mit der es immer mehr bergab geht, muß man vor allem darauf achten, daß man für sich ein paar Vorteile herausschlägt. Jeder für sich, und jeder gegen alle.

Nicht mehr lange, und wir werden endgültig am Drücker sein. Und dann werden wir die Zukunft gestalten.

Eine schöne, graue Zukunft.

Copyright © 1982 by Karl Michael Armer

Ursula K. Le Guin

Ursula K. (Kroeber) Le Guin wurde 1929 als Tochter des bekannten Ethnologen und Anthropologen Alfred L. Kroeber in Berkeley/Kalifornien geboren. Sie studierte am Radcliffe College und an der Columbia University französische und italienische Geschichte der Renaissance und lernte während eines Studienaufenthalts in Paris den Historiker Charles A. Le Guin kennen, den sie 1953 heiratete. Sie lehrte an verschiedenen Universitäten der USA, faßte aber 1962 den Entschluß, sich ganz ihrer schriftstellerischen Arbeit zu widmen. Sie lebt heute mit ihrem Mann, zwei Töchtern, einem Sohn und zahllosen Katzen in Portland/Oregon, gibt gelegentlich Gastvorlesungen über Science Fiction an Colleges und Universitäten und hat einen Lehrauftrag an der Portland State University.

Ihre erste Erzählung, »April in Paris«, wurde 1962 im SF-Magazin »Fantastic Stories« veröffentlicht. Vier Jahre später erschien ihr erster Roman: »Rocannon's World«, im selben Jahr gefolgt von »Planet of Exile« und im Jahr darauf von »City of Illusions«. Mit »The Left Hand of Darkness« (1962), mit dem sie im selben Jahr den HUGO GERNS-

BACK AWARD und den NEBULA AWARD gewann, begann ihr steiler Aufstieg als Autorin, eine Karriere, die ihr zahllose Ehrungen und Preise einbrachte und sie weit über die Grenzen der Science Fiction hinaus einem breiten Publikum bekannt machte. Sie erhielt den BOSTON GLOBE HORNBOOK AWARD, das NEWBURY HONOR BOOK und den NATIONAL BOOK AWARD der USA für ihre »Earthbook-«Trilogie; den HUGO GERNSBACK AWARD für den Kurzroman »The Word for World Is Forest« (1972) und die Erzählung »Tho Ones Who Walk Away from Omelas« (1973); den NEBULA AWARD für »The Days Before the Revolution« (1975) und sowohl den HUGO GERNSBACK wie den NEBULA AWARD sowie den JUPITER AWARD für »The Dispossessed« (1974), ihren wohl bedeutendsten und weltweit erfolgreichsten Roman (deutsch: »Planet der Habenichtse«). 1979 wurde sie im britischen Seebad Brighton anläßlich der World SF Convention mit dem GANDALF GRAND MASTER AWARD geehrt, der wohl höchsten Auszeichnung, die einem SF-Autor zuteil werden kann.

Von Ursula K. Le Guin erschienen in der Reihe
HEYNE SCIENCE FICTION & FANTASY:

Die Geißel des Himmels (06/3373)
Winterplanet (06/3400)
Das Wort für Welt ist Wald (06/3466)
Planet der Habenichtse (06/3505)
Rocannons Welt (06/3568)
Das zehnte Jahr (06/3604)
Stadt der Illusionen (06/3672)

ERDSEE-ZYKLUS:

Der Magier der Erdsee (06/3675)
Die Gräber von Atuan (06/3676)
Das ferne Ufer (06/3677)

Das Auge des Reihers (Kurzroman)
in: ↗ *Futura*, hrsg. von Virginia Kidd (06/3856)
Das Wunschtal (06/4077 phantasia)
Geschichten aus Orsinien (in Vorb.)
Malafrena (in Vorb.)

in der BIBLIOTHEK DER SCIENCE FICTION LITERATUR:

Die zwölf Striche der Windrose (06/15)
Planet der Habenichtse (06/43)
Die Kompaßrose (in Vorb.)

als Herausgeber (zus. mit Virginia Kidd):

Kanten (06/4015)
Grenzflächen (in Vorb.)

URSULA K. LE GUIN

Das Tagebuch der Rose

30. August

Dr. Nades empfiehlt, daß ich ein Tagebuch über meine Arbeit führe. Sie sagt, wenn man es sorgfältig führt und wieder liest, kann man eigene Beobachtungen wieder aufarbeiten, Fehler feststellen und daraus lernen und Fortschritte im oder Abweichungen vom positiven Denken beobachten und auf diese Weise den Verlauf der Arbeit ständig durch einen Feedback-Prozeß korrigieren.

Ich nehme mir vor, jeden Abend meine Eintragungen in dieses Heft zu machen und es jeweils am Ende einer Woche nochmals zu lesen.

Ich wünschte, ich hätte das schon in meiner Zeit als Assistenzärztin gemacht, aber jetzt ist es noch weit wichtiger, weil ich eigene Patienten habe.

Seit gestern habe ich sechs Patienten, eine volle Ladung für eine Psychoskopie; vier davon sind allerdings die autistischen Kinder, mit denen ich das ganze Jahr für Dr. Nades' Untersuchungen für das Nationale Psychologische Institut gearbeitet habe (meine Niederschriften über sie stehen in der Kartei der psychologischen Abteilung der Klinik). Die beiden anderen sind Neuzugänge:

Ana Jest, 46, Packerin in einer Bäckerei, verh., keine Kinder, Diagn.: Depression, Einlieferung durch die städtische Polizei (Selbstmordversuch).

Flores Sorde, 36, Ingenieur, ledig, keine Diagn., Einweisung durch die TRTU (psychopathisches Verhalten – gewalttätig).

Dr. Nades sagt, daß es wichtig ist, daß ich die Ereignisse jeden Abend so niederschreibe, wie sie mir in meiner Arbeit begegnet sind: die Spontaneität ist bei der Selbstbeobachtung am aufschlußreichsten (genau wie bei einer Autopsychoskopie). Sie sagt, es sei besser, es niederzuschreiben, nicht auf Band zu diktieren, und es ganz für sich zu behalten, so daß es nicht zum Gegenstand des Selbstbewußtseins wird. Das ist schwer. Ich habe niemals etwas für mich allein geschrieben, bisher. Ich habe immer noch ein Gefühl, als mache ich diese Aufzeichnungen für Dr. Nades! Falls das Tagebuch nützlich ist, kann ich es ihr vielleicht später einmal zeigen und sie um Rat fragen.

Nach meiner Meinung befindet sich Ana Jest in einer klimakterischen Depression, so daß eine Hormonbehandlung ausreichen wird. Da haben wir's. Wollen mal sehen, was für ein schlechter Diagnostiker ich bin.

Werde morgen mit beiden Patienten in der Skopie arbeiten. Es ist ganz schön aufregend, eigene Patienten zu haben; am liebsten möchte ich sofort anfangen. Obwohl natürlich die Teamarbeit eine Menge gebracht hat.

31. August

Halbstündige Skopiesitzung mit Ana J. um acht Uhr. Auswertung des Skopiematerials von elf bis siebzehn Uhr. NB: Anpassung der Aufnahmefähigkeit der rechten Gehirnhälfte in der nächsten Sitzung! Wenig Konkretes sichtbar. Sehr wenig oral, schwach sensorischer, erratischer Körperausdruck. Bekomme morgen Laboranalysen des Hormonspiegels.

Es ist erstaunlich, wie banal das Bewußtsein der meisten Leute ist. Natürlich steckt die Frau in einer ernsten Depression. Einschaltung in die Bewußtseinssphäre war undurchschaubar und unzugänglich, das Unterbewußte offen, aber obskur. Und was aus der Dunkelheit zum Vorschein kam, war so trivial! Ein paar alte Schuhe und das Wort ›Geographie‹! Und die Schuhe waren so verschwommen, nur ein schwaches Schema von einem Paar Schuhe, unkenntlich, ob Damen- oder Herrenschuhe; ob dunkelblau oder braun. Obwohl sie ein ausgesprochen visueller Typ ist, sieht sie nichts klar. Wie die meisten Leute. Es ist deprimierend. Als Studentin in den ersten Semestern habe ich immer gedacht, wie wundervoll das Bewußtsein anderer Leute sein müßte, wie wundervoll es sein müßte, an all den verschiedenen Welten teilhaben zu können, den verschiedenen Tönungen ihrer Leidenschaften und Vorstellungen. Wie naiv war ich doch!

Das wurde mir zum ersten Mal in Dr. Ramias Seminar klar, als wir die Bandaufzeichnung eines berühmten, erfolgreichen Menschen durcharbeiteten und ich feststellte, daß der Patient niemals einen Baum angesehen, niemals berührt hatte, daß er keinen Unterschied zwischen einer Eiche und einer Pappel kannte, ja nicht einmal zwischen einer Primel und einer Rose. Für ihn waren das alles nur ›Bäume‹ oder ›Blumen‹, schematisch erfaßte Begriffe. Genauso ging es ihm mit den Gesichtern von Leuten, obwohl er seine Tricks hatte, sie zu unterscheiden: zumeist sah er den Namen wie ein Etikett und nicht das Gesicht. Das war natürlich ein abstraktes Bewußtsein, aber bei den Konkreta ist es manchmal noch schlimmer, deren Wahrnehmungen eine Art von undifferenziertem Matsch sind – Bohnensuppe mit einem Paar Schuhe darin.

Aber werde ich nicht schon ›anpasserisch‹? Ich habe den ganzen Tag lang die Gedanken einer Depressiven studiert und bin selbst depressiv geworden. Da, da steht es: ›Es ist deprimierend.‹ Ich begreife schon den Nutzen des Tagebuchs. Ich weiß, ich bin zu stark beeindruckbar.

Natürlich ist das auch der Grund, warum ich eine gute Psychoskopistin bin. Aber es ist auch gefährlich.

Heute keine Sitzung mit F. Sorde, ist seit der Beruhigungsspritze noch nicht zu sich gekommen. TRTU-Einweisungen sind oft so mit Drogen vollgepumpt, daß sie tagelang nicht ansprechbar sind.

Gesprächssitzung mit Ana J. morgen um vier Uhr. Gehe jetzt besser zu Bett.

1. September

Dr. Nades sagt, was ich gestern eingetragen habe, ist genau das, was sie sich vorgestellt hat, und hat mir angeboten, ihr dieses Tagebuch immer zu zeigen, wenn ich mir unsicher wäre. Spontane Einfälle – keine technischen Daten, wie sie sowieso in die Karteikarten eingetragen werden. Nichts durchstreichen. Aufrichtigkeit von höchster Bedeutung.

Anas Traum war interessant, aber kläglich. Ein Wolf, der sich in einen Pfannkuchen verwandelt! Einen ekelhaften, schmutzigen, haarigen Pfannkuchen auch noch! Ihre visuelle Fähigkeit ist im Traum stärker, die Gefühlshaltung bleibt jedoch schwach (nicht vergessen: Du *beurteilst* den Affekt – ließ ihn nicht hinein). Heute mit ihrer Hormonbehandlung begonnen.

F. Sorde wach, jedoch zu durcheinander, um eine Gesprächssitzung durchzuführen. Hat Angst. Will nicht essen. Klagt über Schmerzen in der Seite. Ich dachte, er wüßte nicht, in was für einem Krankenhaus er sei, und sagte ihm, daß ihm körperlich nichts fehle. Er sagte: »Woher, zum Teufel, wollen Sie das wissen?«, womit er ziemlich recht hatte, da er in einer Zwangsjacke steckte, gemäß der Verordnung auf seiner Kartei. Ich untersuchte ihn und stellte Prellungen und Quetschungen fest, ordnete eine Röntgenaufnahme an, die zwei Rippenbrüche zeigte. Erklärte dem Patienten, daß sein Zustand strengen Gewahrsam notwendig gemacht habe, um Selbstverstümmelung vorzubeugen. »Jedesmal, wenn der eine mir eine Frage stellte«, sagte er, »hat mich der andere getreten.« Er hat dies mehrfach wiederholt, zornig und verwirrt. Paranoides Wahnsystem? Wenn es nicht nachläßt, sobald die Drogenwirkungen abklingen, werde ich dieser Behauptung nachgehen. Er geht gut auf mich ein, fragte nach meinem Namen, als ich mit der Röntgenaufnahme zu ihm kam, und ißt nun auch. Ich mußte mich ja bei ihm entschuldigen, was nicht gerade ein guter Behandlungsanfang bei einem Paranoiden ist. Die Rippenbrüche hätten von dem Krankentransportunternehmen oder dem Arzt, der seine Aufnahme geregelt hat, auf seiner Karte verzeichnet werden müssen. Diese Art von Sorglosigkeit ist erschütternd.

Aber es gibt auch gute Neuigkeiten. Rina (Autismusfall vier) sah heute einen Satz in der ersten Person. Sah in: einen dicken schwarzen Druckbuchstaben ganz plötzlich vor ihrem Bewußtsein: *Ich möchte im großen Zimmer schlafen* (sie schlief bisher allein, da sie noch ins Bett machte). Sie konnte den Satz über fünf Sekunden lang vor sich sehen. Sie hat ihn in ihrem Bewußtsein gelesen, wie ich ihn auf dem Holo-Schirm lesen konnte. Eine schwache Subverbalisierung, kein subvokales Sprechen, nichts auf dem Audiometer. Sie hat bisher niemals, auch nicht zu sich selbst in der ersten Person gesprochen. Ich habe es sofort Tio erzählt, und er hat sie nach der Sitzung gefragt: »Rina, wo möchtest du schlafen?« – »Rina im großen Zimmer schlafen.« Kein Personalpronomen, kein Willens-Verb. Aber in den nächsten Tagen wird sie laut *Ich will* sagen. Und damit schließlich den Grundstein zu ihrer Persönlichkeitsentwicklung legen. Ich will, also bin ich.

Es gibt so viel Angst bei den Menschen. Warum gibt es bloß so viel Angst?

4. September

Bin über meinen Zwei-Tage-Urlaub in die Stadt gefahren. Wohnte bei B. in ihrer neuen Wohnung am Nordufer. Drei Zimmer für sich alleine!!! Aber ich kann diese Art von Häusern wirklich nicht ausstehen, mit Ratten und Kakerlaken, alles fühlt sich so alt und merkwürdig an, als ob da immer noch die Hungerjahre sitzen und warten würden. War froh, wieder hier in meinem kleinen Zimmer zu sein, ganz für mich, aber nahe bei den anderen, auf dem gleichen Flur mit Freunden und Kollegen. Auf jeden Fall hat es mir gefehlt, nichts in das Buch einzutragen. Ich nehme schnell Gewohnheiten an. Zwanghafte Tendenz.

Ana geht es entschieden besser: angezogen, gekämmtes Haar, strickte. Die Sitzung aber war öde. Sagte ihr, sie solle über die Pfannkuchen nachdenken, das hatte dann das ganze Unterbewußtsein ausgefüllt, der haarige, trostlose, platte Wolfs-Pfannkuchen, während sie im Bewußtsein gehorsam versuchte, sich einen hübschen Käsekuchen vorzustellen. Nicht übel: Farben und Konturen schon stärker. Ich möchte mich immer noch auf eine einfache Hormonbehandlung stützen. Natürlich werden sie ein ETC vorschlagen, und auch Koanalysen des Skopiematerials wären durchaus möglich, wir könnten mit dem Wolfspfannkuchen anfangen usw. Aber gibt es dafür einen realistischen Ansatzpunkt? Sie ist seit vierundzwanzig Jahren Packerin in einer Bäckerei, und mit ihrer körperlichen Gesundheit ist es nicht weit her. Sie kann ihre Lebensumstände nicht verändern. Mit einem guten Hormonspiegel kann sie die wenigstens aushalten.

F. Sorde: erholt, aber immer noch mißtrauisch. Extreme

Angstreaktion, als ich sagte, es wäre Zeit für seine erste Sitzung. Zur Beruhigung setzte ich mich neben ihn und erklärte ihm Prinzip und Vorgehen der Psychoskopie. Er hörte aufmerksam zu und fragte schließlich: »Werden Sie nur die Psychoskopie anwenden?«

Ich sagte ja.

»Keine Elektroschocks?«

Ich sagte nein.

»Versprechen Sie mir das?«

Ich erklärte ihm, daß ich Psychoskopistin bin und niemals mit den elektrokonvulsivischen Therapiegeräten arbeitete, daß das eine ganz andere Abteilung ist. Ich erklärte ihm, daß meine Arbeit im Moment nur diagnostisch und nicht therapeutisch ist. Er hörte sorgfältig zu. Er ist ein gebildeter Mann und versteht Unterschiede wie zwischen ›diagnostisch‹ und ›therapeutisch‹. Interessant ist, daß er mich gebeten hat, ihm etwas zu *versprechen*. Das paßt eigentlich nicht so richtig in das paranoide Verhaltensmuster, da man jene nicht um ein Versprechen bittet, denen man nicht trauen kann. Er ging ganz brav mit mir; doch als wir den Skopieraum betraten, blieb er stehen und wurde blaß beim Anblick der Geräte. Ich machte Dr. Avens kleinen Witz über einen Zahnarztstuhl, den sie immer bei ängstlichen Patienten anbringt. F. S. sagte: »Solange es kein elektrischer Stuhl ist!«

Ich glaube, bei intelligenten Patienten sollte man lieber keine Geheimniskrämerei betreiben und dadurch falsche Autorität und beim Patienten ein Gefühl der Hilflosigkeit erzeugen (she. T. R. Olma, *Die Technik der Psychoskopie*). Also zeigte ich ihm den Stuhl und den Elektrodenkranz und erklärte ihm, wie alles funktioniert. Er kennt das Psychoskop laienhaft vom Hörensagen, und seine Fragen ließen seine Ingenieurausbildung erkennen. Er nahm auf dem Stuhl Platz, als ich ihn darum bat. Während ich ihm den Kranz und die Klappen anpaßte, schwitzte er stark vor Angst, was ihm wegen des Geruchs offensichtlich peinlich war. Wenn er wüßte, wie Rina riecht, wenn sie wieder ihren Kot an die Wände geschmiert hat. Er schloß die Augen und krampfte seine Hände um die Armlehne, daß sie bis zu den Gelenken weiß wurden. Die Bildschirme waren ebenfalls fast ganz weiß. Nach einer

Weile sagte ich in scherzendem Ton: »Es tut doch nicht weh, oder?«

»Ich weiß nicht.«

»Nun, tut es denn weh?«

»Sie meinen, es ist schon an?«

»Ja, seit neunzig Sekunden.«

Da öffnete er die Augen und sah sich um, so gut er mit den Klammern den Kopf drehen konnte. »Wo ist der Schirm?«

Ich erklärte ihm, daß ein Patient niemals den Schirm live beobachten soll, weil die Objektivierung außerordentlich störend sein kann. »Wie eine Rückkoppelung beim Mikrophon?« sagte er. Das ist genau der Vergleich, den Dr. Aven gewöhnlich benutzte. F. S. ist gewiß ein intelligenter Mann. NB: Intelligente Paranoide sind gefährlich!

»Was sehen Sie?« fragte er, und ich antwortete: »Seien Sie still, ich will nicht sehen, was Sie sagen. Ich will sehen, was Sie denken«, darauf er: »Aber das hat nichts mit Ihrem Job zu tun«, ganz sanft, wie ein Scherz. Inzwischen war das Weiß seiner Furcht auf dem Bildschirm in dunkle, starke, geschnörkelte Wellen übergegangen, und dann, einige Sekunden nachdem er zu sprechen aufgehört hatte, erschien eine Rose über der gesamten Bewußtseinssphäre: eine voll erblühte rosa Rose, wunderschön nachvollzogen und visualisiert, klar und fest, in ganzer Vollkommenheit.

»Woran denke ich jetzt, Dr. Sobel?« fragte er. Ich antwortete: »Bären im Zoo.« Ich frage mich jetzt, warum ich das gesagt habe. Selbstschutz? Wogegen? Er lachte auf und kristalldunkel kam das plastisch Unterbewußte zum Vorschein, die Rose wurde dunkler und verschwamm. »Ich habe nur Spaß gemacht«, sagte ich. »Können Sie die Rose noch mal erscheinen lassen?« Doch damit rief ich nur wieder das Panikweiß hervor. »Hören Sie«, versuchte ich ihm klarzumachen, »es ist wirklich nicht gut, daß wir während der ersten Sitzung solche Gespräche führen. Sie müssen eine Menge lernen, ehe Sie koanalysieren, und ich sollte eine Menge über Sie lernen; also bitte, kein Späßchen mehr, ja? Entspannen Sie sich ganz einfach und denken Sie an irgend etwas, das Ihnen Spaß macht.«

In der Bewußtseinssphäre wechselten Schnee und Subverbalisierung, das Unterbewußtsein verblich ins Graue, er unterdrückte es. Ein paarmal kam die Rose schwach wieder. Er versuchte, sich darauf zu konzentrieren, schaffte es aber nicht. Ich sah eine flüchtige Visualisierung: mich selbst, meine Uniform, TRTU-Uniformen, einen grauen Wagen, eine Küche, die G-Station (starke auditive Eindrücke ... Schreie), einen Schreibtisch, Papiere auf dem Schreibtisch. Bei den Papieren blieb er stehen. Es waren Entwürfe für eine Maschine. Er begann sie durchzusehen. Er wehrte sich bewußt gegen die Unterdrückung des Gedankens, und das mit Erfolg. »Was für eine Maschine ist das?« fragte ich, worauf er zuerst laut antwortete, dann hielt er jedoch inne und ließ mir die Antwort subverbal über die Kopfhörer zukommen. »Pläne für den Rotationsmotor einer Zugmaschine« oder so ähnlich – die genauen Worte sind selbstverständlich auf dem Band. Ich wiederholte es laut und sagte: »Es sind keine Geheimpläne oder?« – »Nein«, antwortete er laut und fügte hinzu: »Ich kenne überhaupt keine Geheimnisse.« Seine Reaktion auf Fragen ist eindringlich und komplex; jeder Satz wirkt wie ein Steinhagel in ein Wasserbecken, dessen Kreise sich schnell ausbreiten, über Bewußtsein und Unterbewußtsein schießen und auf allen Ebenen Reaktionen hervorrufen. Innerhalb weniger Sekunden wurde dies alles von einem riesigen Schild verdeckt, das im Bewußtseinsvordergrund auftauchte, absichtlich visualisiert wie die Rose und die Pläne, audioverstärkt durch das häufige Vorlesen: ZUTRITT VERBOTEN! ZUTRITT VERBOTEN! ZUTRITT VERBOTEN!

Es begann zu verschwimmen und zu flimmern, körperliche Zeichen traten in den Vordergrund. »Ich bin müde«, sagte er bald laut, und ich schloß die Sitzung (zwölf Min. dreißig Sek.).

Nachdem ich ihm den Kranz und die Klappen abgenommen hatte, brachte ich ihm eine Tasse Tee vom Personalkiosk in der Halle. Als ich sie ihm anbot, sah er mich erstaunt an, dann stiegen ihm Tränen in die Augen. Seine Hände waren vom Umklammern der Armlehne so verkrampft, daß er Mühe hatte, die Tasse zu halten. Ich sagte ihm, er solle nicht so angespannt und ängstlich sein, wir wollten ihm helfen und nicht ihm weh tun.

Er sah mich an. Die Augen sind wie ein Skopieschirm ... und

trotzdem kann ich nicht in ihnen lesen. Ich wünschte, er hätte noch den Elektrodenkranz auf, aber offensichtlich bekommt man die besten Augenblicke nie auf den Schirm. »Frau Doktor«, fragte er, »warum bin ich in diesem Krankenhaus?«

»Zur Diagnose und Therapie.«

»Diagnose und Therapie von *was*?«

Ich erklärte ihm, daß er sich jetzt vielleicht nicht an den Zwischenfall erinnern könnte, daß er jedoch merkwürdiges Verhalten gezeigt habe. Er fragte, wann und wie, und ich sagte ihm, daß ihm das alles klarwerden würde, wenn die Therapie wirkte. Selbst wenn ich den psychotischen Vorfall gekannt hätte, ich hätte ihm nichts anderes gesagt. Das war die korrekte Praxis. Trotzdem fand ich mich in einer falschen Rolle. Wäre der TRTU-Bericht nicht geheim, könnte ich vor dem Hintergrund meiner Faktenkenntnis reden. Dann hätte ich eine bessere Antwort auf seine folgende Frage. »Eines Morgens wurde ich herausgeklingelt, eingelocht, verhört, zusammengeschlagen und mit Drogen vollgepumpt. Vermutlich hab ich mich danach etwas seltsam verhalten. Hätten Sie doch auch, oder?«

»Eine Person unter Streß legt das Verhalten der Mitmenschen oft falsch aus«, sagte ich. »Trinken Sie Ihren Tee aus, dann bring ich Sie zurück auf Ihre Station. Ich glaube, Sie haben erhöhte Temperatur.«

»Die Station«, sagte er, mit dem Anflug einer abwesenden Geste, dann fragte er mich ziemlich entmutigt: »Sollten Sie wirklich nicht wissen, warum ich hier bin?«

Das war seltsam; er sprach, als ob er mich in sein ›Wahnsystem‹ eingeschlossen hätte, als einen ›auf seiner Seite‹. Muß diese Möglichkeit mal bei Rheingeld nachsehen. Ich sollte meinen, das würde bereits eine gewisse Umstellung bedeuten, wofür bis jetzt allerdings keine Zeit war.

Nachmittag mit den Jest- und Sorde-Holoanalysen zugebracht. Niemals zuvor habe ich eine psychoskopische Vorstellung, nicht einmal eine drogenbedingte Halluzination, von der Subtilität und Lebensechtheit dieser Rose gesehen. Die Schatten der einzelnen Blütenblätter auf der anderen, die samtene, feuchte Struktur der Blätter, das intensive Rosa voll von Sonnenlicht, die gelbe Krone der Staubgefäße – ich bin sicher, daß sie auch Duft ausströmte, wenn das Gerät zur Geruchsaufnahme fähig wäre. Die Rose wirkte nicht wie ein Geistesprodukt, sondern wie etwas Echtes, in der Erde Verwurzeltes, lebendig und wachsend, mit dem starken dornigen Stiel darunter.

Bin sehr müde, muß ins Bett.

Gerade den Anfang wieder gelesen. Ob ich das Tagebuch richtig führe? Alles, was ich aufgeschrieben habe, ist so geschehen oder gesagt worden. Ist das spontan? Auf jeden Fall ist es *wichtig* für mich.

5. September

Habe heute das Problem des Bewußtseinswiderstands mit Dr. Nades beim Mittagessen diskutiert. Habe erklärt, daß ich Unterbewußtseinsblockaden (bei Kindern, Depressiven und Ana J.) erlebt habe und über einige Erfahrungen verfüge, sie zu überwinden, aber mir noch niemals eine Bewußtseinsblockade wie F. S. Schild ›Zutritt verboten‹ begegnet ist oder der Trick, den er heute anwandte, der sich auf eine volle Zwanzig-Minuten-Sitzung auswirkte: Konzentration auf seine Atmung, Körperrhythmus, Rippenschmerzen und visuelle Eingaben vom Skopieraum. Sie schlug vor, daß ich eine Augenbinde als neuen Trick nehme und meine Aufmerksamkeit der Unterbewußtseinssphäre zuwende, da er nicht verhindern kann, daß dort die Bilder erscheinen. Trotzdem ist es erstaunlich, wie stark das Zusammenspiel seiner Unter- und Bewußtseinsfelder ist und wie weit das eine im anderen mitschwingt. Ich glaube, daß ihn seine Konzentration auf den Atemrhythmus in eine Art – ›Trance‹-Zustand versetzte. Obwohl natürlich die meiste sogenannte ›Trance‹ bloß okkultistischer Fakirzauber, ein primitiver Zug ohne jedes Interesse für die Verhaltensforschung ist.

Ana hat mir heute ›einen Tag in meinem Leben‹ vorgedacht. Alles so grau und stumpf, so ein armes Weib! Nicht einmal ans Essen hat sie mit Vergnügen gedacht, sie lebt von Minimalportionen. Das einzige Fröhliche war ein kurz auftauchendes Kindergesicht mit blitzenden, dunklen Augen, einer rosa Strickmütze und runden Backen. Sie erzählte mir im Vorbereitungsgespräch der Sitzung, daß sie auf ihrem Weg zur Arbeit immer an einem Schulhof vorbeigeht, weil sie ›die Kleinen gerne rumtoben sieht‹. Ihr Ehemann erscheint auf dem Schirm als ein riesiger, massiger Berg von Arbeitskleidern mit einem mürrischen, bedrohlichen Muffel darin. Ich frage mich, ob sie weiß, daß sie seit Jahren sein Gesicht nicht mehr angesehen oder die Worte nicht mehr gehört hat, die er sagt? Unnötig, ihr das mitzuteilen. Es bleibt sich gleich.

Sie strickt, wie ich heute gesehen habe, an einer rosa Mütze.

Auf Dr. Nades Empfehlung De Cams *Disaffektion, Eine Studie* gelesen.

6. September

Mitten in der Sitzung rief ich ihn laut an: »Flores!«

Die beiden Psydimensionen gingen ins Weiß über, doch die somatischen Ausführungen veränderten sich kaum. Nach vier Sekunden reagierte er schläfrig. Es ist keine ›Trance‹, sondern Selbsthypnose.

»Ihre Atmung wird von dem Apparat aufgezeichnet«, sagte ich. »Zu sehen, daß Sie noch atmen, interessiert mich nicht. Es ist langweilig.«

»Ich bestimme gerne selbst, was auf dem Monitor erscheint, Doktor«, erwiderte er.

Ich trat zu ihm, nahm seine Augenbinde ab und sah ihn an. Er hat ein hübsches Gesicht, der Typ von Mann, den man häufig Maschinen bedienen sieht, empfindsam, aber geduldig, wie ein Esel. Idiotisch, was ich da geschrieben habe. Aber ich werde es nicht durchstreichen. Ich soll in diesem Tagebuch spontan reagieren. Esel haben wundervolle Gesichter. Man hält sie für dumm und stur, doch sie sehen klug und sanft aus, als hätten sie eine Menge durchgemacht, aber hegten keinen Groll, als ob sie einen Grund wüßten, warum man besser keinen Groll hegt. Und der weiße Ring um ihre Augen läßt sie so schutzlos erscheinen.

»Aber je intensiver Sie atmen, um so weniger denken Sie. Ich bin auf Ihre Mitarbeit angewiesen. Ich versuche doch herauszufinden, wovor Sie sich ängstigen.«

»Aber ich weiß, wovor ich Angst habe«, sagte er.

»Warum erzählen Sie es mir nicht?«

»Sie haben mich niemals danach gefragt.«

»Das ist doch ganz und gar unvernünftig«, antwortete ich – was ziemlich witzig ist, jetzt, wo ich darüber nachdenke: einem psychisch Kranken vorzuwerfen, er sei unvernünftig. »Gut, dann frage ich Sie jetzt.«

»Ich habe Angst vor den Elektroschocks«, sagte er. »Ich habe Angst, daß man mir mein Denken zerstört. Angst, hier eingesperrt zu bleiben. Oder auch nur alles vergessen zu haben, wenn man mich entläßt.« Er keuchte beim Sprechen.

»In Ordnung, warum denken Sie dann aber nicht darüber nach, wenn ich die Schirme beobachte?«

»Warum sollte ich?«

»Warum nicht? Sie haben es mir doch auch gesagt, warum sollten Sie dann nicht daran denken? Ich will die Farben Ihrer Gedanken sehen.«

»Das geht Sie doch gar nichts an, die Farben meiner Gedanken«, sagte er ärgerlich, doch ich stand schon wieder vor dem Schirm, während er sprach, und sah seine unkontrollierten Gedankenströme. Natürlich wurde auch aufgezeichnet, als er redete, und ich habe die Aufnahmen den ganzen Nachmittag lang studiert. Sie sind faszinierend, von den gesprochenen Worten gehen zwei subverbale Stränge aus. Alle sensorisch-emotionalen Reaktionen und Verzerrungen sind heftig und komplex. Er ›sieht‹ mich, zum Beispiel, auf mindestens drei verschiedene Arten, vermutlich noch mehr – die Analysen sind ungewöhnlich schwierig! Und die Unterbewußtseins-Bewußtseins-Zusammenhänge sind so kompliziert und die Gedächtnisspuren und die laufenden Eindrücke verweben sich so rasch ineinander, und doch ist das Ganze in seiner Komplexheit eine Einheit. Genau wie die Maschine, deren Pläne er studiert hat, ganz verzwickt, doch ein einheitliches Ganzes in ihrer mathematischen Harmonie. Wie die Rosenblätter.

Da bemerkte er, daß ich alles beobachtete. »Voyeur! Verdammter Voyeur!« schrie er. »Lassen Sie mich allein! Hauen Sie ab!« Er brach zusammen und weinte. Auf dem Schirm war einige Sekunden lang klar ein Phantasiebild zu erkennen. Er sprengte die Arm- und Kopfklammern und trat das Gerät in Stücke, stürmte aus dem Gebäude, draußen war die runde Kuppe eines Hügels mit kurzem Gras unter einem Abendhimmel zu erkennen, und er stand da ganz einsam. Während er schluchzend auf dem Stuhl festgeklammert saß.

Ich brach die Sitzung ab, nahm ihm den Kranz ab und fragte ihn, ob er Tee wolle; er weigerte sich zu antworten. Also band ich seine Arme los und brachte ihm eine Tasse. Heute gab es sogar Zucker, eine ganze Dose voll. Ich erzählte ihm das und daß ich ihm zwei Würfel hineingegeben hätte.

Nachdem er einige Schlückchen getrunken hatte, sprach er in ausgesprochen ironischem Ton zu mir, da er sich schämte, geweint zu haben. »Sie wissen, daß ich Zucker nehme? Vermutlich hat Ihnen Ihr Psychoskop gesagt, daß ich Zucker wollte?«

»Stellen Sie sich nicht dumm«, sagte ich, »alle wollen Zucker, wenn es mal welchen gibt.«

»Nein, kleines Fräulein Doktor, sie wollen ihn nicht.« Im gleichen Ton fragte er, wie alt ich bin und ob ich verheiratet sei. Er war boshaft. »Wollen Sie nicht heiraten? Ach, Sie sind wohl mit Ihrer Arbeit verheiratet? Die armen Geisteskranken wieder an ein konstruktives Leben im Dienste der Nation heranzuführen?«

»Ich liebe meine Arbeit, weil sie schwierig und interessant ist. Wie die Ihre. Sie lieben Ihren Beruf, nicht wahr?«

»Ich liebte ihn«, sagte er. »Doch damit ist es wohl vorbei.«

»Weshalb?«

Er tippte sich an die Stirn. »Zzzzzzt! Und alles ist weg. Stimmt's?«

»Warum sind Sie eigentlich so fest überzeugt, daß man Ihnen Elektroschocks verordnet? Ich habe ja noch nicht einmal eine Diagnose gestellt!«

»Diagnose?« fragte er. »Ach, hören Sie doch auf, mir etwas vorzumachen, ich bitte Sie! Meine Diagnose steht schon fest. Verfaßt von den gelehrten Doktoren der TRTU. Schwerer Fall von Verdrossenheit! Prognose: schlecht! Therapie: In ein Zimmer voll mit verrückten, schreienden Wracks einschließen und seine Gedanken durchforsten, wie man seine Unterlagen durchforstet hat, dann verbrennen ... brennt sie aus. Stimmt's Doktor? Warum die ganze Schauspielerei, Diagnose, Teeanbieterei? Können Sie es nicht einfach angehen? Müssen Sie Ihre Pfoten auf alles legen, was ich bin, ehe Sie es verbrennen?«

»Flores«, sagte ich sehr geduldig. »*Sie* sagen ›zerstört mich‹ ... hören Sie das nicht selbst? Das Psychoskop vernichtet überhaupt nichts. Genausowenig, wie ich nach irgendwelchen Beweisen suche. Das hier ist kein Gericht, und Sie sind in keiner Verhandlung. Und ich bin kein Richter. Ich bin Ärztin.«

»Wenn Sie Ärztin sind«, unterbrach er mich, »können Sie dann nicht sehen, daß ich gar nicht krank bin?«

»Wie soll ich überhaupt irgend etwas sehen, so lange Sie mich mit Ihren albernen ›Zutritt verboten‹-Schildern ausschließen?« Ich brüllte. Ja, ich brüllte. Meine Geduld *war* Schauspielerei, und jetzt bröckelte die Pose ab. Aber ich sah, daß ich ihn nun erreicht hatte, und machte weiter. »Sie sehen krank aus, Sie verhalten sich wie ein Kranker – zwei gebrochene Rippen, Fieber, kein Appetit, Weinkrämpfe ... ist das vielleicht gesund? Wenn Sie nicht krank sind, beweisen Sie es mir! Lassen Sie mich sehen, wie es in Ihnen aussieht, innerhalb all dessen!«

Er blickte in seine Tasse, stieß ein merkwürdiges Lachen aus und zuckte die Achseln. »Ich kann es nicht schaffen!« sagte er. »Warum rede ich überhaupt mit Ihnen? Sie *sehen* so ehrlich *aus*, der Teufel soll Sie holen!«

Ich ging. Es ist erschreckend, wie sehr einen ein Patient verletzen kann. Das Schlimme ist, mit Kindern umzugehen bin ich gewohnt, ihre Ablehnung ist absolut wie die eines Tiers, das in seiner Furcht steif wird, sich an die Erde kauert oder einen beißt. Doch mit diesem intelligenten Mann, der älter ist als ich, besteht zuerst Kommunikation und Zutrauen, dann kommt der Tiefschlag. Das tut viel mehr weh.

Es ist schmerzlich, dies alles aufzuschreiben. Es tut noch einmal weh. Aber es hat einen Sinn. Manches, was er gesagt hat, verstehe ich nun viel besser. Ich glaube, ich werde es Dr. Nades erst zeigen, wenn ich die Diagnose gestellt habe. Wenn nur ein Funken Wahrheit daran ist, daß er wegen Verdacht auf Verdrossenheit verhaftet worden ist (und er ist bestimmt unvorsichtig in seinen Äußerungen), wird Dr. Nades vielleicht den Fall übernehmen wollen, weil ich weniger Erfahrung habe. Das würde mir leid tun. Ich brauche diese Erfahrung.

7. September

Wie dumm! Deshalb hat sie mir De Cams Buch gegeben. Natürlich hat sie es gewußt. Als Leiterin der Station hat sie Zugang zu den TRTU-Akten von F. S. Sie hat mir den Fall bewußt anvertraut.

Ich werde sicher einiges dabei lernen.

Heutige Sitzung: F. S. immer noch wütend und unwirsch. Extra eine Sexszene vorgestellt. Es war eine Erinnerung, doch als die Frau unter ihm keuchte, setzte er ihr eine Karikatur meines Gesichts auf. Das war eindrucksvoll. Ich bezweifle, ob eine Frau das fertiggebracht hätte; die Erinnerungen von Frauen an sexuelle Erlebnisse sind gewöhnlich dunkler und erhabener, und sie oder ihre Partner werden niemals Fleischpuppen mit austauschbaren Gesichtern. Nach einer Weile wurde ihm die Vorstellung langweilig (trotz der Lebendigkeit nahm er körperlich kaum Anteil, hatte nicht einmal eine Erektion), und sein Geist schweifte ab und wanderte umher. Zum ersten Mal. Einer der Entwürfe auf dem Schreibtisch kam zurück. Er mußte technischer Zeichner sein, denn er änderte sie mit einem Bleistift ab. Gleichzeitig ertönte im Audiometer eine Melodie in einem reinen, geistigen Ton, und aus dem Unterbewußtsein lappte ein Bild herüber: ein großes, dunkles Zimmer aus der Sichthöhe eines Kindes, mit sehr hohen Fensterbrettern, draußen war Abend, Zweige von Bäumen wurden dunkler, und im Innern des Zimmers vernahm man eine sanfte Frauenstimme, die vielleicht laut vorlas, manchmal fiel sie mit der Melodie zusammen. Indessen stieß die Hure auf dem Bett immer wieder heftig auf und zurück und zerfiel dabei jedesmal mehr, bis nichts als eine Brustwarze übrigblieb. Soweit habe ich es heute nachmittag analysiert, die erste Sequenz von über zehn Sekunden, die ich klar und vollständig analysiert habe.

»Was haben Sie nun erfahren?« fragte er mit spöttischer Stimme, als ich die Sitzung abbrach.

Ich pfiff ein Stück der Melodie.

Er sah erschreckt auf.

»Es ist eine hübsche Melodie«, sagte ich. »Ich hatte sie noch nie gehört. Wenn es Ihre private ist, werde ich sie nirgendwo anders pfeifen ...«

»Sie ist aus irgendeinem Quartett«, erklärte er und machte wieder dieses geduldige, schutzlose Eselsgesicht. »Ich mag klassische Musik. Haben Sie ...«

»Ich habe das Mädchen gesehen mit meinem Gesicht«, unterbrach ich ihn. »Wissen Sie, was ich gerne sehen würde?«

Er schüttelte den Kopf. Mürrisch. Armesündermiene.

»Ihre Kindheit.«

Das überraschte ihn. »In Ordnung«, sagte er nach einer Weile. »Sie sollen meine Kindheit haben. Warum nicht? Sie verschaffen sich den Rest, so oder so. Hören Sie zu! Sie zeichnen alles auf, nicht wahr? Könnte ich das Playback sehen? Ich würde mir gerne mal anschauen, was Sie sehen.«

»Gewiß. Aber es wird Ihnen nicht so viel bedeuten, wie Sie glauben. Ich habe acht Jahre gebraucht, um beobachten zu lernen. Man fängt mit den eigenen Aufzeichnungen an! Ich habe meine monatelang angesehen, ehe ich etwas erkannt habe.«

Ich führte ihn zu meinem Platz, setzte ihm den Kopfhörer auf und spielte ihm dreißig Sekunden der letzten Sequenz ab.

Danach war er ganz in Gedanken versunken und voll Respekt. »Was war das für eine Auf- und Abbewegung im – Hintergrund, wie Sie es wahrscheinlich nennen?«

»Visuelle Abtastung – Sie hatten die Augen verbunden – und unterschwellige propriozeptive Eingabe. Die Unterbewußtseinssphäre und die Körpersphäre überlappen sich die ganze Zeit über weitgehend. Wir bringen die drei Dimensionen getrennt ein, da sie selten ganz übereinstimmen, außer bei Babys. Die helle, dreieckige Bewegung links im Holo war vermutlich Ihr Rippenschmerz.«

»Das kann man ja gar nicht erkennen!«

»Sie erkennen es überhaupt nicht, Sie haben es gar nicht bewußt gefühlt. Aber da wir Schmerz in einer Rippe nicht auf einen Holo-Schirm übertragen können, verleihen wir ihm ein visuelles Symbol. Genauso allen Empfindungen, Affekten und Emotionen.«

»Und das nehmen Sie alles gleichzeitig wahr?«

»Ich sagte Ihnen ja, daß ich acht Jahre dafür brauchte. Und ist Ihnen klar, daß das hier nur ein Ausschnitt ist? Niemand könnte eine komplette Psyche auf einem Ein-Meter-Schirm wiedergeben. Niemand weiß, ob die Psyche überhaupt Grenzen hat. Außer den Grenzen des Universums.«

Zuerst sagte er gar nichts. »Wahrscheinlich sind Sie gar nicht dumm, Doktor. Wahrscheinlich sind Sie nur ganz in Ihre Arbeit vertieft. Das kann gefährlich sein, wissen Sie, ganz in der Arbeit aufzugehen.«

»Ich liebe meine Arbeit und hoffe, daß es ein sinnvoller, sozialer Dienst ist«, antwortete ich. Ich achtete aufmerksam auf Symptome von Disaffektion. Er lächelte ein wenig. »Pedant«, sagte er mit trauriger Stimme.

Mit Ana geht es voran. Noch einige Schwierigkeiten beim Essen. In Georges Therapie-Gruppe aufgenommen. Was sie braucht, was sie letztendlich echt braucht, sind Kontakte zu Menschen. Warum sollte sie überhaupt essen? Wer braucht sie, wer will, daß sie am Leben bleibt? Was wir Psychose nennen, ist manchmal nackter Realismus. Aber Menschen leben halt nicht nur von Realismus.

Die Aufzeichnungen von F. S. passen zu keinem der klassischen Paranoiden-Psychoskopbilder von Rheingeld.

Es fällt mir schwer, De Cams Buch zu begreifen. Die politische Terminologie ist so verschieden von der psychologischen. Alles scheint so rückständig. Ich muß von nun an echt aufmerksam die P. D.-Sitzungen an den Sonntagabenden verfolgen. Ich war schlaff. Nein, vielmehr aber wie F. S. sagte, zu sehr in meine Arbeit vertieft ... und sowenig wachsam gegenüber ihrem gesellschaftlichen Kontext, meinte er. Ohne darüber nachzudenken, *wofür* man arbeitet.

10. September

Bin die letzten zwei Abende so müde gewesen, daß ich die Tagebucheintragungen habe schleifen lassen. Alle Daten sind auf Band und selbstverständlich in meinen Aufzeichnungen zur Analyse. Habe wirklich hart an F. S.-Analyse gearbeitet. Aufregend. Er ist ein wirklich ungewöhnlicher Kopf. Nicht brillant, seine Intelligenztests bescheinigen guten Durchschnitt. Er weist keine originären oder genialen Gedanken auf, aber auch keine schizophrenen Erscheinungen. Ich kann keine Worte dafür finden, ich fühle mich geehrt, daß ich teilhaben durfte an dieser Kindheit, deren Erinnerung er für mich abgerufen hat. Ich kann es wirklich nicht in Worte fassen. In seinen Erinnerungen gab es natürlich Schmerzen und Furcht, da war der Krebstod des Vaters, monatelanges Elend, als F. S. zwölf Jahre alt war. Das war schrecklich, doch letztendlich kam keine Traurigkeit heraus. Er hat dies alles auch nicht vergessen oder verdrängt, es hat sich alles gewandelt durch seine Liebe zu den Eltern, zu seiner Schwester, zur Musik, zu Gestalt, Gewicht und Verzahnung der Dinge, durch seine Erinnerung an Licht und Wetter längst vergangener Tage und durch sein still arbeitendes Denken, das sich bemüht, weit und umfassend zurückzugreifen.

Bis jetzt kommt noch keine formelle Koanalyse in Betracht, es ist viel zu früh, doch er arbeitet so klug mit, daß ich ihn heute gefragt habe, ob er sich bewußt über die Gestalt jenes Dunklen Bruders im klaren sei, die einige Bewußtseinserinnerungen in die Unterbewußtseinssphäre begleitet. Als ich ihn als verfilzten Haarbüschel beschrieb, sah er mich erstaunt an. »Dokkay, meinen Sie?«

Dieses Wort war auch im Subverbal-Hörgerät aufgetaucht, aber ich hatte es nicht mit der Gestalt in Verbindung gebracht.

Er erklärte mir, als er fünf oder sechs Jahre alt war, sei Dokkay der Name eines ›Bären‹ gewesen, der oft in seinen Träumen vorkam. »Ich ritt auf ihm«, erzählte er. »Er war groß, ich klein. Er konnte Wände niederreißen und Dinge vernichten, böse Dinge, wissen Sie: Schlägertypen, Spinnen, Leute, die meiner Mutter Angst machten, Gefängnisse, dunkle Alleen, wo ich nicht gerne ging, Polizisten mit Gewehren, Pfandleiher. Hat sie einfach umgeworfen. Und dann ging er über den ganzen Dreck hinauf zum Gipfel des Hügels mit mir auf seinem Rücken. Dort oben war es immer ganz still, und es war immer Abend, kurz bevor die Sterne am Himmel erschienen. Dreißig Jahre ist das her. Später verwandelte er sich in eine Art Freund, einen Jungen oder einen Mann, mit Haaren wie ein Bär. Es hat eine ganze Menge Spaß gemacht.«

Ich schreibe das aus dem Gedächtnis nieder, da es nicht aufgezeichnet wurde; die Sitzung wurde durch eine Stromsperre unterbrochen. Es ist niederschmetternd, daß das Krankenhaus auf der Prioritätsliste der Regierung so niedrig rangiert.

Habe heute abend an der Pos.-Denken-Sitzung teilgenommen und mitgeschrieben. Dr. K. referierte über die Gefahren und Lügen des Liberalismus.

11. September

F. S. versuchte heute früh, mir Dokkay zu zeigen, aber es gelang ihm nicht. Er lachte. »Ich kann ihn nicht mehr sehen. Ich glaube, ich habe mich an einem bestimmten Punkt selbst in ihn verwandelt.«

»Zeigen Sie mir, wann das war«, forderte ich ihn auf. »In Ordnung«, sagte er und begann sofort, eine bestimmte Episode aus seiner frühen Jugend zurückzurufen. Sie hatte nichts mit Dokkay zu tun. Er sah eine Verhaftung. Man sagte ihm, der Mann hätte illegale Flugblätter verteilt. Später sah er eines dieser Pamphlete, dessen Titel genau in seiner Augenhöhe lag. »Gibt es Gerechtigkeit für jedermann?« Er las es, erinnerte sich aber nicht an den Text oder schaffte es, ihn mir zu zensieren. Die Verhaftung war von erschreckender Lebendigkeit. Details wie das blaue Hemd des jungen Mannes und das Keuchen, das er von sich gab, das dumpf klatschende Geräusch der Schläge, die Uniformen der TRTU-Agenten, wie der Wagen wegfuhr, ein großer grauer Wagen mit Blutspritzern an der Tür. Die Szene kam immer und immer wieder, der Wagen fuhr an, die Straße hinunter, fuhr an und die Straße hinunter. Für F. S. war dies ein traumatisches Erlebnis und kann vielleicht seine übersteigerte Furcht vor der Gewalt der staatlichen Justiz, die durch die nationale Sicherheit gerechtfertigt ist, erklären. Diese Furcht mag ihn zu einem irrationalen Verhalten verleitet haben, als er verhört wurde, was so als eine Tendenz der Verdrossenheit erschien – fälschlicherweise, wie ich meine.

Ich will sagen, wie ich zu dieser Ansicht gekommen bin. Als

diese Episode vorüber war, äußerte ich eine Bitte. »Flores, würden Sie mir zuliebe mal über Demokratie nachdenken.«

»Kleines Fräulein Doktor«, wehrte er ab, »so leicht legt man einen alten Fuchs nicht herein.«

»Ich will Sie nicht hereinlegen. Können Sie über Demokratie nachdenken, ja oder nein?«

»Ich kann eine ganze Menge darüber denken«, sagte er. Und er ging zu voller Gehirntätigkeit über, zu Musik. Es war der Chor aus dem letzten Satz von Beethovens Neunter Symphonie, ich kannte sie aus dem Kunstunterricht in der Highschool. Wir sangen sie zu irgendeinem patriotischen Text. »So zensieren Sie doch nicht«, schrie ich. »Brüllen Sie nicht so, ich kann Sie gut hören«, antwortete er. Natürlich war es im Skopieraum völlig still, aber die Aufnahme aus dem Hörgerät schwoll so gewaltig an, als ob Tausende von Menschen gemeinsam sängen. Er sprach laut weiter. »Ich zensiere überhaupt nicht. Ich denke an Demokratie. Das ist Demokratie: Hoffnung, Brüderlichkeit, keine Mauern. Können Sie das nicht hören?« Und dann kam wieder der Gipfel des Hügels mit dem kurzen Gras, das Gefühl, hoch oben zu stehen, und der Wind und der weite Himmel. Die Musik war der Himmel.

»Danke«, sagte ich, als es vorüber war und ich ihn vom Kranz befreite.

Ich wüßte nicht, warum ein Arzt einem Patienten nicht danken sollte für eine solche Eröffnung an Schönheit und Geist. Natürlich ist die ärztliche Autorität von Bedeutung, aber es muß keine Herrschaft sein. Ich bin mir darüber im klaren, daß die Autoritäten der Politik die Bürger führen müssen und man ihnen gehorchen soll, in der psychologischen Medizin ist das etwas anderes: Ein Arzt kann den Patienten nicht ›heilen‹, der Patient ›heilt‹ sich selbst mit unserer Hilfe, das steht nicht im Widerspruch zum positiven Denken.

14. September

Nach einer langen Unterhaltung mit F. S. heute bin ich ziemlich fassungslos und will versuchen, Ordnung in meine Gedanken zu bringen.

Da seine Rippenverletzung seinen Einsatz in der Arbeitstherapie verhindert, ist er unruhig. Die Gewalttätigen-Station verstört ihn tief, deshalb habe ich meine Stellung genutzt, damit man das ›G‹ aus seinen Papieren strich und ihn vor drei Tagen in die Männerstation B verlegte. Sein Bett steht neben dem von Dr. Arca. Als ich ihn zur Sitzung holen kam, saßen sie auf Dr. Arcas Bett und unterhielten sich. »Dr. Sobel«, sagte F. S., »kennen Sie meinen Nachbarn, Professor Arca von der Philosophischen Fakultät der Universität?« Natürlich kannte ich den alten Mann – er ist seit Jahren hier, schon viel länger als ich – aber F. S. sprach so artig und ernst, daß ich entsprechend reagierte. »Ja, natürlich. Wie geht es Ihnen, Professor Arca?« sagte ich und schüttelte die Hand des alten Herrn. Er grüßte mich höflich wie eine Unbekannte – er kennt oft Leute von einem zum anderen Tag nicht mehr.

»Wissen Sie, wie viele Elektroschockbehandlungen er hinter sich hat?« fragte F. S., als wir zum Skopieraum gingen. Als ich verneinte, sagte er: »Sechzig. Er erzählt es mir jeden Tag. Voll Stolz.« Er machte eine Pause. »Wissen Sie, daß er ein international bekannter Gelehrter war? Er hat ein Buch geschrieben, *Die Idee der Freiheit*, über den Freiheitsbegriff des zwanzigsten Jahrhunderts in Politik, Kunst und Wissenschaft. Ich habe es gelesen, als ich auf der Ingenieurschule war. Damals bekam man es noch. In Antiquariaten. Heute existiert es nicht mehr. Nirgendwo. Fragen Sie Dr. Arca. Er hat noch nie davon gehört.«

»Nach einer Elektrowellentherapie hat man immer ein wenig Gedächtnis verloren«, erklärte ich, »aber das verlorene Material kann wieder erlernt werden und wird häufig spontan zurückgewonnen.«

»Nach sechzig Sitzungen?« fragte er.

F. S. ist ein großer Mann, ziemlich gebückt, selbst in den Krankenhauspyjamas ist er eine beeindruckende Gestalt. Aber ich bin auch groß, und es liegt wohl nicht daran, daß er mich ›kleines Fräulein Doktor‹ nennt, weil ich klein bin. Zuerst tat er das, wenn er zornig war, jetzt sagt er es, wenn er verbittert ist, mich mit seinen Worten aber nicht verletzen will, das ›mich‹, das er kennt. »Kleines Fräulein Doktor, hören Sie auf zu schwindeln!«

sagte er. »Sie wissen, daß man den Geist dieses Mannes mit voller Absicht zerstört hat.«

Ich will nun versuchen, genau das niederzuschreiben, was ich antwortete, denn es ist sehr wichtig. »Ich billige die Elektrowellentherapie nicht als Allheilmittel. Ich würde einem meiner Patienten nicht ihre Anwendung verordnen, außer vielleicht in gewissen spezifischen Fällen seniler Melancholie. Ich habe mich der Psychoskopie gewidmet, weil sie eher eine integrative als destruktive Methode ist.«

Das ist alles wahr, und dennoch habe ich es niemals zuvor gesagt oder bewußt gedacht.

»Was werden Sie mir verordnen?« fragte er.

Ich erklärte, daß meine Verordnung, sobald meine Diagnose erst einmal vollständig wäre, dem Leiter und stellvertretenden Leiter der Station zur Billigung vorgelegt würde. Ich fügte hinzu, daß bislang nichts in seiner Krankengeschichte oder Persönlichkeitsstruktur den Gebrauch des ETC rechtfertigte, daß wir aber, abgesehen davon, auch noch nicht allzu weit gekommen wären.

»Wir wollen uns dafür viel Zeit lassen«, sagte er, während er mit seinen gebeugten Schultern neben mir herschob.

»Warum? Gefällt es Ihnen?«

»Nein. Obwohl Sie mir gefallen. Aber ich würde das unvermeidliche Ende gern hinauszögern.«

»Warum beharren Sie darauf, daß es unvermeidlich ist, Flores? Können Sie nicht einsehen, daß Ihr Denken in diesem Punkt völlig irrational ist?«

»Rose«, sagte er – er hatte bis dahin niemals meinen Vornamen ausgesprochen –, »Rose, man kann dem reinen Bösen nicht mit Vernunft begegnen. Es gibt Dinge, die die Vernunft nicht erfassen kann. Natürlich bin ich irrational, angesichts der drohenden Zerstörung meines Gedächtnisses ... meiner selbst. Aber ich bin nicht ungenau. Sie wissen, daß sie mich nicht hier rauslassen, solange ich nicht ...« – Er zögerte lange Zeit – ... anders bin.«

»Ein psychotischer Zwischenfall ...«

»Ich hatte keinen psychotischen Zwischenfall. Das müßten Sie inzwischen wissen.«

»Warum hat man Sie dann hierher gebracht?«

»Ich habe ein paar Kollegen, die sich gerne als Rivalen, als Konkurrenz betrachten. Ich vermute, daß sie die TRTU informiert haben, ich wäre ein umstürzlerischer Liberaler.«

»Welche Beweise hatten Sie?«

»Beweise?« Wir waren inzwischen im Skopieraum. Er schlug einen Augenblick lang die Hände vors Gesicht und lachte bestürzt. »Beweise? Nun, bei einer Abteilungsversammlung unterhielt ich mich einmal lange mit einem fremden Besucher, einem Kollegen, einem Konstrukteur. Und ich habe Freunde, wissen Sie, unproduktive Leute, Hippies. Und diesen Sommer habe ich mal unserem Abteilungsleiter bewiesen, warum ein Entwurf, den ihm die Regierung genehmigt hatte, nicht funktionieren konnte. Das war blöde. Vielleicht bin ich hier – wegen Blödheit. Und ich habe gelesen. Ich las Professor Arcas Buch.«

»Abgesehen von diesen Dingen, denken Sie doch positiv, Sie lieben Ihr Land, Sie sind nicht staatsverdrossen.«

»Ich weiß nicht«, gestand er zu. »Ich liebe die Idee der Demokratie, die Hoffnung, ja, ich liebe das. Ohne diese Gedanken könnte ich nicht leben. Aber das Land? Meinen Sie das Ding auf der Landkarte, die Linien? Alles innerhalb der Linien ist gut, alles außerhalb spielt keine Rolle? Wie kann ein erwachsener Mensch eine so kindische Vorstellung der Welt akzeptieren?«

»Aber Sie würden doch nicht die Nation an einen äußeren Feind verraten?«

»Nun, wenn die Entscheidung zwischen Nation und Menschlichkeit, zwischen Nation und einem Freund stünde, könnte ich das schon. Falls Sie das einen Verrat nennen. Ich nenne das Ethik.«

Er *ist* ein Liberaler. Er hat genau das, worüber Dr. Katin am Sonntag sprach.

Das ist klassische Psychopathie: das Fehlen normaler Affekte. Er sagte das ganz emotionslos – »Ich könnte das schon.«

Nein, das ist nicht wahr. Er sagte es unter Schwierigkeiten, unter Schmerzen. Ich war es, die so schockiert war, daß ich nichts fühlte ... Leere, Kälte.

Wie soll ich in der Lage sein, diese Art von Psychose, eine *politische* Psychose, zu behandeln? Ich habe De Cams Buch zweimal durchgelesen, und ich glaube, daß ich es jetzt verstehe. Trotzdem besteht nach wie vor diese Kluft zwischen Politischem und Psychologischem, so daß mir das Buch zwar eine Anleitung zum positiven Denken, aber nicht zum positiven *Handeln* bietet. Ich weiß, wie F. S. denken und empfinden sollte, und kenne dagegen seinen gegenwärtigen Geisteszustand, aber ich habe keine Ahnung, wie ich ihn an das positive Denken heranführen kann. De Cams schreibt, daß Disaffektion eine Mangelerscheinung ist, die mit positiven Gedanken und Gefühlen aufgefüllt werden muß, doch das trifft nicht auf F. S. zu. Die Kluft liegt nicht in ihm. Vielmehr ist es genau De Cams Kluft zwischen Politischem und Psychologischem, worauf *seine* Ideen anzuwenden sind. Wie aber ist das möglich, wenn seine Ideen falsch sind?

Ich habe einen Rat verdammt nötig, doch Dr. Nades kann ich nicht darum bitten. »Sie finden hier drin alles, was Sie brauchen«, sagte sie, als sie mir den De Cams gegeben hat. Wenn ich ihr nun erzähle, daß ich es nicht gefunden habe, ist das gleichsam ein Eingeständnis von Hilflosigkeit, und sie wird mir den Fall wegnehmen. Ich glaube, es soll tatsächlich so eine Art Testfall sein, ein Test für mich. Doch ich brauche diese Erfahrung, ich lerne noch, und abgesehen davon, vertraut mir der Patient und spricht offen mit mir. Das tut er in der Sicherheit, daß ich völlig für mich behalte, was er mir anvertraut. Deshalb kann ich dieses Tagebuch so lange niemandem zeigen oder die Probleme mit jemandem besprechen, ehe die Behandlung läuft und Verschwiegenheit nicht mehr erforderlich ist.

Doch ich kann noch gar nicht absehen, wann das sein sollte. Es kommt mir vor, als sei die Verschwiegenheit immer ein wesentlicher Faktor unserer Beziehung.

Ich muß es schaffen, ihm beizubringen, sein Verhalten der Realität anzupassen, oder er wird zum ETC geschickt, wenn die Station im November die Revision der Fälle durchführt. Damit hat er die ganze Zeit durchaus recht gehabt.

9. Oktober

Ich habe die Eintragungen in dieses Tagebuch abgesetzt, als das Material ihm oder mir selbst ›gefährlich‹ werden konnte. Ich habe es heute nacht noch einmal ganz durchgelesen. Ich bin nun der Überzeugung, daß ich es niemals Dr. N. werde zeigen können. Also werde ich weiterhin das eintragen, was ich will. Genau das hatte sie mir zwar empfohlen, doch sie hat wohl immer erwartet, daß ich es ihr zeigen würde; sie hat gedacht, daß ich das selber wollte (was ich ja anfänglich auch tat), oder sie wollte mich danach fragen und dachte, ich würde es ihr zeigen. Gestern hat sie danach gefragt. Ich habe behauptet, ich hätte es aufgegeben, da ich doch nur wiederholt hätte, was ich bereits in die Analysenakte eingetragen hätte. Sie war ganz und gar nicht einverstanden, sagte aber nichts dazu. Unser Herrschafts-Untergebenheits-Verhältnis hat sich in diesen vergangenen Wochen verändert. Ich empfinde nicht mehr dieses Bedürfnis nach Anleitung, und nach der Entlassung von Ana Jest, dem Autismus-Papier und meiner erfolgreichen Analyse der Aufzeichnungen von T. R. Vinha kann sie kaum auf meiner Abhängigkeit bestehen. Doch sie lehnt wohl meine Eigenständigkeit ab. Ich habe den Umschlag des Notizbuches abgerissen und verwahre die losen Blätter im Rücken vom Einband meiner Rheingeld-Ausgabe; um sie zu finden, müßte man schon eine sehr genaue Suchaktion anstellen. Als ich diese Vorsichtsmaßnahme getroffen habe, fühlte ich im Magen eine leichte Übelkeit aufsteigen und bekam Kopfschmerzen.

Allergie: Ein Mensch kann Tausende Male mit Blütenpollen in Berührung kommen oder Mückenstichen ausgesetzt sein. Dann bekommt er mal eine Virusinfektion oder ein psychisches Trauma oder wird von einer Biene gestochen, und wenn er das nächste Mal mit Grassamen oder Mücken konfrontiert wird, beginnt er zu niesen, zu husten, bekommt Juckreiz, muß weinen etc. Mit anderen Reizen ist es das gleiche, wenn er erst einmal sensibilisiert ist.

»Warum gibt es so viel Angst«, habe ich geschrieben. Nun heute weiß ich es. Warum gibt es kein Recht auf Persönlichkeit? Das ist unfair und gemein. Ich habe keinen Zugang zu den ›Geheim‹-Akten in ihrem Büro, obwohl ich mit den betreffenden Patienten arbeite und nicht sie. Doch bin ich nicht berechtigt, meinerseits irgendwelches ›Geheim‹-Material zu haben. Nur

Leute in hohen Stellungen haben ein Recht auf Geheimnisse. Ihre Geheimnisse sind immer unantastbar, selbst wenn es sich um Lügen handelt.

Hör zu. Hör zu, Rose Sobel, Doktor der Medizin, staatlich geprüfte Psychotherapeutin, staatl. gepr. Psychoskopin: Bist du ein Opfer der Anpassung geworden?

Wessen Gedanken denkst du da?

Seit sechs Wochen steckst du täglich zwei bis fünf Stunden im Denken eines anderen Menschen, einem umfassenden, vernünftigen Denken. Niemals zuvor hast du mit etwas Ebenbürtigem gearbeitet. Du hattest immer nur mit Verstümmelten und Verängstigten zu tun. Niemals hast du einen solchen Menschen getroffen.

Wer ist der Therapeut, du oder er?

Wenn aber alles mit ihm stimmt, von was soll ich ihn dann heilen? Wie kann ich ihm helfen? Wie ihn retten?

Indem ich ihm beibringe zu lügen?

Ohne Datum

Ich habe die beiden letzten Abende bis Mitternacht damit zugebracht, die diagnostischen Aufzeichnungen von Professor Arca durchzusehen, die man aufgenommen hat, als er vor elf Jahren eingewiesen wurde. Vor der Elektrokonvulsivbehandlung.

Heute früh hat mich Dr. N. ausgequetscht, weshalb ich ›die Akten so weit zurückverfolgt‹ hätte. (Das bedeutet, daß Selena ihr Meldung macht, wozu die Akten benutzt werden. Ich kenne jeden Quadratzentimeter des Skopieraumes, trotzdem überprüfe ich ihn nun täglich.) Ich erwiderte, daß ich mich mit der Entwicklung ideologischer Disaffektion bei Intellektuellen befassen wollte. Wir stimmten darin überein, daß Intellektualismus häufig negatives Denken begünstigt und zu einer Psychose führen kann und daß jene, die darunter litten, am besten wie Professor Arca behandelt und entlassen werden sollten, falls sie noch einigermaßen zurechnungsfähig sind. Es war eine sehr interessante und harmonische Diskussion.

Ich habe gelogen. Ich habe gelogen. Ich habe gelogen. Ich habe absichtlich gelogen, bewußt und gekonnt. Sie hat gelogen. Sie ist eine Lügnerin. Sie ist doch auch eine Intellektuelle! Sie ist eine einzige Lüge. Und ein Feigling, voll von Angst!

Ich wollte Arcas Bänder sehen, um Durchblick zu bekommen. Wollte mir selbst beweisen, daß Flores in keiner Weise einzigartig ist oder originär. Das stimmt. Die Unterschiede sind faszinierend. Dr. Arcas Bewußtseinssphäre war strahlend und schöpferisch, das Unterbewußtseinsmaterial war weniger vollkommen und weniger interessant. Dr. Arca besaß ein viel umfangreicheres Wissen und die Intensität und Brillanz seiner Gedankengänge war denen von Flores weit überlegen. Flores ist häufig äußerst konfus. Das gehört zu seiner Vitalität. Dr. Arca ist ... war ein abstrakter Denker, wie ich es bin, deshalb hatte ich an seinen Aufzeichnungen weniger Spaß. Mir fehlte bei ihnen die Dichte, der Zeit-Raum-Realismus und die starke sensorische Klarheit von Flores' Denken.

Heute früh im Skopieraum habe ich ihm erzählt, was ich unternommen habe. Seine Reaktion war (wie gewöhnlich) nicht die erwartete. Er ist dem alten Mann sehr zugetan, und ich dachte, es würde ihn freuen. »Wollen Sie damit sagen, daß sie die Bänder aufbewahrt, aber sein Denken vernichtet haben?« fragte er. Ich erklärte ihm, daß alle Bänder zu Lehrzwecken archiviert würden, und fragte ihn, ob es ihm nicht Freude bereitete zu wissen, daß eine Aufnahme von Arcas Denken in seiner Blütezeit existierte: war das letztlich nicht wie ein Buch, bleibender Teil eines Kopfes, der früher oder später senil würde und eines Tages sterben müßte? »Nein!« sagte er. »Nicht so lange sein Buch indiziert ist und die Aufnahmen geheimgehalten werden! Nicht einmal im Tod Freiheit und das Recht auf Persönlichkeit? Das ist das Schlimmste von allem!«

Nach der Sitzung fragte er, ob ich die Möglichkeit hätte oder bereit wäre, seine Diagnostikaufzeichnungen zu vernichten, falls man ihn zum ETC schickte. Ich antwortete ihm, daß solche Unterlagen ziemlich leicht einmal falsch eingeordnet werden und verlorengehen können, daß mir dies jedoch als eine schreckliche Vergeudung erschiene, da ich viel von ihm gelernt hätte und andere dies auch könnten. »Begreifen Sie nicht, daß ich gegenüber dem Volk nicht als Alibi dienen möchte? Ich möchte nicht benutzt werden, das ist alles. Sie haben mich niemals benutzt. Wir haben gemeinsam gearbeitet. Gemeinsam an unserer Sache.«

Der Gedanke an Gefangenschaft hat ihn in letzter Zeit stark beherrscht. Phantasien, Tagträume von Gefängnissen, Arbeitslagern. Er träumt von Gefangenschaft wie ein Gefangener von Freiheit.

Tatsache ist, daß ich angesichts der zunehmenden Ausweglosigkeit ihn ins Gefängnis schicken würde, wenn ich könnte, doch seit er *hier* ist, besteht dafür keine Chance mehr. Wenn ich berichte, daß er wirklich politisch gefährlich ist, werden sie ihn zurück in die G-Station stecken und ihm ein ETC verpassen. Es gibt keinen Richter, der ihn zu lebenslänglich verurteilen würde. Nur Ärzte, die ihn zum Tode verurteilen.

Alles, was ich tun kann, ist die Diagnose so lange wie möglich hinauszuzögern, eine volle Koanalyse zu beantragen mit einer entscheidenden Prognose zur völligen Heilung. Ich habe schon drei Entwürfe gemacht, aber es fällt schwer, den Bericht so zu formulieren, damit aus ihm klar hervorgeht, daß ich seine ideologische Abweichung zwar erkenne (und sie meine Diagnose nicht gleich vom Tisch wischen), den Fall aber auch gleichzeitig so leicht und heilbar darzustellen, daß sie mich mit der Psychoskopie weiterbehandeln lassen. Warum dann aber über ein Jahr lang aufwendige Ausrüstungen benutzen, wenn eine billige und einfache Behandlung zur Hand ist? Was ich auch sagen werde, sie haben dieses Argument. Es bleiben nur noch zwei Wochen bis zur Stationsrevision. Ich muß meinen Bericht so verfassen, daß sie ihn einfach nicht übergehen können. Was aber, wenn Flores recht hat, wenn all dies nur Theater ist, nur Lüge über Lüge, und sie tatsächlich von Anfang an von der TRTU die Weisung hatten: »Macht den da kaputt!« ...

Ohne Datum

Heute Stationsrevision.

Wenn ich hierbleibe, habe ich gewisse Möglichkeiten, kann ab und zu helfen. Nein, nein, nein. Nicht einmal, nicht einmal in dieser einen Sache, nicht einmal in dieser ... was kann ich jetzt tun, wie kann ich Einhalt gebieten?

Ohne Datum

Heute nacht habe ich geträumt, ich ritte auf dem Rücken eines Bären, eine tiefe Schlucht zwischen steilen Berghängen hinauf, zwischen schroffen Abhängen, die zu einem dunklen Himmel hinaufragten, es war Winter, die Felsen waren eisbedeckt.

Ohne Datum

Morgen werde ich Nades sagen, daß ich aufgebe und die Versetzung ins Kinderkrankenhaus beantrage. Doch sie muß die Versetzung genehmigen. Wenn nicht, bin ich ganz schön aufgeschmissen. Ich bin jetzt schon aufgeschmissen. Habe die Tür verschlossen, um das zu schreiben. Sobald alles aufgeschrieben ist, gehe ich hinunter zum Heizungsraum und verbrenne alles. Es gibt keinen sicheren Ort mehr.

Wir trafen uns in der Halle. Er war in Begleitung eines Pflegers.

Ich gab ihm die Hand. Seine Hand war groß und knochig und sehr kalt. »Kommt jetzt der Elektroschock, Rose?« fragte er mit leiser Stimme. Ich wollte nicht, daß er die Hoffnung aufgibt, ehe er die Stufen hinauf und den langen Weg den Korridor entlanggeht. »Nein ... Nur noch ein paar weitere Untersuchungen ... EEG wahrscheinlich.«

»Dann sehe ich Sie morgen?« fragte er. Ich sagte ja.

Und er sah mich wieder. Ich besuchte ihn heute abend. Er war noch wach. »Ich bin's Flores, ich, Dr. Sobel. Rose.«

»Ich freue mich, Sie kennenzulernen«, stammelte er. Die linke Gesichtshälfte ist leicht gelähmt. Das geht wieder vorbei.

Ich bin Rose. Ich bin die Rose. Die Rose, ich bin die Rose. Die Rose ohne Blüte, die Dornenrose, der Geist, den er schuf, die Hand, die er berührte, die Winterrose.

Originaltitel: »The Diary of the Rose«
Copyright © 1976 by Ursula K. Le Guin
Aus dem Amerikanischen übersetzt von Sylvia Pukallus

Jewgeni Aleksandrowitsch Jewtuschenko

Geboren 18. 7. 1933 in Sima bei Irkutsk als Sohn eines Geologen und einer Musikerin der Moskauer Philharmonie, trat Jewtuschenko (Evtušenko) schon früh (1949) als Erzähler und Lyriker hervor und zählt heute zu den bedeutendsten und vor allem populärsten russischen Autoren der Gegenwart. Er studierte am Gorkij-Institut in Leningrad und unternahm ausgedehnte Auslandsreisen, die ihn in die Bundesrepublik, nach England, Italien, Australien, Japan und in die USA führten. Von sich reden machte er durch die Verserzählung »Stancija Zima«, eine lyrische Selbstdarstellung, für die er von der offiziellen Kritik getadelt wurde, und bekannt wurde er vor allem durch sein Gedicht »Babij Jar«, eine Anklage gegen den Antisemitismus, sowie eine Reihe von politischen Gedichten, wie »Nasledniki Stalina« (»Stalins Erben«), gegen das Wiederaufleben des Stalinismus. Er versteht sich als Vertreter des Humanismus, den er im Kommunismus verwirklicht sieht. In vielen seiner zum Teil kritischen Gedichte sind die Eindrücke seiner Auslandsreisen verarbeitet, wie etwa in »Panoptikum v Gamburge« (»Panoptikum in Hamburg«), oder sie sind polemisch gegen Bürokratismus, Gleichgültigkeit und Überreste des Personenkults im eigenen Land gerichtet, wodurch es wiederholt zu Differenzen mit der offiziellen Parteilinie kam. Ein großer Teil seiner Werke ist auch auf deutsch erschienen: »Mir ist folgendes geschehen« (Gedichte, 1962), »Der Hühnergott« (Erzählungen, 1966), »Das dritte Gedächtnis« (Gedichte, 1970), »Lyrik, Prosa, Dokumente« (1972), »Ausgewählte Gedichte« (1972), »Unter der Haut der Freiheitsstatue / Die Universität von Kasan« (Dichtung, 1973). Die vorliegende Erzählung ist eine deutsche Erstveröffentlichung.

JEWGENI JEWTUSCHENKO

Ardabiola

1

Das Mädchen spürte einen Blick auf sich ruhen. Das Mädchen trug eine Schirmmütze – keine dieser ledernen Nina Rindt-Mützen, sondern eine ganz gewöhnliche aus Bouclé – und dachte, daß dieser Blick wohl ihrer Mütze und nicht ihr selbst gelte. Sie hatte diese manchmal neugierigen, manchmal mißbilligenden Blicke bereits tüchtig satt. Und vielleicht setzte sie auch diesen Blicken zum Trotz immer wieder ihre Mütze auf. Es gibt Blicke, die einen nur flüchtig streifen, so als hätten sie keinerlei Gewicht. Diesem Blick haftete jedoch eine Schwere an, die das Mädchen beinahe zusammenfahren ließ.

Das Mädchen stand auf der hinteren Plattform einer bis zum Bersten vollen alten Straßenbahn, ans Fenster gedrückt, so daß der Schirm ihrer Mütze gegen die Scheibe stieß. Ein dicker Mann in einem gestickten ukrainischen Hemd mit roten Quasten stellte ihr einen ovalen, mannshohen Spiegel auf die billigen Samtschuhe, den er nur mit knapper Not in die Straßenbahn hineingepfercht hatte und der mit seinem geschnörkelten Rahmen aus unechter Bronze an das Mobiliar des Winterpalastes oder ähnlichem erinnerte. An der Rückseite des Spiegels hing ein noch nicht abgerissenes Etikett aus den Werkstätten des Künstlerfonds. Das Mädchen konnte ihren Fuß nur mit größter Mühe unter dem Spiegel hervorziehen und hielt ihn für einen Augenblick in der Luft, da kein Platz war, wo sie ihn hätte hinstellen können. Links von ihr war im Spiegel das Gesicht des Dicken zu sehen – mit Augen, die unter einer riesigen knallroten Fettgeschwulst hervorglotzten, welche dem Besitzer das Aussehen eines Nashorns verlieh. Der Dicke heftete einen grimmigen Blick auf den

Spiegel, den er mit seinen Ringerfäusten umfaßt hielt. Der Ausgang des Kampfes – wer wen, er den Spiegel oder der Spiegel ihn – war noch nicht entschieden. Rechts von dem Mädchen wanderten Augen mit einem jenseitigen Blick und von einer merkwürdig bunten Farbe hin und her, zur Hälfte von einem schmierigen Hut überschattet, der jede Form verloren hatte. Unter dem Hut hervor drang ein Schluckauf an die Schultern des Mädchens, der sie mit einem Geruch von billigem Fusel einhüllte. In ihre Hüften bohrte sich schmerzhaft eine Flasche, die in der Tasche des Nachbarn steckte. Der Blick, den das Mädchen spürte, kam nicht aus der Straßenbahn. Sie blickte aus dem Fenster und sah, daß der Blick vom Steuer eines orangefarbenen Kombis der Marke ›Schiguli‹ ausging, welcher sich beinahe in die Stoßstange der Straßenbahn bohrte; kleine Jungen hatten zur musikalischen Untermalung eine leere Konservenbüchse an die Stoßstange gehängt, die beim Fahren über die Pflastersteine polterte. Die Windschutzscheibe des Kombis war staubig, und das Gesicht des Fahrers kam nur zur Hälfte zum Vorschein. Die Augen jedoch waren deutlich zu sehen, so als existierten sie unabhängig vom Gesicht. Sie ähnelten zwei unnatürlich blau leuchtenden Ballons, aufgehängt über dem Lenkrad eines leeren Autos, das ohne Fahrer, ganz alleine zu fahren schien. Das Mädchen mit der Schirmmütze bekam es sogar mit der Angst zu tun. Die Straßenbahn machte einen Ruck und fuhr langsam ein Gäßchen der Moskauer Altstadt entlang, wo auf den Fensterbrettern der Holzhäuser mit Gaze verschlossene Dreilitereinmachgläser mit den zerfransten Medusen des ›Teepilzes‹* und stachelige grüne Agavengeweihe standen. Die Straßenbahn verbrachte zusammen mit diesen Häusern ihren Lebensabend, und es schien, als herrsche zwischen den beiden ein trauriges Einverständnis. Der orangefarbene Kombi war der Straßenbahn gefolgt, und der Blick aus dem Lieferwagen war wieder da. Das Mädchen mit der Schirmmütze senkte den Blick, zog mit Mühe aus der an die Wand gepreßten Plastiktüte mit dem Bild von Mischa – dem Helden der eben erst

* Teepilz – ein Pilz, den man in ein Glas gibt und Tee und Zucker hinzufügt. Er wächst weiter und sondert eine Säure ab, die zusammen mit dem Tee Limonade ergibt.

zu Ende gegangenen Olympischen Spiele – die Zeitschrift *Literaturnaja Gazietta* hervor und konnte diese kaum aufschlagen, weil zwischen ihrem Gesicht und dem Fenster fast kein Platz war. Vor ihren Augen begannen die Buchstaben auf- und abzutanzen, reihten sich recht und schlecht zu Wortverbindungen, die so weit entfernt waren von dem keuchenden Dicken mit dem Spiegel, der fremden Flasche, die sich ihr in die Hüften bohrte, von den beiden blauen Ballons in dem anscheinend leeren orangefarbenen Kombi sowie auch von ihr selbst: »Ja, ich beabsichtige mit meinem Körper ein Geschäft zu machen, und erkläre dies vor aller Ohren!« sagte Mary Jane Hackett aus dem Staate Kentucky. »Talent ist heute nicht mehr gefragt. Sie wollen nur deinen Körper. Einen jungen und appetitlichen Körper.« Als das Mädchen über der *Literaturnaja Gazietta* hinweg aus dem Fenster blickte, sah sie erneut den auf sie gehefteten Blick der vom Rest des Gesichtes unabhängigen Augen. Doch plötzlich schalteten sich für einen Augenblick die Scheibenwischer ein, wuschen mit kleinen Wasserstrahlen den Staub von der Windschutzscheibe des orangefarbenen Kombis, und die Augen verschmolzen mit dem Gesicht. Es war ein männliches, markantes und beinahe jugendliches Gesicht, wären da nicht tiefe Falten auf der gebräunten Stirn gewesen. Der Kopf war kahlrasiert, und der Mann am Steuer ähnelte einem nicht mehr ganz jungen Soldaten oder einem gerade aus dem Gefängnis entlassenen Häftling. Der Kahlköpfige lächelte nicht, zwinkerte nicht mit den Augen, sondern blickte nur. Dem Mädchen wurde ganz anders. ›Vielleicht kommt es mir nur so vor, als verfolge er mich? Er fährt eben hinter der Straßenbahn her und basta … Schaut dabei auf die Straßenbahn und überhaupt nicht auf mich oder meine Mütze‹, dachte das Mädchen und suchte erneut Schutz hinter der *Literaturnaja Gazietta.* ›Oder vielleicht trage ich gerade deshalb die Mütze?‹ verhöhnte sich das Mädchen selbst. ›Vielleicht bin ich auch eine Mary Jane, bloß nicht so entwickelt?‹ Die Buchstaben vor ihren Augen begannen wieder im Takt der über die noch vorrevolutionären Pflastersteine polternden Straßenbahn auf- und abzutanzen. »Pfui, pfui, Mary Jane«, sagte ein großgewachsener junger Mann.

»Und wann hast du, so würde mich brennend interessieren, das letzte Mal ein Mädchen geküßt?« fragte sie mit herausforderndem Ton.

»Im 28er Jahr, zu Ehren der Wahl des Präsidenten Herbert Hoover«, sagte dieser, ohne lange nachzudenken.

In der Empfangshalle ertönte ein gutherziges Gelächter.

Und dem Mädchen schien, als lachten über sie auch alle, und dazu keineswegs gutherzig: sowohl der Dicke mit dem Spiegel, und zwar so sehr, daß die roten Quasten an seinem gestickten ukrainischen Hemd zu tanzen begannen, wie auch der dürre Trinker mit dem schmierigen Hut und der vormals Unsichtbare am Steuer des orangefarbenen Kombis. Das Mädchen zählte insgeheim die Haltestellen: Eins ... zwei ... drei ... an der nächsten werde ich aussteigen. Sie quetschte ihre *Literaturnaja Gazietta* in die Tüte und schaute, während sie sich zum Ausgang zwängte und dabei mit dem Schirm ihrer Mütze an den Rahmen des Spiegels anstieß, trotz allem noch einmal durch die eng aneinanderklebenden Gesichter und Schultern hindurch in Richtung Fenster: durch die Spalten schimmerte unbarmherzig etwas Orangefarbenes durch. Als sie vom Trittbrett der Straßenbahn sprang und an ihrer Tasche riß, weil sich der Kopf des olympischen Mischas in der zufallenden Tür verfangen hatte, dachte das Mädchen, ohne in die Richtung des Kombis zu blicken, mit schwerem Herzen: »Wenn er nur nicht aufdringlich wird ... das hätte mir gerade noch gefehlt.« Doch als die Straßenbahn losfuhr und das Mädchen die Straße überqueren wollte, wuchs plötzlich der orangefarbene Kombi vor ihr aus dem Boden, und eine starke Hand schlug die Tür auf.

Dahinter hupte entrüstet ein Möbelwagen.

»Steigen Sie ein!« sagte der Kahlköpfige im Befehlston. »Ich kann hier nicht stehenbleiben. Ich werde Ihnen nachher alles erklären.«

Das Mädchen stieg, ohne zu wissen weshalb, ein, und der Kombi fuhr los, wie vorher der Straßenbahn nach, begleitet von dem unaufhaltsamen Gespenst des Möbelwagens, der im Rückspiegel zu sehen war.

»Was wollen Sie mir erklären?« fragte das Mädchen, ohne nach links zu sehen, und ärgerte sich schrecklich über sich selbst, daß sie aus unerfindlichen Gründen in diesem orangefarbenen Kombi saß. Im Wagen roch es merkwürdig nach Garten.

»Ich bin Ihnen nachgefahren«, antwortete der Kahlköpfige. »Mir hat Ihr Gesicht Angst gemacht.«

»Und mir das Ihre ...«, sagte das Mädchen und zuckte ärgerlich die Achseln.

»Sie dachten über die Sinnlosigkeit des Lebens nach«, fuhr der Kahlköpfige, ohne auf sie zu hören, fort. »Ich konnte es an Ihrem Gesicht ablesen. Und denkt der Mensch über die Sinnlosigkeit des Lebens nach, so ist das Leben allein dadurch schon nicht sinnlos ...«

»Sagen Sie diesen einstudierten Satz eigentlich jedes Mal auf, wenn Sie hinter einer Straßenbahn herfahren und sich eine Frau suchen? Obusse und Autobusse verschmähen Sie wohl auch nicht? Bei der U-Bahn dürfte es etwas schwieriger sein, da man doch kaum mit einem ›Schiguli‹ unter der Erde fahren kann ...?« fragte das Mädchen und krampfte sich zusammen: »Dabei habe ich ja tatsächlich über die Sinnlosigkeit des Lebens nachgedacht, besonders als ich die Glotzaugen des Dicken sah, der seinen Spiegel umfaßt hielt ... Und dann diese Flasche, die mir in die Hüften stach ... Aber wer würde nicht über die Sinnlosigkeit des Lebens nachdenken, wenn man von allen Seiten gestoßen wird ... Dazu braucht man kein Philosoph oder Hellseher sein ... Das ist wahrscheinlich ein alter Trick eines Weiberhelden mit Auto. Gibt Mitgefühl mit weiblichen Qualen vor, die man angeblich auf den schönen gequälten Gesichtern lesen kann ... Ein Autobesitzer, der Mitleid mit denen hat, die mit der Straßenbahn fahren müssen ... Ein französischer Baron küßte ein Mädchen von niedrigem Stand und hob sie so zu sich empor ... Weshalb riecht es in diesem Wagen nach Garten?«

»Hören Sie auf!« sagte der Kahlköpfige, ohne gereizt zu sein. »Sie glauben ja selbst nicht, was Sie da reden und denken. Ansonsten wären Sie nicht in mein Auto eingestiegen.«

»Und weshalb mußte ich einsteigen?«

»Sie mußten nicht. Aber Sie sind eingestiegen. Das bedeutet, Sie wollten es so.«

»Ich wollte es überhaupt nicht. Ich war nur durch das Hupen dieses blöden Möbelwagens verwirrt. Halten Sie an! Wohin bringen Sie mich?«

»Zu Ihrer Straßenbahn.«

»Ich war schon ausgestiegen. War schon angekommen.«

»Sie sind noch nirgends angekommen. Sie sind noch dort, in der Straßenbahn. Sehen Sie, da ist Ihr Gesicht ans Fenster gedrückt. Sie denken über die Sinnlosigkeit des Lebens nach. Dann fühlen Sie einen Blick auf sich ruhen. Noch wissen Sie nicht, wessen Blick es ist. Sie drehen sich um. Der Dicke mit dem Spiegel. Der Trunkenbold mit dem, was einst ein Hut gewesen sein soll. Nein, der Blick kommt nicht von ihnen. Dann blicken Sie auf und sehen mich. Nicht mein Gesicht, sondern etwas Verschwommenes, weil die Windschutzscheibe staubig ist. Kann sein, Sie haben nur meine Augen gesehen. Sie jagen Ihnen Angst ein. Sie verstekken sich hinter der ›Literaturnaja Gazietta‹, aber durch die Zeilen hindurch spüren Sie meinen Blick. Ich fühle, daß Sie mich brauchen, und fahre hinter Ihrer Straßenbahn her.«

»Ich brauche niemanden.«

»Dann sind Sie bedauernswert. Aber das stimmt nicht. Sie sind nur verwirrt und wissen nicht, was Sie tun sollen.«

»Hören Sie, wozu versuchen Sie meine Gedanken und Gefühle zu erraten? Bleiben Sie stehen ...«

»Ich werde dann stehenbleiben, wenn die Straßenbahn, in der Sie noch fahren, stehenbleibt. Nun schalte ich die Scheibenwischer ein, und sie waschen den Staub von der Windschutzscheibe. Jetzt sehen Sie mein Gesicht. Mein rasierter Kopf flößt Ihnen Angst ein. Sie suchen erneut hinter der ›Literaturnaja Gazietta‹ Schutz vor mir – nur Ihre Mütze ist über dem Einband zu sehen. Die Straßenbahn hält. Ich halte auch an. Sie steigen aus der Straßenbahn aus und ... Bleiben Sie sitzen! Es hat keinen Sinn, die Autotür von innen zu öffnen. Sie haben sie noch nicht von außen geöffnet. Nun hat der Möbelwagen gehupt. Und ich sage Ihnen: ›Steigen Sie ein!‹ Nun sind Sie eingestiegen und können selbst nicht begreifen, weshalb Sie es getan haben.«

Das Mädchen versuchte die Autotür zu öffnen, doch der Kahlköpfige ergriff gebieterisch ihre Hand. Abgesehen von dem festen Griff, war die Hand selbst weich und sanft. Das Mädchen war erstaunt, daß ihr die Hand nicht fremd vorkam. Und auch die Stimme erschien ihr nicht fremd:

»Steigen Sie nicht aus.«

Die Straßenbahn fuhr los und spuckte den Fahrgästen die Knöpfe hinterher.

Der Möbelwagen, immer noch derselbe, gab schon kein Hupen mehr, sondern ein klägliches Gewimmer von sich, und der Kombi fuhr auf denselben Straßenbahnschienen weiter. Ein Schlagloch in den Pflastersteinen rüttelte das Auto durch. Das Mädchen hörte hinter ihrem Rücken ein merkwürdiges Klirren und drehte sich unwillkürlich um. Der gesamte Raum im Inneren des Kombis war ausgefüllt. Da klirrten drei Kisten mit Flaschen – eine mit Sekt, eine zweite mit Wodka und eine dritte mit Mineralwasser. Da schaukelten zwei Emaileimer – einer mit Tomaten, der andere mit Gurken gefüllt. Aus einem Korb fielen Äpfel und Birnen und spießten sich an den Schnauzen von drei angesichts der Vorahnung auf ihr Gebratenwerden bleichen Ferkeln auf, die auf mehreren Haufen Grünzeugs – Petersilie, Koriander, Dill, Kresse, Minze und Radieschen – ruhten. Das war also der Grund, weshalb es in dem Wagen nach Garten roch.

»Was ist das?« entfuhr es dem Mädchen.

»Das werden wir beide jetzt alles austrinken und aufessen«, sagte der Kahlköpfige, ohne zu lächeln.

»Hören Sie, wenn Sie glauben, ich gebe mich für Ihr psychologisches Experiment her...«, brauste das Mädchen auf. »Bleiben Sie doch schon endlich stehen!«

Der Kahlköpfige bog plötzlich scharf ab und bremste, wobei er mit den rechten Rädern auf dem Trottoir zu stehen kam und ein melodisches Zittern über das gesamte Pflaster ging. Der Möbelwagen brauste polternd vorbei, und eine behaarte tätowierte Hand drohte wutentbrannt aus dem Fenster.

Der Kahlköpfige stellte den Motor ab und schloß, nachdem er sich in den Sitz zurückgelehnt hatte, die Augen. Die blauen Ballons mit ihrem inneren Leuchten verschwanden unter den fest geschlossenen Lidern. Das Gesicht verlor plötzlich seine markanten Züge, wurde leblos, so als würde es jeden Augenblick auseinanderfallen. Nur die Falten auf der Stirn waren noch genauso tief wie vorher. Es waren ihrer genau drei.

»Sie, hören Sie mich nicht?« schrie das Mädchen mit stockender Stimme auf.

»Ich höre Sie«, antwortete der Kahlköpfige. »Sie sind soeben aus der Straßenbahn ausgestiegen. Aber Sie sitzen noch nicht in meinem Wagen.«

»Ein Irrer«, dachte das Mädchen. »Oder vielleicht ist er nur krank und hat hohes Fieber? Delirium tremens?« und plötzlich merkte sie zu ihrem Schrecken, daß sie die Wagentür nicht aufbrachte – die Hand wollte und wollte sich nicht erheben. »Ein Hypnotiseur?« schoß es ihr fieberhaft durch den Kopf. »Weshalb bleibe ich wie eine dumme Gans hier sitzen und steige nicht aus? Nein, Hypnotiseur ist er keiner ... und wie ein Gauner sieht er auch nicht aus.« Und dann erriet sie durch einen in ihr plötzlich aufkommenden Mutterinstinkt: er ist todmüde und möchte ganz einfach schlafen. Vielleicht schläft er auch schon? Der Kahlköpfige hatte, als er so hilflos in den Sitz gelehnt dalag, etwas von einem kleinen Jungen an sich. Von einem restlos verausgabten kleinen Jungen.

»Was ist los mit Ihnen?« fragte sie und berührte vorsichtig seine Hand, als wollte sie sich davon überzeugen, daß er noch lebte. »Schlafen Sie?«

»Nein, ich schlafe nicht«, antwortete der Kahlköpfige, ohne die Augen zu öffnen. »Aber ich würde schrecklich gern schlafen. Ich habe schon drei Tage und Nächte kein Auge mehr zugemacht.«

»Nun, dann schlafen Sie ... Möchten Sie, daß ich neben Ihnen sitzenbleibe, während Sie schlafen?« sagte das Mädchen zu ihrer eigenen Überraschung und platt darüber, daß sie nicht ausstieg und nicht aussteigen konnte.

»Ja ... Aber schlafen kann ich nicht. Ich werde mich nur ein bißchen ausruhen. Darf ich?«

Sie antwortete nicht einmal »Sie dürfen«, sondern fragte nur: »Und weshalb haben Sie drei Tage und Nächte kein Auge zugemacht?«

»Habe mir selbst zugeredet ... Habe versucht, ein Genie zu

werden«, sagte er, kaum die Lippen bewegend, und versuchte über sich selbst zu lachen.

»Und ist es Ihnen gelungen?« versuchte auch sie zu lachen. Aber es gelang ihr ebenfalls nicht.

»Scheinbar ja ...« Er öffnete die Augen, und sie sah die durch Schlaflosigkeit rot gefärbten Adern rund um die blauen Ballons. »Zum Teufel mit meiner Genialität. Aber wissen Sie, ich darf jetzt auf keinen Fall sterben. Ich muß mit mir wie mit etwas Kostbarem vorsichtig umgehen. Ich darf in kein Flugzeug steigen, weil es abstürzen könnte. Ich sollte mich nicht ans Steuer setzen, weil mir irgendein besoffener Idiot ins Auto fahren könnte. Ich sollte sogar besser meinen Fuß nicht auf die Straße setzen, da mir ein Ziegelstein auf den Kopf fallen könnte. Am besten wäre es, mich in den vier Wänden des Labors einzusperren und mich zur Sicherheit an Ketten zu legen. Ich habe, so scheint es, eine große Entdeckung gemacht ... Wissen Sie, ich bin vielleicht der Mann, den die Menschheit heute am dringendsten braucht ...«

»Das glauben viele von sich«, sagte das Mädchen. »Ich kann aus irgendeinem Grund das Gesicht eines Fernsehansagers nicht ertragen. Er ist absolut davon überzeugt, daß ihn die Menschheit am dringendsten braucht. In Wirklichkeit ist er aber nicht mehr als ein fetter Papagei mit Krawatte und Manschettenknöpfen.«

»Sie drücken sich nicht gerade liebevoll aus«, sagte der Kahlköpfige. »Bereits durch das Fenster der Straßenbahn habe ich bemerkt, daß Sie, abgesehen von Ihrer Verwirrtheit über das Leben, eisige graue Augen haben. Das ist Ihre Rettung. Oder aber auch Ihr Untergang. Durch Verwirrung wird man mitunter boshaft und zornig. Auch die Mütze tragen Sie meiner Meinung nach aus Zorn. Für Sie ist die Mütze das, was für mich mein rasierter Kopf ist. Ich habe ihn heute rasiert. Aus Trotz. Wem genau, weiß ich nicht, aber aus Trotz. Doch was glauben Sie, wen heutzutage die Menschheit am dringendsten braucht? Alle Länder und alle Menschen gleichzeitig?«

Das Mädchen begann nachzudenken.

»Jemanden, der den Menschen einen gemeinsamen Glauben an etwas geben könnte«, sagte sie nach einigem Stottern ernst.

»Dummes Zeug!« rief der Kahlköpfige belustigt und selbstsicher und wurde vor ihren Augen wieder ganz lebendig. »Einen gemeinsamen Glauben kann es niemals geben! Wie könnten ein Schurke und ein ehrbarer Mensch einen gemeinsamen Glauben haben?! Dieselbe Idee hat das Christentum in eine Sackgasse geführt, und nicht nur es ... Ein gemeinsamer Glaube an etwas, das ist zu verschwommen, zu substanzlos ... Gegen ein konkretes Übel kann man nur mit konkreten Mitteln ankämpfen. Denken Sie einmal nach, welches konkrete Übel droht jetzt allen?«

»Krieg«, sagte das Mädchen. »Haben Sie vielleicht die Antibombe erfunden?«

Der Kahlköpfige wurde traurig, und seine blauen Ballons verloren für einen Augenblick ihr inneres Leuchten.

»Nein, Antibombe habe ich keine erfunden. Eigentlich schade«, sagte er leise und versank wieder in sich und schloß die Augen. »Dafür habe ich aber Ardabiola geschaffen.«

»Was?« Das Mädchen verstand nicht.

»Ar-da-bi-o-la«, sprach er geduldig jede einzelne Silbe aus, ohne die Augen zu öffnen. »Bescheidenheit ist noch nie meine Stärke gewesen. Mein Familienname ist Ardabjew. Aber das ist nicht nur mein Name. Es ist auch der Name meines Vaters. Meines Großvaters. Und so weiter und so weiter. Laut Familienchronik kommt der Name von den Worten ›Die Horde schlagen wir ...‹«*

»Aber was ist das, diese Ihre Ardabiola?«

»Eine Pflanze. Wollen Sie sie sehen?« Und ohne eine Zustimmung abzuwarten, öffnete er die von neuem leuchtenden blauen Augen, drehte sich um und zog unter einem Haufen Grünzeugs einen durch nichts auffälligen Zweig hervor, an dem einige kleine grüne Früchte hingen. »Ähneln sie nicht den Feichoas?«

»Ich habe noch nie Feichoas gesehen«, gab das Mädchen zu. »Ist das nicht ein japanisches Obst?«

»Warum japanisch? Es wächst auch bei uns, an der Schwarzmeerküste«, sagte Ardabjew fast beleidigt.

»Ich bin noch nie am Meer gewesen.«

---

* Horde – die »Goldene Horde«, ein ehemaliges mongolisches Reich in Osteuropa und Westsibirien.

»Sie werden es bestimmt noch sehen ... Es läuft Ihnen nicht davon. Doch diese Pflanze hat mit den Feichoas nichts gemeinsam. Sie ist das Kind eines Insekts und einer anderen Pflanze.«

»Ein Irrer.« Das Mädchen sah ihre Befürchtungen bestätigt, wollte von neuem aussteigen, konnte es aber wieder nicht. »Vielleicht ist er tatsächlich ein Genie?«

Nun ertönte nicht mehr von hinten, sondern von rechts der Kampfesruf eines Lastwagens, der aus dem Tor herausfahren wollte, das der orangefarbene Kombi versperrte. Auf dem Tor stand die Aufschrift: ›Textilfabrik Richard Sorge‹.*

Ardabjew lenkte das Auto mit einem Stoßseufzer wieder auf die Straßenbahnschienen.

»Kennen Sie diesen Bezirk?« fragte das Mädchen. In seinen Augen spiegelte sich Verlegenheit wider, und ihre Angst löste sich sofort in deren knabenhafter Bläue auf.

»Nein«, gestand er ehrlich ein. »Ich bin einfach hinter Ihrer Straßenbahn hergefahren und habe nicht die geringste Ahnung, wo wir jetzt sind.«

»Biegen Sie in die nächste Gasse rechts ein! Hier ... Fahren Sie direkt unter der Absperrung durch! Haben Sie keine Angst, hier ist keine Miliz«, kommandierte das Mädchen. »Nun, da sind wir. Hier werden uns weder Möbelwagen noch Lastwagen irgendwelcher Textilfabriken stören. Erzählen Sie mir von Ihrer Ardabiola ...«

»Das ist ja ein Kanal«, sagte Ardabjew erstaunt und begeistert, hielt den Kombi auf einem Sandhügel direkt über dem glitzernden Kräuseln des Wassers an, das da in einem Betonbett gefangen lag. Am Ufer war kaum jemand zu sehen – nur ein greiser Fischer saß mit seiner hoffnungslosen Angel da, und ein ältliches Paar kniete neben seinem noch feuchten, gerade eben gewaschenen ›Saporoschetz‹ im Gras und tunkte hartgekochte Eier in eine offene Streichholzschachtel mit Salz.

Ardabjew stieg aus dem Wagen, streckte knirschend seine Glieder, wandte sein Gesicht der Sonne zu und schloß von neuem die Augen. Das Mädchen stieg ebenfalls aus, rückte den Schirm

---

* Richard Sorge – sowjetischer Agent in Japan vor dem Zweiten Weltkrieg.

ihrer Mütze aber tiefer in die Stirn. Sie ging der Sonne aus dem Wege.

»Vielleicht haben Sie Hunger?« fragte sie. »Haben Sie heute gefrühstückt?«

»Ich glaube nicht«, sagte Ardabjew unsicher, während er ihr zuhörte und die Sonne genoß, die sein Gesicht überflutete.

Das Mädchen war plötzlich voller Tatkraft.

»Sie haben wunderschöne Tomaten und Gurken in Ihrem Wagen. Ist Salz da?«

»Nein«, sagte Ardabjew mit einem fröhlichen Augenzwinkern. »Nehmen Sie etwas von Ihren Vorräten, und essen Sie. Salz bringe ich sofort.«

Das Mädchen ging zu dem ältlichen Paar und kam mit einer Prise Salz in der Hand zurück. Ardabjew saß bereits mit zwei Gurken und zwei Tomaten auf einer ausgebreiteten Zeitung im Sand. Daneben stand eine Flasche Sekt.

»Woher kommt das – von Ihrer morgigen Geburtstagstafel?« fragte das Mädchen und leerte das Salz auf die Zeitung.

»Falsch geraten«, schüttelte Ardabjew seinen kahlen Kopf. »Morgen findet meine sogenannte Promotionsfeier statt. Ich laufe heute schon seit dem Morgen wie verrückt herum und fühle mich wie eine richtige Null. Glauben Sie, es ist so einfach, drei Ferkel zu erstehen?«

»Natürlich nicht«, sagte das Mädchen und lächelte zum ersten Mal. »Übrigens, werden sie nicht schlecht?«

»Zum Teufel mit ihnen«, winkte Ardabjew mit der Hand ab. »Schade, daß man sie nicht einfach so essen kann. Sonst würden wir ein Ferkel dem Fischer dort drüben geben, das zweite dem Paar am ›Saporoschetz‹, und das dritte würden wir selbst verspeisen ... Und den Sekt und den Wodka würden wir in einer Reihe am Ufer des Kanals aufstellen. Das wäre eine richtige Promotionsfeier!«

»Worüber haben Sie eigentlich Ihre Dissertation geschrieben? Über Ardabiola?« fragte das Mädchen und führte ihn vorsichtig auf das Thema zurück, von dem sie abgekommen waren.

»Ja, wenn ... Meine Dissertation ist keinen Heller wert im Vergleich zu Ardabiola ... Wissen Sie, so lustig es auch klingen mag, sie handelt von Tomaten ...« Und Ardabjew bohrte seine starken gleichmäßigen Zähne in eine blutrote Tomate und vergaß sogar, sie mit Salz zu bestreuen.

Ardabjew war tatsächlich todmüde und todhungrig. Das Mädchen hatte sowohl das eine wie auch das andere richtig erraten. Die Tomatenkerne spritzten zusammen mit dem Saft auf seine brandneuen hellblauen Jeans, doch er streifte sie nicht einmal ab. Ardabjew riß die silberne Kappe von der Sektflasche, drehte den Draht los, und der Plastikkorken flog sofort mit einer Schaumfontäne in die Luft.

»Es scheint, die Hälfte ist übriggeblieben«, sagte Ardabjew und hob die dunkelgrüne Flasche gegen das Licht. »Gläser habe ich keine.«

Das Mädchen machte einen Schluck und stellte die Flasche von ihm weg.

»Sie sollten nicht trinken ... Sie haben nicht geschlafen und sitzen am Steuer. Und ich kann nicht fahren.«

»Sie sprechen zu mir wie meine Frau«, lachte Ardabjew. »Da bin ich eine ganze Stunde lang hinter einem unbekannten Mädchen in der Straßenbahn hergefahren, und ausgestiegen ist meine eigene Frau.«

Dem Mädchen gefiel das nicht.

»Ardabiola«, sagte sie. »Erzählen Sie mir von Ardabiola.«

»Wenn Sie mir den Sekt geben«, sagte Ardabjew, blinzelte wieder mit den Augen und legte sich in den Sand.

»Sie haben gesagt, Ardabiola sei das Kind eines Insekts und einer Pflanze? Ist denn das überhaupt möglich?«

»Sekt«, knurrte Ardabjew demütigend.

»Muß das sein?«

»Unbedingt.«

»Zuerst glaubte ich, Sie seien ein Weiberheld. Dann ein Irrer. Aber daß Sie ein Alkoholiker sind, hätte ich mir nicht gedacht.«

»Hand aufs Herz, ich bin kein Alkoholiker. Nicht einmal ein Säufer. Aber jetzt brauche ich unbedingt einen Schluck Sekt.«

»Er ist warm und ekelhaft.«

»Er ist wunderbar, weil er Bläschen hat. Ich beschwöre Sie bei allen Straßenbahnen, Möbelwagen und Lastwagen sämtlicher

Textilfabriken ... Einen Schluck! Ansonsten falle ich in einen tiefen Schlaf, und Sie werden nie etwas über Ardabiola erfahren.«

Seine Lippen spürten die Berührung des Halses der Flasche, welche ihm das Mädchen zum Mund führte. Der Sekt war tatsächlich warm und ekelhaft. Doch Bläschen hatte er.

»Nein, Mischetschkins lade ich nicht ein!« sagte er und schlug mit der Faust ins Gras. »Keine Mischetschkins! Sie verdienen keine Bläschen!«

Das Mädchen war geduldig.

»Sie haben schon getrunken. Jetzt zu Ardabiola!«

Er warf seine Arme hinter den Kopf und begann wiederum, ohne die Augen zu öffnen, mit heiserer Flüsterstimme zu sprechen, so als habe er Angst, es könnte sie jemand hören.

»Es erscheint Ihnen unsinnig, daß man ein Insekt und eine Pflanze kreuzen kann? Ein weiteres Beispiel für die Unwissenheit der Menschheit. Doch manche von uns Genetikern wissen davon. Woraus besteht ein Insekt? Aus Zellen. Woraus besteht eine Pflanze? Aus Zellen. Im Inneren jeder Zelle gibt es ein Chromosom und in dessen Inneren Gene. Wir haben entdeckt, wie man aus Chromosomen Gene extrahiert. Und wenn man sie extrahieren kann, kann man sie auch in den verschiedensten Kombinationen vereinigen. Die Gene müssen dabei nur einer Bestrahlung unterzogen werden, damit sie einander nicht abstoßen. Etwas Ähnliches wie das Verschweißen von zwei verschiedenen Metallen zu einem Ganzen ... Gentechnologie. Haben Sie verstanden?«

»Nicht alles«, antwortete das Mädchen. »Und die Natur rächt sich nicht dafür?«

»Doch, wenn wir ihr einen Schaden zufügen. Dann werden wir zur Antinatur. Wenn wir aber der Natur helfen, dann sind wir selbst die Natur.«

Das Mädchen streifte mit einer kurzen Handbewegung einige Ameisen von Ardabjews rasiertem Kopf, so als habe sie seinen Kopf schon oft gestreichelt. Diese ihre Geste bemerkte sie erst, als sie vollbracht war.

»Und wozu mußten Sie ein Insekt und eine Pflanze kreuzen?«

»Haben Sie schon einmal etwas von der Tsetsefliege gehört?«

fragte er und tappte blind nach der noch nicht geleerten Flasche im Sand.

»Ja, habe ich gehört ... Von ihren Stichen kann man die Schlafkrankheit bekommen«, antwortete das Mädchen und rückte langsam die Flasche von seiner Hand weg.

»Nicht nur das. Gerade in den Gegenden Afrikas, wo die Tsetsefliege vorkommt, hat man eine besondere Art von Krebs entdeckt – das Burkitt-Lymphoma ... Verstecken Sie nicht die Flasche vor mir! Noch einen Schluck Bläschen. Ich verdiene sie mir. Ich bin kein Mischetschkin! Danke für die Barmherzigkeit ... Nun also: irgendwann einmal hat ein Wissenschaftler einen solchen Stamm der Tsetsefliege gefunden, aus dem es ihm gelang, ein Antikrebssubstrat zu extrahieren.«

»Einen Stamm, ein Substrat?« Das Mädchen begann an einem Grashalm mit einer braunen Rispe zu kauen.

»Ein Stamm, das ist, wie soll ich sagen, eine Gattung ... Ein Substrat, sagen wir: ein Stoff. Die Grundlage eines Stoffes ... Doch dieser Stamm und dieses Substrat gingen verloren. Der Wissenschaftler starb. Eine tragische Geschichte. Obwohl ich nicht glaube, daß dieses Substrat ein Allheilmittel gegen jede Form von Krebs gewesen wäre. Krebs, das sind verschiedene Tragödien des Organismus, die wir nur aufgrund unserer Unwissenheit mit einem Namen bezeichnen. Vielleicht machen wir eine zweite Flasche Sekt auf?«

»Nein«, sagte das Mädchen streng. »Zweite Flasche wird es keine geben. Verlieren Sie nicht den Faden.«

Ardabjew gab sich geschlagen.

»Ich verliere nur die Bläschen. Den Faden nicht. Was ist Krebs? Eine Infektion? Das Ergebnis des Zerfalls von Nervenzellen? Niemand weiß es genau. Manche Karzinogene, so scheint es, hat man exakt nachgewiesen – zum Beispiel Nikotin. Doch an Lungenkrebs erkranken auch Nichtraucher. Deshalb werde ich mir jetzt mit Ihrer Erlaubnis eine Zigarette anzünden, ohne mich als Todeskandidat zu fühlen. Vielleicht gibt es auch psychische Karzinogene? Weshalb sollten zum Beispiel nicht auch die Gedanken, die wir in uns unterdrücken, karzinogen sein? Die Alten bezeichneten Krebs als ›Gallenkrankheit‹ – als Krankheit, die ein düsteres Lebensgefühl hervorruft. Kann vielleicht Pessimismus kein Karzinogen sein?«

»Ich kannte einen bis zur Idiotie rosaroten Optimisten«, sagte das Mädchen kopfschüttelnd. »Aber er ist an Krebs gestorben.«

»Keiner weiß, wie das Gesicht dieses Optimisten aussah, wenn er mit sich allein war. Oft werden diejenigen, welche sich aufblasen und den Optimisten spielen, in Wahrheit von geheimen Würmern zerfressen ... Krebs ist offensichtlich eine Infektion. Doch eine Infektion dringt leichter in einen Körper ein, der von der Psyche schwach geschützt wird. Vielleicht ist auch Müdigkeit karzinogen? Jede Infektion ist Gift. Die Natur ist so genial, daß sie gegen jedes Gift ein Gegengift besitzt. Manchmal ist das Gegengift jedoch auf mehrere Orte aufgeteilt – man muß es nur einsammeln, zusammenstellen und herausfinden, was zusammengehört. Die Natur enträtselt sich mit Hilfe unserer Köpfe. Sogar so verbrecherischen wie dem meinen. Denn geben Sie doch zu, daß Sie geglaubt haben, ich sei ein Verbrecher.«

»Kommen Sie nicht ins Schwatzen«, sagte das Mädchen streng. »Spinnen Sie den Faden weiter. Mehr in Richtung Ardabiola.«

»Schon gut«, sagte Ardabjew gefügig. »Ardabiola wurde nicht von Ardabjew erfunden. Sie wurde von der Natur geschaffen, ist jedoch auf verschiedene Gene verstreut. Ardabjew ist dahintergekommen. Am Anfang war das Fedjunnik. Aha, Sie wissen nicht, was das ist? Wissen Sie, wie der Grashalm mit der braunen Rispe heißt, an dem Sie kauen? Nein, Sie wissen es nicht! Und ich weiß es auch nicht. Aber er hat einen Namen. Und möglicherweise saugen Sie jetzt mit seinem Saft eine der nicht enträtselten Kräfte der Natur in sich auf. Nehmen wir zum Beispiel an, es dringt in Sie eine Immunität gegen seitliche Sklerose des Rükkenmarks ein. Bei den Tieren sind die Instinkte stärker ausgeprägt als bei uns Menschen, deshalb spüren sie, welches Gras sie bei welcher Krankheit fressen müssen. Doch auch der Mensch spürt so manches! Die gesamte Naturheilkunde ist ein Ergebnis unserer noch nicht abgetöteten Instinkte.«

»Lassen Sie sich auch nicht zu sehr in der Sonne braten? Ihre Nase wird schon ganz rot«, warnte ihn das Mädchen. »Oder ist das Ihre Lieblingspose, wenn Sie Vorlesungen halten – liegend und die Augen geschlossen? Also, wir waren beim Fedjunnik stehengeblieben ...«

»Ich stamme aus Sibirien. Fedjunnik, das ist eine strauchähnliche Pflanze in der Art der Blaubeeren, nur mit bitteren bräunlichen Beeren. Bei uns ißt man sie seit alters her bei Krebsgeschwülsten. Oder man trocknet sie und macht Tee daraus. Und außerdem ... außerdem ißt man sie bei unglücklicher Liebe. Das Fedjunnik wirkt nicht nur gegen Geschwülste, sondern auch gegen Depressionen. Es gibt sogar ein Schnaderhüpferl darüber. Soll ich es vorsingen?«

Und er begann, ohne die Augen zu öffnen oder sich vom Gras zu erheben, leise zu singen:

Den Liebsten konnte ich nicht halten,
Er riß sich los von mir,
Da lief ich in die Taiga und rief:
Oh, Fedjunnik hilf! Hilf!
Ohne den Liebsten bin ich abgemagert,
Ohne den Liebsten verlor ich die Sinn'.
Zwei Beeren hatt' ich mir vorgenommen,
Die dritte schlüpfte schon von selbst!
Und als ich die vierte aß,
Da packte mich der Schwindel,
Und sie schmeckte so süß,
Daß ich den Strick ganz vergaß ...

»Schön, nicht wahr? Sogar bei meiner Stimme.«

»Ja, schön«, sagte das Mädchen. »Aber was soll man tun, wenn man den Strick um den Hals und die Beere im Mund hat?«

»Zuerst die Beere schlucken«, antwortete Ardabjew und versuchte ernst zu bleiben, machte aber dann eine Pause. »Natürlich nur, wenn sie nicht giftig ist.«

»Solange man die Beere nicht geschluckt hat, weiß man es nicht«, sagte das Mädchen finster und biß sich plötzlich auf die Lippen, als ob sie einen Schmerz fühlte. Sie war leicht blaß geworden.

Doch Ardabjew merkte es nicht. Die von Müdigkeit gequälten Augen in seinem zurückgeworfenen, der Sonne ausgesetzten Gesicht waren geschlossen. Ardabjew war schon lange nicht mehr mit geschlossenen Augen so in der Sonne gelegen, daß er im Genick warmen Sand spürte und lediglich den Arm auszustrekken brauchte, um eine Handvoll davon zu nehmen und ihn wie die Zeit in einer Eieruhr langsam durch die gespreizten Finger rieseln zu lassen.

»Urlaub ... Auf Urlaub müßte man fahren«, murmelte er vor sich hin. »Nur um zu schlafen und so in der Sonne zu liegen. Und an nichts zu denken. Glücklicher Mischetschkin! Wie hat er doch einmal stolz erklärt: ›Im Urlaub schalte ich vollkommen ab.‹ Das Schlimme daran ist nur, daß er nach dem Urlaub vergißt, wieder einzuschalten. Aber vielleicht ist er gerade deshalb glücklich. Was für ein Fluch lastet hingegen auf mir, daß ich nicht abschalten kann. Dieses Mädchen gefällt mir. Der Teufel weiß, warum, aber sie gefällt mir. Nein, nicht um mit ihr zu flirten. Schon wieder denke ich wie aufgezogen an mich. Dränge ihr meine Gedanken auf. Dabei weiß sie wahrscheinlich nicht, wie sie ihre eigenen loswerden soll. Mit ihr ist etwas geschehen. Geschieht etwas. Sie hat bereits eine giftige Beere geschluckt. Und vielleicht nicht nur eine. Ich halse ihr meine Ardabiola auf. Und sie braucht womöglich etwas ganz anderes. Weshalb denke ich über dieses Mädchen nach, anstatt ihre Hand zu nehmen und sie zu streicheln?«

»Ihr Vater lebt noch?«

»Ja, wahrscheinlich«, antwortete das Mädchen ungern.

»Was heißt wahrscheinlich?«

»Ich habe ihn nie gesehen.«

»Verzeihen Sie.« Ardabjew hatte verstanden.

Ardabjew, der immer noch auf dem Sandhügel neben dem orangefarbenen Kombi lag, hob plötzlich seine schweren, kaum gehorchenden Lider, und erneut kamen die hellblau leuchtenden Augen darunter hervor und musterten das Mädchen aufmerksam. Das Mädchen wandte den Blick ab. Ardabjew setzte sich im Sand auf, umfaßte mit den Armen seine Knie und wandte ebenfalls den Blick ab. Er spürte, daß es für sie so leichter sei. Er begriff: sie wollte nicht, daß er zu viel über sie wisse.

»Weshalb schweigen Sie?« fragte das Mädchen. »Sie haben vom Fedjunnik zu sprechen begonnen ... Sogar auch davon gesungen ...«

Ardabjew blickte sie nicht an, so als hätten sie es vereinbart. Aber er sah sie doch. Nicht hier, neben sich auf dem Sandhügel über dem Kanal, sondern dort, auf der hinteren Plattform der Straßenbahn.

Als sie sich hinter der *Literaturnaja Gazietta* vor ihm versteckte, sah er trotzdem ihr Profil in dem von dem Dicken mit dem ukrainischen Hemd umfaßten Spiegel. Sie hatte ein stolzes, geradlinig gezeichnetes Kinn, das sich über einem zarten, gegen das Licht beinahe durchsichtig scheinenden Hals mit vielen kleinen Muttermalen erhob. Das Mädchen versuchte sich und allen anderen zu beweisen, daß sie keiner auf der ganzen Welt kränken könne. Doch die kindlich gespitzten Lippen verrieten bereits eine ihr durch irgend jemanden zugefügte Kränkung.

Ardabjew begann so zu sprechen, als blicke er immer noch durch das Fenster der hinteren Plattform der Straßenbahn:

»Wissen Sie, ich hätte nie geglaubt, daß mein Vater einmal krank werden könnte. An ihm, so schien es, gab es kein Löchlein, durch das eine Krankheit hätte eindringen können. Mit seinen sechzig Jahren fährt er eine E-Lok auf der Transsibirischen Eisenbahn, geht zum Jagen und Fischen, trinkt jeden unter den Tisch, ohne daß er einmal im Straßengraben gelegen wäre. Doch plötzlich verspürte er Schmerzen in der Brust. Als man ihm die Diagnose stellte – Metastasen in der Lunge –, lief er aus dem Krankenhaus davon, nahm das Gewehr und den Rucksack und ging in die Taiga, um zu sterben. Doch nach zwei Monaten kam er gesund und munter zurück. Die Metastasen waren verschwunden. Das Fedjunnik hatte ihn gerettet. Die Ärzte sprachen von einem Wunder, machten ihn aber darauf aufmerksam, daß sich dieses Wunder nur als vorübergehend erweisen könnte.«

... Die kindlich gespitzten Lippen in dem von dem Dicken in der Straßenbahn umfaßten Spiegel preßten sich so fest zusammen, daß sich in ihren Winkeln tiefe Falten bildeten. Sie war noch so jung, daß sie eigentlich hätte lächeln und diese Falten ausbügeln sollen. Eines Tages würden sie, wenn sie auch noch so lachte, nicht mehr verschwinden. Sie würden sich durch das Lachen nur noch weiter vertiefen ...

»Ich wurde zu dieser Zeit gerade auf eine Dienstreise nach Afrika geschickt. Mit Krebs hatte dies überhaupt nichts zu tun. Doch ich dachte an den Vater. Ich erinnerte mich an jene alte, scheinbar gestorbene Idee von einem Antikrebssubstrat ... Wissen Sie noch, was ein Substrat ist?«

Die kindlichen Lippen mit den Anzeichen von Falten dort, auf der Straßenbahnplattform, verzogen sich keinen Millimeter. Doch die Stimme, die wie bei einem Bauchredner von innen heraus kam, antwortete:

»Ja, ich habe es mir gemerkt ...«

»Ich fand den verlorengegangenen Stamm der Tsetsefliege. Nach meiner Rückkehr extrahierte ich aus dem Chromosom der Tsetsefliege ein Gen und vereinigte es mit einem Gen des Fedjunniks. Ich züchtete Ardabiola. Stellen Sie sich vor, in der eigenen Wohnung. In einer gewöhnlichen Holzkiste mit gewöhnlicher Erde. Es waren derselbe Strauch, dieselben Blätter, nur statt brauner Beeren wuchsen grüne Früchte, welche den Feichoas gleichen – nur etwas kleiner sind sie ...«

... Der Spiegel in der Hand des Dicken begann bei einem Ruck der Straßenbahn zu schaukeln, und das Gesicht des Mädchens fiel aus ihm heraus. Der Spiegel begann wie eine aus fremden, zufällig eingefangenen Gesichtern genähte Patchworkdecke hin- und herzuwogen.

»Ich besorgte mir eine Ratte, der ich Methylnitrosoguanidin – ein äußerst starkes Karzinogen – einimpfte. Die Ratte bekam eine Geschwulst. Zum Schrecken meiner Frau setzte ich die Ratte in den Vogelkäfig, aus dem ich den darüber glücklichen Kanarienvogel befreit hatte. Ich weiß nicht, warum ich der Ratte den Namen Alla gab. Ich hungerte sie aus und gab ihr langsam Ardabiola. Zuerst beschnupperte Alla die Früchte nur, aber weigerte sich, sie zu essen. Ich begann mit Alla zu sprechen. Ich erklärte ihr, wie wichtig dies für sie selbst und die Menschheit sei. Meine Frau glaubte, ich sei endgültig verrückt geworden. Sie stellte mir ein Ultimatum: ›Entweder ich oder die Ratte.‹ Ich entschied mich für die Ratte. Alla gehorchte mir nun und begann

Ardabiola zu fressen. Sie war überhaupt sehr artig. Nach einer Woche bemerkte ich in ihren trüben traurigen Augen einen lebhaften Glanz. Auch ihr Fell begann zu glänzen. Die teilweise gestörte Koordination der Bewegungen war wieder hergestellt. Alla lief von einer Ecke des Käfigs in die andere. Einen Monat später sah ich eines Morgens, daß drei Drähte des Vogelkäfigs durchgenagt waren und Alla fehlte. Ich begann sie bei ihrem Namen zu rufen, und sie kroch auf mein Rufen unter der Küchenkredenz hervor. Ich kam mir wie ein Verräter vor. Ich nahm sie auf meine Hand und bat sie um Verzeihung, daß sie sterben müsse. Mir kamen sogar die Tränen. Als man Alla sezierte, stellte man fest, daß die Geschwulst verschwunden war. Ich weihte in meine Entdeckung nur einen Menschen, meinen Kollegen Mischetschkin, ein. Er lachte mich aus und nannte es wissenschaftlichen Mystizismus...«

»Ihr jungen Leute, braucht ihr diese Flasche noch?« ertönte ein zartes Stimmchen.

Vor Ardabjew und dem Mädchen war ein kleines altes Weiblein mit lebhaften Augen aufgetaucht, das in der einen Hand eine leere Sektflasche und in der anderen einen Jutesack hielt.

»Ich habe die Flasche in der Nähe des Fischers aufgelesen. Ich dachte, sie gehöre ihm. Doch er hat mit einem Nicken zu euch herübergedeutet, als wollte er sagen, sie gehört denen da drüben. Ich, sagte er, kaufe keine dunkelgrünen, ich bevorzuge durchsichtige ... Also braucht ihr die Flasche?«

»Nein, nein ...«, lachte Ardabjew und wandte sich dem Mädchen zu: »Da sehen Sie, wir hätten doch eine zweite Flasche auf die Oma trinken sollen ...«

»Ich kann auch warten ...«, sagte das alte Mütterchen bereitwillig. »Ich hab's ja nicht eilig.«

»Übermorgen, Oma«, versprach Ardabjew. »Übermorgen komme ich mit vielen leeren Flaschen hierher.«

Die Alte nickte dankbar, wenn auch nicht ganz überzeugt, und humpelte weiter ihres Weges, wobei sie mit ihrem Stock die Sträucher durchsuchte.

Das Mädchen, das immer noch nicht wollte, daß Ardabjew ihr in die Augen sah, wandte sich mit dem Gesicht dem Kanal zu.

Ardabjew bemerkte, daß ein Teil ihres glatten blonden Haares nach oben, unter der Mütze versteckt war und der andere lose nach unten, auf ihre Schultern fiel. Unter dem Mützenrand war im Nacken ein Scheitel zu sehen, und genau auf dieser Linie hatte sie dasselbe dunkle Muttermal wie an ihrem Hals. Der Dicke mit dem Spiegel war nicht in der Nähe, und Ardabjew konnte das Gesicht des Mädchens nicht sehen. Doch nicht nur am Gesicht, sondern auch am Rücken kann man so manches ablesen. Der Rücken sah gequält aus. Er gehorchte zwar, dachte aber an etwas Bestimmtes, woran er eigentlich gar nicht denken wollte.

»Weiter«, sagte das Mädchen streng. »Reden Sie!«

»Der Vater bekam erneut Schmerzen in der Brust. Er kam nach Moskau. Es war das erste Mal, daß ich ihn mißmutig und ängstlich sah. Ich brachte ihn ins Krankenhaus auf der Kaschirskij Chaussee. Dort pumpten sie ihm die Flüssigkeit aus den Lungen ab, begannen mit einer Chemotherapie und Bestrahlungen, sagten jedoch, daß er ein hoffnungsloser Fall sei. Eine Metastase nach der anderen. Ich nahm Vater zu mir nach Hause und erzählte ihm von der Tsetsefliege, dem Fedjunnik und von Alla. Ich erklärte ihm, daß es ein Risiko sei. Er willigte ein. Mir waren noch zwölf Ardabiolafrüchte geblieben. Ich gab sie Vater in kleinen Stückchen und machte aus den Blättern Tee. Die Schmerzen ließen sofort nach. Seine Haare, die ihm zuvor alle ausgefallen waren, begannen wieder zu wachsen. Nach einem Monat wurde er erneut untersucht. Die Ärzte trauten ihren Augen nicht. Die Geschwulst hatte sich resorbiert ...«

»Was?« fragte das Mädchen zurück.

»War zurückgegangen ... Vater kehrte nach Hause zurück und fährt nun wieder seine E-Lok. Ich habe jedoch den Mund gehalten. Mir war keine einzige Frucht übriggeblieben. Ich zwang mich zur Geduld. Ich päppelte Ardabiola mit allen Düngern der Welt auf. Sie haben die zweite Ernte in Händen gehalten. Heute, noch vor den verdammten Ferkeln, bin ich in der Früh ins Institut für organische Chemie gefahren, damit sie mir dort eine genaue Analyse von Ardabiola machen. Ist ein chemisches Analogon möglich, dann hat die Menschheit eine unglaublich starke Waffe gegen den Krebs in der Hand. Doch gemäß dem Gesetz der Gemeinheit war das Labor geschlossen. Alle sind sie beim Kartoffelernteeinsatz ... Aber was macht das schon – heute oder morgen ... Die Hauptsache ist, daß es Ardabiola gibt!«

Ardabjew sprang vom Sand auf und rief plötzlich über das ganze Ufer, triumphierend mit den Händen gestikulierend:

»Ar-da-bi-o-la!«

Das ältliche Paar schüttelte eilig die Eierschalen auf eine ausgebreitete *Aganjok*-Seite* und machte sich ängstlich zu seinem bereits trockenen ›Saporoschetz‹ auf.

Der Fischer mit seiner hoffnungslosen Angelschnur kehrte sich nicht im geringsten daran.

Und plötzlich sah Ardabjew, wie sich das Mädchen mit der Schirmmütze irgendwie sonderbar auf die Seite legte. Sie war ganz bleich geworden.

»Was ist mit Ihnen?« stürzte Ardabjew auf sie zu. »Habe ich Sie vielleicht mit meinen Krebsgeschichten überanstrengt?«

»N-nein ...«, sagte das Mädchen kopfschüttelnd. »Mir ist schlecht ... Ich bin selbst schuld ... Ich war auf dem Weg ins Krankenhaus ... Fahren Sie mich hin ...«

Der fassungslose Ardabjew hakte sie unter und setzte sie in den Kombi. Das Krankenhaus war in der Nähe jener Straßenbahnhaltestelle, an der das Mädchen vor zwei Stunden ausgestiegen war.

»Sie brauchen mich nicht zu begleiten«, sagte das Mädchen und knirschte vor Schmerz mit den Zähnen.

Ardabjew hörte nicht auf sie und brachte sie direkt in die Ambulanz.

»Da schau her, eine Mütze mußte sie sich aufsetzen!« ertönte ein weibliches Gezische im Gang. »Aber selbst kann sie sich schon seit dem Morgen kaum auf den Beinen halten! Diese jungen Leute!«

»Gehen Sie jetzt!«, sagte das Mädchen zu Ardabjew und zog schwankend die Tür hinter sich zu.

»Die Mütze, nimm wenigstens die Mütze ab, du schamloses Ding!« kam erneut ein Zischen von hinten.

---

* Aganjok – sowjetische Zeitschrift.

Ardabjew blieb auf dem Gang zurück und setzte sich auf einen quietschenden Stuhl direkt im Zentrum des Gezisches. Es verebbte.

Diese verdammte Gewohnheit des Zischens. Sogar im Krankenhaus . . ., dachte Ardabjew. Ich bin aber auch gut . . . Schwinge große Reden über die Errettung der Menschheit und merke nicht einmal, daß neben mir jemandem schlecht ist. Nein, ich habe es schon dort, durch das Fenster der Straßenbahn bemerkt . . . Deshalb bin ich auch hinterhergefahren . . . Doch dann habe ich es vergessen . . . Habe mich in einen Monolog gestürzt . . .

Nach einer halben Stunde wollte Ardabjew an die Tür der Ambulanz klopfen, doch sie öffnete sich von selbst, und ein Bett auf Rollfüßen kam herausgefahren. Unter dem Bettlaken lugte nur das Gesicht des Mädchens hervor, das sich in der Farbe kaum von dem weißen Laken unterschied. Die Lider des Mädchens waren fest geschlossen, zitterten jedoch leicht. Das Bett wurde einen Gang entlanggefahren, der Ardabjew endlos zu sein schien. Dann legte sich eine Hand auf Ardabjews Schultern. Vor ihm stand ein junger Arzt mit einem uninteressanten und unfreundlichen Gesicht.

»Haben Sie sie gebracht?«

»Ja, ich«, antwortete Ardabjew mit gedämpfter Stimme.

»Kommen Sie in mein Zimmer«, sagte der Arzt.

Ardabjew trat ein, und der Arzt schlug das Ambulanzbuch auf, ohne ihm einen Platz anzubieten.

»Was ist mit ihr?« fragte Ardabjew.

»Starke Blutungen . . .« sagte der Arzt. »Wer hat den Abort gemacht?«

»Weiß ich nicht . . .«, brummte Ardabjew.

»Das muß ein Pferdedoktor gewesen sein . . . So kann man einen Menschen zum Krüppel machen«, sagte der Arzt jetzt bereits feindselig. »Sie war kaum bei Bewußtsein, und ich konnte ihre Daten nicht aufnehmen. Ihr Familienname . . .?«

»Weiß ich nicht . . .«, sagte Ardabjew mit gesenktem Kopf.

»Na, den Vornamen werden Sie doch wenigstens wissen? Wo wohnt sie? Arbeitet sie? Studiert sie?«

»Ich weiß überhaupt nichts von ihr . . .«, sagte Ardabjew, ohne dabei den Kopf etwas zu heben. »Ich habe sie doch nur hergebracht ...«

Das Gesicht des Arztes blieb feindselig und mißtrauisch. Er klappte das Ambulanzbuch zu und stand auf, um zu verstehen zu geben, daß das Gespräch beendet sei.

»Ist das nicht gefährlich?« ließ Ardabjew nicht locker.

»Sie bekommt jetzt eine Bluttransfusion ... Das ist alles, was ich Ihnen sagen kann.« Und feindselig fügte er hinzu: »Um so mehr, als Sie sie nach Ihren Worten nicht kennen ...«

Als Ardabjew aus dem Hof des Krankenhauses herausfuhr, mußte er vor der Straßenbahn mit derselben Nummer bremsen, doch durch das Fenster der hinteren Plattform blickten ihn nicht die Augen des Mädchens mit der Schirmmütze, sondern die ängstlichen, fragenden Augen eines mageren Jungen mit Pionierkrawatte an, der zu lesen versuchte und sein Buch mit dem Ellbogen vor einer Rolle vietnamesischer Bastmatten schützte.

Vielleicht ist dieser Junge und keineswegs ich derjenige, den die Menschheit am nötigsten braucht? dachte Ardabjew. Vielleicht könnte er der Menschheit einen gemeinsamen Glauben an etwas geben? Oder erfindet die Antibombe?

Die Straßenbahn fuhr, nachdem sie neue Fahrgäste in sich aufgesogen hatte, davon, und der orangefarbene Kombi blieb so lange stehen, bis hinter ihm ein empörtes Hupen ertönte.

Ardabjew sah in den Rückspiegel: schon wieder hatte sich ein Möbelwagen beinahe in die Stoßstange des Kombis gebohrt. Möglich, daß es ein anderer war, jedenfalls hatte er dieselbe Form und wahrscheinlich auch eine ähnliche Ladung.

Als er in das herrisch erzürnte Gesicht des Möbelwagenchauffeurs blickte, das sich empört aus der Kabine streckte, mußte Ardabjew bitter lachen: Und auch er ist davon überzeugt, daß ihn die Menschheit in diesem Augenblick am notwendigsten braucht.

2

E-Lokführer Ardabjew senior zog sich im Duschraum des Bahnbetriebswerkes aus und sperrte mit seinem Schlüssel seinen Spind auf, auf dem seit vierzig Jahren sein Familienname geschrieben stand. Der Name war auch während jener vier Jahre auf dem Spind geblieben, als er an der Front kämpfte. Von der Arbeitskleidung ging ein eigenartiger Eisenbahngeruch aus, der sich aus den Gerüchen von Schmiermittel, teergetränkten Schwellen, des Taigawindes und anderen, nicht definierbaren Dingen zusammensetzte. Ardabjew hatte bei der Eisenbahn als Schmierer angefangen – damals schleppte er eine Schmierpfanne mit langem Hals, welche den Spitznamen ›die Gans‹ trug, die Buchsen entlang. Danach wurde er Heizer auf einem ›Kuckuck‹. Zu dieser Zeit roch die Arbeitskleidung nach Kohle. Der feine Kohlenstaub verkroch sich in den Nasenlöchern, Ohren, Haaren und hinter dem Kragen ... Wenn der junge Heizer damals nach der Arbeit in seine chromledernen Faltstiefel mit den lässig überhängenden Hosen schlüpfte, ein schneeweißes Hemd mit Rundkragen und Manschettenknöpfen sowie Vaters halbsamtene Weste samt Uhrenkette überstreifte und mit seinen gleichaltrigen Kollegen aus dem Bahnbetriebswerk ausging und dabei mit besonderem Schick auf das knarrende Holztrottoir spuckte, da war die Spucke trotzdem immer noch schwarz. Später, als die E-Loks eingeführt wurden und der Beruf des Heizers ausstarb, da wurde die Arbeit des Lokomotivführers, die im Vergleich zu anderen Berufen bei der Eisenbahn ohnehin schon als aristokratisch gegolten hatte, ebenfalls sauberer. Doch Ardabjew ging auch jetzt noch, obwohl er gar nicht mehr so schmutzig wurde, der alten Gewohnheit folgend, nach jeder Fahrt ins Dampfbad. Nachdem er die bereits vorbereitete Birkenrute aus dem Spind genommen hatte, stürzte sich Ardabjew zuerst ins Schwitzbad, wo sich in der feuchten Dunkelheit einige nackte Gestalten abzeichneten.

»Grüß dich, Andrej Iwanowitsch!« rief der Besitzer eines rundlichen Bäuchleins auf zwei rot behaarten, dickwadigen Beinen Ardabjew munter zu.

Ardabjew erkannte den Leiter der Personalabteilung Pestruchin, den er wegen seiner stets übertriebenen Zuvorkommenheit und seinem süßlichen Getue nicht sonderlich leiden mochte.

»Gib her deine Rute, Andrej Iwanowitsch!« zappelte Pestruchin um ihn herum, »ich werde dich jetzt so bearbeiten, daß du Pestruchin nie vergißt ... du, kümmere dich nicht, ich weiche die Rute schon selbst ein ... Pestruchin kennt sich aus bei diesen Dingen ... Leg dich nur hierher auf die zweite Bank, ich habe sie schon mit heißem Wasser abgespritzt ... Entspann dich, Andrej Iwanowitsch, entspann dich ... Heiß genug? Oder soll ich noch etwas dazugießen?«

»Was ist denn das für ein Gestank?« fragte Ardabjew und rümpfte die Nase. »Riecht ja wie in einer Apotheke.«

»Was soll denn, ich muß schon bitten, Andrej Iwanowitsch, dieser Ausdruck Gestank?« sagte Pestruchin leicht beleidigt. »Ich habe nur etwas Menthol in die Pfanne gespritzt ... Zum Inhalieren, kurz gesagt!«

Und dann begann die Birkenrute über Ardabjews Körper zu wandern. Pestruchin ließ sie elegant auf ihm hin- und hertanzen, so daß die Blätter den Körper leicht berührten, die Fersen kitzelten und, wenn er sie kreuzweise aufschlug, Ardabjew unwillkürlich aufstöhnte.

»Einen Körper hast du, Andrej Iwanowitsch, wie ein Recke! Deine sechzig Jahre würde man dir nie ansehen ... Kein Gramm Fett – nur Muskeln ... während ich mit meinen sechsundvierzig Jahren schon mit meinem Bauch zu kämpfen habe, wenn ich mich mit der Rute abschlagen möchte. Na ja, ich hab' aber auch eine ganz andere Arbeit als du, dieses ewige Sitzen und der Papierkram ...«, sagte Pestruchin, und seine schmachtenden Augen blickten Ardabjew unter dem Filzturban hervor an.

Ardabjew spitzte bei dieser, wenn auch schmeichelhaften Anspielung auf sein Alter die Ohren. Vielleicht auch nur deshalb, weil sie schmeichelhaft war?

»Und dabei, heißt es, sollst du krank gewesen sein, Andrej Iwanowitsch? Bist sogar nach Moskau geflogen ...? Aber jetzt sieht man dir nichts mehr an ... Was hast du eigentlich gehabt?«

»Nichts«, antwortete Ardabjew knapp und unwillig. »Ich habe

in meinem ganzen Leben noch keinen Krankenschein geholt. Und nach Moskau bin ich geflogen, um meinen Sohn zu besuchen.«

»Auch ich habe noch nie einen Krankenschein gebraucht, Andrej Iwanowitsch. Krank, na ja, krank bin ich schon gewesen... Jetzt habe ich zum Beispiel am Hintern, entschuldige schon den Ausdruck, ein rotes Quadrat ... Das kommt von einem Pfefferpflaster. Eine schreckliche Radikulitis hat mich gepackt ... Auf einer Sitzung wurde wieder einmal tüchtig geraucht, und da bin ich nachher aufgestanden und habe das Fenster hinter mir aufgemacht ... Und da hat es mich auch schon erwischt. Also wenn ich dich nach deiner Krankheit gefragt habe, so wollte ich nicht sticheln«, zirpte Pestruchin, der spürte, daß Ardabjew auf der Hut war. »Aber jetzt mach du mir einen Aufguß, Andrej Iwanowitsch. Hau ihn nur richtig durch, den Pestruchin, diesen Bürokraten ... Ja so ... Genau so ... Das ist ein wahrer Austausch von Liebenswürdigkeiten ...«

Im Umkleideraum fuhr Pestruchin, in ein gestärktes Laken gehüllt, rasch in seine Aktentasche und holte eine Flasche Bier heraus:

»Mongolisches ... Vom Zug aus Ulan Bator ... Entschuldige, daß es nur eine Flasche ist ... Hatte nicht erwartet, dich hier zu treffen ...«

Gewandt öffnete er die Flasche an einer Bankkante und hielt sie Ardabjew hin.

»Zuerst du, Andrej Iwanowitsch ... Der Ältere hat das Vorrecht ...«

Ardabjew machte einen Schluck, nachdem er dieses ›Der Ältere hat das Vorrecht‹ für sich notiert hatte. Einhauen möchte er sich bei mir ... ganz schlau versucht er es ..., dachte Ardabjew, plötzlich müde geworden und angewidert.

Pestruchin leerte seine Hälfte bis zum Grund und ächzte:

»Prachtkerle, unsere mongolischen Brüder!« Als er sich die Armbanduhr umband und auf sie blickte, hatte er es plötzlich eilig: »Du lieber Himmel, schon halb sieben ... Meine zweite Hälfte wartet wahrscheinlich schon längst auf mich.«

Nachdem Pestruchin die leere Flasche akkurat in die Aktentasche gelegt hatte und hinausgegangen war, seufzte der spindeldürre Schlosser aus dem Bahnbetriebswerk, der auf der einen mageren Gesäßbacke eine Katze und auf der anderen eine Maus auftätowiert hatte, erleichtert auf:

»Dieser Pestruchin ist sogar nach der Dusche noch schmierig. Das ist ja überhaupt kein Mensch, sondern eine einzige Schmierseife ...«

»Hast du gehört, wie er auf mein Alter angespielt hat, Wanja?« sagte Ardabjew. »Zeit, aufzuhören. Und zwar selbst. Bevor sie einen darum bitten ... Zeit, Bananen im Garten anzubauen.«

»Hör doch mit dem Garten auf!« sagte der Schlosser und klopfte ihm auf den nackten Rücken. »Du bist unser erster Lokomotivführer. Wirst eben Lehrmeister. Erste Schlosser deswegen gibt es keine ... Du, was ist, wollen wir heute einen heben?«

»Ich weiß nicht«, sagte Ardabjew, während er in ein sauberes Hemd schlüpfte. »Ich trinke nur gern, wenn ich bei guter Laune bin. Und der Wodka macht sie nicht besser, sondern nur noch schlimmer. Und ich habe bereits schlechte Laune.«

»Was ist denn passiert? Das Alter? Aber das ist doch noch nicht der Tod ...«

»Für mich schon«, antwortete Ardabjew. »Ich fühle das Alter nicht, verstehst du? Aber ich werde ins Alter wie in eine Gaskammer hineingestoßen ...«

»Hör auf, dich zu quälen ... Das paßt gar nicht zu dir ... Du bist jetzt im besten Alter, das stimmt. Und man soll auch gehen, solange man noch rüstig ist, damit man sich nicht lächerlich macht«, sagte der Schlosser und knüpfte die Bänder seiner Unterhosen zu.

»Warum gehst du dann nicht? Du bist auch in meinem Alter ...«

»Ich bin auch schon gegangen«, sagte der Schlosser mit gesenktem Blick.

»Wann?« fragte Ardabjew erstaunt.

»Gestern habe ich Pestruchin meine Kündigung überreicht. Und er hat mich mit allen möglichen Dankesworten überschüttet. Anstandshalber hat er natürlich auch versucht, mich davon abzubringen ... Er hat so schmalzige Augen, daß du sie nicht einmal mit Kerosin sauber bekommst. Das heißt also, Andrej, daß ich heute zum letzten Mal in diesem Duschraum bin. In Zukunft habe ich kein Recht mehr, hier ein Dampfbad zu nehmen. Den Schlüssel von meinem Spind lasse ich im Schlüsselloch stecken.«

Der Schlosser holte aus seinem Rock ein Taschenmesser hervor und begann sorgfältig die vielleicht mit demselben Messer eingeritzte Aufschrift ›Iwan Wessjolich‹ von dem hellblauen Spind abzuschaben.

Auch ich werde bald meinen Schlüssel abgeben und meinen Namen abschaben, dachte Ardabjew.

»Und wieso gehst du auf einmal so auf die Schnelle?« fragte Ardabjew vorsichtig. »Was hat dich plötzlich in deine Katze oder Maus gebissen?«

Der Schlosser sah sich um und sagte, nachdem er sich vergewissert hatte, daß außer ihnen niemand im Umkleideraum war:

»Du bist Gott sei Dank nie krank gewesen und bist auch nicht krank. Mit mir aber steht es schlecht, Andrjuscha ... Ich habe Krebs ... Leberkrebs ...«

Ardabjew atmete hörbar aus:

»Was redest du da! Woher weißt du das? Die Ärzte sind bei uns in dieser Hinsicht nicht sehr geschwätzig. Sogar wenn man wirklich Krebs hat, sagen sie es einem nicht ...«

»Ich habe es gerochen. Als man mich in Irkutsk untersuchte, wollte man es mir zuerst verheimlichen. Aber ich habe in den Augen der Ärzte Mitleid gelesen, bin aufgestanden und sagte: ›Ich bin nicht aus Glas und werde schon nicht zerbrechen. Habe ich vielleicht Krebs?‹ Die Antwort war: ›Ja, Krebs.‹ Ich fragte: ›Besteht Aussicht auf Heilung?‹ Sie sagten: ›Wir werden alles in unserer Macht Stehende tun.‹ Es waren gute Ärzte. Sie gaben sich Mühe. Bestrahlten mich. Ein wenig hat es geholfen. Ein halbes Jahr haben sie mir geschenkt.«

»Und mit dem Fedjunnik hast du es probiert?«

»Ja, habe ich. Anscheinend war es schon zu spät. Habe eben meine Leber vergammeln lassen ... Mongolisches Bier, hat Pestruchin keines dagelassen? Schade. Denn Krebs habe ich schon, nur das Bier fehlt mir, wie Swetlow gesagt hat«, scherzte er und lachte, bloß nicht mit den Augen.

»Und was wird jetzt?« fragte Ardabjew schuldbewußt.

Sein Sohn hatte ihm verboten, über Ardabiola zu sprechen, bevor neue Früchte gewachsen, die chemische Analyse und die Approbation da seien.

»Jetzt fahre ich zu Jessenin«, sagte der Schlosser.

»Zu welchem Jessenin?« Ardabjew verstand nicht.

»Dem nämlichen.«*

»Aber er ist doch schon längst gestorben.«

»Nicht gestorben ist er, sondern erhängt hat er sich ...«, berichtigte ihn der Schlosser. »Ich möchte mich in Moskau vor seinem Grab verneigen, und dann fahre ich nach Konstantinowo.«

»Damit hilfst du weder ihm noch dir selbst ...«

»Ihm und mir ist auch gar nicht mehr zu helfen. Zu spät ... Kommst du also heute abend, um einen zu heben, ja?«

»Du darfst nicht trinken.«

»Ich darf jetzt alles ...« Und der Schlosser klappte das Taschenmesser zusammen, nahm sein abgewetztes Köfferchen und verließ den Umkleideraum.

Da muß ich wohl vorbeischauen ... Ei, ei, ei, Wessjolich, Wessjolich ... dachte Ardabjew. Und dabei habe ich meiner Frau versprochen, heute mit ihr in einen indischen Film zu gehen. Weshalb sind bei uns plötzlich nur alle so verrückt nach diesen indischen Filmen?

Ardabjew verließ den Duschraum, und sein Koffer – genau der gleiche, wie ihn Iwan Wessjolich trug, kam ihm zum erstenmal schwer vor. Ardabjew ging an dem riesigen Bahnbetriebswerk vorbei, in das die verstummten, abgearbeiteten E-Loks hineingekrochen kamen, um sich etwas kurieren zu lassen, sowie vorbei an dem silbern angestrichenen, noch nicht ganz trockenen Lenin mit seinem über den Bahnhofsplatz ausgestreckten Arm. Ardabjew stieg die gerillten Eisenstufen des Bahnübergangs, der sich

---

* Jessenin – Sergej Alexandrowitsch Jessenin, russischer Dichter, der 1825 in Konstantinowo geboren wurde und 1925 in Leningrad Selbstmord beging.

über die Transsibirische Eisenbahnlinie spannte, hinauf und verlangsamte seinen Schritt, um das Spinnengewebe von Geleisen zu betrachten, die Lichtsignale, die wie verschiedenfarbige Äpfel leuchteten, die Weichenlaternen, den langen Wurm des Expreßzuges ›Moskau-Wladiwostok‹, der vor kurzem auf dem Bahnsteig eingefahren war, und erblickte plötzlich seine altbekannte Rangierlok, den ›Kuckuck‹, auf dem er als Heizer angefangen hatte. Der ›Kuckuck‹ schob geschäftig leere Waggons an den sich bildenden Güterzug heran und blies dabei wie in alten Zeiten schwarzen Rauch und Funken aus seinem altmodischen langen Schornstein. Er war nun eine Schulungslok. Stolz blickten die halbwüchsigen Jungen aus der Eisenbahnerschule aus dem Fenster. Die jungen Burschen sahen mit den beinahe museumsreifen Kohleflecken auf ihren Wangen so glücklich aus, als wären sie ein Erkennungszeichen für die Zugehörigkeit zu einem Kreis Auserwählter. Ardabjew dachte, daß sich der ›Kuckuck‹ stärker als die vielen Menschen erwiesen habe, die er überlebt hatte, und daß er wahrscheinlich auch ihn überleben würde. Er sehnte sich plötzlich zu diesen jungen Burschen hinüber, damit seine Arbeitskleidung noch einmal nach Kohle röche. Ja, er würde ihnen schon beibringen, wie man beim Heizen die Kohle richtig schürt, damit die Funken nicht wirkungslos aus dem Schornstein stoben. Ardabjew hob seinen Blick und sah hinter den letzten Lichtsignalen des Bahnhofs das dunkle Wogen der Taiga unter den blassen bereits am Himmel aufgegangenen Sternen. Durch schonungsloses Abholzen und Brände gefährdet, welche durch nicht ausgetretene Lagerfeuer oder törichtes Bespritzen mit Chemikalien verursacht wurden und zusammen mit kranken Bäumen auch gesunde umbrachten, kämpfte die Taiga trotz allem um ihre Existenz, gab sich nicht geschlagen und war noch immer wunderschön und beeindruckend. Ardabjew wurde es allein bei dem Gedanken, daß es die Taiga noch immer gab, leichter ums Herz. Er stieg die Stufen des Bahnübergangs hinunter und gelangte auf die andere Seite von Chairjusowsk, das durch die Geleise in zwei Teile geteilt war. Hier gab es noch viele der altsibirischen fünfwändigen Häuser mit den spitzenartigen Fensterverkleidungen, den schweren Fensterläden, die am Abend mit Bolzen gesichert wurden, sowie den mit grünem Moos bewachsenen Erdaufwürfen. Einige der Holzhäuser hatten sich gesenkt, so daß die Fenster mit den grellroten Geranien in Tontöpfen auf gleicher Höhe wie der Boden waren. Doch jedes dieser Holzhäuser hatte sein eigenes Aussehen bewahrt, und die gesichtslosen Schlackensteinhäuser, welche sich in der Stadt breitgemacht hatten, wirkten fremdartig. In diesen Häusern wohnten Menschen, welche zum Bau des riesigen Hochofenkombinats gekommen waren und in das Städtchen mit seinem eingesessenen sibirischen Akzent ihre Art zu reden sowie ihre für Bauarbeiter typischen nomadenhaften Gewohnheiten mitgebracht hatten. Obwohl diese Leute fleißige Arbeiter waren, nahm es ihnen Ardabjew manchmal krumm, daß viele von ihnen noch vor Fertigstellung des Baues bereits an den nächsten dachten. Selbst die Schlackensteinhäuser mit all ihrem Komfort waren für diese Menschen nicht mehr als Zelte auf ihren Wanderwegen, und in den Fenstern standen keine mehrjährigen Topfpflanzen, sondern nur Schnittblumen. Viele dieser Bauarbeiter interessierten sich, vielleicht auch aus Zeitmangel, nicht einmal dafür, wer ihre Nachbarn waren oder wer auf dem Friedhof lag, an den sich mit seinen bunt bemalten Lebkuchenhäusern und Schaukeln der Kindergarten anschloß – hier spielten die Kinder der Bauarbeiter, die irgendwo zwischen zwei Baustellen zur Welt gekommen waren. Aber in den Gräbern des alten Friedhofs von Chairjusowsk lag die Geschichte Sibiriens begraben. Hier ruhte der Urgroßvater von Ardabjew, der einst aus Wladimir hierhergeschickt worden war, weil er den ›roten Hahn‹ aufs Dach des Gutsbesitzers gesetzt hatte. Hier lag der Großvater begraben, der schon beim Bau der zaristischen Eisenbahn mitgearbeitet hatte, und hier lag auch der Vater, ein Lokführer, der während des Bürgerkrieges einen Zug hatte entgleisen lassen und dabei einen Offizier von Kappel mit dem Schürhaken ins Jenseits beförderte. Ardabjew wußte, daß er nach seinem Tod ebenfalls einen Platz auf dem Friedhof von Chairjusowsk haben würde. Der Bau des Kombinats nahm einige Jahre in Anspruch und mancher Bauarbeiter starb dabei – entweder an einer Krankheit oder durch einen Arbeitsunfall –, doch Friedhof hatten die Bauarbeiter einen eigenen, einen ohne Kreuze, und meistens waren die Grabsteine aus Schlackenstein. In Chairjusowsk hatten sich sozusagen zwei Leben herausgebildet – das der ›Ortsansässigen‹ und das der ›Kombinatsleute‹. Die Kombinatskinder hatten ihre eigene Schule und kauten niemals wie die ortsansässigen Kinder den ›Grauen‹ – aus Blattharz –, sondern nur auswärtige Kaugummi: aus Moskau, aus Tallin oder sogar amerikanischen Chewing-gum.

Als er über der Kinokasse die Aufschrift ›Ausverkauft‹ las und daneben die Schar von Anhängern der indischen Filme sah, seufzte Ardabjew und dachte an seine Frau, die sich wahrscheinlich schon zurechtgemacht hatte. Plötzlich kamen drei halbwüchsige Burschen auf ihn zu, die wie Drillinge, alle die gleiche japanische Lederjacke mit Reißverschluß trugen. Die Bauarbeiter erhielten diese Jacken auf Bezugsschein, und deshalb nahm Ardabjew an, daß es sich um Kombinatskinder handelte. Daß einer der Burschen keineswegs aus dem Kombinat, sondern Pestruchins Sohn war, wäre Ardabjew nie in den Sinn gekommen.

»Ein Kärtchen, Pa'chen?« fragte einer der Jugendlichen, bei dem durch den offenen Reißverschluß der japanischen Lederjacke ein russisch-orthodoxes Kreuz auf dem Hemd zu sehen war.

Ardabjew verstand nicht sofort, nickte aber unfreundlich, nachdem er die Bedeutung erraten hatte.

»Wieviel Stück?« fragte der halbwüchsige Bursche geschäftig.

»Zwei«, antwortete Ardabjew verlegen.

»Einen Dreier«, sagte der Halbwüchsige laut und verständlich. »Zehnte Reihe. Mitte.«

Ardabjew gab ihm, obwohl er sich seiner selbst schämte, die drei Rubel und eilte davon – bis zum Beginn der Vorstellung blieb nur noch eine halbe Stunde.

Ardabjew lief über die fröhlich knarrende Außentreppe, welche von rosaroten ›Grammophonblumen‹ umrankt war, in sein reinliches gepflegtes Haus und sagte absichtlich brummig zu seiner Frau, die ihm wie in den beinahe vierzig Jahren ihrer Ehe an der Tür den Arbeitskoffer abnahm:

»Also Mutter, hast du nicht aufs Kino vergessen? Wozu hast du denn ein solches Festessen aufgetischt?« fragte er, ohne sich überhaupt an den gedeckten Tisch zu setzen, auf dem Eierlikör, Gurken und Sülze standen.

Er konnte es bereits am Duft riechen, daß sie das Kino nicht vergessen hatte. Sie roch nach ›Weißem Flieder‹, ein Parfüm, das Ardabjew nicht ausstehen konnte, aber dazu schwieg. Als er sie so von der Seite ansah, merkte Ardabjew, daß sie heute beim Friseur gewesen war und sich ihre unerbittlich ergrauenden Haare hatte legen und färben lassen. Außerdem hatte sie Großmutters silberne Ohrringe mit den winzigen Granaten angesteckt. Die Lippen angestrichen und ein für ihr Alter viel zu grelles Crêpe de Chine-Kleid mit Blümchen und einem weißen Plastikgürtel angezogen. An den Füßen hatte sie Lackschuhe, wenn auch nur mit einem niederen Absatz. Nur die Strümpfe waren nicht durchsichtig, sondern billige dunkle, weil an ihren Beinen bereits Krampfadern hervorzutreten begannen. Sie war um sieben Jahre jünger als Ardabjew, alterte jedoch viel rascher als er und war auf alle jüngeren Frauen mit schönen Beinen eifersüchtig. Sie leitete eine Apotheke, und wenn Ardabjew sie an ihrem Arbeitsplatz besuchte, dann freute sie sich insgeheim darüber, daß die Beine der jungen Verkäuferinnen durch den Ladentisch verdeckt waren und er keine Vergleiche anstellen konnte. Ardabjew ging nicht gern ins Kino, und deshalb war dies für sie eine seltene Freude. Sie freute sich dabei nicht so sehr über den Film, als darüber, daß alle sahen, wie sie mit ihrem Mann ins Kino ging. Doch gleichzeitig war es für sie auch eine Qual, denn auf der Straße gab es eine Vielzahl schöner Frauenbeine, die Ardabjew hätte sehen und sich dabei denken können, wie alt und häßlich sie sei. Sie fürchtete sich davor immer häufiger, besonders seitdem sie ihre drei erwachsenen Kinder verlassen hatten und sie mit Ardabjew allein geblieben war.

»Pestruchin macht Anspielungen ...«, sagte Ardabjew, während er mit seiner Frau Arm in Arm dahinging und vor den alten Frauen, welche das Leben der Menschheit von ihren bemoosten Erdaufwürfen aus betrachteten, überaus würdevoll den Hut zog.

»Worauf?« fragte die Frau besorgt.

»Wie worauf? Auf mein Alter ...«

Sie war sofort beruhigt. Ihre einzige Hoffnung, daß ihn ihr niemand wegnehmen würde, war sein Alter.

»Iwan Wessjolich ist von selbst gegangen ...«, sagte Ardabjew. »Er ist krank. Er hat es mir heute erzählt ...«

»Was hat er denn?«

»Das nämliche ...«

»Nun, dich hat Gott ja gerettet ...«, seufzte die Frau.

»Mein Sohn ...«, verbesserte sie Ardabjew streng.

Er wußte, daß seine Frau gläubig war und mischte sich da nicht ein, machte aber auch nicht mit.

»Gott lebt eben in verschiedenen Menschen ...«, sagte die Frau.

»Und warum trägst du, wenn du schon an Gott glaubst, kein Kreuz?« fragte Ardabjew plötzlich. »Ich habe gerade am Kino einen Burschen getroffen, der sein Kreuz offen auf der Brust trägt ...«

»Das hat nichts mit dem Glauben zu tun ...«, sagte die Frau kopfschüttelnd. »Das ist modern. Das Kreuz heißt deshalb auch Brustkreuz, weil es auf der Brust und nicht über einem Hemd oder einer Bluse getragen werden soll. Aber auch auf der Brust muß man nicht unbedingt ein Kreuz tragen. Die Hauptsache ist, daß es in einem drinnen ist ...«

»Da wird es aber kratzen ...«, scherzte Ardabjew mißmutig und dachte an Iwan Wessjolich.

Und während Boote mit indischen Frauen, welche in bunte Tücher gehüllt waren und melancholische, aber zugleich schöne Lieder sangen, über die Leinwand zogen, dachte Ardabjew immer noch an den Betriebswerksschlosser Iwan Wessjolich, der morgen vor seinem Tod zum Grab von Jessenin fahren würde und jetzt bestimmt allein in seinem einsamen Haus saß und sich betrank. Aber Ardabjew dachte weiter, warum Iwan Wessjolich, anstatt sterben zu müssen, nicht einfach in einem Winkel dieser Boote Platz finden und, mit dem Kinn auf seinen abgewetzten Arbeitskoffer gestützt, verträumt Wasser aus dem Ganges schöpfen und diesen wohl nicht nur im Kino gesungenen indischen Liedern lauschen könne? Ardabjew fiel ein, daß auch er niemals in einem fremden Land gewesen war. Der Erdball war groß, und das menschliche Leben klein. Es war auch ohne Kriege und Krankheiten klein, und Kriege und Krankheiten machten es noch kleiner.

Ardabjew schielte zu seiner Frau hinüber. In dem Halbdunkel des Zuschauerraums waren ihre Falten nicht zu sehen – nur ihr Profil, was sie jünger machte. Fast genauso jung, wie damals, als sie zum erstenmal ins Kino gegangen waren, um sich den Film ›Wenn morgen Krieg ist ...‹ anzusehen: Feindliche Panzer überquerten die sowjetische Grenze. Auf der Leinwand war eine Steppe zu sehen, und plötzlich hob sich ein Hügel zusammen mit dem Gras und den Erdhaufen und gab sich als ausfahrbarer Wachturm zu erkennen. Ein wachsames Auge kam aus ihm hervor. Dann zog sich der kleine Hügel wieder zusammen, und die Steppe war erneut eben. Der Rotarmist mit dem Fernstecher stieg eine eiserne Wendeltreppe hinunter und fand sich in einem unterirdischen Hangar wieder, in dem Flugzeuge mit roten Sternen bereitstanden. Auf ein Warnsignal hin tat sich die Erde auf, und aus ihr flogen furchtgebietende Fliegerstaffeln auf die Feinde los ...

»Oh, wie toll!« hatte sie damals, ein junges Mädchen aus dem rezeptfreien Verkauf der Apotheke und mit schlanken kräftigen Beinen, die während der Arbeit vom Ladentisch verdeckt waren, begeistert in die Hände geklatscht. Der Krieg hatte sich keineswegs als so kurz und schön wie in dem Film dargestellt erwiesen. Über dasselbe Steppengras, welches sie vor dem Krieg auf der Leinwand gesehen hatten, schleppte Ardabjew im 41er Jahr dann den verletzten Iwan Wessjolich unter einem schreckenerregenden, die Erde beinahe erdrückenden und mit deutschen Bombern übersäten Himmel, doch die Erde tat sich nicht auf, und aus ihr kamen keine furchtgebietenden Fliegerstaffeln geflogen ... Und jetzt würde Wessjolich fortfahren, um zu sterben, und würde vielleicht nicht einmal bis an Jessenins Grab kommen, wie auch Jessenin selbst wahrscheinlich nie an sein Ziel gekommen war.

»Klaw, du, Klawdia ...«

»Möchtest wohl zu Iwan?« fragte sie, ohne sich umzudrehen. »Na, dann geh schon ...« Sie war beleidigt, konnte ihn aber verstehen. Sie flüsterte ihm noch nach: »Übertreibt es nur nicht ...«

Hätte Ardabjew, als er am Kombinatskindergarten neben dem alten Friedhof von Chairjusowsk vorbei zu Iwan Wessjolich ging, besser hingesehen, dann hätte er die drei, mit ihren japanischen Lederjacken wie Drillinge aussehenden halbwüchsigen Burschen gesehen, die dort auf drei Kinderschaukeln saßen. Die Stahlseile der Schaukeln quietschten leise. Die drei Halbwüchsigen waren diesen Schaukeln längst entwachsen und mußten, wenn sie etwas schaukelten, die Beine hochziehen. Eine Flasche ›Starker Rosé‹ wanderte von einer Hand zur anderen. Den Flaschenhals legten sie der Reihe nach zum Trinken an ihren Mund, doch der halbwüchsige Bursche mit dem durch die offene Jacke glitzernden russisch-orthodoxen Kreuz hielt ihn länger an den Lippen als die anderen, als besäße er darauf ein ungeschriebenes und unabdingbares Recht. Unter seinen langen mädchenhaften Wimpern lugten angsteinflößende starre Augen hervor.

»Langweilig ...« sagte er und stieß sich faul mit den Füßen vom Boden ab. »Trinkt man nicht, ist es langweilig, und trinkt man, ist's ebenso langweilig ... Besonders bei diesem Fusel ... Bei aller Phantasie, der ›Starke Rosé‹ ist kein ›Weißes Pferd‹, das sich, Phantomas, im Schrank deines Alten wie in einem Stall die Füße abgestanden hat ... Ein für Chairjusowsk seltenes Tier ... Wenn es auch nur ein Andenkenpony ist. Hast du kapiert?«

»Ja, Philosoph ...« Der dicke Bursche mit den blonden Brauen, der einem Albinohasen ähnelte, sprang pflichtschuldig von der Schaukel und löste sich in der Dunkelheit auf. Der andere Halbwüchsige mit dem ›Boney M‹ Abzeichen auf der Jacke, welcher abwartend die knorpelige Nase mit den vielen kleinen Sommersprossen vorstreckte, hörte auf zu schaukeln, bereit abzuspringen und sich ebenfalls in der Dunkelheit aufzulösen, falls es nötig wäre. In seinen noch ganz kindlichen Augen, die so hellbraun waren, als hätte sich eine Sommersprosse herüberverirrt, spiegelte sich gieriges Verlangen nach Befehlen und gleichzeitig Angst davor wider. Doch bislang gab es für ihn keine Befehle.

Der Philosoph schwang sich hoch, ohne die Schaukel auch nur einmal anzuhalten. Sein Gesicht gelangte einmal in den Streifen Lichts, das aus dem Fenster des Kindergartens fiel und tauchte dann in die Dunkelheit ein. Doch jedesmal, wenn es aus der

Dunkelheit ins Licht kam, hatte es einen anderen Ausdruck. Die Augen wurden immer starrer, die Gesichtszüge versteinerten sich zusehends. Der Philosoph dachte. Die Schaukel flog immer höher und höher, und das Gesicht des Philosophen verschwand, wenn es das Licht verließ, immer länger in der Dunkelheit. Und jedesmal, wenn es zurückkehrte, blieb die dort oben angesammelte Finsternis in den konzentrierten, aber starren Augen eine Weile zurück. Der Philosoph schaukelte bereits bis zum Querbalken hoch.

»Du wirst noch abstürzen, Philosoph!« rief der sommersprossige Bursche erschrocken.

»Halt die Klappe, Pestruschka!« ertönte von oben ein blechernes Gelächter.

Der Philosoph schwang bereits über dem Querbalken. Dann begann das Seil zu knirschen, und die Stahlschlinge sprang aus dem Haken auf dem Querbalken. Die Schaukel stürzte zu Boden. Der Philosoph blieb mit dem Gesicht nach unten in dem unbarmherzigen Streifen Lichts, das aus dem Fenster des Kindergartens fiel, liegen. Pestruschka sprang von seiner Schaukel und stürzte auf den Philosophen zu. Doch dieser stieß ihn unwirsch zur Seite und kroch aus dem Lichtstreifen ins Dunkel. Dann setzte er sich auf die Kante des Sandkastens und leckte sich die abgeschürfte Hand. Als er Phantomas mit den blonden Brauen, die in der Dunkelheit leuchteten, keuchend herbeilaufen sah, streckte er die Hand aus. Er bekam eine kleine Flasche ›Weißes Pferd‹. Er goß zuerst ein wenig auf die Handfläche, kehrte die Flasche nach oben und trank sie gierig aus.

Der Philosoph versuchte nicht zu zeigen, wie sehr es ihn demütigte, daß diese beiden seinen Sturz mitangesehen hatten. Vor allem Pestruschka. Nachdem er die Flasche in hohem Bogen weggeworfen hatte, nahm er eine Spielzeugschaufel in die Hand, häufte Sand darauf und beobachtete, wie dieser zerrann:

»Wir befinden uns zwischen dem Kindergarten und dem Friedhof. Auf dieser Seite spielen die faden Tanten ›Ein Männlein steht im Walde‹ und gibt es ekelhaften Grießbrei, bei dem einem schlecht wird. Dort liegen Gräber mit Würmern und stehen vom Borkenkäfer zernagte Kreuze ... Langweilig ... Und Nichtstun ist auch langweilig. Zeit, etwas Richtiges einzufädeln ... Weit haben wir's gebracht – bis zur kleinen Spekulation mit Kinokarten ...«

»Das, was bei uns Spekulantentum ist, heißt in Amerika Privatinitiative ... Das hast du doch selbst gesagt, Philosoph ...«, erinnerte ihn Phantomas vorsichtig.

»Es geht nicht um die Spekulation an sich, sondern um ihr Ausmaß ...«, sagte der Philosoph mit finsterem Gesicht und warf die Spielzeugschaufel beiseite. »Du überreißt meine Gedanken nicht, Phantomas. Nur ein großes Ding verschafft großes Vergnügen. Und wozu bist zum Beispiel du, Pestruschka, fähig, wenn du dich dauernd beschwerst, daß du dir keine Markenjeans beschaffen kannst und in irgendso einer Imitation aus Riga herumläufst?«

»Ihr habt es gut ...«, begann sich Pestruschka beleidigt zu rechtfertigen. »Dir, Philosoph, hat dein Vater ›Wranglers‹ vom Dammbau in Syrien mitgebracht. Dein Vater, Phantomas, hat beim Bau des Hafens auf Nachodka mitgearbeitet, wo es, wie du selbst erzählst, ›Lewi Strauss‹ in Hülle und Fülle gibt. Was vermag da mein Vater schon?«

»Gewöhn dir endlich diesen sibirischen Akzent ab* ...«, bemerkte der Philosoph angeekelt. »Dein Alter bei der Eisenbahn hat dir doch auch eine japanische Jacke, wie wir sie haben, verschafft. Soll er dir auch Markenjeans beschaffen. Setz ihn nur richtig unter Druck.«

»Das mach' ich ja ...«, sagte Pestruschka niedergeschlagen. »Aber er gibt mir zur Antwort: ›Jeans kosten auf dem Schwarzmarkt einen Monatslohn. Du glaubst wohl nicht, daß ich wegen ein paar Hosen einen ganzen Monat schuften werde?‹«

»Es geht ja nicht um die Jeans an sich ...«, unterbrach ihn der Philosoph. »Napoleon hat auch keine Jeans getragen, und war trotzdem Napoleon. Hätte er aber welche gewollt, dann hätte er sicher welche gehabt. Die von ihm unterworfenen Völker hätten sie ihm weben müssen.«

---

* Okanje – Aussprache des »o« in unbetonten Silben als »o«, welches in der Schriftsprache als »a« gesprochen wird.

Pestruschka hatte das mit Napoleon zwar nicht ganz verstanden, seufzte aber auf.

Der Philosoph fuhr fort:

»Wie schon Mitschurin* gesagt hat, man soll sich keine Jeans von der Natur erwarten, sondern muß sie sich nehmen. Auf die Alten kann man sich nicht verlassen. Das schwächt einen. Gestern hat mich mein Vater gefragt: ›Was willst du nach der Pflichtschule machen?‹ Soweit ich mich erinnere, hat er nie etwas gefragt. Das ganze Leben lang steckt er in seinem Zement und Beton – nur der Hut schaut hervor. Mit Geschenken hat er mich abgespeist. Zum Beispiel mit diesen ›Wranglers‹. Und plötzlich interessiert er sich für seinen Sohn. Und ich bringe den Mund nicht auf, vor Überraschung, daß der Vater mit mir spricht. Wie in der Fabel – ›vor Freude blieb ihm die Luft weg‹. Und die Mutter mit ihrer gewerkschaftlichen Direktheit fährt den Vater an: ›Was redest du denn überhaupt mit ihm! Er ist doch ein kompletter Hohlkopf!‹ Wüßte sie, was sich in meinem Kopf alles tut, dann würde sie vielleicht zusammenfahren. Mein ganzes Leben lang hat sie mir andere Kinder vorgehalten – alle diese durch das Spielen der Tonleiter vertrottelten Pianogenies. Pickelige mathematische Wunderkinder. Diese heulenden Dichterlinge in den Pionierpalästen mit ihren roten Krawatten um den Hals. Die schwitzenden Schwachköpfe des Zirkels ›Geschickte Hände‹. Die jungen Naturkundler, die nach Meerschweinchen stinken. Schachsüchtige. ›Was gibt es doch für talentierte Kinder‹, sagt sie, ›und du bist ein einziger Versager.‹ Aber ich besitze ein anderes, von unseren sowjetischen Wunderkindern nicht gekanntes Talent. Ich bin Philosoph. Aber nicht so einer, wie das von der *Literaturnaja Gazietta* reklamierte rotznasige Vorschulknäbchen aus Omsk, das Dreikopekenaphorismen in der Art von ›Die Strudel sind des Meeres Wurzeln‹ zitiert. Ich bin ein Philosoph der Tat. Menschen zu bewegen ist interessanter als Schachfiguren.«

»Aber wohin bewegen?« fragte Phantomas, der an den geheim-

---

* Mitschurin – Iwan Wladimirowitsch Mitschurin, russischer Botaniker und Obstzüchter (1855–1935).

nisvoll skizzierten Linien beinahe erstickte, und drückte dem Philosophen ein weiteres Fläschchen in die Hand.

»Marie Brisar ...«, las der Philosoph auf dem Etikett und hielt das Fläschchen gegen das Licht, das aus dem Fenster des Kindergartens fiel. Sein Gesicht blieb jedoch im Dunkeln.

»Ans andere Ende des Schachbretts. Dorthin, wo Bauern zu Königinnen werden. Möchtest du, Pestruschka, vielleicht keine Königin werden?«

»Nun ja ... ja, schon irgendwie ... ja, irgendwie ...«, stotterte Pestruschka verwirrt.

»Aber um an die Königin zu kommen, muß man andere Figuren vom Brett werfen«, fügte der Philosoph schroff hinzu.

»Welche Figuren?« fragte Phantomas, der vor Aufregung sogar ins Schwitzen gekommen war.

»Die den Weg zur Königin verstellen«, antwortete der Philosoph klar und deutlich. »Die Druschinniks* erkennt man leicht an ihren roten Armbinden. Wir müssen eine Antidruschina bilden. Zuerst geheim. Unter den roten Armbinden müssen wir einander an etwas Unsichtbarem erkennen. Und wenn wir dann sehen, daß unser viele sind, können wir mit dem Versteckspiel aufhören. Sogar vor unseren Alten.«

»Und bekommen wir da keins auf den Deckel?« fragte Pestruschka erschrocken.

»Nur wenn wir Angst haben«, grinste der Philosoph. »Wir brauchen ständiges autogenes Training, um die Angst zu bezwingen.«

Der Philosoph erhob sich mit einem Ruck von der Einfassung der Sandkiste und begann, die Beine um die Schaukelstange geschlungen, an ihr hinaufzuklettern. Am Querbalken angelangt, rief er gebieterisch:

»Werft mir das Seil herauf!«

Der Philosoph hängte die Stahlschlinge wieder in den Haken, aus dem sie gesprungen war, ein, sprang hinunter und setzte sich wieder auf die Schaukel und begann hin- und herzuschwingen.

»Was sollen wir also in einer wunderschönen Nacht wie dieser

---

* Druschinnik – freiwilliger Helfer der Miliz.

zwischen dem Kindergarten und dem Friedhof anfangen? Ich weiß, was! Vermischen wir den Friedhof mit dem Kindergarten! Mir nach!« Und er stürzte von der Schaukel fort.

Die verlassenen Schaukeln schwangen noch lange Zeit aus, gelangten einmal in den Lichtstreifen und tauchten dann wieder ins Dunkel ein.

Als Ardabjew von Iwan Wessjolich nach Hause ging und hinter dem Zaun des Kindergartens die dunklen Umrisse eines Grabkreuzes sah, rüttelte er seinen Kopf wach, um zu sich zu kommen – er mußte offensichtlich zu viel getrunken haben, wenn er solche Halluzinationen hatte.

Aber als die wie eine Glucke gackernde Kindergartentante nach dem Frühstück die Kinder mit ihren Kübeln und Schaufeln zur Sandkiste brachte, erstarrte sie zu Stein. Genau in der Mitte der Sandkiste steckte ein von der Zeit ausgetrocknetes Grabkreuz. In seinen Ritzen krochen zusammen mit dem Kreuz eingefangene braunrote Friedhofsameisen. Und neben dem Kreuz lagen zwei kleine Fläschchen im Sand.

3

Der orangefarbene Kombi fuhr vor dem weißen Kasten eines gewöhnlichen Tschertanowhauses vor, und Ardabjew junior dachte schwermütig daran, daß der Lift schon einen ganzen Monat wegen Reparatur außer Betrieb war. Er würde das morgige sinnlose Festmahl allein in das achte Stockwerk schleppen müssen. Nachdem er den Kombi rücklings zur Auffahrt geparkt hatte, begann er unter den neugierigen und keineswegs immer gutheißenden Blicken der Pensionisten, welche die verkümmerten Pappeln im Hof entlangspazierten, das Festmahl auf das Trottoir auszuladen. Das Klopfen der Dominosteine auf dem kleinen Holztisch vor dem Haus verstummte. Drei unauffällige Gestalten entfernten sich von den Dominospielern und kamen, nicht ohne Interesse auf eine der drei Kisten blickend, näher.

»Sollen wir helfen?« fragten die drei Stimmen im Chor. »In welches Stockwerk?«

»Danke«, antwortete Ardabjew schicksalsergeben und zog schon im vorhinein eine Flasche aus der vollen Kiste. »Ins achte.«

»Mit einem Mal werden wir das kaum schaffen ...«, kratzte sich der freiwillige Helfer mit dem Netzhemd, den blauen, weiß paspelierten Trainingshosen und sonderbaren Damenpantoffeln mit Quasten vielsagend im Nacken. Das war auch das einzig Auffällige an ihm. »Na ja, wenn wir eine Kiste auf die andere stellen ...«, überlegte der Freiwillige. Dann ächzte er und hob die Kiste mit dem Wodka auf und wies mit einer Kopfbewegung auf die Sektkiste.

Die beiden anderen stellten gewandt die Kiste mit dem Sekt oben drauf. Der Freiwillige mit den Quasten sackte unter der Last leicht zusammen, hielt jedoch durch. Der zweite Freiwillige schleppte – nicht ohne beleidigtem Ausdruck im Gesicht – die Kiste mit dem Mineralwasser und den Äpfeln fort. Der dritte die beiden Eimer: den mit den Tomaten und den mit den Gurken. Ardabjew drückte mit einer Hand die drei Ferkel an die Brust, mit der anderen das Büschel Grünzeug, unter dem der Ardabiolazweig versteckt war, und stieg im Schlepptau des Festzugs mit gesenktem Kopf die Treppen hinauf.

Im vierten Stockwerk stellte der Freiwillige mit den Quasten die beiden Kisten ächzend auf dem Treppenabsatz ab.

»Zigarettenpause«, sagte er keuchend. »Was ist denn bei Ihnen los, etwa eine Hochzeit?«

»Nein ...«, antwortete Ardabjew nicht sehr gesprächig und klemmte mit dem Kinn das rosarote Schwänzchen des zu oberst liegenden Ferkels ein, damit dieses nicht herunterfiel.

»Geburtstag?« fragte der Freiwillige mit den Quasten nicht nachgebend.

»Nein«, gab Ardabjew finster zur Antwort. »Promotion.«

»Zum Doktor?«

»Zum Kandidaten.«*

»Und worüber, verzeihen Sie, haben Sie geschrieben?«

»Über Ardabiola«, log Ardabjew zu seinem Erstaunen.

---

* Kandidat – »Kandidat der Wissenschaften«, akademischer Titel in der Sowjetunion. Danach folgt erst »Doktor«.

»Aha ...«, runzelte der Freiwillige mit den Quasten tiefsinnig die Stirn.

»Sind Sie nun ausgerastet?« fragte Ardabjew.

»Ich bekomme einfach keine Luft. Ich habe übrigens einen zu hohen Blutdruck und dürfte eigentlich gar nichts Schweres tragen«, erklärte der Freiwillige mit den Quastenpantoffeln und schielte auf die Kiste mit dem Wodka.

»Und meiner ist zu niedrig ...«, kicherte der zweite mit dem Mineralwasser und den Äpfeln drauf los.

»Ich habe einen arhythmischen Puls. Einen flatterhaften«, fügte der dritte mit den Tomaten und Gurken hinzu.

Ardabjew verstand den Fingerzeig.

»Die Degustierung kommt im achten Stock ...«, sagte er.

»Aber bis zum achten ist es noch ein schönes Stück ...«, schluckte der Freiwillige mit den Quastenpantoffeln. »Wie heißt es doch, Etappen auf einem weiten Weg. Da muß man sich stärken.«

»Meinetwegen«, sagte Ardabjew müde. »Stärken Sie sich.«

»Aber nur wenn Sie auch ... Erweisen Sie uns die Ehre ... Schließlich geht es doch um eine Promotion und nicht um ein Pfund Rosinen!« versuchte ihn der Freiwillige mit den Quastenpantoffeln zu überreden, während er eine Flasche Wodka aus der Kiste holte und die Verschlußkappe losschraubte.

Als er sah, daß Ardabjew die Arme mit den Ferkeln und dem Grünzeug voll hatte, schob er ihm mit einer leicht vornehmen Verbeugung die Flasche in den Mund, worauf die Hand des anderen Freiwilligen Ardabjew eine halbe Gurke väterlich zwischen die Zähne steckte. Nachdem die Flasche geleert war, schraubte sie der Freiwillige sorgfältig zu und stellte sie in das leere Loch der Kiste zurück, womit die Symmetrie wieder hergestellt war.

»Gehen wir, Kinder! Einem netten Menschen hilft man gerne!«

Sie werden doch hoffentlich nicht noch in meine Wohnung einfallen? dachte Ardabjew erschlagen, nachdem er die Ferkel und das Grünzeug vor der Tür auf den Boden gestellt hatte und absichtlich lange nach dem Schlüssel suchte.

»Vielen Dank für Ihre Hilfe. Jetzt komme ich schon allein zurecht.«

»Was fällt Ihnen ein!« sagte der Freiwillige mit den Quastenpantoffeln gönnerhaft. »Jetzt haben wir die Sache schon einmal angefangen und werden sie auch zu Ende führen.«

»Na klar, führen wir sie zu Ende!« pflichtete ihm der zweite Freiwillige bei, klirrte mit den Mineralwasserflaschen und ließ einige Äpfel fallen.

»Natürlich! Das haben wir in einer Minute!« schloß der dritte und klimperte mit den Tomaten- und Gurkeneimern.

Die machen mich noch fertig ..., dachte Ardabjew ohne jede Hoffnung und sperrte die Tür auf. Gleich über der Schwelle lag ein durch den Türschlitz eingeworfenes Telegramm auf dem Gummivorleger. Ardabjew hob es auf und wollte es öffnen, doch die Kiste mit dem Wodka im Arm des nachdrängenden Freiwilligen mit den Quasten stieß ihn fest in den Rücken. Ardabjew steckte das Telegramm in die Tasche und wich zur Seite, um die Freiwilligen in die Wohnung zu lassen. Kaum waren sie eingetreten, wurde es in der Wohnung durch ihr Schnaufen, Ächzen und ihre unterschiedlichen Vorstellungen sofort eng. Der Freiwillige mit den Quasten öffnete als erstes geschäftig den Eisschrank, um dessen Inhalt und Fassungsvermögen zu begutachten.

»Also ...«, sagte er nachdenklich. »Dieses Glas Auberginenpastete, verzeihen Sie, werfe ich weg. Sie ist schon ganz verschimmelt. Die vergilbte Mayonnaise ... kommt auch weg. Der Senf ist eingetrocknet. Fort damit! Das Eisfach, Gott sei Dank, ist leer. Da kommt der Wodka hinein. Die schönen Tomaten und Gurken in die unteren Fächer. Hauptsache, wir bringen die Ferkel unter. Das Grünzeug hierher. Der Sekt, der Verdammte, paßt nicht hinein. Dann stellen wir ihn eben ins Bad ...«

Ardabjew, der sich, ohne einen Laut von sich zu geben, den Freiwilligen gefügt hatte, ließ sich auf den Diwan fallen und faltete das Telegramm auseinander. Es war kurz. »Vater gestorben. Begräbnis am Mittwoch. Mama.«

»Und wie wäre es mit einem zweiten Umtrunk?« stieß der neben Ardabjew sitzende Freiwillige mit den Quasten ihm kokett in die Seite. »Begießen wir die Promotion?«

Ardabjew sah von dem Telegramm auf und erblickte drei ihm vollkommen unbekannte Menschen. Wie sind sie in meine Wohnung gekommen? Was wollen sie? Vater ist gestorben ... Das heißt, Ardabiola war ein Bluff. Das heißt, alles umsonst gewesen. Und ich habe diesem Mädchen noch vorgeschwatzt, ich sei der für die Menschheit wichtigste Mann. Begräbnis am Mittwoch. Weshalb hat dieser Typ Quasten an seinen Pantoffeln?

»Machen Sie aber schnell ... So schnell es geht ...«, seufzte Ardabjew laut.

Der Freiwillige mit den Quasten machte noch eine Flasche Wodka auf. Der zweite holte aus dem Glasschrank Gläser. Der dritte rieb an seinem Ärmel einige Äpfel sauber und legte sie auf den Tisch.

»Auf den Kandidaten!« sagte der Freiwillige mit den Quasten und tat einen Zug und schmatzte mit dem Apfel. »Sie halten alle auf ...«

Ardabjew begriff plötzlich, daß er ein Glas in der Hand hielt und machte auch einen Schluck.

»Warum hat sie bloß so ein Gesicht, als habe man es langgezogen?« interessierte sich der Freiwillige mit den Quasten plötzlich für die Reproduktion eines Frauenporträts von Modigliani, das an der Wand hing.

»Ach, sie ist mit einem plattgedrückten Gesicht zur Welt gekommen. Und dann hat man es ihr langgezogen«, täuschte Ardabjew ironisch vor.

»Ein bißchen zu weit hat man es aber getrieben ...«, sagte der Freiwillige mit den Quasten kopfschüttelnd. »Was man mit Menschen doch nicht alles macht! Und was ist das für ein Strauch in der Kiste mit der Erde?«

»Zur Zierde ...«, antwortete Ardabjew.

»Ja, ist der etwa schön? Einen Gummibaum – das kann ich verstehen ... Also jetzt mit Ihrer Erlaubnis auf den Doktor!« Dann verschluckte sich der Freiwillige mit den Quasten plötzlich und verstummte.

Ardabjew blickte auf und sah, daß seine Frau mitten im Zimmer stand. Besser gesagt, seine ehemalige Frau, weil sie sich getrennt hatten. Aber doch noch seine Frau, weil sie noch nicht geschieden waren. Ihre Sachen hatte sie aus der Wohnung fortgeschafft, aber den zweiten Schlüssel hatte sie behalten.

Ihre schönen Wildlederschuhe mit der weißen Kante waren auf den in dem Wirrwarr auf den Boden gefallenen Ardabiolazweig getreten. Doch Ardabjew war nun alles einerlei.

Die freiwilligen Helfer waren unter dem spöttischen Blick ihrer Augen blaß geworden und entfernten sich im Gänsemarsch. Der Freiwillige mit den Quasten schlich auf Zehenspitzen hinaus.

»Sind das deine neuen Freunde?« fragte die Frau Ardabjew, während sie sich setzte und eine Zigarette anzündete. Der spöttische Blick in ihren Augen war geblieben, doch das Feuerzeug knipste sie nervös und unsicher an.

»Aha ...«, sagte Ardabjew. »Allerneueste. Frisch vom Schneider.«

»Aber wo ist denn deine Freundin Alla? Der Käfig ist leer. Ist sie dir etwa auch davongelaufen?«

»Sie ist gestorben.«

»Bei Ratten sagt man für gewöhnlich: krepiert.«

»Sie ist gestorben.«

»Schon gut, wie du willst. Gegenüber Tieren bist du ja schon immer human gewesen. Das muß man dir lassen ... Entschuldige, daß ich, ohne anzurufen, hereingeplatzt bin. Es hat sich niemand gemeldet. Ich wollte dir zur Verteidigung deiner Dissertation gratulieren. Man hat mir gesagt, daß du für morgen Gäste eingeladen hast. Und da viele nicht wissen, daß wir getrennt leben, habe ich mir gedacht ...«

»Was hast du dir gedacht?« fragte Ardabjew, während er den Ardabiolazweig vom Boden aufhob und ihn in der Hand hin und her drehte.

»Ich wollte mich nicht selbst einladen ... Ich dachte nur, die Wohnung würde wahrscheinlich in einem schrecklichen Zustand sein ... Wollte dir helfen ... Aber du hast es sauber. Hilft dir jemand dabei?«

»Niemand.«

»Alle Hochachtung. Und hast du auch daran gedacht, etwas einzukaufen?«

»Habe ich.«

Sie ging zum Eisschrank und schaute hinein:

»Du bist ja eine ausgezeichnete Hausfrau, Ardabjew ... Sogar Ferkel hast du gekauft. Aber wer wird sie braten?«

»Hast du den Führerschein bei dir?« fragte Ardabjew.

»Ja. Weshalb fragst du?«

»Bring mich nach Domojedowo. Und bewirte morgen die Gäste. Hilf mir aus der Patsche. Ich habe keine Zeit, überall anzurufen und mich zu entschuldigen.«

»Was ist denn?« erstarrte sie an der offenen Tür des Eisschrankes.

»Vater ist gestorben.«

Sie trat unwillkürlich einen Schritt auf ihn zu, blieb dann aber doch stehen.

»Wann? Was ist mit ihm geschehen?«

»Bringst du mich also hin?«

Sie ging zum Wandschrank, nahm zwei Hemden, Unterwäsche und Socken heraus und wunderte sich erneut darüber, daß alles sauber und gebügelt war.

Als sie ins Bad ging, um den Rasierapparat zu holen, da sah sie, noch bevor sie all die Sektflaschen im Wasser bemerkte, zwei noch nicht trockene Hemden auf hölzernen Kleiderbügeln, Unterhosen und Socken auf dem Heizkörper und begriff nun, daß Ardabjew selbst wusch. Sie wollte weinen, sowohl darüber, wie auch darüber, daß sein Vater gestorben war. Doch sie weinte nicht, sondern nahm nur den Rasierapparat und noch ein Paar Socken, die sich trocken anfühlten.

Eine Zeitlang fuhren sie schweigend dahin.

»Hast du schon einmal daran gedacht, daß auch du sterben könntest?« fragte sie und schaltete das Standlicht ein, da es schon dunkel wurde.

»Ja, habe ich. Und ich möchte nicht, daß es gerade jetzt passiert. Ich habe nicht das Recht dazu. Ich muß noch so vieles erledigen«, sagte Ardabjew finster.

»Glaubst du etwa, es habe in der Geschichte je einen Menschen gegeben, der alles erreichte, was er sich vorgenommen hatte?« fragte sie und zündete sich erneut eine Zigarette an. »Alle, die gestorben sind, haben irgend etwas nicht zu Ende geführt. Christus hat es nicht geschafft, daß alle Menschen Brüder werden. Hitler hat es nicht geschafft, alle Juden in die Gaskammer zu stecken. Dein Vater hat seinen Enkel nicht erlebt, den ich ohne deine Erlaubnis in mir abgetötet habe. Und ich bin auch gestorben, weil ich es nicht geschafft habe, Mutter zu werden.«

»Quäle dich nicht«, sagte Ardabjew und zog den Kopf tief zwischen die Schultern.

»Ich habe dein Kind umgebracht, weil ich dich liebte«, fuhr sie fort. »Ich glaubte, das Kind würde eine Belastung für dich sein. Ich wollte, daß du deine Dissertation fertig schreibst und auf eigenen Füßen stehst. Aber du hast mir nicht verziehen. Du hörtest auf, mit mir zu sprechen. Du hast mir nichts mehr erzählt. Weder darüber, weshalb plötzlich eine Ratte statt des Kanarienvogels bei uns lebte, noch darüber, daß dein Vater Krebs hat. Du glaubtest, ich würde dich nicht mehr lieben. Kannst du dir überhaupt vorstellen, wie groß eine Liebe sein muß, wenn man ihretwegen das eigene Kind umbringen kann? Weshalb hast du mich bloß so gehaßt?«

»Ich habe dich nicht gehaßt. Ich konnte es nicht vergessen«, seufzte Ardabjew tief. Er dachte an das Mädchen mit der Schirmmütze: Weshalb hatte sie dasselbe getan?

»Es hat keinen Sinn, mich länger zu strafen, Ardabjew. Ich bin gestraft genug. Damit, daß ich dich und keinen anderen liebe.« Und mit bebender, fast zerreißender Stimme fragte sie leise: »Sag, wirst du irgendwann vergessen können? Mir verzeihen?«

»Weiß nicht«, antwortete Ardabjew und verfiel in Schweigen. Bis zum Flughafen sagte er kein Wort. Und erst als er die Tür des orangefarbenen Kombis öffnete, sagte er: »Erzähl den Gästen nicht, daß Vater gestorben ist. Denk dir einen anderen Grund für meine Abwesenheit aus. Irgendeinen lustigen, damit sie was zum Lachen haben. Und denk daran: Mischetschkins habe ich nicht eingeladen.«

»Und wenn sie trotzdem angetanzt kommen?« fragte sie bereits mit einer anderen Stimme und wischte sich die Tränen ab.

4

Ardabjew folgte der Schar von Passagieren über das Flugfeld. In der linken Hand trug er sein ganzes Gepäck – eine von ihm aus Afrika mitgebrachte Aktentasche mit einem winzigen Krokodil, welches eigentlich einer in die Haut eines anderen, zu Lebzeiten wahrscheinlich größer gewesenen Krokodils eingenähten Eidechse glich. Die Pfötchen des winzigen Krokodils baumelten über dem Verschluß der Tasche. Mit der rechten Hand drückte Ardabjew einen Jungen von zirka zwei Jahren an seine Brust, der ihm einen Arm um den Hals gelegt hatte und mit der anderen ein Spielzeugmondmobil fest umklammert hielt, dessen kleine Antenne Ardabjew im Nacken kitzelte. Der Junge sah aus, als sei er einem jener Bilder entstiegen, die auf den Paketen der Kindernahrung zu sehen sind. Der Junge hatte weißblonde strähnige Locken, eine verschmitzte Stupsnase und so runde feste Backen, als seien zwei Äpfel darunter versteckt. Die Mutter ging neben Ardabjew her und trug einen Säugling in einem schneeweißen Wickelkissen im Arm. Von ihrem Ellbogen hing ein Netz voll mit Orangen herab, das ihr beim Gehen an die Hüften schlug. Es war an einer Stelle eingerissen, und eine orangefarbene punktierte Linie herausgefallener Orangen säumte den Weg der Mutter über das Flugfeld ...

Vor einer Stunde noch hatte Ardabjew vergeblich das Telegramm über den Tod des Vaters dem Leiter des Beförderungsdienstes zugesteckt, welcher von den verrohten und gleichzeitig abgehetzten Blicken derer benommen war, die ihm andere Telegramme, Dienstreisebescheinigungen und alle möglichen roten Büchlein mit goldenen und ähnlichen Lettern entgegenstreckten. Die Flüge in den Fernen Osten und nach Sibirien waren seit achtundvierzig Stunden eingestellt, und Hunderte von Menschen schliefen auf den Bänken oder einfach am Boden. Das Telegramm half Ardabjew nicht. Auf dem Flughafen von Domojedowo war man daran gewöhnt, daß jeden Tag irgend jemand irgendwo starb. Als schließlich der Flug vom vorvorigen Tag angekündigt wurde, faltete Ardabjew sein Telegramm auseinander und ging damit langsam die Schlange zur Registratur entlang. Der Großteil der Leute wandte sich ab. Sie hatten alle ihre eigenen Sorgen und vielleicht auch ihre eigenen Toten.

»Bleiben Sie stehen!« ertönte plötzlich eine Stimme, und Ardabjew sah einen jungen Hauptmann mit kleinen Kanonen am Kragenspiegel. Das Gesicht des Hauptmannes bedeckten zweitägige golden glänzende Bartstoppeln, doch seine Augen waren hell und menschlich.

Der Hauptmann hielt einen schlafenden Jungen im Arm, der selbst im Schlaf sein Mondfahrzeug nicht losließ. Neben dem Hauptmann stand die Mutter und gab dem jüngeren Bruder verlegen die Brust.

»Sie gehen schon zum zweiten Mal mit Ihrem Telegramm an uns vorüber«, sagte der Hauptmann. »Meine Frau und ich haben uns überlegt ... Trauen Sie sich zu, die Aufsicht über diesen Indianerhäuptling zu übernehmen?« fragte er und zeigte auf den Jungen in seinen Armen.

»Ich kann es versuchen«, sagte Ardabjew. »Aber Sie haben ja zwei.«

»Das macht nichts. Ich nehme einen anderen Flug«, sagte der Hauptmann. »Ich habe noch zwei Tage Urlaub. Und Sie fliegen mit meiner Frau und den Kindern. Der Vater stirbt nur einmal im Leben.«

Ardabjew warf einen Blick auf die Frau des Hauptmanns. Alles hätte er sich erwartet, nur kein Lächeln. Doch die Frau des Hauptmannes lächelte. Sie lächelte und bedeckte dabei mit der Hand instinktiv ihre Brust und wiegte den Säugling in den Schlaf. Sie lächelte sogar schuldbewußt, so als wären sie und ihr Mann und die Kinder irgendwie am Tod seines Vaters und daran, daß er kein Ticket hatte, schuld.

»Haben Sie den Paß bei sich?« trieb der Hauptmann Ardabjew zur Eile an. »Wir müssen das Ticket noch rasch umschreiben lassen.«

Während man ihnen das Ticket neu ausstellte und ihre Gesichter mißtrauisch mit den Dokumenten verglich, ohne zu verstehen, weshalb derselbe Junge plötzlich auf den Namen eines anderen Mannes geschrieben wurde, erteilte der Hauptmann Ardabjew Anweisungen:

»Merken Sie sich, Witja ist nur ein Engel, solange er schläft. Sobald er erwacht, kann er schrecklich sein. Er ist ein Perpetuum mobile. Seien Sie ständig auf der Hut! Er wartet nur darauf, daß sich die Erwachsenen von ihm abwenden. Gestern hat er zum Beispiel den Finger in Großmutters Fleischwolf gesteckt und versuchte ihn zum Gehen zu bringen. Er wird Ihnen einiges aufgeben. Durchaus möglich, daß er versucht, das Flugzeug zu entführen. Ich beneide Sie nicht. Wissen Sie, wie man Windeln wechselt?«

»Nein«, gestand Ardabjew ehrlich.

»Dann müssen Sie es lernen. Er sagt erst dann ›A-a‹, wenn er sein Geschäft schon verrichtet hat. Kurz gesagt, nicht ich, sondern Sie tun mir einen Gefallen.«

Das war also der Grund, weshalb sich Ardabjew mit einem fremden Kind auf dem Flugfeld befand. Es war das erste Mal in seinem Leben, daß er ein Kind in den Armen hielt. Ardabjew war der Jüngste in der Familie gewesen und hatte nie jüngere Brüder herumschleppen müssen. Ardabjew trug ein fremdes Kind und dachte daran, daß es sein eigenes hätte sein können.

Und außerdem dachte er an das Mädchen mit der Schirmmütze.

Die Schar überreizter Passagiere drängte sich an der Gangway zusammen, als ob das Flugzeug in jedem Augenblick hätte starten und jemand auf dem Flugfeld zurücklassen können. Niemand kam es auch nur in den Sinn, daß im Flugzeug genauso viele Plätze vorhanden waren, wie es Passagiere gab. Das Denken war allein darauf gerichtet, unter allen Umständen hineinzukommen und ja nicht zurückbleiben zu müssen. Das Gedränge war sinnlos, hörte jedoch nicht auf.

Als die Kontrolleurin mit dem Gesicht eines Boxers die zwei Kinder sah, brüllte sie:

»Lassen Sie die Passagiere mit Kindern durch! Kommen Sie zur Besinnung!«

Doch niemands Ellbogen, niemands Taschen und Schachteln machten Platz. Die Kontrolleurin stieß mit einem Fuß auf eine sich vordrängende Kartonschachtel mit den schwarzen Zeichen eines Glases und Schirms, so daß ein Klirren von innen ertönte, und mit dem anderen auf jemands überzogenen Kontrabaßkasten. Die Kontrolleurin stellte sich in die Mitte der Gangway und wies, mit ihrem mächtigen Körper den Eingang völlig versperrend, die ihr zugereichten zerknüllten und klebrigen Tickets zurück.

»Zuerst mit den Kindern!«

Als sie sahen, daß die Kontrolleurin nicht nachgab, traten die Passagiere notgedrungen zur Seite, wobei sie Ardabjew mit dem schlafenden Jungen und die Mutter mit dem Säugling mit so gehässigen Blicken verfolgten, als hätten sie an dem schlechten Flugwetter und allen anderen kleinen und großen Übeln in dieser Welt schuld.

»Weshalb sind die Leute bloß so gereizt?« seufzte die Mutter, während sie das Baby in den Schoß und die Tasche mit den Orangen unter den Sitz legte, und schlief sofort ein.

Sie hatte ein gewöhnliches, breites russisches Gesicht und auf dem Kopf eine Gretelfrisur aus dicken weißblonden Zöpfen.

Nicht alle sind es ..., dachte Ardabjew erleichtert. Sie und ihr Mann mit den beiden kleinen Kindern haben genauso wie die anderen achtundvierzig Stunden auf dem Flughafen zubringen müssen. Und sie sind dennoch nicht gereizt. Sie haben verstanden, was die Worte ›Vater gestorben‹ auf dem Telegramm bedeuten. Und auch die Kontrolleurin mit dem Boxergesicht hat, obwohl auch sie mitgenommen ist, verstanden, was es bedeutet, Kinder in den Armen zu halten. Aber weshalb gibt es bloß um uns herum so viel Grobheit, Stoßen mit den Ellbogen, eine solche Verrohung? Ja, das Leben ist nicht leicht. Aber ist denn das eine Entschuldigung? Weshalb muß man sich ein schweres Leben noch schwerer machen? Wir dürfen doch nicht vergessen, daß wir ein Volk, eine Menschheit sind ...

Der Junge auf seinen Knien schlief fest, und auch Ardabjew versuchte, unter dem monotonen Getöse des aufsteigenden Flugzeuges einzuschlafen. Träume hatte er nur selten, doch er brauchte nur die Augen vor dem Einschlafen zu schließen, als ihn auch schon alle möglichen Fetzen aus seinem Leben zu bedrängen begannen. Auch jetzt, vielleicht weil er zufällig die beiden schuppigen Pfoten des winzigen Krokodils auf seiner Tasche berührt hatte, begann Ardabjew in die Vergangenheit zu schweifen …

… Ein schmales, aus einem ganzen Baumstamm gehauenes Boot glitt über einen See. Leichthändig die Ruder über die Sterne bewegend, welche in dem schwarzen Wasser schwammen, suchte ein Afrikaner mit einer elektrischen Lampe, wie der eines Grubenarbeiters, das Dickicht am Ufer und das Wasser ab. Der Afrikaner glich einem Menschen, dem ein weißer Stern aus dem Kopf gewachsen war. Plötzlich leuchteten im Uferschlamm zwei grüne Augen auf. Der Afrikaner ließ die Ruder fallen, ergriff einen Holzspeer mit Eisenspitze und machte eine flinke, abrupte Bewegung. Auf der Speerspitze bäumte sich der Körper eines winzigen Krokodils mit zarter weißer Haut an der Unterseite. Das Krokodil schluchzte wie ein Kind. Der Afrikaner warf es auf den Boden des Bootes und schlug ihm mit einem Hammer auf den Kopf. Das Krokodil verstummte. Der Afrikaner wischte mit einem alten Lumpen das Blut von der Spitze des Speers und machte ihn für die nächsten grünen Augen fertig.

»No more!« sagte ihm Ardabjew auf Englisch.

»Aber Sie wollten doch die Jagd auf Krokodile sehen?« fragte der Afrikaner erstaunt.

»Ich habe schon genug gesehen«, sagte Ardabjew. »Ich habe nicht gedacht, daß sie so klein sind.«

»Große Krokodile gibt es an diesem See wenig«, sagte der Afrikaner. »Es gibt überhaupt wenig große. Und aus diesen Kleinen machen wir Damenhandtaschen und Aktentaschen.«

»Tun sie Ihnen nicht leid?« fragte Ardabjew.

»Das ist mein Beruf …«, sagte der Afrikaner achselzuckend. »Ich kann dafür keine Hühner abstechen. Das macht meine Frau. Wonach jagt ihr in Rußland? Ich habe gehört, bei euch gibt es Tiger und Bären.«

»Noch gibt es sie …«, seufzte Ardabjew. »Aber es werden immer weniger …«

»Eines Tages wird es auch den Menschen nicht mehr geben …«, sagte der Afrikaner. »Die Menschen sind die einzigen Tiere, die aufeinander Jagd machen. Nicht einmal Hyänen tun das ... Wissen Sie, was die Raubtiere von uns denken? Sie denken, daß sie Menschen und die Menschen Tiere seien ...«

Ardabjew schlief, den Jungen fest an sich gedrückt, allmählich ein und hatte doch einen Traum.

Er rief gerade das Mädchen mit der Schirmmütze an. Aus seiner leeren Wohnung. Vor dem leeren Käfig, in der keine Ratte Alla saß, weil sie gestorben war. Und plötzlich fühlte er auf seinem Rücken etwas. Ein Blick. Ardabjew wandte sich um. Vor ihm war aus dem Nichts ein Mann aufgetaucht. Er trug gleichsam das Gesicht aller Passagiere im Flugzeug, welche die Kinder nicht auf die Gangway durchlassen wollten. An den Füßen hatte er Damenpantoffeln mit Quasten.

»Sie rufen umsonst an«, sagte der Mann. »Die Leitungen sind durchgeschnitten.«

Nach ihm kamen andere Leute mit denselben Passagiergesichtern ins Zimmer, und alle trugen Pantoffeln mit Quasten. Einer der Eintretenden öffnete einen bespannten Kontrabaßkasten, in dem ein zerlegtes Gewehr mit Zielfernrohr lag, und begann es zusammenzubauen, wobei er es mit Nähmaschinenöl aus einem glänzenden Kännchen ölte. Ein anderer schnürte die Kartonschachtel mit den schwarzen Zeichen eines Glases und Schirmchens auf und nahm einige Patronenstreifen heraus. Die anderen öffneten den Eisschrank, holten das winzige tote Krokodil heraus und begannen es roh zu verspeisen, wobei sie ihm die Pfoten ausrissen und die Haut wie Ananasschalen auf den Boden spuckten. Kaum hatten sie das Krokodil aufgegessen, traten sie mit gierigen hungrigen Augen auf Ardabjew zu. Er wollte schreien, konnte aber nicht. Ardabjew erwachte in kalten Schweiß gebadet und sah statt der furchterregenden Augen der Mörder, die ihn bedrängt hatten, freudig in die klaren Augen des fremden Jungen, der ihm wie sein eigener vorkam. Der Junge blickte bald Ardabjew, bald die Aktentasche, an der die Pfoten des Krokodils baumelten, neugierig an. Der Junge legte vorsichtig seine Finger zwischen die Zähne des Krokodils, doch es biß nicht zu.

»Guten Morgen, Witja!« sagte Ardabjew, obwohl es noch Nacht war.

»A-a ...«, sagte Witja, und Ardabjew, der sich an die Anweisungen seines Vaters erinnerte, schielte fragend zur Mutter hinüber, die jedoch tief und gleichmäßig schlief. »A-a«, wiederholte Witja beharrlich.

Was soll ich nur tun? überlegte Ardabjew fieberhaft.

Er stand mit Witja im Arm auf und ging zur Toilette. Zu zweit war es dort eng und unbequem. Ardabjew stellte Witja auf den Rand des Waschbeckens und begann ihm die Hosen auszuziehen, wobei er die Träger und Knöpfe durcheinanderbrachte. Unter den Hosen lagen die Windeln. Ardabjew hob Witja mit dem Popo ans Gesicht und roch an den Windeln. Sie schienen nach nichts zu riechen. In diesem Augenblick bekam Witja, der sich absichtlich verstellt hatte, ein Flakon mit Blumenparfüm auf dem Waschbecken zu fassen und warf es auf den Boden, so daß sich dieser mit feinen Glasscherben bedeckte.

»Wozu denn das, Witja?« sagte Ardabjew vorwurfsvoll.

»A-a«, antwortete Witja.

Ardabjew zog die Windeln etwas herunter und steckte ganz vorsichtig die Hand darunter. Die Windeln waren völlig trokken.

»Braver Junge...«, sagte Ardabjew. »Und ich habe gedacht, du würdest mit deinem ›A-a‹ nur ein post factum signalisieren ... Also los, versuchen wir's ...« Ardabjew faltete die Windeln auseinander, hängte sie sorgfältig über ein Handtuch und hob Witja auf das Klosettbecken.

»Nun drück schön, Witja ...«, sagte Ardabjew. »Dann geht es leichter ...«

Witja blickte Ardabjew verdutzt an, weil er ihn nicht verstanden hatte.

»So ...«, sagte Ardabjew und drückte, um es ihm vorzuzeigen.

Witja begriff und begann ebenfalls fleißig zu drücken, wobei er vor Vergnügen über die neuen, ihm entlockten Töne die Augen zusammenkniff.

Zuerst kam aus seinem kleinen rosaroten Hahn ein dünner durchsichtiger Strahl, der nicht ins Becken, sondern geradewegs auf Ardabjews Jeans traf.

»Ein guter Anfang, Witja ...«, würdigte Ardabjew seine

Bemühungen. »Jetzt gehen wir zu einer etwas ernsteren Sache über ... Streng dich an und handle ... Die gesamte Menschheit blickt auf dich ...«

Witja begriff die Bedeutung dieses historischen Augenblicks und strengte sich an. Und klatschend fiel etwas ins Becken.

»Bravo, Witja!« zollte Ardabjew seiner Arbeit Beifall. »Die Völker der Erde applaudieren dir!«

Ardabjew wusch Witjas rundlichen Popo sauber, wischte ihn mit Toilettenpapier ab und wickelte ihm linkisch die Windeln herum. Nachdem er diese schwierige Aufgabe irgendwie gemeistert hatte, zog Ardabjew Witja die Hosen wieder an, befestigte die Träger und sah plötzlich, wie Witja gedankenvoll an der Seife kaute, die er vom Waschbecken genommen hatte.

»Aber schmeckt denn das überhaupt, Witja?« sagte Ardabjew kopfschüttelnd und nahm ihm die Seife weg.

Verärgert über die Unterbindung dieser Herzenslust hob Witja ohrenbetäubend zu brüllen an. An der Toilettentür wurde bereits mehrmals und immer heftiger gerüttelt.

»Einen Augenblick ...«, schrie Ardabjew verzweifelt und riß Witja von der Toilettepapierrolle weg, die er mit wilden Schreien in die Luft zu werfen begann.

Ardabjew kniete sich nieder und kehrte die Scherben des Flakons in ein Stück Toilettepapier, wobei ihm durch den widerlichen Blumengeruch die Luft wegblieb. Wieder auf den Beinen, konnte er Witja gerade noch vom Klosettbecken wegziehen, in das dieser vor Neugier seinen blondlockigen Engelskopf zu stekken versuchte. An der Tür wurde schon nicht mehr gerüttelt, sondern gerissen. Als er die Tür geöffnet hatte, konnte sich Ardabjew mit Witja auf dem Arm kaum durch die verlegen von einem Fuß auf den anderen tretende Schlange hindurchzwängen. Im Gang stieß Witja, mit seinen Beinen zornig um sich schlagend, einem Herrn, der versunken in der Zeitschrift *Gesundheit* las, mit seiner Sandale die Brille von der Nase.

»Frechheit!« brauste der Leser der Zeitschrift *Gesundheit* auf und konnte seine Brille gerade noch unter Ardabjews Füßen hervorziehen. »Kindern sollte man das Fliegen verbieten! Die Aeroflot ist doch kein Kindergarten!«

Kaum hatte Ardabjew Witja zu Boden gelassen, als dieser seine Händchen geschickt losriß und Hals über Kopf den Gang entlangstürmte, wobei er an die zerbrechliche Stewardeß anstieß, die gerade dabei war, Erfrischungsgetränke zu verteilen. Die Plastikbecher flogen in alle Richtungen auseinander, gossen die Limonade auf Kleider und Sakkos, und das Metalltablett fiel mit der Kante genau auf die Kartonschachtel mit den schwarzen Zeichen eines Glases und Schirmchens, die im Schoß einer Dame mit leuchtend hellblauer Perücke ruhte. Aus dem Inneren der Schachtel ertönte ein klägliches Klirren.

»Mein tschechisches Service!« begann die Dame mit der hellblauen Perücke zu schreien und schnürte den Spagat auf der Schachtel los.

Und in diesem Augenblick fuhr Witja, entzückt über den Anblick der glänzenden Perücke, mit seinen Händchen hinein und riß sie fest an sich. Die Perücke machte sich wie hellblauer Dunst leicht und federnd vom Kopf der Dame los und brachte fettige strähnige Härchen zum Vorschein. Der Dame versagte die Stimme, und von ihren Lippen kam nur ein Zischen, so als habe man ihr die Luft ausgelassen.

Ardabjew versuchte Witja die Perücke zu entreißen, doch der Junge hatte sich fest in sie verkrallt und schwang sie unter Kriegsgeschrei wie eine Trophäe hin und her.

»Gib der Tante ihr Spielzeug zurück ...«, sagte die Stewardeß zärtlich zu Witja, worauf dieser zu Ardabjews Überraschung sofort gehorchte.

Als sich Ardabjew zusammen mit Witja kraftlos auf seinen Platz fallen ließ, begann sich dieser für seinen rasierten Kopf zu interessieren und kratzte ihn mit den kleinen aber zugleich scharfen Fingernägeln.

»Ich bin ein Igel. Ich kann dich stechen«, sagte Ardabjew und stieß mit Witjas Kopf zusammen.

Witja fand daran Gefallen und stieß seinerseits gegen Ardabjews Kopf. Es war ein friedliches Stoßen. Doch kaum hatte sich Ardabjew abgewandt, als Witja auch schon seinen schlafenden jüngeren Bruder am Ohr zog, worauf dieser brüllend zu weinen begann. Die erwachte Mutter verpaßte Witja eine leichte Ohrfeige. Witja war beleidigt und hob ebenfalls zu brüllen an. Ein ohrenbetäubendes Duett war die Folge.

»Wir verdienen keine Ohrfeigen«, sagte Ardabjew zu Witjas Mutter. »Wir haben eben klein und groß gemacht. Und die Windeln sind trocken, weil wir es nicht irgendwo, sondern in der öffentlichen Toilette gemacht haben ...«

»Nicht zu glauben ...«, sagte die Mutter und griff ungläubig Witjas Windeln ab. »Sie haben wahrscheinlich auch kleine Kinder.«

»Nein«, sagte Ardabjew und senkte den Kopf. »Ich habe keine Kinder.«

»Sind Sie verheiratet?« konnte sie sich nicht zurückhalten.

Er gab ihr darauf keine Antwort.

Und plötzlich machte das Flugzeug einen Ruck und darauf noch einen zweiten.

»Eine leichte Turbulenz, schnallen Sie sich an!« sagte die Stewardeß mit sanfter Stimme.

Doch diese Sanftheit schien Ardabjew bedenklich.

Stürz bitte nicht ab, Flugzeug ... Bitte nicht ..., bat Ardabjew mit geschlossenen Augen und ohne die Lippen zu bewegen. Hier fliegen viele gute Menschen mit ... Und fliegt auch das Geheimnis von Ardabiola. Vielleicht ist Vater gar nicht an Krebs gestorben? Vielleicht ist Ardabiola doch eine große Entdekkung?

Und das Flugzeug richtete sich, als wollte es gehorchen, wieder gerade.

5

An diesem Tag klopften im Bahnbetriebswerk von Chairjusowsk die Hämmer der Schlosser irgendwie gedämpfter, zischten die Schweißapparate sogar zurückhaltender, um das Feuerwerk der weißen Funken einzuschränken, und krochen die E-Loks leiser und langsamer herein und hinaus. Unter dem verrußten Ziegelgewölbe des Bahnbetriebswerkes stand ein von rotem Stoff mit schwarzem Saum bedeckter Sarg. Er stand auf einer alten Draisine, unter der die Geleise hervorblitzten. Die Arbeiter der

Tagesschicht gingen, ohne ihre Werkzeuge aus der Hand zu legen, auf den Festordner zu, welcher ihnen schwarzrote Armbinden an die öligen Ärmel ihrer Arbeitskleidung ansteckte. Nachdem sie eine Weile Totenwache gestanden hatten, kehrten die Arbeiter zu den E-Loks zurück, und die blecherne Musik ihrer Werkzeuge mischte sich in die Trauermusik der Eisenbahnerblaskapelle. Der Tod unterbrach die Arbeit nicht, und die Arbeit zeigte Achtung vor dem Tod. Heute nahm im Bahnbetriebswerk keiner ein derbes Wort in den Mund, und an dem roten Sandbehälter war kein Raucher zu sehen. Die Eisenbahnerarbeiterklasse von Chairjusowsk hatte die Witwe um ein solches Begräbnis gebeten, und sie war dieser Bitte verständnisvoll nachgekommen.

Das Gesicht von Andrej Iwanowitsch Ardabjew war so konzentriert, als fahre er erneut seine E-Lok – nur dieses Mal mit geschlossenen Augen, sozusagen blind. Wahrscheinlich hätte er dies auch zu Lebzeiten fertiggebracht, wenn er gewollt hätte. Unter ihm verliefen erneut die zuverlässigen, ihm treu gedienten Gleise. Andrej Iwanowitsch war mit einem Sonntagsanzug aus Cheviot, einem schneeweißen Hemd und einer blauen getupften Krawatte bekleidet, die er zum ersten Mal nicht selbst gebunden hatte. Aus seinen gefalteten Händen lugte die gestreifte Ecke eines Taschentuches hervor. Der kleine Fotograf von der Rayonszeitung mit seiner kurzen blau gefärbten Nase, welcher Andrej Iwanowitsch zu Lebzeiten häufig fotografiert hatte, war gekommen, um ihm die letzte Ehre zu erweisen und von ihm als Toten eine Aufnahme zu machen, und zwar nicht mehr für die Zeitung, in welcher nur die Fotos lebender Bestarbeiter veröffentlicht wurden, sondern für sich selbst. Der Fotograf knipste den Sarg und die bei dem Toten wachenden Arbeiter, indem er sich auf die Geleise legte und ihnen das Objektiv beinahe in die Hände drückte, welche Feilen und Meißel festhielten. Das Weitwinkelobjektiv zog diese Hände nach der Art von El Greco in die Länge, und die immer kleiner werdenden Gesichter verflüchtigten sich irgendwo nach oben, unter das Gewölbe des Bahnbetriebswerkes, welches dadurch den Eindruck eines gotischen Domes erweckte. Keiner lachte über den Fotografen, der da die Geleise entlangkroch, weil alle wußten, daß er arbeitete. Als die Witwe von Andrej Iwanowitsch, welche auf einem gewöhnlichen Bürosessel saß, der sich neben den Geleisen recht sonderbar ausnahm, ein Taschentuch an ihre Augen führte, um sich die Tränen abzuwischen und plötzlich zwei Taschentücher im Bild waren – das in den zitternden Frauenhänden und das in den toten Männerhänden –, da zuckte der Fotograf zusammen. Ihm blieb nur ein Augenblick, um zu entscheiden, auf welches Taschentuch er die Linse richten sollte. Obgleich er sich für das Taschentuch in den Händen des Toten entschied, war auch das Tuch in den Händen der Witwe, wenn auch nicht so scharf, im Bild sichtbar. »Ein ausgezeichnetes Foto«, dachte der Fotograf und drückte blitzschnell ab. »Ich werde es ›zwei Taschentücher‹ nennen. Doch wer wird dieses Foto ausstellen?« dachte er bei sich und fuhr selbst in die Tasche, um ein Taschentuch herauszuholen und sich die Tränen abzuwischen, welche den Bildsucher vernebelten. »Wie schade, Andrej Iwanowitsch ... Wie schade ... Ein so schönes Begräbnis, und doch wäre es besser, du wärest noch am Leben ...« Und so fotografierte der Fotograf unter Tränen das Begräbnis.

An die Draisine mit dem Sarg wurden Kränze aus aufgefädelten Papierblumen gelegt – vom Bahnbetriebswerk, vom Rayonsexekutivkomitee, vom Rayonskomitee. Neben und im Sarg lagen rote Taigaprimel, Feldkamillen und scharlachrote, von Topfpflanzen abgeschnittene Geranien, welche die Kollegen und Nachbarn gebracht hatten. Außerdem lagen Zedernzweige mit schweren Zapfen da. Der ehemalige Schlosser und heutige Pensionist Iwan Wessjolich, welcher nun nicht zu Jessenin gefahren war, brachte dunkelrote samtige Dahlien, die er am hellichten Tag von einem Blumenbeet auf dem Bahnhofsplatz abgerissen hatte. Zu Andrej Iwanowitschs Füßen lag ein blutrotes Kissen mit Medaillen: ›Für den Sieg über Deutschland‹, ›Für die Verteidigung Moskaus‹, ›Für die Einnahme Berlins‹, ›Für heldenhaften Mut‹ zusammen mit dem ›Rotbannerorden der Arbeit‹. Der Fotograf erinnerte sich: ›... und auf seiner Brust glänzte die Medaille für die Befreiung der Stadt Budapest‹, obwohl Andrej Iwanowitsch dafür keine Medaille besaß.

Hinter der sitzenden Witwe standen zwei ihrer Söhne und legten ihr die Arme auf die zitternden Schultern. Der älteste, ein Chirurg, der vom äußersten Norden gekommen war, und der mittlere, ein Milizmajor und Leiter der Ausnüchterungsanstalt in Irkutsk, welche beide durch ihre fliehende Stirn und den breiten Backenknochen dem Vater ähnelten. Der jüngste Sohn, ein Moskauer Biologe, war, obwohl man ihm ein Telegramm geschickt hatte, nicht gekommen. Das Bahnbetriebswerk füllte sich mit immer neuen Menschen: es kamen alte sibirische Frauen mit schwarzen Plüschjacken, greise Männer mit Stöcken, welche noch den Vater von Andrej Iwanowitsch gekannt hatten, Wagenschmierer, Lokführer, Elektriker, Weichenstellerinnen, Fahrdienstleiter, halbwüchsige Burschen aus der Eisenbahnerschule, Kellnerinnen aus dem Bahnhofsrestaurant.

»Beginnen wir mit der Trauerfeier?« fragte Pestruchin, diensteifrig über die Witwe gebeugt.

»Machen Sie, was Sie wollen ...«, sagte sie.

Darauf zog Pestruchin ein Blatt Papier aus der Brusttasche, rückte seine Schultern zurecht und begann so munter und frisch zu sprechen, als handle es sich um die Ehrung eines Lebenden und nicht um das Begräbnis eines Toten.

Die Witwe nahm die Worte nicht auf, sondern sah auf das Gesicht, welches der Deckel des Sarges schon bald für immer verdecken würde. Dann fühlte sie jedoch auf ihren Schultern noch ein Paar Hände ruhen und wußte, ohne sich umzudrehen, daß dies die Hände ihres jüngsten Sohnes waren.

Als sich die Draisine mit dem Sarg die Geleise entlangbewegte, gleichsam die eben gesprochenen Worte fortspülend, begannen sämtliche E-Loks zu pfeifen – sowohl jene, welche im Bahnbetriebswerk standen, als auch alle jene auf den Bahnhofsgeleisen –, und in dieses Geheul stimmte auch die eben vom Bahnsteig fahrende E-Lok des Zugs ›Moskau-Wladiwostok‹ mit ein.

Der Sarg wurde von der Draisine gehoben und von sechs Eisenbahnern auf Tüchern weggetragen. Dahinter gingen zwei weitere Eisenbahner mit dem roten Sargdeckel auf dem Kopf, ob sie weinten oder nicht, war unter dem Deckel nicht zu erkennen.

Beide sahen nur den Boden vor sich, um nicht zu stolpern. Hinter dem Deckel führten die Söhne die Mutter am Arm, deren Beine zur Gänze angeschwollen waren und überhaupt nicht gehorchen wollten. Und hinter ihnen ging eine vielleicht tausend-, vielleicht auch zweitausendköpfige Menschenmenge, welche verstand, daß der Tod eines jeden arbeitenden Menschen genauso viel Hochachtung verdient, wie sein Leben. Und als der Sarg auf den Bahnhofsplatz hinausgetragen und dort auf einen offenen Lastwagen gestellt wurde, drückten die Chauffeure der schäbigen Chairjusowsker Taxis, welche vor ihren Autos militärische Haltung angenommen hatten, mit der rechten Hand auf die Hupe, wodurch das soeben verstummte Heulen der E-Loks fortgesetzt wurde. Der Fotograf, welcher mit dem Sarg auf die Pritsche des Lastwagens geklettert war, sah plötzlich, daß die versilberte Figur des kleinen Lenindenkmals im Weitwinkelobjektiv mit Andrej Iwanowitschs Körper verschmolzen war, so als hielte dieser die Figur in seinen auf der Brust gefalteten Händen. Der Fotograf, welcher durch einen Ruck des losfahrenden Lastwagens zusammenzuckte, konnte gerade noch abdrücken. Er dachte daran, daß Lenin die Revolution für Menschen wie Andrej Iwanowitsch gemacht hatte und daran, daß der alte E-Lokführer selbst im Tod Lenin nicht in fremde Hände geben wollte.

Die auf dem Lastwagen neben dem Sarg sitzende Witwe blickte auf ihren Mann, welcher nun seine letzte Reise angetreten hatte, und es wurde ihr noch schauriger zumute, als sie sah, wie sich seine Haare im Wind bewegten, obwohl er selbst tot war. Die drei Söhne saßen neben ihr, und alle drei glichen sie dem Vater. Ardabjew, der Jüngste, drückte die Aktentasche mit dem winzigen afrikanischen Krokodil an sich, welches sich wohl niemals hätte träumen lassen, von seinem See beinahe bis zum Baikalsee zu gelangen.

Ardabjew, der Jüngste, wäre zum Begräbnis beinahe zu spät gekommen, weil er wegen schlechten Flugwetters achtundvierzig Stunden in Omsk festgesessen hatte. Er hatte sich mit Witja angefreundet, dem es gelungen war, ein Dutzend sorgfältig aufgelesener Zigarettenkippen in einen Panamahut anzubringen, die Arme und Beine von der Zelluloidpuppe eines sich auf der Reise befindlichen Mädchens auszureißen, ihr selbst beinahe den Zopf vom Kopf zu reißen, eine Flasche Kefir die Stufen hinunterzurollen, sich beinahe zur Hälfte durch die Eisenstange einer Brüstung zu zwängen und eine Dose Schuhkreme zur Hälfte auszulecken, die er dem Schuhputzer auf dem Flughafen gestibitzt hatte ... Dafür ging Witja, von Ardabjew in die Höhe gehalten, nur in der öffentlichen Toilette auf die kleine und große Seite. Sie trennten sich dann in Irkutsk, wo Witja Ardabjew zum Abschied sein Mondfahrzeug schenkte, dem bereits eine Raupe fehlte.

Die Eisenbahnerblasmusik, welche hinter dem Sarg herging, spielte weiter, so daß Ardabjew seinem ältesten Bruder, dem Chirurgen, etwas zuflüstern konnte, ohne daß es die Mutter hörte: »Woran ist er gestorben?«

Dieser, ebenfalls im Flüsterton, antwortete: »Zuviel getrunken hat er. Bei seinem alten Freund Iwan Wessjolich. Er kam spät nach Hause und ging, ohne sich auszuziehen, schlafen. Nur die Schuhe zog er aus. Und am Morgen ist er dann einfach nicht aufgewacht.«

»Wurde eine Obduktion durchgeführt?« fragte Ardabjew, der Jüngste, rasch.

»Ich habe darauf bestanden. Sie wurde in meiner Anwesenheit durchgeführt. Kein Blutgerinnsel. Weder im Herz, noch im Gehirn. Ein Infarkt ist ausgeschlossen. Ich und die anderen Ärzte standen vor einem Rätsel.«

»Und die Lungen? Hast du in der Lunge Metastasen gesehen?«

»Nein, da waren keine Metastasen. Woher sollte er sie haben? Was meinst du? Wir haben wohl etwas Ähnliches wie eine zurückgebliebene Narbe gesehen, doch sie war kaum erkennbar. Eigentlich keine Narbe, sondern nur eine leichte Verhärtung. Vielleicht auch ein unbedeutender Geburtsfehler. Gestorben ist er als völlig gesunder Mensch.«

»Also keine Metastasen!« sagte Ardabjew, der Jüngste, beinahe vor Aufregung erstickend.

»Ich habe dir doch gesagt, daß ich keine gesehen habe. Wie oft willst du noch fragen! Was strahlst du denn da vor Glück neben dem toten Vater? Was macht es schon, ob er Metastasen hatte oder nicht, wenn er doch tot ist ...«, bemerkte Ardabjew, der Älteste, mit mürrischem Gesicht.

»Aber woran ist er dann gestorben?« klammerte sich Ardabjew, der Jüngste, mit vor Aufregung leuchtenden Augen an seinen Ärmel.

»Was ist los mit dir? Du siehst aus, als hättest du hohes Fieber ...«

»Woran ist er gestorben?« begann ihn Ardabjew, der Jüngste zu rütteln.

»Ich habe nichts verstanden. Als man die Luftröhre aufschnitt, da war sie mit einem flüssigen Brei gefüllt ... Es muß eine schrecklich blödsinnige Geschichte passiert sein. Er hat wahrscheinlich im Schlaf wie ein Kind aufgestoßen, und da ist ihm das in die Atemwege gekommen. Er hätte sich nur räuspern müssen, und alles wäre in Ordnung gewesen ...«

»Er hatte keine Metastasen. Das heißt, Ardabiola hat gesiegt.« flüsterte Ardabjew, der Jüngste, und begann zu weinen.

Er weinte sowohl aus Kummer über diesen unsinnigen Tod seines Vaters, wie auch aus Freude darüber, daß er, sein Sohn, nun so vielen Menschen auf der Erde helfen würde, damit sie nicht sterben müßten.

»Was für eine Ardabiola? Was phantasierst du da?« fragte Ardabjew, der Älteste, beunruhigt.

»Sag, hast du dich noch nicht daran gewöhnt, daß Menschen sterben?« fragte ihn Ardabjew, der Jüngste. »Du bist doch Chirurg ... Wie oft hast du wohl schon an Lebenden und Toten herumgeschnitten ...«

»Ein Arzt hat nicht das Recht, sich an den Tod zu gewöhnen. Wenn er es tut, dann muß er die Medizin aufgeben«, antwortete Ardabjew, der Älteste. »Weißt du, was es bei den Ewenken* für einen Begräbnisbrauch gibt? Sie zerbrechen das Gewehr des Verstorbenen, seine Ski, seine Rentierschlitten, zerschlagen sein Geschirr, seinen Spiegel, reißen seine Kleider in Fetzen und werfen all das auf sein Grab. Damit wollen sie sagen, daß die Dinge ohne den Menschen keinen Sinn haben.«

---

* Ewenken – eigener Name der nördlichen Tungusen in der Taiga und Waldtundra vom mittleren Ob bis zum Ochotskischen Meer.

»Bei uns haben sie vor einer Woche wieder einen Taxichauffeur ermordet ...«, mischte sich nun der Milizmajor, Ardabjew, der Mittlere, ins Gespräch. »Sie haben ihm von hinten eine Telefonschnur um den Hals geworfen und ihn damit erdrosselt. Zwei Burschen, noch halbe Kinder, haben wir festgenommen ... Und wißt Ihr, was sie uns gesagt haben? ›Das Geld hat für ein Tonbandgerät nicht gereicht.‹ Bitte, da habt Ihr Sachmörder. Weshalb sind Sachen für viele wichtiger geworden als der Mensch? Wegen des Mangels? Blödsinn! Ein Mangel an seelischen Qualitäten, das ist es! Und woher kommt das? Bei uns scheint doch eigentlich alles in Ordnung zu sein, die Menschen leben heute besser ... Trotzdem bekommen wir, bei der Miliz, manchmal Dinge zu sehen, daß uns selbst das Grauen packt – woher kommt das bei uns? Die Ärzte dürfen sich nicht an den Tod gewöhnen, und wir, dürfen wir es etwa? Ich sage immer: Unsere Krankheiten, das sind die Mörder bzw. die Mörder unsere Krankheiten. Keine Kranken, sondern eben Krankheiten. Ich sitze manchmal in meiner Ausnüchterungsanstalt, und mich überkommt eine solche Schwermut ... Da nehme ich Majakowskij* zur Hand und lese ... Vor meinen Augen die Fratzen Betrunkener, und ich lese Majakowskij ...« Ardabjew, der Mittlere, zitierte flüsternd zur Trauermelodie der Blasmusik: »›Keine große Ehre, daß aus solchen Rosen meine Statuen sich auf Plätzen erheben, wo die Tuberkulose spukt, die Dirne mit dem Schurken ... und Syphilis ...‹ Ich sage immer: mit der Tuberkulose sind wir, scheint es, fertig geworden. Was die Dirne und die Syphilis betrifft, kommen wir, wenn auch nicht ganz, ebenfalls zu Rande. Nur das Schurkentum ist aufgeblüht. Ich dachte zuerst nach Art der Ausnüchterungsanstalt, es liege am Wodka. Teilweise ja ... Aber nur teilweise. Der wahre Grund ist die seelische Leere. Diese Leere ist eine Tuberkulose der Seele, und eine solche Schwindsucht zu bekämpfen, haben wir noch nicht gelernt ...«

»Bei Majakowskij gibt es eine Bittschrift auf den Namen eines Freundes, eines Chemikers ...«, erinnerte sich Ardabjew, der

---

* Majakowskij – Wladimir Wladimirowitsch Majakowskij, russischer Dichter (1893–1930).

Älteste. »Und zwar an die Werkstatt der menschlichen Auferweckung. Aber es wird niemand auferweckt. Weder Majakowskij. Noch meine Ewenken. Weder unser Vater, noch wir drei, wenn wir sterben.«

»Woher weißt du das?« fragte Ardabjew, der Jüngste. »Wenn ein Yogi auf Nägeln liegen kann, dann heißt das, daß alle auf Nägeln liegen können. Man muß sich nur konzentrieren können. Wenn die abchasischen Greise* bis zu hundertfünfzig Jahre alt werden können, dann heißt das, daß alle hundertfünfzig Jahre alt werden können. Man muß nur richtig leben. Wir kennen uns und unsere Kräfte bloß noch zu wenig. Als erstes müssen wir lernen, nicht krank zu werden. Und danach müssen wir lernen, nicht zu sterben.«

»Und nicht zu morden ...«, spann Ardabjew, der Mittlere, seinen Faden weiter. »Ich sage immer: Solange es das Schurkentum gibt, so lange wird es auch die Messerstecherei geben. Solange es die Messerstecherei gibt, so lange wird es auch Krieg geben. Krieg, das ist auch eine schlimme Krankheit. Ich sage immer ...«

Plötzlich verstummten alle drei Brüder und standen, den Blick über das Führerhaus des Lastwagens voraus gerichtet, auf. Ihnen entgegen kam der gleiche Lastwagen mit schwarzroten Seitenwänden und einem Sarg auf der Pritsche gefahren. Hinter dem Sarg ging ebenfalls eine Blaskapelle, deren eingedrückte kupferne Hörner in der Sonne blitzten, sowie eine große Menschenmenge. Auf der Pritsche neben dem Sarg saß ebenfalls eine Witwe, bloß eine ganz junge, und neben ihr konnten noch keine drei erwachsenen Söhne sein. Der Lastwagen fuhr in die entgegengesetzte Richtung, vom alten Chairjusowsker Friedhof zum neuen, dem Kombinatsfriedhof.

Der Fotograf wußte, wer in diesem Sarg lag. Bei einem zwanzigjährigen Bauarbeiter hatte das Schloß des Montagegürtels versagt, und er war abgestürzt und auf spitze Eisengitter gefallen, die ihn durchbohrten. Der Fotograf hatte davon in einer Kurzbesprechung gehört, als eine Praktikantin aus Irkutsk mit vor ehr-

---

* abchasisch – Abchasien, Teilrepublik der Georgischen Sowjetrepublik.

lichem Zorn leuchtenden Augen vorgeschlagen hatte, einen Problemartikel über die Sicherheitseinrichtungen auf der Baustelle zu schreiben. Der Redakteur, seine durch nichts leuchtenden Augen vor ihr verbergend, hatte in sanftem Ton zu ihr gesagt: »Ist es für Sie nicht noch zu früh, Semjenkina, sich an ein solches Thema zu wagen ...?« Er wartete auf eine Wohnung in einem der Schlackensteinhäuser des Kombinats.

Die Trauermelodien der beiden Blaskapellen, welche in entgegengesetzte Richtungen gingen, verschmolzen zu einer, die Lastwagen mit den Särgen der beiden, zu Lebzeiten nicht miteinander bekannt gewesenen Männer waren auf gleicher Höhe, und der Fotograf drückte in dem Augenblick ab, als die beiden Witwen, die alte und die junge, ihre verweinten Augen aufeinander richteten. Wozu dieses Foto? dachte der Fotograf. Eines Tages werde auch ich sterben, und mit mir meine Negative... Diese bitteren Gedanken unterdrückend, begann er all das zu fotografieren, was er nie veröffentlichen oder ausstellen würde können: die Arbeiter aus dem Bahnbetriebswerk, welche den blechernen Obelisk mit dem roten Stern trugen und dabei auf dem feuchten Friedhofslehm ausrutschten. Die Hände der Witwe, welche diese krampfhaft in den Spalt zwischen dem Deckel und dem Sarg steckte, wo das Gesicht des Verstorbenen noch zu sehen war. Den Pensionisten Iwan Wessjolich, der mit dem Rücken eines Hammers starke, aber dennoch sich krümmende Nägel in den Sarg schlug. Den Sarg, der auf angespannten Seilen in den weit aufgerissenen Schlund der Mutter Erde hinuntergelassen wurde. Die Fliedersträuße, welche von den Händen der alten Frauen ins Grab glitten. Die Erdklumpen, welche von den Schaufeln sprangen. Die Proletarierhände, welche je eine Prise Reisspeise mit Rosinen* aus der Emailschüssel nahmen, die auf dem frischen Grabhügel stand.

Iwan Wessjolich kam auf Ardabjew, den Jüngsten, zu, grub seinen Kopf in dessen Schultern und sagte zitternd und dabei sein ausgedörrtes Gesicht, das einer Kinderfaust glich, verziehend: »Ich bin an allem schuld ... Ich ... Bei mir ist er bis tief in die

---

* Reisspeise mit Rosinen – eine Art Opferspeise bei Trauerfeierlichkeiten.

Nacht gesessen ... Selbst wollte ich sterben, und ihn habe ich nachgerissen ...«

Die Witwe nahm die Birkenrute, die man ihr nach altem Brauch reichte, kehrte damit die Ränder des Grabhügels und machte dann, obwohl es ihr nicht leicht fiel, vor den Anwesenden eine tiefe Verbeugung: »Und jetzt bittet Euch Andrej Iwanowitsch, seine Gäste zu sein ...«

Der Fotograf drückte gerade ab, als sie sich tief verbeugte, und als er sah, daß der Film zu Ende war, begann er zu weinen, ohne Angst haben zu müssen, die Tränen würden den Bildsucher vernebeln.

6

Eine ganze Menge Gäste hatte Andrej Iwanowitsch eingeladen, nur selbst war er nicht gekommen. Entlang der Wand des größten Zimmers mit dem Buchstaben ›P‹ standen mit weißen Tischtüchern belegte Tische, auf denen für fünfzig Personen gedeckt war. Die Tischdecken waren sowohl eigene wie auch von Nachbarn geliehene: manche mit Quasten, manche mit Lochstickerei oder mit Kreuz- und Plattstichen gestickt. Die Tische unter den Decken waren ebenfalls eigene oder nachbarliche: Eichentische, Mahagonitische oder einfache, gestrichene Küchentische. Einen Tisch hatte man sogar aus dem Lehrerzimmer der Schule geholt. Die Sitzgelegenheiten waren größtenteils aus Hockern und Brettern zusammengestellte und mit Zeitungspapier belegte Bänke. Die geblümten Teller waren eigene, und jene mit den halb abgewetzten Goldrändern sowie die verbogenen Aluminiumgabeln stammten aus der Kantine des Bahnbetriebswerks. Eines jedoch war für alle Gäste einheitlich, nämlich die geschliffenen, hundert Gramm Wodka fassenden Gläser.*

Großzügig bewirtete Andrej Iwanowitsch seine Gäste: da war Sülze, die sich faul unter den Messern krümmte; da waren selbstgemachte süßsaure Gurken, an deren warzigen Längsseiten schwarze Johannisbeerblätter klebten; aus geschälten hartge-

---

* hundert Gramm Wodka fassende Gläser – Wodka wird in der Sowjetunion in Gramm bestellt.

kochten Eiern und Tomatenhälften zusammengesetzte Fliegenpilze; mit zerdrücktem Dotter und gehacktem Dill gefüllte Eierschalen; gesalzene, silbrig glänzende Chairjusowsker*; Sauerkraut mit perlartigen roten Preiselbeeren; Bärenlauch mit seinen maiglöckchenähnlichen Blättern und Knoblauchgeruch; und sogar Rentierfleisch von einem ganzen, in drei Teile geschnittenen Rentier, welches der älteste Sohn Andrej Iwanowitsch von seinem fernen Ewenkenland in Kisten eingeflogen hatte. Wodka erlaubte Andrej Iwanowitsch jedoch nur drei Gläschen pro Gast. Danach mußte jeder aufstehen und für die nächsten Platz machen, die auf dem Hof warteten, bis sie an die Reihe kamen. Nur die Witwe und die drei Söhne durften an ihrem Tisch sitzen bleiben.

»Seid willkommen«, sagte die Witwe und lächelte den ersten fünfzig Gästen zu. »Erweist Andrej Iwanowitsch die Ehre.«

Und als sie aufstanden, sagte sie wiederum lächelnd: »Kommt in vierzig Tagen wieder** ... Andrej Iwanowitsch erwartet Euch ...«

Schweigsam und geräuschlos wie Geister tauschten alte Chairjusowsker Frauen rasch die Teller, Messer und Gabeln aus, so daß die neue Schicht an frisch gedeckten Tischen Platz nehmen konnte.

»Seid willkommen!« sagte die Witwe und lächelte den zweiten fünfzig Gästen zu. »Erweist Andrej Iwanowitsch die Ehre!«

Und als sie aufstanden, sagte sie wiederum lächelnd: »Kommt in vierzig Tagen wieder ... Andrej Iwanowitsch erwartet euch ...«

Dreimal sagte die Witwe »Seid willkommen« und lächelte dabei den Gästen zu, dreimal wurden die Teller auf den Tischen gewechselt, und dreimal erinnerte die Witwe mit einem Lächeln auf den Lippen die Gäste daran, daß Andrej Iwanowitsch sie in vierzig Tagen wieder erwarten würde.

---

* Chairjusowsker – eine Frucht oder eine Gemüseart aus dem Städtchen Chairjusowsk.

** 40 Tage – eine Art zweiter Leichenschmaus, zu dem Bekannte und Verwandte erneut zusammenkommen und des Toten gedenken. Ein alter russischer Brauch, der auch heute noch gepflegt wird.

Die vierte und letzte Schicht waren Andrej Iwanowitschs engste Freunde, und die Witwe sagte nicht mehr »Seid willkommen . . .«, sondern sah sich um und seufzte: »Gott sei Dank, jetzt brauchen wir uns nicht mehr zu beeilen. Andrej Iwanowitsch hat sich beim Essen immer gerne Zeit gelassen.«

»Weißt du, was Mutter bei meiner Ankunft zu mir gesagt hat?« flüsterte Ardabjew, der Älteste, dem jüngsten Bruder zu. »Sie kippte ein Glas Wodka und schlug mit der Faust auf den Tisch: ›Jetzt kann ihn mir niemand mehr wegnehmen . . .‹ Das ist eine Frau.«

Ardabjew, der Älteste, schielte zu Ardabjew, dem Mittleren, hinüber: »Was ist denn mit dir, Major, hältst dich beim Trinken zurück wie eine Jungfrau . . .?«

Dieser wurde verlegen: »Habe aufgehört, seit ich in der Ausnüchterungsanstalt gelandet bin. Wißt ihr, was mich bei meinem ersten Dienst besonders schockiert hat? Ich öffne die Tür, es ist dunkel, nur nackte Füße sind in dem schwachen Lichtstreifen auf der Pritsche zu sehen. Und an den Zehen – Nägel. Lange, krumme und eingewachsene. Wie die Krallen von wilden Tieren. damals habe ich mir gedacht: ›Mensch – dieses Wort klingt doch stolz‹, und habe ganz zu trinken aufgehört.«

»Ein Idealist in Milizuniform . . .«, lachte Ardabjew, der Älteste, sanftmütig. »Wenn es über fünfzig Grad Kälte hat, und du in einem Nomadenzelt operieren sollst, da kommst du ohne einen Schluck Spirt* nicht aus . . . Die Hände würden nicht einmal das Skalpell halten . . . Weißt du, ich hob direkt schon Sehnsucht nach meinen Ewenken . . .« Als er dies sagte, wunderte er sich selbst über den Dialekt, in den er plötzlich wieder verfallen war: Sieh mal her . . . jetzt habe ich doch tatsächlich ›hob‹ gesagt . . . Na ja, man kann sein Blut eben doch nicht ganz verleugnen . . .

»Erlaubt ihr, daß ich ein Gedicht vortrage?« sagte Iwan Wessjolich und erhob sich schwankend mit einem zerknüllten und mit violettem Farbstift vollgekritzelten Blatt Papier, das er aus einem Schulheft herausgerissen hatte. »Ich habe es direkt auf dem

* Spirt – hochprozentiger Alkohol.

Friedhof gemacht. Nachdem ich die Nägel eingeschlagen hatte ...«

»Mach nur ...«, sagte die Witwe. »Hör aber bloß mit dem Trinken auf ...«

Sein Gesicht vor Aufregung und Schuldgefühlen verziehend, begann Iwan Wessjolich, das Blatt Papier hin- und herschwingend, zu lesen:

Adieu, Andrej Iwanitsch,
sibir'scher Eisenbahner.
Obwohl Du warst parteilos,
im Herzen warst Du Kommunist.
Lang ist es her, daß Lenin starb,
und nach ihm viele andere.
Nun, ist's Zeit für Dich,
zu folgen ihm ins Grab.
Wir haben Dich geküßt,
auf Deine Stirn, so kalt,
und hochgetragen
Deinen schweren roten Sarg.
Mit Beil und Nagel hab' ich
ihn geschlossen,
ahnst Du, wie sehr
ich Dir geliebt.
Aus ist Deine Reise
nach fern und nah,
der Sonn' entgegen.
Niemals wieder wirst Du schau'n,
wie's über unserer Erde graut.
Kein Wort kommt mehr von deinen Lippen,
zu früh hast Du verlassen uns,
und Deine Enkel werden niemals hören,
Dein Lied ›Dampflok flieg ...‹
Rußlands Tränen reichen nicht,
um all die treuen Kinder zu beweinen.
Es trauert noch um jene,
die es bereits verlor ...

Plötzlich fuhr Iwan Wessjolich zusammen, sprang vom Tisch auf und rannte zur Tür, wobei er den Sitzenden auf die Füße trat und einige Teller vom Tisch warf. Keiner hielt ihn auf.

»Was für ein Blödsinn, so etwas zusammenzuschreiben ...«, sagte eine der alten geräuschlosen, stummen Geistern gleichenden Chairjusowsker Frauen während der letzten Schicht und setzte sich selbst an einen Tisch. »Als ob es für die Angehörigen nicht ohnehin schwer genug sei ... Da will er es noch schlimmer machen ... Die Herzen ganz vergiften.«

Die Witwe weinte nicht, sondern nahm Iwan Wessjolich in Schutz: »Er fühlt sich schuldig, ohne schuld zu sein ... Wie viele gibt es, die tatsächlich eine Schuld tragen und sie sich mit keinem Gedicht von der Seele weinen, sondern wie in einem weichen Sessel auf ihr sitzen bleiben ...«

Der Lokführer, welcher zusammen mit Andrej Iwanowitsch bis nach Berlin gekommen war, schlug die Tasten des aus dem Krieg mitgebrachten Akkordeons an, welches längst ›Lili-Marlen‹ entwöhnt war.

Am einundzwanzigsten Juni,
genau um vier Uhr,
hat man Kiew bombardiert,
und uns erklärt, es sei Krieg.

Alle begannen zu singen. Auch die Witwe sang und erinnerte sich, wie Andrej Iwanowitsch sie nach dem Film ›Wenn morgen Krieg ist ...‹ zum erstenmal geküßt hatte. Und dann fragte sie Ardabjew, den Jüngsten: »Hast du immer noch keine Kinder?«

»Immer noch nicht.«

»Es wär' schon Zeit ...«, sagte sie. »Und zu meinem Begräbnis kommst du?«

»Aber was redest du da, Mama ...«, sprach er mit gedämpfter Stimme.

»Es wird bald so weit sein ...«, sagte sie. »Die Beine machen es nicht mehr lange. Hätte gern einen Enkel von dir geschaukelt, solange ich die Beine noch etwas bewegen kann ...« Und dann rief sie dem Lokführer mit dem Akkordeon zu: »Und jetzt spielst du uns ›Schwarze Nacht‹. Andrej Iwanowitsch wünscht es sich!«

Ardabjew, der Jüngste, sah, wie sich der kleine Fotograf vollkommen betrunken die Wand entlang zur Tür tastete und dabei mit dem an seiner Brust baumelnden Fotoapparat gegen die Köpfe der Sitzenden stieß.

Ardabjew, der Jüngste, folgte ihm hinaus in die regnerische und sternlose Nacht. Der Fotograf stand neben einem Holzstoß im Hof und drohte dem bedeckten Himmel mit hocherhobener Faust: »Eines Tages werde ich alles ausstellen, alles!«

»Soll ich Sie begleiten?«

»Fotografier mich lieber!« lachte der Fotograf schallend. »Denn sonst habe ich alle, und mich hat niemand fotografiert. Außer für den Paß!«

Ardabjew brachte den Fotografen nach Hause, und dieser brummte vor sich hin: »Ich habe keine Marschälle und keine berühmten Schauspieler fotografiert. Dafür habe ich vierzig Jahre lang das einfache arbeitende Volk geknipst. Das sind meine Marschälle, die den Krieg gewonnen haben. Das sind meine berühmten Schauspieler, die ihr eigenes Leben und ihren Tod einmalig spielen. Wenn auch manchmal mit tatenlosen Regisseuren!«

Bei der Laterne traten drei Halbwüchsige in einheitlichen schwarzen Lederjacken mit Reißverschluß auf Ardabjew und den Fotografen zu. »Haben Sie bitte Feuer?« sagte der Halbwüchsige mit den langen mädchenhaften Wimpern und sonderbar starren Augen.

»Ist das nicht noch etwas zu früh?« fragte Ardabjew und hielt ihm ungern die Zigarette mit dem brennenden Ende hin.

»Wir sind Accelerateure ...«, antwortete der Halbwüchsige, und die beiden anderen lachten.

Ein ungutes Lachen ..., dachte Ardabjew. Möglich, daß auch mein Witja so wird? Danach ging er mit dem Fotografen weiter.

Dieser fuhr fort zu sprechen: »Wenn man einen Maler beleidigen will, dann sagt man, seine Malerei sei keine Kunst, sondern Fotografie. Idioten! Die Fotografie, das ist hohe Kunst! Ein Fotograf lacht, weint, beschuldigt, kämpft! Und wir russischen

Fotografen sind wie arme Waisen. Wir haben keinen Verband für Fotokünstler. Kein Museum der Fotografie. Keine Filme. Sie werden schon sehen, eines Tages errichtet man dem unbekannten russischen Fotografen noch ein Denkmal!«

... Der Philosoph, der Ardabjew und dem Fotografen nachblickte, murmelte: »Nun, Pestruschka, jetzt bekommst du deine Chance. Dieser feine Pinkel hat Markenjeans am Körper. Ganz neue. Na?«

»Na wos?« fragte Pestruschka unschlüssig.

»Schon wieder dieser provinzielle ›O-Laut‹! Erinnere dich, was Mitschurin im Falle von Jeans gesagt hat. Da hast du meinen Schlagring, Pestruschka. Ja, steck nur deine Fingerchen ins Löchlein. Sie werden schon nicht brechen. Hast du dein Morgensternchen bei dir, Phantomas?«

»Wie immer ...«, antwortete Phantomas mit tiefer Stimme.

»Altmodisch, aber wirksam ... Die Waffe des Schwarzen Hunderts ... Na ja, man muß ja nicht alles aus der Vergangenheit ablehnen«, stimmte ihm der Philosoph bei. »Aber ihr wißt, ich bin kein Liebhaber feuchter Angelegenheiten. Blut ist unhygienisch. Gewalt nur im äußersten Notfall ... Ich glaube, er wird die Jeans wie ein braver Junge ausziehen. Das einzige, was ich befürchte, ist, daß er noch hineinmacht ... Dann müssen wir sie eben in die Reinigung bringen ...«

... Der Fotograf, der nun an seiner Gartentür stand, rief Ardabjew und die Menschheit an: »Der Redakteur knurrt, auf meinen Fotos seien die Leute schlecht angezogen. Ja, ziehe ich sie denn etwa selbst an? Die Jury auf der Gebietsausstellung hat meine Arbeiten durchfallen lassen, weil auf ihnen angeblich zu viele gequälte Gesichter vorkommen. Aber daß den Leuten das Leben eine Qual ist, das beunruhigt sie nicht. Hauptsache, sie sehen auf den Fotografien nicht gequält aus. Ein eigenartiger Humanismus! Die Kunst der Fotografie ist keine Ehrentafel ... Sie ist eine Gedenktafel an die Geschichte, ja das ist sie! Bulgakow* hat einmal gesagt, Manuskripte brennen nicht. Auch

---

* Bulgakow – Michail Afanasjewitsch Bulgakow, russischer Schriftsteller (1891–1940).

Negative brennen nicht!« Nachdem er sich all das von der Seele gebrüllt hatte, wurde der Fotograf plötzlich nüchtern und fügte hinzu: »Aber die ganze Zeit nagt an ihnen ...« Bei halbgeöffnetem Gartentor lud der Fotograf Ardabjew unaufdringlich ein: »Vielleicht kommst du mir, in mein Atelier?«

»Aber nur kurz ...«, stimmte Ardabjew zu.

»Nachdem meiner Wirtin die Kuh gestorben war, überließ sie mir den Kuhstall als Atelier ...«, sagte der Fotograf leicht verlegen und führte Ardabjew in den Hof.

»Die Kuh gestorben war ...«, wiederholte Ardabjew laut und gedankenversunken.

»Ja, gestorben ... Was ist, darf man das vielleicht nicht sagen?«

»Nein, es ist schon richtig ...«, lächelte Ardabjew und dachte an die Ratte Alla.

Hätte ihn der Fotograf nicht vorher darauf aufmerksam gemacht, so hätte Ardabjew niemals gemerkt, daß er sich in einem ehemaligen Kuhstall befand. Gut, der unauslöschliche Geruch von Heu, Mist und Milch hing noch in der Luft. Doch die Wände waren sauber geweißt, der Boden mit Brettern ausgelegt. Auch ein Eisenofen mit einem aus dem Fenster ragenden Rohr stand im Raum. An den Fenstern hingen selbstgemachte schwarze Papiervorhänge. Auf dem Tisch schwammen unter der roten Lampe Negative in einer kleinen Wanne. Doch die Hauptsache im Atelier waren die Wände, welche mit großen und kleinen Fotografien vollgehängt waren und ein schwarzweißes Mosaik aus Freud, Arbeit und Leid des kleinen, aber dennoch nicht wegzudenkenden Teils der Welt, des sibirischen Städtchens Chairjusowsk, bildeten.

Eine Brigade aus dem Bahnbetriebswerk, bestehend aus noch minderjährigen Jungen in Mützen mit Ohrenklappen und Arbeitsanzügen unter einer roten Wanderfahne und der Losung ›Alles für die Front!‹ Traurige und zugleich neugierige Kälberaugen und daneben dieselben traurigen und neugierigen Augen von Soldaten, die sich aus heizbaren Güterwaggons lehnten. Ein blinder Invalide auf dem Markt mit einem Meerschweinchen, das auf Maschine geschriebene ›Schicksale‹ aus einer Kiste zog. Dieses Meerschweinchen war wahrscheinlich auch schon längst gestorben. Ein in der Vorhalle einer Kirche ausgebreitetes Leintuch, auf dem Eheringe, silberne Löffel, Ohrringe und ein unförmiger Goldklumpen lagen – Gold gab ich für Eisen. Eine junge sibirische Frau mit einem weißen Mond aus gefrorener Milch mit einem Loch in der Mitte unter dem Arm. Ein Maler auf Zehenspitzen, der gerade das kleine Lenindenkmal mit Silberfarbe auffrischte. Eine bis auf die Straße hinausreichende Schlange in einem Lebensmittelgeschäft, und im ersten Stock des Hauses ein Junge, der seine Geige aus dem weit geöffneten Fenster der Musikschule hielt. Junge Mädchen auf dem Tanzboden, denen kurze Girlanden von Sonnenblumenkernen von den erwartungsvoll gespitzten Lippen hingen. Ein Zimmermann mit Nägeln im Mund am Rande eines frisch gedeckten Daches sitzend und den Hammer hochhaltend, da sich eine Libelle auf den halb eingeschlagenen Nagel gesetzt hatte. Sich einander nähernde Lippen eines jungen Paares, und zwischen ihren Lippen, im Hintergrund, eine winzige alte Frau, das Kinn auf einen Stock gestützt, auf ihrem Erdhügel sitzend. Eine zweite alte Frau, über ihrer von einem Lastwagen überfahrenen Kuh weinend. Und eine dritte Greisin, ihre runzelige Hand einer jungen, verschmitzt die Zähne zeigenden Zigeunerin hinhaltend, damit diese ihr aus der Hand lese ...

»Weshalb so viele alte Frauen?« fragte Ardabjew.

»Weil ich selbst eine bin ...«, grinste der Fotograf und hielt Ardabjew ein noch nicht aufgehängtes Foto hin. »Da, ein ganz neues ...«

Ardabjew sah ein dunkles Grabkreuz, frisch in die Sandkiste des Kindergartens gesteckt. Zwei kleine Fläschchen vor dem Kreuz. Eine zu Stein erstarrte Kindergartentante und verblüffte Kinder mit Kübeln und Schaufeln.

»Was ist das für ein Kreuz?« fragte Ardabjew verwundert. »Wer hat es im Kindergarten aufgestellt?«

»Keiner weiß es«, sagte der Fotograf achselzuckend. »Einer, der vergessen hat, woher das Kreuz kommt.«

»Und woher kommt es?«

»Hast du es vielleicht auch vergessen?« fragte der Fotograf mit einem traurigen Lächeln. »Von der Kreuzigung.«

Als er Ardabjew zum Gartentor geleitete, sagte der Fotograf: »Irgend etwas sagt mir, daß ich dich besser nicht gehen lassen sollte ... Vielleicht begleite ich dich jetzt?! Oder übernachtest du bei mir? Im Fotokuhstall?«

»Nein«, antwortete Ardabjew. »Mutter würde sich Sorgen machen.«

Nachdem er einige Schritte gegangen war, blieb Ardabjew, als er das Gartentor nicht zufallen hörte, stehen und dachte, daß ihm der Fotograf wohl nachblickte, obzwar er ihn in der stockfinsteren Nacht wahrscheinlich nicht mehr sehen konnte.

»Sie wissen ... daß alles, was Sie gemacht haben, ausgestellt werden wird«, sagte Ardabjew.

»Ich weiß nicht, ich weiß nicht ...«, ertönte die Stimme des Fotografen aus der Dunkelheit.

»Sie wissen es ganz genau«, sagte Ardabjew. »Deshalb arbeiten Sie auch.«

Ardabjew hörte, wie der Fotograf das Gartentor knarrend zufallen ließ und ging weiter. Das hölzerne Trottoir schwankte unter ihm wie in seiner Kindheit.

In der Früh mit dem Zug nach Irkutsk, und von dort mit dem ersten Flugzeug nach Moskau, dachte Ardabjew. Ich muß sofort eine Strukturanalyse von Ardabiola erstellen lassen. Wenn doch ein chemisches Analogon möglich wäre! Und wenn nicht? Wenn nicht, dann muß ich eben Ardabiola züchten ...

Ardabjew verzog mißmutig das Gesicht, als vor ihm erneut derselbe halbwüchsige Bursche aus der Dunkelheit auftauchte.

»Mir ist schon wieder das Feuer ausgegangen, Onkelchen ...«, sagte der Halbwüchsige und grinste kaltblütig. In seiner Hand war eine Pistole, die er auf Ardabjew gerichtet hielt. »Möchte das Onkelchen meinem bescheidenen Freund nicht seine Jeans schenken? Hat das Onkelchen vielleicht etwas gegen humane Beziehungen zu den sowjetischen Kindern?« fragte er mit spöttischem Ton.

»Und wie beliebst du sie zu bekommen: mit oder ohne Gürtel?« versuchte Ardabjew Zeit zu gewinnen.

Er hatte schon von ähnlichen Vorfällen gehört. Und zwar soll so etwas in den Badeorten am Schwarzen Meer vorgekommen sein. Doch hier, in seinem heimatlichen, bis vor kurzem noch patriarchalischen Chairjusowsk? Wie idiotisch leicht man doch sterben konnte ... Doch Ardabiola durfte wegen irgendwelcher Jeans nicht aufs Spiel gesetzt werden ...

Der Halbwüchsige verlor die Nerven, und er ließ die Pistole in seiner Hand tanzen:

»Zieh die Jeans aus, du Tier!« begann er hysterisch zu brüllen.

»Danke für das Kompliment«, sagte Ardabjew, während er den Reißverschluß seiner Jeans öffnete und den Gürtel herauszog. »Ich habe immer geglaubt, ›Tier‹ das klingt stolz. Ich habe übrigens einmal eine Ratte gekannt, vor der ich weitaus mehr Respekt hatte als vor so manchen Menschen ...«

Plötzlich fiel dem Halbwüchsigen die Pistole aus der zitternden Hand auf das hölzerne Trottoir, und Ardabjew hörte einen ganz leichten Aufschlag. Der Halbwüchsige hob die Pistole rasch auf und richtete sie erneut auf Ardabjew.

»Deine Pistole ist ja eine Spielzeugpistole ...«, sagte Ardabjew spöttisch. »Aber mein Gürtel ist echt. Du hast dir eine Tracht Prügel verdient, und die wirst du auch bekommen.«

»Sie ist kein Spielzeug!« kreischte der Halbwüchsige.

»Doch, das ist sie«, sagte Ardabjew ruhig und ging mit hoch erhobenem Gürtel auf ihn zu. »Und du bist auch ein Spielzeug. Ein kleiner Spielzeugfaschist.«

Er schlug ihm zuerst auf die Hände und dann kreuz und quer ins Gesicht.

»Schlag zu, Pestruschka!« schrie der Halbwüchsige an den Zaun gedrückt mit gellender Stimme.

Doch Pestruschka, der lautlos hinter Ardabjew gestanden war, brachte seinen Arm mit dem Schlagring, der ihm plötzlich ganz schwer geworden war, nicht in die Höhe. Da machte Phantomas einen Satz und versetzte Ardabjew mit seinem Morgenstern einen Schlag in den Nacken – genau nach der Art des Schwarzen Hunderts. Ardabjew begannen die drei vor Schrecken und Bosheit verzerrten, noch halb kindlichen Gesichter vor den Augen zu tanzen ... danach aus irgendeinem Grund die weißblonden strähnigen Locken des kleinen Witja ... dann das Mädchen mit der Schirmmütze auf der hinteren Plattform der Straßenbahn ... und schließlich ein Ardabiolazweig unter roten Rauhlederschuhen mit weißer Kante ... Ardabjew fiel mit den Händen auf den Zaun und versuchte langsam an ihm emporzukriechen.

»Pestruschka, du Abschaum der Menschheit, schlag zu!« röchelte der Philosoph und verpaßte ihm mit der Pistole, welche eigentlich ein Feuerzeug war, einen Schlag über die Wangen.

Pestruschka sprang dem auf den Boden liegenden Ardabjew auf den Rücken und begann mit dem Schlagring auf dessen Kopf einzuschlagen.

»Dreht ihn mir jetzt um!« befahl der Philosoph.

Pestruschka und Phantomas drehten Ardabjew mit dem Gesicht nach oben um. Der Philosoph setzte sich auf seine Brust, riß ihm das Hemd auf und machte das Pistolenfeuerzeug an.

»Du hast also gemeint, es sei ein Spielzeug?« fragte er und fuhr mit der Flamme an Ardabjews Brustwarze.

Dieser zuckte zusammen und stöhnte. Für einen Augenblick öffnete er seine Augen: vor seinem Gesicht baumelte ein russisch-orthodoxes Kreuz an einer aus der offenen schwarzen Lederjacke heraushängenden Kette. Pestruschka und Phantomas blickten einander vor Schrecken an.

»Und du hast auch gemeint, ich sei ein Spielzeug? Ein Faschist? Nun gut, man muß ja nicht alles Vergangene ablehnen ...«, brummte Phantomas wie im Rausch und fuhr mit der Flamme über Ardabjews Brust.

»Hauen wir ab!« sagte Pestruschka und riß Phantomas am Ärmel.

»Bleib stehen, du Feigling!« brüllte der Philosoph herrisch, und Pestruschka gehorchte. »Zieh ihm deine Jeans aus ...«

»Ich brauche keine Jeans ...«, sagte Pestruschka zähneklappernd.

»Und wie du sie brauchst ... Du kannst ohne Jeans gar nicht leben. Ohne echte Markenjeans ...«, redete ihm der Philosoph sanft ein. »Zieh sie ihm aus, habe ich gesagt! Die Stiefel kannst du ihm anlassen, die Jeans sind unten ausgestellt ... Bleib stehen, lauf nicht weg! Verpaß ihm mit deinem Schlagring einen Schlag auf die Stirn, daß ihm für immer das Bewußtsein wegbleibt! – Ja.

Sehr gut! Du wächst vor meinen Augen! Und jetzt müssen wir uns verdrücken ...«

Sie liefen einige Häuserblocks weit, ohne in der Dunkelheit eine Menschenseele zu treffen. Plötzlich schwankte Pestruschka und fiel auf die Knie. Er mußte sich übergeben.

»Gib mir schon die Jeans ...«, sagte der Philosoph. »Ich möchte sehen, was es für eine Marke ist ...« Und er knipste das Pistolenfeuerzeug an, um das Etikett auf der hinteren Hosentasche zu lesen: »Lascha ...«, sagte der Philosoph und spuckte verächtlich aus. »Jugoslawische. Clearinghosen. Keine Markenjeans ...«

7

Das kleine alte Weibchen mit den lebhaften Augen ging am Ufer des Kanals entlang und schlenkerte lässig ihren Jutesack in der Hand, in dem nichts klirrte, weil nur eine leere Flasche ›Kubanischer Bitterwodka‹ darin lag: sie konnte an nichts anstoßen. Die Alte durchstocherte mit ihrem Stock die herbstlich gefärbten Sträucher, doch es lagen keine Flaschen darin. Es gab keine, weil es kühl geworden war und die Picknicks im Gras aufgehört hatten. Die Alte dachte daran, daß noch die Fußballspiele bevorstünden und sie sich zur Gänze aufs Leninstadion verlegen werde müssen. Die Olympischen Spiele waren vorbei, und man konnte das Stadion frei betreten. Dort lagen unter den Tribünen stets zahlreiche Flaschen herum, nur um hinzukommen, mußte man ein schönes Stück fahren. Außerdem gab es dort in der Nähe keine Leergutabnehmerin, bei der sie statt zwanzig Kopeken pro Stück zehn, aber ohne Schlange stehen zu brauchen, bekam.

»Guten Tag ...«, ertönte eine Stimme.

Die Alte hob den Kopf und erblickte vor sich das Mädchen mit der Schirmmütze.

»Erinnern Sie sich nicht an mich?« fragte das Mädchen.

Die Alte musterte sie mißtrauisch:

»Nein.«

»Ich bin vor einem Monat hier gewesen ...«, sagte das Mädchen mit der Schirmmütze. »Ich bin auf diesem Hügel neben einem Mann gesessen. Sein Kopf war kahlrasiert. Neben uns stand ein orangefarbenes Auto voll mit Flaschen. Sie hatten eine leere Sektflasche aufgelesen und fragten, ob Sie sie haben könnten. Da sagte der kahlköpfige Mann, er würde Ihnen am nächsten Tag viele leere Flaschen mit dem Auto herbringen. Erinnern Sie sich jetzt?«

»Na und?« fragte die Alte vorsichtig.

»Hat er Ihnen die leeren Flaschen, wie versprochen, gebracht?«

»Was verspricht man doch nicht alles ...«, winselte die Alte. »Das hat er vor Ihnen gesagt, um gut dazustehen. Und dann hat er es einfach vergessen. Wenn er nicht blöd ist, hat er die Flaschen selbst zurückgegeben.«

»Verzeihen Sie ...«, sagte das Mädchen mit der Schirmmütze und ging mit raschen, wenn auch nach dem Krankenhaus noch etwas unsicheren Schritten, fort.

Das Mädchen mit der Schirmmütze fühlte, daß dem kahlköpfigen Mann etwas zugestoßen sein mußte, wenn er die leeren Flaschen nicht, wie versprochen, gebracht hatte. Sie wollte ihn wiedersehen, weshalb, das wußte sie selbst nicht genau.

Sie erinnerte sich lediglich an seinen Familiennamen. Ohne Vor- und Vatersnamen wollte man ihr im Meldeamt zuerst keine Auskunft geben. Sie ließ jedoch nicht locker. Zum Glück gab es in Moskau nur wenige Ardabjews, und einen Ardabjew, der ihm altersmäßig entsprach, gab es nur einen.

Als sie sein Haus gefunden hatte, drückte das Mädchen im achten Stock lange auf die Klingel, doch niemand öffnete die Tür.

Das Mädchen mit der Schirmmütze trat aus dem Hauseingang und blickte sich um. Im Hof war niemand zu sehen, außer vier Männern, die unter einem hölzernen Pilz Domino spielten. Einer hatte eigenartige Damenpantoffeln mit Quasten an den Füßen.

Das Mädchen ging zu dem Tisch und fragte: »Sagen Sie bitte, kennt jemand von Ihnen einen gewissen Ardabjew?«

»Woher sollen wir alle kennen ...«, brummte der Mann mit den Quastenpantoffeln. »Es ist nicht mehr so wie in den alten

Kommunalwohnungen.* Heute vergräbt sich jeder in seiner Wohnung wie in einer Höhle. Ich wohne selbst schon vier Jahre hier und kenne nicht einmal den Familiennamen der Nachbarin im Treppenhaus. Ja, wir vier hier kennen uns. Das Domino hat uns zusammengeführt. Wie soll er denn eigentlich aussehen, dieser Ardabjew?«

»Kahlköpfig. Einen orangefarbenen Kombi hat er. Im achten Stock, in Nummer vierhundertsechzehn wohnt er. Ich habe an der Tür geklingelt, aber es hat niemand aufgemacht. Und ich muß ihn unbedingt sehen.«

»Ach, dieser Kahlköpfige!« Der Mann mit den Quasten wurde lebhafter. »Ja, doch, ja, doch ... Ich habe ihm vor einem Monat ausladen geholfen. Wir haben noch zusammen einen getrunken ... Ein geselliger Mensch ... Aber seit diesem Tag ist er irgendwohin verschwunden. Seine Frau ist wohl noch einmal in seinem Auto gekommen und hat es in die Garage gestellt ... Sie leben irgendwie nicht ganz russisch: da weißt du nicht, sind sie zusammen oder leben sie getrennt ... Ja, er ist wie vom Erdboden verschwunden ... Soll ich ihm vielleicht etwas ausrichten, falls er wieder auftaucht?«

»Nein, nichts«, sagte das Mädchen mit der Schirmmütze, machte kehrt und ging davon.

Doch kaum hatte sich der Mann mit den Quasten wieder an den Tisch unter dem hölzernen Pilz gesetzt und wonnevoll die Dominosteinchen in seinen Fingern gefühlt, als er neben sich einen zu einem Quadrat zusammengefalteten Zettel liegen sah.

»Ich habe es mir überlegt«, sagte das Mädchen. »Geben Sie ihm bitte das hier.«

Einen Tag später saß sie im Flugzeug der Linie Moskau-Norilsk, wo sie nach Abschluß ihrer Bibliothekarausbildung eine Stelle zugewiesen bekommen hatte. In Norilsk mußte sie ihre Schirmmütze sofort gegen eine Mütze mit Ohrenklappen aus-

---

* Kommunalwohnung – eine Gemeinschaftswohnung, in der jede Familie ihr eigenes Zimmer hat und zusammen mit den anderen Mitwohnern Küche, Bad usw. benützt. Wurde nach der Revolution eingeführt, um die großen Herrschaftswohnungen auf die Arbeiter und vom Land in die Stadt geflüchteten Bauern aufzuteilen. Gibt es auch heute noch in Großstädten, wie Moskau und Leningrad.

tauschen, weil es dort schon schneite. Als ihr ein Leser das Buch von Glemser ›Der Mensch gegen den Krebs‹ zurückbrachte, fragte sie ihn: »Sagen Sie, weshalb haben Sie sich dieses Buch ausgeliehen?«

»Leider nicht aus Neugierde«, antwortete er. »Ich bin Onkologe.«

»Haben Sie schon einmal ein Krebsmittel mit dem Namen Ardabiola gehört?«

»Nein«, antwortete er. »Nie gehört.«

8

An einem heiteren Septembermorgen des Jahres 1981 stand Ardabjew im Hof und wusch, den Lappen in einen Plastikkübel eintauchend, sein Auto. Es war bereits kein orangefarbener Kombi mehr, sondern ein brandneuer bordeauxfarbener ›Wolga‹, den er sich um Außenhandelszertifikate gekauft hatte, nachdem seine Dissertation über das Thema ›Versuche des Einsatzes von Musik im Gemüsebau‹, zuerst in Moskau und danach in den USA, der BRD, in Frankreich, in Italien und anderen Hartwährungsländern als Buch erschienen war.

Pflanzenpsychologie ... ein rätselhaftes, noch wenig erforschtes Gebiet. Von jeher hatten Menschen beobachtet, daß in Wohnungen, in denen häufig Familienzwiste ausgetragen werden, die Blumen verwelken. An Baumstämmen angebrachte Meßwertgeber registrierten, daß die Bäume zu vibrieren beginnen, sobald man sich ihnen mit einer Säge oder einer Axt nähert. In Versuchstreibhäusern hatte Ardabjew den Tomaten Kopfhörer eines Tonbandes aufgesetzt und Musik spielen lassen, worauf die Tomaten blitzartig zu wachsen begannen. Einige von ihnen erreichten ein Gewicht von einem Kilogramm. Zuerst war Ardabjew nicht ernst genommen worden. Danach änderte sich das. Doch die Tomaten mit den Kopfhörern erwiesen sich für ihn überraschenderweise nur als Nebensache. Sein Hauptanliegen wurde Ardabiola. Als er sie bei sich zu Hause in gewöhnlichen Kisten mit Erde anpflanzte und ebenfalls ein Tonband mit klassischer

Musik auf kleiner Lautstärke einschaltete, wuchs sie rascher. Leichte Musik zeigte bei Ardabiola keine Wirkung im Gegensatz zu den Treibhausgurken, die zu den Liedern von Muslim Magomaew, Josif Kobson und Lew Leschenko* ausgezeichnet heranreiften. Ardabiola liebte Mozart, Beethoven sowie Tschaikowskij. Doch seine Dissertation hatte Ardabjew nicht über Ardabiola, sondern über die Musikalität von Gemüse geschrieben. Die gesellschaftliche Anerkennung drückte sich im Kandidatentitel und dem Buch aus, welches sich in den bordeauxfarbenen ›Wolga‹ verwandelt hatte, den Ardabjew gerade im Hof seines noch Tschernow'schen Hauses wusch.

Nachdem der ›Wolga‹ sauber war, begann Ardabjew einen Aluminiumgepäckträger auf dessen Dach zu montieren. Er und seine Frau wollten in den Süden fahren.

Dies war Ardabjews erste Reise, seit er vor einem Jahr zum Begräbnis seines Vaters nach Chairjusowsk geflogen war, wo man ihn nach dem Leichenschmaus brutal zusammengeschlagen und ihm die Jeans abgenommen hatte. Ardabjew war an seinem entstellten Kopf an zwanzig Stellen genäht worden. Doch die Haare waren in einem Jahr nachgewachsen und verdeckten die Schrammen. Nur unter der Nasenwurzel war eine sichtbare Beule zurückgeblieben, und auf der Brust, neben der Brustwarze, blaurote Flecken von den Verbrennungen.

Jedermann bemerkte, daß sich Ardabjew stark verändert hatte, und manchen Meinungen zufolge sogar zum Besseren. Verschwunden war seine übliche Zerstreutheit, wenn er einem Gesprächspartner zuhörte und an etwas ganz anderes dachte. Er war gegenüber seinen Mitmenschen zuvorkommender geworden, böse Zungen behaupten, vor allem gegenüber seinen Vorgesetzten. Mit Freude nahm er an allen möglichen ›bunten Abenden‹ und Parties teil, spielte sogar den Signor Tomate in der Kindermatinée in seinem Institut und ging auf gemeinsame Skiwanderungen oder zum Pilzsuchen mit.

In seinen Versuchstreibhäusern hatte er statt Tonbändern

* Muslim Magomaew, Josif Kobson und Lew Leschenko – populäre sowjetische Schlagersänger.

bereits Fernsehgeräte aufgestellt, und das Gerücht machte die Runde, er arbeite schon an seiner Doktorarbeit: ›Der Einfluß des Fernsehens auf das Wachstum einiger Gemüsearten.‹ Er selbst war kaum vom Fernseher wegzubringen, vor allem bei Eishockeyspielen und der Sendung ›Galuboi Aganjok‹*. Mit seiner Frau hatte er sich versöhnt, und seine besten Freunde waren nun Mischetschkins, die er früher nicht hatte ausstehen können.

Ausgerechnet mit Mischetschkins wollten Ardabjew und seine Frau auch in zwei Autos in den Süden fahren.

Als er mit einem Rauhleder die blanke Seite seines ›Wolgas‹ trockenrieb, bemerkte Ardabjew am linken Kotflügel ein frisch eingekratztes Fragezeichen.

»Was zum Teufel ist das ...!« entfuhr es Ardabjew. »Wer kann das gemacht haben?«

»Die Kinder ...«, ertönte neben ihm eine krächzende Stimme. »Unsere braven sowjetischen Kinder ...«

Ardabjew drehte sich um und sah den Mann in den Damenpantoffeln mit Quasten. Der Mann mit den Quasten fuhr mit seinem vom Rauchen gelb gefärbten Finger über das Fragezeichen, um die Qualität der Arbeit zu begutachten ...

»Das ist mit einem Nagel gemacht worden«, stellte er fest.

»Doch weshalb ausgerechnet ein Fragezeichen?« erstickte Ardabjew vor Empörung.

»Wäre Ihnen etwa bei einem Ausrufezeichen leichter ums Herz?« grinste der Mann mit den Quasten. »Es gibt sie überall haufenweise, und trotzdem wird einem davon nicht leichter.«

»Was soll ich jetzt bloß machen ...?« fragte Ardabjew und ließ die Arme hilflos sinken. »Wir wollen morgen früh für einen Monat in den Süden fahren, und die ganze Sowjetunion mit einem Fragezeichen zu durchqueren, nein, wissen Sie, das ist schon ...« Es fehlten ihm die Worte.

Der Mann mit den Quasten teilte Ardabjews Aufregung und schürte sie sogar noch weiter an:

---

* Galuboi Aganjok – Musikalische Sendung am Silvesterabend, in der Art des Neujahrskonzertes der Wiener Philharmoniker.

»Ich würde sagen, daß sich auch die Organe des GAI* dafür interessieren könnten ... Und nicht ohne Grund ... Es handelt sich immerhin um ein Zeichen des Zweifels. Und Zweifel woran?«

»Und dann ist es doch kein kleines, sondern eines, das sofort in die Augen springt ...«, sagte Ardabjew nervös.

»Ja, gar nicht so klein!« schüttelte der Mann mit den Quasten niedergeschlagen den Kopf und neigte sich verschwörerisch zu Ardabjew hin: »Es gibt da Leute.«

»Was gibt es?« fragte Ardabjew, der nicht verstanden hatte.

»Nicht was, sondern wen. Ich sage, es gibt da Leute. Die bringen es in Ordnung. So daß man nichts sieht. Und die Frage wäre dann im eigentlichen und übertragenen Sinne liquidiert.«

»Und wo sind diese Leute?« fragte Ardabjew ungläubig.

»Hier«, sagte der Mann mit den Quasten leise, so daß ihn niemand hören konnte. »Diese Leute sind ich.«

»Wieviel?« fragte Ardabjew und verfiel dabei unwillkürlich in seinen konspirativen Ton.

»Unter Nachbarn – einen Vierer ... Beliebt's?« fragte der Mann mit den Quasten ironisch.

»Es beliebt ...«, seufzte Ardabjew mißmutig.

»Originalfarbe – Ihre ... Polierpaste – Ihre ... Werkzeug – meines ...« Und der Mann mit den Quasten zog aus einer Schachtel mit dem Porträt von Ziolkowskij** ein Streichholz mit abgebrannter Kuppe heraus, tauchte es mit der Eleganz eines Zauberkünstlers in die Farbdose ein, die ihm Ardabjew eifrig hinhielt, und fuhr damit wie ein Juwelier über das Fragezeichen.

»Bis die Farbe eintrocknet, möchte ich mich bei Ihnen entschuldigen. Ich hätte Ihnen eine Nachricht überbringen sollen, konnte es aber nicht. Zuerst waren Sie fort, und dann ich. Ich war sozusagen zur Verstärkung der Arbeitsfront nach Pereslawl-Saleskij abgeordnet***. So daß die Nachricht beinahe schon ein Jahr bei mir herumliegt. Ein Mädchen hat sie geschrieben.«

---

* GAI – Verkehrsüberwachungsorgane.

** Ziolkowskij – Konstantin Eduardowitsch Ziolkowskij, russischer Physiker und Raketenforscher, Vater der sowjetischen Raumfahrt.

*** Zur Verstärkung der Arbeitsfront abgeordnet – jeder Sowjetbürger, der länger als sechs Monate keiner Arbeit nachgeht, wird in Arbeitslager verschickt.

Ist es möglich, daß erst ein Jahr vergangen ist? dachte Ardabjew. Sein Vater war erst vor einem Jahr gestorben. Weshalb konnte er sich bloß nicht an Vaters Begräbnis erinnern? Als wäre es vor langer Zeit gewesen, in einem anderen Leben.

»Was für ein Mädchen?« fragte Ardabjew zerstreut.

»Mit einer Schirmmütze«, sagte der Mann mit den Quasten und sah ihn prüfend an. »Mit einer gewöhnlichen Männermütze. Aus Bouclé. Mein Freund Wenka trägt auch so eine.«

Doch in Ardabjews Augen leuchtete nicht der geringste Schimmer von Interesse auf, und er fragte nicht einmal, wo die Nachricht denn sei. Spielt den Schlauen ..., dachte der Mann mit den Quasten. Nein, ein Unsriger würde doch wenigstens fragen ... Ist wahrscheinlich auf die Seite gegangen, und jetzt hat er die Hosen voll ... Und er fragte munter:

»Polieren wir jetzt?«

»Ja, polieren wir«, stimmte Ardabjew ohne jede Hoffnung zu.

Der Mann mit den Quasten ließ ein Stück Polierpaste auf den Kotflügel des ›Wolga‹ plumpsen und begann sie unter Ächzen und Stöhnen mit einem Lappen zu verwischen. Nachdem er ungefähr fünf Minuten geächzt und gestöhnt hatte, nahm er die Hand mit der Geste eines Malers weg, der zurücktritt und sich an seinem Gemälde weidet.

Das Fragezeichen war verschwunden.

»Einen Vierer krieg ich von Ihnen«, machte ihn der Mann mit den Quasten mit würdevoller Gelassenheit aufmerksam.

»Aber das waren doch nicht mehr als fünfzehn Minuten Arbeit ...«, sagte Ardabjew verdutzt und zog die Brieftasche heraus.

»Fünfzehn Minuten können oft ein ganzes Leben bedeuten, wie Michelangelo einmal gesagt hat«, korrigierte ihn der Mann mit den Quasten taktvoll und machte ihm, nachdem er den Vierer erhalten hatte, freudig den Vorschlag: »Sollten Sie etwas brauchen, ich bin stets zur Hand. Im Sommer unter dem Pilz dort. Und im Winter im Aufenthaltsraum.«

Und er ging, seine Würde bewahrend, nach Hause, ins Nachbarhaus, denn bis zur geheiligten Stunde, um elf Uhr nächsten Morgen, war es noch lange.

Doch bevor er im Hauseingang verschwand, zog er aus der

Streichholzschachtel mit dem Porträt von Ziolkowskij einen Nagel heraus und ritzte, nachdem er sich kurz umgesehen hatte, schnell ein neues Fragezeichen auf dem Kotflügel jemandes blitzender ›Niwa‹ ein. Der Mann mit den Quasten wollte der Menschheit nützlich sein.

Ardabjew sah sich noch einmal den Kotflügel an, doch das Fragezeichen war nicht mehr da, so als hätte es der Mann mit den Quasten unter dem Arm fortgetragen.

»Vielleicht hat mir das alles nur geträumt?« dachte Ardabjew. »Dieses Fragezeichen ... Dieses Streichholz mit der Farbe ... Und auch diese Quasten ... Aber Vaters Begräbnis hat stattgefunden. Ich kann mich nur nicht daran erinnern. Ich weiß, daß man mich danach zusammengeschlagen und mir die Jeans abgenommen hat ... Doch wie das gewesen ist, das weiß ich auch nicht mehr ...«

Ardabjew betrat seine Wohnung und stolperte über die Koffer, als er an das schrillende Telefon auf dem Zeitungstischchen stürzen wollte. Das Sprechen fiel ihm leichter als das Denken.

»Ja, ich bin es«, sagte Ardabjew, und ihn durchzuckte urplötzlich der Gedanke: »Vielleicht bin ich es gar nicht?« Doch Ardabjew unterdrückte diesen Gedanken, indem er ihn mit den wirren Worten überdeckte: »Ja, ja, ich habe den Tank vollgefüllt und nehme zwei Kanister mit ... Von der geräucherten Wurst habe ich drei Stangen erstanden ... Wie verabredet, um zehn Uhr am Motel auf dem Warschauer Bahnhof.«

Nachdem er den Hörer aufgelegt hatte, machte Ardabjew, der bewußt versuchte, einen besorgten Eindruck zu machen, zu seiner Frau: »Mischetschkins sind schon fertig ...«

»Mischetschkins waren schon fertig, bevor sie noch zur Welt kamen«, sagte seine Frau, während sie sich eine Zigarette anzündete und auf den Diwan setzte, so als hätte sie überhaupt nicht vor, wegzufahren. »Früher hast du Mischetschkins nicht ausstehen können, und jetzt hängt ihr wie Kletten zusammen ... Mit dir ist irgend etwas geschehen, Ardabjew.« Die Frau streckte ihre Hand aus und streichelte die harten Blätter der Pflanze in der Holzkiste. »Mit dir ist irgend etwas geschehen«, wiederholte sie langsam. »Ich habe mit dir wegen dieses Strauches gestritten. Wegen deiner Ratte Alla. Doch als du nach dem Krankenhaus den Käfig repariertest, den die Ratte Alla durchgenagt hatte und einen grünen Papagei hineinsetztest, da war ich vollkommen verwirrt ...«

»Wir haben nie eine Ratte Alla gehabt! Wie oft willst du mir das noch erzählen! Was denkst du dir nur alles zusammen!« Es zuckte um Ardabjews Mund.

»Die gestorben ist«, blickte ihn seine Frau prüfend an.

»Ratten sterben nicht, sondern krepieren«, sagte Ardabjew, während er Flossen und Taucherbrille vom Schrank herunterholte.

»Früher hast du ganz anders gesprochen«, sagte die Frau und fuhr fort, die Blätter zu streicheln. »Mich machten diese Ratte und dieser Strauch verrückt, weil du dich nur mit ihnen beschäftigtest, ohne Notiz von mir zu nehmen. Doch du brauchtest sie für irgend etwas. Für etwas, das du mir nie gesagt hast. Ich war eifersüchtig auf diese Ratte und diesen Strauch. Doch als du zurückkehrtest, gingst du nicht einmal zu der Holzkiste hin. Hätte ich den Strauch nicht immer gegossen, dann wäre er längst vertrocknet. Doch jetzt trägt er wieder Früchte ... Wozu brauchtest du diese Früchte, Ardabjew?«

»Ich weiß nicht einmal, wie diese Pflanze heißt ... Du hast sie wahrscheinlich selbst gebracht. Da muß etwas mit deinem Erinnerungsvermögen nicht stimmen«, sagte Ardabjew finster und steckte die Flossen samt Taucherbrille in den Koffer.

»Nein, mit deinem Erinnerungsvermögen stimmt etwas nicht ... Ich habe diesen Strauch nicht gebracht, Ardabjew. Auch du hast ihn nicht gebracht. Du brachtest lediglich die Holzkiste mit der Erde. Der Strauch ist von allein gewachsen. Als er die ersten Blättchen bekam, klatschtest du wie ein kleiner Junge in die Hände ... Weshalb? Denk nach!« Die Frau erhob sich vom Diwan, legte ihm die Arme auf die Schultern und sah ihm in die Augen.

»Du bist müde«, sagte Ardabjew und küßte sie auf die Wange. »Sobald wir im Süden sind, legen wir uns direkt ans Meer und werden den ganzen Tag an nichts denken ...«

»Früher brachtest du es gar nicht fertig, an nichts zu denken ... Du hast deine Gedanken vergessen.« Sie schmiegte sich an ihn und berührte mit ihrer Hand die kurze Bürstenfrisur, so als wollte sie in ihm die Erinnerung wachrufen. Obwohl sie über ihre eigene Grausamkeit erschreckt war, wollte sie ihm einen Schmerz zufügen, um ihn zu zwingen, sich an das Vergessene zu erinnern. Sie sagte: »Unter meiner Hand liegen deine Narben ... Man hat dich mit einem Schlagring und einem Ziegel auf den Kopf geschlagen, um dir deine Jeans abzunehmen. Du hattest zwanzig Verletzungen am Schädel. Du erwachtest in Unterhosen auf dem hölzernen Trottoir und krochst zu deinem Vaterhaus. Du schafftest es bis nach Hause. Dein Bruder hat dich genäht. Ich flog zu dir ins Krankenhaus von Chairjusowsk. Zuerst erkanntest du niemanden. Dann erkanntest du deine Mutter. Danach mich. Doch als ich zu weinen begann und dich um Verzeihung bat, weil ich dein Kind getötet hatte, da fragtest du: ›Was für ein Kind?‹ Ich war glücklich, daß du das vergessen hattest. Doch du hast auch vieles andere vergessen. Du weißt nicht mehr, was mit dir geschehen war. Es ist doch nicht möglich, daß diese Scheißkerle das Gedächtnis aus dir herausgedroschen haben. So war es bei Landau* nach dem Autounfall: er konnte zwar noch denken, war aber kein Genie mehr. Er war das Opfer eines absurden Zufalls geworden. Doch diese Scheißkerle hatten ein Ziel: deine Jeans. Wie schrecklich, hätte es zu Puschkins Zeiten Jeans gegeben, und solche Scheißkerle hätten das Gedächtnis aus Puschkin herausgedroschen. Wegen ein Paar mieser, billiger Jeans.«

»Aber ich bin kein Puschkin«, scherzte Ardabjew mißmutig.

»Jeder ist ein Puschkin«, ließ sie nicht nach. »Und das Puschkinsche kann man aus allen Menschen herausprügeln. Nicht nur mit Schlagringen, sondern auch mit Erziehung, Lügen und Gleichgültigkeit. Die Erinnerung an eine Art von Denken auslöschen ... Gedichte, Musik, große Entdeckungen aus Menschen herausprügeln. Doch nicht alle Menschen geben auf. Gib nicht auf, Ardabjew! Erinnere dich ...«

---

* Landau – Lew Dawidowitsch Landau, sowjetischer Physiker (1908–1968), Nobelpreisträger.

»Wie, sind etwa die Tomaten mit den Kopfhörern keine große Entdeckung? Oder die Auberginen, welche sich die Sendung ›Galuboi Aganjok‹ ansehen?« fragte Ardabjew mißmutig und sah plötzlich die langen mädchenhaften Wimpern und die angsteinflößenden starren Augen des Halbwüchsigen vor sich, der sein Pistolenfeuerzeug auf seinen Bauch gerichtet hielt. »Zieh die Jeans aus, du Tier!«

»Ardabjew, berühre diese Blätter ... Vielleicht erinnerst du dich, was es ist ...«, flehte die Frau und ließ ihn nicht zu den Koffern gehen.

»Gut, da, ich berühre sie ... Staub ...«, faßte Ardabjew unwillig die Pflanze an und fand sich plötzlich in einem mit Fotografien vollgehängten Kuhstall wieder.

Eine Brigade von minderjährigen Jungen aus dem Bahnbetriebswerk stand unter einer roten Wanderfahne und der Losung »Alles für die Front!«

»Eines Tages wird man dem unbekannten russischen Soldaten noch ein Denkmal errichten!« rief der Rayonsfotograf mit der kurzen bläulich gefärbten Nase.

»Das stimmt nicht. Da ist kein Staub. Ich wische sie jeden Morgen ab ... Aber Ardabjew, hast du etwa nicht bemerkt, wie die Blätter zusammenzuckten, als du auf sie zugingst?« fragte die Frau und sah erst ihn, dann die Pflanze eindringlich an.

»Nein, habe ich nicht bemerkt«, antwortete Ardabjew, doch es war eine Lüge.

Er hörte Iwan Wessjolichs Stimme sagen:

Lang ist es her, daß Lenin starb,
und nach ihm viele andere.
Nun ist's Zeit für Dich,
zu folgen ihm ins Grab.

»Als ich einmal das ›Requiem‹ von Britten auflegte, da sah ich plötzlich, wie sich der Strauch bewegte«, fuhr die Frau fort. »Er hörte zu. Er dachte. So als wollte er sich zu dieser Musik begraben.«

»Meine Arbeiten über die Musikalität von Gemüse haben dich zur Mystikerin gemacht«, sagte Ardabjew mit finsterer Miene. »Wir müssen gehen ... Mischetschkins sind bereits losgefahren ...«

Er ging zu den Koffern, doch der kleine Witja versperrte ihm den Weg. Witja knabberte an einer Seife. Und plötzlich war er verschwunden.

Durch die unversperrte Tür kam der Mann in den Damenpantoffeln mit Quasten. Er schielte zu Ardabjews Frau hinüber und wurde verlegen.

»Also was ist das für eine Nachricht von der geheimnisvollen Unbekannten mit Schirmmütze?« versuchte Ardabjew zu lächeln, um damit zu verstehen zu geben, daß er, Ardabjew, vor seiner Frau keine Geheimnisse habe.

Der Mann mit den Quasten reichte Ardabjew den zusammengefalteten Zettel, machte einen Schritt zurück und entfernte sich.

Ardabjew faltete den Zettel auseinander und zeigte ihn seiner Frau.

»Irgend so ein dummes Zeug ... Da will mich einer zum Narren halten ...«

Auf dem Zettel stand mit kindlicher Handschrift geschrieben: »Wie geht es Ihrer Ardabiola?«

»Nicht jeden Tag stirbt der Vater ...«, sagte der Hauptmann mit den kleinen Kanonen am Kragenspiegel.

Ardabjew knüllte den Zettel zusammen und warf ihn auf den Boden.

»Da hat sich wahrscheinlich einer meiner Studenten einen Scherz erlaubt. Will sich dafür rächen, weil er bei der Prüfung durchgefallen ist. Macht nichts, Tante Sosja wird ihn wegwerfen ... Wo bleibt sie übrigens? Wir müssen ihr den Schlüssel zurücklassen ...«

»Bin schon da ...«, sagte Tante Sosja und stand wie aus dem Boden gewachsen vor ihm. »Bleiben Sie lange fort?« Sie hatte dieselben lebhaften Augen, wie das alte Weibchen, das am Ufer des Kanals leere Flaschen gesammelt hatte.

»Drei Wochen«, antwortete Ardabjews Frau. »Bringen Sie zu

allererst den Müll fort, und wischen Sie dann den Boden. Kurz gesagt, machen Sie Ordnung.«

»Das hätte ich auch selbst gewußt ...«, sagte Tante Sosja beleidigt.

»Hier ist Futter für den Papagei. Der Käfig muß jeden zweiten Tag sauber gemacht werden«, fuhr Ardabjews Frau fort.

»Und wo soll ich den Papagei selbst inzwischen hingeben?« fragte Tante Sosja vorsichtig.

»Er ist ein braver Vogel. Er fliegt durchs Zimmer und setzt sich dann selbst in den Käfig«, beruhigte sie Ardabjews Frau. »Den Strauch gießen Sie jeden Morgen ...«

»Und was ist das für ein Strauch?« fragte Tante Sosja neugierig. »Sieh mal einer an, da sind ja sogar Beeren drauf ...«

Weder Ardabjews Frau noch Ardabjew selbst antworteten ihr darauf, und Tante Sosja begriff, daß dies wohl für sie zu hoch sei.

Während Ardabjews Frau ihren Koffer zumachte, sagte Ardabjew mit verhaltener Stimme zu Tante Sosja:

»Diesen Strauch brauchen Sie nicht zu gießen ...«

»Aber wie denn?« fragte Tante Sosja verdutzt. »Dann vertrocknet er ja ...«

»Soll er ruhig vertrocknen ... Er geht mir auf die Nerven!« beeilte sich Ardabjew zu erklären.

»Aber die Herrin des Hauses meint ...«, deutete Tante Sosja schüchtern an.

»Die Herrin ist die Herrin, der Herr hier bin aber ich«, konnte ihr Ardabjew gerade noch zuflüstern, und Tante Sosja seufzte, als sie begriff, daß sie hier unschuldig in einen unguten Familienzwist geraten war.

Als Ardabjew und seine Frau mit den Koffern in den Lift gestiegen waren, begann Tante Sosja, allein in der Wohnung zurückgeblieben, mit dem Birkenrutenbesen den Boden zu kehren und blieb vor dem Strauch in der Holzkiste stehen.

»Da soll sich einer auskennen«, brummte Tante Sosja vor sich hin. »Die Herrin des Hauses sagt, gieß ihn, der Herr, gieß ihn nicht ... Was es heute nur für Familien gibt!«

Und plötzlich erstarrte Tante Sosja vor Schrecken.

Der Strauch begann langsam zu schaukeln und zu knarren.

Tante Sosja blickte sich um: alle Fenster und die Tür waren verschlossen, und es konnte kein Luftzug sein. Sie begriff vor Schrecken, daß der Strauch nicht durch einen Wind, sondern selbst zu schaukeln begonnen hatte. Sie drückte sich an die Wand und hätte sich bestimmt bekreuzigt, wären ihre Hände frei gewesen: in der einen hielt sie den Besen, in der anderen die Kehrschaufel.

Mein Vater hat mich verlassen, dachte Ardabiola kummervoll, nachdem sie das Gespräch mitangehört hatte. Mein Vater hat dieser Frau befohlen, mir kein Wasser zu geben. Mein Vater möchte, daß ich sterbe. Er hat vergessen, daß ich seine Tochter bin.

Ardabiola nahm alle ihre Kräfte zusammen und begann immer wilder und wilder zu schaukeln. Nachdem sie ihre Hauptwurzel aus der Erde gerissen hatte, stemmte sie sich gegen den Rand der Holzkiste. Dann strengte sie sich noch einmal an und zog ihre restlichen Wurzeln – kleine und große – aus der Erde, doch so, daß keine dabei verletzt wurde.

Ardabiola kroch unbeholfen über den Rand der Kiste auf den Boden und wankte mit den unsicheren Schritten eines Kindes, das erst Gehen lernt, zum Fenster, wobei sie kleine Erdklumpen hinter sich fallen ließ. Sie kletterte auf das Zeitungstischchen hinauf, warf das Telefon hinunter und kroch auf das Fensterbrett. Dort preßte sie sich mit ihren Zweigen ans Fenster und sah ihren Vater, wie er ins Auto stieg und sie, seine Tochter, für immer verließ. Sie holte aus, warf sich mit ihrem ganzen Körper gegen die Scheibe und stürzte, einen starken Schmerz spürend, als diese in Scherben zersprang, hinunter.

Ardabjew hatte bereits die Zündung eingeschaltet und war losgefahren, als der Strauch auf die Motorhaube fiel und mit seinen Zweigen die Windschutzscheibe zudeckte.

Ardabjew bremste. Durchs Fenster sahen ihn zitternde Blätter an, und die grünen Früchte klopften gegen die Scheibe, so als wollten sie sich bis zu ihm durchklopfen.

»Da hast du Tante Sosja gesagt, daß sie den Strauch wegwerfen soll!« rief Ardabjews Frau und begann wegen der Beleidigung, die er ihr und dem Strauch, dessen Namen sie nicht kannte, zugefügt hatte, zu weinen.

Die grünen Früchte klopften nicht mehr, sondern trommelten verzweifelt ans Fenster, und die Zweige kratzten und kratzten, so als wollten sie sprechen.

Ardabjew klammerte sich, ohne ein Wort zu sagen, ans Lenkrad.

Und plötzlich sah er, wie über einen der Zweige, ohne ihn durchzubiegen, zwei winzige Eisenbahner einen winzigen roten Sargdeckel entlangtrugen. Die Köpfe der Arbeiter waren durch den Sargdeckel verdeckt, und man konnte nicht sagen, ob sie unter dem Deckel weinten oder nicht.

Die grünen Früchte begleiteten den Sarg mit Trommelschlägen.

»Kommen Sie zur Besinnung!« brüllte die Stewardeß mit dem Boxergesicht die Passagiere an.

Und dann sah Ardabjew durch die Zweige hindurch, welche sich an die Scheibe drückten, die hintere Plattform der Straßenbahn und durch deren Fenster hindurch das Gesicht des Mädchens mit der Schirmmütze, das sich sofort darauf in das Gesicht des mageren Pioniers mit den ängstlichen, fragenden Augen verwandelte.

»Und zu meinem Begräbnis kommst du?« fragte die Stimme der Mutter.

»Wir fahren nirgendwo hin«, sagte Ardabjew zu seiner Frau. »Ich erinnere mich jetzt an alles. Das ist Ardabiola.«

Originaltitel: »Ардабиола«
Copyright © 1981 by Junostj; Moskau
mit freundlicher Genehmigung des Autors
und der Allunionsagentur für Urheberrechte
der UdSSR (WAAP)
Aus dem Russischen übersetzt von Annemarie Kienpointner

Sydney J. van Scyoc

Sydney Joyce van Scyoc wurde 1939 in Mount Vernon/Indiana als Tochter eines Postangestellten geboren. Sie besuchte die High School, schloß 1957 ab und heiratete im selben Jahr. 1962 publizierte sie mit »Shatter the Wall« ihre erste SF-Erzählung in dem SF-Magazin »Galaxy«. Es folgten weitere Kurzgeschichten, die sich meist, wie auch die vorliegende, mit ökologischen Themen befassen. Erst 1971 legte sie mit »Saltflower« ihren ersten Roman vor, dem in rascher Folge weitere folgten: »Assignment Nor'Dyren« (1973), »Starmother« (1976), »Cloud Cry« (1977), »Sunwaif« (1981) »Darkchild« (1982) und »Bluesong« (1983). Damit gelang es ihr in wachsendem Maße, Interesse zu wecken, zumal sie zu den ersten amerikanischen Autoren gehörte, die eindringlich auf die Gefahren einer wachsenden Umweltvernichtung hinwiesen und die schreckliche Rache einer aus dem Gleichgewicht gebrachten Natur an die Wand malten. In ihren Romanen behandelt sie meist das Schicksal von Minderheiten, etwa von Siedlern auf exotischen Planeten, in deren fremdartiger Ökologie einerseits und gegen die Interessen von Kapitalgebern und ›Erschließungsgesellschaften‹ andererseits sie sich zu behaupten haben.

Von Sydney J. van Scyoc erschienen in der Reihe
HEYNE SCIENCE FICTION & FANTASY:

Kind der Dunkelheit (06/4111)
Das blaue Lied (06/4112)
Sternenseide (in Vorb.)
Unternehmen Nor'Dyren (in Vorb.)

sowie die Erzählung »Mnarra Mobilis«
in: ↗ »Science Fiction Story Reader« 1 (1974), hrsg. von Wolfgang Jeschke (06/3374)

und eine Reihe von Erzählungen
in: ↗ »Isaac Asimov's Science Fiction Magazin«, die zusammen einen Zyklus bilden.

Sydney J. van Scyoc

Süßschwesterlein, Grünbrüderlein

In einer Abzweigung des Universums kreist das waldige Rund namens Narr im Schwerkraftgespinst einer kleinen roten Sonne. Diese Welt, die zugleich Umwelt und Wesen ist, Heim und Bewohner, besteht aus einem Planeten, der größtenteils mit dichtgewachsener, breitblättriger Vegetation umhüllt ist, die das feuchte Erdreich in ihren Armen hält, es vor den durstigen Brisen und verdorrenden Winden beschützt, die über Narrs Oberfläche streichen. Es gibt auch Bäume, die sich in langen, ununterbrochenen Schwaden über das Angesicht des Planeten beugen und biegen. Ihre Garben sind miteinander verflochten, so daß sie nirgendwo Anfang oder Ende haben.

Die Bäume stehen dicht, beschirmen breite Wasserläufe. Und wenn jemand ein gewisses Wahrnehmungsvermögen besitzt, kann er bemerken, sobald er unter die Bäume tritt, daß diese Wasser im Vorüberfließen gemurmelt einen Kehrreim äußern. *Beschirme mich, Grünbrüderlein*, sagen sie. *Ich tauche deine Wurzeln in Nässe. Ich empfange deinen Lebenssaft, wenn vom Königreich des Himmels Fliiyr droht. So breite starke Glieder, um meinen verwundbaren Leib zu schützen. Ich bin deine flüssige Schwester.*

Und wenn jemand diese gewisse Wahrnehmung mitbringt, dann kann er feststellen, daß die Bäume antworten. *Fließe, Süßschwesterlein. Bring mir die Nässe, die ich begehre. Wenn Fliiyr dröhnt, empfange meine kostbare Essenz und trage sie sicher in deinen Armen. Siehst du, wie ich dich behüte? Ich bin dein Grünbrüderlein.*

Das ist die Gemeinschaft, die zwischen Bäumen und Wassern und umgekehrt wirkt, ein gemurmelter Kehrreim, der über Zeitalter hinweg getröstet und ermutigt hat. Doch heute sendet Grünbrüderleins Vorposten-Laub eine Nachricht. Eine Veränderung vollzieht sich in der Luft. Die Helligkeit weicht. Fliiyrs ruhelose Brisen lassen nach und gehen in Stille auf. Und es gibt weitere, feinere und unheilvollere Anzeichen.

Sturm droht. Die Bäume erkennen es unverzüglich. Ihre Gefäße ziehen sich zusammen. Die kostbaren Lebenssäfte werden hinausgepreßt, schießen ins Erdreich, von wo aus sie sich rasch zu Süßschwesterlein in ihrem Bett gesellen. *Nimm, Schwester*, bitten die Bäume mit hölzerner Eindringlichkeit. *Bring diese Säfte in Sicherheit und bewahre sie, bis ich sie von neuem trinken kann. Sturm ist nah.*

Die Wasser schwellen, werden träg und trüb. *Ich bewahre sie, Bruder. Schütze mich ...*

Der Himmel grollt. Die Luft dunkelt. Fliiyrs Stimmen brüllen übers Land, lärmen und fluchen. Gezackte weiße Finger fahren herab. Winde kommen aus trockenen Kehlen gefaucht.

Nachdem sie ihre Säfte der Sicherheit überantwortet haben, ducken die Bäume sich unerschütterlich zwischen Süßschwesterlein und die Drohung vom Himmel. Nun findet keine Wechselwirkung zwischen Bruder und Schwester statt. Es gibt nur noch Furcht. Der Sturm pirscht und jagt über Narr.

1

Barrett beschritt Siedlungsgrund. Ihre Gruppe hatte den Boden vor sechs Stunden betreten, um die neue Umgebung mit Schweigen auf zusammengepreßten Lippen zu begrüßen. Jetzt, am Mittnachmittag, warfen einzelne Gruppenmitglieder immer wieder Blicke des Unbehagens zum Himmel. Barrett blickte auf. Die Sonne war ein kleines rosarotes Ei an einem hellvioletten Himmel. Der Untergrund, wo sie die ersten Kuppeln errichtet hatten, war flach, dicht mit unauffälliger Vegetation bewachsen. In näherem Abstand erhob sich eine Reihe von Bäumen. Tief unter den Bäumen floß der Strom, aus dem sie bereits Trinkwasser schöpften. Hier gab es sicher nichts, das Besorgnis auslösen konnte.

Umgekehrt gab es jeden Anlaß. Da war die schroffe Unvertrautheit weiten Raumes, harschen Sonnenlichts, das in die Augen stach, von Trinkwasser ohne erwartungsgemäße chemische Verunreinigungen. Und da war die Leere einer unbewohnten Welt, die schrecklich öde Stille, die jedes gesprochene Wort zersetzte, seine Existenz auslöschte.

Cham Diallo, leichtgewichtig, den Schädel bis auf einen einzigen langen Zopf rasiert, trat näher, die Betrobe überm Arm. »Ich bin bereit zur Besichtigung der Felder, Vorfrau«, erklärte er.

Bedächtig entspannte Barrett verkrampfte Gesichtsmuskeln. »Gut.« Sie warf die Leinen des Hoverscooters los. Nach dem Abheben hielt sie den Scooter noch für kurze Zeit überm Siedlungsgrund. Die Vormannskuppel stand schon komplett aufgebaut da. Drei der zwölf Kuppeln würden vor Anbruch der Dunkelheit stehen. Zufrieden lenkte sie den Scooter in den planetaren Norden.

Die heimische Vegetation war von den Rändern der vorgepflügten landwirtschaftlichen Flächen weggebrannt und zurückgedrängt worden. Barrett landete und stapfte über den versengten Rain. Als sie sich vorbeugte, um die entblößte Erde zu betrachten, war sie sich mit aller Deutlichkeit ihrer Verantwortung bewußt. Die Siedler waren mit Nahrung, Materialien und Lagerbeständen versehen worden, die ausreichten, um ihr Überleben für fünf Jahre zu gewährleisten. Innerhalb dieser fünf Jahre mußten sie beweisen, daß sie hier auf unbegrenzte Zeit aus eigener Kraft zu überdauern vermochten. Andernfalls würde man sie in die Kasernenbauten von City America zurückbringen und wieder an den Schluß der Liste für Planetensiedlergruppen setzen – zumindest jene, die es noch einmal versuchen wollten.

Barrett richtete sich auf. Wir werden diese Welt ertragreich machen, schwor sie sich. Sie drehte sich um. Diallo war niedergekniet, die Betrobe auf den Schultern.

Er sprach lebhaft, als er aufstand. »Wir lassen die Agrotechs morgen an die Arbeit gehen. Auf den ersten Blick sehe ich für Klass' Kultivierungsplan keine Abänderungen voraus.«

Sie waren bereits wieder aufgestiegen, da machte Diallo Barrett auf den Himmel hinter ihnen aufmerksam. Minuten vorher war er noch hellviolett gewesen. Nun war er purpurn von Wolken. Während die beiden den Scooter in der Schwebe beließen und warteten, den Himmel beobachteten, schlang Dunkelheit ihre Arme um die Sonne.

»Ein Unwetter.« Rasch nahm Barrett Kurs auf die Siedlung. »Ich möchte, daß alle die Vormannskuppel aufsuchen, Zwoter. Wir haben noch keine Blitzableiter auf den Wohnkuppeln.«

Als der Scooter aufsetzte, fingerte Wind durch Barretts Haar, und düstere Trübnis bedeckte den halben Himmel. Einige Angehörige der Gruppe standen lasch herum, in ihren Augen die Düsternis der Wolken. Andere entfalteten Eile. Jugendleiter Laer gängelte einen Schwarm Kinder vorbei.

Binnen kurzem hörte der Wind mit dem Umherfingern auf und begann zu peitschen. In der Ferne vereinte ein grellweißes Zucken flüchtig Wolken und Erdreich. Der Himmel donnerte und spie Feuchtigkeit in Barretts Augen.

Sie blieb ruhig, als sie die letzten ihrer Leute in die große Kuppel wies. »Kein Grund zur Aufregung. Die geerdeten Blitzableiter werden uns vor elektrischen Entladungen schützen.«

Sie besorgten das feste Verschließen der Kuppeltüren, der Himmel verfärbte sich schwarz, schuf einen dramatischen Kontrast zu den Blitzen, die den Horizont erhellten. Wie ein Ungeheuer mit schwarzem Bauch strebte das Gewitter auf zuckenden Beinen heran. Vereinzelte Güsse spritzten gegen Klarplast-Scheiben, zerstoben jedoch bald wieder in der Luft.

Barrett wandte sich ab. Ihre Leute waren informiert worden. Sie wußten, was draußen lauerte, wußten auch, daß es sie, obwohl es schwerer war als jedes Gewitter, das sie jemals am Grunde der Betonschluchten von City America erlebt hatten, in der Kuppel nicht mit dem Lohen seiner Zunge erreichen konnte. Doch Fakten kamen aus dem Verstand, wogegen Furcht dem Blut entstammte. Barrett schlenderte durch die Versammelten, leistete Zuspruch. Diallos Konfluenzorden hatte den größten Lagerraum belegt. Die Mystiker knieten in hellen Gewändern im Kreis, eins durch ihre geneigten Köpfe. Ihre zwanzig Stimmen erzeugten gemeinsam ein ätherisches Flüstern.

Ein Zuruf aus dem Korridor. »Vorfrau! Unruhe im zweiten Beratungsraum.«

Als Barrett die Räumlichkeit betrat, hieß ein Dutzend verkniffener Mienen sie willkommen. Keef Zinc wirbelte herum, Heftigkeit in den schmalen Gesichtszügen. »Vorfrau! Sparling hat mein Mädchen nach Wasser geschickt!«

»Ich hatte Carlo Hegg und Vella noch mehr Wasser holen geschickt, bevor irgend jemand das Unwetter kommen sah«, verteidigte die kleinwüchsige Frau sich hastig. »Ich habe nicht gemerkt, daß sie noch unterwegs waren, als wir die Anweisung zum Schutzsuchen erhielten. Ich ...«

Barrett wandte sich wieder Zinc zu. »Haben Sie in der ganzen Kuppel nach ihnen geschaut, Bürger?«

»Glauben Sie, ich würd's nicht wissen, wenn mein Mädchen drinnen ist? Sie wäre ja bei Laer, oder nicht? Und Carlo auch.«

Barrett blickte sich um. Diallo stand neben ihr. »Hol mal Laer!«

Diallo lief los und kehrte mit dem stämmigen jungen Jugendleiter zurück. »Ich habe sie nicht gesehen, seit sie zum Wasserholen weggegangen sind«, gab er zu. »Aber bevor ich sie gehen ließ, habe ich sie über Wetterschutzmaßnahmen aufgeklärt. Und Carlos hat Grips für zwei.«

»Dann dürfen wir annehmen, daß sie in keiner Gefahr sind«, versicherte Barrett Zinc. »Wahrscheinlich haben sie unter den Bäumen Deckung gesucht. Sobald das Unwetter vorüber ist, schwebe ich los und sehe nach, wo sie stecken.«

Zinc ließ sich nur schwer besänftigen, und danach bewegte sich Barrett unter ihren Leuten voller Beunruhigung. Gewiß, Vella Zinc war fünfzehn, vermutlich reif genug, um selbst auf sich achtgeben zu können. Und Carlo Hegg war ein energischer, tüchtiger Siebzehnjähriger. Aber außerhalb der Kuppel waberten Blitze und schlugen mit Klauen. Wind heulte. Falls der zu erwartende Regen länger andauerte, mochten Stunden verstreichen, bis Barrett zur Suche losschweben konnte.

Aber kein Regen begleitete den Sturm. Noch etwa eine Viertelstunde lang spritzte er abwechselnd Klarplast-Scheiben naß und wehte sie trocken. Dann brauste der Sturm am Horizont davon. Die Sonne kam wieder zum Vorschein, ein lichtes Osterei.

Sobald man die Haupttür öffnete, gehörte Zinc zu den ersten, die hinausdrängten. Barrett folgte ihm. »Zinc, welches ist Ihr Arbeits-Team?«

Zincs schmales Gesicht erstarrte. »Das Arbeits-Team kann Gallensteine klopfen gehen! Ich ziehe los.«

»Nein. Ich muß Ihnen die Scooter-Benutzung verweigern. Ich brauche Beförderungsmöglichkeiten, falls jemand verletzt wird. Und Sie sind nicht von der Arbeit freigestellt worden. Aber wenn Sie mir Ihren Team-Leiter nennen, schicke ich Vella zu Ihnen, wenn ich sie zurückgebracht habe.«

Zincs straff gewölbte Armmuskeln offenbarten den Drang nach Handgreiflichkeiten. Barrett hielt seinem streitsüchtigen Blick stand. Zinc erschlaffte. »Daileys Team. Beim Entladen der zweiten Kapsel.«

»Gut. Ich schwebe sofort los.« Sie regte sich jedoch nicht, bevor sich Zinc zu seinem Team begeben hatte. Dann schwang sie sich im Scooter in flacher Bahn übers Land auf. Als sie sich den Bäumen näherte, fiel ihr auf, daß trotz der Schwere des Gewitters weder Wind noch Blitze irgendwelche größeren Schäden angerichtet hatten.

Fast war sie bei den Bäumen angelangt, da kämpften sich Vella Zinc und Carlo Hegg aus einer flachen Mulde im Untergrund. Barrett wendete und landete nahbei. Keiner der beiden Jugendlichen schien ihr plötzliches Erscheinen fassen zu können. Ihre Gesichter waren Zwillingsmasken, starr und stier.

Barrett stieg aus. »Hegg. Warum habt ihr nicht unter den Bäumen Schutz gesucht? Habt ihr das Gewitter nicht heraufziehen sehen?«

Carlo, ein schlaksiger Junge mit herber Draufgängermiene, nickte benommen. »Doch, wir ... haben's gesehen.«

»Wir ...«

»Ja?« Barrett widmete ihre volle Aufmerksamkeit dem Mädchen. Vella war hochgewachsen, aber zierlich, und nur selten belebte so etwas wie Schwung ihr mageres Gesicht.

»Wir haben das Unwetter bemerkt, als wir gerade mit den Eimern umkehren wollten«, mischte sich Carlo ein, plötzlich zum Sprechen entschlossen. »Wir sind zurückgelaufen, um unter den

Bäumen Deckung zu nehmen. Sie waren näher als die Siedlung. Dann fanden wir, hier im Freien wär's besser. Also sind wir ... wieder weg.«

Barrett spürte Auslassungen in dieser Auskunft. Sie entschied, nicht sofort genauer nachzuforschen. »Na schön, stellt die Eimer in den Heckraum! Ich bring euch zurück.«

»Klar.« Carlo warf dem Mädchen einen abschätzigen Blick zu. »Aber ich muß Sie warnen, Vorfrau – das Wasser ist reichlich merkwürdig geworden.« Flink brachte er einen Eimer und hob den Deckel.

Barrett schaute in den Behälter und prallte unwillkürlich zurück. Aus dem Kübel drang starker Geruch. »Laß uns mal ein wenig in den Deckel gießen!«

Sie taten es und begutachteten die Probe angewidert. Das Wasser aus dem Fluß, vorher rein und ungetrübt, war nun grau, schmutzig und abscheulich. »Möchte jemand kosten?« schlug Carlo vor.

»Nein. Und wir werden kein weiteres Wasser holen, bis der Fluß sich wieder geklärt hat. Offensichtlich hat das Gewitter starke Abschwemmungen verursacht.«

»Aber es hat doch nicht geregnet, oder?« meinte Carlo sofort. »Und außerdem haben wir das Wasser geschöpft, *ehe* der Sturm richtig losbrach. Denn das Gewitter haben wir erst gesehen, als wir die Bäume verließen und umkehren wollten.«

»Aber das Wasser war schmutzig, als wir unter die Bäume gingen, Vorfrau«, äußerte Vella dazwischen. »Da haben wir den Geruch bemerkt. Deshalb wollte ich nicht ... Und wir haben auch bemerkt, daß es unter den Bäumen anders war. Wir ...«

Carlo machte eine recht knappe Geste der Ablehnung. »Du willst gemerkt haben, daß es anders war. Ich habe nichts gesehen.«

»Gesehen habe ich auch nichts. Ich habe bloß gemerkt, es war anders.« Sie richtete ihren Blick von Carlo auf Barrett. »Das war's wirklich.«

Barrett nickte. »Mit dem Bevorstehen eines Gewitters sind gewisse atmosphärische Veränderungen verbunden, Vella. Möglicherweise hat der geschlossene Bereich unter den Bäumen sie verstärkt. Und obwohl hier kein Regen gefallen ist, muß es irgendwo stromaufwärts stark geregnet haben. Das erklärt die Trübung des Wassers.«

»Das stimmt.« Carlos Tonfall war aggressiv.

Vella senkte den Blick.

Barrett seufzte. »Carlo, kipp die Eimer aus, ehe du sie einlädst! Ich möchte mir inzwischen den Fluß anschauen.«

Die Bäume waren von riesenhaftem Wuchs, zugleich hoch, wuchtig und dicht von Laub. Ihre unteren Äste bildeten ein gewölbtes Schutzdach. Barrett mußte sich bücken, um unters Blätterdach zu gelangen. Die Luft unter den Bäumen war schwer vom scheußlichen Geruch, den Barrett dem Wasser in Carlos Eimer angemerkt hatte. Sie spähte mit dem beunruhigtem Gefühl aufwärts und rundum, in eine völlig neue Umgebung geraten zu sein. Am unteren Astwerk der Bäume regten sich Blätter. Das Geräusch des Wassers glich einem heiseren Murmeln. Die Luft selbst war still, und zwar auf gespenstische Weise, als sei hier eine unwahrnehmbare Wesenheit.

Barrett straffte sich und trat ans Flußbett. Vor sechs Stunden war der Wasserstand niedrig gewesen. Jetzt war er hoch. Barrett beugte sich hinab und füllte ihre hohle Hand. Sofort schleuderte sie das Wasser angeekelt ruckartig wieder in den Strom.

Gewitterbedingte Abschwemmungen. Sie richtete sich auf und blickte umher, Opfer des unbehaglichen Eindrucks, Zungen sprächen unter diesen Bäumen, Zungen mit einer Sprache, die sie nicht verstehen konnte. Die stille Luft blieb durch ihre gemurmelten Anrufungen ungerührt. Doch Barrett fühlte sich aufgewühlt. Schnell verließ sie die geisterhafte Stille.

Vella und Carlo warteten neben dem Scooter. Schweigsam schwebten sie zurück.

Die gemächliche Hand der Zeit strich über Narrs Angesicht. Vom hohen Königreich lenkte Fliiyr Meuchler herab, Wind und Unwetter. Aber seit langem gewachsene Vegetation schirmte Narr vor Anschlägen ab. Dichtstehende Stämme von Bäumen schützten die fließenden Wasser. Bruder und Schwester, Bäume und Wasser erwehrten sich des Angreifers, flossen, hüteten, nahmen das Munkeln ihres Kehrreims immer wieder von neuem auf, sobald sie die Gefahr ausgestanden hatten.

Dann bemerkten Bruder und Schwester einen neuen Faktor. Dergestalt war er, daß keiner der zwei ihn zu begreifen vermochte. Er war nicht von Narr. Er entsprang auch nicht Fliiyr. Er drang auf ihre seit Zeitaltern währende Gemeinschaft ein und ergänzte sie um einen eigenen, unterbrecherischen Kehrreim.

Aber ihn als Einzelerscheinung aufzufassen, führte in die Irre. Selbst wenn die Stimme, derer sie sich bediente, nur eine war, übermittelte diese Stimme unterschiedliche Botschaften. *Kämpfe!* sagten die Botschaften. *Erringe! Strebe! Gewinne! Stirb! Nimm! Gib! Sei!* Manchmal leugnete die Stimme die wahrhaftige Realität ihres Daseins. Andere Male versuchte sie, wie zaghaft auch immer, ihren Klang mit den Stimmen der beiden zu verschmelzen.

Das Phänomen war schwierig zu assimilieren, zumal mit amorphem Bewußtsein, großteils kanalisiert in den geraunten Kehrreim des Seins und Überdauerns.

Fließ, Schwester ... Beschirme, Bruder ...

Dann erklomm die Sonne erneut Fliiyrs bleiche Schulter, und ein Eindringen von vielen Stimmen gleichzeitig erfolgte. Es schob sich wie eine Pflugschar unter die Bäume. Es war Chaos.

Zum Glück blieb es kein Chaos. Statt dessen fand der Einbruch zum Rhythmus und dem Fließen des Seins und fiel mit seinen vielen Stimmen ins Murmeln des Kehrreims ein. Die eingedrungenen Stimmen vereinten sich, zuerst untereinander, dann mit Bruder und Schwester. Die zusammengefaßte Stimme machte sich willkommen zu einem trostreichen Teil der Ermutigung, die von Bäumen ins Wasser und umgekehrt überging. Sie verwandelte sich in einen Bestandteil von Zeit, der Zeit, die sich unter den Bäumen erstreckte, der Zeit, die im Wasser mitfloß.

Doch während Bruder und Schwester akzeptierten und zu verstehen versuchten, schlich Alt Fliiyr leise umher und schlug zu. Die abgelenkten Vorposten-Zweige der Bäume gaben keine Warnung, bis plötzlich bittertrockene Winde an ihren zarten Blättern nagten.

Sturm! Die Bäume kreischten auf, und ein Stich von Furcht

nahm körperliche Gestalt an. *Sturm kommt!* Gefäße zogen sich zusammen. Preßten Säfte hinaus, die durchs Erdreich schäumten, Schutz suchten.

Ich empfange! plapperte Süßschwesterlein und trübte sich, schwoll an. *Beschirme mich, Bruder! Dein Lebensblut durchströmt mich ...*

Es war, als wüßten Fliiyrs Handlanger, daß sie Bruder und Schwester überraschten. Die Winde wehten heftig. Grellweiße Finger griffen herab, rissen und zerfetzten. Doch die Bäume hatten sich ihrer Säfte entledigt. Ihr Fleisch war fest und fasrig. Jene wenigen Glieder, die Feuer fingen, erloschen bald unter Funkengestiebe. Als der Sturm schließlich vorüber war, hatten Bruder und Schwester keinen tödlichen Schaden erlitten. Zurück blieben nur abgebrochene Zweige, eine einzelne tiefe Rißwunde und der Nachgeschmack von Furcht.

Und die Eindringung, die sie abgelenkt hatte, war fort. Keine fremdartige Stimme war mehr da, weder einzeln noch vielfältig. Heilfroh saugte Grünbrüderchen sein Lebensblut wieder auf. Süßschwesterlein wich tief in ihr Bett zurück, klärte sich wieder. Grünbrüderlein erneuerte den Kehrreim. *Fließe, Süßschwesterlein. Bring mir das Naß, das ich begehre ...*

Ich fließe, Grünbrüderlein ...

Keine andere Stimme gesellte sich zu ihren Stimmen. Sie begnügten sich mit ihrem Alleinsein.

2

Barrett stand in der Abenddämmerung am Fenster. Die Siedlung entwickelte sich zufriedenstellend. Alle zwölf Kuppeln waren nun bewohnt. Zusätzliche Schuppen und Bauten standen an den vorgesehenen Plätzen. Die Felder waren bestellt. Neue Zuversicht hellte fast jede Miene auf.

Doch als sich vom Korridor Cham Diallo meldete, verhärtete sich Barretts Gesichtsausdruck. »Nehmen Sie Platz, Zwoter!«

Der Mystiker kam herein und setzte sich hin. Ehe Barrett das Gespräch einleiten konnte, trat erneut jemand über ihre Schwelle. Trotz der Ungleichheit von Alter, Körperbau und Gesichtszügen glichen sich Keef Zinc und Carlo Hegg in ihrer Haltung – einer kämpferischen Haltung.

Barretts Miene verdüsterte sich stärker. »Ja?«

»Wir möchten Vella vom Wasserschöpfen abziehen lassen«, setzte Zinc sie in Kenntnis, das hagere Gesicht knotig.

Barrett täuschte keine Zugänglichkeit vor. »Verstehe. Haben Sie die Frage mit Sparling diskutiert?«

»Hab' ich«, behauptete Carlo. »Ich habe Vella vor zwei Wochen Sparling gemeldet, weil sie ihre Arbeit beim Wasserschöpfen nicht geleistet hat.«

Barretts düstere Miene verfinsterte sich noch mehr. »Dann wird Sparling dir sicherlich erläutert haben, daß die Leistungsquote einer jüngeren, weniger muskulösen Person ...«

»Der einzige Grund, wieso Vella ihre Quote überhaupt erfüllt, besteht darin, daß ich sowohl meine als auch ihre Arbeit mache«, versicherte Carlo, und seine knochigen Wangen drohten sich zu verkanten. »Als wir am ersten Tag loszogen, hat sie noch gearbeitet. Bis zu dem Unwetter. Das Wasser hat ihr irgendeinen Schrecken eingejagt. Danach durfte ich allein unter die Bäume gehen. Sie hat davor gewartet, bis ich die Eimer brachte. Das hatte ich zuletzt satt. Ich sagte ihr, sie müsse auch zum Fluß gehen. Trotz ihrer ...« Er stierte zänkisch. »Na, egal. Nun geht sie zum Fluß. Aber sitzt unter den Bäumen herum, während ich die Eimer fülle und wegschleppe. Sie würde ihren Teil nicht einmal zurück zur Siedlung tragen, täte ich sie nicht drängen.«

»Entschuldigung, Vorfrau«, sagte Diallo. »Ich habe Sparlings Bericht gestern erhalten. Er liegt in der Tagesmappe.«

»Dann holen Sie ihn!« Als er wiederkehrte, las Barrett das Schriftstück durch. Vor zwei Wochen hatte Carlo mit Sparling geredet. Sparling hatte die Sache zweimal mit Vella besprochen. Tags zuvor hatte sie mit Carlo Rücksprache genommen, aber er weigerte sich, seine Beschwerde zurückzuziehen. Barrett runzelte die Stirn. »Tja, Carlo, ich würde sagen, als nächster Schritt muß eine Beratung der ...«

»Ich würde sagen, als nächster Schritt muß Vella vom Wasserholen abgezogen werden«, unterbrach Carlo schroff. »Sie rufen

Leute zusammen, palavern noch zwei Wochen lang, Sie ... Ich hab's satt, Vellas Arbeit zu tun, während sie draußen herumhockt und wegen der Bäume zu spinnen anfängt.«

Streng sah Barrett ihn an. »Zu spinnen? Kannst du dich etwas deutlicher ausdrücken?«

Carlos hartes, junges Gesicht errötete. Anscheinend hatte er mehr als beabsichtigt gesagt.

»Ich will's verdeutlichen«, sagte Keef Zinc. »Diese Scherköpfe haben nach der Arbeitszeit unter den Bäumen herumgelungert.« Er musterte Diallo. »Ich weiß, worauf sie aus sind. Sie versuchen, mein Kind in ihren Orden zu locken. Sie ...«

»Zwoter!« Barretts Stimme klang scharf. »Ist vom Orden ein Versuch betrieben worden, *irgendeine* jugendliche Person zu bekehren?«

Diallos gleichmütiger Gesichtsausdruck wies die Anschuldigung harmlos zurück. »Der Orden hat das Versprechen respektiert.«

Barrett nickte. »Ihnen ist sicherlich bekannt, Bürger Zinc, daß beide Religionsgemeinschaften vor unser Abreise aus City America die Zusage gemacht haben, keine Minderjährigen zu bekehren, mit oder ohne Übertritt.«

»Und Sie glauben, die Scherköpfe könnten das nicht umgehen? Mein Kind war heute morgen dabei, als sie ihre Mahlzeit eingenommen haben. Wollen Sie mir weismachen, sie hätten ihm kein Essen angeboten? Direkt von ihrem Tisch?«

»Aber wie soll denn irgendein Mitglied der Gemeinschaft irgendeinem anderen Mitglied Essen ›anbieten‹?« fragte Diallo. »Unsere Nahrung stammt aus den allgemeinen Vorräten. Jeder gelagerte Gegenstand gehört jedem Angehörigen der Gemeinschaft gleichermaßen.«

»Sie hat auch ihren Zeremonien zugeschaut«, hieb Carlo in Zincs Kerbe. »Als wir Wasserholen waren, saßen sie unter den Bäumen. Ich bin stromabwärts gegangen, um Wasser zu schöpfen, aber Vella ist geblieben. Die ganze Zeit. Ich weiß es genau, denn als sich das Wasser veränderte, bin ich zurückgelaufen, um ...«

Barrett unterband jeden weiteren Streit. »Carlo, Bürger Zinc –

ich werde mich morgen mit Sparling und Laer verständigen. Sie werden sich mit Vella zusammensetzen und dann wieder mir berichten. Falls es nicht bald regnet, werden wir das Wasserholer-Team zwangsläufig vergrößern müssen, um eine Bewässerung zu gewährleisten. Die Anwesenheit von Erwachsenen dürfte Vella dazu veranlassen, den Müßiggang auf eine andere Tageszeit zu verlegen.«

Zinc und Carlo verabschiedeten sich voller Unzufriedenheit. Barrett wandte sich an Diallo. »Nun zu uns, Zwoter. Mir liegen Berichte vor, wonach Ihre Gruppierung am heutigen Morgen während des Gewitters die Deckung der Bäume verlassen und sich ihm auf offenem Gelände ausgesetzt hat.« Genauer genommen, ihre Informanten hatten erzählt, die in Roben gekleideten Mystiker seien in nackter Furcht unter den Bäumen hervorgestürzt und hätten sich zumeist sofort der Länge nach auf den Boden geworfen, aber zwei seien geradewegs zurück zum Siedlungsgrund gerannt. »Ihre Gruppierung hatte mit Sicherheit das Recht, sich am dafür vorgesehenen Tag zu religiösen Betrachtungen zusammenzufinden. Aber sobald sie die Grenzen der Siedlung verließ, lag es in Ihrer Verantwortung, Diallo, auf der Beachtung der Wetterschutzregeln zu bestehen.«

Diallos Blick glitt zur Seite. »Aber die Konfluenz kennt keine Autorität, Vorfrau. Kann ein einzelnes Mitglied einer Einheit Autorität über jene ausüben, denen er selbst angehört?«

»Ja. Sehr leicht, wenn er gleichzeitig Zwoter in der Leitung dieser Siedlergruppe ist. In Ihrer Gruppierung gab es kein Mitglied, das heute morgen nicht in Panik verfallen wäre. Wenn wir zulassen, daß unsere Leute vor Furcht einfach fortlaufen, kann es sein, daß wir nicht einmal lange genug überleben, um uns der Beurteilung stellen zu können, Diallo.« Vielleicht übertrieb sie. Vielleicht nicht. Sie hatte die Geschichte der Planetensiedlergruppen studiert. Viele Gruppen hatten Katastrophen überstanden. Andere waren schon unter geringfügigen Schlägen ins Wanken geraten – und untergegangen.

Diallo senkte den Kopf. »Heute morgen ... konnte ich, als sich das Wasser veränderte, keinen zur Beherrschung bringen. Ich konnte nicht einmal mich selbst beherrschen. Die Furcht, die uns befiel, überwog jede Vernunft.«

Barrett wölbte die Brauen. Das Eingeständnis überraschte sie. »Dann schlage ich vor, der Orden führt seine religiösen Zeremonien künftig innerhalb des Bereichs der Siedlung durch, wo man sofort in Deckung gehen kann.«

Diallos Blick ruckte wieder hoch, flüchtig dunkel, nachdrücklich. »Nein. Die Bäume dienen unseren Zwecken am besten. Und heute – vor dem Sturm – haben wir feierlich unser Wasser-Heiligtum eingeweiht, von dem aus wir uns dem spirituellen Fluß dieser Welt zuleiten werden.«

»Mag sein. Aber das Überleben der Gemeinschaft steht an erster Stelle. Falls weitere Unannehmlichkeiten vorkommen, werde ich dem Orden Beschränkungen auferlegen. Und Bürger Zincs Klagen machen noch etwas ratsam. Ich wünsche, daß in Zukunft keine minderjährigen Personen den Veranstaltungen des Ordens zuschauen.«

Diallo versprach es und ging.

Barrett war wieder allein – und ruhelos. Sie trat ans Fenster. An Masten befestigte Lampen schufen klar umrissene Felder aus Helligkeit entlang der hauptsächlichen Fußwege der Siedlung. Während sie hinausschaute, kamen aus einer Kuppel geschäftig zwei Mystiker in hellen Roben und verschwanden in der Dunkelheit. Die Sterne in der Höhe gleißten lebhaft und schienen sehr nah. Sehr nah.

Und die Erde war so fern. Barrett verspürte kein Heimweh nach der Erde von heute. Doch gelegentlich sehnte sie sich nach der Erde, die existiert hatte, bevor sich der Himmel über ihr mit einer fotochemischen Wolkendecke schloß, ehe man die Hügel einebnete und die Wiesen pflasterte, ehe Wasser in von Felsklötzen gesäumten Bächen aufhörte, klar und kalt der See entgegenzusprudeln.

Wasser. Sie verließ das Fenster. Heute morgen war der Orden geflohen, als die Wasser dunkelten und schwollen. Laut Carlos zeigte Vella Zinc Widerwillen dagegen, nochmals unter die Bäume zu treten, nachdem sie den Strom in angeschwollenem Zustand gesehen hatte. Und Barrett entsann sich deutlich des Abscheus, den das stinkige graue Wasser in ihr ausgelöst hatte.

Jeder wußte, daß der Fluß sich beim Herannahen stürmischen Wetters veränderte. Aber wenige waren sich im klaren über den Umfang seiner Wandlung. Versonnen blätterte Barrett das Tagebuch mit den Wettereintragungen durch. Die Häufigkeit, mit der – vor allem während der letzten zwei Wochen – der Code-Vermerk für Unwetter vorkam, bereitete ihr Sorgen. Sie holte den Mikroreport der Explorer-Gruppe heraus.

Nur wenig ließ sich daraus entnehmen. Das Forschungs-Team hatte elektrische Gewitter beobachtet. Besondere Angaben über ihre Regelmäßigkeit oder jahreszeitliche Bedingtheit fehlten. Ihre Stärke war, wie man durch Messungen ermittelt hatte, größer als bei den von der Erde bekannten Gewittern. Aber die Tatsache, daß der Planet zur Besiedlung empfohlen worden war, erlaubte zu schlußfolgern, daß man die Unwetter nicht als erheblichen negativen Faktor eingestuft hatte.

Barrett schaltete den Videoprojektor ab. Die Erdregierung besaß weder die Mittel – hinsichtlich der Raumschiffe – noch genug ausgebildetes Personal, um mehr als oberflächliche Gutachten über Planeten, die zur Besiedlung in Frage kamen, anfertigen zu lassen. Es gab viele hundert dem menschlichen Leben potentiell zuträgliche Welten. Ihre Luft war atembar. Wasser war zugänglich. Wachstumsbedingungen herrschten vor, die im großen und ganzen den Anbau von Nahrungsmitteln, die zum Verzehr für Menschen geeignet waren, ermöglichten.

Auf der anderen Seite der Gleichung standen Hunderttausende von Menschen, die verzweifelt danach trachteten, City America sowie dessen europäischen und asiatischen Gegenstücken zu entfliehen. Konfrontiert mit einem Mangel an gewissen Ressourcen, einem Überschuß an anderen, ermunterte die Erdregierung freiwillige Siedler, die letztendliche Bewohnbarkeit in Erwägung gezogener Welten selbst festzustellen. Man beförderte die Kolonisten und setzte sie ab. Wenn sie überlebten und die ihnen zugewiesene Welt innerhalb von fünf Jahren meisterten, galt dieser Planet als bewohnbar. Kamen sie ums Leben oder ernährte die betreffende Welt sie nicht, galt sie als unbewohnbar.

Der Verlust von Menschenleben, das Ende menschlicher Hoffnungen, fanden keinen Zugang in die Gleichung.

Wieder rahmte Barrett ihre Gestalt in die Umrisse des Fensters ein, ihr inneres Auge aufmerksam den planetaren Eigenheiten zugewandt, zur Zeit verschleiert von Dunkelheit: grüne Felder, kraftvolle Bäume, reines Wasser, eine rosigrote Sonne. Zweifelsfrei zeigte diese Welt alle äußerlichen Anzeichen von Bewohnbarkeit.

Aber es waren fünf schwere elektrische Gewitter in den ersten beiden, sieben in den vergangenen zwei Wochen aufgetreten. Eine andere, gleichermaßen beunruhigende Tatsache war, daß keines dieser Unwetter ein meßbarer örtlicher Niederschlag begleitet hatte. Die heimische Vegetation blieb grün, ihr dichtes Laub bedeckte feuchtes, lockeres Erdreich. Doch die Felder der Siedler, offen der Luft ausgesetzt, waren tatsächlich knochentrocken.

Falls im Zeitraum der nächsten Woche kein Regen fiel, war eine Bewässerung notwendig. Doch sollten die Unwetter noch häufiger als bisher werden, mochten sich die Siedler gezwungen sehen, nach einem Gewitter mit Abschwemmungen durchsetztes Wasser zu verwenden, sowohl zum Bewässern wie auch in der Siedlung. Barrett kehrte zurück an ihren Kartentisch und schaltete den Videoprojektor wieder ein. Rasch sah sie noch einmal die bekannten Daten des Planeten durch, entdeckte jedoch nichts von Neuigkeitswert. Vielleicht waren sie in einer stürmischen Jahreszeit eingetroffen. Vielleicht war jede Jahreszeit gleich stürmisch. Oder vielleicht stand die Schlechtwetterzeit noch bevor. Es gab nur einen Weg, um das herauszufinden.

Er bestand im Durchhalten.

Sie schnitt ein finsteres Gesicht. Zwar waren sie nicht mit so komplizierter Ausrüstung wie Pumpanlagen mit Rohrsystemen ausgestattet, aber Kapsel Drei ließ sich zu einem Wassertank umbauen. Möglicherweise sollte sie Arbeitskräfte zum Anlegen von Wasservorräten für Notfälle einteilen.

Zu dieser vorläufigen Entscheidung gelangt, fühlte sich Barrett noch immer unzufrieden. Der Zusammenhang zwischen den elektrischen Unwettern und dem Fluß ließ ihr keine Ruhe. Wenn es stromaufwärts stark genug regnete, um eine deutlich sichtbare Bewölkung hervorzurufen, warum regnete es dann hier nie?

Sie fand im Schlaf keine zufriedenstellende Antwort.

Am folgenden Morgen schwebte sie früh los, als die Sonne noch ein Ei war, das im grau-purpurnen Nest des Horizonts lag. Die Hauptkuppel glomm in rosigem Licht. Dahinter grünten auf den Äckern der Siedler zaghaft die ersten Feldfrüchte den trockenen Erdboden. Die Reihe der Bäume verlief leicht gebogen, umarmte das Land, ein langer, ununterbrochener Reif, der in beiden Richtungen den Horizont überquerte.

Barrett entstieg dem Scooter in der Nähe der Bäume. Unterm gewölbten Dach des Astwerks war der Morgen so alt wie die Zeit. Die Luft war feucht. Der Fluß sprach mit sanfter Zunge. Barrett trat ans Ufer. Heute war das Wasser klar, strömte niedrig durchs Bett. Wie lange, fragte sie sich, mochte es gebraucht haben, um sich nach dem gestrigen Gewitter wieder zu klären?

Sie wanderte nachdenklich am Ufer des Stroms entlang, fand zeitweilige Ablenkung von ihren Sorgen. In ihren Schultern lockerte sich die Verspanntheit. Vielleicht mochte sich ihre Leistungsfähigkeit sogar erhöhen, überlegte sie, wenn sie einen freien Tag einlegte, sich eine Mahlzeit und ein Schlafpolster ans Flußufer holte und sich auf diese Umgebung einstimmte, ihre Ruhe und Friedlichkeit.

Aber sie verwarf diese Aussicht unverzüglich. Lebhaft hielt sie Ausschau, suchte längs des Ufers nach Hinweisen auf das Heiligtum des Konfluenzordens. Aber womöglich hatte Diallo damit keinen bestimmten Flecken Erde gemeint.

Sie verließ die Bäume und schwebte hinauf an den Morgenhimmel. Die Siedler waren, erkannte sie, nicht völlig hilflos. Sie hatten einen Vorrat an chemischen Grundstoffen erhalten. Möglicherweise fand sich eine Verbindung, mit der man vom Unwetter getrübtes Wasser klären oder deodorieren konnte. Ohne Zweifel würde kein früherer City-Americaner vor Trinkwasser zurückschrecken, das nach Chemikalien schmeckte.

Sie waren nicht hilflos. Aber als Barrett am Rain eines Felds landete und sah, wie sich am Horizont erneut ein Gewitter zusammenbraute, berührte sie – wie flüchtig, wie leicht auch immer – ein Finger der Furcht.

Diallo arbeitete an einer Auflistung ausgegangener Vorräte, als jemand mit der Nachricht über den Rasen gelaufen kam.

»Ein Gewitter!«

Er eilte ans Fenster und sah die Düsternis, das Warnzeichen, Furcht packte ihn, traf ihn wie eine Klinge. Aber sein Handeln war vorausgeplant. Diallo nahm das Vorratsverzeichnis und brachte es zurück in seine Klause. Einer Schublade entnahm er eine Länge kräftiger Kordel. Er band sie sich um die Hüfte und eilte im Laufschritt aus der Kuppel.

Schon suchten Siedler haufenweise Deckung. Diallo wich ihnen aus, lief den Flußweg hinab und gelangte an den Rand der Siedlung. Wind zupfte an seiner Arbeitskleidung und schlug ihm ins Gesicht. Während er in langen Sätzen durchs freie Gelände zu den Bäumen sprintete, schaute er nach oben. Das Unwetter hatte bereits die Sonne verschlungen. Nun verzehrte es den Himmel. Irgendwo durchzüngelten Blitze die Luft. Das scharfe Knallen von Donnerschlägen bezeugte seinen Hunger.

Diallo lief. Zum Zeitpunkt, als er die Bäume erreichte, peitschte der Sturm schon ihre oberen Zweige. Ringsum breitete sich Finsternis aus wie eine überwältigende Macht.

Im breiten Bogengang unter den Bäumen glich die Furcht einem lebenden Wesen. Sie ging um, sie schrie. Ihre Stimme durchdrang den Geist und versengte das Rückgrat, machte die Füße unbrauchbar, die Beine gefühllos. Gestern hatte sie Diallo unvorbereitet gepackt. Heute war er darauf eingestellt.

Am Ufer des Stroms angelangt, riß er sich die Kordel von der Hüfte. Er warf sich nieder – die Wasser flossen hoch, die Wasser waren trüb: *Beschirme mich, Grünbrüderlein!* – und band sich mit einer Anzahl verwickelter Knoten die Fußknöchel zusammen. Ohne konzentrierte Anstrengung würde er sie nicht wieder lösen können. Schon jetzt, den Verstand heimgesucht, die Finger taub, konnte er sie kaum festziehen.

Sobald er es geschafft hatte, kroch er zurück bis zu den Bäumen. Er drückte seine Wirbelsäule gegen einen dicken Baumstamm, preßte den Kopf dagegen, warf die Arme rückwärts, um sich mit hektischen Fingerspitzen an die Rinde zu klammern.

Die Furcht kannte keine Worte, besaß nur eine Stimme, und diese Stimme umfaßte durchdringende Qual. Diallos Finger krallten sich in die Borke. Sein Körper zuckte kurz. Dann gab er sich auf. Der Blick seiner glasigen Augen fiel ins Nichts.

Der Sturm röhrte. Wind fauchte und zerrte. Dann kam Diallo, noch benommen, allmählich zu Bewußtsein, daß das Unwetter sich verzogen hatte. Die Furcht wich. Die dunklen Wasser schienen nun wieder stärker auf normale Weise zu fließen, statt dahinzuschäumen.

Ermattet kauerte sich Diallo zusammen. Er saugte Blut von aufgerissenen Fingerkuppen. Mühsam befreite er seine Fußknöchel von der Kordel, erhob sich und tastete sich hinaus ins Tageslicht. In der Ferne sah man das Unwetter auf dem Rückzug. Und Diallos Verdacht war bestätigt worden. Die Furcht, die er gestern unter den Bäumen gespürt hatte, war gar nicht seine eigene gewesen. Sie war äußeren Ursprungs – kein Schrei, den er ausstieß, sondern einer, den er hörte.

Er drehte sich um und betrachtete die Bäume. Er war nicht so leicht bereit, sich mit dem abzufinden, was er nichtsdestotrotz als offenkundig empfand. Menschen und andere tierische Lebewesen verspürten Furcht. Aber Bäume?

Diallo wanderte zurück zur Siedlung. In der Kuppel behandelte er seine zerschrammten Fingerspitzen am Erste-Hilfe-Schrank. Sie waren physischer Beweis dessen, was er erlebt hatte. Keine Illusionen hatten seinen Körper zum Zucken gebracht, seine Haut an der Rinde eines Baumes aufgeschabt. Auch war die Furcht nicht bloß halluzinatorischer Natur gewesen. Gestern hatte der ganze Orden sie zu spüren bekommen. Offenbar hatte auch Vella Zinc sie erlebt.

Diallo hockte sich in seiner Klause auf den Stuhl, außerstande, wieder an die Arbeit zu gehen. Der Nachmittag mündete in den Abend. Diallo stellte sich ans Fenster und starrte zu den Sternen auf. Er war ein Teil des Universums, das Universum ein Teil von ihm. Heute besaß er Empfindung und eigenen Willen. Er verfügte über Intelligenz und Bewegungsfähigkeit. Morgen würde er vielleicht ohne diese Gaben auskommen müssen. Erde würde er sein, Staub sein. Oder eine Mikrobe, ein Lamm, irgendeine Pflanze, ein Baum.

Mit gesenktem Kopf nahm er erneut Platz. Er war bereits Baum. Er und die Bäume teilten miteinander die grundlegende Einigkeit aller Materie und Energie. Er war schon Wasser, Stein, Stern, Sonne.

Er fand darin keinen Trost. Einmal hatte er – noch als Junge – das Universum aus einer anderen Perspektive gesehen. Die Sonne hoch über den Schluchten war eine wundersame, separate Welt gewesen, die zum Erforschen einlud. Das Wasser, das rationiert aus dem Hahn rann, war eine Substanz voller Wunder für ihn gewesen, jeder Tropfen ein eigenes verschleiertes Rätsel. Die Schnipsel seiner eigenen Fingernägel hatten dringliche Fragen enthalten, die Antworten verlangten.

Nun mußte er die verschüttete Neugier seiner Jugend wieder freilegen. Sie lebte noch immer irgendwo in ihm. Sie mußte es.

Barrett befand sich in ihrem Büro. Als Diallo eintrat, bemerkte er den nachdenklichen Blick, mit dem sie seine zerschrammten Finger und den blauen Fleck an seinem Kopf musterte. »Vorfrau, ich möchte gerne den Videoprojektor benutzen und mir Texte vornehmen.«

Barrett erteilte nicht sofort eine direkte Antwort. »Zwoter, wie mir zu Ohren gekommen ist, haben Sie heute nachmittag, als man Sturmwarnung gegeben hat, die Siedlung verlassen.«

»Ich habe unter den Bäumen Schutz gesucht«, räumte er ein. »Es war notwendig.«

Wieder antwortete sie nicht sofort. »Und diesmal konnten Sie sich in der Gewalt behalten?«

»Ich ... ja.« Er bestätigte, ohne wirklich sicher zu sein, daß seine Erklärung der Wahrheit entsprach.

Barrett zog es vor, nicht näher auf die Angelegenheit einzugehen. Sie langte über den Kartentisch und reichte ihm den Videoprojektor. »Holen Sie sich aus der Bibliothek, was Sie brauchen, Zwoter. Es ist alles da.«

»Schönen Dank.« Vielleicht würde er später mit ihr durchsprechen, was er heute erlebt hatte. Später, falls er die Richtigkeit seiner Erfahrung sachkundig untermauern konnte.

Und falls ihm das nicht gelang?

Mit einer Auswahl von Mikrotexten kehrte Diallo zurück in seine Unterkunft.

Zwei Stunden später schaltete er den Videoprojektor aus und bedeckte entmutigt seine Augen mit den Händen. Aber schließlich hob er den Kopf wieder und reaktivierte den Projektor. Er las weiter, bewegte dabei die Lippen.

3

Drei Tage danach erschien Nellis an Barretts Tür, einen Tragkasten in der Hand. »Ah, Nell ... lassen Sie mal sehen!«

Lautlos entnahm Nellis dem Behälter Probengefäße. »Ich habe Ihre Anweisungen befolgt, Vorfrau - so gut ich's konnte.«

Barrett widmete ihm einen scharfen Blick. »Sie haben jede halbe Stunde Proben entnommen, bis sich eine Trübung abzeichnete, dann jede Viertelstunde, bis das Wasser sich wieder geklärt hatte?« Der heutige Sturm - zwei Tage lang war die Siedlung von Gewittern unbehelligt geblieben - war am frühen Nachmittag ausgebrochen. Jetzt war es fast Zeit zum Abendessen.

»Ich hab's getan, so gut es ging.« Er sprach in trotzigem Ton. Die Muskeln seiner Unterarme wirkten knotig.

Barrett sah sich die numerierten Flaschen an und legte die Stirn in Falten. Die Proben vom Vormittag waren klar. Kurz nach Mittag zeichnete sich eine deutliche Trübung ab. Aber die Gefäße, welche die fünf nachfolgenden Proben hätten enthalten müssen, waren leer, obwohl Nellis sie numeriert und den ungefähren Schöpfzeitpunkt darauf vermerkt hatte. Das sechste der nächsten Gefäße - kurz nach dem Unwetter gefüllt, errechnete sie - enthielt dunkles Wasser. Danach waren die Proben wieder zu den vorgesehenen Zeiten genommen worden. Sie zeigten über eine Zeitspanne von drei Stunden hinweg eine allmähliche Klärung an.

Verwirrt blickte Barrett auf. Nellis, ein Single, befleißigte sich gewöhnlich eines hartnäckig-stolzen Durchhaltevermögens, das ihn zu einem der verläßlichsten Arbeiter machte. Heute war offensichtlich auch sein Stolz nicht dazu imstande gewesen, ihn zum Entnehmen von Proben zu veranlassen, während das Gewitter mit aller Gewalt tobte. »Können Sie mir sagen, warum Sie nicht im geplanten Umfang Proben entnommen haben, Nell?«

»Ich habe getan, was Sie wollten – so gut es ging«, bekräftigte Nellis halsstarrig. Er ballte die Hände zu Fäusten. »Das war's, Vorfrau.«

Barrett stieß einen Seufzer aus. »Na schön, Nell. Bringen Sie das Zeug in Klass' Schuppen! Alles weitere liegt bei ihm.«

Nellis atmete erleichtert auf und machte sich davon.

Barrett sank auf ihren Stuhl. Also kam das vom Gewitter getrübte Wasser mindestens eine halbe Stunde eher, als der Sturm den unmittelbaren Umkreis der Siedlung erreichte, und brauchte zu seiner anschließenden Klärung drei Stunden. Nur wenn die Unwetter jemals mit der Häufigkeit von zweimal täglich auftreten sollten, müßte es zu ernsten Problemen mit dem Wasser kommen. Doch durfte sie das Risiko eingehen, sich darauf zu verlassen, daß das nicht geschah?

Das konnte sie nicht. Kapsel Drei war am Vortag zum Wassertank umgebaut worden. Morgen mußte sie ein Team einteilen, um ihn füllen zu lassen.

Auch nach diesem Entschluß blieb sie voller Unbehagen. Sie aß und kehrte danach in die Kuppel zurück. Unter Diallos Tür sah man Licht. Spontan klopfte Barrett an.

Das Gesicht des Mystikers wirkte älter und verzerrt. In seiner Klause herrschte feierliche Ordnung, ausgenommen auf seiner Arbeitsfläche. Darauf stand in einem Durcheinander von Mikrotext-Kassetten der Videoprojektor.

»Nachforschungen?« fragte Barrett.

Diallos schmächtige Schultern krampften sich zusammen. »Ja. Es gibt in der Biologie ein paar wissenschaftliche Sachverhalte, die eingehender zu durchdenken ich für erforderlich gehalten habe.«

»Sie haben sich nicht zufällig auch mit Meteorologie befaßt?« fragte sie.

»Ich? – Nein.«

»Tja, diese Unwetter geben mir Rätsel auf – und machen mir Sorgen, Zwoter. Ich habe Anlaß gesehen, zu glauben, Regenfälle würden sie begleiten. Nicht etwa, daß im Report des Explorer-Teams irgendwelche Daten über Niederschläge genannt wären – sie fehlen –, aber im allgemeinen geht man grundsätzlich von der Erwartung aus, *daß* Gewitter mit Regen verbunden sind. Und anscheinend ist das auch der Fall, bloß weiter flußaufwärts. Aber nicht über unserem Land. Und unsere Feldpflanzen sind keine Züchtungen für trockene Verhältnisse.«

»Aber die heimische Vegetation zeigt keinerlei Neigung zum Verdorren«, stellte er unverzüglich klar.

Das stimmte. »Vielleicht ist sie einem niedrigeren Feuchtigkeitsgrad angepaßt.« Sie schnitt eine düstere Miene. »Aber sie ist nicht mit niedrigerem Feuchtigkeitsgrad aktiv, Zwoter. Ich habe mir heute früh das unbestellte Land in der Nähe unserer Felder angeschaut. Der Erdboden ist noch ziemlich feucht, obwohl seit unserer Landung, also seit über einem Monat, kein Regen gefallen ist. Bloß unser Ackerland ist trocken.«

Er warf einen Blick auf den Videoprojektor. »Pflanzenwurzeln speichern Flüssigkeit«, rief er ihr rasch in Erinnerung. »Und Laub schützt das Erdreich vor Hitze und Wind. Daher trocknet gerodetes Land und erodiert, während bewachsene Erde einen natürlichen Schutz besitzt.«

»Agronomie Abschnitt Eins: Erosion«, ergänzte sie. »Aber dasselbe Laub müßte ständig durch seine Blätter Feuchtigkeit abgeben, Diallo. Agronomie Abschnitt Vier: Verdunstung.« Sie runzelte die Stirn. Diallo hatte Agronomie bloß bis Abschnitt Zwei durchgenommen und sich dann auf Lagerverwaltung spezialisiert. »Doch unabhängig davon, können Sie mir verraten, wieso das Erdreich überhaupt feucht geworden ist, wenn bei Unwettern hier in diesem Gebiet kein Regen fällt? Und warum regnet's ausgerechnet hier nicht? Und falls es flußaufwärts auch nicht regnet, warum haben wir dann vor, während und nach jedem Gewitter Abschwemmungen im Wasser?«

»Ich ...« Beunruhigt glitt Diallos Blick zur Seite. »An diesen Aspekt der Angelegenheit habe ich noch nicht gedacht. Ich ...« Er wandte sich um, suchte einen Mikrotext heraus und schob ihn in den Videoprojektor. »Vorfrau, wußten Sie, daß Pflanzen Emotionen kennen?«

Auf diesen Wechsel des Themas war Barrett vollkommen unvorbereitet. »Pflanzen? Solche wie unsere Feldpflanzen?«

»Ich meine die Bäume. Den Texten zufolge hat man auf der Erde pflanzliche Emotionen erstmals vor über anderthalb Jahrhunderten unter Laborbedingungen nachgewiesen. Bei gewissen Personen konnte man aufzeigen, daß sie durch bestimmte wesensbedingte Eigentümlichkeiten Pflanzenwachstum förderten. Außerdem ist es menschlichen Experimentatoren gelungen, Laborpflanzen Eindrücke von Gefahr zu übermitteln und Schreckreaktionen zu messen. Die Experimente sind hier erwähnt.«

Verblüfft nahm Barrett die entsprechenden Passagen zur Kenntnis. Bedächtig nickte sie. »Ich glaube, ich habe schon einmal von diesen Phänomenen gehört. Allerdings sind diese Experimente natürlich mit Gartenpflanzen aus der reichhaltigen irdischen Flora angestellt worden und nicht mit irgend etwas, das den Bäumen da draußen am Fluß ähnelt.«

»Aber meinen Sie nicht auch, daß das gleiche Prinzip auf die Bäume anwendbar sein könnte?« beharrte Diallo. »Und daß sie Furcht empfinden könnten?«

»Vermutlich durchaus«, gab sie zu. »Aber ...«

»Furcht vor – Sturm?«

»Nun ... ja.«

Plötzlich war die Stirn des Mystikers von den Brauen bis zum Zopfansatz von perligem Schweiß bedeckt. »Und halten Sie es nicht für möglich, daß die Übertragung von Emotionen auch in umgekehrter Richtung stattfinden kann? Daß die Bäume ihre Furcht vorm Sturm Menschen mitteilen, die in ihrer Nähe sind?«

Barrett brauchte einige Augenblicke, um zu erfassen, worauf er hinauswollte. »Sie meinen ...« Trotz der Unglaubwürdigkeit seiner Erwägung lieferte ihr Verstand ihr bereits ergänzende Daten: Vellas und Carlos sonderbares Verhalten nach dem ersten Unwetter; Carlos Darstellung von Vellas anschließendem Betragen;

Diallos Geständnis, daß der ganze Orden während eines Sturms panikartig aus dem Wald geflüchtet war; die ungefüllten Probengefäße, die Nellis mitgebracht hatte. »Am Mittwoch sind Sie das ganze Gewitter hindurch unter den Bäumen geblieben, Zwoter.«

Der Mystiker betrachtete seine verbundenen Fingerspitzen. »Nur dank des Umstands, daß ich mir die Füße zusammengebunden und mich an einen Baumstamm geklammert habe. Während des Gewitters herrschte unter den Bäumen starke Furcht. Aber sie entstand nicht in mir selbst, Vorfrau. Sie ging von den Bäumen aus. Ringsum befand sich keine andere etwaige Quelle.«

Widerwillig nickte Barrett. »Ja. Und es hat andere Vorkommnisse gegeben, Zwoter.« Kurzgefaßt informierte sie ihn.

Diallo nickte eifrig. »Und dann das gegenwärtige Benehmen des Mädchens – wenn die Bäume ruhig sind. Sie teilen auch ihre friedliche Stimmung mit, Vorfrau. Ich hab's selbst gespürt. Jede sensitive Person kann das, glaube ich, wenn auch bloß halbbewußt. Das ist der Grund, würde ich sagen, warum der Orden das Flußufer zu seiner Versammlungsstätte auserwählt hat. Dort findet man Gelöstheit. Ein Gefühl der Zeitlosigkeit herrscht.«

»Ich habe dort auch Entspannung empfunden.« Barrett lächelte schief. »Es ist mir gelungen, das Gefühl zu überwinden.«

»Aber das Mädchen macht sich diese Mühe anscheinend nicht.«

Nachdenklich nickte Barrett. War das wirklich so unglaublich? Wenn eine Pflanze auf den emotionalen Zustand eines Menschen reagieren konnte – wie die Texte unmißverständlich anführten –, weshalb sollte dann ein Mensch nicht auf die Empfindungen einer Pflanze ansprechen können? »Diallo, haben Sie schon mit irgend jemandem über diese Sache geredet?«

»Mit niemandem.« Er antwortete mit Betonung.

»Gut. Ich möchte Laer einige Fragen stellen. Ich habe ihn gebeten, Zincs Mädchen auszuhorchen. Möglicherweise kann er diese Hypothese bestätigen.«

Diallo pflichtete mit unverhohlener Erleichterung bei.

Normalerweise hätte Barrett sich erst am nächsten Morgen mit Laer unterhalten.

Aber schließlich handelte es sich um keinen normalen Anlaß.

»Zinc?« meinte eine Stunde später der stämmige, junge Jugendleiter zu Barrett. »Ich glaube, da ist unser erster Fall von Irresein im Entstehen. Sie befindet sich mit den Bäumen und dem Wasser in Kommunikation. Sie äußert sich nicht näher über den genauen Inhalt dieses geistigen Austauschs, aber im generellen ist der Trend, daß sie was um sie geben – und zwar recht viel. Sparl schlägt vor, sie vom Wasserschöpfen abzuziehen. Besser wär's, wir könnten sie sowohl von Carlo als auch von ihrem Vater lösen und ihr eine Chance geben, erwachsen zu werden.« Locker hob er die Schultern. »Aber wie das gehen sollte, weiß ich auch nicht. Sie dürfte eigentlich gar nicht hier sein – sie hat nicht das Zeug zu einem Pionier.«

Barrett nickte zum Zeichen der Zustimmung. Aber es hatte wenig Zweck, nachträglich das unzureichende Selektionsverfahren zu beklagen. Laers Einschätzung bestätigte Diallos Hypothese – und infolge dessen mußten Entscheidungen gefällt werden. Sie klatschte das Notizbuch in eine Handfläche. »Ich beabsichtige, morgen ein Team von Erwachsenen zum Füllen des Wassertanks einzuteilen, damit wir einen Vorrat für den Notfall haben. Carlo wird dann zur Feldarbeit eingesetzt, Laer, und Vella kann Aufgaben in der Siedlung übernehmen. Und ich wünsche, daß Sie Vella vorerst von den Bäumen völlig fernhalten. Stellen Sie jedoch klar, daß es sich dabei um keine Strafmaßnahme handelt. Wir haben Gründe.« – Gründe, die jetzt zu erläutern ihr widerstrebte.

Laers Bart teilte sich zu einem Grinsen. »Mir soll's recht sein.« Er entfernte sich in bester Laune.

In ihrer Trostlosigkeit wünschte Barrett, sie könne diese Wohlgelauntheit mit ihm teilen. Unwetter ohne Regenfälle, feuchtes Erdreich bei ausbleibenden Niederschlägen, Furcht mitteilende Bäume – Barrett war plötzlich zumute, als sei sie in ein Meer der Anomalien getaucht. Die Tatsache, daß sie vorgewarnt worden war, es könne solche Anomalien geben, linderte ihre Unruhe kaum.

Sie trat ans Fenster. Sie erinnerte sich noch genau an das heutige Gewitter. Konnte sie morgen guten Gewissens eine Mannschaft zum Wasserholen fortschicken, ohne sie davor zu warnen, daß im Fall eines Unwetters die Bäume zumindest den sensibleren unter diesen Leuten panikartige Furcht mitteilen würden?

Das konnte sie nicht.

Andererseits vermochte sie sich nicht vorzustellen, wie sie ihre Warnung zum Ausdruck bringen sollte, wenn der Morgen kam. Und die Fragen von Regen, Abschwemmungen und Feuchtigkeitsgehalt des Erdreichs waren auch noch ungelöst ...

Diallo schwebte überm Land, von Besorgnis geplagt. Drei Tage lang war er dem Spalier der Bäume flußaufwärts gefolgt und hatte nach Regen ausgeschaut. Nun zog über ihnen ein weiteres Gewitter herauf, zauste bereits ihr langes Band. Angespannt setzte er den Scooter auf der planetaren Oberfläche ab, rollte ihn unter die Bäume und verankerte ihn dort. In den Schatten war der Ruch der Furcht bereits stark spürbar. Diallo floh die Bäume und warf sich der Länge nach auf den Untergrund.

Als er sich zusammenkauerte, begann der Sturm übers Land zu züngeln und seinen Geschmack zu kosten. Diallo fühlte seinen heißen Atem auf dem geschorenen Schädel. Es schauderte ihn. Vergangene Nacht, ruhelos, hatte er Gewitter in Träumen gesehen. Unwetter waren durch seine individuelle Nacht gestapft, mit grünen Augen und geschmeidig, und er war mit einer plötzlich in seinem Bewußtsein völlig klaren Erkenntnis aufgewacht – das Gewitter war ein Panther. Und sein Opfer? Die Bäume. Das Unwetter beschlich die Bäume unbarmherzig weithin übers Land, entblößte blitzende Fänge, fauchte aus schwarzem Rachen.

Diallo bebte, als Nässe flüchtig seinen Kopf besprengte, der Wind ihn wieder trockenleckte. Blitze und Wind – die Klauen der Bestie. Wie sollte er Barrett klarmachen, daß sie es mit einem Raubtier zu tun hatten, das durch den Himmel streifte?

Die Fakten waren: drei Tage lang hatte er die Reihe von Bäumen flußaufwärts verfolgt, ohne irgendwo eine Lücke in ihrem festen Wall zu entdecken; auch hatte er nirgends Regen erspähen können, obwohl er mehrmals in Gewitter geraten und der Fluß jedesmal angeschwollen und trübe geworden war; und nie hatte er irgendwo anders als über dem Band aus Bäumen ein Unwetter sich zusammenballen sehen.

Das waren Tatsachen. Barrett war eine Person, die sich an Tatsachen hielt. Aber Diallos Fakten waren ungenügend und führten nicht zu seiner Schlußfolgerung. Diese Schlußfolgerung stammte aus anderen Quellen, war bei Nacht gekommen.

Trotzdem besaß seine Schlußfolgerung Gültigkeit. Die rationaleren Teile seines Verstandes lehnten sie ab, doch als intuitive Person akzeptierte er ihre Richtigkeit nicht bloß, sondern hieß sie regelrecht willkommen. Unwetter war eine Bestie auf der Lauer. Bei seiner Annäherung schrien die Bäume vor Furcht.

Diallo drückte sich zusammengekrümmt an den Untergrund, bis der Wind weiterbrauste. Dann stand er auf, eilte zu den Bäumen und löste die Verankerung des Hoverscooters. Er stieg empor und folgte dem Wind flußabwärts. Seine Mission war gescheitert, was das Feststellen von Regen betraf. Nun bezweifelte er, daß es auf dieser Welt überhaupt regnete. Es gab nur Bäume und Wasser, Blitze und Wind, Beute und Räuber.

Wie beeinflußte die Tatsache, daß es hier jetzt auch Menschen gab, diese Gleichung? Diallo wußte es nicht. Aber sein Unbehagen war sehr ausgeprägt, sein Herz voller Sorge, als er zurück zur Siedlung schwebte.

STURM! Ihr Bewußtsein kreischte auf, und Vella erwachte, hatte Wurzeln in Furcht geschlagen. Wind bedrängte ihre Zweige mit Prankenhieben, Blitze versengten ihr Haar. *Schütze mich, beschirme mich, behüte mich!* brabbelte ihr Geist. *Sturm!* Aufgeschreckt wollte Vella von der Erde aufspringen. Aber ihre Beine versagten den Dienst. Statt dessen klafften ihre Lippen, und ihre Stimme zerriß die Luft.

Behüte mich! Ich fließe in deine Arme. Trage mich, schütze mich, Feuer züngelt herab, Wind rupft und zerrt! Beschirme mich, schütze mich. Fließen, Beschützen, Tragen, Beschirmen ...

Dann kam Vella auf die Knie, drückte sich die Handflächen auf die Ohren. Nein, *nein!* Sie hatte nicht beabsichtigt, durch Dunkelheit zu irren. Sie hatte nicht während der Nacht unter den Bäumen schlafen wollen. Sie war zu vermeiden bedacht gewesen, irgend jemand erfahren zu lassen, daß sie sich nach dem Löschen des Lichts noch fortgeschlichen hatte. Sie hatte nicht die Absicht gehabt ...

Beschütze mich! Vella schrie erneut auf, ein Schrei entrang sich ihr und fiel in die anderen Schreie ein, bereicherte die durchdringende Furcht, die besitzergreifende Furcht, die antreibende Furcht.

Und sie trieb sie an. Sie taumelte auf die Füße, torkelte überstürzt durch die Bäume. *Ich fließe in deine Arme. Bewahre mich, trage mich, schütze mich!* Sie prallte hart gegen einen Baum, ihre Nase klatschte dagegen, Nässe rann ihr übers Gesicht. Ihre Augen waren blind, ihr Bewußtsein glich dem Brodeln eines Geisers der Furcht. Dann traten ihre Füße in ein Nichts, und sie schwebte, floß dahin. Da waren Arme, naß und kalt. Sie schlossen sich um sie. Nochmals versuchte sie zu schreien, doch Wasser glukkerte ihr in den Mund. Es war träge, gräßlich, und schwarz.

Es war der Tod.

Barrett befand sich an ihrem Kartentisch, als das Rufen über den Rasen scholl. Sie eilte durch die Kuppel. Seit Mittag des vorigen Tages durchkämmten Suchtrupps die Bäume und die angrenzenden Felder nach dem vermißten Mädchen. Doch als Barrett den Rasen betrat, löste das Gerufe sich auf in die Nachricht »Der Hover kommt!« Barrett hob den Blick und sah Diallo, ihren Zwoten, durch den Himmel reiten, ein Insekt vor dem Hintergrund nachmittäglichen Violetts. Seine helle Robe flatterte. Barrett überquerte den Rasen im Laufschritt.

Das Gefährt berührte den Boden. Fäuste packten zu, um es zu verankern. Diallo kam umständlich, mit fahrigen Bewegungen, heruntergeklettert. Während er unsicher das Gleichgewicht bewahrte, blickte er sich um, Furcht im Gesicht. »Vorfrau ... ein Gewitter flußaufwärts. Zehn Minuten, fünfzehn.«

Barrett spähte die Linie der Bäume entlang. Finsternis tastete den Himmel an, noch kaum erkennbar. »L'Abbott«, ordnete sie rasch an, »die Suchtrupps sollen aus dem Umkreis der Bäume verschwinden, bevor das Unwetter hier ist!«

L'Abbott nickte und lief los.

Barrett wandte sich wieder Diallo zu. Er atmete oberflächlich, seine Gesichtszüge wirkten verhärmt, seine Augen zu hell. »Kommen Sie mit in mein Büro, Zwoter!«

Hinter der geschlossenen Tür konnten sie hören, wie die Siedlergemeinschaft vor dem Unwetter Schutz suchte. Barrett bot Diallo einen Platz an. Sie sprach in scharfem Tonfall, um seine offenkundige Erregung zu durchdringen. »Haben Sie gegessen?«

»Ich habe gegessen. Ich bin ...«

»Dann berichten Sie, Zwoter! Haben Sie Regen festgestellt?« Ihre Hand griff nach Klass' Report. Ihr war grimmig bewußt, wie Diallos Antwort lauten mußte. Es gab keine andere Möglichkeit.

Sein Blick glitt an ihr vorbei, kehrte zurück und festigte sich; er benetzte seine Lippen mit der Zunge. »Nein. Es gibt keinen Regen, Vorfrau. Nirgends. Alles ist am Himmel ... die gesamte überschüssige, verdunstete Feuchtigkeit. Die Unwetter werden sie niemals herausgeben.«

Barrett prallte zurück, die Brauen gewölbt. Die Auskunft war erwartungsgemäß ausgefallen. Aber sie dann wirklich zu erhalten, das war anders als erwartet. »Tja, ich hatte jetzt fast eine Woche Zeit, um Informationen zu sammeln und auszuwerten«, sagte sie bedächtig. »Und es hat ganz den Anschein, als ob wir vor der unerfreulichen Tatsache eines abweichenden Feuchtigkeitsverteilungssystems stünden.« Sie senkte den Blick auf Klass' Daten über Nellis' Wasserproben. »Bei dem, was wir im Wasser sehen, handelt es sich offenbar gar nicht um Abschwemmungen. Ich wüßte jedenfalls nicht, wie's welche sein könnten. Und Klass und ich haben ein paar recht einfache Experimente durchgeführt, die beweisen, daß die heimische Vegetation keine Feuchtigkeit durch Verdunstung an die Luft abgibt. Also wird das Naß anscheinend durch irgendein unterirdisches System verteilt, das näher zu untersuchen wir noch keine Zeit gefunden haben. Diese Tatsachen, dazu die Tatsache, daß wir keinen Regen feststellen konnten ...«

»Weil ein Panther niemals die Zähne verliert«, knirschte Diallo und beugte sich vor. »Deshalb fürchten sich die Bäume, Vorfrau – vor Panthern.« Mit glitzrig-lichten Augen versuchte er zu erläutern, was er meinte. »Ich bin keineswegs durcheinander, Vorfrau. Ich bin auf die Wahrheit gestoßen. Die Unwetter sind Raubtiere.

Sie beschleichen die Bäume. Was sie an Wasserdampf besitzen, verwenden sie, um Blitze zu erzeugen. Sie ... warum ziehen sie immer über den Bäumen entlang, wenn sie keine Räuber sind? Warum haben wir noch nie anderswo ein Unwetter sich zusammenballen gesehen, Vorfrau?«

Barrett machte eine düstere Miene. Die stets wiederholte Bewegungsrichtung der Stürme war ein weiterer unklarer Faktor, der sie beschäftigte. »Dafür könnte es eine meteorologische Erklärung geben, Zwoter«, führte sie nachdenklich an. »Die Landschaft ist flach und völlig eben, abgesehen von den Baumreihen, dieser hier und anderen, die die gemäßigten Klimazonen säumen. Ich hatte noch keine Gelegenheit, mich ernsthaft mit den meteorologischen Texten zu befassen, aber ...«

Nachdrücklich schüttelte Diallo den Kopf. »Nein. Meteorologische Bedingungen mögen's dem Raubtier ermöglichen, auf die Pirsch zu gehen. Aber das täte es ja nicht, wäre es kein Raubtier.«

»Zwoter ...«, meinte Barrett gedämpft, auf Zeitgewinn bedacht. »Zwoter, falls die Unwetter Raubtiere sind, können sie ja wohl nicht besonders tüchtig sein, oder? Auf der Erde hat der Wind oft große Bäume entwurzelt. Blitze haben Brände verursacht, die ganze Wälder vernichteten. Aber hier, wo wir nun nahezu zwei Dutzend schwere Gewitter erlebt haben, ist so gut wie kein ernster Schaden entstanden. Ein paar Zweige sind abgebrochen, eine Handvoll Blätter verstreut worden ...«

»Eine Hauskatze, Vorfrau. Eine Hauskatze könnte niemals ein Wild schlagen.« Diallo widersprach heftig. »Aber nichtsdestoweniger ist eine Hauskatze ein Raubtier. Das Mißverhältnis von Größe und Kraft ist die Frage. Auf uns machen die Unwetter einen schweren Eindruck. Für die Bäume, die sehr stark sind ...«

»Sie selbst haben aber doch als erster darauf hingewiesen, daß die Bäume Unwetter fürchten. Mit allem Nachdruck haben Sie darauf hingewiesen.« Diallos Blick erstarrte für einen Moment; seine Augen spiegelten Verwirrung wider. »Nein, ich weiß die Analogie zu würdigen, Zwoter«, fügte Barrett hastig hinzu. »Aber wir müssen die Sache realistischer anpacken. Wir stehen vor einer Anzahl von Anomalien, mit denen wir nicht gerechnet haben.« Rasch zeigte sie Klass' Report vor. »Was ich für Abschwemmungen im Wasser gehalten habe, ist – zum Beispiel – eine ölige Substanz. Sie ist ...« Ihr Kopf fuhr herum, als sich Schritte näherten. Jemand pochte dringlich an ihre Tür.

Es war L'Abbott; sein breites Gesicht zeugte von Anspannung. »Vorfrau ...«

»Sind die Suchtrupps aus der Umgebung der Bäume abgerückt?«

»Nein. Sie haben die Leiche des Mädchens gesehen. Der Fluß ist angeschwollen. Sie schwimmt. Man wirft Seile aus. Sie sind ...«

Barrett hob scharf die Stimme. »Sie haben die Leute nicht aus dem Wald geholt?«

»Ich konnte nicht. Sie wollten nicht fort!«

Barrett schaute hastig zum Fenster hinaus, dann eilte sie aus dem Büro und durch die Kuppel. Sobald sie auf dem Rasen stand, blickte sie auf und ins schwarze Antlitz des Unwetters. Sie spähte hinüber zu den Bäumen. Alles was dort geschah, war restlos jeder Sicht entzogen. Und es blieb nicht die Zeit, um L'Abbott nochmals hinzuschicken oder selbst mit dem Hoverscooter hinüberzuschwirren. Der Wind machte sich bereits mit Böen bemerkbar und heulte.

Diallo kam an ihre Seite. »Vorfrau?«

Sie erklärte rasch worum es ging. »Dreißig oder vierzig Leute sind also unter den Bäumen«, schloß sie ihre Ausführungen. »Aber wenn sie jetzt, da das Gewitter schon so nah ist, noch nicht in Panik geraten sind ...«

»Sie haben sie gewarnt?«

Sie nickte. »Aber wenn sie nicht die gleiche überentwickelte Sensibilität wie die Ordensmitglieder besitzen, oder abgelenkt sind, oder einfach nicht stärker beeinflußt werden, als es offenbar bei Carlo Hegg der Fall war ...«

»Oder die Höchststärke der Furcht ist noch nicht erreicht«, bemerkte Diallo dazwischen.

Barrett nickte und drehte sich um. »Tja, wir gehen jetzt besser hinein, Zwoter. Das haben wir nicht mehr in der Hand.«

Drinnen hatte inzwischen jeder L'Abbotts Neuigkeit erfahren. Die Gesichter waren teigig, die Stimmen unterdrückt. Dann übertönte das Brüllen der Bestie die Worte, und sie kam über sie – mit schwarzem Bauch, Zucken der Krallen. Erst bespie sie die Klarplast-Scheiben, leckte sie dann in gefräßiger Mißgunst wieder trocken.

Barrett durchquerte die Kuppel. Laer befand sich im ersten Beratungsraum. »Das Mächen – Unfall oder Selbstmord?« wollte sie wissen.

Erstmals wirkte der untersetzte, junge Jugendleiter schwermütig. »Ich glaube, Vorfrau, sie hatte nicht das Zeug um von sich aus ins Wasser zu gehen und sich zu ertränken.«

Barrett teilte seine Auffassung. »Sie hatte eine gewisse Abhängigkeit von den Bäumen entwickelt. Wahrscheinlich hat sie sich aus der Kuppel geschlichen und wollte noch vor Anbruch der Dunkelheit wieder hier sein. Aber dann hat das Unwetter sie im Laufe des Abends unter den Bäumen erwischt.«

»Bestimmt. Sie war verwirrt und erschrocken, ist im Finstern in die falsche Richtung gelaufen ... platsch!«

»Na, sie war gewarnt worden, so wie jeder andere.« Barrett hatte wenig Mitgefühl übrig.

Noch ehe sie Laer verließ, kam erneut L'Abbott zu ihr. »Vorfrau – Leute von den Suchtrupps laufen umher! Im offenen Gelände!«

Grimmig lief Barrett zur Vorderseite der Kuppel. An den Fenstern herrschte Gedränge. Sie schob sich zum nächstbesten Fenster vor. Ein halbes Dutzend Mitglieder der Suchtrupps rannten wild durch die Gegend. Drei kamen zur Siedlung herübergestürmt. Drei andere liefen verstreut an den Bäumen entlang.

Sie wandte sich vom Fenster ab und zwängte sich durchs Gedränge zurück. »Milario! L'Abbott! Ich wünsche, daß alle Zugänge bewacht werden. Niemand darf hinaus! Falls einer von denen draußen es noch bis hier schafft, macht auf!«

Einer. Das Wort hallte dumpf in Barretts Bewußtsein wider. Die Siedler konnten sich den Verlust von Arbeitskräften nicht leisten. Während des Sommers und im Frühherbst mußten die Felder durch Handarbeit bewässert werden. Nach der Ernte, hatte man beschlossen, sollten neue Felder angelegt und nach einem anderen Kultivierungsplan bebaut werden. Sie brauchten jeden Mann.

Milario und L'Abbott stellten Leute an die Türen. Erbittert drängte sich Barrett wieder ans Fenster.

Zwei der Losgelaufenen hatten die Selbstbeherrschung zurückgewonnen und sich flach auf den Boden geworfen. Nun erkannte man, daß der dritte Mann nicht aus Panik rannte, sondern einem vierten folgte. Als die beiden sich dem Grundstück der Siedlung näherten, tat der eine Mann einen langen Satz und brachte den anderen, der vor ihm lief, zu Fall. Barrett spürte, wie rings um sie die Anspannung nachließ. Nur zwei Personen waren jetzt noch ungeschützt und gefährdet, davon rannte eine zurück zu den Bäumen, eine Frau, die plötzlich stolperte, wieder auf die Füße kam, erneut fiel. Und die andere ...

»Das ist Orth!«

Seine blaue Arbeitskleidung wirkte wie von eigenem Leben angetrieben, während er an den beiden Männern vorbeilief, die am Erdboden miteinander rangen, und über den Rasen hetzte. Sein Gesicht war verzerrt, an seinem Hals traten die Muskeln wie Drahtseile hervor.

Der gezackte weiße Finger, der herabzuckte, um ihn aufzuspießen, verschmolz ihn für einen Augenblick mit seinem blendend hellen Strahl. Seine Miene verschwand zeitweilig im Licht, als die grelle Helligkeit alle Einzelheiten der Welt kraß überbetonte. Dann teilte sich der feurige Finger und schoß auf die beiden benachbarten Kuppeln nieder, zerriß die Luft. Die Welt erbebte.

Die Wirklichkeit kehrte wieder. Die Helligkeit wich. Zurück blieben zwei an den Boden gepreßte Männer. Orth lag mit ausgebreiteten Gliedmaßen auf dem Rücken, den Kopf verdreht, die Augen leer; das Schweigen war grauenhaft.

Von neuem verließ Barrett das Fenster. Sie bahnte sich einen Weg zum Haupteingang. Im Handumdrehen suchte sie Männer aus. »Whipper, Danakil – kriechen Sie hinaus und ziehen Sie den Mann herein. Strecken Sie nicht mal eine Hand in die Höhe! Halten Sie auch die Köpfe unten!«

Man öffnete die Tür, und die beiden stürzten hinaus.

»Runter!« schrie Barrett, mit zorniger Miene.

Sie warfen sich hin und krochen davon. »Alles von den Türen zurücktreten!« rief Barrett. »Alles zurück an die Wände! Wenn wir den Mann hereinschaffen können, brauchen wir Platz.«

Whipper und Danakil brachten ihn herein. Man rief Laer, der zu den wenigen Siedlern zählte, die Med-Lektionen genommen hatten. Barrett und Jones drängten ihn dazu, sich mit der erschlafften Gestalt zu befassen, aber trotz ihrer gemeinsamen Bemühungen blieb der Körper in genau diesem Zustand. Als sich Barrett schließlich aufrichtete, klang ihre Stimme hohl. »Wir haben zwei Leute verloren.« Die Äußerung machte einen unwirklichen Eindruck. Ihre Augen begegneten Diallos Blick. Sie biß die Zähne zusammen. Heute hatte das Unwetter sich doch als erfolgreiches Raubtier erwiesen.

Zeit verstrich, da widerfuhr der Einheit von Bäumen und Wasser eine weitere Zudringlichkeit. Und obwohl ihre Bewußtheit sich durch Spärlichkeit auszeichnete, hauptsächlichen Niederschlag in dem gemurmelten Kehrreim fand, der ihre gemeinsame Existenz umriß, spürten sowohl Bruder wie Schwester den Inhalt des Eindringens und empfanden Unbehagen. Denn obschon die Stimmen in ihrem Ausdruck chaotisch waren – *Töten! Retten! Zerstören! Leben! Erobern! Besitzen!* –, in ihrer Absicht waren sie doch einig. Und diese Absicht war irgendwie – auf irgendeine unbegreifliche Weise – eine Bedrohung.

Unbehagen säuselte durch Grünbrüderleins unteres Blattwerk. Seit dem Anbeginn der Zeit hatte er sich und Süßschwesterlein gegen Alt Fliiyrs Winde und feurige Finger verteidigt. Aber dies Eindringen war kein Sturm. Daher löste es nicht seine üblichen Abwehrmaßnahmen aus. Seine Vorposten-Blätter regten sich nicht. Seine Gefäße zogen sich nicht zusammen. Seine Säfte begannen nicht abzufließen. Er wußte nicht, wie er sich gegen das verteidigen sollte, was er heute in der Luft spürte. Er besaß keine entsprechenden Einrichtungen.

Süßschwesterlein war in ihrer Beunruhigung gleichermaßen ratlos. Grünbrüderlein schrie nicht, bat nicht. Und sie schwoll nicht an, dunkelte nicht. Dennoch herrschte ein Zustand der Bedrohung, unklar wahrgenommen, völlig unverstanden.

Dann bemerkte Grünbrüderchen eine Attacke unten an seinem Stamm. Er empfand keinen Schmerz, denn dazu besaß er keine Anlage. Er verspürte einen gewissen hilflosen Schrecken. Denn bald durchdrang etwas seine Rinde, zertrennte seine hölzernen Fasern. Lebensblut begann aus der Wunde zu rinnen, noch während er stand. Und dann, zuerst langsam und unsicher, teilten seine Vorposten-Blätter ihre eigene Bewegung durch die Luft mit.

Ihr Fall dauerte nur kurz. Ein Aufprall am Erdboden, und Grünbrüderlein war gefällt, sein Vorposten-Laub streifte über nahen Untergrund. Sein Lebensblut ergoß sich ins Erdreich und versickerte. Sein Bewußtsein erlitt eine Minderung.

Grünbrüderlein war gefällt, aber er starb nicht. Denn er war nicht nur einer; er war auch nicht viele. Er war Einer-Der-Viele-Ist, und infolgedessen starb nur ein winziger Teil dieser Einheit. Nichtsdestotrotz war Süßschwesterlein beunruhigt. Als nämlich der Aufprall die Erde traf, kam es zu einer plötzlichen Entblößung von Süßschwesterleins Leib. Sonnenstrahlen fielen ein, um sie zu berühren, nur in einem ganz kleinen Bereich, gewiß, aber diese Wahrnehmung war von durchdringender Unannehmlichkeit. So etwas durfte nicht sein. Noch nie war so etwas geschehen. Sie zitterte, litt unter der Verwundbarkeit und Störung der Ordnung. Doch sie floß weiter, konnte nicht mehr äußern als ein jämmerliches *Ich fließe, Grünbrüderlein ...*

Sie erhielt Antwort. *Fließe, Schwester, und bring mir deine süße Nässe. Ich schütze dich ...*

Aber Grünbrüderleins Stimme mangelte es an Überzeugung. Denn er spürte, wie erneut etwas seine Rinde durchdrang, merkte wieder, wie etwas seine hölzernen Fasern durchtrennte und zerhieb, fühlte sein Lebensblut aus einer weiteren Wunde strömen. Sein Laub bebte. Grünbrüderlein erlebte das Heraufziehen einer neuen und entsetzlichen Gefahr.

4

Diallo beendete gerade die allwöchentliche Inventur der Lebensmittelvorräte, als die Holzfällermannschaft in die Siedlung zurückkehrte. Von dem Gerede aufgescheucht, das ihre Rückkehr begleitete, schloß er die Inventur ab, schob die Lagerbücher ins Regal und machte Schluß mit der Arbeit.

Diallo erkannte die Notwendigkeit, das Flußufer ein Stück weit des Baumbestands zu entledigen. Die Bewässerungs-Teams würden im Verlauf der nächsten Monate notgedrungen tagtäglich Wasser aus dem Strom schöpfen müssen. Außerdem hatte Vellas und Orths Tod eine gegen die Bäume gerichtete Atmosphäre rachsüchtiger Hysterie geschaffen. So hatten die Siedler geschworen, nicht bloß einen Weg für das Schöpfwasser zu bahnen, sondern sich die Herrschaft über diesen Planeten und seine Kräfte zu sichern. Trotzdem fühlte sich Diallo aufgewühlt, während er querfeldein zu der Reihe von Bäumen schritt.

Er war noch nicht weit, als der Hoverscooter heransauste. Barrett lehnte sich heraus. »Kommen Sie mit, Zwoter?«

Ihr Gesicht ähnelte einer Widerspiegelung seiner eigenen inneren Unruhe. Auf dem Nebensitz saß gleichmütig Agrotech Klass. Diallo klomm in den Laderaum am Heck.

Als sie das Flußufer erreichten, blieben sie für ein Weilchen über der Szenerie in der Schwebe. Nur drei Bäume waren heute gefällt worden. Aber es handelte sich um Riesenbäume. Sie lagen weithin aufs Land hingestreckt, die Glieder zerbrochen, ihre Säfte quollen über die bloße Erde und rannen in den Fluß. Diallo spähte hinunter. Ein unverkennbarer Geruch erfüllte die Luft.

Barrett steuerte den Scooter hinab, und sie stiegen aus. Neben den gefällten Baumriesen glichen sie Zwergen. Diallo blickte Barrett ins beherrschte Gesicht. »Dieser Geruch, Vorfrau ...«

Sie nickte verkrampft. »Die Meldung war richtig. Der Geruch des Unwetters.«

Es stimmte, und er war stark und scheußlich.

Klass schritt die Länge des nächstliegenden gefällten Baums ab, entnahm seinem Werkzeuggurt einen dünnen Plastikspatel und tauchte ihn in die graue Substanz, die aus dem Baum floß. Er betrachtete die Probe aus unmittelbarer Nähe und schnupperte daran. »Es erübrigt sich, etwas davon zu Vergleichszwecken mitzunehmen, Vorfrau. Das ist der gleiche Stoff, den ich aus den Wasserproben extrahiert habe. Dieser Geruch ... es kann gar nichts anderes sein. Wundert mich geradezu, daß die Holzfäller es in diesem Gestank ausgehalten haben.«

Barrett besah sich den Baumstumpf. »Da haben wir also unseren Wasserverschmutzer, Klass.« Die Äußerung kam ausdruckslos über ihre Lippen.

Diallo musterte die beiden und erkannte, daß sie Erkenntnisse miteinander teilten, die ihm fehlten. »Diese Substanz ist bereits analysiert worden, Vorfrau?«

»Richtig.« Barretts Gesicht wirkte plötzlich gealtert. »Ich hatte die Absicht, Ihnen den Report an dem Tag zur Kenntnis zu geben, als Sie von Ihrem Ausflug flußaufwärts zurückgekommen sind. Aber dann sind wir ja gestört worden. Und im Hinblick auf die anschließende Hysterie erachteten Klass und ich es als ratsamer, diese Information vorerst nicht öffentlich zur Diskussion zu stellen.« Sie zögerte. »Die Substanz in den Wasserproben, die ich Nellis habe entnehmen lassen – und diese Substanz kommt offenbar aus den Bäumen –, ist nämlich allem Anschein nach hochgiftig. Für Menschen möglicherweise tödlich. Und wir vermuten, sie kann auch unsere Feldpflanzen verderben, wenn wir ungereinigtes Wasser zur Bewässerung verwenden.«

Wie versteinert starrte Diallo die Substanz auf Klass' Spatel an. »Dann wird der Fluß jedesmal giftig, wenn sie zuströmt?« Die eigene Frage kam ihm recht unwirklich vor.

»Für drei Stunden oder länger«, bestätigte Barrett.

»Der Verschmutzungsstoff besteht aus einer öligen Verbindung, Zwoter«, erläuterte Klass. »Er schwimmt jedoch nicht auf dem Wasser, wie man von daher erwarten dürfte. Eine Beimischung? Vielleicht ist Kolloid der Begriff, den ich suche. Vielleicht auch nicht. Ich verfahre bei all den Prozeduren nach Anleitungen, also verlangen Sie nicht von mir, daß ich daherrede wie ein Chemikus. Aber ich habe immerhin ein bißchen davon extrahieren können. Alles andere ... naja, wer weiß, was daraus wird, wenn sich das Wasser wieder klärt? Ich habe in letzter Zeit wenig davon getrunken, das ist auf jeden Fall eine Tatsache, die ich bekanntgeben kann, ohne Widerspruch befürchten zu müssen.«

»Aber wenn die Substanz aus den Bäumen kommt, ist es dann nicht durchaus vernünftig, die Hypothese aufzustellen, daß sie auch dorthin zurückkehrt?« meinte Barrett.

In die Bäume. Diallo äußerte sich nicht dazu. Zutiefst besorgt wandte er sich ab und trat ans Flußufer. Jede neue Entdeckung gab Anlaß zu weiterer Besorgnis. Wenn ein Unwetter die Bäume beschlich, verspürten sie nicht nur Furcht – und teilten sie anderen Lebewesen mit –, sondern gaben überdies ihren Saft in den Fluß ab. Zu seinen Füßen sickerten die Säfte der gefällten Bäume dicklich die steile Böschung hinunter, färbten das Wasser grau.

»Die Annahme, daß die Bäume sie wieder aufsaugen, klingt plausibel«, versicherte Klass. »Wenn Ihnen daran gelegen sein sollte, die Substanz zur späteren Verwendung als Brennstoff zu lagern, Vorfrau, könnten wir sie wahrscheinlich den Bäumen abzapfen, ohne sie fällen zu müssen. Man müßte lediglich Gerüste ..«

Barrett schüttelte den Kopf, während sie sich ans Flußufer zu Diallo gesellte. »Nein. Gegenwärtig verfügen wir über keine Techniken, um sie von dem Gestank zu befreien, Klass. Wir merken uns das nur für die künftige Entwicklung vor.« Ihre Miene zeigte nichts von dem Optimismus, den ihre Antwort anscheinmäßig zum Ausdruck brachte.

Diallo starrte sie an; die neue Information ergriff nur langsam Besitz von seinem Denken. »Diese Substanz, der Saft aus den Bäumen ... er ist brennbar, Vorfrau?«

Sie nickte kräftig. »Sehr leicht entzündlich.«

Er starrte ihr weiterhin ins Gesicht, während in seinem Bewußtsein neue Fragen entstanden, unwillkommen und unerwünscht, doch sie mußten ausgesprochen werden. »Aber warum entflammen die Blitze dann die Bäume nicht, Vorfrau? Wenn der Saft so leicht brennt, müßte die ganze Baumreihe doch in Flammen aufgehen, wenn ein Blitz bloß einen einzigen Baum direkt trifft.« Sie alle hatten etliche Male beobachtet, wie Blitze in die Bäume einschlugen, ohne ihnen zu schaden.

Augenpaare schauten einander an. Niemand mochte antworten. »Weil die Bäume«, schlußfolgerte Diallo endlich selbst, »ihren entzündlichen Saft in den Fluß abgeben, sobald ein Unwetter naht.«

Klass' Lippen wirkten bleiern. »Aber das Wasser könnte doch entzündet werden, Zwoter. Der Anteil von diesem öligen Stoff ist nämlich in manchen Proben ...«

»Der Fluß wird seinerseits durch die Bäume vor Blitzen geschützt«, sagte Diallo leise.

Drei Blicke fielen auf den Strom. Sonnenschein glitzerte auf dem jungfräulich entblößten Wasserspiegel. »Die Bäume schützen das Wasser«, meinte Barrett gedämpft. »Und andererseits schützt das Wasser die Bäume, indem es ihren Saft aufnimmt, bis die Gefährdung durch Blitze vorbei ist.«

Niemand wollte noch irgend etwas hinzufügen. Vor ihnen lag der Fluß; drei seiner Wächter waren gefällt. Diallo war es, der schließlich als erster wieder sprach. »Vorfrau, haben Sie auch den Eindruck, daß das Wasser steigt?«

Benommen nickte Barrett. »Das stimmt.«

Sie schwebten zurück zur Siedlung. »Vorfrau, es kann sein, daß ich mich irre«, schränkte Klass seine Aussagen ein. »Die Proben, die ich im Schuppen verbrannt habe, besaßen keinen Wasseranteil, der sie womöglich gelöscht hätte. Aber der Fluß ... er führt ja jede Menge Wasser, Vorfrau. Ich habe noch nie Wasser brennen sehen.«

»Allerdings ist es denkbar, daß die Blitze eine wesentliche Veränderung in den elektrischen Eigenschaften der Substanz innerhalb des Wassers hervorrufen«, gab Diallo zu bedenken; er arbeitete sich ratlos durch sein nur verschwommen begriffenes Wissen um chemische Reaktionen. »Das könnte zur Entzündbarkeit beitragen und sie beibehalten.«

Sie erreichten den Vertäuhaken und kletterten aus dem Hovercraft-Fahrzeug. Siedler beeilten sich, Schutz zu suchen. Diallo wandte sich dem Himmel zu, der sich verfinsterte, und Furcht packte ihn. Sie waren hier auf ein Überlebenssystem gestoßen, das wahrscheinlich schon seit Ewigkeiten existierte. Heute hatten sie das System gestört. Vielleicht hatten sie es erheblich geschwächt. Und nun schlich der Panther erneut am Spalier der Bäume entlang, schob sein schwarzes Angesicht näher, die Zähne gefletscht.

Diallo betrat die Kuppel. Der Atem der Bestie beschlug die Klarplast-Fenster, leckte sie wieder trocken. Dann dröhnte der Himmel von feurigen Entladungen. Donnerschläge krachten. Die Bestie bedrängte die Bäume, leckte, kostete, lauerte auf eine Blöße.

Sie fand einen schwachen Punkt. Plötzlich sprang sie langgestreckt auf die entblößte Wasserfläche los. Ihre flackrigen Blitze fuhren hinab auf den Fluß, die Jagd erlebte ihren Höhepunkt, die Erfüllung.

Diallo hörte hinter sich einen Aufschrei. »Das Wasser brennt!« Er drehte sich nicht um. Die Hände flach an die Klarplast-Scheiben gepreßt, sah er Flammen auf dem Fluß den Wasserspiegel aufbrechen, sah Qualm emporbrodeln, sah den abgegebenen Saft der Bäume in einer Rauchsäule zu ihnen zurückkehren, sah die Bäume in Flammen aufgehen. Diallo regte sich nicht, er blieb stumm, aber er spürte den Schmerz der Bäume, die Qual der Wasser und die hitzige Erregung der Bestie. Dann raste das Feuer sowohl flußauf- wie flußabwärts, und der Schauplatz des Unheils verschwand in Wolken von Qualm und Rauch.

Und das Feuer, welches Bäume und Strom vernichtete, mußte auch Diallo den Untergang bringen. Nicht heute, vielleicht auch morgen noch nicht. Aber eines baldigen Tages. Er wußte es genau.

»Wir sehen uns in der Mittagspause, Vorfrau«, versprach Laer, bevor er mit seinen vier jüngsten Schützlingen in die Höhe schwebte und zur Spitze der Kolonne schwirrte. Barrett beobachtete, wie er direkten Kurs in den planetaren Osten nahm, ehe sie sich umwandte und der geschrumpften Siedlung einen letzten Blick schenkte. Sechs der zwölf Kuppeln und eine Anzahl von Schuppen waren für den Transport durch die Ebene demontiert worden. Jene Siedler, die nicht an der Beförderung ihrer Bestandteile mitwirkten, trugen auf ihren Rücken Saat und Vorräte, in den Händen ihre persönliche Habe. Barrett bedauerte die Notwendigkeit, die Vormannskuppel aufzugeben.

»Vielleicht bringt das Schiff der Gutachter-Kommission ihn uns, falls wir nicht noch mal zurückkommen.«

Diallo gab keine Antwort. Er starrte die abgebrannten Bäume an, in seinen Augen eine Wüste.

Barrett schnitt ein finsteres Gesicht. Der Marsch in den planetaren Osten würde eine Woche beanspruchen, vielleicht länger. Nach dieser Frist würden sie einen von Bäumen überschatteten Fluß erreichen, dem hiesigen Strom ähnlich. Milario hatte ihn vom Scooter aus erspäht. Wenn sie diesmal ihre Siedlung aufbauten, konnten sie es mit solidem Wissen um die planetaren Bedingungen tun. Zum Beispiel würden sie nicht wieder großflächige Felder zur Bewirtschaftung anlegen. Statt dessen wollten sie die heimische Vegetation nur von schmalen Streifen des Erdreichs entfernen und lediglich oberflächlich kultivieren. Es mochte sich als nötig erweisen, zu bewässern, aber im Osten lag Hoffnung.

In Diallos Augen stand keinerlei Hoffnung. »Vorfrau, die Flüsse sind miteinander verbunden. Das ist in den Forschungsberichten eindeutig festgehalten. Mit jedem Unwetter wird sich der Schaden an den Bäumen vergrößern, bis das Verhängnis uns schließlich wieder einholt. Bis der Himmel am Ende das gesamte Wasser verzehrt hat.«

Barretts Miene spiegelte nun Strenge wider. »Das ist nur Ihre Theorie, Diallo. Sie werden uns nicht alles verderben, indem Sie dergleichen in der ganzen Siedlergruppe verbreiten, oder?«

Diallos Blick glitt über den Horizont. »Ich werde nichts sagen. Jetzt macht es keinen Unterschied mehr.«

»Gut.« Die Siedler kannten die Tatsachen nur in Form von Barretts Interpretation. Sie mit Diallos poetischen Darlegungen apokalyptischer Visionen zu konfrontieren, hätte keinem sinnvollen Zweck gedient.

Sie wandten sich ab und schlossen sich den anderen an. Sie waren noch nicht weit, da berührte Diallo Barretts Arm. Er deutete zurück und hinüber zu den Bäumen.

Lautlos hatte sich überm entblößten Strom erneut ein riesiger trichterförmiger Luftwirbel gebildet. Er tauchte ins Wasser ein und saugte Nässe in die durstigen Regionen des Himmels hinauf, verwandelte sie eilends in Bewölkung. »Der Wind ist erneut da.«

Er, der Wind, hatte ihre jungen Ernten erschlagen. Gequält verkrampften sich Barretts Schultern. Sie flohen nicht allein vor der demoralisierenden Verwüstung der Bäume, den immer wütenderen elektrischen Gewittern, sondern auch vor den zerstörerischen Winden, die dies Gebiet nun heimsuchten wie Aasfresser die unbewachte Beute eines Jägers.

Zum Glück sagte Diallo nichts. Er erzählte Barrett nicht nochmals, daß der Himmel ein Räuber war, der danach trachtete, das Land um sein Wasser zu bringen, daß er sich an seinem ersten Mahl vollgefressen und gestärkt hatte und nun wiederkehren und immer noch mehr fressen würde, bis er das letzte bißchen verschlungen hatte. Er sprach nichts von alldem noch einmal aus.

Denn er hatte versprochen, nicht mehr davon zu reden.

Die Wasserhose zerstob, und bösartige Böen peitschten das Land. Entschlossen drehte sich Barrett um und folgte von neuem der Kolonne, den Blick auf den östlichen Himmel gerichtet. Dort glich die Sonne einem rosigroten Ei, der Himmel war eine klare, violette Weite. Sobald die Lufthülle des Planeten genug Feuchtigkeit aufgenommen hatte, würde sie sicherlich bald wieder einiges davon in Form von Regen abgeben. Gewisse Naturgesetze existierten, die jede Welt beherrschten.

Auch diese? Barrett versagte es sich, dieser nur halb artikulierten Frage nachzuhängen. Voraus lagen Bäume, Wasser und Ländereien. Und ihre Leute schritten aus, wie es sich für Pioniere gehörte.

Und würden's tun, solange Diallo schwieg.

Originaltitel »Sweet Sister, Green Brother«
Copyright © 1973 by Galaxy Publishing Corporation;
mit freundlicher Genehmigung der Autorin
Aus dem Amerikanischen übersetzt von Horst Pukallus

Gene Wolfe

Gene Wolfe, 1931 geboren, ist unbestritten eines der größten Talente der amerikanischen Science Fiction, dessen Erzählungen vor allem durch ihre stilistische Brillanz und ihre dichte Atmosphäre zu überzeugen vermögen. Kindheit und Jugend des Autors waren einerseits geprägt durch Rastlosigkeit - der Vater war Handelsvertreter, der mit seiner Familie durch die Lande zog, um seine Waren feilzubieten -, andererseits aber auch durch eine Vielfalt von Eindrücken, deren Spuren sich im wechselvollen Spiel seiner Phantasie wiederfinden. Nach dem Zweiten Weltkrieg ließen sich die Wolfes in Texas nieder, und Gene besuchte die High School. Nach seiner Dienstzeit beim Militär aus dem Koreakrieg heimgekehrt, studierte er an der Universität von Houston Maschinenbau und schloß sein Studium mit dem Grad eines Bachelor of Science ab. Seine schriftstellerische Laufbahn begann Mitte der sechziger Jahre, als seine Erzählungen in verschiedenen SF-Anthologien und Magazinen auftauchten und durch ihren geschliffenen Stil, ihre detailfreudigen Schilderungen und ihre glaubhaften Charaktere sofort überzeugten. 1970 verfehlte seine Erzählung »The Island of Dr. Death« nur ganz knapp den Nebula Award des amerikanischen Schriftstellerverbandes SFWA. 1973 wurde der begehrte Preis seiner Novelle

»The Death of Dr. Island« zugesprochen, und für seinen Roman »Peace« wurde er 1977 mit dem Literaturpreis der Chicago Friends of Literature geehrt. 1980 erschien der erste Band seiner großen Fantasy-Tetralogie »The Book of the New Sun« unter dem Titel »The Shadow of the Torturer«, gefolgt 1981 von »The Claw of the Conciliator« und »The Sword of the Lictor« und 1982 von »The Citadel of the Autarch«. Mit »The Claw of the Conciliator« gelang es ihm erneut, den Nebula Award für den besten Roman des Jahres zu gewinnen. Der World Fantasy Award 1981, der Locus Award 1983 und der British Fantasy Award 1983 folgten. Noch nie in der Geschichte dieser Gattung wurde ein Fantasy-Zyklus mit so vielen Preisen ausgezeichnet. Der große weltweite Erfolg hat den Autor bewogen, seinen Ingenieur-Beruf mit Ablauf des Jahres 1983 aufzugeben und sich ausschließlich dem Schreiben zu widmen.

Von Gene Wolfe erschienen in der Reihe
HEYNE SCIENCE FICTION & FANTASY:

Der fünfte Kopf des Zerberus (06/3415)

Das Buch der Neuen Sonne (Zyklus):
Der Schatten des Folterers (06/4063)
Die Klaue des Schlichters (06/4064)
Das Schwert des Liktors (06/4065)
Die Zitadelle des Autarchen (06/4066)

Das Buch der Feiertage (in Vorb.)

Außerdem erschienen seine bekannten Erzählungen
»Das Wunder der Augen-Blicke«
in: Im Grenzland der Sonne, hrsg. von Wolfgang Jeschke (06/3592)
»Der wunderbare messingne Schachautomat«
in: Science Fiction Story Reader 11, hrsg. von Wolfgang Jeschke (06/3627)
»Der Tod des Dr. Island«
in: Der Tod des Dr. Island, hrsg. von Wolfgang Jeschke (06/3674)
»Silhouette«
in: Das Neue Atlantis, hrsg. von Robert Silverberg (06/3755)
»Der Gott und sein Mensch«
in: Isaac Asimov's SF Magazin 8, hrsg. von Birgit Reß-Bohusch (06/3776)
»Fährtensucherlied«
in: Die Feinde des Systems, hrsg. von Wolfgang Jeschke (06/3805)
»Der Adoptivvater«
in: Isaac Asimov's SF Magazin 13, hrsg. von Birgit Reß-Bohusch (06/3873)
»Krieg unterm Weihnachtsbaum«
in: Science Fiction Story Reader 19, hrsg. von Wolfgang Jeschke (06/3944)
»V.R.T.«
in: Science Fiction Jahresband 1983, hrsg. von Wolfgang Jeschke (06/3962)
»Der fünfte Kopf des Zerberus«
in: Science Fiction Jahresband 1984, hrsg. von Wolfgang Jeschke (06/4060)

GENE WOLFE

Der fünfte Kopf des Zerberus

Wenn auf Efeuranken lastet der Schnee,
und ein Käuzchen kündet der Wölfin Weh,
vom Wolfe, der die eignen Jungen frißt ...

(frei übersetzt aus *The Ancient Mariner*
von Samuel Taylor Coleridge)

Als ich ein Junge war, mußten mein Bruder David und ich ziemlich früh zu Bett gehen, ob wir schon schläfrig waren oder nicht. Im Sommer war zu dieser Zeit noch nicht einmal die Sonne untergegangen, und da unser Schlafraum im östlichen Flügel des Hauses lag und das große Fenster auf den Innenhof hinausging, also nach Westen, strömte manchmal noch stundenlang das harte rötliche Licht in unser Zimmer, während wir dalagen und hinaufstarrten zu dem verkrüppelten Äffchen meines Vaters, das auf einem abbröckelnden Sims hockte, oder uns Geschichten erzählten, mit stummen Gesten von einem Bett zum anderen.

Unser Schlafraum befand sich im obersten Stockwerk des Hauses, und das Fenster hatte ein Gitter aus verschnörkeltem Eisen, das nie entfernt werden durfte. Ich glaube, der Grund dafür ist, daß ein Einbrecher eines regnerischen Morgens (denn nur unter diesen Umständen würde er den Dachgarten verlassen finden), sich mit einem Seil zu unserem Zimmerfenster herunter lassen und in das Haus eindringen könnte, wäre das Gitter nicht dagewesen.

Die Absicht dieses hypothetischen und auf jeden Fall sehr mutigen Räubers wäre natürlich nicht bloß, uns zu stehlen. Kinder, Mädchen wie Knaben, waren in Port Mimizon außerordentlich billig; ich hatte sogar einmal gehört, daß mein Vater, der sich früher mit dem Kinderhandel befaßt hatte, es wegen der schlechten Marktlage aufgegeben haben soll. Ob das stimmte oder nicht, jedenfalls kannte jeder – oder fast jeder – irgendeinen berufsmäßigen Sklavenhändler, der ihm das Gewünschte im Rahmen des Möglichen zu einem annehmbaren Preis verschaffte. Diese Leute wußten alles über die Kinder der Armen oder der Unvorsichtigen, und wenn einer, sagen wir, ein braunhäutiges, rothaariges Mädchen wollte, oder eins das dick war oder lispelte, oder einen blonden Jungen wie David, oder einen blassen, braunhaarigen, braunäugigen wie mich, dann bekam er das binnen weniger Stunden.

Jener imaginäre Einbrecher würde uns auch kaum entführen wollen, um ein Lösegeld zu erpressen, obwohl man meinen Vater in gewissen Kreisen für ungeheuer reich hält. Mehrere Gründe sprachen dagegen. Jene wenigen Menschen, die überhaupt wußten, daß mein Bruder und ich existierten, wußten auch – oder waren zumindest in den Glauben versetzt worden –, daß meinem Vater an uns nicht das geringste lag. Ob das wirklich so war, kann ich nicht sagen; gewiß aber war ich damals zutiefst davon überzeugt, und mein Vater gab mir auch nie einen Beweis für das Gegenteil. Trotzdem dachte ich zu dieser Zeit noch nicht daran, ihn zu töten.

Und wenn dies als Grund nicht ausreichte, so würde jeder, der meinen Vater und seine Stellung kannte, auch wissen, daß er (der schon gezwungen war, umfangreiche Bestechungsgelder an die Geheimpolizei zu verteilen) keinesfalls einer Erpressung nachgeben würde, um nicht anderen Blutsaugern Tür und Tor zu öffnen. Dies und die Furcht, die man vor ihm hatte, war wohl der eigentliche Grund, warum wir nie gestohlen wurden.

Das eiserne Gitter ist (denn ich schreibe jetzt in meinem alten Schlafraum) in Form stilisierter Weidenzweige geschmiedet. In meiner Kindheit war es von den silbernen Ranken einer Trompetenblume überwachsen (der Wurzelstock ist längst ausgegraben worden), die an der Mauer hochgeklettert war. Ich wünschte mir oft, die Ranken würden das Fenster völlig zudecken, so daß die Sonne nicht mehr ins Zimmer schiene, wenn wir schlafen wollten; David jedoch, dessen Bett unter dem Fenster stand, langte immer wieder einmal hinauf, um Zweige abzureißen, denn aus den hohlen Stielen konnte man eine Art Panflöte machen. Wenn David nach einer Weile, kühner geworden, immer lauter pfiff, wurde Mr. Million, unser Hauslehrer, aufmerksam. Mr. Million pflegte dann völlig lautlos ins Zimmer zu kommen, seine breiten Räder rollten über den unebenen Fußboden heran, und David tat, als ob er schliefe. Die Panflöte konnte unter seinem Kopfkissen versteckt sein, zwischen den Bettüchern, oder sogar unter der Matratze, Mr. Million fand sie immer.

Was er mit diesen Spielzeuginstrumenten tat, nachdem er sie David weggenommen hatte, ahnte ich nicht – bis gestern; ich hatte mich zwar oft, während meiner Strafzeit, wenn wir wegen Sturm oder heftigen Schneefällen das Lager nicht verlassen konnten, mit dieser Frage beschäftigt. Es war jedenfalls nicht seine Art, sie einfach zu zerbrechen oder aus dem Fenster zu werfen; Mr. Million zerstörte niemals absichtlich etwas. Er konnte nichts vergeuden. Ich sehe noch heute seinen halb betrübten Gesichtsausdruck vor mir, mit dem er die winzigen Pfeifchen hervorzog (das Gesicht, das hinter seinem Kopfschirm zu schweben schien, sah fast wie das meines Vaters aus), und wie er sich umwandte und aus dem Zimmer rollte. Aber was war dann aus ihnen geworden?

Gestern, wie ich schon erwähnt habe, fiel es mir ein. (Dies ist eins von den Dingen, die mir wieder Zuversicht einflößen.) Er hatte mit mir gesprochen, während ich arbeitete, und als er ging und meine Augen müßig seiner glatten Fortbewegung durch die Tür folgten, kam es mir vor, als ob etwas, irgendeine Geste von früher, fehlte. Ich schloß die Augen und versuchte mir die Szene ins Gedächtnis zurückzurufen, unterdrückte jede Skepsis und den Versuch, zu raten, was ich damals gesehen haben ›mußte‹; und mit einemmal wurde mir klar, daß das fehlende Element ein kurzes Aufblitzen von Metall über Mr. Millions Kopf gewesen war.

Als mir dies wieder eingefallen war, wußte ich auch, daß es durch eine schnelle Aufwärtsbewegung seines Arms zustande gekommen sein mußte, wie von einem Gruß, bevor er den Raum verließ. Eine Stunde oder länger grübelte ich, was der Grund für diese Geste gewesen sein mochte, und konnte nur vermuten, daß ihn wohl die Zeit, wie so vieles, mitgenommen hatte. Ich versuchte mich zu erinnern, ob es im Gang vor unserem Schlafraum in jener gar nicht so fernen Vergangenheit einen Gegenstand gegeben hatte, der jetzt fehlte: einen Vorhang, eine Jalousie, oder irgendein Gerät. Etwas, das jene Geste hätte erklären können. Aber es gab nichts.

Ich trat hinaus auf den Gang und untersuchte den Boden genau auf Spuren von Möbeln. Ich sah mich nach Nägeln und Haken in der Mauer um, schob sogar die groben alten Wandteppiche zur Seite. Ich bog den Kopf zurück und inspizierte die Decke. Eine Stunde später fiel mein Blick zufällig auf die Tür und ich sah, was ich die tausende Male, die ich hindurchgegangen war, nicht gesehen hatte: daß sie wie alle Türen in diesem Haus, das sehr alt ist, aus massiven Holzbalken besteht, und daß einer davon, der Türsturz, etwas aus der Mauer hervorragt, so daß ein schmaler Sims oberhalb der Tür entsteht.

Ich schob meinen Stuhl hin und stieg auf den Sitz. Der Sims war dick mit Staub bedeckt – und mit siebenundvierzig der Pfeifchen meines Bruders und einem wunderlichen Allerlei sonstiger kleiner Gegenstände. An manche dieser Gegenstände erinnerte ich mich sofort, aber einige rufen immer noch nicht das geringste Aufflackern eines Wiedererkennens in meinem Geist wach …

Das kleine, blaue, mit braunen Flecken übersäte Ei eines Singvogels. Ich vermute, der Vogel hat in dem Gerank vor unserem Fenster genistet, und einer von uns hat das Nest ausgenommen, nur um dann selbst wieder von Mr. Million beraubt zu werden. Aber ich erinnere mich an den Vorfall nicht.

Und da liegt noch das (zerbrochene) Zusammensetzspiel aus den bronzierten Eingeweiden irgendeines kleinen Tiers, und – einen Schatz von Erinnerungen wachrufend – einer jener großen und wunderbar verschnörkelten Schlüssel, die jedes Jahr verkauft wurden und während ihrer Gültigkeit dem Inhaber Zutritt zu bestimmten Räumen der Stadtbibliothek außerhalb der Öffnungszeiten verschafften. Mr. Million mußte ihn konfisziert haben, als er entdeckte, daß wir ihn danach noch als Spielzeug verwendeten … Aber welche Erinnerungen hängen daran!

Mein Vater hatte eine Privatbibliothek, die nun mir gehört,

doch wir durften sie nicht betreten. Ich entsinne mich undeutlich, daß ich einmal – ich muß noch sehr klein gewesen sein – vor der riesigen geschnitzten Tür gestanden hatte, und daß die Tür zurückschwang und ich mich meinem Vater gegenübersah; der verkrüppelte Affe auf seiner Schulter schmiegte sich gegen das blasse Falkengesicht über dem schwarzen Schal und dem scharlachroten Hausmantel, und hinter ihm waren Reihen um Reihen abgegriffener Bücher und Notizmappen, und der süßliche Geruch von Formaldehyd kroch hinter der Spiegeltür hervor, hinter der sich das Labor befand.

Ich weiß nicht mehr, was er sagte, oder ob es ich oder jemand anderer gewesen war, der geklopft hatte, aber ich erinnere mich, als die Tür sich geschlossen hatte, beugte sich eine ganz in Rosa gekleidete Frau (die ich sehr hübsch fand) zu mir herunter und versicherte mir, daß mein Vater all die Bücher geschrieben hätte, die in der Bibliothek zu sehen waren, und ich hegte nicht den geringsten Zweifel daran.

Meinem Bruder und mir war es, wie ich schon sagte, verboten, diesen Raum zu betreten; als wir jedoch etwas älter waren, brachte uns Mr. Million regelmäßig, vielleicht zweimal pro Woche, in die Stadtbibliothek. Diese Ausflüge waren so gut wie die einzige Gelegenheit, bei der wir das Haus verlassen durften, und da unser Lehrer es verabscheute, sein langes, schweres Metallgestell in eine Droschke zu zwängen, und kein Tragsessel sein Gewicht ausgehalten hätte, unternahmen wir diese Bildungsexpeditionen immer zu Fuß.

Lange Zeit blieb der Weg zur Bibliothek der einzige Teil der Stadt, den ich kannte. Drei Blocks hinunter in der Saltimbanque-Straße, an der unser Haus lag, rechts durch die Rue d'Asticot zum Sklavenmarkt und einen Block darüber hinaus, dann war man bei der Bibliothek. – Kinder unterscheiden nicht wie Erwachsene zwischen Ungewöhnlichem und Alltäglichem und schlagen deshalb oft einen Mittelweg ein, finden interessant, was Erwachsene kaum beachten, und gehen gleichgültig über die unwahrscheinlichsten Ereignisse hinweg. Mein Bruder und ich, wir waren fasziniert von dem Trödelkram, den gefälschten Antiquitäten, die es in der Rue d'Asticot gab, aber wir langweilten uns meistens, wenn Mr. Million aus irgendeinem Grund eine Stunde am Sklavenmarkt haltmachen wollte.

Der Markt war nicht sonderlich groß, da Port Mimizon in dieser Beziehung kein Handelszentrum war, und die Händler und Ausrufer standen oft auf beinahe freundschaftlichem Fuß mit ihrer Ware – da sie einander zu wiederholten Malen trafen, wenn ein Käufer nach dem anderen denselben Fehler bei einem Sklaven entdeckte. Mr. Million bot niemals mit, beobachtete nur ausdruckslos die Vorgänge, während wir von einem Fuß auf den anderen traten und das Röstbrot knabberten, das er uns an einem Stand gekauft hatte. Da wurden Sesselträger mit muskelbepackten Beinen angepriesen, weibische Badesklaven, Kampfsklaven in Ketten, mit drogenstumpfen Augen oder wildem, irrem Blick; Köche, Haushaltssklaven, hunderte andere – aber David und ich bettelten meist bald, allein zur Bibliothek vorauslaufen zu dürfen.

Die Bibliothek war ein unproportioniert großes Gebäude, das damals, als man noch französisch sprach, der Amtssitz der Regierung gewesen war. Der Park, der es einst umgeben hatte, war der allgemeinen Verrottung und Korruption zum Opfer gefallen, und das Bibliotheksgebäude wurde nun von allen Seiten von schlampigen Läden, Verkaufsbuden und Bretterhütten bedrängt. Eine winkelige Gasse brachte einen zum Haupteingang, und war man einmal im Innern, so vergaß man die heruntergekommene Nachbarschaft über der etwas verstaubten Großartigkeit des Hauptsaals, der unter der ungeheuren Kuppel lag. Diese Kuppel, an deren Innenseite sich eine begehbare Wendelrampe hinaufzog, entlang der Hauptsammlung der Bibliothek, wölbte sich in wohl hundertfünfzig Meter Höhe ein steinernes Firmament, dessen kleinstes Stückchen, wenn es herabfiel, einen der Bibliothekare auf der Stelle getötet hätte.

Während sich Mr. Million majestätisch, hier und da ein Buch begutachtend, die Wendelrampe hinaufschob, rannten David und ich voraus, bis wir mehrere Runden über ihm waren und tun konnten, was wir wollten. Als ich noch ziemlich jung war, kam mir oft der Gedanke, daß sich doch ein paar Bücher meines Vaters hier finden mußten, da er doch, nach Aussage jener rosa Dame, ein ganzes Zimmer voller Bücher geschrieben hatte. Also machte ich mich zielbewußt auf, drang fast bis zum Scheitel der Kuppel vor und stöberte herum. Da die Bibliothekare es mit dem Wiedereinordnen der Bücher keineswegs genau nahmen, bestand immer eine Möglichkeit, etwas zu finden, das mir bei früheren Gelegenheiten entgangen war. Die Regale ragten hoch über meinen Kopf empor, aber wenn ich mich unbeobachtet wußte, kletterte ich an ihnen hinauf wie auf einer Leiter, stieg auf Bücher, wenn die breiten Spitzen meiner kleinen braunen Schuhe auf den Regalen selbst keinen Platz fanden, und stieß auch manchmal Bücher zu Boden, wo sie bis zu unserem nächsten Besuch oder länger liegenblieben, weil die Angestellten wenig Lust hatten, den langen Spiralweg hinaufzuwandern.

Die oberen Regale waren in noch ärgerer Unordnung als die bequemer erreichbaren, und als ich eines glorreichen Tages das allerhöchste erklomm, fand ich dort in luftig-staubiger Höhe lediglich ein verlorenes Exemplar von *Montag oder Dienstag* (neben einem falsch eingeordneten Astronautikbuch, *Das meilenlange Raumschiff*, von irgendeinem Deutschen), in Gesellschaft eines Buchs über die Ermordung Trotzkis und einem zerfledderten Exemplar von Vernor Vinges Kurzgeschichten, das, wie ich vermutete, nur dorthin verbannt worden war, weil irgendein längst verstorbener Bibliothekar das verblaßte *V. Vinge* auf dem Rücken für ›Winge‹ gelesen hatte.

Ich fand niemals Bücher von meinem Vater, aber ich bereute meine Klettertouren trotzdem nicht. Wenn David mitgekommen war, rannten wir gemeinsam hinauf, immer rundum, und wieder hinunter, oder lugten über das Geländer nach Mr. Million und diskutierten die Möglichkeit, ihm mittels eines gutgezielten Wälzers den Garaus zu machen. Wenn David es vorzog, weiter unten eigenen Interessen nachzugehen, stieg ich ganz hinauf, bis die Kuppeldecke sich unmittelbar über meinem Kopf befand; dort oben führte ein rostiger Eisenlaufsteg, der nicht breiter als die Bücherborde war, auf denen ich herumkletterte (und wohl nicht annähernd so stabil), an einem Ring winziger Luken vorbei – Spalten in einer eisernen Wand, aber einer so dünnen Wand, daß ich, wenn ich die verrosteten Deckplatten weggeschoben hatte, den Kopf durchstecken konnte und mich wirklich im Freien befand, wie auf einer windumbrausten Bergkuppe, kreisende Vögel um mich und unter mir die kalkfleckige Wölbung der Kuppel.

Im Westen konnte ich unser Haus sehen, da es höher als die Nachbargebäude war und durch die Orangenbäume auf dem Flachdach leicht herauszufinden war. Im Süden sah man im Hafen die Masten zahlreicher Schiffe, und bei klarem Wetter – und zur richtigen Tageszeit – die Schaumkronen der Flutwelle, die Sainte Anne zwischen die beiden Halbinseln hereindrängte, die ›Zeigefinger‹ und ›Daumen‹ hießen. (Und einmal, an das ich mich sehr deutlich erinnerte, lugte ich gerade nach Süden hinaus, als in einer Fontäne sonnenglitzernder Wassermassen ein Sternenkreuzer herunterstieß.) Nach Osten und Norden hin erstreckte sich die eigentliche Stadt mit der Zitadelle und dem großen Markt, und dahinter begannen die Wälder und Berge.

Früher oder später jedoch rief uns Mr. Million, ob David nun bei mir war oder sich selbständig gemacht hatte. Dann mußten wir mit ihm in einen der Nebenflügel zu dieser oder jener wissenschaftlichen Büchersammlung gehen. Das bedeutete neue Lehrbücher für uns. Mein Vater wünschte, daß wir in Biologie, Anatomie und Chemie gründlich unterrichtet würden, und mit einem Lehrer wie Mr. Million lernten wir das alles mehr als gründlich – nach seiner Ansicht war ein Fachgebiet erst erledigt, wenn wir über jedes Thema in jedem Buch diskutieren konnten, das im Katalog für dieses Fach angegeben war. Ich zog die Naturwissenschaften – vor allem Biologie – vor, während David sich mehr für Sprachen, Literatur und Jura interessierte; wir bekamen nämlich auch von diesen Gegenständen einige Grundlagen vermittelt, außerdem noch in Anthropologie, Kybernetik und Psychologie.

Wenn er die Bücher ausgewählt hatte, die unseren Lehrstoff für die nächsten Tage bilden sollten, und uns gedrängt hatte, selbst noch weiteres Lesematerial auszusuchen, brachte uns Mr. Million in eine ruhige Ecke in einem wissenschaftlichen Leseraum, wo es Stühle und einen Tisch und genügend Platz gab, daß er seinen massigen Korpus gegen eine Wand oder ein Bücherregal lehnen konnte, ohne im Weg zu stehen. Um den formellen Beginn unserer Unterrichtsstunde anzuzeigen, pflegte er uns aufzurufen, wobei er stets meinen Namen zuerst nannte.

Darauf meldete ich mich immer mit »Hier«, um ihm zu zeigen, daß ich aufmerksam bin ...

»Und David.«

»Hier.« (David hat ein illustriertes Exemplar von *Geschichten aus der Odyssee* auf den Knien liegen, wo es Mr. Millions Blick verborgen ist, aber er schaut Mr. Million voll geheucheltem Interesse an. Von einem hohen Fenster fällt ein schräger Balken Sonnenlicht auf unseren Tisch; die Luft ist trüb von Staub.)

»Ich möchte wissen, ob einer von euch die Steinwerkzeuge in dem Raum bemerkt hat, durch den wir eben kamen?«

Wir nicken, und jeder hofft, daß der andere etwas sagt.

»Wurden sie auf der Erde gemacht oder hier auf unserem eigenen Planeten?«

Diese Frage ist ein Trick, aber ein leicht durchschaubarer. David sagt: »Weder noch, sie sind aus Plastik.« Und wir kichern los.

Mr. Million sagt ungeduldig: »Ja, es sind Plastikreproduktionen, aber woher stammen die Originale?« Sein Gesicht, das so dem meines Vaters gleicht (mir aber damals sein alleiniges Eigentum zu sein schien, so daß es mir erschreckend widernatürlich vorkam, es dann bei einem lebenden Menschen anzutreffen), sieht weder interessiert noch erzürnt noch gelangweilt aus – nur kühl und ausdruckslos.

David antwortet: »Von Sainte Anne.« Sainte Anne ist der Schwesterplanet unserer Welt, und schwingt mit ihr um ein gemeinsames Zentrum, während beide Planeten ihre Bahn um die Sonne ziehen. »Das stand auf dem Schild. Die Ureinwohner haben sie gemacht, und hier bei uns gab es keine Aborigines.«

Mr. Million nickt und wendet sein unkörperliches Gesicht mir zu. »Glaubst du, daß diese Steinwerkzeuge im Leben ihrer Hersteller eine besondere Rolle gespielt haben? Sag nein.«

»Nein.«

»Warum nicht?«

Ich überlege verzweifelt, wobei es keine besondere Hilfe ist, daß mir David unter dem Tisch gegen die Schienbeine tritt. Dann kommt mir eine vage Idee.

»Sprich. Antworte sofort.«

»Das ist ja ziemlich klar, oder?« (Immer eine gute Antwort, wenn man nicht einmal sicher ist, daß ›das‹ überhaupt im Bereich des Möglichen liegt.) »Erstens können diese Werkzeuge nie besonders wirkungsvoll gewesen sein, also wie hätten die Abos sich ausschließlich darauf verlassen können? Man könnte einwenden, daß sie diese Obsidianpfeilspitzen und knöchernen Angelhaken brauchten, um zu Nahrung zu kommen, aber das stimmt nicht. Sie konnten die Fische mit den Säften bestimmter Pflanzen betäuben, und für ein primitives Volk ist es ohnehin vorteilhafter, mit Reusen oder mit Netzen aus Lederstreifen oder Pflanzenfasern zu fischen. Für die Jagd gilt das gleiche – es war vermutlich günstiger, die Tiere mit Feuer zu hetzen, oder Fallgruben auszuheben und Schlingen auszulegen. Im übrigen sind zum Sammeln von Beeren und eßbaren Pflanzen und solchem Zeug Steinwaffen gar nicht nötig, und das war vermutlich ihre Hauptnahrung. Diese Steindinger sind bloß hier in die Vitrine gelangt, weil die Fallen und Netze verrotteten, und das als einziges übrigblieb. Also tun die Leute, die sich mit diesen Sachen ihr Geld verdienen, so, als hätte es nichts anderes gegeben.«

»Gut. David? Eine originelle Antwort. Wiederhole nicht einfach, was du eben gehört hast.«

David sieht von seinem Buch auf, und seine blauen Augen streifen verachtungsvoll über uns beide. »Hätte man die Abos fragen können, sie hätten gesagt, daß ihre Zauberriten und ihre Religion, ihre Gesänge und die Traditionen ihres Volkes für sie am wichtigsten seien. Sie töteten ihre Opfertiere mit muschelbesetzten Geißeln, die scharf wie Rasiermesser waren. Ihre Männer durften nicht mit den Frauen verkehren, bevor sie sich einer Feuerprobe unterzogen hatten, die sie fürs Leben entstellte, und sie glaubten, daß Bäume ihre Frauen befruchteten. Sie ertränkten Kinder, um ihre Flüsse zu ehren. Derartige Dinge waren für sie wichtig.«

Mr. Millions halsloses Gesicht nickt. »Wir wollen uns nun mit der Frage befassen, ob diese Aborigines Menschen waren. David zuerst. Was spricht dagegen?«

(Ich trete nach ihm, aber er hat seine mageren, sommersprossigen Beine hinaufgezogen oder hinter den Stuhlbeinen versteckt, was gegen die Spielregeln ist.) »Menschsein«, sagte er mit seiner überheblichsten Stimme, »hat in der gesamten Geschichte menschlichen Denkens Abstammung von, sagen wir der Kürze halber *Adam*, bedeutet; das heißt, Zugehörigkeit zum ursprünglichen terrestrischen Stamm, und wenn euch das nicht einleuchtet, seid ihr Idioten.«

Ich warte darauf, daß er fortfährt, aber er hat nichts mehr zu sagen. Um Zeit zum Nachdenken zu gewinnen, sage ich: »Mr. Million, es ist nicht fair, daß er mich in einer Debatte beschimpfen darf. Sagen Sie ihm, das ist keine Diskussion, sondern ein *Streit,* oder?«

Mr. Million sagt: »Keine persönlichen Angriffe, David.« (David schielt bereits nach dem Zyklopen Polyphem und Odysseus, in der Hoffnung, daß ich mir jetzt etwas einfallen lasse, vorzugsweise etwas Langes. Ich fühle mich herausgefordert und beschließe, es ihm zu zeigen.)

Ich beginne: »Abstammung von der terrestrischen Spezies *Homo* ist im vorliegenden Fall eine Bedingung, die kein Gegenargument liefert, daher irrelevant ist. Es wäre nämlich durchaus möglich, daß die sogenannten Ureinwohner von Sainte Anne die Nachkommen einer früheren menschlichen Auswanderungswelle waren – einer vielleicht, die sogar noch vor der Zeit der *homerischen Griechen* stattfand.«

Mr. Million wendet milde ein: »Ich würde mich, an deiner Stelle, auf Argumente etwas höherer Wahrscheinlichkeit beschränken.«

Trotzdem verbreite ich mich noch über die Etrusker, Atlantis und die expansionistischen Tendenzen einer zähen (wiewohl hypothetischen) technologischen Kultur von Gondwanaland. Als ich endlich verstumme, sagt Mr. Million: »Jetzt umgekehrt. David, was spricht dafür. Ohne Wiederholungen bitte.«

Mein Bruder hat sich natürlich das Buch angeschaut, anstatt zuzuhören, und ich versetze ihm einen schadenfrohen Tritt in der Annahme, daß er jetzt festsitzt, aber er sagt trocken: »Die Abos sind Menschen, weil sie alle tot sind.«

»Erkläre das.«

»Lebten sie noch, so wäre es unklug, sie als Menschen zu bezeichnen, weil sie dann alle möglichen Ansprüche stellen könnten, aber da sie nun mal tot sind, ist es viel interessanter, wenn sie Menschen waren. Die Siedler haben sie alle umgebracht.«

Und so geht es weiter. Der Flecken Sonnenlicht schleicht über die streifige rote Tischplatte – tat es hundertmal, tausendmal. Nachher verließen wir die Bibliothek durch einen Seitenausgang und einen schmalen Hof zwischen zwei Seitenflügeln. Niemand kümmerte sich um dieses Areal, und leere Flaschen kollerten umher, und der Wind wirbelte Papierfetzen auf. Einmal lag dort auch ein Toter, in bunter, zerfetzter Kleidung, und wir Jungen hüpften über seine Beine, hin und her, während Mr. Million schweigend um ihn herumrollte. Wenn wir dann aus dem Hof in eine enge Gasse hinauskamen, ertönte drüben auf der Zitadelle das Hornsignal (wie weit entfernt es immer klang ...), das die Besatzung zur Abendmahlzeit rief. In der Rue d'Asticot war meist schon der Laternenanzünder an der Arbeit, und vor den Läden rasselten eiserne Gitter herunter. Die Gehsteige, von denen wie durch Zauberschlag die ausgestellten alten Möbel verschwunden waren, kamen einem leer und ungewohnt breit vor.

In der Saltimbanque-Straße war es gerade umgekehrt. Hier wurde es erst abends belebt, wenn die ersten Vergnügungssuchenden kamen. Weißhaarige, joviale alte Herren, die junge Männer und Burschen begleiteten (gutaussehend und muskulös, aber meist ein bißchen überfüttert wirkend); junge Männer, die etwas unsicher herumwitzelten und beim Lachen gepflegte Zähne sehen ließen. Die ersten Ankömmlinge waren immer von dieser Art, und als ich älter war, fragte ich mich, ob sie so früh kamen, weil die älteren Männer ihr Vergnügen haben wollten, ohne auf ausreichenden Schlaf verzichten zu wollen, oder weil sie wußten, daß die jungen Männer, die sie in das Etablissement meines Vaters führten, nach Mitternacht schläfrig und gereizt sein würden, wie Kinder, die zu lange aufbleiben mußten.

Weil Mr. Million nicht wollte, daß wir nach Einbruch der

Dunkelheit durch wenig vertrauenserweckende Gäßchen gingen, betraten wir das Haus durch den Vordereingang, zusammen mit jenen weißhaarigen Männern und ihren Neffen oder Söhnen. Man kam dort zuerst durch einen kleinen Garten, der nicht größer als ein Zimmer war und bis zur fensterlosen Vorderfront des Hauses reichte. Es gab darin Farnbeete in der Größe von Gräbern; einen kleinen Springbrunnen, dessen Wasser auf dünne Glasstäbe fiel und sie in endloser Melodie zum Klingen brachte (man mußte aufpassen, daß die Gassenjungen sie nicht stahlen); und schließlich, breitbeinig in den Moosboden gekrallt, die Eisenfigur eines Hundes mit drei Köpfen.

Ich glaube, es war diese Figur, die unserem Haus den gängigen Namen *Maison du Chien* verlieh, obwohl natürlich auch noch eine Anspielung auf unseren Familiennamen mitspielen mochte. Die drei Köpfe besaßen schlanke, spitze Schnauzen und Ohren. Der eine knurrte wütend, der in der Mitte musterte seine Welt von Garten und Straße mit einem Ausdruck toleranten Interesses, und der dritte Kopf, der dem Backsteinweg zum Eingang am nächsten war, grinste buchstäblich. Die Kunden meines Vaters pflegten ihn zwischen den Ohren zu tätscheln, wenn sie vorbeikamen. Ihre Finger hatten die Stelle poliert, bis sie wie schwarzes Glas wirkte.

So also sah meine Welt aus, als ich sieben der langen Jahre unseres Planeten in ihr zugebracht hatte. Noch etwa ein halbes Jahr länger änderte sich nichts. Den Großteil meiner Tage verbrachte ich in dem kleinen Schulzimmer, über das Mr. Million herrschte, und die Abende in unserem Schlafraum, wo David und ich spielten und stritten, ohne einen Ton von uns zu geben. Die einzige Abwechslung in jener Zeit brachten die Ausflüge in die Bibliothek, wie ich sie beschrieben habe, oder auch, sehr selten, woanders hin. Manchmal schob ich die Silberranken der Trompetenblume zur Seite, um die Mädchen und ihre Gönner im Hof unten zu beobachten, und manchmal flatterten Gesprächsfetzen vom Dachgarten zu mir herunter, doch was dort geschah oder geredet wurde, interessierte mich nicht übermäßig. Ich wußte, daß der große Mann mit dem hageren Gesicht, dem in unserem Haus alles gehorchte und den die Mädchen und Diener als *Maître* anredeten, mein Vater war. Und so lange ich zurückdenken kann, hatte ich gewußt, daß es auch eine schreckliche Frau gab – die Diener zitterten vor ihr – die *Madame* genannt wurde, aber daß sie weder meine noch Davids Mutter war, noch die Gattin meines Vaters.

Dieses Leben und meine Kindheit endeten eines Abends, nachdem David und ich, erschöpft von einer stummen Balgerei, eingeschlafen waren. Irgend jemand rüttelte mich an der Schulter und rief mich an, aber es war nicht Mr. Million, sondern einer der Diener, ein buckliger Alter in einer abgewetzten roten Jacke. »Er will dich sehen«, informierte mich der Mann. »Steh auf.«

Ich gehorchte, und er sah, daß ich mein Nachtgewand anhatte. Diesem Umstand trugen seine Befehle anscheinend nicht Rechnung, und ein Weilchen beriet er sich murmelnd mit sich selbst, während ich gähnend dabeistand. »Zieh dich an«, sagte er endlich. »Und kämm dich.«

Das tat ich, zog die schwarzen Samthosen an, die ich am Vortag getragen hatte, aber (aufgrund irgendeines warnenden Instinkts) ein neues sauberes Hemd. Der Raum, in den er mich daraufhin brachte (durch verwinkelte Gänge, aus denen längst die letzten Kunden verschwunden waren, und durch andere, modrig riechende, von Ratten verschmutzte, die kein Kunde je zu sehen bekam) war die Bibliothek meines Vaters – das Zimmer mit der großen, geschnitzten Tür, vor der jene rosa Dame mit mir geflüstert hatte. Ich war noch nie drinnen gewesen, aber als mein Führer diskret klopfte, schwang die Tür zurück, und ehe ich mich's versah, stand ich mitten in dem geheimnisvollen Raum.

Mein Vater, der die Tür geöffnet hatte, schloß sie hinter mir. Er ließ mich stehen wo ich war und ging zum anderen Ende des langen Raums, wo er sich in einen riesigen Polstersessel fallen ließ. Er trug den roten Hausmantel und den schwarzen Schal, mit dem ich ihn meistens gesehen hatte, und sein langes, schütteres Haar war glatt zurückgekämmt. Er starrte mich an, und ich weiß noch, daß meine Lippen zitterten, als ich mich bemühte, nicht in Tränen auszubrechen.

»Nun«, sagte er, nachdem wir einander längere Zeit angesehen hatten, »da bist du also. Wie soll ich dich nennen?«

Ich sagte ihm meinen Namen, aber er schüttelte den Kopf. »Nein. Du mußt einen anderen Namen für mich haben – einen privaten Namen. Du kannst ihn dir selbst aussuchen, wenn du magst.«

Ich erwiderte nichts. Es schien mir völlig unvorstellbar, daß ich einen anderen Namen tragen sollte als jene zwei Wörter, die – in fast mystischem Sinn, den ich erahnte, aber nicht verstand – *mein Name* waren.

»Gut, so will ich für dich entscheiden«, sagte mein Vater. »Du bist Nummer Fünf. Komm her, Nummer Fünf.«

Ich kam, und als ich vor ihm stand, sagte er zu mir: »Wir wollen nun ein Spiel spielen. Ich werde dir ein paar Bilder zeigen, verstehst du? Und die ganze Zeit, während du sie dir ansiehst, mußt du reden. Sprich über die Bilder. Wenn du redest, gewinnst du. Wenn du aufhörst, auch nur für eine Sekunde, dann gewinne ich. Verstanden?«

Ich sagte, ich hätte verstanden.

»Gut. Ich weiß, daß du ein gescheiter Junge bist. Mr. Million hat mir nämlich die Ergebnisse aller Prüfungen, die er dich machen ließ, und die Aufzeichnungen von seinen Gesprächen mit dir gebracht. Wußtest du das? Hast du dich überhaupt je gefragt, was er damit anfing?«

Ich sagte: »Ich dachte, er würde sie wegwerfen«, und mein Vater beugte sich vor, wie um meine Antwort besser verstehen zu können, ein Umstand, den ich damals als schmeichelhaft empfand.

»Nein, ich habe alles hier.« Er drückte einen Schalter. »Und jetzt denk daran, du darfst nicht aufhören zu reden.«

Aber in den ersten Sekunden war ich viel zu aufgeregt und interessiert, um etwas zu sagen.

Im Zimmer war wie durch Zauberei ein Junge erschienen, der beträchtlich jünger war als ich, und ein bemalter Holzsoldat fast von meiner Größe, die sich beide, als ich sie berühren wollte, unfaßbar wie Luft erwiesen. »Sag etwas«, mahnte mein Vater. »Woran denkst du, Nummer Fünf?«

Ich dachte natürlich an den bunten Soldaten, und das schien auch der geisterhafte Junge zu tun, der vielleicht drei Jahre alt sein mochte. Unbeholfen stolperte er auf mich zu, durch meinen Arm hindurch, und versuchte, die Figur umzustoßen.

Es handelte sich um Holografien – dreidimensionale Bilder, die durch die Interferenz zweier Lichtwellenfronten entstehen – etwas, das mir recht langweilig vorgekommen war, als ich es anhand zweidimensionaler Bilder von Schachfiguren in meinem Physikbuch zum erstenmal erklärt bekommen hatte. Ich brauchte jedoch einige Zeit, bevor ich jene Schachfiguren mit diesen Phantomen in Zusammenhang brachte, die durch die Bibliothek meines Vaters zogen. Und immer wieder drängte mein Vater: »Sage etwas! Rede! Was glaubst du, denkt dieser kleine Junge?«

»Naja, dem Jungen gefällt der Soldat, aber er möchte ihn umstoßen, wenn er's irgendwie fertigbringt, weil der Soldat ja nur ein Spielzeug ist, und doch größer als er selber ...« Und ich redete, lange Zeit, ich glaube, es waren Stunden. Die Bilder änderten sich wieder und wieder. Der Soldat wurde durch ein Pony ersetzt, ein Kaninchen, einen Teller Suppe, Biskuit. Der dreijährige Junge blieb jedoch die Hauptfigur. Als der bucklige Mann mit der schäbigen Jacke gähnend wiederkam, um mich ins Bett zurückzubringen, war meine Stimme zu einem heiseren Flüstern geworden, und meine Kehle schmerzte. In dieser Nacht sah ich in meinen Träumen den kleinen Jungen bei einer Beschäftigung nach der anderen, und seine Person verschmolz in seltsamer Weise mit meiner eigenen und der meines Vaters, so daß ich gleichzeitig Beobachter, Beobachteter und eine dritte Person zu sein schien, die uns beide beobachtete.

Am nächsten Abend schlief ich fast im gleichen Augenblick ein, als wir auf Mr. Millions Geheiß zu Bett gingen – ich blieb nur gerade lange genug wach, um mich dieser Tatsache zu freuen. Ich erwachte, als der bucklige Mann hereinkam, aber er holte nicht mich aus den Federn, sondern David. Ich rührte mich nicht und gab vor, noch zu schlafen (mir war nämlich der Gedanke gekommen, daß er uns beide mitnehmen würde, wenn er sah, daß ich wach war; damals erschien mir das nur vernünftig). Und so beobachtete ich durch die Wimpern, wie mein Bruder in die Kleider fuhr und sich bemühte, seine wirren blonden Locken halbwegs in Ordnung zu bringen. Ich lag in tiefem Schlaf, als er zurückkam, und hatte keine Gelegenheit, ihn auszufragen, bis Mr. Million uns, wie es manchmal vorkam, beim Frühstück allein ließ. Ich hatte David selbstverständlich von meinem Erlebnis erzählt, und nach allem, was er sagte, schien es ihm ganz ähnlich ergangen zu sein. Er hatte die holografischen Szenen vorgeführt bekommen – anscheinend die selben: den Holzsoldaten, das Pony. Auch er war gezwungen worden, ohne Unterbrechung zu reden, wie es uns Mr. Million bei Debatten und mündlichen Prüfungen beigebracht hatte. Seine Begegnung mit unserem Vater unterschied sich, soweit ich das beurteilen konnte, nur in einer einzigen Beziehung von der meinen; als ich ihn nämlich fragte, welchen Namen er erhalten hätte, sah er mich verständnislos an, eine Scheibe Toast halb zum Mund gehoben.

Ich fragte nochmals: »Wie hat er dich genannt, wenn er mit dir sprach?«

»Er sagte David zu mir. Wie sonst hätte er mich nennen sollen?«

Als jene sonderbaren Interviews einsetzten, änderten sich auch sonst einige Dinge in meinem Leben. Manches, was ich zuerst für zufällig hielt, wurde unmerklich zur Regel, ohne daß David oder ich sich dessen bewußt geworden wären. Unsere Spiele und stummen Geschichten vor dem Einschlafen wurden immer seltener, und David hörte nach und nach auf, aus der Trompetenranke Panflöten zu schnitzen. Mr. Million erlaubte uns, länger zu schlafen, und wir wurden überhaupt von da an irgendwie mehr als Erwachsene behandelt. Zu dieser Zeit brachte er uns auch zum erstenmal in den Park, wo es einen Bogenschießplatz gab und Einrichtungen für verschiedene Spiele. Dieser kleine Park, der nicht weit von unserem Haus entfernt lag, wurde an seiner einen Seite von einem Kanal begrenzt. Und dort saß ich oft, während David mit Pfeilen nach einer mit Stroh ausgestopften Gans schoß oder Tennis spielte, und starrte über das ruhige, nur wenig verschmutzte Wasser, wartete wohl auch auf eins der großen weißen Schiffe – Schiffe mit einem Bug so scharf wie der Skalpellschnabel eines Eisvogels, und mit vier, fünf, ja sogar sieben Masten – die manchmal vom Hafen hereingezogen wurden, von zehn oder zwölf Ochsengespannen.

Im Sommer jenes Jahres, da ich elf wurde oder zwölf – ich glaube, es war zwölf – bekamen wir das erstemal die Erlaubnis, nach Sonnenuntergang im Park zu bleiben, um uns ein Feuerwerk ansehen zu können. Wir saßen auf der grasbewachsenen Böschung des Kanals, und kaum waren die ersten paar Raketen vielleicht tausend Meter über der Stadt zerplatzt und erloschen, wurde David übel. Er stürzte ans Wasser und erbrach sich, bis zu den Ellbogen in den Schlamm gestützt, während über ihm rote und weiße Feuerfontänen in ihrer wunderbaren Pracht aufflammten. Mr. Million nahm ihn auf seine Arme, und als der bedauernswerte David sich völlig ausgeleert hatte, eilten wir nach Hause.

Es stellte sich heraus, daß ihm nicht mehr fehlte als das verdorbene Sandwich, dessen er sich so abrupt entledigt hatte, aber während unser Lehrer ihn zu Bett brachte, beschloß ich, mir den Rest des Schauspiels nicht entgehen zu lassen – beim Heimgehen hatte ich durch Häuserlücken nur hier und da einen Blick erhaschen können. Wir durften zwar abends nicht aufs Dach, aber ich wußte sehr gut, wo sich der nächste Aufgang befand. Die Aufregung, die ich verspürte, als ich in jene verbotene Welt blühender Sträucher und Schatten eindrang, über der feurige Blumen ihre Kelche öffneten, packte mich wie ein Fieber; ich war außer Atem, und ein Kälteschauer schüttelte mich, obwohl es Sommer und sehr warm war.

Auf dem Dach befanden sich weit mehr Leute, als ich erwartet hatte. Die Männer waren ohne Mäntel, Hüte und Stöcke heraufgekommen (dies alles hatten sie in der Garderobe gelassen), und die Mädchen, meines Vaters Angestellte, trugen phantasievolle Kostüme, die ihre geschminkten Brüste unter zierlichen Golddrahtgittern, kleinen Vogelkäfigen gleich, zur Schau stellten; andere wieder, solche, die überdurchschnittliche Körpergröße vortäuschten (solange man nicht sehr nahe bei ihnen stand); oder Gewänder, deren Rockteil Gesicht und Busen der Trägerin reflektierte, wie Bäume am Rande einer stillen Wasserfläche gespiegelt werden, so daß der Eindruck entstand, die Damen eines seltsamen Tarockspiels seien zum Leben erwacht.

Man sah mich natürlich, da ich viel zu aufgeregt war, um mich versteckt zu halten; niemand befahl mir jedoch, wieder hinunterzugehen; ich glaube, sie nahmen einfach an, daß ich die Erlaubnis hatte, mir das Feuerwerk von oben anzusehen.

Das Schauspiel dauerte noch lange. Ich erinnere mich an einen Mann, untersetzt, mit eckigem Gesicht, der ziemlich dumm aussah und jemand von Bedeutung zu sein schien; er wollte nicht so lange auf die Dienste seiner Dame verzichten – die nicht zurück ins Haus wollte, ehe das Feuerwerk zu Ende war –, so daß man seinem Wunsch nach Abgeschlossenheit Rechnung trug und zwanzig oder dreißig Büsche und kleine Bäume wie eine dichte Hecke um die beiden anordnete. Ich half den Dienern, einige der kleineren Töpfe und Pflanzentröge hinzubringen, und duckte mich dann unbemerkt zwischen die Sträucher. Dort konnte ich durch die Zweige immer noch die zerplatzenden Raketen und ›Granaten‹ sehen, aber auch den Kunden und seine *nymphe du bois*, die dem Feuerwerk bei weitem mehr Aufmerksamkeit widmete als ich.

Mein Beweggrund war, so weit ich mich erinnern kann, nicht Lüsternheit, sondern einfach Neugier. Ich war in jenem Alter, in dem man sich leidenschaftlich für vielerlei interessiert, wobei die Leidenschaft etwas rein Wissenschaftliches ist. Diese meine Neugier war fast befriedigt, als mich jemand von hinten beim Hemd packte und aus dem Gebüsch hervorzog.

Außerhalb des Blätterdickichts wurde ich losgelassen, und ich drehte mich um, in der Erwartung, Mr. Million zu sehen, aber es war nicht er. Der Jemand, der mich erwischt hatte, war eine kleine, grauhaarige alte Dame in einem schwarzen Kleid, dessen Rock, wie mir sogar damals sofort auffiel, in ganz geraden Falten von ihrer Taille bis zum Boden reichte. Ich glaube, ich verbeugte mich vor ihr, da sie offensichtlich keine Dienerin war, doch sie erwiderte den Gruß in keiner Weise, starrte mir nur unverwandt ins Gesicht, bis ich annehmen mußte, daß sie in den dunklen Pausen zwischen den einzelnen Feuerfontänen genausogut sah wie in ihrem Licht. Endlich aber schoß kreischend eine riesige Rakete auf ihrem Feuerschweif in den Himmel (dies mußte das Finale des Schauspiels gewesen sein), und sie sah einen Augenblick lang auf. Dann, als die Rakete zu einer lila Orchidee von phantastischer Größe und Farbenpracht erblühte, packte mich die energische alte Dame wieder und zog mich unnachgiebig zur Treppe.

Während wir uns auf dem glatten Steinpflaster des Dachgartens befanden, schien mir, daß sie nicht richtig gehe, sondern über den Boden gleite wie eine Schachfigur aus Onyx über ein poliertes Spielbrett. Und trotz allem, was seitdem geschehen ist, blieb sie mir so in Erinnerung: als Schwarze Dame, als Königin in einem Schachspiel, weder böse noch gütig, und Schwarz nur zur Unterscheidung von jener Weißen Dame, die mir niemals begegnen sollte.

Als wir jedoch die Stiegen erreichten, wurde jenes ruhige Gleiten zu einem elastischen Hüpfen, bei dem der Saum ihres Rockes auf jede Stiege herabtauchte, als sei ihr Rumpf ein kleines Boot, das über Stromschnellen springt – jetzt über eine Kante stürzend, dann wieder auf und ab wippend in ruhigerem Wasser.

Sie hielt sich auf diesen Stufen aufrecht, indem sie sich an mir und am Arm einer Dienerin festhielt, die am Treppenabsatz auf uns gewartet hatte und ihr nun auf der anderen Seite beistand. Als wir den Dachgarten durchquerten, hatte ich vermutet, daß ihre gleitende Fortbewegung nur einen geschmeidigen Gang und beherrschter Körperhaltung zu verdanken war, aber jetzt wurde mir klar, daß sie irgendwie körperlich behindert sein mußte; ich bekam den Eindruck, daß sie ohne unsere Hilfe kopfüber die Treppen hinuntergestürzt wäre.

Als wir den Fuß der Treppe erreicht hatten, begann sie wieder so unheimlich ruhig dahinzugleiten. Sie entließ die Dienerin mit einem Kopfnicken und führte mich den Korridor entlang, fort von jenem Teil des Hauses, in dem unser Schlafraum und Schulzimmer lagen. Wir kamen zu einem Treppenschacht, weit hinten im Haus – einer steilen, selten benutzten Wendeltreppe, auf der einen nur ein niedriges Eisengeländer vor einem Sturz sechs Stockwerke tief in den Keller bewahrte. Hier ließ sie mich los und befahl mir kurz, hinunterzusteigen. Nach einigen Stufen drehte ich mich nach ihr um, um zu sehen, ob sie Schwierigkeiten hätte.

Sie hatte keine – aber sie benutzte auch gar nicht die Treppe. Sie schwebte mitten im Treppenschacht und beobachtete mich.

Ihr langer Rock hing gerade und glatt wie ein Vorhang herunter. Ich war so verblüfft, daß ich stehenblieb, was sie mit einer zornigen Kopfbewegung quittierte. Darauf rannte ich los, immer rundum und hinunter. Und sie schwebte mir nach, eine Hand am Geländer, das Gesicht – dem meines Vater sehr ähnlich – immer mir zugewandt. Als wir das zweite Stockwerk erreicht hatten, schoß sie vorwärts und fing mich ein, mühelos, wie eine Katze sich ein unfolgsames Junges wieder einfängt, und zog mich durch Räume und Gänge, die ich niemals hatte betreten dürfen, bis ich so die Orientierung verlor, als wäre ich in einem fremden Gebäude gewesen. Endlich blieben wir vor einer Tür stehen, die sich in keiner Weise von anderen unterschied. Sie öffnete sie mit einem altmodischen Messingschlüssel, dessen flache Kante wie eine Säge gezähnt war, und schob mich hinein.

Im Zimmer war es sehr hell, und ich konnte nur deutlich sehen, was ich auf dem Dach und in den Gängen nur geahnt hatte: daß der Saum ihres Rocks eine Handbreit über dem Boden endete, und daß zwischen Saum und Boden absolut nichts war. Sie wies auf einen kleinen Fußschemel, der mit Petit-point-Stickerei überzogen war, und befahl: »Setz dich.« Ich gehorchte, und sie glitt zu einem Schaukelstuhl gegenüber und ließ sich hineinsinken. Nach einigen Augenblicken fragte sie: »Wie heißt du?«, und als ich ihr meinen Namen nannte, zog sie eine Augenbraue hoch, musterte mich und begann zu schaukeln, indem sie sich leicht von der Stehlampe neben ihr abstieß. Dann verging längere Zeit, bis sie sagte: »Und wie nennt er dich?«

»Er?« Mein Gehirn funktionierte nicht richtig, aus Schlafmangel, glaube ich.

Sie schürzte die Lippen. »Mein Bruder.«

Ich entspannte mich ein wenig. »Oh«, sagte ich, »dann sind Sie also meine Tante. Ich dachte mir schon, daß Sie meinem Vater ähnlich sehen. Er nennt mich Nummer Fünf.«

Sie starrte mich einen Augenblick lang mit heruntergezogenen Mundwinkeln an, wie es auch mein Vater oft tat. Dann sagte sie: »Diese Zahl ist entweder viel zu niedrig, oder zu hoch. Am Leben sind ja nur mehr er und ich, und ich vermute, er zählt den Simulator mit. Hast du eine Schwester, Nummer Fünf?«

Mr. Million hatte uns *David Copperfield* lesen lassen, und als sie diese Frage stellte, erinnerte sie mich so unerwartet und stark an Tante Betsey Trotwood, daß ich in ein lautes Gelächter ausbrach.

»Daran ist nichts Lächerliches. Dein Vater hat eine Schwester – warum solltest du keine haben? Du hast keine?«

»Nein, Madame, aber ich habe einen Bruder. Er heißt David.«

»Sag Tante Jeannine zu mir. Sieht David dir ähnlich, Nummer Fünf?«

Ich schüttelte den Kopf. »Er hat blonde, lockige Haare. Nicht so wie ich. Er sieht mir vielleicht ein bißchen ähnlich, aber nicht sehr.«

»Ich nehme an«, murmelte meine Tante, »er hat eines meiner Mädchen verwendet.«

»Madame?«

»Weißt du, wer Davids Mutter war, Nummer Fünf?«

»Wir sind Brüder, also dachte ich, sie muß auch meine sein. Mr. Million sagte aber, sie sei vor langer Zeit fortgegangen.«

»Ihr habt nicht dieselbe Mutter«, sagte meine Tante. »Nein. Ich könnte dir ein Bild von deiner zeigen. Möchtest du?« Sie läutete, und eine Dienerin kam knicksend aus dem anschließenden Zimmer herein; meine Tante flüsterte ihr etwas zu, und sie verschwand wieder. Meine Tante wandte sich nun mir zu und fragte: »Und was machst du den ganzen Tag, Nummer Fünf, wenn du nicht gerade verbotenerweise auf dem Dach herumschleichst? Wie sieht's mit deiner Ausbildung aus?«

Ich erzählte ihr von meinen Experimenten (ich brachte unbefruchtete Froscheier zur Entwicklung und verdoppelte dann die Chromosome durch einen chemischen Prozeß, so daß eine weitere Generation geschlechtslos hergestellt wurde) und von den Sezierversuchen, zu denen mir Mr. Million damals riet, und erwähnte dabei zufällig, wie interessant es sein müsse, an einem Eingeborenen von Sainte Anne eine Biopsie durchzuführen, hätte es noch welche gegeben, da sich die Beschreibungen der ersten Forscher ziemlich widersprachen, und einige der Siedler sogar behauptet hatten, die Abos könnten ihre Gestalt ändern.

»Soso«, sagte meine Tante, »du hast also von ihnen gehört. Soll ich dir ein bißchen auf den Zahn fühlen, Nummer Fünf? Was ist die Veil-Hypothese?«

Das hatten wir schon vor mehreren Jahren gelernt, also antwortete ich: »Die Hypothese Veils hält es für möglich, daß die Abos die Fähigkeit besaßen, den Menschen vollkommen zu imitieren. Veil nahm an, daß die Abos, als die Sternenschiffe von der Erde kamen, alle Leute an Bord umbrachten und an ihre Stelle traten, so daß sie gar nicht wirklich ausgestorben sind, sondern wir.«

»Du meinst, die Leute von der Erde«, sagte meine Tante. »Die Menschen.«

»Madame?«

»Wenn Veil recht hatte, dann sind wir beide Eingeborene von Sainte Anne, zumindest der Abstammung nach; und das hast du ja wohl sagen wollen. Glaubst du, er hatte recht?«

»Ich finde, daß es keinen Unterschied machen würde. Er sagte, die Imitation müßte vollkommen sein, und wenn sie das ist, dann sind wir die gleichen Leute, die wir immer waren.« Ich hielt meine Antwort für ziemlich schlau, aber meine Tante lächelte nur und schaukelte schneller. Es war sehr warm in dem kleinen, hellen Raum.

»Nummer Fünf, du bist zu jung für semantische Spitzfindigkeiten, und ich fürchte, du hast dich durch das Wort *vollkommen* in die Irre führen lassen. Dr. Veil gebrauchte es, dessen bin ich mir sicher, in einem viel vageren Sinn als du anzunehmen scheinst. Die Imitation kann wohl kaum hundertprozentig gewesen sein, da Menschen diese spezielle Fähigkeit nicht besitzen, so daß die Abos, um Menschen *vollkommen* zu reproduzieren, sie hätten aufgeben müssen.«

»Können sie das nicht getan haben?«

»Mein Junge, Fähigkeiten jeder Art müssen sich erst entwikkeln, und dazu müssen sie gebraucht werden. Andernfalls verkümmern sie. Wenn nun die Abos tatsächlich einer so hochgradigen Gestaltnachahmung fähig waren, daß sie eben diese und andere ihnen spezifische Eigenschaften dabei verlieren konnten, dann hätte das ihr Ende bedeutet. Ihre Rasse wäre zweifelsohne ausgestorben, lange bevor die ersten Schiffe landeten. Natürlich gibt es nicht den geringsten Beweis dafür, daß sie etwas derartiges tun konnten. Sie sind einfach zugrunde gegangen, bevor sie richtig studiert werden konnten; und Veil, der eine dramatische Erklärung für die Grausamkeit und Irrationalität seiner Umgebung sucht, hat seine Theorie mitten in die Luft gebaut.«

Diese letzte Bemerkung schien mir, besonders da meine Tante so freundlich zu mir war, die ideale Gelegenheit zu bieten, nach ihrer bemerkenswerten Fortbewegungsmethode zu fragen. Während ich jedoch noch meine Frage formulierte, wurden wir von zwei Richtungen fast gleichzeitig gestört. Die Dienerin kehrte mit einem großen, ledergebundenen Buch zurück und hatte es kaum meiner Tante übergeben, als an die Tür geklopft wurde. Meine Tante sagte geistesabwesend: »Öffne«, und da dies ebensogut mir wie der Dienerin gegolten haben konnte, suchte ich ihr zuvorzukommen, um meine Neugier wenigstens zu befriedigen, und öffnete die Tür.

Zwei der *Demimondaines* meines Vaters warteten im Vorraum, kostümiert und angemalt, bis sie fremder wirkten als irgendein Abo, hochgewachsen wie lombardische Pappeln und unmenschlich wie Gespenster, mit grünen und gelben Augen, deren Schminke sie eiergroß erscheinen ließ, mit üppigen, fast bis zum Schlüsselbein hochgepreßten Brüsten; obwohl die beiden ihren andressierten Gleichmut beibehielten, bemerkte ich mit einem gewissen Vergnügen, daß sie meine Gegenwart etwas erschreckte. Ich ließ sie mit einer Verbeugung herein, aber als die Dienerin die Tür hinter ihnen schloß, sagte meine Tante: »Einen Augenblick, Mädchen. Ich will nur dem Jungen hier schnell noch etwas zeigen, dann wird er uns alleinlassen.«

Das ›Etwas‹ war eine Fotografie in einer – wie ich vermutete – neuartigen Technik, bei der alle Farbe außer verschiedenen Brauntönen unterdrückt wurde. Sie war klein, und, nach ihren abgestoßenen Kanten zu schließen, sehr alt. Sie zeigte eine junge Frau um die Fünfundzwanzig, schlank und – soweit ich das beurteilen konnte – ziemlich groß, die neben einem kräftigen jungen Mann auf einem Gehsteig stand und ein Baby im Arm hielt. Den Hintergrund bildete ein eigenartig aussehendes Haus, ein sehr langes hölzernes Haus mit nur einer Etage, an dessen Front eine

Art Veranda entlanglief, die alle paar Meter ihren Baustil änderte, so daß der Eindruck vieler, schmaler, aneinandergebauter Häuser entstand. Ich erwähne dieses Detail nur, das mir damals kaum auffiel, weil ich seit meiner Entlassung aus dem Straflager so oft versucht habe, dieses Haus zu finden. Als ich das Bild das erste Mal sah, interessierte ich mich natürlich vor allem für das Gesicht der Frau und das des Babys, obwohl von letzterem kaum etwas zu erkennen war, da man das Kind in weiße Wolldecken eingewickelt hatte. Die junge Frau hatte offene Gesichtszüge und ein warmes Lächeln, das eine Spur von jenem seltenen Charme zeigte, der aus einer Mischung von Leichtherzigkeit, Träumerei und Gewitztheit entsteht. Eine Zigeunerin, war mein erster Gedanke, aber ihr Teint war viel zu hell dafür. Da wir auf dieser Welt hier alle von einer relativ kleinen Gruppe von Kolonisten abstammen, ist die Bevölkerung ziemlich einheitlich, doch war ich durch meine Studien einigermaßen vertraut mit den ursprünglichen terrestrischen Rassen. Meine zweite Vermutung zielte daher auf keltische Abstammung, und ich war fast überzeugt, damit recht zu haben. »Wales«, sagte ich nachdenklich. »Oder Schottland. Oder Irland.«

»Was?« fragte meine Tante. Eines der Mädchen kicherte; sie saßen nun auf dem Diwan, die langen, glänzenden Beine übereinandergeschlagen vor sich ausgestreckt wie lackierte Fahnenstangen.

»Ach, nichts Wichtiges.«

Meine Tante warf mir einen prüfenden Blick zu und sagte: »Du hast recht. Ich werde dich holen lassen, damit wir ein andermal, wenn wir beide mehr Zeit haben, darüber sprechen können. Jetzt wird dich meine Dienerin in dein Zimmer bringen.«

Ich weiß nichts mehr von dem langen Weg zurück zu unserem Schlafraum, oder was für Ausreden ich für Mr. Million erfand, um meine unerlaubte Abwesenheit zu entschuldigen. Was immer es war, er mußte es durchschaut haben, oder die Wahrheit durch Befragung der Diener erfahren haben, denn meine Tante ließ mich nicht wieder in ihr Zimmer rufen, obwohl ich noch Wochen danach jeden Tag darauf wartete.

In jener Nacht – ich bin ziemlich sicher, daß es dieselbe Nacht war – träumte ich von den Eingeborenen von Sainte Anne, von

Abos mit frischen Grasbüscheln auf dem Kopf, an den Armen und Fußgelenken, Abos, die tanzten und ihre Schilde aus geflochtenen Zweigen und ihre Speere mit den steinernen Spitzen schüttelten ... bis dann diese Bewegung auf mein Bett übergriff und zu einem Arm in schäbigem roten Tuch wurde, dem Arm des Dieners, den mein Vater schickte, um mich, wie fast jede Nacht, in seine Bibliothek zu holen.

In dieser Nacht war es auch – und diesmal bin ich ganz sicher, daß es die gleiche Nacht war, jene nämlich, da ich das erste Mal von den Abos träumte – daß sich das Muster jener Stunden mit meinem Vater änderte. In den vergangenen vier oder fünf Jahren war ich zu der Überzeugung gelangt, daß dieses Ritual von Unterhaltung, Holografien, freien Assoziationen und Entlassung unabänderlich sei. Diesmal jedoch befahl er mir nach dem einleitenden Gespräch (das nur dazu da war, um mich zu beruhigen, glaube ich, es aber nie tat, auch in jener Nacht nicht), einen Ärmel hinaufzuschieben und mich auf einen alten Untersuchungstisch in einer Ecke des Zimmers zu legen. Dann hieß mich mein Vater zur Wand blicken, auf die mit Notizheften vollgestopften Regale. Ich spürte, wie eine Nadel in die Innenseite meines Armes stach, aber da mein Kopf festgehalten wurde, und mein Gesicht abgewandt war, konnte ich mich weder aufsetzen noch sehen, was er tat. Dann wurde die Nadel herausgezogen, und er sagte, ich müsse nun still liegenbleiben.

Nach sehr langer Zeit, wie mir schien – während der mein Vater immer wieder eins meiner Augenlider hob, um meine Pupillen zu studieren, oder meinen Puls überprüfte –, begann jemand im entfernteren Teil des Raums eine sehr lange und verwirrende Geschichte zu erzählen. Mein Vater machte sich Notizen darüber und unterbrach manchmal, um Fragen zu stellen, die zu beantworten ich für überflüssig hielt, da es jener ferne Geschichtenerzähler für mich tat.

Die Droge, die er mir eingespritzt hatte, ließ in ihrer Wirkung im Verlauf der Nacht nicht nach, wie ich erwartet hatte. Sie schien mich im Gegenteil immer weiter von der Realität fortzutragen, mich immer mehr von jenem Bewußtseinszustand zu lösen, der die Individualität des Denkens ermöglicht. Das rissige

Leder des Untersuchungstisches unter mir wurde zum Nichts, oder zum Deck eines Schiffs, oder den Schwingen einer Taube, die hoch über der Welt dahinfliegt; es war mir auch nicht mehr wichtig, ob die Stimme, die ich erzählen hörte, meine eigene oder die meines Vaters war. Sie klang manchmal höher, manchmal tiefer ... und dann wieder hörte ich mich selbst aus den Tiefen einer Brust sprechen, die einem Giganten gehören mußte, während die meines Vaters, identifizierbar durch das begleitende Rascheln des Notizbuchs, dünn und schrill klang wie die Stimmen der Kinder auf der Straße, wenn ich im Sommer den Kopf aus den Luken oben in der Kuppel der Bibliothek steckte.

Mit dieser Nacht änderte sich mein Leben wiederum. Die Drogen – es schien nämlich mehrere zu geben, und wenn auch die Wirkung, die ich beschrieben habe, die übliche war, so gab es doch Nächte, in denen es mir unmöglich war, ruhig zu liegen, und ich stundenlang auf und ab wandern mußte, während ich sprach, oder in herrliche oder unbeschreiblich schreckliche Träume versank – die Drogen, die ich jeden Abend erhielt, beeinträchtigten meine Gesundheit. Morgens erwachte ich oft mit Kopfschmerzen, die mir den ganzen Tag über zu schaffen machten, und Anfälle äußerster Nervosität und Unruhe mehrten sich. Es war beängstigender – manchmal verschwanden einfach ganze Teile meines Tages; ich stellte plötzlich fest, daß ich wach war und angezogen, daß ich las oder spazierenging oder sogar sprach, ohne mich an irgend etwas zu erinnern, das ich getan hatte, seit ich in der Nacht zuvor in der Bibliothek meines Vaters gelegen und vor mich hin geredet hatte.

Ich wurde immer noch zusammen mit David unterrichtet, aber jetzt schienen zwischen Mr. Million und mir die Rollen vertauscht zu sein. Jetzt war ich es, der darauf bestand, daß eine Stunde abgehalten wurde, wenn ich überhaupt dazu Zeit fand, und ich war es auch, der das Thema bestimmte und der, in den meisten Fällen, David und Mr. Million examinierte. Oft aber, wenn die beiden in die Bibliothek oder in den Park gingen, blieb ich im Bett und las, und ich glaube, es war nicht selten, daß ich studierte und las von dem Zeitpunkt an, da ich in meinem Bett zu

Bewußtsein kam, bis der Diener meines Vaters mich erneut holen kam.

Davids Begegnungen mit unserem Vater – das sollte ich hier vielleicht erwähnen – änderten sich in gleicher Weise und zur gleichen Zeit wie die meinen; da sie aber an und für sich weniger häufig waren (und immer seltener wurden, als die hundert Tage des Sommers dem Herbst wichen, und endlich der lange Winter kam), und David auch weniger unter den Nebenwirkungen der Drogen litt, überstand er diese Nächte weitaus besser als ich.

Wenn ich einen bestimmten Zeitpunkt nennen müßte, dann war es dieser Winter, der meine Kindheit endgültig beendete. Mein schlechter Gesundheitszustand hinderte mich sowieso, an kindlichen Spielen teilzunehmen, was mir mehr Zeit für meine Experimente an Kleintieren gab, und für die Sezierung der Kadaver, die Mr. Million mir in einer endlosen Prozession offener Mäuler und erstarrter Augen lieferte. Ich lernte und las jedoch auch, wie ich schon gesagt habe, manchmal stundenlang ohne Unterbrechung; dann wieder lag ich einfach da, die Hände hinter dem Nacken verschränkt, und versuchte, mich an die Erzählungen zu erinnern, die ich in den Nächten meinem Vater erzählte – Tage lag ich und zermarterte mein Hirn. Weder David noch ich konnte jemals so viel von jenen Fragen im Gedächtnis behalten, daß wir eine Theorie hätten aufstellen können, was sie überhaupt bezweckten. Und doch haben sich bestimmte Szenen und Bilder in meinem Geist eingenistet, die ich in Wirklichkeit gewiß nie erlebt habe; ich glaube, sie sind aus geflüsterten Suggestionen entstanden, die mich leiteten, wenn ich durch jene fremdartigen Bewußtseinszustände trieb.

Meine Tante, die sich früher nie um mich gekümmert hatte, sprach mich nun öfters in den Gängen an und kam sogar ab und zu in unser Zimmer. Ich erfuhr, daß sie für alle Fragen der Haushaltsführung zuständig war, und durch ihre Fürsprache kam ich zu einem eigenen kleinen Labor in unserem Flügel. Ich verbrachte jedoch den Winter, wie erwähnt, größtenteils an meinem emaillierten Seziertisch oder im Bett. Weiß klebte der Treibschnee an den Fenstern und an den kahlen Ranken der Trompetenblume. Von den Kunden meines Vaters sah ich wenig; mit nassen Stiefeln kamen sie herein, Schnee an Mänteln und Hüten, und klopften sich prustend und rotgesichtig im Foyer ab. Die Orangenbäume waren verschwunden, und niemand besuchte den Dachgarten. Nur manchmal kamen spät nachts ein halbes Dutzend Gäste und ihre Protégés in den Hof unter unserem Fenster, grölend vor Vergnügen an Wein und Weib, und veranstalteten eine Schneeballschlacht, die unweigerlich damit endete, daß die Mädchen ausgezogen und nackt im Schnee herumgerollt wurden.

Der Frühling überraschte mich, wie es vielen geht, die einen Großteil ihres Lebens in geschlossenen Räumen verbringen. Eines Tages, als es mir noch immer wie Winter vorkam – wenn ich dem Wetter draußen überhaupt einen Gedanken widmete –, riß David das Fenster auf und bestand darauf, daß ich ihn in den Park begleitete. Es war April geworden. Mr. Million kam mit uns, und ich erinnere mich noch deutlich, wie wir aus der Tür traten, hinaus in den kleinen Vorgarten, den ich zuletzt unter Schneehaufen begraben gesehen hatte, die vom Weg geschaufelt worden waren, und der jetzt voll von Frühlingsblumen und dem gläsernen Klingeln des Springbrunnens war, und wie David dem eisernen Hund die grinsende Schnauze tätschelte und zitierte: »Da, gegenüber, liegt vor der Schwelle der fürchterlich große Zerberus, / bellt aus vierfachem Rachen als Hüter des Reiches.«

Ich machte eine Bemerkung, daß er, welche Freiheiten er sich beim Zitieren auch erlaubte, doch wenigstens bis drei zählen können müßte.

»O nein. Unser Zerberus hat vier Köpfe, weißt du das nicht? Der vierte steht für die Jungfernschaft, die dem alten Biest noch kein Hund rauben konnte.« Sogar Mr. Million schmunzelte, aber später, als ich mir David ansah, seinen kräftigen, gesunden Körper, die selbstbewußte Haltung seiner Schultern, die von seiner erwachenden Männlichkeit kündete, da dachte ich, es müßte wohl bald ein vierter Kopf für David angebracht werden – wenn die drei vorhandenen, wie ich mir immer vorgestellt hatte, Maître, Madame und Mr. Million repräsentierten, das heißt, meinen Vater, meine Tante (Davids Jungfernschaft, nehme ich an) und meinen Lehrer.

Für David muß der Park herrlich gewesen sein, aber ich konnte wegen meines schlechten Gesundheitszustandes keine Freude daran finden, verbrachte den Großteil des Vormittags zusammengekauert auf einer Bank und sah David beim Federballspielen zu. Gegen Mittag bekam ich Gesellschaft, zwar nicht auf meiner eigenen Bank, aber auf einer, die nahe genug stand, daß ich mir der Neuankömmlinge bewußt wurde. Ein dunkelhaariges Mädchen war es, mit einem Gipsverband an einem Bein, das auf Krücken gestützt mit einer Begleiterin herangehumpelt kam. Die Alte, wohl Chaperon oder Gouvernante, setzte sich gewiß mit Absicht zwischen das Mädchen und mich. Das gräßliche Weib hielt sich jedoch gerade wie ein Ladestock, so daß diese Platzwahl ihren Zweck nicht ganz erfüllte. Sie saß auf der Kante der Bank, während das Mädchen sich zurücklehnte und das verletzte Bein vor sich ausstreckte. So konnte ich nämlich ausgezeichnet das Profil des Mädchens sehen (das bezaubernd war), und manchmal auch sein Gesicht, wenn es zu dem Drachen an seiner Seite irgendeine Bemerkung machte – ein eher rundliches Gesicht mit leuchtend roten Lippen und dunkelblauen Augen, einer breiten schwarzen Haarsträhne, die in die Stirn fiel, feinen, dunklen Brauen und langen, geschwungenen Wimpern. Als eine alte Straßenhändlerin daherkam, die kantonesische Eierbrötchen verkaufte (länger als eine Hand, und noch so brutzelnd heiß vom Backfett, daß man sie sehr vorsichtig essen mußte, so als ob sie irgendwie lebendig wären), machte ich sie zu meiner Botin und schickte sie, nachdem ich mir selbst ein Brötchen gekauft hatte, mit zwei der heißen Köstlichkeiten zu dem Mädchen und seinem wachsamen Ungeheuer.

Das Ungeheuer lehnte selbstverständlich ab, und das Mädchen verlegte sich aufs Bitten, wie ich erfreut feststellte – sie waren jedoch unglücklicherweise zu weit entfernt, als daß ich hätte verstehen können, was sie mit geröteten Wangen und glänzenden großen Augen an Einwänden vorbrachte, aber ich konnte es aus ihren Gebärden schließen: es wäre undankbar und eine Kränkung einem harmlosen Fremden gegenüber, wenn sie ablehnten, und sie sei hungrig und hätte sich ohnehin ein Eierbrötchen kaufen wollen – das Geld könne man nun sparen! Die Händlerin genoß sichtlich ihre Rolle als Zwischenträgerin und erklärte, sie sei dem Weinen nahe, wenn sie daran denke, mir mein Geld zurückgeben zu müssen (tatsächlich hatte ich mit einer kleineren Banknote gezahlt, die fast so fettig war wie das Einwickelpapier ihrer Ware, und erheblich schmutziger), und endlich wurden die Stimmen aller drei laut genug, daß ich die des Mädchens zum erstenmal hören konnte. Es war eine klare und angenehme Altstimme. Zum Schluß gab der Drache nach und gönnte mir ein kühles Kopfnicken, während das Mädchen mir hinter dem Rücken der Alten zuzwinkerte.

Als vielleicht eine halbe Stunde später David und Mr. Million, der ihm vom Rand des Spielfelds aus zugesehen hatte, zu mir kamen und fragten, ob ich jetzt nicht zum Mittagessen gehen wollte, war ich einverstanden. Ich dachte mir nämlich, daß ich mich, wenn wir zurückkehrten, näher zu dem Mädchen setzen könnte, ohne daß es zudringlich wirken würde. Wir aßen – ich für meinen Teil sehr ungeduldig, fürchte ich – in einem netten kleinen Restaurant in der Nähe des Blumenmarkts, aber als wir in den Park zurückkamen, waren das Mädchen und seine Gouvernante verschwunden.

Wir kehrten nach Hause zurück, und etwa eine Stunde später ließ mein Vater mich holen. Das beunruhigte mich etwas, da es für unser gewohntes Interview noch viel zu früh war – tatsächlich waren noch nicht einmal die ersten Kunden eingetroffen, und ich sah ihn sonst immer erst, wenn die letzten gegangen waren. Meine Sorgen waren jedoch unbegründet. Er fragte mich nach meinem Gesundheitszustand, und ich antwortete, daß es mir jetzt besser gehe als während des Winters. Darauf begann er, ernst, ja fast mit Pathos von seinem Geschäft zu sprechen, und daß ein junger Mann sich darauf vorbereiten müsse, seinen Lebensunterhalt zu verdienen (dies war eine ganz ungeahnte Seite an ihm; ich kannte bisher nur den gleichgültigen, nächtlichen Inquisitor). Er fügte hinzu: »Du studierst die biologischen Wissenschaften, höre ich.«

Ich antwortete, das dies stimme und ich hoffte, es auch weiter tun zu können. Ich machte mich auf die üblichen Vorhaltungen gefaßt, daß es sinnlos sei, Chemie und Biophysik in einer Welt wie der unseren zu studieren, die keinerlei nennenswerte Industrie besitzt, daß diese Fächer auch keine Hilfe bei den Prüfungen für den Staatsdienst seien, kurzum, einen auf keinen richtigen Beruf vorbereiteten, und so weiter. Er sagte jedoch: »Ich bin froh, das zu hören. Um ehrlich zu sein, ich habe Mr. Million gebeten, dich so weit als möglich bei deinen Studien zu ermutigen. Ich bin sicher, er hätte das auch ohne meine Bitte getan; er tat es auch schon bei mir selbst. Diese Studien werden dir nicht nur viel Freude bereiten, sondern auch ...« Er unterbrach sich, hüstelte und rieb sich mit den Händen über Gesicht und Kopfhaut, »sondern sich auch in verschiedenen anderen Hinsichten als wertvoll erweisen. Auch ist die Beschäftigung mit ihnen eine Art Firmentradition, könnte man sagen.«

Ich erklärte, daß ich sehr glücklich sei (und ich war es tatsächlich), das zu erfahren.

»Hast du mein Labor gesehen? Hinter dem großen Spiegel dort drüben?«

Das hatte ich nicht, obwohl ich natürlich wußte, daß hinter dem verschiebbaren Spiegel in der Bibliothek eine ganze Zimmerflucht lag; die Diener hatten auch manchmal von seiner ›Ordination‹ gesprochen, wo er Arzneien für sie braute und allmonatlich die Mädchen des Hauses untersuchte, und auch hin und wieder ›Freunde‹ von unseren Gästen behandelte, Männer, die so unklug und unvorsichtig gewesen waren, ihr Vergnügen nicht ausschließlich in unserem Etablissement zu suchen – etwas, das unseren Stammgästen nie eingefallen wäre. Ich sagte nun, daß mich das Labor sehr interessieren würde.

Er lächelte. »Das glaube ich, aber wir kommen von unserem Thema ab. Die Wissenschaft ist etwas sehr wertvolles, aber du wirst feststellen, wie ich es muß, daß sie mehr Geld verschlingt, als man damit verdienen kann. Du wirst Geräte und Bücher brauchen und vieles andere, abgesehen von deinem eigenen Lebensunterhalt. Nun, unser Geschäft hier geht recht gut, und obwohl ich hoffe, noch lange zu leben – zum Teil mit Hilfe der Wissenschaft –, bist du doch der Erbe, und alles wird einmal dir gehören ...«

(Also war ich älter als David!)

»... alle Einzelheiten in der Führung unseres Hauses kennenlernen. Nichts davon, glaube mir, ist unwichtig.«

Seine Eröffnung hatte mich so überrascht, ja erfreut, daß ich einen Augenblick lang völlig überhört hatte, was er sagte. So nickte ich nur, um mir keine Blöße zu geben.

»Gut. Für den Anfang möchte ich, daß du eine Weile als Portier arbeitest. Bis jetzt hat das eine der Dienerinnen gemacht, und sie wird dir auch noch einen Monat oder so helfen, da es bei dieser Beschäftigung mehr zu lernen gibt, als du dir vorstellst. Ich werde Mr. Million informieren, er kann die nötigen Anordnungen treffen.«

Ich dankte ihm, und er deutete das Ende unserer Unterhaltung an, indem er die Tür der Bibliothek öffnete. Als ich hinausging, fragte ich mich fassungslos, ob dies wirklich derselbe Mann war, der in den ersten Stunden fast jeden Tages meine Lebenskraft aussaugte.

Ich sah keine Verbindung zwischen dieser meiner plötzlichen Beförderung und der Begebenheit im Park. Heute ist mir klar, daß Mr. Million, der – wortwörtlich – Augen im Hinterkopf hat, meinem Vater berichtet haben muß, daß ich ein Alter erreicht hatte, in dem die unbewußten Kindheitsbindungen an Eltern und Familie sich zu lockern beginnen, und in dem man, halb bewußt, sich der Welt außerhalb der Familie zuzuwenden beginnt.

Jedenfalls nahm ich noch am gleichen Abend meine neuen Pflichten auf und wurde unser Portier (wie Mr. Million sagte), beziehungsweise unser ›Empfangsbeamter‹, wie David mich nannte – kurz, ich übernahm jene Funktionen, die der eiserne Hund in unserem Vorgarten symbolisch innehatte. Die Dienerin, die sie zuvor ausgeführt hatte, unterstützte mich noch einige Zeit, wie mein Vater versprochen hatte. Sie hieß Nerissa und war mit dieser Arbeit beauftragt worden, weil sie nicht nur eine der hübschesten, sondern auch eine der größten und kräftigsten unserer Dienerinnen war, ein starkknochiges, schmalgesichtiges, immer lächelndes Mädchen, mit Schultern, die breiter waren als die der meisten Männer, die bei uns ein und aus gingen. Unsere Pflichten waren keinesfalls anstrengend, da unsere Stammkunden alles angesehene, wohlhabende Männer waren, die nicht zu Streitereien oder Krawall neigten, außer sie waren allzu betrunken, was jedoch nicht oft vorkam. Die meisten hatten unser Haus schon dutzende, manche sogar hunderte Male besucht. Wir redeten sie mit Spitznamen an, die nur hier gebraucht wurden (und die mir Nerissa *sotto voce* mitteilte, wenn der Betreffende den Weg heraufkam), nahmen ihnen die Mäntel ab und führten sie – falls es nötig war, in recht handgreiflichem Sinn – in die verschiedenen Räume des Hauses. Nerissa pflegte hüftenschwenkend voranzustelzen (was alle außer den selbst sehr heroisch proportionierten Kunden äußerst beeindruckend fanden, wie ich beobachtete), ließ sich in ihre Runden kneifen, heimste Trinkgelder ein und erzählte mir, wenn gerade weniger los war, von den Gelegenheiten, da irgendein Liebhaber großzügiger Abmessungen sie hatte ›hinaufrufen‹ lassen, und von dem Geld, das sie an solchen Abenden verdient hatte. Ich lachte über Scherze und lehnte Trinkgelder ab, worauf den Gästen bald klar wurde, daß ich irgendwie zum Management gehören mußte. Bei den meisten war dieser Wink jedoch überflüssig, ja, viele sagten mir gleich beim erstenmal, daß ich meinem Vater verblüffend ähnlich sehe.

Ich fungierte erst kurze Zeit als Portier, ich glaube, es waren nur drei oder vier Tage, als ein ungewöhnlicher Besucher eintraf. Es war noch sehr früh am Abend, aber der ganze Tag war recht düster gewesen, einer der letzten echten Wintertage, daß die Gartenlaternen schon vor mehr als einer Stunde angezündet worden waren, man aber trotzdem die Kutschen, die gelegentlich die Straße entlangfuhren, eher hörte denn sah. Ich öffnete auf sein Klopfen hin die Tür und fragte, wie wir es Fremden gegenüber immer hielten, was er wünsche.

Er sagte: »Ich würde gerne Dr. Aubrey Veil sprechen.«

Ich fürchte, ich sah ziemlich verdattert drein.

»Hier ist doch Saltimbanque Nummer 666?« fuhr er fort, bevor ich antworten konnte. Das stimmte natürlich; und der Name Dr. Veil berührte irgendeine Saite meines Gedächtnisses. Ich erklärte mir den Fall dadurch, daß einer unserer Gäste das Haus meines Vaters als *adresse d'accomodation* verwendet hatte. Da dieser Besucher jedoch kaum abgewiesen werden konnte, und es nicht anging, mit jemandem erst lange in der Tür zu debattieren – selbst wenn der Garten etwas vor Neugierigen schützte –, bat ich ihn herein; dann beauftragte ich Nerissa, uns Kaffee zu bringen, damit ich wenigstens ein paar Minuten Gelegenheit bekäme, den Besucher in dem kleinen düsteren Empfangsraum neben dem Foyer zu interviewen. Das Zimmer wurde selten benutzt, weshalb die Dienerschaft nur sehr nachlässig saubergemacht hatte, wie ich feststellen mußte, als ich die Tür öffnete. Ich beschloß, mit meiner Tante darüber zu sprechen, und dabei fiel mir ein, wo ich zum erstenmal den Namen Dr. Veil gehört hatte. Meine Tante hatte bei meinem ersten Zusammentreffen mit ihr seine Theorie erwähnt, daß wir alle in Wahrheit Eingeborene von Sainte Anne seien, die die richtigen Kolonisten von der Erde umgebracht hatten und so konsequent an ihre Stelle getreten waren, daß sie/wir sogar unsere eigene Vergangenheit vergaßen.

Der Fremde hatte sich in einem der staubigen, vergoldeten Armsessel niedergelassen. Er trug einen schwarzen Bart, der umfangreicher war, als es die augenblickliche Mode vorschrieb, und er war, dachte ich, ziemlich jung, obwohl natürlich beträchtlich älter als ich. Er hätte ganz gut ausgesehen, wenn nicht sein Teint – das, was davon sichtbar war – so farblos weiß gewesen wäre, daß es fast krankhaft wirkte. Seine dunklen Kleider sahen mir ungewöhnlich schwer aus, fast wie aus Filz, und mir fiel ein, von irgendeinem Gast gehört zu haben, daß gestern ein Sternenkreuzer von Sainte Anne in der Bucht niedergegangen sei, und fragte den Besucher, ob er vielleicht an Bord gewesen sei. Er sah mich einen Augenblick lang verblüfft an und lachte dann. »Ich seh schon, Sie sind schlau. Und da Sie bei Dr. Veil wohnen, werden Sie ja seine Theorie kennen. Nein, ich komme von der Erde. Mein Name ist Marsch.« Er gab mir seine Karte, und ich mußte sie zweimal lesen, bevor mir die Bedeutung der feingestochenen Abkürzungen unter dem Namen einging. Mein Besucher war ein Wissenschaftler, ein Doktor der Philosophie, ein Anthropologe von der Erde.

Ich sagte: »Ich finde nichts Schlaues an meiner Bemerkung.

Entschuldigen Sie, aber ich dachte wirklich, sie stammten von Sainte Anne. Hier auf unserer Welt haben alle so ziemlich das gleiche Gesicht, abgesehen von den Zigeunern und den Verbrecherstämmen, und Sie passen einfach nicht in das Schema.«

»Ich habe das selbst schon bemerkt«, antwortete er. »Ich weiß, was Sie meinen. Ein gewisser Schädeltypus – Sie haben ihn auch.«

»Ich soll meinem Vater sehr ähnlich sehen.«

»Aha«, sagte er und starrte mich an. Dann: »Sind Sie ein Klon?«

»Ein Klon?« Ich hatte den Ausdruck schon gelesen, aber nur im Zusammenhang mit Botanik, und mir fiel nichts darüber ein. So ergeht es mir oft, wenn mir besonders daran liegt, jemanden mit meiner Intelligenz zu beeindrucken. Ich kam mir wie ein dummer Junge vor.

»Partheogenetisch reproduziert, so daß das neue Individuum – oder die neuen Individuen, man kann Tausende züchten, wenn man will – die gleiche genetische Struktur wie sein Vorgänger hat. Der Prozeß ist antievolutionär, deshalb ist er auf der Erde verboten. Aber ich glaube, hier draußen nehmt ihr's nicht so genau.«

»Meinen Sie bei Menschen?«

Er nickte.

»Davon habe ich noch nie gehört. Wirklich, ich glaube, uns fehlt hier die nötige Technologie; verglichen mit der Erde sind wir hier technisch ziemlich zurückgeblieben. Es ist natürlich möglich, daß mein Vater für Sie etwas derartiges arrangieren kann.«

»Ich habe kein Interesse daran.«

In diesem Augenblick kam Nerissa mit dem Kaffee herein, was Dr. Marsch natürlich hinderte, noch etwas zu sagen, falls er noch etwas hatte sagen wollen. Ich hatte meinen Vater eigentlich mehr aus Gewohnheit als aus einem anderen Grund ins Gespräch gebracht, und hielt es für sehr unwahrscheinlich, daß er eine solche biochemische Tour de force zustandebringen könnte, aber ausgeschlossen war es natürlich nicht, besonders, wenn eine genügend hohe Geldsumme auf dem Spiel stand. Jedenfalls schwiegen wir beide, während Nerissa Kaffee einschenkte. Als sie wieder gegangen war, sagte Marsch anerkennend: »Ein recht ungewöhnliches Mädchen.« Ich sah, daß seine Augen grün waren, von einem reinen, leuchtenden Grün ohne jene Brauntöne, die sonst in grünen Augen auftreten.

Ich war begierig darauf, ihn über die Erde auszufragen, über die Neuentwicklungen dort, und ich hatte mich schon gefragt, ob vielleicht unsere Mädchen das geeignete Mittel waren, ihn hier zu halten, oder ihn zumindest öfters herzubringen. Ich sagte deshalb: »Sie sollten sich ein paar andere ansehen. Mein Vater hat einen exquisiten Geschmack.«

»Ich würde lieber Dr. Veil sehen. Oder ist Dr. Veil Ihr Vater?«

»O nein.«

»Dies ist seine Adresse, oder zumindest die Adresse, die man mir gab: Saltimbanque-Straße Nummer 666, Port Mimizon, Departement de la Main, Sainte Croix.«

Sein Anliegen schien ihm wichtig zu sein, und es war durchaus möglich, daß er einfach fortging, wenn ich ihm geradeheraus sagte, daß er einem Mißverständnis erlegen sei. Ich sagte: »Ich habe von meiner Tante von der Hypothese Veils gehört; sie scheint eine Menge darüber zu wissen. Vielleicht möchten Sie später am Abend mit ihr sprechen?«

»Wäre das nicht gleich jetzt möglich?«

»Meine Tante empfängt nur wenige Besucher. Wissen Sie, sie hat sich mit meinem Vater noch vor meiner Geburt zerstritten, soweit ich hörte, und sie verläßt ihre Wohnung nur selten. Von dort aus regiert sie über die Dienerschaft und überwacht praktisch alle Angelegenheiten des Haushalts, aber es wäre sehr ungewöhnlich, wenn Madame ihre Räume verlassen oder einen Fremden empfangen würde.«

»Warum erzählen Sie mir das alles?«

»Nun, damit Sie verstehen, daß ich selbst beim besten Willen es vielleicht nicht fertigbringe, daß sie Sie empfängt. Jedenfalls nicht heute abend.«

»Sie könnten sie doch wenigstens fragen, ob sie Dr. Veils augenblickliche Adresse kennt.«

»Ich versuche, mein Bestes für Sie zu tun, Dr. Marsch. Wirklich.«

»Aber Sie finden nicht, daß dies die einfachste Lösung wäre?«

»Nein.«

»Mit anderen Worten, Ihre Tante würde mir diese Information verweigern, wenn man sie einfach danach fragte, bevor sie Gelegenheit hat, sich ein Urteil über mich zu bilden?«

»Es wäre natürlich von Vorteil, wenn Sie sich zuvor mit mir ein wenig unterhielten. Ich würde gern einiges über die Erde erfahren.«

Einen Augenblick lang glaubte ich, ein säuerliches Lächeln unter dem schwarzen Bart wahrzunehmen. Er sagte: »Und wenn ich zuerst Ihnen eine Frage ...«

Er wurde wieder von Nerissa unterbrochen, die hereinkam, weil sie fragen wollte, ob wir noch etwas aus der Küche wünschten. Ich hätte sie am liebsten erwürgt, als Dr. Marsch mitten im Satz abbrach und statt dessen sagte: »Könnte nicht dieses Mädchen Ihre Tante fragen gehen, ob sie mich empfängt?«

Nun mußte ich schnell denken. Ich hatte die Absicht gehabt, selbst zu meiner Tante zu gehen, beziehungsweise so zu tun, nach einer angemessenen Frist zurückzukommen und zu verkünden, daß meine Tante Dr. Marsch etwas später empfangen würde, so daß ich mehr Gelegenheit gehabt hätte, ihn auszufragen, während er wartete. Nun bestand aber die Möglichkeit, daß er angesichts meiner zudringlichen Neugier – wie ich mir eingestehen mußte – vielleicht überhaupt nicht wartete. Oder daß er, wenn und falls er meine Tante noch zu sehen bekam, ihr meinen Trick durch eine Bemerkung verriet. Schickte ich jedoch Nerissa, so hätte ich wenigstens die Zeit, in der sie unterwegs war, für ein Gespräch mit dem Fremden, und es war durchaus nicht unwahrscheinlich, dachte ich, daß meine Tante tatsächlich beschäftigt war. Ich ließ also Nerissa gehen, nachdem Dr. Marsch ihr eine seiner Visitenkarten, auf deren Rückseite er ein paar Worte schrieb, gegeben hatte.

»Nun«, sagte ich, »und was wollten Sie mich vorhin fragen?«

»Warum dieses Haus so erstaunlich alt ist, wo doch dieser Planet erst seit weniger als zweihundert Jahren besiedelt ist.«

»Es wurde vor hundertvierzig Jahren gebaut, aber auf der Erde muß es doch weitaus ältere Häuser geben?«

»Ich glaube schon ... Hunderte vielleicht. Aber für jedes alte Haus gibt es zehntausend andere, die nicht länger als ein Jahr stehen. Hier ist fast jedes Gebäude, das ich sah, so alt wie dieses.«

»Wir hatten hier nie unter Überbevölkerung zu leiden, und es bestand nie die Notwendigkeit, alte Gebäude niederzureißen, um Platz für neue zu schaffen; jedenfalls sagt das Mr. Million. Es leben sogar heute weniger Leute auf unserer Welt als vor fünfzig Jahren.«

»Mr. Million?«

Ich erzählte ihm von Mr. Million, und als ich endete, bemerkte er: »Mir scheint, ihr habt einen freien zehn-neun-Simulator hier. Interessant. Es wurden nämlich nie mehr als ein paar hergestellt.«

»Was ist ein zehn-neun-Simulator?«

»Eine Milliarde, zehn hoch neun. Das menschliche Gehirn hat natürlich viele Milliarden Synapsen; man hat jedoch festgestellt, daß seine Funktion auch schon mit einer recht gut simuliert ...«

Mir schien überhaupt keine Zeit vergangen zu sein, seit ich Nerissa losgeschickt hatte, aber da war sie. Sie knickste vor Dr. Marsch und sagte: »Madame empfängt Sie.«

»Jetzt?« platzte ich heraus.

»Ja«, sagte Nerissa ahnungslos. »Madame hat gesagt, gleich jetzt.«

»Gut, dann werde ich unseren Gast zu ihr bringen. Bleib du an der Tür.«

Ich führte Dr. Marsch durch die dunklen Korridore und machte einen ziemlichen Umweg, um Zeit zu gewinnen, aber er schien sich schon die Fragen zu überlegen, die er meiner Tante stellen wollte, während wir an fleckigen Spiegeln und verschnörkelten Walnußtischen vorüberkamen, und antwortete mir nur einsilbig, wenn ich versuchte, ihn über die Erde auszufragen.

Ich klopfte für ihn an die Tür meiner Tante. Sie öffnete selbst, und wieder schwebte der Saum ihres Kleides eine Handbreit über dem Teppich, den sie nie betrat, aber ich glaube nicht, daß unserem Gast dies auffiel. Er sagte: »Es tut mir wirklich sehr leid, Madame, daß ich Sie behelligen muß, aber Ihr Neffe meinte, Sie könnten mir vielleicht helfen, den Schöpfer der Veil-Hypothese ausfindig zu machen.«

Meine Tante antwortete: »Ich bin Dr. Veil. Bitte kommen Sie herein«, schloß die Tür hinter ihm und ließ mich mit offenem Mund im Gang stehen.

Ich erzählte Phaedria von dem Vorfall, als wir uns das nächstemal trafen, aber sie war mehr daran interessiert, etwas über das Haus meines Vaters zu erfahren. Phaedria, wenn ich ihren Namen noch nicht erwähnt habe, war das Mädchen, das damals in meiner Nähe saß, als ich David beim Federballspielen zusah. Niemand geringerer als das Ungeheuer machte sie bei meinem nächsten Besuch im Park mit mir bekannt, ließ sie neben mir Platz nehmen und zog sich (Wunder über Wunder!) prompt, wenn schon nicht aus der Sichtweite, so wenigstens aus der Hörweite, zurück. Phaedria streckte ihr gebrochenes Bein aus, halb über den Kiesweg, und schenkte mir ein bezauberndes Lächeln. »Hast du was dagegen, daß ich hier sitze?« Sie hatte makellose Zähne.

»Ich bin entzückt!«

»Aber auch ein bißchen verdattert. Deine Augen werden ganz rund, wenn du überrascht bist, wußtest du das?«

»Ich bin überrascht. Ich bin oft hierhergekommen in der Hoffnung, Sie ... äh, dich zu treffen, aber ihr wart nicht hier.«

»Und wir sind hergekommen, um dich zu treffen, aber du warst auch nicht hier. Ich glaube, man kann halt nicht so viel Zeit in einem Park verbringen.«

»Ich hätte das getan«, versicherte ich, »wenn ich nur gewußt hätte, daß du mich treffen willst. Auf jeden Fall war ich so oft wie nur möglich hier. Ich fürchtete, daß sie ...« ich wies mit dem Kinn auf das Ungeheuer, »dich nicht wieder herkommen ließ. Wie hast du sie überredet?«

»Das war nicht nötig«, sagte Phaedria. »Errätst du es nicht? Hast du denn gar keine Ahnung?«

Ich gestand, daß ich keine hätte. Ich kam mir dumm vor, und ich war auch dumm, zumindest bei dem, was ich sagte, da der überwiegende Teil meines Geistes sich nicht so schnell damit befaßte, Antworten auf ihre Bemerkungen zu formulieren, als vielmehr jedes Detail ihrer Erscheinung einzusaugen, den Klang ihrer Stimme, das Violett ihrer Augen, auch den sanften Duft ihrer Haut und die weiche, warme Berührung ihres Atems an der kühlen Haut meiner Wange.

»Du siehst also«, sagte Phaedria schließlich, »wie es mit mir steht. Als Tante Uranie – sie ist eigentlich nur eine verarmte Cousine meiner Mutter – heimkam und meinem Vater von dir berichtete, erkundigte er sich, wer du bist, und deshalb bin ich hier.«

»Ja«, sagte ich, und sie lachte.

Phaedria war eines jener Mädchen, die zwischen der Hoffnung auf eine gute Heirat und der Möglichkeit, verkauft zu werden, aufwuchsen. Die Angelegenheiten ihres Vaters waren, wie sie selbst sagte, ›ungeordnet‹. Er spekulierte mit Schiffsladungen – hauptsächlich aus dem Süden, also Stoffen und Drogen. Die meiste Zeit war er tief verschuldet, und seine Gläubiger konnten nur hoffen, ihr Geld wiederzubekommen, wenn sie ihm weiter Kredit gewährten, damit er sich sanieren könnte. Er würde vermutlich völlig mittellos sterben, aber mittlerweile geizte er bei Erziehung und Plastikchirurgie für seine Tochter mit nichts. Wenn sie ins heiratsfähige Alter kam, und er eine anständige Mitgift zusammenkratzen konnte, mußte sie eine gute Partie machen und ihn mit irgendeiner wohlhabenden Familie in Verbindung bringen. Wenn er andererseits vorher Geld brauchte, so würde ein dermaßen sorgfältig aufgezogenes Mädchen fünfzigmal soviel einbringen wie irgendeine Straßengöre. Unsere Familie wäre natürlich in beiden Fällen ideal gewesen.

»Erzähl mir von eurem Haus«, sagte sie. »Weißt du, wie die Jungens es nennen? Das ›Cave Canem‹. Die Burschen halten es für eine tolle Sache, einmal dort gewesen zu sein, und geben damit an. Die meisten waren aber nie dort.«

Aber ich hätte lieber über Dr. Marsch und die Wissenschaft der Erde gesprochen, und ich war zumindest so begierig, über ihre eigene Welt etwas zu erfahren, über die so beiläufig erwähnten ›Jungens‹, über ihre Schule und Familie, wie sie es von uns hören wollte. Und dabei gab es einige Dinge, über die ich nicht sprechen wollte; wenn ich ihr auch bereitwilligst all die Dienste ausmalte, die die Mädchen ihren Gönnern leisteten, so erwähnte ich doch nichts über die unheimliche Art meiner Tante, einen Treppenschacht hinunterzuschweben. Aber wir kauften uns Eierbrötchen von derselben alten Frau und aßen sie in der noch kühlen Sonne und vertrauten einander allerhand Geheimnisse an. Als wir uns trennten, wußten wir, daß wir Freunde geworden waren, daß wir einander liebten, und daß wir am nächsten Tag wieder zusammenkommen wollten.

Irgendwann in jener Nacht – ich glaube, es war ziemlich genau zu der Zeit, als ich nach einer langen Sitzung mit meinem Vater ins Bett zurückkehrte, oder genauer: zurückgebracht wurde, da ich mich kaum mehr auf den Beinen halten konnte – schlug auf einmal das Wetter um. Der schwere Erdgeruch des Frühsommers drang durch die Läden herein, und das schäbige Feuer in unserem Kamin erlosch fast in seinem warmen Hauch. Der Diener meines Vaters öffnete mir noch das Fenster, bevor ich ging, und augenblicklich strömte jener Duft ins Zimmer, der von den letzten schmelzenden Schneefleckchen ausgeht, hoch oben unter den schattigen Nadelhölzern an der Nordseite der Gebirge. Ich hatte mit Phaedria ausgemacht, daß wir uns um zehn treffen würden, und bevor ich zu meinem Vater gegangen war, hatte ich einen Zettel auf den Sekretär neben meinem Bett gelegt, daß ich eine Stunde früher geweckt werden wollte; den Rest der Nacht schlief ich tief, eingehüllt in jenen Duft und von dem Gedanken durchdrungen – halb war es ein Traum –, daß Phaedria und ich morgen ihre Tante irgendwie loswerden und eine einsame Wiese finden würden, in der blaue und gelbe Blumen das kurze Gras mit Farbtupfen sprenkelten.

Als ich erwachte, war es eine Stunde nach Mittag, und Regenböen prasselten gegen das Fenster. Mr. Million, der in einer Ecke des Zimmers in einem Buch gelesen hatte, sagte mir, daß es schon seit sechs so regne, und er mich aus diesem Grund nicht geweckt habe. Ich hatte scheußliches Kopfweh, wie oft nach langen Sitzungen mit meinem Vater, und nahm eins der Pulver ein, die er mir zur Linderung verschrieben hatte. Sie waren alle grau und rochen schwach nach Anis.

»Du siehst schlecht aus«, sagte Mr. Million.

»Ich hatte gehofft, in den Park zu können.«

»Ich weiß.« Er rollte quer durch den Raum auf mich zu, und

dabei fiel mir ein, daß Mr. Marsch ihn als ›freien‹ Simulator bezeichnet hatte. Das erstemal, seit ich als Kind meiner Neugier nachgegeben hatte, beugte ich mich nun wieder hinunter (was meinem Kopf nicht sonderlich guttat) und las die fast nicht mehr erkennbaren Prägestempel auf seinem Gehäuse. Es stand nur der Name einer Kybernetikfirma von der Erde darauf, und, wie ich immer angenommen hatte, sein eigener Name auf französisch: M. Million – »Monsieur« oder »Mister« Million. Dann fiel mir schlagartig ein, daß ein Punkt in manchen Algebraformen die Multiplikation ausdrückt. Er bemerkte die Veränderung meines Gesichtsausdrucks sofort. »Eine Kernspeicherkapazität von tausend Millionen Wörtern«, sagte er. »Oder eine Milliarde, und das *M* ist natürlich nur die römische Ziffer für tausend. Ich dachte, du hättest das schon vor langer Zeit begriffen.«

»Sie sind ein freier Simulator. Was ist ein gebundener Simulator, und wen simulieren Sie – meinen Vater?«

»Nein.« Das Gesicht auf dem Schirm – für mich immer noch Mr. Millions Gesicht – machte eine verneinende Bewegung. »Man könnte mich die Person, die ich simuliere, zumindest als deinen Urgroßvater bezeichnen. Er – ich – bin tot. Um eine Simulierung zu ermöglichen, ist es notwendig, die Gehirnzellen eine nach der anderen mit einem Strahl beschleunigter Teilchen abzutasten, so daß die Neuralstruktur im Computer reproduziert werden kann. Man nennt das *core imaging*, Kernspeicherabbildung. Der Prozeß ist für den Menschen tödlich.«

Nach einigen Augenblicken fragte ich: »Und ein gebundener Simulator?«

»Wenn der Simulator einen Körper bekommen soll, der menschlich aussieht, dann muß der mechanische Körper an einen außerhalb befindlichen Kernspeicher ›gebunden‹ sein, da selbst der kleinste zehn-neun-Speicher nicht annähernd auf ein so geringes Volumen gebracht werden kann, wie es ein menschliches Gehirn besitzt.« Er verstummte erneut, und einen Augenblick lang löste sich sein Gesicht in Myriaden leuchtender Punkte auf, die durcheinanderwirbelten wie Staubkörnchen in einem Sonnenstrahl. »Es tut mir leid. Dieses eine Mal würdest du mir gerne zuhören, aber ich mag nicht darüber sprechen. Man hat mir vor langer Zeit gesagt, vor jener Operation, daß mein Simulator – dieses Ding – fähig sein würde, unter bestimmten Umständen Gefühle zu empfinden. Bis heute dachte ich immer, das sei eine Lüge gewesen.« Ich hätte ihn gern zurückgehalten –, aber er rollte aus dem Zimmer, bevor ich meine Fassung wiedergewonnen hatte.

Lange Zeit danach, es muß mehr als eine Stunde gewesen sein, saß ich still da und lauschte dem Trommeln des Regens, dachte über Phaedria nach und das, was Mr. Million mir erzählt hatte, und dies alles verschwamm mit den Fragen, die mir mein Vater in der letzten Nacht gestellt hatte, Fragen, die ihre Antworten aus mir herauszupressen schienen, so daß mein Geist wie ausgeleert war. Träume flackerten in dieser Leere auf, Träume von Zäunen und Wällen und feuchten Gräben, von Falltüren, die man nicht sieht, bis man durch sie ins Bodenlose stürzt. Einmal träumte ich, in einer gepflasterten Säulenhalle zu stehen, und die korinthischen Säulen ringsum standen so dicht aneinander, daß ich meinen Körper nicht durchzwängen konnte, obwohl ich in dem Traum bloß drei oder vier Jahre alt war. Nachdem ich es an verschiedenen Stellen versucht hatte, bemerkte ich, daß in jene Säule ein Wort eingraviert war – das einzige, an das ich mich heute noch erinnere, war *Gußform* – und daß die Bodenplatten der Halle Grabsteine waren, wie man sie manchmal in den Boden alter französischer Kirchen eingelassen findet. Auf jeder Platte stand mein eigener Name, aber immer mit anderen Jahreszahlen.

Dieser Traum verfolgte mich auch, wenn ich an Phaedria dachte, und als mir eine Dienerin heißes Wasser brachte – denn ich rasierte mich jetzt zweimal die Woche – sah ich, daß ich mein Rasiermesser bereits in der Hand hielt, ja, mich damit geschnitten hatte, so daß das Blut auf mein Nachtgewand getropft und in dunklen Streifen auf das Leintuch geronnen war.

Als ich Phaedria das nächstemal sah – es war vier oder fünf Tage später –, war sie völlig von einem neuen Projekt in Anspruch genommen, für das sie David und mich sofort einspannte. Es handelte sich um nichts weniger als die Gründung einer Theatergesellschaft, in der vor allem Mädchen ihres eigenen Alters mitwirken sollten. Sie beabsichtigten, während des Sommers in einem natürlichen Amphitheater im Park Theaterstücke aufzuführen. Da das Ensemble, wie erwähnt, fast nur aus Mädchen bestand, wurden männliche Darsteller begeistert aufgenommen, so daß David und ich bald völlig in diesem Zeitvertreib aufgingen. Das Stück war von dem literarischen Komitee des Ensembles verfaßt worden und handelte - das war unvermeidlich - von den ersten französischen Kolonisten und der Zeit ihres politischen Machtverlustes. Phaedria, deren Bein vor der ersten Aufführung nicht mehr rechtzeitig heilen würde, sollte die verkrüppelte Tochter des französischen Gouverneurs spielen, David ihren Liebhaber, einen feschen Capitaine des Chasseurs; und ich schließlich den Gouverneur in Person - eine Rolle, die ich bereitwillig übernahm, da sie bei weitem besser war als die Davids und außerdem mir die Möglichkeit gab, Phaedria eine gute Portion väterlicher Zuneigung zu erweisen.

An den Abend unserer Vorstellung, Anfang Juni war es, erinnere ich mich aus zwei Gründen noch deutlich. Meine Tante, die ich nicht mehr gesehen hatte, seit sie die Tür hinter Dr. Marsch geschlossen hatte, verständigte mich im letzten Augenblick, daß sie die Aufführung sehen wolle und ich sie hinzubringen hätte. Und zweitens hatten wir Darsteller es mit der Angst zu tun bekommen, daß wir vor einem leeren Haus spielen müßten, so daß ich meinen Vater gefragt hatte, ob er nicht ein paar Mädchen hinschicken könnte - sie würden ja nur den ersten Teil des Abends verlieren, eine Zeit, zu der ohnehin nur wenig Geschäft zu machen war. Zu meiner großen Überraschung willigte er ein (ich glaube, weil er sich dachte, daß dies eine gute Reklame sein würde), und machte nur zur Bedingung, daß sie gegen Ende des dritten Akts zurückkommen müßten, wenn er Nachricht schickte, daß sie benötigt würden.

Da ich zumindest eine Stunde früher dort sein mußte, um mich für meine Rolle zu schminken, war es erst später Nachmittag, als ich meine Tante holen ging. Sie ließ mich selbst ein und bat mich, ihrer Zofe zu helfen, die einen schweren Gegenstand aus dem oberen Fach eines Kastens hervorzuzerren versuchte. Es war ein zusammenklappbarer Rollstuhl, den wir unter Anleitung meiner

Tante aufstellten. Als wir es geschafft hatten, sagte sie kurz: »Nun helft mir mal, ihr zwei«, und ließ sich, an unsere Arme geklammert, vorsichtig auf den Stuhl nieder. Ihr schwarzer Rock legte sich flach über die Fußstützen des Rollstuhls wie ein zusammengefallenes Zelt und ließ Beine erkennen, die nicht dicker als meine Handgelenke waren, und eine sonderbare Verdickung, die wie ein Sattel aussah, unter ihren Hüften. Als sie mich ertappte, daß ich darauf starrte, sagte sie sehr bestimmt: »Das Ding werd' ich wohl nicht brauchen, bis ich heimkomme. Heb mich ein Stück hoch! Stell dich hinter die Lehne und faß mich unter den Armen!«

Ich gehorchte, und ihre Zofe langte ganz einfach unter den Rock meiner Tante und holte ein kleines, ledergepolstertes Gerät hervor, das sie gestützt hatte. »Gehn wir?« schnüffelte meine Tante. »Du wirst noch zu spät kommen.«

Ich rollte sie in den Gang hinaus, während die Zofe uns die Tür aufhielt. Irgendwie war die Tatsache, daß die Fähigkeit meiner Tante wie Rauch in der Luft zu schweben, rein technischen Mitteln zu verdanken war, durchaus nicht beruhigend für mich. Als sie mich fragte, warum ich so stumm wäre, sagte ich ihr den Grund und fügte hinzu, daß ich immer geglaubt hätte, es sei noch niemandem gelungen, Antischwerkraft zu produzieren.

»Und du glaubst, ich kann's? Warum benütze ich sie dann nicht, um mich in euer Theater zu begeben?«

»Ich nehme an, Sie möchten nicht, daß jemand davon erfährt.«

»Unsinn. Es ist ein ganz gewöhnliches Prothesegerät. Man kann es in jedem Geschäft für medizinische Apparate kaufen.« Sie drehte sich herum, so daß sie mich sehen konnte. Ihr Gesicht war dem meines Vaters sehr ähnlich, und ihre leblosen Beine erinnerten mich an die Stöcke, die David und ich als kleine Jungen für unsere Zauberkunststückchen verwendet hatten, wenn wir Mr. Million glauben machen wollten, daß wir ausgestreckt dalagen, während wir in Wirklichkeit zusammengekauert unter dieser Attrappe hockten. »Das Ding baut ein supraleitendes Feld auf, welches in den eisernen Verstärkungsstreben des Bodens Wirbelströme induziert. Die Flußrichtung der induzierten Ströme ist natürlich entgegengesetzt zu der Stromrichtung im

Gerät, so daß ich mehr oder weniger auf einem Magnetfeld dahingleite. Man lehnt sich nach vorn, wenn man in eine bestimmte Richtung will, und richtet sich auf, wenn man halten will. Du siehst erleichtert drein.«

»Das bin ich wirklich. Der Gedanke an Antischwerkraft hat mich erschreckt, glaube ich.«

»Ich habe das eiserne Stiegengeländer verwendet, als ich einmal mit dir die Wendeltreppe hinunterging; es wirkt wie eine riesige Spule.«

Unsere Aufführung verlief alles in allem recht gut. Wir erhielten vorhersehbaren Beifall von einem Publikum, das von der alten französischen Aristokratie abstammte oder zumindest abzustammen vorgab. Das Publikum war übrigens weit zahlreicher, als wir zu hoffen gewagt hatten, rund fünfhundert Leute, abgesehen von den unvermeidlichen Zaungästen wie Taschendieben, Gendarmen und Spaziergängern. Am deutlichsten ist mir ein Augenblick gegen Ende des ersten Akts in Erinnerung geblieben, als ich etwa zehn Minuten lang relativ schweigsam an einem Schreibtisch zu sitzen und meinen Mitspielern zuzuhören hatte. Von unserer Bühne aus hatte man über das Zuschauerrund den Blick nach Westen frei, wo gerade die Sonne untergegangen war und den Himmel mit leuchtenden Farben gestreift hatte: purpurne Bänder mit goldenen und feurigen und schwarzen Rändern. Und vor diesem urweltlich wilden Hintergrund, vor diesen wehenden Bannern der Hölle tauchten nun einzeln, paarweise und in kleinen Gruppen die Köpfe, schlanken Nacken und schmalen Schultern einer Abordnung unserer Mädchen auf, gespenstisch wie die langen Schatten federgeschmückter Grenadiere vor der Glut einer geplünderten Stadt. Da sie zu spät kamen, suchten sie sich Plätze oben am äußeren Rand unseres Amphitheaters, kreisten es ein wie die phantastische Soldateska eines uralten, bizarren Staatswesens aufrührerisches Volk umringt haben mochte.

Endlich saßen sie alle, mein Stichwort kam, und ich vergaß sie; und das ist auch alles, was ich noch von unserer ersten Aufführung weiß, außer, daß an irgendeiner Stelle eine meiner Bewegungen die Zuschauer an eine charakteristische Geste meines

Vaters gemahnte, so daß es zu einem unangebrachten Ausbruch von Gelächter kam – und daß zu Beginn des zweiten Akts Sainte Anne sich über den Horizont heraufschob, eine riesige grünliche Scheibe, auf der man die trägen, breiten Flüsse und die weiten Grasmoore deutlich erkennen konnte, und die das Publikum in ihr kränkliches Licht tauchte; als dann der dritte Akt seinem Ende zuging, sah ich den verkrüppelten alten Diener meines Vaters sich durch die oberen Reihen drängen, und die Mädchen mit ihm abziehen, eine Phalanx grüngeränderter Schatten.

Wir brachten in diesem Sommer noch drei andere Stücke auf die Bühne, alle mit etlichem Erfolg, und David, Phaedria und ich wurden zu einem verschworenen Team, wobei Phaedria sich mehr oder weniger genau auf uns beide aufteilte – ob aus eigener Neigung oder auf elterlichen Befehl, ist mir nie ganz klargeworden. Als ihr Gips entfernt wurde, erwies sie sich David als ebenbürtig im Sport und allen anderen Mädchen, die in den Park kamen, eindeutig überlegen. Sehr oft aber ließ sie auch die anderen stehen, setzte sich zu mir und suchte mir zu beweisen, daß sie Verständnis für mein Interesse an Botanik und Biologie hatte, wenn sie es auch nicht teilte. Sie erzählte mir auch allerlei Klatsch, den ich manchmal hinsichtlich gewisser Aspekte ergänzen konnte, und gab mit mir vor ihren Freunden an, da ich durch mein vieles Lesen mir eine gewisse Schlagfertigkeit erworben hatte.

Als es sich zeigte, daß die Einnahmen von unserem ersten Stück bei weitem nicht für die Kostüme und Requisiten ausreichten, die wir uns für das zweite wünschten, war es Phaedria, die eine Lösung fand. Sie schlug vor, daß wir Schauspieler nach Ende der nächsten Aufführung eine Sammlung im Publikum durchführen sollten, wobei im Gedränge der aufbrechenden Leute mehr als genug Gelegenheit für uns bestand, einige Taschen für unseren guten Zweck zu erleichtern. Die meisten Leute waren jedoch nicht so dumm, in unser Theater – abends, und in einem dunklen Park – mehr Geld mitzunehmen, als sie für den Eintritt und vielleicht ein Eis oder ein Glas Wein während der Pause benötigten. Wie sehr wir also auch unser Diebstalent strapazierten, die Beute blieb mager, und wir, besonders Phaedria und David, sprachen bald davon, ein gefährlicheres, aber auch lukrativeres Unternehmen zu wagen.

Zu dieser Zeit begann ich immer mehr unter erschreckenden Bewußtseinsstörungen zu leiden, was, dessen bin ich mir fast sicher, nur eine Folge der fortgesetzten, immer tiefer reichenden Sondierung meines Unterbewußtseins war, die mein Vater rücksichtslos fast jede Nacht durchführte, und deren Sinn und Zweck mir immer noch unverständlich war. Ich hatte mich jedoch so daran gewöhnt, daß ich mir darüber kaum mehr Gedanken machte. Es passierte mir nun öfters, so sagten mir David und Mr. Million danach, daß ich mich ganz normal, vielleicht nur ein bißchen still verhielt, intelligente, wenn auch geistesabwesende Antworten gab, wenn ich angeredet wurde, und dann – ganz plötzlich – zu mir kam, erschrak, und die vertrauten Räume, die vertrauten Gesichter um mich herum verständnislos anstarrte ... irgendwann an einem Nachmittag vielleicht, ohne daß ich mich im leisesten daran erinnerte, wie ich erwacht war, mich angezogen, rasiert, gegessen hatte und auch spazierengegangen war.

Obwohl ich Mr. Million noch genauso liebte, wie ich es als Kind getan hatte, war es mir nicht mehr möglich, nach jenem Gespräch, in dem ich die Bedeutung jener vertrauten Buchstaben an seinem Gehäuse erfahren hatte, das alte Verhältnis zu ihm wiederzufinden. Ich mußte immer daran denken, so wie ich jetzt daran denke, daß die Persönlichkeit, die ich liebte, Jahre vor meiner Geburt zu Staub geworden war, und daß ich nur mit einer Imitation redete, einem technisch-mathematischen Geschöpf, einer Maschine, die eben nur auf äußere Stimuli wie menschliche Sprache und Handlungen so reagierte, wie es diese Persönlichkeit getan haben würde. Ich konnte niemals feststellen, ob Mr. Million sich wirklich seiner Existenz bewußt war, in dem Sinn, daß er mit Recht sagen kann: »Ich denke« und: »Ich fühle«, so wie er es immer getan hat. Als ich ihn einmal danach fragte, erklärte er, daß er das nicht sagen könne, da er keine Vergleichsmöglichkeit habe, die ihm bestätigen würde, ob seine geistigen Prozesse echtes Bewußtsein darstellten oder nicht; und ich wiederum hatte keine Möglichkeit festzustellen, ob diese Antwort die tiefste Selbsterkenntnis seiner Seele war, die irgendwie in die transzendenten Abstraktionen des Stimulators hinübergerettet worden war, oder ob sie nur eine rein mechanische Reaktion darstellte, die meine Frage ausgelöst hatte.

Unsere Theatergesellschaft blieb wie erwähnt bis zum Ende des Sommers bestehen und veranstaltete ihre letzte Vorstellung, als bereits die Herbstblätter auf unsere Bühne taumelten, vergilbten alten Briefen gleich, denen ein Duft des Vergangenen anhaftet. Nachdem wir das letztemal vor den Vorhang getreten waren, erfaßte uns, die wir die Stücke unserer einzigen Spielzeit verfaßt und ihre Personen dargestellt hatten, etwas wie Trauer, so daß wir nur unsere Kostüme und Schminksachen zusammenpackten und mit den letzten aufbrechenden Zuschauern durch die dämmrigen Straßen heimwanderten und den Park Nachtschwalben und windverwirbelten toten Blättern überließen. Ich war bereit, wieder meinen Posten als Portier einzunehmen, aber ich erinnerte mich, daß an diesem Abend der Diener meines Vaters mich bereits im Foyer erwartete und mich sofort in die Bibliothek brachte. Mein Vater erklärte ziemlich mißgelaunt und etwas barsch, daß er später am Abend zu tun hätte, und aus diesem Grund unsere Sitzung früher (wie er sagte), stattfinden müsse. Er sah erschöpft und krank aus, und mir kam der Gedanke, ich glaube es war das erstemal, daß er eines Tages sterben würde – und daß dieser Tag mich mit einem Schlag reich und frei machen würde.

Was ich in dieser Nacht unter dem Einfluß der Drogen redete, weiß ich natürlich nicht mehr, aber ich erinnere mich lebhaft an den darauffolgenden Traum, so als wäre ich erst heute morgen daraus erwacht: Ich befand mich auf einem Schiff, einem weißen Segelschiff, wie sie die Ochsengespanne durch das grüne Wasser des Kanals neben dem Park ziehen, langsam, so daß der scharfe Bug kaum das Wasser kräuselt. Ich war das einzige Besatzungsmitglied, ja anscheinend das einzige lebende Wesen an Bord. Am Heck stand, schlaff über das riesige Steuerrad gebeugt, der Leichnam eines großen, hageren Mannes, dessen Gesicht ich – wenn der Kopf zurückfiel, so daß ich es sehen konnte – als das von Mr. Million erkannte. Das Gesicht, das hinter seinem Schirm schwebt, ist dem meines Vaters sehr ähnlich, wie ich schon erwähnt habe, aber trotzdem wußte ich, daß der tote Steuermann nicht mein Vater war.

Ich war lange Zeit auf diesem Schiff. Wir segelten anscheinend frei vor dem Wind dahin, der ein paar Strich von Backbord kam und meist kräftig war. Wenn ich des nachts in die Wanten kletterte, vibrierten die Masten und Spieren im Wind, und das Tauwerk sang, und über mir wölbte sich Segel um Segel, und unter mir jagten wie weiße Haufenwolken vor dem Wind wiederum Segel dahin, und vor mir und hinter mir trugen andere Masten weitere Segel. Wenn ich tagsüber auf Deck arbeitete, spritzte der Gischt herauf und netzte mein Hemd und hinterließ Tränenspuren auf dem Deck, das in der heißen Sonne schnell trocknete.

Ich kann mich nicht erinnern, jemals in Wirklichkeit auf einem solchen Schiff gewesen zu sein, aber es ist wahrscheinlich, daß ich es als kleines Kind einmal war, denn die Geräusche an Bord, das Ächzen der Masten, das Pfeifen des Winds in tausend Tauen, das Donnern der Wogen gegen den hölzernen Rumpf, dies alles war so deutlich, so wirklichkeitsnah, so *echt*, wie es das Geräusch von Gelächter und zerbrechendem Glas gewesen war, das vom Dachgarten kam, wenn ich, noch ein Kind, früh einschlafen sollte; oder wie die fernen Hornsignale von der Zitadelle, die mich damals manchmal in der Frühe weckten.

Ich weiß nicht mehr genau, was ich alles an Bord dieses Schiffes tat. Ich zog Eimer voll Wasser herauf, mit dem ich geronnenes Blut von den Decks spülte, und ich zog an Tauen, die nirgendwo befestigt schienen – oder auch fest an unsichtbare, unbewegliche Gegenstände irgendwo oben in der Takelage geknüpft waren. Ich beobachtete die See vom Bug und von der Reling aus, und von den Mastkörben, aber als einmal ein Sternenkreuzer mit weißglühendem Hitzeschild nicht weit entfernt niederging und zischend das Wasser spaltete, meldete ich es niemandem.

Und während dieser ganzen Zeit sprach der Tote am Steuerrad zu mir. Sein Kopf rollte schlaff hin und her, als sei das Genick gebrochen, und wenn große Wellen gegen das Ruder schlugen, ließ das bockende Steuerrad den Kopf zurückrucken, so daß er zum Himmel emporstarrte. Immer aber redete er, und die wenigen Worte, die ich mitbekam, ließen mich vermuten, daß er über eine Theorie der Ethik dozierte, deren Postulate selbst ihm etwas zweifelhaft vorkamen. Mir graute vor seinem Gerede, und ich bemühte mich, so weit als möglich in Bugnähe zu bleiben, aber manchmal trug mir der Wind seine Worte klar und deutlich zu, und immer, wenn ich von der Arbeit aufsah, fand ich mich näher beim Heck als zuvor, manchmal fast in Reichweite des toten Steuermanns.

Lange Zeit schon hatte ich auf dem Schiff verbracht und war sehr müde und einsam geworden, als sich eine Tür des Kabinenaufbaus öffnete und meine Tante herauskam, aufrecht einen halben Meter über dem geneigten Deck schwebend. Ihr Rock hing nicht senkrecht herunter wie sonst, sondern flatterte im Wind wie ein Banner, so daß mir schien, sie müsse jeden Augenblick fortgeblasen werden. Aus irgendeinem Grund sagte ich: »Geh nicht zu dem Mann am Steuerruder, Tante. Er könnte dir etwas antun.«

Sie antwortete mit der gleichen Selbstverständlichkeit, als hätte sie mich im Gang vor meinem Schlafzimmer getroffen: »Unsinn! Der ist endgültig darüber hinaus, jemandem etwas antun zu können, ja, überhaupt etwas tun zu können, Nummer Fünf. Mein Bruder ist es, um den wir uns kümmern müssen.«

»Wo ist er?«

»Da unten.« Sie zeigte auf das Deck, um anzudeuten, daß er sich im Laderaum befände. »Er versucht herauszufinden, warum sich dieses Schiff nicht fortbewegt.«

Ich lief zur Reling und schaute hinunter, aber ich sah kein Wasser mehr, sondern den Nachthimmel. Zahllose, unnennbar ferne Sterne glitzerten in der schwarzen Tiefe unter mir, und als ich sie anstarrte, zeigten sie mir, daß unser Schiff, wie meine Tante gesagt hatte, nur leicht geneigt im Nichts hing. Ich drehte mich wieder zu ihr um, und sie erklärte: »Es bewegt sich nicht, weil er es an dieser Stelle festgemacht hat, bis er herausfinden kann, warum es sich nicht bewegt«, und während sie noch sprach, merkte ich, daß ich an einem Seil hinunterrutschte, wie ich annahm, in den Laderaum. Es roch nach Tieren. Ich war aufgewacht, aber das begriff ich erst nach einer Weile.

Meine Füße berührten den Boden, und ich sah, daß David und Phaedria neben mir standen. Wir befanden uns in einem weiten, dachbodenartigen Raum, und als ich Phaedria ansah, die bezaubernd war wie immer, wenn auch nervös, und an ihrer Unterlippe kaute, krähte irgendwo ein Hahn.

David sagte: »Wo, glaubst du, ist das Geld?« Er hatte eine Werkzeugtasche in der Hand.

Und Phaedria, die wahrscheinlich erwartet hatte, daß er etwas anderes sagen würde – oder vielleicht hatte sie nur selbst an etwas anderes gedacht –, sagte: »Wir haben mehr als genug Zeit. Marydol paßt auf.« Marydol war eins der Mädchen, die in unseren Stücken aufgetreten waren.

»Wenn sie's nicht mit der Angst zu tun kriegt und wegrennt. Wo, glaubst du, ist das Geld?«

»Nicht hier oben. Unten in dem Raum hinter dem Büro.« Sie hatte sich zusammengekauert gehabt, richtete sich jetzt auf und begann vorwärtszuschleichen. Sie war ganz in Schwarz, von den Ballettschuhen bis zu dem schwarzen Band, das ihr schwarzes Haar zusammenhielt, und die weiße Haut von Gesicht und Armen war ein fast erschreckender Kontrast, das Rot ihrer Lippen ein Versehen, ein irrtümlich vergessener Farbfleck. David und ich folgten ihr.

Auf dem Boden standen, weit auseinander, eine Menge Kisten; und als wir an einer nahe vorbeikamen, sah ich, daß sie Geflügel enthielten, immer nur ein Tier hinter Maschendraht. Erst als wir fast die Leiter erreicht hatten, die von der entferntesten Ecke des Dachbodens durch eine Klappe nach unten führte, begriff ich, daß dies Kampfhähne sein mußten. Dann erreichte ein schräger Streifen Sonnenlicht von einer Dachluke einen der Käfige, und der Hahn erwachte und plusterte sein papageienbuntes Gefieder. »Kommt weiter«, sagte Phaedria. »Da unten sind die Hunde.« Wir folgten ihr die Leiter hinunter. Unten brach die Hölle los.

Die Hunde waren in Einzelboxen angekettet, deren Trennwände so hoch waren, daß sie einander nicht sehen konnten. Zwischen den Reihen der Boxen waren breite Gänge freigelassen worden. Es waren samt und sonders Kampfhunde, aber von jeder Rasse und Größe. Da gab es winzige Bestien von Terriern, und Bulldoggen größer als Ponys, Scheusale mit mißgebildeten Köpfen und einem Gebiß, das mit einem Zuschnappen beide Beine eines Menschen abtrennen konnte. Der Lärm, den sie machten, war unbeschreiblich, eine Mauer von Knurren und Bellen und Brüllen, die uns zurückfahren ließ, als wir die Leiter herunterkamen. Unten packte ich Phaedria am Arm und versuchte, ihr durch Zeichen deutlich zu machen, daß wir besser sofort von hier verschwinden sollten – denn wo immer wir uns auch befanden, wir waren sicher unerlaubt hier. Sie schüttelte entschieden den Kopf, und als ich nicht verstehen konnte, was sie antwortete, selbst als sie mit übertriebenen Lippenbewegungen sprach, feuchtete sie einen Finger an und schrieb auf die staubige Wand: »Die sind immer so laut – Geräusche auf der Straße – irgendwas.«

Zum nächsten Stockwerk führte eine Stiege hinunter, die hinter einer schweren, aber unverriegelten Tür lag, deren Zweck vermutlich nur war, den Lärm der Bestien zu dämpfen. Mir war wohler zumute, als wir sie hinter uns geschlossen hatten, obwohl das Gebell immer noch recht laut zu hören war. Mittlerweile war ich vollständig zu mir gekommen, und ich hätte David und Phaedria erklären sollen, daß ich nicht wußte, wo ich war und was wir hier taten, aber ich schämte mich, das einzugestehen. Außerdem konnte ich leicht genug erraten, worauf wir aus waren. David hatte nach dem Aufbewahrungsort von Geld gefragt, und wir hatten oft davon gesprochen, einen richtigen Raubzug durchzuführen, um uns die kleinen Diebereien ersparen zu können – nur hatte ich das eigentlich immer für leere Prahlerei gehalten.

Wo wir waren, entdeckte ich nachher, als wir das Haus verließen; und wie wir hingekommen waren, rekonstruierte ich aus Bruchstücken unserer Gespräche. Das Gebäude war ursprünglich als Warenspeicher geplant gewesen, und lag in der Rue des Egouts in der Nähe der Bucht. Sein Eigentümer belieferte jene Enthusiasten, die sich einen Sport daraus machten, Kämpfe aller Art zu inszenieren, und stand in dem Ruf, das größte Lager des Departement an Lebendmaterial für solche Zwecke zu besitzen. Phaedrias Vater hatte zufällig erfahren, daß dieser Mann erst kürzlich ein recht wertvolles Sortiment seiner Waren eingeschifft haben sollte, hatte ihn aufgesucht und Phaedria dabei mitgenommen. Da allgemein bekannt war, daß das Lager bis nach dem letzten Angelusläuten geschlossen war, hatten wir uns am nächsten Tag nach dem Mittagläuten aufgemacht und waren durch eine Dachluke eingestiegen.

Es fällt mir schwer zu beschreiben, welcher Anblick sich uns im Stockwerk unter den Hunden (dem zweiten des Gebäudes) bot. Ich hatte früher schon oft Kampfsklaven gesehen, wenn Mr. Million, David und ich auf dem Weg in die Bibliothek über den Sklavenmarkt gegangen waren, aber nie mehr als einen oder zwei, mit schweren Ketten gefesselt. Hier lagen, saßen und kauerten sie überall, und eine Sekunde lang wunderte ich mich, daß sie einander nicht in Stücke rissen und uns dazu. Dann bemerkte ich, daß jeder von einer kurzen, am Boden verankerten Fußkette gehalten wurde, und die verschrammten, zersplitterten Bodenbretter zeigten deutlich die Reichweite jedes einzelnen an. Was an Einrichtungsgegenständen vorhanden war, Strohsäcke und ein paar Stühle und Bänke, war entweder zu leicht, um ein wirksames Wurfgeschoß abzugeben, oder sehr massiv und mit dem Boden verklammert. Ich hatte erwartet, daß sie schreien und brüllen und uns bedrohen würden, wie sie es taten, bevor sie sich in den Kampfgruben aufeinander stürzten, aber sie schienen zu begreifen, daß sie nichts tun konnten, solange sie angekettet waren. Ihre Augen folgten uns, als wir die Treppe herunterkamen, aber wir hatten nichts zu essen für sie, und sobald sie das gemerkt hatten, interessierten sie sich weit weniger für uns als die Hunde.

»Das sind keine Menschen, oder?« fragte Phaedria. Sie ging jetzt hochaufgerichtet wie ein Offizier, der eine Parade abnimmt, und besah sich die Sklaven, und wie ich sie so beobachtete, fiel mir auf, daß sie größer und schlanker war als die ›Phaedria‹, die ich vor mir sah, wenn ich an sie dachte. Sie war nicht nur bloß hübsch, sie war schön. »Das sind doch eigentlich Tiere, jawohl«, sagte sie.

Durch meine Studien war ich besser informiert, und ich erklärte ihr, daß die Sklaven als Kleinkinder menschlich genug gewesen waren – manchmal auch noch länger – und daß sie sich von normalen Menschen eigentlich nur infolge chirurgischer Eingriffe (unter anderem einer Gehirnoperation) und chemisch induzierter Veränderungen in ihrem endokrinen System unterschieden. Abgesehen von ihren Narben natürlich.

»Dein Vater macht so was mit kleinen Mädchen, nicht? Für sein Haus?«

David sagte: »Eigentlich nur selten. Es dauert ziemlich lange, und die meisten Kunden ziehen normale Mädchen vor, wobei allerdings für manche normal ein etwas dehnbarer Begriff ist.«

»Ich würde mal gern welche sehen. Ich meine solche, die er verändert hat.«

Ich dachte immer noch an die Kampfsklaven rund um uns und sagte: »Ich dachte, du kennst dich bei solchen Sachen aus? Warst du nicht schon mal hier? Du hast von den Hunden gewußt.«

»O ja, ich hab' sie schon früher gesehen, und der Besitzer hat mir alles über sie erklärt. Ich hab' wahrscheinlich nur laut gedacht. Ich meine, es wäre schrecklich, wenn sie immer noch Menschen wären.«

Viele Augen folgten uns, und ich fragte mich, ob die Gehirne dahinter begriffen, was sie gesagt hatte.

Im Parterre sah es ganz anders aus. Hier waren alle Wände getäfelt, und es gab eingerahmte Fotografien von Hunden und Hähnen und von den Sklaven und sonderbaren Tieren. Die Fenster, die nach der Egouts-Straße und der Bucht hinausgingen, waren hoch, schmal und vergittert. Sie ließen nur schlanke Lichtstäbe von dem hellen Sonnenschein draußen herein, die wie Suchscheinwerfer hier den Arm eines prächtigen roten Ledersessels aus dem Schatten hoben, dort ein rechteckiges Stück kaffeebraunen Teppich, nicht größer als ein Buch, und eine halbvolle Karaffe. Ich machte drei Schritte in dieses Zimmer und wußte, daß wir entdeckt worden waren. Ein hagerer, schmalschultriger junger Mann kam auf uns zu – und blieb mit erschrockener Miene stehen, gerade als ich es tat. Er war mein eigenes Spiegelbild in einem goldgerahmten Trumeau, und einen Augenblick lang empfand ich die eigenartige Entrückung, die einen überkommt, wenn sich jemand umdreht, den man für einen Fremden hält, und es ist plötzlich ein vertrauter Freund, den man vielleicht nur zum erstenmal so sieht, wie ihn die anderen sehen. Der junge Mann mit dem spitzen Kinn und dem gehetzten Blick, den ich in jener Sekunde gesehen hatte, da ich noch nicht wußte, daß er ich selber war – ich, so wie mich Phaedria und David, Mr. Million und meine Tante sahen.

»Hier spricht er mit seinen Geschäftsfreunden und Kunden«, erklärte Phaedria. »Wenn er etwas verkaufen will, dann läßt er seine Leute ein Stück nach dem anderen herunterbringen, so daß man die anderen nicht sieht, aber die Hunde hört man bis hier unten. Er hat Papa und mich überall hingeführt und uns alles gezeigt.«

David fragte: »Hast du gesehen, wo er sein Geld hat?«

»Hinten im Haus. Siehst du diesen Wandbehang? Es ist eigentlich ein Vorhang; während nämlich Papa mit ihm sprach, kam ein Mann, der irgend etwas bezahlte, und er brachte das Geld weg, hinter diesen Vorhang.«

Die Tür, die dieser Vorhang verbarg, führte in ein winziges Büro, in dessen gegenüberliegender Wand eine zweite Tür war. Wir fanden nicht die Spur eines Safes oder eines Stahlfachs. David riß das Schloß der Schreibtischlade mit einem Brecheisen aus seiner Werkzeugtasche heraus, aber es war nur der übliche Papierkram darin, und er wollte schon die zweite Tür öffnen, als ich ein Geräusch dahinter vernahm, ein Scheuern oder Kratzen.

Eine Minute oder länger rührte sich keiner von uns dreien. Ich stand wie versteinert, die Hand auf der Klinke. Phaedria, links hinter mir, hatte unter dem Teppich nach einem Geheimfach gesucht – sie blieb reglos zusammengekauert in der schwarzen Schattenpfütze ihres Rocks hocken. Neben dem aufgebrochenen Schreibtisch hörte ich David atmen. Wieder kam das Kratzen, dann knarrte eine Diele. Sehr leise sagte David: »Das ist ein Tier.«

Ich nahm den Finger von der Klinke und sah ihn an. Er umklammerte noch immer das Brecheisen, und sein Gesicht war blaß, aber er lächelte. »Ein Tier, das da drinnen angebunden ist und sich bewegt hat. Das ist alles.«

»Woher willst du das wissen?« fragte ich.

»Jeder dort drinnen muß uns gehört haben, auf jeden Fall, als ich das Pult aufgebrochen habe. Ein Mensch wäre entweder herausgekommen, oder hätte sich, wenn er Angst hat, versteckt und völlig lautlos verhalten.«

Phaedria sagte: »Ich glaub', er hat recht. Macht die Tür auf.«

»Bevor ich das tu', was ist, wenn's kein Tier ist?«

»Es ist ein Tier«, sagte David.

»Aber wenn nicht?«

Ich las die Antwort in ihren Gesichtern; David umklammerte das Brecheisen fester, und ich öffnete die Tür.

Der Raum dahinter war größer als ich erwartet hatte, aber kahl und schmutzig. Licht bekam er nur von einem einzigen Fenster hoch oben in der gegenüberliegenden Wand. Mitten auf dem Boden stand eine große Truhe aus dunklem Holz, die mit Eisenbändern verstärkt war, und davor lag etwas, das wie ein Bündel Lumpen aussah. Als ich von dem Teppich des Vorraums heruntertrat, bewegten sich die Lumpen, und ein Gesicht, dreieckig wie das einer Heuschrecke, wandte sich mir zu. Das Kinn dieses Wesens war kaum einen Fingerbreit vom Boden entfernt; tiefliegende kleine Augen glotzten zu mir heraus, glühenden Kohlestückchen gleich.

»Hier muß es sein«, sagte Phaedria. Sie sah nicht das Gesicht, sondern nur die eisenbeschlagene Truhe. »David, kannst du das Ding aufkriegen?«

»Ich denk' schon«, sagte David, aber er beobachtete wie ich die Augen des Lumpenbündels. »Aber was ist mit dem da?« sagte er nach einer kurzen Pause und zeigte darauf. Bevor Phaedria oder ich antworten konnten, öffnete das Ding einen Mund voller schmaler langer Zähne, graugelb und spitz. »Kraaank«, sagte es.

Ich glaube, keiner von uns hatte angenommen, daß es sprechen könne. Es war, als hätte eine Mumie zu reden begonnen. Draußen fuhr eine Kutsche vorbei, und ihre eisernen Räder ratterten über das Pflaster. Es klang sehr laut in der Stille.

»Gehen wir«, sagte David. »Verschwinden wir von hier.«

Phaedria sagte: »Es ist krank. Verstehst du nicht, sein Besitzer hat's hier heruntergeholt, wo er sich besser darum kümmern kann. Es ist krank!«

»Ah, und er hat seinen kranken Sklaven an die Geldkiste gefesselt?« David sah sie stirnrunzelnd an.

»Verstehst du nicht? Das ist der einzig schwere Gegenstand in dem Raum hier. Alles was du tun brauchst, ist rüberzugehen und dem armen Vieh eins über den Schädel zu hauen. Wenn du dich nicht traust, gib mir das Brecheisen, und ich tu's.«

»Nein, ich mach's schon.«

Ich folgte ihm bis auf etwa einen Meter vor der Truhe. Er gestikulierte befehlend mit dem stählernen Brecheisen. »Du da! Geh weg hier.«

Der Sklave gab ein gurgelndes Geräusch von sich und kroch zur Seite, eine Fußkette nachschleifend. Er war in eine dreckige, zerrissene Decke gewickelt und wirkte kaum größer als ein Kind, obwohl seine Hände, wie ich bemerkte, riesig waren.

Ich drehte mich um und machte einen Schritt auf Phaedria zu, um ihr zuzureden, daß wir uns besser aus dem Staub machten, wenn David die Kiste nicht in ein paar Minuten aufbekam. Ich weiß noch, daß ich, bevor ich irgend etwas hörte oder fühlte, sie die Augen aufreißen sah, und ich überlegte noch, weshalb, als Davids Werkzeugtasche auf den Boden polterte, und David selbst mit einem kurzen, keuchenden Schrei hinstürzte. Phaedria kreischte auf, und im obersten Stockwerk begannen sämtliche Hunde zu bellen.

Dies alles dauerte natürlich nicht einmal eine Sekunde. Ich fuhr fast im gleichen Augenblick herum als David fiel. Der Sklave hatte blitzartig einen Arm ausgestreckt und meinen Bruder am Fußgelenk gepackt, im nächsten Sekundenbruchteil seine Decke abgeworfen und sich mit einem Panthersatz – anders kann ich es nicht beschreiben, auf ihn gestürzt.

Ich packte das Biest beim Genick und zerrte es zurück, weil ich dachte, es würde sich an David festklammern, und ich müßte es losreißen – aber kaum spürte es meinen Griff, als es David zur Seite schleuderte und in meinen Händen zappelte wie eine Spinne. *Es hatte vier Arme.*

Es schlug damit wild um sich und versuchte mich zu treffen, und ich ließ los und fuhr zurück, als wäre mir eine Ratte ins Gesicht gesprungen. Dieser instinktive Ekel rettete mich. Der Sklave stieß beide Beine in einem mörderischen Tritt nach mir, und hätte er in meinem Griff noch genügend Halt gehabt, so hätte dieser Tritt mir sicher die Leber oder die Nieren zerrissen und mich umgebracht.

So aber wurden wir dadurch nur auseinandergeschleudert. Nach Luft schnappend fiel ich rückwärts und rollte mich augenblicklich weg, bis ich außerhalb der Reichweite war, die ihm seine Kette erlaubte. David hatte sich bereits in Sicherheit gebracht, und Phaedria war sowieso weit genug weg gewesen.

Einige Sekunden lang starrten wir drei unseren Gegner an. Ich schauderte und versuchte mich aufzusetzen, und David zitierte mit einer Grimasse:

»Waffen besing' ich, sowie den Mann, der von Trojas Gestade weit umher von des Schicksals Mächten gejagt ...«

Weder Phaedria noch ich lachte. Sie stieß einen langen, tiefen Seufzer aus und fragte mich: »Wie haben sie das gemacht? Ich meine, den so herzurichten?«

Ich erklärte ihr, daß man vermutlich das zweite Armpaar transplantiert hatte, nachdem man die natürliche Abwehr seines Körpers gegen fremdes Gewebe unterdrückt hatte, und daß bei der Operation wahrscheinlich ein paar seiner Rippen durch den Schultergürtel des Spenders ersetzt worden waren. »Ich habe versucht, etwas ähnliches mit Mäusen zu tun, auf weit bescheidenerer Basis natürlich, und was mich bei ihm am meisten erstaunt, ist, daß er das angesetzte Armpaar offenbar völlig normal gebrauchen kann. Wenn man nicht eineiige Zwillinge nimmt, wachsen die Nervenenden fast nie richtig zusammen. Wer das hier zustande gebracht hat, muß an die hundert Fehlschläge gehabt haben, bevor er bekam, was er wollte. Dieser Sklave muß ein Vermögen wert sein.«

»Ich dachte, du hast deine Mäuse aufgegeben. Versuchst du's nicht jetzt mit Affen?« fragte David.

Das war nicht der Fall, obwohl ich hoffte, es bald dazu zu bringen; aber was immer ich tat oder nicht tat, hier darüber zu reden nützte uns gar nichts. Das sagte ich David.

»Ich dachte, du hättest's eilig, hier wegzukommen?« antwortete er.

Das hatte ich wirklich wollen, aber jetzt wollte ich etwas anderes weitaus mehr. Ich wünschte mir, dieses Wesen untersuchen zu können, mehr als David und Phaedria sich das Geld wünschten. David hielt sich gern für mutiger als mich, also sagte ich: »Wenn du davonlaufen willst, dann benütze gefälligst nicht mich als Ausrede, Brüderchen«, und damit war die Sache erledigt.

»Schon gut, aber wie können wir ihn töten?« Er warf mir einen erbosten Blick zu.

»Er kann uns nicht erreichen. Wir könnten ihn mit schweren Sachen bewerfen«, schlug Phaedria vor.

»Und er könnte alles, was danebengeht, zurückwerfen.«

Während wir uns besprachen, grinste uns das Ding, der vierarmige Sklave, höhnisch an. Ich war ziemlich sicher, daß er zumindest einen Teil von dem verstand, was wir sagten, und bedeutete David und Phaedria, daß wir besser in das Zimmer mit dem Schreibtisch zurückgingen. Dort schloß ich sorgfältig die Tür hinter uns. »Ich wollte nicht, daß er uns hört. Wenn wir irgendwelche langen Waffen hätten, ich meine, irgendeine Art Speer, dann könnten wir ihn umbringen, ohne ihm zu nahe zu kommen. Was könnten wir als Schaft verwenden? Habt ihr eine Idee?«

David schüttelte den Kopf, aber Phaedria sagte: »Wart mal, mir fällt was ein.« Wir sahen sie gespannt an, und sie genoß sichtlich ihre nachdenkliche Pose und unsere Aufmerksamkeit.

»Na?« sagte David.

Sie schnippte mit den Fingern. »Fensterhaken. Du weißt schon, lange Stangen mit einem kleinen Haken an einem Ende. Erinnerst du dich an die Fenster auf der Straßenseite? Die sind ziemlich hoch. Während der Besitzer mit Papa im Büro sprach, kam einer seiner Angestellten mit so einer Stange und öffnete ein Fenster. Die Dinger müßten hier irgendwo sein.«

Nach fünf Minuten Suche fanden wir zwei. Sie sahen recht brauchbar aus: an die zwei Meter lang und vielleicht drei Zentimeter im Durchmesser, aus glattem Hartholz. David holte aus und stieß seine spielerisch nach Phaedria; dann fragte er mich: »So, und was verwenden wir als Spitzen?«

Das Skalpell, das ich immer bei mir trug, befand sich in einem Etui in meiner Brusttasche; ich befestigte es mit Isolierband an der Stange, das David glücklicherweise in der Tasche gehabt hatte. Wir konnten jedoch nichts finden, was eine zweite Speerspitze hätte abgeben können, bis er einen Glassplitter vorschlug.

»Du kannst kein Fenster einschlagen«, sagte Phaedria. »Das würde man draußen hören. Außerdem, würde Glas nicht einfach zerbrechen, wenn du auf ihn einstechen willst?«

»Nicht, wenn's dickes Glas ist. Da, paßt mal auf.«

Ich sah hin – und sah zum zweitenmal mein eigenes Gesicht. David zeigte auf den großen Spiegel, der mir so einen Schrecken eingejagt hatte, als wir hereingekommen waren. Während ich auf mein Spiegelbild starrte, krachte sein Schuh mitten hinein, und das Glas zerbarst mit einem Klirren, das die Hunde wieder in wütendes Gebell ausbrechen ließ. David suchte einen langen, fast gerade dreieckigen Splitter heraus und hielt ihn ans Licht. Der Splitter funkelte auf wie ein Edelstein. »Mindestens so gut wie die, die sie auf Sainte Anne aus Achat und Jaspis gemacht haben, meint ihr nicht?«

Wie abgemacht griffen wir von zwei Seiten an. Der Sklave sprang auf den Truhendeckel und beobachtete uns von dort aus gelassen. Seine tiefliegenden Augen streiften von mir zu David und wieder zu mir, bis wir nahe genug waren und David sich auf ihn stürzte.

Er fuhr herum, als Davids Glasspitze seine Rippen streifte, erwischte den Speer beim Schaft und riß ihn zu sich heran. Ich stach nach ihm, traf aber nicht, und bevor ich erneut angreifen konnte, hatte er sich von der Truhe geschwungen und rang mit David auf der anderen Seite. Ich beugte mich darüber und stieß von oben nach ihm, aber erst als David aufschrie, erkannte ich, daß ich das Skalpell meinem Bruder in den Oberschenkel gerannt hatte. Ich sah Blut am Schaft heraufspritzen, helles Blut aus einer Schlagader, ließ meine Waffe los und stürzte mich über die Truhe auf die beiden.

Unser Feind erwartete mich. Er hatte sich blitzartig auf den Rücken gedreht und grinste mir entgegen, die Beine und alle vier Arme hochgestreckt wie eine tote Spinne. Ich bin sicher, daß er mich in den nächsten Sekunden erwürgt hätte, wenn nicht David wahrscheinlich rein instinktiv mit einem Arm über das Gesicht des Ungeheuers geschlagen hätte, so daß es danebengriff und ich zwischen die ausgestreckten Riesenhände fiel.

Viel mehr gibt es nicht zu berichten. Er riß sich von David los, preßte mich an sich und versuchte, mir die Kehle durchzubeißen. Es gelang mir, ihm einen Daumen in eine Augenhöhle zu drükken, so daß er nicht an mich herankonnte, und dann legte Phaedria, der ich soviel Mut nicht zugetraut hatte, Davids Glassplitterspeer in meine freie Hand, und ich stieß meinem Gegner die Spitze durch den Hals. Ich glaube, beide Schlagadern und die Luftröhre waren durchtrennt, als er endlich starb. Wir legten David eine Aderpresse an und machten uns davon, ohne das Geld und ohne jene Kenntnisse, die ich aus einer Untersuchung des Sklaven zu gewinnen gehofft hatte. Marydol half uns, David nach Hause zu bringen, und wir erzählten Mr. Million, daß er unglücklich gefallen sei, als wir ein leerstehendes altes Haus erforschten. Ich bezweifle jedoch, daß er uns glaubte.

Etwas noch muß ich berichten von jenem Tag, an dem wir den Sklaven umbrachten, obwohl ich eher fortfahren und eine Entdeckung erwähnen sollte, die ich unmittelbar danach machte, und die damals viel größeren Einfluß auf mich hatte. Ich meine etwas, das eigentlich nur ein flüchtiger Eindruck war, den höchstwahrscheinlich meine Erinnerung entstellt und verstärkt hat. Als ich den Sklaven erstach, war mein Gesicht nur eine Handbreit von dem seinen entfernt, und ich sah, gespiegelt in seinen Augäpfeln von dem Licht aus dem hohen Fenster hinter uns, wieder mein eigenes Gesicht, und dieses doppelte Gesicht war seinem sehr ähnlich. Seit diesem Augenblick konnte ich nicht mehr vergessen, was Dr. Marsch mir über die Produktion beliebig vieler identischer Individuen durch das Klon-Verfahren erzählt hatte, und daß mein Vater, als ich selbst noch klein gewesen war, ein Kinderhändler gewesen sein sollte. Seit meiner Entlassung habe ich versucht, eine Spur meiner Mutter zu finden, der Frau auf der Fotografie, die mir meine Tante gezeigt hatte; aber dieses Bild war sicher lange vor meiner Geburt aufgenommen worden – vielleicht sogar auf der Erde.

Die Entdeckung, die ich vorhin erwähnt habe, machte ich, als wir das Haus verließen, in dem ich den Sklaven getötet hatte: es war mit einemmal nicht mehr Herbst, es war Hochsommer. Weil wir alle vier – Marydol war jetzt bei uns – nur danach trachteten, David gut nach Hause zu bringen und eine brauchbare Geschichte zu erfinden, die seine Wunde erklären konnte, brauchte es eine Weile, bis der Schock voll in mein Bewußtsein durchschlug, aber dann begriff ich. Die Luft war so still und schwül, wie sie es nur im Sommer sein kann, und lag wie eine feuchte Decke über den Häusern und Bäumen, die plötzlich wieder mit dunkelgrünem Laub bedeckt waren – und als ich sie das letztemal gesehen hatte (war's nicht erst gestern gewesen?), standen sie inmitten von Haufen toter Blätter. Und der Brunnen in unserm Vorgarten wurde jetzt nicht mehr mit warmem Wasser gespeist, wie es im Herbst geschah, wenn die ersten Fröste drohten: ich steckte meine Hand in das Becken, als wir David den Weg entlang halfen, und das Wasser war kühl wie Tau.

So waren also die Zeitspannen, in denen ich unbewußt handelte wie ein Schlafwandler, angewachsen, bis sie einen ganzen Winter und Frühling aus meinem Leben gelöscht hatten. Mir war, als hätte etwas mein Ich verschlungen.

Als wir ins Haus traten, sprang mir ein Äffchen auf die Schulter, das ich zuerst für das meines Vaters hielt. Später sagte mir Mr. Million, daß es mein eigenes sei, eines meiner Labortiere, das ich zu einer Art Maskottchen gemacht hatte. Ich kannte das Äffchen nicht, aber Narben unter seinem Fell und seine verkrüppelten Glieder bewiesen, daß es mich kannte ...

(Ich habe Pipo behalten, und Mr. Million sorgte für ihn, solange ich meine Strafzeit abdiente. Bei schönem Wetter klettert er immer noch über die grauen, zerfallenden Mauern unseres Hauses, und wenn er über Simse und Vorsprünge huscht, und ich seine bucklige Gestalt vor dem hellen Himmel sehe, dann glaube ich einen Augenblick lang, daß mein Vater noch lebt und daß ich wieder in seine Bibliothek gerufen werde für jene langen Nachtstunden – aber das verzeihe ich dem Äffchen. Es ist nicht seine Schuld.)

Mein Vater ließ keinen Arzt holen, sondern behandelte David selbst; wenn er seine Zweifel hatte über die Art, wie David zu der

Verletzung gekommen war, so zeigte er sie nicht. Ich vermute – obwohl das jetzt nach so langer Zeit belanglos ist – daß er glaubte, ich hätte meinen Bruder im Streit verletzt. Mir kam nämlich vor, daß er danach immer etwas unruhig zu sein schien, wenn er mit mir allein war. Er war kein ängstlicher Mann und hatte lange Jahre hindurch immer wieder mit der übelsten Sorte von Verbrechern zu tun gehabt, aber er verhielt sich nicht mehr so sorglos wie früher in meiner Gegenwart – er war auf der Hut. Es kann natürlich auch sein, daß dieses Verhalten nur durch etwas ausgelöst worden war, das ich in jenem vergessenen Winter gesagt oder getan hatte.

Marydol und Phaedria, aber auch meine Tante und Mr. Million kamen oft, um David zu besuchen, so daß sein Krankenzimmer zu einer Art Versammlungsraum für uns alle wurde, in dem wir nur durch das gelegentliche Erscheinen meines Vaters gestört wurden. Marydol war ein mageres, blondhaariges Mädchen mit freundlichem Gemüt, und mit der Zeit begann ich sie sehr gernzuhaben. Wenn sie wieder gehen mußte, begleitete ich sie oft nach Hause, und auf dem Rückweg blieb ich manchmal eine Weile auf dem Sklavenmarkt, wie es Mr. Million und David und ich früher so oft getan hatten, und kaufte mir frisch geröstetes Brot, trank süßen, schwarzen Kaffee und besah mir das Angebot. Die Gesichter von Sklaven sind stumpf und uninteressant wie nur irgend etwas, aber ich ertappte mich immer wieder, daß ich sie anstarrte – ganz plötzlich, als ich fand, wonach ich gesucht hatte – warum ich das tat. Ein junger Sklave, Heizer oder so etwas, wurde auf den Block geschoben. Sein Gesicht war wie sein Rücken von der Peitsche gezeichnet, und seine Vorderzähne waren ihm eingeschlagen worden, aber ich erkannte ihn: das narbenüberzogene Gesicht war mein eigenes, oder das meines Vaters. Ich redete ihn an und hätte ihn gekauft und freigelassen, aber er antwortete mir in der kriecherischen Art von Sklaven, und ich wandte mich angewidert ab und ging heim.

An diesem Abend, als mein Vater mich in die Bibliothek hatte holen lassen – was er mehrere Nächte nicht getan hatte – da verglich ich unsere Spiegelbilder in der Tür zum Labor, die ja ein großer, verschiebbarer Spiegel ist. Er sah jünger aus als er war, und ich älter. Wir hätten fast derselbe Mann sein können, und als er sich zu mir umwandte, und ich über seine Schulter starrte, sah ich für einen Moment das Spiegelbild meines Körpers nicht, sondern nur seine Arme und meine, und da hätten wir der vierarmige Kampfsklave sein können.

Ich weiß nicht mehr, wer als erster vorschlug, ihn zu töten. Ich erinnere mich nur, daß ich eines Abends, als ich mich zum Schlafengehen fertigmachte, nachdem ich Marydol und Phaedria heimgebracht hatte, plötzlich begriff, daß wir an diesem Nachmittag, als wir mit Mr. Million und meiner Tante um Davids Bett gesessen waren, ausführlich davon gesprochen hatten.

Nicht offen natürlich. Vielleicht hatten wir nicht einmal uns selbst gegenüber zugegeben, woran wir eigentlich dachten. Meine Tante hatte das Geld erwähnt, das er irgendwo versteckt haben sollte; und Phaedria eine Jacht, die luxuriös wie ein Palast sein sollte; David sprach von großartigen Jagdgesellschaften, und von der politischen Macht, die man sich mit Geld kaufen konnte.

Und ich, ich sagte nichts, und dachte an die Stunden und Wochen und Monate, die er mir weggenommen hatte; an die Zerstörung meines *Ich*, an dem er Nacht für Nacht fraß wie ein Geschwür. Ich dachte daran, daß ich abends in die Bibliothek gehen müßte, und vielleicht, wenn ich wieder zu mir kam, ein alter Mann und ein Bettler war.

Da wußte ich, daß ich ihn töten mußte, denn wenn ich ihm von diesem Gedanken erzählte, während ich drogenbetäubt auf dem rissigen Leder des alten Untersuchungstisches lag, würde er *mich* ohne das geringste Mitleid töten.

Während ich auf seinen Diener wartete, legte ich mir meinen Plan zurecht. Es würde keine Untersuchung, keinen Totenschein für meinen Vater geben. Ich würde an seine Stelle treten. Für unsere Gäste würde sich nichts ändern. Phaedrias Freunden würde man erzählen, daß ich mit ihm in Streit geraten wäre und das Haus verlassen hätte. Ich würde eine Zeitlang niemanden zu mir lassen, und später, entsprechend zurechtgemacht und in einem halbdunklen Raum, einige bevorzugte Besucher empfangen. Es war ein undurchführbarer Plan, aber damals hielt ich ihn für gut und sogar für einfach. Mein Skalpell steckte in meiner Tasche und war bereit. Die Leiche konnte in seinem eigenen Labor beseitigt werden.

Er las alles in meinem Gesicht. Er sprach wie immer zu mir, aber ich glaube, er wußte es. Es standen Blumen im Zimmer, etwas, das noch nie vorgekommen war, und ich fragte mich, ob er es nicht vielleicht vorausgeahnt hatte, und die Blumen hatte bringen lassen wie für ein besonderes Ereignis. Aber anstatt mir zu befehlen, mich wie immer auf den lederüberzogenen Tisch zu legen, wies er auf einen Stuhl und setzte sich selbst an seinen Schreibtisch. »Wir werden heute Gesellschaft haben«, sagte er.

Ich sah auf.

»Du bist zornig auf mich. Ich habe den Zorn in dir wachsen gesehen. Weißt du denn nicht, wer ...«

Bevor er den Satz beenden konnte, klopfte es leise an die Tür, und als er »Herein!«, rief, öffnete Nerissa und ließ eine Demimondaine und Dr. Marsch herein. Ich war überrascht, ihm hier zu begegnen, und noch mehr war ich überrascht, eines der Mädchen in der Bibliothek meines Vaters zu sehen. Sie setzte sich neben Marsch, auf die Art, die deutlich machte, daß er für diese Nacht ihr Gönner war.

»Guten Abend, Doktor«, sagte mein Vater. »Ich hoffe, Sie haben sich amüsiert?«

Marsch lächelte, wobei er große, rechteckige Zähne entblößte. Er trug jetzt nach der letzten Mode geschnittene Kleider, aber der Kontrast zwischen seinem Bart und der farblosen Haut seiner Wangen war so verblüffend wie eh und je. »Ah ja. Physisch wie intellektuell«, erwiderte er. »Ich habe ein nacktes Mädchen, eine Riesin doppelt so groß wie ein Mann, durch eine Mauer gehen sehen.«

Ich sagte: »Das wird mit Holografien gemacht.«

Er lächelte wieder. »Ich weiß. Und ich habe noch viele andere Dinge gesehen. Ich wollte mich eigentlich über alle diese interessanten Spezialitäten auslassen, aber ich würde meine Zuhörer damit wohl langweilen; ich begnüge mich damit, festzustellen, daß Sie hier ein bemerkenswertes Etablissement haben – aber das wissen Sie selbst.«

»Es ist immer angenehm, das erneut bestätigt zu bekommen«, sagte mein Vater.

»Wollen wir jetzt das Thema diskutieren, das Sie früher erwähnten?«

Mein Vater warf einen Blick auf die heutige Auserwählte seines Besuchers; sie stand auf, küßte Dr. Marsch und verließ den Raum. Die schwere Bibliothekstür schwang hinter ihr zu und fiel mit einem leisen Klicken ins Schloß.

Wie das Geräusch von einem Schalter, oder von altem, zerspringendem Glas.

Ich habe seitdem sehr oft an das Bild gedacht, das das Mädchen bot, als es die Bibliothek verließ: die hochhackigen Schuhe mit Plattformsohlen, die grotesk langen Beine, das rückenfreie Kleid, dessen Ausschnitt fast bis zum Gesäß hinunterreichte; der vom aufgetürmten Haar freigegebene Nacken, darüber der glänzende, mit Bändern und Glühsteinen durchsetzte Lockenaufbau. Als sie die Tür hinter sich schloß, endete die Welt, die sie und ich gekannt hatten, obwohl sie das natürlich nicht wissen konnte.

»Sie wird Sie erwarten, wenn Sie herauskommen«, sagte mein Vater zu Marsch.

»Wenn nicht, dann gibt es ja auch andere bei Ihnen.« Die grünen Augen des Anthropologen hatten im Licht der Lampe einen fluoreszierenden Schimmer. »Nun aber, womit kann *ich* Ihnen dienen?«

»Sie studieren Rassen. Könnte man eine Gruppe ähnlicher Männer, die ähnlich denken, als Rasse bezeichnen?«

»Und Frauen«, ergänzte Marsch lächelnd.

»Und hier«, fuhr mein Vater fort, »hier auf Sainte Croix sammeln Sie Material, um es mit heim zur Erde zu nehmen?«

»Es stimmt, daß ich Material sammle. Aber ob ich damit auf den Mutterplaneten zurückkehre, ist sehr fraglich.«

Mein Blick muß erschrocken zu ihm herumgefahren sein, denn er bedachte jetzt mich mit seinem Lächeln, und es wurde, wenn das möglich war, noch ein wenig gönnerhafter als zuvor. »Sie scheinen überrascht zu sein?«

»Ich habe die Erde immer für den Mittelpunkt alles wissenschaftlichen Geschehens gehalten«, sagte ich. »Ich kann mir zwar vorstellen, daß ein Gelehrter sie verläßt, um praktische Beobachtungen anzustellen, aber ...«

»Aber es ist unvorstellbar, daß einer vielleicht nicht mehr zurück will? – Bedenken Sie einmal meine Lage. Sie sind, was günstig für mich ist, nicht der einzige, der die grauen Haare und die Weisheit der Mutterwelt respektiert. Als ein auf der Erde ausgebildeter Wissenschaftler wurde mir ein Ordinariat an Ihrer Universität angeboten, zu praktisch jedem Gehalt, das ich nenne, und mit einem Forschungsurlaub jedes zweite Jahr. Und dann dauert die Reise von hier zur Erde zwanzig Jahre Newtonscher Zeit – für mich, subjektiv, natürlich nur sechs Monate, aber wenn ich zurückkehre, falls ich zurückkehre, wird mein Wissen seit vierzig Jahren veraltet sein. Nein, ich fürchte, Ihre Welt wird einen neuen Wahlbürger gewinnen.«

Mein Vater sagte: »Wir kommen vom Thema ab, denke ich.«

Marsch nickte, und fuhr fort: »Ich wollte nur sagen, daß ein Anthropologe aufgrund seiner Ausbildung besser als jeder andere geeignet ist, in einer fremden Kultur heimisch zu werden – selbst in einer so eigenartigen, wie sie diese Familie um sich herum aufgebaut hat. Ich glaube, man könnte es eine Familie nennen, da außer Ihnen noch zwei andere Mitglieder existieren. Eigentlich müßte ich Sie beide als ein Individuum anreden, meinen Sie nicht?«

Er sah mich an, als erwarte er einen Protest von mir, und als ich nichts sagte, fügte er hinzu: »Ich spreche von Ihrem Sohn David – denn er ist Sohn und nicht Bruder Ihrer einzigen, sich immer wieder vervielfältigenden Person – und der Frau, die Sie als Ihre Tante bezeichnen. In Wirklichkeit ist sie die Tochter einer früheren – sagen wir ›Version‹? – von Ihnen.«

»Sie wollen mir klarmachen, daß ich ein Klon-Duplikat meines Vaters bin, und wie ich sehe, erwartet er so wie Sie, daß mich das aus der Fassung bringt. Das tut es nicht. Ich habe es seit einiger Zeit vermutet.«

Mein Vater sagte: »Ich bin froh, das zu hören. Ehrlich gesagt, als ich in deinem Alter war, entsetzte mich diese Entdeckung zutiefst; ich kam in die Bibliothek meines Vaters – in diesem Raum –, um ihn zur Rede zu stellen, und ich hatte die Absicht, ihn zu töten.«

»Und haben Sie's getan?« fragte Dr. Marsch.

»Ich glaube nicht, daß das von Belang ist – wichtig ist, daß ich es allen Ernstes beabsichtigte. Ich hoffe, daß Sie, da Sie nun einmal hier sind, es Nummer Fünf ein wenig leichter machen können.«

»Nennen Sie ihn so?«

»Es ist praktischer, da er den gleichen Namen trägt wie ich.«

»Er ist also Ihr fünfter Klon?«

»Mein fünftes Experiment? Nein.« Die hochgezogenen, schmalen Schultern meines Vaters unter dem verwaschenen Scharlach des alten Hausmantels ließen ihn wie einen hageren Raubvogel aussehen; mir fiel ein, daß ich irgendwo in einem Naturgeschichtebuch von einem rotschultrigen Habicht gelesen hatte. Sein Äffchen, dessen Pelz das Alter nun grau gefärbt hatte, war auf den Schreibtisch geklettert. »Nein, eher mein fünfzigstes, wenn Sie es schon wissen wollen. Ich hab's als Übung betrachtet. Leute, die es wie Sie niemals selbst versucht haben, halten diese Technik für etwas Einfaches, weil sie gehört haben, daß es möglich ist. Sie wissen gar nicht, wie schwierig es ist, Spontanmutationen zu vermeiden. Jedes bei mir dominante Gen mußte dominant bleiben, und Menschen sind keine Gartenerbsen – sehr wenige Merkmale nur unterliegen den einfachen Mendelschen Gesetzen.«

Marsch fragte: »Sie haben Ihre Fehlschläge vernichtet?«

»Er hat sie verkauft«, warf ich ein. »Als Kind habe ich mich oft gewundert, warum Mr. Million sich die Sklaven auf dem Markt ansehen wollte. Später habe ich es herausgefunden.« Mein Skalpell wartete noch immer in dem Etui in meiner Tasche; ich konnte es fühlen.

»Mr. Million«, sagte mein Vater, »ist vielleicht ein bißchen sentimentaler veranlagt als ich – außerdem hasse ich es, auszugehen. Sehen Sie, Doktor, Ihre Behauptung, daß wir alle ein und dasselbe Individuum sind, muß eingeschränkt werden. Wir haben unsere persönlichen Eigenheiten.«

Dr. Marsch setzte zu einer Antwort an, aber ich fiel ihm ins Wort. »Warum?« fragte ich. »Warum David und ich? Warum Tante Jeannine vor langer Zeit? Warum machst du es?«

»Ja«, sagte mein Vater, »warum? Wir stellen die Frage, um zu fragen.«

»Ich versteh' dich nicht.«

»Ich strebe nach Selbsterkenntnis. Wenn du es so ausdrücken willst: *wir* streben nach Selbsterkenntnis. Du existierst, weil ich das tue, und ich existiere, weil es das mir vorangegangene Individuum tat – das selbst von dem geschaffen wurde, dessen Geist in Mr. Million simuliert wurde. Eine der Fragen, deren Antwort wir suchen, ist, warum wir suchen. Aber da ist noch etwas anderes.« Er beugte sich vor, und der kleine Affe hob seine weiße Schnauze und glänzende, verständnislose Augen und starrte sein Gesicht an. »Wir wollen herausfinden, warum wir keinen Erfolg haben, warum andere aufsteigen und sich verändern, während wir bleiben, wo wir sind.«

Ich dachte an die Jacht, über die Phaedria gesprochen hatte und sagte: »Ich werde nicht dableiben.« Dr. Marsch lächelte.

Mein Vater sagte: »Ich glaube, du mißverstehst mich. Ich meine gar nicht physisches Hierbleiben, sondern ein gesellschaftliches und intellektuelles Stagnieren. Ich habe Reisen gemacht, und das wirst du wohl auch, aber ...«

»Aber ihr kommt wieder zurück. Ihr endet hier«, sagte Dr. Marsch.

»Wir enden auf immer dem gleichen Niveau!« Ich glaube, dies war das erstemal, daß ich meinen Vater aufgeregt gesehen hatte. Es verschlug ihm fast die Sprache, als er auf die Notizbücher und Tonbänder wies, die die Regale füllten. »Nach wie vielen Generationen? Wir erringen keinen Ruhm, nicht einmal die Herrschaft über diesen elenden kleinen Kolonialplaneten. Etwas muß geändert werden, aber was?« Er stierte Dr. Marsch an.

»Sie sind nicht einzigartig«, sagte Dr. Marsch, und lächelte wieder. »Das klingt wie eine Binsenweisheit, nicht? Aber ich habe nicht auf die Tatsache angespielt, daß Sie sich selbst vervielfachen. Ich wollte nur sagen, daß immer wieder solche homogene Erbketten geschaffen wurden, seit der Prozeß im letzten Viertel des zwanzigsten Jahrhunderts auf der Erde entdeckt wurde. Für einen dabei auftretenden Effekt haben wir einen Fachausdruck aus der Physik entlehnt – den Relaxationseffekt: kein für die Biologie sehr passender Terminus, aber wir haben keinen anderen. Wissen Sie, was Relaxation im physikalischen Sinn bedeutet?«

»Nein.«

»Es gibt in den technischen Wissenschaften Probleme, die nicht direkt lösbar sind, sondern nur durch eine Folge von Näherungen. Beim Wärmeaustausch zum Beispiel ist es unter Umständen nicht möglich, die Temperatur an jedem Oberflächenpunkt eines ungewöhnlich geformten Körpers zu berechnen. Aber der Physiker, beziehungsweise sein Computer, kann vernünftige Temperaturwerte annehmen, überprüfen, inwieweit diese angenommenen Werte stabil wären, und dann aufgrund des Ergebnisses neuerlich Annahmen machen. Je höher die Ordnung der Näherung wird, um so weniger unterscheiden sich die aufeinanderfolgenden Wertegruppen, bis sie schließlich völlig gleichbleiben. Deshalb habe ich gesagt, daß Sie beide im Grunde genommen das gleiche Individuum sind.«

»Was Sie für uns tun sollen«, sagte mein Vater ungeduldig, »ist, Nummer Fünf verständlich zu machen, daß die Versuche, die ich mit ihm angestellt habe, insbesondere die narkotherapeutischen Tests, die er so ablehnt, notwendig sind. Daß wir, wenn wir mehr werden wollen als wir sind, herausfinden müssen ...« Seine Stimme hatte sich fast bis zum Schreien gehoben, und er unterbrach sich unvermittelt, sprach dann ruhiger weiter. »Das ist der Grund, warum er geschaffen wurde, der Grund auch für Davids Existenz – ich hoffte, durch eine Fremdkreuzung etwas zu erfahren.«

»Zweifellos«, sagte Dr. Marsch, »war dies auch der Beweggrund für die ... Züchtung von Dr. Veil in einer früheren Generation. Aber was nun die Untersuchungen Ihres jüngeren Duplikats betrifft, so würde es den gleichen Zweck erfüllen, wenn er Sie untersuchte.«

»Einen Moment«, warf ich ein. »Sie sagen immer, er und ich sind identisch. Das stimmt nicht. Ich sehe ein, daß wir uns in vieler Hinsicht ähnlich sind, aber ich bin nicht ganz so wie mein Vater.«

»Ihr unterscheidet euch durch nichts, was nicht altersbedingt sein könnte. Sie sind wie alt? Achtzehn? Und Sie«, wandte er sich an meinen Vater, »sind wahrscheinlich an die fünfzig. Es gibt nämlich nur zwei Kräfte, die Unterschiede zwischen den Menschen bewirken: Vererbung und Umgebung. Da sich jedoch die Persönlichkeit eines Individuums vor allem in den ersten drei Lebensjahren herausbildet, ist die Umgebung, die das Heim bietet, die entscheidende. Nun, jeder Mensch wird in *irgendeine* Umgebung hineingeboren, unter Umständen in eine, die ein Überleben unmöglich macht – aber kein Mensch schafft sich diese Umgebung selbst, wenn wir einmal absehen von der Situation in diesem Haus, die eine anthropologische Relaxation darstellt. Die Umgebung wird normalerweise von der vorangegangenen Generation geschaffen.«

»Sie meinen also, bloß weil wir beide in diesem Haus aufwuchsen ...«

»Das Sie bauten und einrichteten und mit Menschen füllten, die Sie auswählten. Aber warten Sie einmal – reden wir doch von einem Mann, den keiner von Ihnen gesehen hat, einem Mann, der in einem Heim geboren wurde, das Eltern schufen, die sich von ihm unterschieden: Ich meine den ersten von Ihnen ...«

Ich hörte nicht mehr zu. Ich war gekommen, um meinen Vater zu töten, und ich mußte Dr. Marsch loswerden. Ich beobachtete ihn, wie er, vorgebeugt in seinem Sessel, mit scharfen kleinen Gesten seiner langen weißen Hände sprach, wie sich sein grausamer Mund in dem Rahmen schwarzen Haars bewegte; ich sah ihn und hörte nichts. Es war so, als wäre ich plötzlich taub geworden, oder als ob er sich nur durch seine Gedanken mitteilen könnte, und ich diese Gedanken nun heraushörte aus den Lügen seines Mundes. Ich sagte: »Sie sind von Sainte Anne.«

Er unterbrach sich mitten in einem sinnlosen Satz und sah mich überrascht an. »Ich war dort, ja. Ich habe mehrere Jahre auf Sainte Anne verbracht, bevor ich hierherkam.«

»Sie wurden dort geboren. Sie haben Ihre Anthropologie dort gelernt, aus Büchern, die vor zwanzig Jahren auf der Erde geschrieben worden sind. Sie sind ein Abo, zumindest ein halber; und wir, wir sind Menschen.«

Marsch warf meinem Vater einen Blick zu und sagte dann: »Die Abos gibt es leider nicht mehr. Die Wissenschaftler von Sainte Anne sind der Ansicht, daß sie seit fast einem Jahrhundert ausgestorben sind.«

»Sie waren anderer Meinung, als Sie meine Tante aufsuchten.«

»Ich habe die Veil-Hypothese niemals akzeptiert. Ich habe nur jeden besucht, der hierzulande etwas auf meinem Fachgebiet publiziert hat. Aber ich habe wirklich keine Zeit, mir diesen Unsinn anzuhören.«

»Sie sind ein Abo, und nicht von der Erde.«

Und bald waren mein Vater und ich allein.

Den Großteil meiner Strafzeit verbrachte ich in einem Arbeitslager in den zerklüfteten Bergen. Es war nur ein kleines Lager, das gewöhnlich etwa hundertfünfzig Gefangenen Unterkunft bot – manchmal waren es auch weniger als achtzig, wenn in einem strengen Winter viele gestorben waren. Wir schlugen Holz und brannten Kohle und schnitzten Schier, wenn wir geeignetes Birkenholz fanden. Oberhalb der Waldgrenze sammelten wir salzhaltige Flechten, denen verschiedene Heilwirkungen zugeschrieben wurden, und schmiedeten verwickelte Pläne, mit einem Felssturz die Wächtermaschinen zu zerschmettern – aber irgendwie kam es nie dazu, die Felsen stürzten nie. Die Arbeit war schwer, und die Robotwächter trieben uns mit genau der Mischung von Strenge und Gerechtigkeit an, auf die sich irgendein Strafvollzugskomitee geeinigt hatte, bevor sie programmiert wurden. So gab es weder Günstlingswirtschaft noch Brutalität, denn unsere Wächter waren Maschinen, und grausam oder freundlich konnten nur Menschen sein, gutgekleidete Männer bei Gesellschaften und Konferenzen irgendwo weit weg.

Das dachte man jedenfalls. Aber manchmal redete ich mit meinen Wachen stundenlang über Mr. Million, und einmal fand ich ein Stück Fleisch, einmal einen Klumpen Zucker, braun und hart wie Sandstein, in dem Winkel versteckt, wo ich schlief.

Ein Verbrecher darf durch sein Verbrechen nicht profitieren, aber das Gericht – so erfuhr ich lange Zeit später – konnte keinen Beweis dafür finden, daß David tatsächlich der Sohn meines Vaters war, und erklärte meine Tante zu seinem Erben.

Dann starb sie, und ein Brief von einem Notar benachrichtigte mich, daß ich laut ihrem Testament »ein großes Haus in der Stadt Port Mimizon samt lebendem und totem Inventar« geerbt hätte. Und daß dieses Haus, »in der Saltimbanque-Straße Nummer 666 befindlich, zur Zeit von einem Robotbediensteten verwaltet wird«. Da die Robotbediensteten, unter deren Aufsicht ich mich zur Zeit befand, mir keine Schreibutensilien zur Verfügung stellten, konnte ich nicht antworten.

Die Zeit strich auf Vogelschwingen dahin. So fand ich tote Lerchen am Fuß der nach Norden blickenden Felswände, und es war Herbst; und im Frühling darauf lagen sie am Fuß der südseitigen Wände.

Einmal bekam ich einen Brief von Mr. Million. Die meisten Mädchen meines Vaters hatten während der Untersuchung seines Todes das Haus verlassen, die übrigen hatte Mr. Million fortschicken müssen, da er als Maschine nicht die nötige Autorität über sie besaß. David war in die Hauptstadt gezogen. Phaedria hatte eine gute Partie gemacht. Marydol war von ihren Eltern verkauft worden. Sein Brief war drei Jahre nach meiner Verurteilung datiert, aber ich wußte nicht, wie lange der Brief unterwegs gewesen sein mochte. Das Couvert war viele Male geöffnet und wieder versiegelt worden, und es war schmutzig und zerrissen.

Ein Meervogel, ich glaube, es war ein Baßtölpel, verirrte sich nach einem Sturm in unser Lager, zu erschöpft zum Fliegen. Wir fingen ihn und aßen ihn auf.

Einer unserer Wächter bekam einen Kurzschluß, lief Amok und verbrannte fünfzehn Gefangene. Die ganze Nacht über focht er mit den anderen Wächtern mit weißen und blauen Flammenschwertern. Er wurde nicht ersetzt.

Dann wurde ich mit einigen anderen in ein Lager weiter im Norden verlegt, wo es rote Felsschluchten gab – so tief, daß ich, wenn ich einen Stein hinunterstieß, ihn lange Zeit fallen hörte, und sein Klappern wuchs zum Donnern eines Felssturzes, bis auch dieses Geräusch nach einer halben Minute sich in der Tiefe verlor. Niemals jedoch hörte ich ihn am Grund aufschlagen.

Ich stellte mir vor, daß die Menschen, die ich gekannt hatte, bei mir seien. Wenn ich dasaß und meinen Suppennapf gegen den Wind abschirmte, saß Phaedria auf einer Bank in der Nähe und lächelte und erzählte mir von ihren Freunden. David spielte stundenlang mit ihr Federball auf dem staubigen Platz in der Mitte des Lagers und schlief an der Wand in der Nähe meines eigenen Winkels. Marydol legte ihre Hand in meine, während ich mit der Säge in die Bergwälder zog.

Mit der Zeit verblaßten sie alle wie alte Fotografien, aber auch im letzten Jahr schlief ich niemals ein, ohne daran zu denken, daß uns Mr. Million morgen in die Stadtbibliothek bringen würde, und erwachte nie, ohne einen schrecklichen Augenblick lang zu fürchten, daß der Diener meines Vaters mich holen gekommen war.

Dann wurde mir gesagt, daß ich mit drei anderen in ein neues Lager gebracht werden solle. Wir hatten unterwegs nur das zu essen, was wir mitgenommen hatten, und kamen fast vor Hunger und Kälte um. Etwas später wurden wir in ein drittes Lager geschickt, wo wir von Männern verhört wurden, die nicht Gefangene wie wir waren, sondern freie Männer in Uniformen, die unsere Antworten niederschrieben und endlich befahlen, daß wir baden sollten und unsere alten Kleider verbrennen, und die uns eine dicke Suppe mit Fleisch und Graupen gaben.

Ich erinnere mich genau, daß es das war, was mir endlich den Mut gab, mir darüber klarzuwerden, was dies alles bedeuten mußte. Ich tunkte mein Brot in die Schüssel und zog es getränkt mit duftendem Saft heraus, und Fleischstückchen und Graupenkörner hingen daran; und da dachte ich an das geröstete Brot und den Kaffee auf dem Sklavenmarkt nicht mehr wie an etwas aus der Vergangenheit, sondern wie an etwas, das die Zukunft bringen wird, und meine Hände begannen zu zittern, bis ich meine Schüssel nicht mehr halten konnte und ich hinausstürzen und den Lagerzaun anschreien hätte können.

Zwei Tage später wurden wir, jetzt unser sechs, auf einen Maultierkarren verladen, der auf dahinschlängelnden Straßen und Wegen immer bergab, immer weiter nach Süden ratterte, bis der Winter hinter uns starb, und die Birken und Fichten verschwanden, und die hohen Kastanienbäume und Eichen neben der Straße ihre Äste über Wiesen voller Frühlingsblumen ausstreckten.

In den Straßen von Port Mimizon drängten sich, wie mir schien, Scharen von Menschen. Ich wäre binnen Minuten in ihnen untergegangen, aber Mr. Million hatte einen Tragsessel für mich gemietet. Ich ließ die Träger jedoch bei der ersten Gelegenheit anhalten und kaufte (mit Geld, das er mir gegeben hatte) eine Zeitung von einem Straßenverkäufer, um endlich das Datum zu erfahren, schwarz auf weiß.

Mein Urteil hatte wie üblich auf zwei bis fünfzig Jahre gelautet, und obwohl ich den Monat und das Jahr wußte, in dem meine Strafzeit begonnen hatte, war es unmöglich gewesen, sich in den Lagern die Jahre zu merken, die Jahre, die jeder zählte, aber keiner wußte. Da bekam ein Mann das Fieber, und wenn er nach zehn Tagen oder so wieder gut genug beisammen war, um zu arbeiten, da behauptete er, daß zwei Jahre vergangen seien, oder daß es sie nie gegeben hätte. Und dann bekam man selber das Fieber. Von dem, was in jener Zeitung stand, weiß ich nichts mehr, keine Schlagzeile, keinen Artikel. Ich las nur das Datum oben auf der Titelseite, immer wieder, den ganzen Heimweg.

Es waren neun Jahre vergangen.

Ich war achtzehn gewesen, als ich meinen Vater umbrachte. Jetzt war ich siebenundzwanzig. Ich hatte gedacht, daß ich bei meiner Entlassung vielleicht vierzig sein würde.

Die fleckigen grauen Mauern unseres Hauses hatten sich nicht verändert. Immer noch stand der Hund mit den drei Wolfsköpfen im Vorgarten, aber der Springbrunnen schwieg, und die Farnbeete und das Moos waren voll Unkraut. Mr. Million bezahlte die Sesselträger und sperrte mit einem Schlüssel die Haustür auf, die zur Zeit meines Vaters immer nur mit einer Sicherheitskette versehen gewesen war – und in diesem Augenblick kam eine hochaufgeschossene, knochige Frau auf uns zugerannt, die kurz zuvor noch weiter unten in der Straße Süßigkeiten verkauft hatte. Es war Nerissa ... und ich hatte jetzt eine Dienerin, und, hätte ich es gewollt, auch eine Bettgefährtin, obwohl ich ihr nichts zahlen konnte.

Und nun muß ich wohl erklären, warum ich meine Geschichte niedergeschrieben habe, warum ich mich mehrere Tage damit abgemüht habe, und ich werde auch erklären müssen, warum ich erkläre. Nun also: Ich habe dies geschrieben, weil ich mich für mich selbst darstellen wollte, und ich schreibe jetzt diese Sätze, weil ich weiß, daß ich eines Tages lesen werde, was ich geschrieben habe, und es dann vielleicht besser verstehen werde.

Vielleicht werde ich bis dahin auch das Geheimnis meines Ichs entdeckt haben; oder vielleicht werde ich die Antwort auch gar nicht mehr wissen wollen.

Seit meiner Entlassung sind drei Jahre vergangen. Das Haus war, als Nerissa und ich wieder einzogen, in einem chaotischen Zustand, da meine Tante, wie mir Mr. Million erzählte, ihre letzten Tage damit zugebracht hatte, den verborgenen Schatz meines Vaters zu finden. Sie fand ihn natürlich nicht, und ich glaube, niemand kann ihn finden. Da ich meinen Vater besser kannte als sie, bin ich überzeugt, daß er alles, was die Mädchen ihm einbrachten, für Experimente und Geräte ausgab. Anfangs war ich auch ziemlich in Geldnöten, aber der Ruf unseres Hauses lockte Frauen an, die Interessenten suchten, und Männer, die sich für Frauen interessierten. Es ist eigentlich kaum mehr nötig, als sie miteinander bekannt zu machen, sagte ich mir, als ich unser Geschäft wieder eröffnete, und heute habe ich genügend tüchtige Angestellte, die sich um alles kümmern. Auch Phaedria wohnt hier, und arbeitet ebenfalls; die günstige Heirat war schließlich doch ein Fiasko geworden. Gestern abend, als ich in meinem anatomischen Labor arbeitete, hörte ich sie an der Bibliothekstür. Ich öffnete; sie hatte das Kind bei sich. Eines Tages werden die beiden uns brauchen.

Originaltitel: »The Fifth Head of Cerberus«
Copyright © 1972 by Gene Wolfe
Aus dem Amerikanischen übersetzt von Yoma Cap

HEYNE SCIENCE FICTION MAGAZIN 9

Herausgeber
WOLFGANG JESCHKE

bringt unter anderem:

Winston S. Churchill:
Wenn Lee die Schlacht von Gettysburg
nicht gewonnen hätte

Anthony Burgess:
1984 von George Orwell
Wiedersehen mit 1948

Joseph Kiermeier-Debre:
E. T. – die perfekte Blasphemie?

Susanne Päch:
Filmtrick 2000 – Star Wars,
Tron – und dann?

Herbert W. Franke:
»Babel 333...«
Ein experimentelles Stück der Groupe 33

Helga Abret und Lucian Boia:
Die häßlichen Nachbarn.
Französische Marsabenteuerromane
vor dem Ersten Weltkrieg

Peter Gaschler:
Neue SF-Filme 1983

HEYNE BÜCHER

Von »Abbott und Costello auf Sherlock Holmes' Spuren« bis »Zwischenfall im Atlantik«

Unentbehrlich für den Science Fiction-Leser wie für den Freund des phantastischen Films.

Ronald Hahn/
Volker Jansen
Lexikon des Science Fiction-Films
650 Filme von 1902–1983

Das Science Fiction-Filmlexikon bietet einen alphabetisch geordneten Überblick über die 650 wichtigsten internationalen Produktionen, die im deutschen Sprachraum im Kino, im Fernsehen oder auf Videokassette zur Aufführung gelangt sind.

Heyne Sachbuch
01/7236 - DM 16,80

Originalausgabe

Christian Hellmann
Der Science Fiction-Film
Mit 179 Fotos

Die verschiedenen Formen der SF-Filme hat der Autor sorgfältig dokumentiert und mit anschaulichem Bildmaterial ausgestattet. – Ein wichtiges Nachschlagewerk für jeden SF-Fan!

Heyne Filmbibliothek
32/54 - DM 9,80

Originalausgabe

Wilhelm Heyne Verlag München

HEYNE BÜCHER

Science Fiction aus Bayern
...aus München
...aus dem Wilhelm Heyne Verlag

06/3461 - DM 4,80

06/3835 - DM 5,80

06/3751 - DM 4,80

Die farbige Mischung von Barock und Aufklärung, kritischem Katholizismus und zählebigem Heidentum im Schoß der Kirche hat in Europa die erste unverwechselbare bodenständige Ausprägung hervorgebracht, die auf dem Kontinent ihresgleichen sucht: DIE BAIRISCHE SCIENCE FICTION

◄ (Georg Zauner, »Die Enkel der Raketenbauer« wurde mit dem Kurt Laßwitz-Preis als bester SF-Roman des Jahres 1980 ausgezeichnet.)

Wilhelm Heyne Verlag
München

HEYNE BÜCHER

Jeden Monat mehr als vierzig neue Heyne Taschenbücher.

Allgemeine Reihe
mit großen Romanen
und Erzählungen
berühmter Autoren

Heyne Sachbuch
Heyne Reisebücher
Heyne-Jahrgangsbücher
Religion und Glaube

Heyne Jugend-
Taschenbücher

Heyne Ex Libris
Cartoon & Satire

Das besondere
Taschenbuch
Neue Literatur
Heyne Lyrik

Heyne Biographien
Heyne Geschichte
Heyne Stilkunde
Heyne Filmbibliothek

Heyne Ratgeber
Heyne-Kochbücher
kompaktwissen

Der große Liebesroman
Blaue Krimis/Crime Classic
Romantic Thriller
Exquisit Bücher
Heyne Western

Heyne Science Fiction
und Fantasy

Bibliothek der SF-Literatur

Die unheimlichen Bücher

Ausführlich informiert Sie das Gesamtverzeichnis der Heyne-Taschenbücher.
Bitte mit diesem Coupon oder mit Postkarte anfordern.

Senden Sie mir bitte kostenlos das neue Gesamtverzeichnis

Name

Straße

PLZ/Ort

An den Wilhelm Heyne Verlag
Postfach 20 12 04 · 8000 München 2